ACTION

BAND 127

Wenn Lesen zur Mutprobe wird …

www.Festa-Verlag.de

BRAD THOR

BLOWBACK

DIE WENDUNG

Aus dem Amerikanischen von Alexander Amberg

FESTA

1. Auflage November 2024
Copyright © dieser Ausgabe 2024 by Festa Verlag GmbH, Leipzig
Titelbild: S-ASIM / 99designs
Alle Rechte vorbehalten

ISBN 978-3-98676-174-5
eBook 978-3-98676-175-2

Für Chase –
willkommen auf der Welt, Kleines.

Hannibal ad portas

Hannibal steht vor den Toren

Blowback \ʻblo-ʻbak\ n **1**: Prozess, durch den leere Patronenhülsen aus einer automatischen Waffe ausgeworfen werden **2**: unbeabsichtigte Konsequenzen einer verfehlten Außenpolitik beziehungsweise einer fehlgeschlagenen verdeckten Aktion **3**: CIA-Codename für einen Agenten oder eine Operation, der beziehungsweise die sich gegen seinen/ihren Urheber richtet

PROLOG

Col de la Traversette
Französisch-italienische Alpen

Donald Ellyson versuchte zu schreien, brachte jedoch keinen Ton heraus. In seinen 55 Jahren hatte er schon einiges an Verwerflichem getan. Allerdings hatte er nicht damit gerechnet, dass er so sterben würde – mit aufgeschlitzter Kehle, während ihm das Blut heiß über den Parka lief. Eigentlich sollte dies die Entdeckung seines Lebens sein, seine endgültige Rechtfertigung, die ihn in der akademischen Welt nach ganz oben katapultierte. Doch mit einem Mal war der Moment seines größten Triumphs zum letzten Augenblick geworden, den er jemals erleben sollte. Und warum? Glaubten seine Geldgeber wirklich, dass er sie übers Ohr hauen wollte?

Klar, es war bekannt, dass er oft Risiken einging und alles auf eine Karte setzte. Und ja, er stahl Artefakte aus archäologischen Grabungen, um sie auf dem Schwarzmarkt zu verkaufen, aber das machten auch viele andere. So lief es nun mal. Darauf konnte doch auf keinen Fall der Tod stehen.

Erst vor drei Jahren hatte Ellyson sich einer Gruppe von Archäologen angeschlossen, die südwestlich von Istanbul Ausgrabungen vornahmen. Dabei waren sie auf eine verborgene Kammer gestoßen mit einem riesigen Schatz an Pergamenten. Bei näherer Betrachtung sah es so aus, als handelte es sich bei den Dokumenten um Überreste der berühmten Bibliothek von Alexandria, der wohl größten Büchersammlung der Antike.

11

Die Bibliothek wurde von den Römern nahezu vollkommen zerstört, die sie sowohl im 3. als auch im 4. Jahrhundert plünderten und niederbrannten. Es wurde allgemein angenommen, dass die restlichen Bestände im Jahr 640 vernichtet wurden, als die Muslime unter Kalif Umar I. die Stadt belagerten. Doch als Ellyson und seine Kollegen die Dokumente studierten, wurde ihnen klar, wie falsch diese Annahme war. Offensichtlich war es im Lauf der Geschichte irgendjemandem gelungen, einen Großteil dessen zu retten, was noch übrig geblieben war.

Ellyson war fasziniert von dem, was in den Schriftrollen stand. Insbesondere eine fand er absolut überraschend. Sie war in griechischer Sprache verfasst und schilderte aus erster Hand eine der großartigsten und tödlichsten Unternehmungen der Antike. Ellyson nahm das Manuskript in kein Verzeichnis auf und verwandte einige Mühe darauf, sicherzustellen, dass niemand in der Grabungsstätte überhaupt von dessen Existenz erfuhr.

Es handelte sich gewissermaßen um eine Schatzkarte. Zwar kennzeichnete kein großes, dickes X einen bestimmten Ort, dennoch versprach sie unermesslichen Lohn. Kaum hatte Ellyson Istanbul verlassen, wandte er sich schnurstracks an die wahrscheinlichste Quelle zur Finanzierung einer derartigen Expedition. Er war so lange im Geschäft, dass er genug Leute kannte, die sich um die Chance reißen würden, das in die Hände zu bekommen, was dem Manuskript zufolge da draußen wartete. Und in der Tat konnten seine einstigen Partner dem, was das Manuskript in Aussicht stellte, nicht widerstehen.

Wie Ellyson hatten auch jene Partner die klassischen Berichte von Livius und Polybius gelesen, ebenso die Werke angesehener Historiker wie Gibbon, Zanelli, Vanoyeke und eine Fülle weiterer, zu zahlreich, um sie alle aufzulisten. Je mehr diese Partner lasen, desto mehr erfuhren sie, und je mehr sie erfuhren, desto faszinierter waren sie von der potenziellen Macht, die Ellysons Entdeckung darstellte.

Weil der Archäologe darum ersuchte, gaben diese Partner Millionen für Luftaufnahmen aus. Per Flugzeug, Hubschrauber und sogar Satellit durchkämmten sie zahllose Alpenpässe zwischen Südfrankreich und Italien in der Hoffnung, eine besonders wertvolle Sache zu orten, die in der Schriftrolle erwähnt wurde.

Ellyson setzte sich über Konventionen hinweg und ließ die gängigen historischen Positionsbestimmungen links liegen, da sie nicht in das Bild passten, das er sich aus seinen antiken Schriften zusammengereimt hatte. Allerdings war seinem Unterfangen kein Glück beschieden. Aber obwohl es nicht voranging, war der Archäologe zuversichtlich, dass er letztlich doch Erfolg haben würde.

Mitunter fiel es zwar äußerst schwer, das Geld aufzutreiben. Aber die Hintermänner, die Ellysons Suche finanzierten, taten, was getan werden musste, um es zu beschaffen. Seit Jahrzehnten forschte ihre Organisation nach genau dieser Art von Fund und konnte nun nicht einfach aufhören. Die Macht, die er einem in die Hand zu geben versprach, war zu bedeutend, um wegen etwas so Trivialem wie Geld aufzugeben.

Erst in jüngster Zeit hatte der Schnee, unterstützt von drei Sommern mit Rekordhitze in ganz Europa, zu schmelzen begonnen. Gletscher zogen sich allmählich zurück, und in der Nähe des Col de la Traversette förderte Ellyson die ersten archäologischen Belege zutage, die bewiesen, dass er auf der richtigen Spur war – Lederriemen von einem antiken Harnisch, Tonscherben und eine kleine Ansammlung defekter

Waffen. Ellyson hatte ein gigantisches Feld voller Heuhaufen auf einen einzigen Haufen reduziert. Allerdings einen Heuhaufen voll unermesslich tiefer Schluchten und Felsspalten, und in jeder davon konnte seine Nadel liegen.

Der Col de la Traversette war einer der höchstgelegenen und tückischsten Gebirgspässe in ganz Frankreich. Im Lauf der Jahrhunderte hatten sowohl die französischen als auch die italienischen Behörden versucht, Teile des Passes zu sabotieren, in der Hoffnung, den Schmuggel zwischen ihren Ländern einzudämmen. Doch der Pass bestand weiter. An seinem höchsten Punkt war er nur noch zehn Meter breit. Der entlegene Pfad war nur während einer kurzen Zeitspanne zugänglich, vom Hochsommer bis in den frühen Herbst – und selbst dann konnten die Bedingungen immer noch unerträglich sein. Wenn die Einheimischen vom Wetter in dieser Gegend sprachen, sagten sie, acht Monate lang herrsche Winter, gefolgt von vier Monaten reinster Hölle.

Diesen entmutigenden Hindernissen zum Trotz fand Ellyson zu guter Letzt seine Nadel. Er war ein wesentlich besserer Archäologe, als er sich selbst je eingestand. Und das Bemerkenswerte an der Sache war, dass die Gruppierung, die ihm das Projekt finanzierte, sich noch nicht einmal für den gesamten Fund interessierte, sondern lediglich für einen Teil davon – genau denjenigen Teil, mit dem er sie geködert hatte. Mehr war nicht nötig gewesen, um sie dazu zu bringen, Geld für die Operation lockerzumachen. Was sie sich von dem Fund versprachen, war eine bloße Geste für ihn, etwas, worauf er ohne Weiteres verzichten konnte. Seiner Meinung nach eine winzige Fußnote, die im Lauf der Geschichte verloren gegangen war. Wenn seine Geldgeber die Kosten für sein gesamtes Projekt übernehmen wollten, hatte er nicht vor, ihnen im Gegenzug eine solche Kleinigkeit zu verweigern.

Selbst jetzt, wo Ellyson bäuchlings auf dem Boden lag, konnte er den Gegenstand sehen, hinter dem sie her waren – eine lange, aufwendig mit Schnitzereien verzierte Holztruhe. Da war sie – sie konnten sie sich einfach nehmen. Er brauchte sie nicht, wollte sie auch gar nicht. Also weshalb mussten sie ihn umbringen? Niemand hätte je erfahren, dass die Truhe oder, wichtiger noch, was sich darin befand, vermisst wurde. *Genau wie ich,* dachte Ellyson, während er hörte, dass seine beiden Sherpas näher kamen und zusahen, wie sein Killer eine kleinkalibrige Automatik aus dem Parka zog.

Nachdem der Mörder die Pistole in aller Seelenruhe wieder in die Tasche gesteckt hatte, starrte er die sargähnliche Holzkiste an. Über 2000 Jahre lang hatte die Waffe aus dem Altertum hier gelegen, für Menschen unerreichbar, eingefroren im Gletschereis dieser abgelegenen Alpenschlucht. Doch all dies sollte sich nun ändern. Der Killer holte ein Satellitentelefon aus seinem Parka und wählte die zehnstellige Nummer seines Auftraggebers – eines Mannes, den er nur unter dem Namen der Skorpion kannte.

1

Lahore, Pakistan
Ein Jahr später

Die engen Straßen der Altstadt bargen einen der schlimmsten Slums der Welt. Dreck, Elend und Verzweiflung waren die täglichen Begleiter im Leben der untersten Einwohnerschicht Pakistans – der bitterarmen Muslime des Pandschab. Sie waren kleiner und dunkelhäutiger als die übrige Bevölkerung Lahores. Die Glücklicheren unter ihnen waren zu einem Leben voller stupider Hilfsarbeiten verdammt, während der Rest die Reihen der Straßenjungen, Bettler und Obdachlosen füllte. Ihre elende Situation war eins der schmutzigen kleinen Geheimnisse des vorderindischen Islam. Der Gedanke daran drehte dem Mann den Magen um, der in dem gestohlenen Toyota Corolla saß, der draußen vor dem Grabmal Muhammad Iqbals stand, Dichter und ideologischer Taufpate des modernen Pakistan.

Als frommer Muslim empfand er es als Schmach, mitanzusehen, wie den Pandschabis jede Aussicht auf muslimische Brüderlichkeit verwehrt wurde. Pakistan war ein verlogener Filz aus Klasseneinteilungen, und nirgends zeigte sich dies deutlicher als bei der Rolle der Frau. Es gab die glücklichen Frauen der privilegierten Schichten, die an Thinktanks beteiligt waren, Wohltätigkeitsorganisationen leiteten, Romane und Dramen schrieben und sogar eine Handvoll Alibi-Positionen in General Musharrafs Kabinett innehatten. Daneben gab es aber auch die Frauen, die unter dem alltäglichen Grauen häuslicher Gewalt litten, Opfer von Gruppenvergewaltigungen

16

wurden oder gar von kleingeistigen Männern ermordet wurden, die ihre Liebe zu Allah und ihre Hingabe zum muslimischen Glauben bekundeten. Wie oft hatte der Mann sich gewünscht, das ultimative Ziel seines Auftraggebers sei Pakistan. Doch das war es nicht. So schrecklich dieses Land auch sein mochte, es gab eins, das wesentlich schlimmer war und einen umfassenden, reinigenden Schlag noch viel nötiger hatte.

Pünktlich trat seine Zielperson aus dem Gebäude auf der anderen Straßenseite. Jeden Mittwoch suchte der zwergenhafte Professor der ältesten und größten Universität Pakistans – der Universität des Pandschab – die Altstadt auf, um dort zu Mittag zu essen. Man konnte die Uhr nach ihm stellen. Er hielt eine strenge Routine ein und legte Wert auf Beständigkeit – Eigenschaften, die ihm als Wissenschaftler gute Dienste geleistet hatten, die ihm nun allerdings zum Verhängnis werden sollten. Als der Professor sein kleines Motorrad loskettete und sich in den fließenden Verkehr einordnete, legte der Attentäter die Zeitung beiseite, die zu lesen er vorgegeben hatte, und ließ den Wagen an.

Zwei Blocks vor der Universität hatte der Professor immer noch nicht mitbekommen, dass ihm der gestohlene Corolla folgte. Das sollte sich gleich ändern. Als der Professor sich einer belebten Kreuzung direkt vor dem Campus näherte, warf er einen Blick in den Rückspiegel und sah, wie ein blauer Toyota Gas gab, als wollte er überholen, und dann urplötzlich wieder einen Schlenker nach rechts vollführte.

Die Umstehenden schrien entsetzt auf, als sie mitansahen, wie der Professor, der keinen Helm trug, auf den Asphalt geschleudert und anschließend mehr als einen halben Block weit unter dem Corolla mitgeschleift wurde, ehe das Fahrwerk des viel zu schnell fahrenden Wagens den verstümmelten, leblosen Körper wieder auf die Straße spie.

Knapp zweieinhalb Kilometer vor dem Lahore International Airport ließ der Attentäter den gestohlenen Wagen stehen und legte den Rest des Wegs zu Fuß zurück. Sobald er es sich in der Ersten-Klasse-Kabine seines internationalen Flugs bequem gemacht hatte und außer Gefahr war, zog er einen reichlich mitgenommenen Koran aus seiner Brusttasche. Nachdem der Attentäter im Flüsterton mehrere Gebete gesprochen hatte, wandte er sich der Rückseite seines Buchs zu und holte eine codierte Namensliste hervor, die unter dem zerfledderten Buchdeckel verborgen war. Nun, wo er sich um den Wissenschaftler von der Universität des Pandschab gekümmert hatte, blieben nur noch zwei weitere Namen übrig.

2

36°7'N, 41°30'O
Nordirak

Die Soldaten der 3rd »Arrowhead Brigade«, 2nd Infantry Division Stryker Brigade Combat Team (SBCT) der U.S. Army hatten genügend Zeit im Irak verbracht, dass sie sich an das Geräusch gewöhnt hatten, mit dem feindliche Geschosse von der Panzerung ihrer achträdrigen Infanterietruppentransportfahrzeuge, kurz: Schützenpanzer, abprallten. Doch seit sie in die kleine Ortschaft Asalaam gefahren waren, 150 Kilometer südwestlich von Mosul, herrschte Totenstille.

Es war eines von vielen Dörfern rings um die christliche Enklave Mosul, die für ihre religiöse und ethnische Toleranz bekannt war. Die Christen und Muslime der gesamten Region lebten zum größten Teil in relativer Eintracht zusammen. Tatsächlich kam der Name *Asalaam* ja vom arabischen Wort für *Frieden*. Allerdings waren es nicht die Einheimischen, die den SBCT-Soldaten Sorge bereiteten. Sie waren hier nur einen Steinwurf von der syrischen Grenze entfernt, darum stellten ausländische Aufständische eine der größten Bedrohungen für sie dar.

Die Männer hatten im Irak mehr als genug Hinterhalte erlebt, darunter einen verheerenden Selbstmordanschlag auf dem Gelände ihrer eigenen Basis, und keiner von ihnen hatte vor, in etwas Unbequemerem als einem Flugzeugsitz nach Hause zu kommen. Ein Leichensack kam für diese Soldaten nicht infrage.

Second Lieutenant Kurt Billings aus Kenosha, Wisconsin, fragte sich, warum zum Teufel sie bisher noch nichts gesehen hatten, als der Fahrzeugkommandant des vorderen Stryker sich über das Headset bei ihm meldete. »Lieutenant, bislang haben wir absolut null Kontakt. Nichts, und ich meine: Absolut gar nichts bewegt sich da draußen. Ich sehe noch nicht mal einen Hund.«

»Wahrscheinlich schmeißen die 'ne Grillparty in der örtlichen Madrassa«, witzelte der Bordfunker.

»Dann müsste jemand am Dorfgrillplatz sein«, erwiderte Billings. »Passt auf und haltet die Augen offen. Hier in der Gegend muss irgendwo jemand sein.«

»Ich sage Ihnen, Sir«, sagte der Fahrzeugkommandant, »da draußen ist keiner. Der Ort ist eine Geisterstadt.«

»Das Dorf ist nicht über Nacht verlassen worden.«

»Vielleicht doch! Wir sind hier mitten im Nirgendwo. Die Leute hier haben noch nicht mal Telefon. Außerdem, wen kümmert es schon, wenn sie sich aus dem Staub gemacht haben?«

»Ich bin sicher, dass es eine Erklärung dafür gibt, dass wir niemanden sehen. Gehen wir es langsam an«, sagte Billings. »Fahrt einmal durch den ganzen Ort, dann werden wir absitzen. Alles klar?«

»Roger, Lieutenant«, antwortete der Kommandant des Radpanzers, während sein Stryker eine Runde durch das Dorf begann.

Für diesen Einsatz hatte Billings seine Männer in zwei Trupps zu je acht Mann aufgeteilt. Der erste, das Alpha-Team, war bei ihm im gepanzerten Führungsfahrzeug, während Team Bravo unter dem Kommando von Staff Sergeant James Russo im zweiten Stryker folgte. Ihr Auftrag bestand darin, zu überprüfen, wie es drei amerikanischen, in Asalaam ansässigen Entwicklungshelfern von Christian Aid ging, von denen man seit über einer Woche nichts mehr gehört hatte.

Es war ein eintöniger Drecksjob, und Billings gefiel es ganz und gar nicht, mit seinen Männern auszurücken, um nach Leuten zu sehen, die im Irak überhaupt nichts zu suchen hatten – selbst wenn es Amerikaner waren. Nicht nur das, seiner Meinung nach war *Christian-Aid-Entwicklungshelfer* eine grobe Fehlbezeichnung. Er war noch keinem von diesen Leuten begegnet, der nicht aus dem einzigen Grund hier war, Seelen zu Christus zu bekehren. Sicher, sie leisteten gute Arbeit und füllten einige Lücken aus, die einige der größeren, etablierteren und erfahreneren Hilfsorganisationen unweigerlich hinterließen. Aber letzten Endes handelte es sich bei diesen Leuten schlicht und einfach um Missionare. Überdies verfügten sie über ein ziemlich überirdisches Talent, sich in Schwierigkeiten zu bringen. Mitunter kam Billings sich eher wie ein Bademeister am Kinderplanschbecken vor und nicht wie ein Soldat. Die jungen Missionare mochten zwar die besten Absichten haben. Aber meistens fehlten ihnen das Geschick, die Rückendeckung und der fundamentale gesunde Menschenverstand, um in einer Gegend zu leben, die überwiegend noch immer Kriegsgebiet war.

Und das stand auf einem völlig anderen Blatt. Eigentlich war das US-Militär im Irak, um das irakische Militär und die irakischen Sicherheitskräfte zu unterstützen, nicht um irgendwelchen Twens, die sich verlaufen hatten, den Weg zu weisen. Wann immer sich eine solche Situation ergab, was mindestens ein-, zweimal im Monat der Fall war, übernahm das amerikanische Militär die Aufgabe loszuziehen, um diese Leute zu retten. Die Irakis wollten nichts damit zu tun haben. Sie waren zu sehr damit beschäftigt, die Ordnung in ihrem Land wiederherzustellen, um ihre Zeit mit Rettungsversuchen für Leute zu vergeuden, die sie gar nicht eingeladen hatten. Und das konnte Billings ihnen, ehrlich gesagt, nicht verdenken. Er hatte seinen Vorgesetzten vorgeschlagen, dass Missionare vor der Einreise in den Irak eine Kaution hinterlegen oder zumindest die Kosten für ihre Rettung übernehmen sollten, so wie zu Hause in den Staaten in Not geratene Wanderer und Bergsteiger. Doch seine Vorgesetzten taten es lediglich mit einem Achselzucken ab und meinten, dies liege nicht in ihren Händen. Mussten junge Amerikaner gerettet werden, dann machte das US-Militär dies eben, selbst in der Wildnis des Irak. Dass dabei womöglich das Leben weiterer junger Amerikaner aufs Spiel gesetzt wurde, spielte keine Rolle.

Billings musterte die Gesichter der Männer seines Trupps und drückte die Sendetaste seines Funkgeräts. »Russo. Hören Sie mich?«

»Laut und deutlich, Lieutenant.« Mit seinen 25 Jahren war Russo ein alter Mann, verglichen mit den 18- und 19-Jährigen in seinem Trupp, allerdings nicht annähernd so alt wie Billings, der schon 28 war.

Billings hörte den Piepton, der meldete, dass Russo den Finger von seiner Sendetaste genommen hatte, und meinte: »Das ist nicht unbedingt eine Routine-Operation nach dem Motto ›Wir sehen mal schnell nach den Kindern‹. Lasst bei diesem Einsatz äußerste Vorsicht walten.«

»Wir sind bei jedem Einsatz vorsichtig.«

Billings lächelte. Russo hatte recht. Sie hatten eins der besten Platoons im Irak. Sie waren nun seit drei Monaten vor Ort und konnten einige eindrucksvolle Siege über die bösen Jungs verzeichnen, und niemand hatte sich auch nur den Fingernagel eingerissen. »Trotzdem, irgendetwas stimmt hier nicht. Sehen Sie zu, dass Ihre Leute wachsam bleiben.«

»Wird gemacht, Lieutenant! Falls das Alpha-Team lieber schön gemütlich in seinem Panzer bleiben möchte, bin ich mir sicher, dass wir vom Bravo-Team die Sache auch problemlos allein regeln können.« Im Hintergrund hörte man, wie die Männer in Russos Stryker in sich hineinlachten.

»Nie im Leben, Sergeant!« Billings musste lächeln. »Wenn wir da reingehen, stellen Sie sicher, dass Ihre Männer zusehen, um von uns noch etwas zu lernen.«

»Hooyah, Lieutenant!«

Billings wandte sich den Männern in seinem Stryker zu. »Gentlemen, wie es aussieht, ist Sergeant Russo der Meinung, dass wir heute nicht mehr gebraucht werden. Er meint, das Bravo-Team wird mit dem Auftrag allein fertig.«

»Scheiß aufs Bravo-Team!«, sagte ein junger Private, der Steve Schlesinger hieß.

Normalerweise duldete Billings eine solche Wortwahl nicht. Aber er peitschte seine Männer gern auf, bevor sie sich einer potenziell gefährlichen Situation aussetzten. Außerdem war der 18 Jahre alte Schlesinger ihr strahlendes Vorbild. Er hatte im letzten Monat mehr Sprengfallen entdeckt und zu ihrer Entschärfung beigetragen als irgendjemand sonst im Irak während des ganzen letzten Jahres. Der Junge hatte einen sechsten Sinn für Gefahr, und Billings mochte ihn, auch wenn er aus Chicago war und die Cubs für eine bessere Mannschaft hielt als die Milwaukee Brewers.

»Also gut«, meinte Billings. »Dann sind wir uns ja einig.«

Ein Chor von »Scheiß aufs Bravo-Team«-Rufen hallte durch den vorderen Stryker. Es handelte sich um eine harmlose Rivalität. Billings kannte seine Männer gut genug, um zu wissen, dass es, wenn es hart auf hart kam, keine Rolle spielte, wer in welchem Team war. Die Männer waren Waffenbrüder, vereint im Kampf gegen einen gemeinsamen Feind. Billings zweifelte nicht im Geringsten daran, dass Russo seine Männer ebenfalls aufpeitschte.

Als Billings merkte, wie der Stryker langsamer wurde, war ihm klar, dass es nur noch eine Frage von Augenblicken war, bis sie rausmussten, um zu versuchen herauszufinden, was zum Teufel hier los war.

3

Als die Strykers schließlich im Zentrum des Dorfs hielten, sprangen die Soldaten heraus und gingen sofort in Stellung. Obwohl niemand ein Wort sagte, dachten doch alle das Gleiche, nachdem sie Asalaam einmal komplett umrundet hatten. Nicht eine Menschenseele war zu sehen, das machte alle nervös.

Justin Stokes, ein junger, dürrer Private aus San Diego, der die schlechte Angewohnheit hatte, immer den Mund aufzumachen, bevor er das Gehirn einschaltete, meinte: »Vielleicht machen die ja alle Siesta.«

»Vormittags um 10:30 Uhr?«, entgegnete der 1,93 große Private Rodney Cooper aus Tampa. »Stokes, noch nicht mal meine Oma legt sich morgens um halb elf hin.«

»Was auch immer«, sagte Stokes, »mit diesem Ort stimmt etwas nicht.«

»Es ist ein beschissenes Kaff, das ist los«, gab Schlesinger seinen Senf dazu. »Wo zur Hölle stecken die ganzen Leute?«

»Um das herauszufinden, sind wir hier«, setzte Lieutenant Billings dem Wortgefecht ein Ende. »Wir sind in Gefechtsbereitschaft; Kommunikation nur noch, wenn unbedingt nötig.«

»Ja, Sir, Lieutenant«, antworteten die Männer, während Billings zu Russo hinüberging. Russo stand da und hielt durch das Leuchtpunktvisier seines M4 Ausschau danach, ob sich am anderen Ende der Straße etwas rührte.

»Was meinen Sie, Jimmy?«, fragte Billings.

Russo senkte seine Waffe. »Ich denke, es ist zu ruhig.«

»Vielleicht steht uns ein Überfall bevor.«

»Das glaube ich nicht. Wenn uns jemand angreifen wollte, wäre es schon passiert.«

»Was zur Hölle ist dann hier los? Wo sind die ganzen Dorfbewohner?«

Russo überprüfte noch einmal seinen Feuerwahlhebel. »Ich weiß es nicht. Und ein Gefühl sagt mir, dass ich es auch gar nicht wissen will. Dieses Dorf geht uns nichts an. Wir sind hier, um nach drei amerikanischen Entwicklungshelfern zu suchen. Also tun wir das, und dann machen wir, dass wir von hier verschwinden.«

Die schmale Straße rauf und runter musterte Billings die rissigen, von der Sonne ausgedörrten Fassaden der

Lehmziegelhäuser. Bei manchen standen die Türen und Fenster weit offen. »In Ordnung!«, pflichtete er ihm bei. »Wir gehen folgendermaßen vor: Ich gehe mit dem Alpha-Team zu dem Gebäude, das die Missionare als medizinisches Versorgungszentrum nutzten. Sie durchsuchen mit dem Bravo-Team Haus für Haus, aber keine Türen eintreten. Sollten Sie eine finden, die schon offen ist, und keiner antwortet auf ein höfliches Anklopfen, können Sie mit Ihren Männern reingehen und sich umsehen. Aber sagen Sie ihnen, dass sie nichts anrühren sollen. Wir treffen uns in 15 Minuten wieder hier. Alles klar?«

»Ja, Sir! 15 Minuten.« Damit wandte Russo sich an seine Männer. »Es geht los. Vorwärts!«

Der eine Stryker gab dem Bravo-Team die Hauptstraße entlang Deckung, während der andere Billings und dessen Männern folgte, als sie einen Block weiter zu einem verwitterten Gebäude mit Flachdach marschierten, das aussah wie eine Schule oder ein Verwaltungsbau.

»Polizei des Provinzministeriums«, sagte Mike Rodriguez aus dem New Yorker Hinterland, als er ein verblasstes Schild über dem Eingang las. Neben Russo war er der Einzige im Trupp, der halbwegs Arabisch sprach.

Billings warf einen Blick auf das Instruktionsblatt, das sie ihm in Mosul gegeben hatten, und fluchte. »Gottverdammt, die haben die Scheißkarte falsch herum abgedruckt. Wir sollten einen Block weiter in der anderen Richtung sein.«

»Warum gucken wir nicht trotzdem mal rein?«, meinte Stokes. »Es ist ein öffentliches Gebäude. Vielleicht finden wir dadrin ja offizielle Informationen.«

»Wir sind weder dazu autorisiert, da reinzugehen, noch nach Informationen zu suchen«, erwiderte Billings. »Wir sind nur zum Aufklären hier. Finden wir eine offene Tür,

25

dürfen wir reingehen. Aber wenn eine Tür nicht auf ist, können wir sie nicht einfach ein…«

Ehe Billings den Satz zu Ende zu führen vermochte, lehnte Cooper sich mit seiner wuchtigen Schulter gegen die nicht allzu stabile, verwitterte Tür und drückte sie aus den Angeln. Als das ganze Team ihn anblickte, meinte er lächelnd: »Da muss wohl jemand vergessen haben abzuschließen.«

»Den Teufel haben die«, erwiderte Billings. »Der Nächste, der auch nur etwas entfernt Ähnliches versucht …« Der überwältigende Gestank, der aus dem Gebäude strömte, ließ den Lieutenant verstummen.

»Mein Gott«, entfuhr es Schlesinger. »Wissen diese Kerle denn nicht, dass man den Müll zur Abholung *rausstellt?*«

Billings, nur allzu vertraut mit dem Geruch des Todes, war klar, dass sie keinen Abfall rochen.

»Cooper, Rodriguez, Schlesinger und Stokes, ihr geht mit mir da rein. Der Rest von euch steht hier draußen Wache. Und haltet die Augen offen. Hier könnte sehr bald die Kacke am Dampfen sein.«

»So, wie es riecht, ist sie das schon«, meinte ein rothaariger Private aus Utah, während er sein Gewehr in Anschlag brachte und den Beobachtungsposten bezog.

Die Nase in den taktischen Westen verborgen, betraten Billings und seine Männer das Gebäude. Nachdem sie die Eingangshalle gesichert hatten, trat Cooper die Tür des stockdunklen Hauptbüros ein. Der Rest des Teams stürmte vorwärts und verteilte sich nach rechts und links. »Gesichert – gesichert – gesichert«, erscholl es vielstimmig von den verschiedenen Teammitgliedern, während sie im Schein der auf die Picatinny-Schienen ihrer M4s montierten SureFire-Lampen den Raum durchkämmten.

Der Grund, weshalb man kaum die Hand vor Augen sah, wurde schnell klar. Die Fenster waren zur Gänze mit schweren Wolldecken verhängt.

Rodriguez warf Schlesinger einen verdutzten Blick zu. »Sollen das Verdunklungsvorhänge sein?«, flüsterte er.

Schlesinger fuhr mit dem Strahl seiner Lampe den Rand einer der Decken nach. Seine Antwort bestand in einem Achselzucken.

»Warum wollen diese Kerle hier, mitten im Nirgendwo, kein Licht reinlassen?«

»Vielleicht haben sie versucht, etwas zu verstecken.«

»Oder sie wollten *sich* vor etwas verstecken.«

Billings war egal, wozu die Decken dienten. »Reißt sie alle runter«, befahl er, »und lasst hier Licht rein.«

Stokes und Cooper traten an die Fenster und fingen an, die Decken herunterzuziehen. Licht durchflutete den Raum. Dabei blickte Schlesinger nach oben, und die Stimme wollte ihm versagen. »Heilige Scheiße!«

Wie ein Mann blickte auch der Rest des Teams nach oben, und die Männer sahen, was Schlesinger sah. An der Decke hingen mindestens 15 verwesende Leichen.

Cooper, der Kräftigste und bis dahin auch einer der Mutigsten im ganzen Trupp, zuckte entsetzt zusammen. Stokes bekreuzigte sich, während Rodriguez und Schlesinger instinktiv ihre Gewehre hoben und feuerbereit die Decke entlangschwenkten, vor und wieder zurück. »Was zum Teufel geht hier vor, Lieutenant?« Die Angst in Schlesingers Stimme war unüberhörbar.

Billings hatte keine Ahnung, was zum Teufel sie sich da ansahen. Die Leichen waren bündig an die Decke gefesselt, die starken Holzstreben hatten sie vollständig verborgen, als das Team den Raum betrat. Billings wollte gerade etwas sagen, da meldete sich knisternd eine Stimme über sein Funkgerät. Es war Russo.

»Alpha One. Hier Bravo One. Hören Sie mich? Over.«

Billings, den Blick nach wie vor starr auf die grauenhafte Szene über sich gerichtet, drückte seine Sendetaste. »Hier Alpha One. Ich höre Sie klar und deutlich, Jimmy. Was haben Sie?«

»Wir haben jemanden gefunden, Lieutenant. Er scheint einer der Dorfältesten zu sein. Wie es aussieht, hat er seit einer Woche nichts gegessen, aber er ist am Leben.«

»Wo haben Sie ihn gefunden?«

»Er hatte sich hinter einem der Häuser versteckt, die wir überprüften. Meine Jungs nehmen an, er war auf der Suche nach etwas zu essen.«

»Weiß er, was mit dem Rest der Dorfbewohner passiert ist?«

»Er sagt, die Überlebenden verstecken sich in der Moschee. Dorthin sind wir gerade unterwegs.«

»Moment mal! *Überlebende?*«, echote Billings. »Überlebende von was? Und was soll das heißen, sie verstecken sich in der Moschee? Wovor verstecken sie sich denn?«

»Das versuche ich noch rauszukriegen. Der Alte wiederholt in einer Tour ein Wort auf Arabisch, das ich nicht kenne.«

Billings gab Rodriguez ein Zeichen. »Wie lautet das Wort?«, sagte er ins Funkgerät. »Mal sehen, ob Rodriguez es kennt.«

Es entstand eine Pause, als Russo den alten Mann bat, direkt ins Mikro zu sprechen. Kurz darauf erscholl eine angestrengte Reibeisenstimme, die klang wie ein Paar rostiger Türangeln, die dringend geölt werden mussten. »*Algul! Algul! Algul!*«

»Haben Sie das verstanden?«, fragte Russo, während der Alte wieder Abstand vom Funkgerät nahm.

Billings blickte Rodriguez an und merkte, dass aus dem bereits ohnehin fahlen Gesicht des Soldaten jede Farbe gewichen war. Die an die Decke geschnürten Körper gingen allen an die Nieren, aber sie mussten sich zusammenreißen.

»Haben Sie je Xbox gespielt, Lieutenant?«, murmelte Rodriguez. Sein Blick haftete auf den grotesken Gestalten, die über ihnen schwebten.

»Nein!« Billings wollte nicht einleuchten, welche Verbindung zwischen einem Videospiel und ihrer gegenwärtigen Situation bestehen sollte.

»*Algul* war das erste arabische Wort überhaupt, das ich je gelernt habe. Ich lernte es bei einem Xbox-Spiel mit dem Titel *Phantom Force.*«

Der Lieutenant wartete ungeduldig auf eine Antwort. »Was zum Teufel heißt es?«, wollte er wissen.

»Frei übersetzt ist es ein Pferdeblutegel oder ein blutsaugender Dschinn. Aber normalerweise beschreibt es einen weiblichen Dämon, der auf dem Friedhof wohnt und sich an toten Babys gütlich tut. Wenn keine Babys mehr da sind, begnügt der Dämon sich mit jedem, der im Dorf noch übrig ist, und frisst weiter, bis niemand mehr am Leben ist. Außerdem habe ich gehört, dass es von einem arabischen Wort stammt, das so viel wie lebender Toter heißt und Frauen-und-Kinder-Fresser. Egal wie man es dreht und wendet, *Algul* ist Arabisch für Vampir.«

Billings war im Begriff, Rodriguez zu sagen, er solle keinen Scheiß labern. Da öffnete einer der an die Decke gefesselten Körper den Mund und hüllte die Soldaten in einen feinen Nebel aus blutigem Schaum.

4

Stadtrand von Bagdad
Zwei Wochen später

Scot Harvath vermochte zunächst nicht zu sagen, ob er nun getroffen war oder nicht. Nach dem grellen Aufblitzen sah er nur noch verschwommen, und alles, was er hörte, war das dröhnende Tosen, mit dem ihm das Blut in den Trommelfellen rauschte. Er hatte nicht damit gerechnet, dass Khalid Alomari auch noch eine dritte Pistole unter dem Gewand trug – ein Messer, ein Rasiermesser, vielleicht sogar eine Handgranate, aber doch keine Subcompact-Pistole. Das bewies nur einmal mehr, wie verzweifelt der Kerl war.

Von irgendwoher hinter dem Pochen in seinen Ohren vernahm Harvath die Stimme seines Chefs, Gary Lawlor, der ihm sagte, er solle abwarten und nicht ohne Rückendeckung da reingehen. Doch Harvath war schon zu weit gekommen, um Alomari noch einmal zu verlieren.

Dubai, Amman, Damaskus ... Der Terrorist war ihm stets einen, wenn nicht zwei Schritte voraus gewesen. Seit zwei Monaten bemühte Harvath sich, aufzuholen und den Mann zu fassen, den westliche Geheimdienste als den Nachfolger Osama bin Ladens bezeichneten. Einige der flapsigeren Analysten und Agenten in der CIA-Zentrale in Langley und ebenfalls manche im Office of International Investigative Assistance (OIIA) – dem Amt zur Unterstützung internationaler Ermittlungen beim Department of Homeland Security, für das Harvath arbeitete – hatten sich angewöhnt, Alomari »Osama Junior« oder kurz »OJ« zu nennen.

Normalerweise war Harvath der Erste, der zu Scherzen aufgelegt war. Doch der Spitzname, den sie Alomari gegeben hatten, gefiel ihm ganz und gar nicht. Der Name spielte herunter, was der Killer in seiner kurzen, allerdings beeindruckenden Laufbahn an Verheerungen angerichtet hatte. Außerdem nahm Harvath diesen Einsatz auch durchaus persönlich. In Kairo hätte der Terrorist ihn um ein Haar umgebracht. Die Jagd war ein nicht enden wollendes Katz-und-Maus-Spiel, und trotz aller Mittel, die Harvath zur Verfügung standen, hatte er seine Beute erst vor zwei Minuten zum ersten Mal zu Gesicht bekommen. Hätte der Präsident ihm einfach den Auftrag erteilt, Alomari zu töten, anstatt ihn festzunehmen, um ihn ausgiebig zu verhören, wäre diese kräftezehrende Mission schon längst vorüber. Aber eben weil Alomari ihnen ständig durch die Lappen ging und so gut war in dem, was er machte, wollte die US-Regierung ihn lebendig gefangen nehmen.

Alomari stammte aus Abha, derselben entlegenen Gebirgsstadt im Süden Saudi-Arabiens in der Provinz Asir, aus der vier der 15 Flugzeugentführer des 11. September kamen. Alomari war der Spross einer wohlhabenden saudischen Familie, sein Vater Saudi, die Mutter Französin, und verfügte über exzellente Beziehungen zur saudischen Königsfamilie. Er war zwar hoch gebildet und weit gereist, es hatte ihm nie an Geld gemangelt, und er hatte alles für sein leibliches Wohl. Dennoch war Khalid Alomari mit dem Gefühl aufgewachsen, dass ihm etwas in seinem Leben fehlte. Er trug ein Loch in sich, das nichts auszufüllen vermochte, ganz gleich wie viel er zwischen den griechischen Inseln herumsegelte. Er konnte sich an der französischen Riviera sonnen, so viel er wollte, oder von der dekadenten Astor-Suite des Plaza Hotels aus über den New Yorker Central Park blicken, sich mit Frauen vergnügen und in Champagner schwelgen. Nichts half. Ähnlich einem gewissen anderen berüchtigten Sprössling einer saudischen Familie, der mit einem goldenen Löffel im Mund geboren wurde, fand Alomari schließlich, wonach er suchte, im militanten Islamismus.

1999, Khalid Alomari war erst 21 Jahre alt, wurde er Osama bin Laden vorgestellt. Die beiden Männer verstanden sich auf Anhieb gut miteinander. Ihre Herkunft war vergleichbar und sie hatten vieles gemeinsam. Als bin Laden erwähnte, dass mehrere Männer aus Alomaris Heimatstadt Abha in den Augen Allahs zu Großem bestimmt waren, bat Alomari darum, sich beteiligen zu dürfen. Doch bin Laden hatte andere Pläne für den jungen Mann, der mittlerweile beinahe wie ein Sohn für ihn war. Auch Alomari war zu Großem bestimmt, aber nicht indem er ein Flugzeug in einen Wolkenkratzer steuerte. Er verfügte über Talente, die wesentlich beeindruckender waren als die der Brüder von 9/11.

Alomari hatte etwas, das bisher kein junger Dschihadist gehabt hatte, der je zu bin Laden gekommen war. Der Junge verfügte nicht nur über einen außergewöhnlichen Geschmack, Stil und Intelligenz, sondern dank seiner französischen Mutter auch über wunderbar europäische Gesichtszüge, mit denen er als Angehöriger fast jeder Nationalität durchging.

Nein, Khalid Alomari würde kein Flugzeug in ein Gebäude lenken. Dazu war er viel zu wertvoll. Er würde bin Ladens größte Waffe werden – eine neue Macht, auf die sich die westliche Welt gefasst machen musste.

Alomari wurde in bin Ladens Camps in Afghanistan ausgebildet, danach ging es zur weiteren Ausbildung zum berüchtigten pakistanischen Geheimdienst Inter-Services

Intelligence in Islamabad. Dort erlernte der junge Mann die schönen Künste Gefangenenbefragung, Erpressung und Meuchelmord. Danach sah er bin Laden nur noch ein Mal, kurz bevor der Al-Qaida-Chef gezwungen war, in einer seiner vielen Bergfesten entlang der pakistanisch-afghanischen Grenze unterzutauchen. Alomari war im selben Raum mit bin Laden, um den Erfolg der Anschläge vom 11. September zu feiern, als das bekannte Video seines Mentors aufgenommen wurde. Doch im Gegensatz zu den übrigen Anwesenden war Alomari so schlau, sich hinter dem Kameramann zu halten, als die Aufnahme begann. Das Filmmaterial bewies nicht nur bin Ladens Mitschuld an 9/11, sondern wurde auch als Who's who des inneren Zirkels von Al-Qaida verwendet. Kurz gefasst, es lieferte den Amerikanern mehr Informationen, als die Al-Qaida-Führung beabsichtigt hatte. Alomari war klug gewesen, außer Sicht hinter der Kamera zu bleiben. Wenn er während seiner Zeit in Amerika und dem Westen eines gelernt hatte, dann, dass man die Medien manipulieren musste, sonst wurde man von ihnen manipuliert.

Harvath versuchte krampfhaft, Alomari die Waffe zu entwinden. Doch der Kerl war erstaunlich stark. Der Terrorist setzte zu einem linken Haken an, und Harvath wich seitlich aus, sodass ihm der Schlag schmerzhaft über die Schulter glitt. Harvath reagierte schnell mit einem Kniestoß in Alomaris Unterleib, woraufhin der Kerl die Waffe fallen ließ und aus dem Gleichgewicht geriet. Alomari packte den amerikanischen Agenten an den Schultern und zog Harvath mit sich zu Boden.

Ehe Harvath sich wieder aufzurichten vermochte, holte Alomari mit dem Ellenbogen aus und erwischte ihn direkt am Mund. Während Harvath sich noch bemühte, zu sich zu kommen, merkte er, dass Alomari von ihm wegkrabbelte.

Sein einziger Gedanke war, dass der Terrorist versuchte, seine Pistole zu erreichen.

Harvaths Gedanken überschlugen sich. Gleich zu Beginn des Handgemenges hatte er seine H&K MP76 verloren, und ihm war klar, dass er jetzt nicht mehr herankam. Er müsste seine Pistole ziehen. Aber konnte er sie ziehen und feuern, bevor Alomari seine Waffe erreichte und auf ihn schoss? Harvath blieb keine andere Wahl.

Harvath griff nach seiner Beretta PX4 Storm, zog sie aus dem Holster und wälzte sich nach links weg. Er hob die Waffe und zielte dorthin, wo er Alomari zuletzt gesehen hatte. Doch da war niemand mehr. Auf der Stelle wirbelte Harvath um 180 Grad herum. Er erhob sich auf ein Knie und schwenkte die Waffe durch den Rest des Raums, doch Alomari war verschwunden. Es gab nur eine Möglichkeit, wie er geflohen sein konnte, und Harvath blieb nichts anderes übrig, als ihn zu verfolgen.

Die irakische Mittagssonne war gleißend. Es dauerte mehrere Sekunden, bis Harvaths Augen sich daran gewöhnt hatten und er Khalid Alomaris Gestalt ausmachen konnte, der fast einen ganzen Block entfernt davonlief. Das schmutzig braune Gewand des Terroristen und die hell karierte Kufija waren unverkennbar. Harvath verlor keine Zeit.

In Kampfstiefeln und Wüstentarnuniform einen Sprint hinzulegen war nicht unbedingt eine Kleinigkeit. Harvath hätte die Shorts, T-Shirt und Nikes vorgezogen, mit denen er zu Hause am Potomac entlangrannte. Aber Kampfstiefel und Wüstentarnanzug waren nun mal das, was man beim US Special Operations Command (USSOCOM) Direct Action Team im Irak trug und was ihm für das koordinierte Ausschalten von Alomari ausgehändigt worden war. Doch die Koordination war in die Binsen gegangen.

Man konnte niemandem im Besonderen die Schuld daran geben. Harvath war gezwungen gewesen, eine Entscheidung zu treffen, und genau das hatte er getan. Als der Zeitplan sich änderte und das Team nicht schnell genug vor Ort eintreffen konnte, hatte Harvath, ob zum Guten oder Schlechten, entschieden, auf eigene Faust vorzugehen. Ihm war klar, dass er Khalid schon wieder verlieren würde, wenn er ihn nicht einholte, bevor er den ausgedehnten Freiluftbasar zwei Straßen weiter erreichte. Wenn das passierte, steckte Harvath in noch größeren Schwierigkeiten als jetzt. Hätten sie ihn doch bloß autorisiert, diese Bestie umzulegen. Auf diese Entfernung konnte er ihn wahrscheinlich mit der Beretta erwischen. Doch seine Befehle lauteten nun mal anders.

Harvath stand dicht davor, erneut Pech zu haben, und das wusste er. Bemüht, alles andere auszublenden, mobilisierte er seine letzten Reserven und rannte noch schneller. Weiter vorn sah er bereits die Zeltstände des riesigen Basars vor sich.

Als Alomari den Suk betrat, war Harvath keine fünf Meter mehr hinter ihm. Der Killer rannte einen der zahllosen engen Gänge entlang und warf hinter sich um, was er konnte, um Harvath bei seiner Verfolgung zu behindern. Doch was er auch versuchte, es funktionierte nicht. Harvath sprang über alles hinweg, und schon bald hatte sich der Abstand auf knapp drei Meter verringert.

Harvath hätte Khalid am liebsten eine Kugel verpasst, nichts wünschte er sich sehnlicher. Doch als er nur noch anderthalb Meter hinter ihm war, entschloss er sich zu einem brutalen Angriff. Mit einem Hechtsprung stürzte er sich auf den Terroristen und zog ihm die Beine unter dem Körper weg, sodass dieser mit dem Gesicht aufs Pflaster knallte. Mit diesem perfekt ausgeführten Manöver hätte Harvaths Alma

Mater, die University of Southern California, ihn ohne Weiteres als Verteidiger aufgestellt.

Der Terrorist fing sofort an, Widerstand zu leisten. Genau darauf hatte Harvath gehofft. Er verpasste ihm ein paar schnelle, kurze Schläge in die Nieren, sodass der Kerl vor Schmerz aufschrie. Als Alomari aufzustehen versuchte, schlug Harvath ihm auf den Hinterkopf, packte ihn an der staubigen Kufija und knallte ihm das Gesicht noch dreimal aufs Pflaster.

Aus irgendeinem verrückten Grund hatte der Terrorist immer noch nicht genug. Abermals langte er in sein Gewand. Harvath wartete nicht ab, um zu erfahren, welchen Trick Alomari diesmal im Ärmel hatte. In einer fließenden Bewegung zog Harvath die Hand des Mannes aus den Falten seines Gewands heraus und brach ihm den Arm. Alomari fing noch lauter an zu schreien.

»Das war für Kairo, du Arschloch«, sagte Harvath, während er in die Gesäßtasche seines Kampfanzugs langte, um drei Paar Plastikhandschellen hervorzuholen. »Und das hier«, fuhr er fort, während er dem international gesuchten Attentäter erst die Hände auf den Rücken, dann die Füße fesselte und schließlich beides so schmerzhaft und erniedrigend wie nur möglich miteinander verband, »ist dafür, dass ich dir zwei Monate lang, 8000 Kilometer und drei verfluchte Blocks weit hinterherrennen musste, um dich zu kriegen.«

Nun, da alles vorüber war, rechnete Harvath mit einer Schimpftirade auf Arabisch, Englisch oder beidem. Doch stattdessen begann Khalid Alomari – Osama bin Ladens Auftragskiller Nummer eins – zu weinen.

Harvath wollte seinen Ohren nicht trauen. In der Regel waren diese Arschlöcher alle gleich – aufgebrachte, selbstgerechte Fanatiker. Sie verfluchten einen und das Land, aus dem man kam, bis zu dem Augenblick, in dem man ihnen eine Kugel verpasste oder die Zellentür sich hinter ihnen schloss. Nicht so Alomari. Hier stimmte etwas nicht. Erst als Harvath den Terroristen auf den Rücken wälzte, erkannte er, woran es lag. Der Mann, dem er drei Blocks weit nachgejagt war und den er fast bewusstlos geprügelt hatte, war überhaupt nicht Khalid Alomari. Irgendwie hatten sie ihn ausgetauscht.

Gerade als Harvath glaubte, dass es nicht mehr schlimmer kommen konnte, blickte er hoch, in die Gesichter der Menge, die sie umgab, und dann fiel ihm etwas wirklich Übles ins Auge – ein Kamerateam von Al-Dschasira, das das Ganze filmte.

5

Dhaka, Volksrepublik Bangladesch

Bis heute hatte Emir Tokay sich in Bangladesch immer sicher gefühlt. Während die meisten Außenstehenden Bangladesch als Land betrachteten, das ständig von Überschwemmungen und Wirbelstürmen heimgesucht wurde, sah er es als reich an Geschichte an, reich in seiner Hingabe zum Islam. Dhaka, die Hauptstadt, konnte allein innerhalb der Stadtgrenzen über 700 Moscheen vorweisen. Es war gewiss kein Zufall, dass das islamische Institute for Science and Technology hier angesiedelt war – gab es einen besseren Ort, um Allahs wichtigstes Werk zu vollbringen? Nun hegte Emir allerdings seine Zweifel, nicht allein wegen jenes Werks, sondern er fragte sich auch, ob er es überhaupt lebend aus der Stadt schaffen würde.

Der tödliche Herzinfarkt, den Dr. Abbas in Dubai erlitt, schien zunächst ein zwar unglückliches, aber nicht ungewöhnliches Vorkommnis. Der Mann war stark übergewichtig und hatte die Bitten seiner Familie und seiner Kollegen, besser auf sich zu achten, lange ignoriert. Der brillante Wissenschaftler hatte immer behauptet, seine Forschungen nähmen seine ganze Zeit in Anspruch und ließen ihm keine Gelegenheit zu sportlicher Betätigung. Dann war da Dr. Akbar in Amman. Er war das genaue Gegenteil von Abbas. Beim Sprung in den Pool, in dem er jeden Tag seine Runden schwamm, brach Akbar sich das Genick und ertrank. Nach Akbar kam Dr. Hafiz in Damaskus. Er war ein vergleichsweise robuster Mann in den Fünfzigern ohne Vorerkrankungen. Er starb ganz plötzlich an einem akuten Asthmaanfall.

Als Nächstes der Tod von Dr. Jafar in Kairo, Dr. Quasim in Teheran und Dr. Salim in Rabat. Dann der schreckliche Unfall mit Fahrerflucht, dem Dr. Ansari in Lahore zum Opfer fiel. Jeder dieser Todesfälle war für sich betrachtet nichts Ungewöhnliches, abgesehen davon, dass sie unglücklich und verfrüht waren. Doch wenn Emir Tokay sie insgesamt ins Auge fasste, jagte einem das große Ganze Angst ein. Angenommen, Dr. Bashir in Bagdad, den er schon seit Tagen nicht erreichte, war tot. Dann war Tokay der Letzte des Forschungsteams, der noch am Leben war.

Tokays erste Reaktion bestand darin, seine Vorgesetzten in Kenntnis zu setzen, doch ihm war klar, dass dies ein großer Fehler wäre. Eigentlich durfte ja keiner der Wissenschaftler eine Ahnung haben, mit wem er zusammenarbeitete. Das islamische Institute for Science and Technology hatte aus dem gesamten Projekt ein Geheimnis gemacht und alle Bereiche strikt voneinander getrennt. Den Wissenschaftlern war es nicht gestattet, sich einander zu erkennen zu geben, sie hatten ausschließlich über verschlüsselte, nicht zurückzuverfolgende E-Mail-Adressen kommuniziert. Sie durften lediglich Daten austauschen – nichts Persönliches und auch keine beruflichen Informationen. Das System hatte idiotensicher gewirkt, aber dabei übersah das Institut eine grundlegende Eigenschaft, die einen guten Wissenschaftler ausmachte – die Neugier.

Dr. Bashir war derjenige, der sich daranmachte, nicht nur aufzudecken, mit wem er arbeitete, sondern auch, was ihre Forschungen letztlich bewirken sollten. Abgesehen davon, dass es ein großer Triumph für die Muslime sein werde, hatte man dem Team nicht viel erklärt. Es war ein Rätsel, und insgeheim war jeder von ihnen darauf versessen, es zu lösen.

Bashir vermutete, dass das Institut ihre E-Mails zumindest durch einen Filter laufen ließ auf der Suche nach Schlüsselwörtern, die eine verbotene Konversation verrieten, und wahrscheinlich suchten sie auch E-Mails nach dem Zufallsprinzip aus, um sie zur Gänze zu lesen. So oder so, seine Lösung erforderte Diskretion.

Bashir hatte einer der weißen Laborratten in seiner Kontrollgruppe den Namen Stay-Go gegeben. Der Name, erklärte er in seinen E-Mails, rühre daher, wie sie in ihrem Käfig herumsprang.

Emir Tokay, der brillante, junge türkische Wissenschaftler, den sie ins Institut geholt hatten, um die Koordination der Bemühungen aller am Projekt Beteiligten zu unterstützen, war der Erste, der Dr. Bashirs cleveren Code durchschaute. Es war eher der Ton in Bashirs E-Mails, der ihn annehmen ließ, dass der leitende Wissenschaftler versuchte, dem Team etwas zwischen den Zeilen zu vermitteln. Tokay brauchte eine Weile, um herauszufinden, wie die Botschaft lautete. Doch durch Herumprobieren nach dem Trial-and-Error-Prinzip kam er schließlich darauf, dass der Schlüssel im Namen von Bashirs Laborratte lag. Der Name Stay-Go war in Wirklichkeit die phonetische Umschreibung des Wortes Stego, kurz für *Steganografie. Steganografie* stammte aus dem Griechischen und hieß wörtlich übersetzt »verborgenes Schreiben«. In der Kryptografie geht man davon aus, dass ein Feind eine Botschaft abfangen könnte, aber nicht in der Lage ist, sie zu entschlüsseln. In der Steganografie hingegen besteht das Ziel darin, eine Nachricht in einer ansonsten harmlosen Kommunikation zu verstecken, und zwar so, dass ein Feind, selbst wenn sie von ihm abgefangen würde, gar nicht mitbekommt, dass eine zweite, darunterliegende Nachricht darin enthalten ist. Wer sich in der heutigen digitalen Welt der Steganografie bediente, konnte seine Nachrichten in einem breiten Spektrum an Dateiformaten verbergen. Gängige Dateianhänge wie .wav, .mp3, .bmp, .doc, .txt, .gif und .jpeg waren perfekt, weil redundante beziehungsweise »verrauschte« Daten leicht entfernt und durch eine verborgene Nachricht ersetzt werden konnten. Tokay stellte fest, dass Dr. Bashir ebendies getan hatte.

Drei Monate lang hatte Bashir eine simple, sich stetig wiederholende Nachricht in die digitalen Bilder seiner Laborratte, Stay-Go, eingebettet: »Wer sind wir und was tun wir? Seien Sie vorsichtig mit Ihrer Antwort. Unsere E-Mails werden überwacht. Dr. M. Bashir.«

Sobald Emir Bashirs Code entdeckt hatte, arbeitete er fieberhaft daran, eine Möglichkeit zu finden, die elektronischen Filter des Instituts und die Überwachung der Team-Kommunikation zu umgehen. Wie andere Organisationen sorgte das Institut sich viel mehr um Angriffe von außerhalb seines Computersystems als von innen. Schon bald war Tokay zuversichtlich, dass er eine Möglichkeit gefunden hatte, wie das Team E-Mails senden und empfangen konnte, ohne dass das Institut es mitbekam. Mit der Zeit begannen die Wissenschaftler, im Schnitt einmal pro Woche heimlich Nachrichten auszutauschen. Soweit sie es beurteilen konnten, war das Projekt, an dem sie arbeiteten, eher ein Spiel als alles andere. Keiner begriff, welche praktische Anwendung es für ihre Forschungen wohl geben mochte.

Erst in der Endphase des Projekts brachte Dr. Bashir eine angsteinflößende Hypothese in Umlauf, woran sie da arbeiten könnten. Bevor sie diese Möglichkeit ausgiebig diskutieren konnten, wurde die Forschungsgruppe offiziell aufgelöst. Lediglich Emir behielt das Institut, um die Forschungen des Teams zusammenzustellen. Unmittelbar danach begannen die Teammitglieder zu sterben. *Aber warum?*

Allein in seinem Labor in Bagdad kam Dr. Bashir auf die richtige Antwort. Jedes der Teammitglieder war rekrutiert worden, um Geburtshilfe bei einer Abscheulichkeit zu leisten. Das war das Einzige, was Sinn ergab. Doch Emir Tokay hatte nicht vor, weiterhin ein Teil davon zu sein. Der Islam, an den er glaubte, würde nie gutheißen, was das Institut auf die Welt loszulassen plante. Es war das reine Böse, dabei war der Islam eine Religion des Friedens. Tokay würde nicht zulassen, dass noch mehr Fanatiker seinen Glauben für ihre widerwärtigen Zwecke vereinnahmten.

Das einzige Problem, vor dem er stand, war, dass er nichts mehr beweisen konnte, wenn er tot war. Er musste zurück in die Türkei, in die Sicherheit, die seine Familie bot. Der Flughafen kam nicht infrage, der Bahnhof ebenso wenig. Beides war zu gefährlich, zu offensichtlich. Wenn er einen Bus nach Süden erwischte, in die Hafenstadt Narayanganj, könnte er an Bord eines Schiffes gehen, und alles wäre okay. Aber vorher musste er noch eine letzte Sache im Institut erledigen.

Nachdem er eine letzte E-Mail verschickt und seine Akten aus dem Büro geholt hatte, schlängelte er sich durch die geschäftige Altstadt, bis er auf einer der belebten Straßen parallel zum Fluss Dhaleshwari herauskam. Als er seinen Bus kommen sah, gestattete er sich zu glauben, dass er es vielleicht schaffen könnte.

Sein Gedankengang wurde von einem Mercedes unterbrochen, der angerast kam und mit quietschenden Reifen neben ihm hielt. Der Geruch nach verbranntem Gummi erfüllte die Luft. Als drei Maskierte mit AK-47s aus dem Wagen sprangen und ihn umringten, war ihm klar, wie idiotisch es gewesen war zu glauben, er könnte Bangladesch lebendig verlassen.

6

Washington, D. C.

Helen Remington Carmichael, die demokratische Senatorin für Pennsylvania, sah sich zum hundertsten Mal das Filmmaterial an, und noch immer lief ihr ein Schauer über den Rücken. Nicht etwa weil sie Gewalt verabscheute. Im Gegenteil, sie betrachtete die kalkulierte Gewaltanwendung als genau das, was sie war – ein notwendiges Mittel, um die Freiheit zu bewahren. In diesem Fall allerdings war das, was die Bilder auf ihrem Fernsehschirm zeigten, die Aufnahmen, die Millionen von Amerikanern immer wieder auf Fox und CNN sahen und Muslime in aller Welt sich auf ihren jeweiligen Kanälen anschauten, der Anfang vom Untergang des US-Präsidenten Jack Rutledge.

Sie hatte gewusst, dass es nur eine Frage der Zeit war. Sein Beliebtheitsgrad in den Umfragen war lächerlich hoch. Es fing an mit dem Mitgefühl wegen des Verlusts seiner Frau in seinem ersten Wahlkampf. Sie war an Brustkrebs gestorben. Die Sympathien begleiteten ihn durch seine erste Amtszeit als Präsident. Es lag an seiner Entführung und daran, dass er mit mehreren bekannten Terrororganisationen aufräumte und sich in jüngster Zeit ein erfolgreiches Kräftemessen mit den Russen lieferte. Es hatte den Anschein gehabt, als könnte der Mann nichts falsch machen. Und dann das hier. Der Himmel hatte ein Einsehen und Gott hatte ihr die eine Sache in die Hand gegeben, um die sie betete, seit sie sich mit dem Gedanken trug, als Vizepräsidentin für die Demokraten zu kandidieren.

Eins nach dem anderen, sagte sie sich. Sie wusste, wie die Presse sie wahrnahm. Sie war das machthungrige Miststück, das seinen erfolgreichen Mann dazu benutzt hatte, sich auf einen Platz im Senat zu katapultieren. Pennsylvania gefiel ihr noch nicht mal. Doch als klar wurde, dass der alternde Senator Timothy Murphy nicht mehr antreten wollte, hatte sie ihren Ehemann bei den Eiern gepackt und war mit der ganzen Familie in den Osten gezogen, um ihren Wohnsitz nach Pennsylvania zu verlegen und für den Senat zu kandidieren.

Die Leute in diesem Staat mochten ihr Feuer, und Murphy sprach sich nicht nur für sie aus, sondern warf auch sein gesamtes politisches Gewicht in die Waagschale. Der junge Politiker, den die Republikaner gegen sie aufstellten, hatte nicht die geringste Chance.

Als ausgebuffter Profi arbeitete Carmichael hart daran, ein softeres Image zu bekommen. Doch was sie auch anstellte, alles an ihr schrie trotzdem noch *Miststück*. Während manche ihrer Referenten insgeheim darüber diskutierten, ob sie ihre Hosenanzüge wegwerfen und sich das Haar wachsen lassen sollte oder nicht, meinten andere, das spiele ohnehin keine Rolle. Wie man sie auch anzog oder frisierte, die Frau führte sich nicht nur auf wie ein Miststück, sie sah auch schlicht und einfach so aus.

Unter ihren Mitarbeitern hieß es, vielleicht brauche sie ja bloß ein bisschen Sex, um etwas weicher zu erscheinen, aber ihr Mann sei zu sehr damit beschäftigt, anderen Frauen hinterherzujagen.

Tatsache war: Carmichaels einzige Möglichkeit, je zur Präsidentin der Vereinigten Staaten gewählt zu werden, bestand darin, zunächst einmal ihren Dienst als verdammt gute Vizepräsidentin zu leisten.

Aber selbst wenn sie so weit kommen wollte, stand ihr ein ernsthaftes Hindernis im Weg – Jack Rutledge. Die Demokraten hatten nicht einen Kandidaten, den sie gegen ihn aufstellen konnten in der Hoffnung zu gewinnen. Die einzige Möglichkeit zu siegen bestand darin, den amtierenden Präsidenten politisch in Bedrängnis zu bringen, bis seine Umfragewerte so niedrig waren, dass man nur noch hineinspazieren und ihm das Amt wegnehmen musste.

7

Weißes Haus

Präsident Jack Rutledge winkte Charles Anderson, seinen Stabschef, ins Oval Office und gab ihm mit einer Handbewegung zu verstehen, dass seine Telefonkonferenz fast beendet war.

»Ja, Eure Majestät, das sehe ich ein, und wir wissen die Anstrengungen zu würdigen, die Sie auf sich nehmen, um die militanten Kräfte in Ihrem Land in Schach zu halten. Ihre Hilfe im Krieg gegen den Terror ist unschätzbar. Seien Sie versichert, dass dies eine meiner obersten Prioritäten ist. Wir werden der Sache auf den Grund gehen.« Der Präsident wartete einen Moment. »Dieses Gerücht habe ich auch gehört, und ich kann verstehen, weshalb Ihr Volk aufgebracht ist. Aber lassen Sie mich noch einmal darlegen, dass jede Medaille zwei Seiten hat. Wir werden der Sache auf den Grund gehen, und sobald wir das getan haben, unterrichten wir Sie über unsere Untersuchungsergebnisse. Ich garantiere Ihnen, dass wir das Ganze äußerst ernst nehmen.«

Der Präsident hielt erneut inne und antwortete dann: »Auch ich danke Ihnen für Ihre Zeit. Auf Wiederhören, Eure Majestät.«

Nachdem der Präsident aufgelegt hatte, wandte er sich Anderson zu. »Das ist ein absoluter Albtraum. Das ist heute schon der sechste Anruf eines arabischen Staatsoberhaupts. Wissen Sie, wie die das da drüben nennen? Den Showdown im Al-Karim Corral.«

»Ja, das habe ich gehört«, erwiderte Anderson. »Nicht sehr originell, wenn Sie mich fragen.«

»Originell oder nicht, das ist ein dickes blaues Auge für uns. Die Muslime betrachten Geschichte extrem langfristig, Chuck. Wesentlich langfristiger als wir. Viele von denen haben die Kreuzzüge so frisch in Erinnerung, als hätten sie erst letzte Woche stattgefunden. Und das Ganze auch noch so kurz nach dem Fiasko in Abu Ghraib. Was die Muslime betrifft, könnte es ebenso gut erst zehn Minuten her sein.«

»Abu Ghraib war übel, keine Frage. Und diese Al-Dschasira-Geschichte hat das Potenzial, noch viel schlimmer …«

»Das *Potenzial*? Chuck, ich habe keine Ahnung, wie es von Ihrer Warte aus aussieht. Aber das hier ist schon weit darüber hinaus, das Potenzial zum Schlimmeren zu haben. Es *ist* schlimmer. Und zwar gewaltig schlimmer.«

»Zugegeben, es sieht nicht gut aus. Aber darf ich Sie daran erinnern, wie Sie ja selbst gerade sagten, dass wir noch nicht alle Fakten haben?«

»Dieser Soldat ist Amerikaner. Das ist alles, was zählt«, sagte der Präsident. »Wir führen den Krieg gegen den Terror nicht im luftleeren Raum. Jeder einzelne Schritt, den wir unternehmen, wird von der ganzen Welt beobachtet. Alles, was wir tun, hat unzählige Konsequenzen. Es dauert Jahre, um in dieser Region auch nur eine Handbreit an Glaubwürdigkeit zu gewinnen, und bloß Sekunden, sie wieder zu verlieren.«

»Das stimmt«, sagte Anderson. »Aber ungeachtet des ewig langen Blicks, den die Muslime auf die Geschichte haben, sollten die USA sich nicht vom Gewicht der Kreuzzüge niederdrücken lassen. Im 11. Jahrhundert hat unser Land ja noch nicht einmal existiert. Es waren die Europäer, die die Kreuzzüge führten.«

Der Präsident lehnte sich auf seinem Sessel zurück und blickte an die Decke. »Das spielt keine Rolle. In deren Köpfen sind wir eine Erweiterung Europas. Alles, was der Westen tut, sei es nun Europa oder Amerika, steht in einem Zusammenhang. Ob etwas vor sieben Minuten oder vor sieben Jahrhunderten passiert ist, macht für die keinen Unterschied. Die scheren uns alle über einen Kamm. Es ist verteufelt frustrierend, aber diese Leute denken einfach nicht so wie wir.«

»Niemand denkt so wie wir. Wir haben eine einzigartige Einstellung, und dieser Geist ist, was Amerika ausmacht.

Freizügigkeit, Demokratie, Freiheit und die Bereitschaft, wenn nötig Gewalt einzusetzen, um diese Ideale zu bewahren – dafür stehen wir. Gehen Sie doch mal in den Nahen Osten, nehmen Sie den Mann oder die Frau auf der Straße und bieten Sie ihnen die Möglichkeit, entweder zu bleiben, wo sie sind, oder nach Amerika zu kommen, um ein neues Leben zu beginnen mit den Rechten und Freiheiten, mit denen wir uns identifizieren. Jedes Mal werden die sich für die guten alten USA entscheiden. Für die Kameras verbrennen sie vielleicht unsere Fahne, aber wirft man ihnen eine Handvoll Greencards hin, würden sie sich gegenseitig die Hälse durchschneiden, um sie in die Finger zu kriegen.«

Der Präsident wandte den Blick von der Decke und richtete ihn auf seinen Stabschef. »Ich frage mich, was Al-Dschasira mit solchen Aufnahmen wohl anfangen würde.«

»Kommen Sie mir bloß nicht mit Al-Dschasira! Wir könnten da drüben Decken, Medikamente und vergoldete Ausgaben des Korans verteilen, und die würden immer noch eine Möglichkeit finden, uns schlecht dastehen zu lassen.«

»Stimmt leider«, erwiderte Rutledge. »Aber ich bin es leid, über die mangelnde journalistische Integrität von Al-Dschasira zu reden. Weshalb wollten Sie mich sprechen?«

»Ich nehme an, das war König Abdullah, mit dem Sie gerade gesprochen haben?«, sagte Anderson.

Der Präsident nickte.

»Und bei dem Gerücht, das Sie erwähnten, ging es darum, dass der Mann, den unser Soldat zusammengeschlagen hat, ein bloßer Niemand sein soll, ein Verkäufer an einem Obststand, richtig?«

Abermals nickte der Präsident.

»Nun, es handelt sich nicht länger um ein Gerücht. Der Mann *ist* Obstverkäufer.«

»Großartig!« Der Präsident warf die Hände in die Höhe und erhob sich von seinem Schreibtisch. »Konnte es nicht jemand von unserer Liste der meistgesuchten Terroristen sein? Das wäre natürlich viel zu einfach. Gott bewahre, dass wir eine Möglichkeit bekommen, unsere Glaubwürdigkeit in der Region zu stärken, indem wir einen aktenkundigen Mörder aus dem Verkehr ziehen.«

»Selbst wenn der Kerl als Terrorist bekannt wäre, denke ich nach wie vor, dass es vom Standpunkt der Public Relations aus vor den Kameras nicht so hätte ablaufen dürfen«, erwiderte Anderson, während er dem Präsidenten zusah, wie er auf und ab tigerte.

»Sie wissen, was ich sagen möchte. Unsere Glaubwürdigkeit da drüben ist so hauchdünn, man müsste sie bloß vor eine Glühbirne halten, dann könnte man hindurchsehen. Wir reden davon, eine gerechte Nation zu sein – von Rechtsstaatlichkeit, davon, dass man so lange unschuldig ist, bis die Schuld erwiesen ist. Aber das sind bloß Worte, oder? Und was ist so viel wert wie tausend Worte? Ein Bild. Und was für Bilder sieht jeder auf der ganzen Welt, der innerhalb der letzten acht Stunden seinen Fernseher einschaltete? Er sieht, wie ein gesichtsloser amerikanischer Soldat einen irakischen Obstverkäufer krankenhausreif prügelt. Was für ein Licht wirft das auf uns? Besser kann man es sich nicht ausdenken. Ein amerikanischer GI in Uniform und ein typischer Einheimischer, komplett mit Turban.«

»Eigentlich handelt es sich um eine Kufija, Sir, nicht um einen Turban. Das ist ein Unterschied.«

»Ich weiß, dass es einen Unterschied gibt. Das brauchen Sie mir nicht zu sagen«, fuhr Rutledge ihn an. »Ich habe die Aufnahmen gesehen.«

»Selbstverständlich! Tut mir leid, Sir.«

»Ich will damit sagen, dass wir nicht einfach reden können. Wir müssen auch vorleben, was wir predigen – jeder Einzelne von uns. Vom rangniedrigsten Soldaten bis ganz oben hin zu den Leuten, die in diesem Gebäude hier arbeiten. Verflucht noch mal! Gerade als es so aussah, als würde unsere Öffentlichkeitsarbeit in jenem Teil der Welt greifen, passiert so etwas.«

Anderson wartete einen Moment, bis der Präsident sich wieder beruhigte. »Es gibt da eine Information, die sich trotz alledem zu unseren Gunsten auswirken könnte.«

Rutledge hielt einen Moment in seinem Auf-und-ab-Tigern inne und hob die Augenbrauen. »Tatsächlich? Und das wäre? Wollen Sie mir erzählen, dass dieser Übergriff zur Selbstverteidigung geschah? Vielleicht hat der Obsthändler ja verdorbene Datteln verkauft. Denn falls er das getan hat, dann wäre die ganze Sache ja okay, oder? Ich meine, wenn dieser Kerl den Nerv hat, einem verdorbene Datteln zu verkaufen, dann holt man eben die harten Bandagen raus. Das ist doch verständlich. Gott weiß, dass wir eine Nation sind, die nichts von verdorbene Datteln hält. Der Himmel helfe jedem Obstverkäufer, der uns verdorbene Datteln andrehen will.«

Dem Stabschef war klar, dass der Präsident kurz davorstand, einen Tobsuchtsanfall zu bekommen, und er beschloss, mit äußerster Vorsicht vorzugehen. »Der Stand des Obstverkäufers war noch nicht einmal in der Nähe der Stelle, an der sich der Vorfall ereignete. Tatsächlich steht er auf der völlig entgegengesetzten Seite Bagdads. Eigentlich hätte der Mann an seinem Stand sein müssen. Aber wie sich herausstellte, bezahlte er einem seiner Cousins eine nicht geringe Summe, damit er ihn vertrat.«

»Und warum hat er das getan?«

»Weil jemand anders ihm eine noch größere Summe dafür zahlte, dass er einen Tag freinahm und ein paar Blocks vom Al-Karim-Basar entfernt herumlungerte.«

»Wer? Und weshalb?«

»Die irakischen Sicherheitskräfte haben versucht, das aus ihm herauszuholen. Aber der Mann behauptet, er wisse es nicht«, sagte Anderson. »Und bevor Sie jetzt Bemerkungen über die Effektivität der irakischen Sicherheitskräfte machen, bedenken Sie, dass sie in Al-Karim beinahe sofort vor Ort waren und das Al-Dschasira-Team daran hinderten, weitere Aufnahmen zu machen, sodass sie das Gesicht unseres Soldaten nicht auf Band bekamen. Wir haben Glück, dass alles nur von hinten gefilmt wurde.«

»Wen interessiert, ob sie sein Gesicht filmten? Die haben diesen kleinen, fünf mal sieben Komma fünf Zentimeter großen Stars-and-Stripes-Aufnäher an seinem Oberarm.« Der Präsident war kein bisschen überzeugt, dass an dieser Katastrophe irgendetwas Positives sein sollte. »Mehr brauchen die doch nicht.«

»Das ist wahr«, meinte Anderson. »Aber die Tatsache, dass sein Gesicht nicht gezeigt wurde, verschafft uns bestimmt noch ein bisschen Zeit.«

»Zeit? Wozu? Zeit, um zu hoffen, dass diese Geschichte allmählich aus dem Gedächtnis schwinden wird? Das wird nämlich nicht passieren. Das ist nichts, bei dem wir behaupten können, wir hätten keine Ahnung, um es dann still und leise unter den Teppich zu kehren. Die Leute sind aufgebracht, Chuck. Die ganze muslimische Welt läuft Sturm gegen uns. Sie sehen das als direkten Angriff auf den Islam und lechzen buchstäblich nach Blut. Nicht weniger als vier Regierungen in der Region haben mich gebeten, den Soldaten auszuliefern, sobald er identifiziert ist, damit sie ihn nach islamischem Recht vor Gericht stellen können. Nicht genug, dass jeder zweitklassige Imam eine Fatwa gegen ihn, das US-Militär und ganz allgemein gegen die Vereinigten Staaten erlassen hat, einige dieser Leute fordern auch noch ein Kriegsverbrechertribunal in Den Haag.«

»Nun, wenn die Moslems unseren Soldaten vor Gericht stellen wollen, dann müssen sie eine Nummer ziehen. Die Demokraten im Kapitol fordern bereits eigene Anhörungen.«

Der Präsident lehnte sich in seinem Sessel zurück und massierte sich mit den Handballen die Schläfen. »Warum überrascht mich das nicht?«

»Wir sind in einem Wahljahr.«

»Auch wenn kein Wahljahr wäre, würde es keine Rolle spielen. Wäre die Situation umgekehrt, würde unsere Seite sich auch darüber hermachen. Das ist doch zu verlockend, um es sich entgehen zu lassen.« Er blickte auf. »Wer führt die Anklage?«

»Helen Carmichael«, antwortete Anderson. »Und jetzt kommt der Hammer – sie will, dass die Anhörungen im Fernsehen übertragen werden.«

»Warum überrascht mich das ebenfalls nicht?«

»Sollte es auch nicht. Sie will in ihrer Partei noch mal ordentlich punkten, bevor Gouverneur Farnsworths Wahlkampfteam und der Parteitag festlegen, wer die Nummer zwei auf der Liste der Demokraten sein wird. Was allerdings überrascht, ist, dass sie die Anhörungen von ihrem Sitz im Geheimdienstausschuss des Senats aus einleiten will.«

Das überraschte Rutledge tatsächlich. »*Im Geheimdienstausschuss? Wozu, zum Teufel?* Mit den Geheimdiensten hat das doch gar nichts zu tun. Warum übergibt sie es nicht dem Streitkräfteausschuss?«

»Wir glauben, es liegt daran, dass sie Blut gerochen hat.«

»Natürlich riecht sie Blut. Wir sind ja auch angeschlagen. Islamische Fundamentalisten werden die Al-Dschasira-Aufnahmen bis in alle Ewigkeit für ihre Rekrutierung benutzen. Und es wird funktionieren. Tausende junger Muslime, die sich ansonsten wohl niemals verpflichtet hätten, werden sich fragen: *Was, wenn dieser Mensch, der da von einem amerikanischen Soldaten zusammengeschlagen wird, jemand wäre, den ich liebe oder der mir am Herzen liegt?* Wir haben es ihnen auf einem Silbertablett serviert. Wir werden Jahrzehnte brauchen, um das wiedergutzumachen. Das erklärt aber trotzdem noch nicht, welches Interesse der Geheimdienstausschuss haben sollte, in diesem Fall eine Anhörung abzuhalten.«

»Vielleicht ändern Sie ja Ihre Meinung bezüglich des Interesses des Ausschusses, wenn Sie erst erfahren, wer der Amerikaner auf den Al-Dschasira-Aufnahmen ist«, sagte Anderson.

Der Präsident beugte sich in seinem Sessel vor. »Wer hat ihn? Die Army? Wissen die, wer er ist?«

»Die Army hat ihn nicht, und sie weiß auch nicht, wer er ist.«

Rutledge wartete auf die nächste Hiobsbotschaft, doch als Anderson nichts weiter dazu sagte, fragte er etwas anderes. »Ich nehme an, dieser Typ war kein privater Dienstleister, den wir glaubwürdig verleugnen können?«

»So viel Glück haben wir in diesem Fall nicht. Wäre es ein Söldner, wäre die ganze Sache längst vorbei.«

»Dann ist er also ein Operator, oder?«, meinte der Präsident.

Anderson nickte. »Er gehört zu einem Direct Action Team, autorisiert vom Verteidigungsministerium und diesem Büro hier.«

»Von der CIA?«

»Ich denke, zum jetzigen Zeitpunkt sollten Sie nicht mehr erfahren. Die Chancen stehen nicht schlecht, dass Carmichael Zeugen vorladen lässt, und ich bezweifle nicht, dass auch Ihr Name dabei sein wird.«

»Mein Name? Wozu, zum Teufel?«

»Im Moment sitzt der Mann in einer C130 und ist unterwegs zur Andrews Air Force Base. Er wird sehr spät heute Nacht landen. Morgen früh gibt es ein gründliches Debriefing. Danach komme ich zu Ihnen, dann können wir reden. Bis dahin wäre es mir lieber, Sie sind nicht eingeweiht.«

Rutledge kannte seinen Stabschef lange genug, um sich auf dessen Urteil zu verlassen. Den Präsidenten vor politischem Schaden zu bewahren gehörte zu Andersons Job. »Bis morgen früh, nicht länger«, sagte Rutledge. »Nun, was ist mit Carmichael? Weiß sie, dass wir ihn haben?«

»Ich glaube, nicht«, erwiderte Anderson. »Noch nicht!«

»Weiß sie, wer er ist?«

»Sie hat sich festgebissen und arbeitet rund um die Uhr daran, jeden Stein in der Stadt umzudrehen.«

»Nun, wenn wir ihn haben, dann müssen wir ihr mit dieser Geschichte zuvorkommen und kontrollieren, wie sie sich entwickelt. Die Wahlen sind mir egal. Sie stehen nicht über der Erhabenheit dieses Amtes hier. Wir werden in dieser Sache das Richtige tun. Und wenn das heißt, dass dieser Agent sich für das Team opfern muss, dann muss er eben den Kopf hinhalten«, sagte der Präsident.

Anderson schüttelte den Kopf und griff nach dem Blackberry, der an seiner Hüfte vibrierte. »Vielleicht sehen Sie das anders, wenn Sie erst wissen, von wem wir reden.«

»Wollen Sie damit sagen, dass ich die Person kenne?«, fragte der Präsident.

Anderson antwortete nicht. Er war damit beschäftigt, die Nachricht zu lesen, die er gerade erhalten hatte.

»Chuck, ich habe Sie etwas gefragt«, sagte der Präsident noch einmal. »Handelt es sich um jemanden, den ich kenne?«

Der Stabschef blickte auf. »Tut mir leid, Mr. President. Wir müssen später darauf zurückkommen. Sie werden unverzüglich im Situation Room verlangt.«

8

Weißes Haus
Situation Room

Innerhalb von 20 Minuten war der Saal brechend voll und die Anspannung greifbar. Aufgrund der drohenden Terrorgefahr war man im Weißen Haus auf jeden Notfall vorbereitet.

»Ladys und Gentlemen«, sagte der Präsident mit lauter Stimme. »Wie es aussieht, haben wir eine Menge zu besprechen, und ich würde gern anfangen. Wenn Sie also bitte alle Platz nehmen würden.«

Die Anwesenden taten wie geheißen, und während sich dezentes Schweigen über den Raum senkte, nickte der Präsident dem Vorsitzenden der Joint Chiefs of Staff, General Hank Currutt, zu.

»Vielen Dank, Mr. President!« Currutt erhob sich, um sich an die Versammelten zu wenden. »Vor zwei Tagen reagierten Soldaten des Stryker Brigade Combat Teams der Dritten Arrowhead Brigade, Second Infantry Division aus Fort Lewis, Washington – jetzt stationiert in Mosul, Irak –, auf eine Meldung, dass drei Entwicklungshelfer von Christian

Aid sich nicht bei ihrer Organisation gemeldet hätten und als vermisst galten. Als die Soldaten in das abgelegene Dorf nahe der syrischen Grenze fuhren, in dem die Entwicklungshelfer ihren Sitz hatten, stießen sie auf etwas, das uns noch nie untergekommen ist.

Um Sie darüber zu informieren, was genau die Männer fanden, übergebe ich das Wort an Colonel Michael Tranberg. Für diejenigen unter Ihnen, die Colonel Tranberg noch nicht kennen: Er ist der Commander des Medizinischen Forschungsinstituts der US Army für Infektionskrankheiten, des US Army Medical Research Institute of Infectious Diseases in Fort Detrick, Maryland. Ich habe ihn hierhergebeten, denn das USAMRIID ist das führende Laboratorium des Verteidigungsministeriums zur Entwicklung medizinischer Gegenmaßnahmen, Impfstoffe, Medikamente und Diagnoseinstrumente zum Schutz von US-Truppen vor biologischen Kampfstoffen und natürlich vorkommenden Infektionskrankheiten. Neben dem Zentrum für Seuchenkontrolle in Atlanta beherbergt das USAMRIID das bundesweit einzige Labor der biologischen Sicherheitsstufe 4. Das erlaubt Colonel Tranbergs Team, hochgefährliche Viren unter maximalen Sicherheitsbedingungen zu untersuchen. Ich denke, das genügt als Einführung. Colonel Tranberg?«

»Vielen Dank, General Currutt«, sagte Tranberg, ein hochgewachsener, grauhaariger Mann in den Sechzigern. Er nahm eine digitale Fernbedienung vom Konferenztisch, drückte eine Taste, und die beiden Flachbildschirme an der Stirnseite des Saals erwachten zum Leben und zeigten ein sich drehendes Logo des Instituts. »Die Bilder, die Sie gleich sehen werden, wurden vor etwas über einer Woche im Nordirak aufgenommen, und zwar von den bereits erwähnten Entwicklungshelfern. Sie gehören zu einer Gruppierung namens Mercy International in Fresno, Kalifornien. Drei Mitarbeiter von Mercy International hatten ihren Sitz in dem entlegenen Dorf Asalaam, ungefähr 150 Kilometer südwestlich von Mosul. Als sie sich nicht mehr in der Mercy-Zentrale in Bagdad meldeten, wurden Anrufe getätigt und schließlich Soldaten eines Stryker Brigade Combat Teams entsandt, um nach ihnen zu sehen. Ebendiese Soldaten entdeckten jene Filmaufnahmen. Wir haben das Material so weit zusammengeschnitten, dass nur die wesentlichen Teile gezeigt werden, aber ich muss Sie warnen, es fällt schwer, es anzusehen.«

Tranberg drückte eine weitere Taste der Fernbedienung und setzte sich.

Gebannt sah jeder im Saal zu, wie eine junge Entwicklungshelferin, kaum älter als 22 Jahre, von einer merkwürdigen, grippeähnlichen Krankheit berichtete, die das ganze Dorf erfasste. Am zweiten Tag allerdings wurde die Frau krank, ebenso wie ihre Kollegen, und schon bald war sie zu schwach, um weiterzufilmen. »Wir glauben, dass von da an einer der Dorfbewohner das Filmen übernahm«, erläuterte Tranberg, »womöglich ein Einheimischer, der für die Entwicklungshelfer arbeitete.«

Die Versammelten sahen zu, wie das Video weiter von der Krankheit berichtete, die sich in dem Dorf ausbreitete. Wer infiziert war, musste gefesselt werden. Alle Patienten zeigten irgendwann ein extrem aggressives Verhalten, viele versuchten, ihre Pflegekräfte zu beißen beziehungsweise jeden, der ihnen über den Weg lief. Überdies konnte bei vielen der Betroffenen ein bizarrer Zustand gesteigerter Sexualität beobachtet werden. Viele klagten über schwere Schlaflosigkeit und Kopfschmerzen. Sie reagierten überempfindlich auf Gerüche, insbesondere Knoblauch, und konnten es nicht ertragen, ihr Spiegelbild zu sehen, ganz gleich ob in einem Spiegel oder einer Bettpfanne. Darüber hinaus hatten sie anscheinend Angst vor Wasser und mussten vollständig intravenös ernährt werden. Selbst dann musste man die wenigen Infusionsbeutel, über die das Dorf verfügte, unter Handtüchern verstecken, da die Patienten Wutanfälle bekamen, wenn sie etwas sahen, das auch nur entfernt an Wasser erinnerte, und ihnen der Hals so zuschwoll, dass sie keine Luft mehr bekamen. Sie reagierten überempfindlich auf Licht und ihre Haut war seltsam blass. Die Präsentation wechselte zu den letzten Aufnahmen der Entwicklungshelfer im Endstadium der Krankheit.

Schweigend sahen die um den Tisch Sitzenden zu, wie die Entwicklungshelfer Krampfanfälle bekamen. Es dauerte nicht lange, und eine dunkle Flüssigkeit lief ihnen aus den Nasenlöchern. Wenige Augenblicke darauf waren sie tot.

Im Hintergrund des Videos sah man Dorfbewohner, die noch nicht infiziert waren, entsetzt zurückweichen.

Als der letzte Ausschnitt vorüber war, kam anstelle der Videoaufnahmen abermals das sich drehende USAMRIID-Logo. Einen Moment lang sagte niemand etwas. Den Gesichtern rund um den Tisch sah man an, dass die Filmaufnahmen jedem eine Heidenangst eingejagt hatten, auch dem Präsidenten.

Dr. Donna Vennett, Allgemeinmedizinerin und Sanitätsinspekteurin der Vereinigten Staaten, fing sich als Erste wieder. »Was ist das? So etwas wie ein Ebolastamm? Ein hämorrhagisches Fieber?«

»Nein in beiderlei Hinsicht«, erwiderte Tranberg. »Es ist anders als alles, was wir kennen.«

»Was war das für eine Substanz, die den Opfern aus dem Nasenkanal lief, bevor sie starben?«

»Das ist ebenfalls ein Rätsel.«

»Nun, was wissen wir?«, sagte Steve Plaisier, der Gesundheitsminister. »Offensichtlich wurden wir ja aus einem bestimmten Grund hierhergebeten. Besteht die Möglichkeit, dass diese Sache in den USA ausbricht?«

»Mehr als bloß eine Möglichkeit«, entgegnete General Currutt. »Wir rechnen damit.«

Der Minister der Homeland Security, Alan Driehaus, räusperte sich. »Wieso?«

»Weil das Dorf Asalaam nicht zufällig infiziert wurde. Es wurde gezielt ausgewählt.«

»Eine absichtliche Infizierung?«, sagte Plaisier.

Currutt nickte.

»Was macht Sie da so sicher?«

Der General schaltete seinen Laptop ein und projizierte eine Reihe von Fotos auf die Bildschirme an der Stirnseite des Saals. »Es waren nicht nur alle Kommunikationsleitungen zerstört, sondern jemand hatte auch die Handvoll Fahrzeuge, die die Dorfbewohner kollektiv besaßen, sabotiert – die Reifen aufgeschlitzt, solche Sachen. Niemand kam von dort weg. Jemand wollte dieses Dorf vollständig isolieren.«

»Wer?«

Nun war es an CIA-Direktor James Vaile, etwas zu sagen. »Wir haben parallele Informationen, die diese Frage vielleicht zum Teil beantworten. Während der letzten zwei Monate wurde ein hochrangiger Al-Qaida-Agent namens Khalid Scheich Alomari in Dubai, Amman, Damaskus, Kairo, Teheran, Rabat, Lahore und Bagdad gesichtet. Und während er sich in diesen Städten aufhielt, starb jeweils ein hoch angesehener muslimischer Wissenschaftler. Oberflächlich betrachtet sahen all diese Todesfälle aus wie Unfälle oder beruhten anscheinend auf natürlichen Ursachen. Zunächst glaubten wir, Alomari reiste durch den Nahen Osten, um entweder Geld aufzutreiben oder Anschläge in mehreren Städten zu koordinieren. Erst als einer unserer Analysten anfing, eins und eins zusammenzuzählen, begriffen wir, dass der Kerl Auftragsmorde ausführte.«

»Sie sagten, bei diesem Alomari handle es sich um einen hochrangigen Agenten«, stellte Paul Jackson fest, der Nationale Sicherheitsberater des Präsidenten. »Von wie hochrangig reden wir hier?«

»Alomari ist bin Ladens Protegé – handverlesen, um ausschließlich die heikelsten Aufträge zu erledigen. Es ist besonders beunruhigend, dass wir ihn mit dem in Verbindung bringen, was in Asalaam geschehen ist. Denn Alomaris hauptsächliche Aufgabe bei Al-Qaida besteht darin, die verheerendsten Anschläge auf die Vereinigten Staaten, die er sich vorstellen kann, mit zu planen und zu organisieren. Er ist der Einzige bei Al-Qaida, von dem es heißt, er hasse die USA noch mehr als selbst bin Laden.«

»Aber woher wollen wir wissen, dass Alomari und die toten Wissenschaftler etwas mit dem zu tun haben, was in dem Dorf geschehen ist?«, fragte Secretary Driehaus.

»Weil die Wissenschaftler, abgesehen davon, dass Alomari sie wahrscheinlich umbrachte, alle an einem streng geheimen Projekt arbeiteten, und zwar am sogenannten Islamic Institute for Science and Technology in Bangladesch. Dessen Leitbild lautet, durch Fortschritte in Wissenschaft und Technik für ein besseres Leben von Muslimen in aller Welt zu sorgen. Aber wir vermuten schon seit einer ganzen Weile, dass das nicht das wahre Ziel ist.«

»Weshalb?«

»Sie erhalten jede Menge Besuche von Wissenschaftlern aus islamischen Ländern, die unserer Meinung nach mit geheimen chemischen, biologischen oder Atomwaffenprogrammen zu tun haben. Einer der Direktoren des Instituts ist sogar besonders davon angetan, Dr. Shirō Ishii zu zitieren, den Leiter des japanischen Biowaffenprogramms im Zweiten Weltkrieg. Ishii war es, der sagte, wenn eine Waffe wichtig genug ist, um verboten zu werden, sollte man sie unbedingt in seinem Arsenal haben.«

»Direktor Vaile«, entgegnete Außenministerin Jennifer Staley, »haben wir konkrete Beweise, die dieses Institut mit geheimen Waffenprogrammen in Verbindung bringen?«

»Ja, die haben wir.«

»Worin besteht die Verbindung?«

»In Jamal Mehmood.«

»Wer ist Jamal Mehmood?«, wollte Driehaus wissen.

Vaile blickte zum Präsidenten, und als Rutledge nickte, erklärte Vaile: »Ein pakistanischer Atomwissenschaftler. Vor ein paar Jahren stießen wir in einem Al-Qaida-Ausbildungslager auf Pläne für eine von ihm entworfene Milzbrandbombe. Die CIA war Teil des Teams, das ihn aufspürte und bei Karatschi schließlich festnahm. Seine Behauptungen, die Pläne seien gestohlen worden, konnten wir nie bestätigen.«

»Ich sehe immer noch nicht die Verbindung.«

»Sowohl Mehmood als auch A. Q. Khan – der Vater der islamischen Bombe, der Atomgeheimnisse an den Iran und Libyen verkaufte – waren nicht nur Gastprofessoren des islamischen Instituts für Science and Technology, sondern warben auch bedeutende Geldmittel dafür ein.«

Die Außenministerin hatte die Hände vor sich ausgestreckt, so als wägte sie ab, was sie da hörte. »Einerseits haben wir also eine ernst zu nehmende, geheimnisvolle Krankheit, die bislang erst in einem abgelegenen Dorf im Irak in Erscheinung getreten ist. Andererseits einen hochrangigen

Al-Qaida-Agenten, der einen ganzen Haufen Wissenschaftler umgebracht hat, die etwas mit einer islamischen Forschungsgruppe zu tun haben. Ich sehe hier immer noch keinen Zusammenhang.«

General Currutt schritt fort zur nächsten Folie auf seinem Laptop. »Ein paar Tage bevor die Leute in Asalaam krank wurden«, erwiderte er, »wurde Khalid Scheich Alomari beim Überqueren der irakisch-syrischen Grenze gesichtet, keine 45 Kilometer von dem Dorf entfernt. Wir nehmen an, dass Asalaam ein Einsatztest für das Virus war.«

Mehr brauchte es nicht. Niemand im ganzen Saal konnte die Verbindung zu Al-Qaida noch übersehen.

»Das war's dann also«, meinte Jackson. »Al-Qaida mischt nun aktiv in der Biowaffen-Branche mit.«

Currutt rief ein Organigramm von Al-Qaida auf. Tote oder Gefangene hatten entweder einen einfachen Strich oder ein rotes X durch ihr Foto. »Leider sieht es so aus. Wir haben ihnen so erheblichen Schaden zugefügt, dass sie allmählich verzweifeln. In gewisser Weise haben wir sie gezwungen, ihre Aktivitäten in einschneidende neue Richtungen auszudehnen, und eine davon liegt zufällig im Bereich chemischer und biologischer Waffen. Sie benutzen den Irak und Afghanistan als Rechtfertigung für den Einsatz welcher Waffen auch immer, von allem, was sie in die Finger bekommen, um uns aus jedwedem muslimischen Land zu verjagen.«

»Mein Gott«, erwiderte Driehaus. »Das ist ja wie ein Bumerang! Jeder einzelne Schritt, den wir unternehmen, kehrt sich anscheinend gegen uns und beißt uns zweimal so fest in den Hintern.«

Ebendies dachten alle, die um den Tisch saßen.

»Das Gute, das wir da drüben tun, überwiegt das Schlechte doch bei Weitem«, sagte die Außenministerin.

»Das hoffe ich«, erwiderte Driehaus. »Aber um ehrlich zu sein: Ich befürchte, unsere Verluste könnten bald überschatten, was auch immer wir an Erfolgen haben werden.«

»Was soll das nun wieder heißen?«

»Es heißt, dass mir das Wohlergehen des amerikanischen Volkes wohl oder übel mehr am Herzen liegt als das der Iraker oder von sonst jemand in jenem Teil der Welt da drüben.«

»Na und? Sollen wir einfach den Kopf in den Sand stecken und hoffen, dass das Terrorproblem von allein verschwindet? Wir wissen alle, dass das nicht passieren wird.«

»In Ordnung«, ging der Präsident dazwischen, »ich respektiere, dass wir eine große Bandbreite an Meinungen hier im Saal haben. Aber versuchen wir alle, uns zu beruhigen und uns auf das anstehende Problem zu konzentrieren.«

Nach einigen Augenblicken betretenen Schweigens sagte die Sanitätsinspekteurin: »Wenn wir nicht wissen, womit wir es zu tun haben, dann ist es, nehme ich an, wohl auch sinnlos, nach einem Heilmittel zu fragen.«

»Ja, schon.« Colonel Tranberg war froh, wieder zur Sache zu kommen.

»Wie steht es mit der Sterblichkeitsrate? Was können Sie uns dazu sagen?«

»Nun, das kommt ganz darauf an, wie man die Daten interpretiert. Betrachtet man das Dorf Asalaam, dann starb jeder Zweite. Damit haben wir eine Sterblichkeitsrate von 50 Prozent, was schon sehr ernst ist.«

»Wenn das Dorf unsere einzige Bezugsgröße ist«, meinte Plaisier, »wie soll man es denn sonst betrachten?«

»Wir betrachten natürlich das Dorf. Aber, wichtiger noch, wir müssen diejenigen Dorfbewohner in Betracht ziehen, die gestorben sind. Sehen Sie, das Gebiet um Mosul ist eine der größten christlichen Enklaven im gesamten Land. Es ist keineswegs ungewöhnlich, dass dort Christen und Muslime Seite an Seite leben. Asalaam war das perfekte Beispiel dafür. Tatsächlich so perfekt, dass dort 52 Prozent Muslime neben 48 Prozent Christen lebten.«

»Und wenn man die Sterblichkeitsrate nach Religionszugehörigkeit betrachtet?«, fragte die Sanitätsinspekteurin.

Tranberg schüttelte bedächtig den Kopf. »Nur die Muslime haben überlebt. Sofern man kein Muslim war, verlief die Krankheit zu 100 Prozent tödlich.«

Alban Towers Apartments
Georgetown

Eigentlich musste Helen Carmichael gar nicht mit dem jungen CIA-Analysten schlafen – die Aussicht auf eine Stelle in ihrem Kabinett hätte an sich schon ausgereicht. Doch der Sex war ein hübscher Bonus. Nicht nur mächtige männliche Politiker zogen gut aussehende, gut gebaute junge Dinger an. Bei Politikerinnen war es nicht anders, allerdings gingen sie wesentlich diskreter vor.

Carmichael griff nach der halb leeren Flasche Montrachet in dem Eiskübel neben dem Bett und schenkte zwei Gläser ein. Als sie dem rotblonden 25-Jährigen seinen Wein reichte, sagte sie: »Erzähl mir von deiner Arbeit.«

Brian Turner war klar, dass dies Teil der Abmachung war. Doch ausnahmsweise wünschte er, sie könnten von etwas anderem reden. »Ein Freund von mir«, wechselte er das

Thema, »hat am Ostufer der Chesapeake Bay ein Segelboot liegen. Er meint, ich könnte es jederzeit benutzen. Wie wäre es dieses Wochenende?«

»Brian, du weißt doch, dass ich nicht viel für Boote übrighabe«, erwiderte die Senatorin.

»Das spielt doch keine Rolle. Es ist ja sowieso Regen vorhergesagt. Wir lassen das Boot auf dem Liegeplatz und bleiben einfach unter Deck. An Bord gibt es einen DVD-Player. Wir leihen uns einen Stapel Filme und decken uns unterwegs bei Dean & DeLuca mit Lebensmitteln ein. Wir holen diese Hummerbrötchen, die du so magst. Ich bringe eine Kiste Wein mit. Es wird perfekt.«

Einen Moment lang war Carmichael in Versuchung. Sie konnte sich schon gar nicht mehr daran erinnern, wann sie das letzte Mal alles stehen und liegen gelassen hatte, um ein sorgloses romantisches Wochenende zu verbringen. Vielleicht ein-, zweimal zu Beginn ihrer Ehe, aber das war so lange her, dass sie gar nicht mehr sicher war, ob das wirklich geschehen war oder ob sie sich das Ganze nur einbildete, um sich besser zu fühlen.

Sie starrte Brian Turners gebräunten, festen Körper an, der auf der frischen Frette-Bettwäsche lag, und überlegte, wie sie es in ihrem Terminkalender unterbringen konnte. Doch das war unmöglich. Zu viel Wichtiges war im Gang. Sie musste nach den Dingen sehen und sich in der Stadt blicken lassen, insbesondere jetzt, wo sie die Ermittlungen ihres Ausschusses über den Al-Dschasira-Zwischenfall auf den Weg bringen musste. »Ich kann nicht, Brian«, sagte sie. »Im Moment habe ich einfach zu viel zu tun.«

»Das verstehe ich«, erwiderte Turner, und er verstand es auch. Ja, er war froh, dass sie ihm einen Korb gab. Dieselbe Einladung hatte er bereits einer wesentlich jüngeren und attraktiveren Kongressassistentin unterbreitet, von der es hieß, ihr Verlangen nach wildem Marathonsex sei unersättlich. Turner machte Carmichael lediglich etwas vor. Die Senatorin lehnte seine »romantischen« Avancen, einmal gemeinsam auszubrechen, ohnehin jedes Mal ab. Der Gedanke an ein ganzes, langes Kuschelwochenende mit ihr entsprach nicht unbedingt seiner Vorstellung davon, sich zu amüsieren. Nicht dass er sie reizlos fand. Sie war schon okay, aber es war nicht der Sex, weshalb er mit ihr zusammen war, sondern das, was sie für seine Karriere tun konnte.

Carmichael war Turners Ticket dazu, es ganz nach oben zu schaffen, seine Fahrkarte weg von der eintönigen Plackerei, die der Job bei der CIA nach 9/11 bedeutete. Abgesehen davon, am Wochenende die hübsche kleine Assistentin aus South Dakota zu vögeln, wünschte Brian Turner sich nichts sehnlicher, als für Senatorin und hoffentlich bald Vizepräsidentin Helen Carmichael zu arbeiten.

Er war gerade dabei, sich Gedanken über die Perversionen zu machen, auf die die Kleine angeblich so scharf war, da nervte Carmichael ihn schon wieder mit seiner Arbeit. »Was geht in Langley vor?«, fragte sie. »Was hört man so über diese Al-Dschasira-Aufnahmen?«

»Eher sehen als hören.« Turner, ein wenig erleichtert, dass der intime Teil des Abends vorüber war, schob die Füße über die Bettkante und ging an seinen Schreibtisch.

Die Senatorin beobachtete ihn dabei. Sein Körper zeugte von jugendlicher Kraft und Frische. Sie blickte an sich hinab und war stolz auf das, was sie sah. Sie ging regelmäßig ins Fitnessstudio und wirkte körperlich mindestens 15 Jahre jünger. Vor allem das Piercing, zu dem Brian sie überredet hatte, gefiel ihr. Beide trugen sie übereinstimmende Edelstahl-Stecker – die Senatorin im Nabel und Brian Turner durch die Spitze seines Penis, in einem sogenannten Prince-Albert-Piercing. Für Carmichael war es eine stete Erinnerung an die Genüsse, denen sie sich insgeheim hingab. Sie liebte es, diskret nach ihrem Nabelstecker zu tasten, wenn sie sich im Kreis wichtiger Washingtoner Persönlichkeiten befand – Leute, die nie auch nur vermuten würden, was für ein Doppelleben sie führte.

In einem besorgten Augenblick hatte Turner die Senatorin gefragt, was wohl ihr Ehemann dazu sagen würde, sollte er je das Piercing sehen. Doch Carmichael hatte ihn beruhigt, indem sie ihm versicherte, dass ihr Mann sie schon seit Jahren nicht mehr nackt gesehen habe.

Mit einem Aktenordner kehrte Turner zum Bett zurück. Er steckte sich einen Kuli hinters Ohr und strich sich das Haar aus der Stirn. »Ich bat einen der Verbindungsleute des Verteidigungsministeriums bei der CIA darum, das Filmmaterial zu begutachten.«

»Und?«, fragte Carmichael.

»Genau wie du. Das Erste, was ihm auffiel, war, dass auf der Uniform, die der Amerikaner trug …«

»… außer der US-Flagge keinerlei Abzeichen waren«, führte Carmichael den Satz für den jungen Mann zu Ende.

»Genau!«

»Das heißt, der Soldat operierte wahrscheinlich in halb verdeckter Funktion, womöglich für ein Einsatzteam des Special Operations Command.«

»Schon wieder richtig!«, sagte Turner.

»Weißt du, wer er ist?«

Turner lächelte. »Wie es aussieht, will niemand mit dem Finger auf ihn zeigen. Ich musste verdammt aufpassen, mit wem ich redete und an welche Informationen ich kommen wollte. Die Leute halten sehr viel von dem Kerl – in Geheimdienstkreisen ist er so etwas wie ein Held.«

»Hör auf, das in die Länge zu ziehen«, schnurrte Carmichael, während sie ihm den Ordner aus der Hand nahm.

Der junge Mann sah zu, wie die Senatorin sich in die Seiten vertiefte. Ein Lächeln spielte um ihre Mundwinkel.

»Das ist unfassbar«, flüsterte sie, während sie weiterlas. Gegen Ende des Dossiers kam sie zu dem Schluss: »Das ist mehr als gut, Brian. Dieser Kerl ist der gottverdammte Goldjunge des Präsidenten.«

Turner lächelte erneut. »Ich dachte mir, dass du das zu würdigen weißt.«

»Würdigen? Mehr als das. Das ist der Fund des Jahrzehnts.«

»Sein Lebenslauf ist ganz schön lang. Aus irgendeinem Grund hält er sich anscheinend nicht allzu lange an einem Ort auf. Er diente in den Navy SEAL Teams Two und Six, ehe der Secret Service ihn anwarb, um im Weißen Haus zu arbeiten. In seiner Zeit dort übertraf er sich selbst, als er den Präsidenten bei dieser Entführungssache in Park City, Utah, befreite. Damit erwarb er sich sein ganzes Prestige in Washington. Kurz danach begann seine Verbindung zur CIA, und er fing an, hin und wieder Aufträge mit Angehörigen der Special Operations Group zu erledigen. Einer umfasste eine Flugzeugentführung und die Demontage von Abu Nidals Terrororganisation, ein weiterer Einsatz hatte mit den Russen zu tun und den nuklearen Kofferbomben, die sie hier hochgehen lassen wollten.«

»Er scheint hinter so einigen Erfolgen des Präsidenten zu stehen.«

»Ja«, pflichtete Turner ihr bei. »Doch dann wurde er plötzlich zum Department of Homeland Security versetzt. Jetzt arbeitet er in einer harmlosen Verbindungseinheit für Polizei und Geheimdienst mit der Bezeichnung Office of

International Investigative Assistance – Amt zur Unterstützung internationaler Ermittlungen.«

Carmichael klappte den Ordner zu und tippte sich damit einige Augenblicke lang ans Kinn.

»Etwas sagt mir, dass wir feststellen werden, dass das Office of International Investigative Assistance keineswegs harmlos und unser neuer Freund zu wesentlich mehr aufgelegt ist, als lediglich den Kontakt zu Polizei und Geheimdienstleuten zu halten.«

»Wo willst du hin?«, fragte Turner, als die Senatorin aus dem Bett glitt und anfing, sich anzuziehen. »Ich dachte, wir verbringen den Abend zusammen.«

»Ich kann nicht. Jetzt nicht. Es gibt viel zu viel zu erledigen. Aber ich möchte, dass du« – Carmichael beugte sich zu Brian hinab und gab ihm einen Zungenkuss – »heute Nacht schläfst wie ein Engel. Du hast es verdient. Außerdem möchte ich, dass du morgen früh ausgeruht bist, weil ich dich wahrscheinlich brauchen werde. Behalte deinen Hotmail-Account im Auge. Falls wir reden müssen, schicke ich dir eine Nachricht, und dann benutzen wir wie bisher den Chatroom des Brustkrebsforums.«

Ehe Brian Turner etwas zu erwidern vermochte, war die Senatorin aus der Apartmenttür hinaus und auf dem Weg hinab in die Lobby.

In dem Moment, in dem Carmichael nach draußen trat, zückte sie ihr Handy und wählte per Kurzwahl die Privatnummer ihres Assistenten.

»Hallo?«, meldete sich eine offensichtlich müde Stimme am anderen Ende der Leitung.

»Neal, Helen hier! Ich möchte, dass Sie in 20 Minuten im Büro sind. Sobald Sie dort sind, fangen Sie an, alles über einen ehemaligen Navy SEAL namens Scot Harvath zusammenzutragen, der beim Secret Service im Weißen Haus arbeitete und jetzt drüben bei der Homeland Security ist. Ich möchte, dass Sie so tief graben, wie Sie nur können. Holen Sie meine schwarze Rolodex-Rollkartei aus dem Safe und fangen Sie an, Gefallen einzufordern. Wir müssen alles über diesen Kerl in Erfahrung bringen, insbesondere womit er zu tun hatte, seit er vor ein paar Jahren anfing, fürs Weiße Haus zu arbeiten. Ist das klar? Haben Sie das alles?«

»Ja, Senatorin.« Mittlerweile war der Assistent hellwach.

»Gut«, erwiderte Carmichael. »Jetzt bleiben Ihnen noch 18 Minuten, um ins Büro zu kommen. Los, Bewegung! Ich möchte es in die Morgennachrichten schaffen.«

10

Mandarin Oriental Hotel
Washington, D. C.

Stabschef Charles Anderson fand den Schweizer Botschafter an einem ruhigen Tisch in der Lobby-Bar des Mandarin.

»Darf ich Ihnen einen ausgeben, Chuck?«, fragte Hans Friederich, als eine Bedienung ihm seinen Martini brachte.

»Ich nehme ein Light-Bier«, sagte Anderson. »Die Marke ist mir egal.«

»*Ein Light-Bier?*«, sagte der Botschafter, während die Bedienung lächelnd davonging. »Seit wann trinkt Charles Anderson denn Light-Bier?«

»Seit meine Hose ein bisschen zu eng um die Hüften sitzt.«

Der Botschafter lachte gutmütig.

»Außerdem muss ich heute Abend noch zurück ins Büro«, fügte der Stabschef hinzu. »Bei uns braut sich ein ziemliches Problem zusammen.«

»Ich sehe Ihrem Problem schon den ganzen Tag im Fernsehen zu, wie es sich zusammenbraut«, meinte Friederich.

Anderson verzog das Gesicht. »Ja! Die Sache mit Al-Dschasira. Ob Sie es glauben oder nicht, im Moment entwickelt sich das zu meiner geringsten Sorge.«

»Dann tut es mir leid, dass ich vielleicht schon bald noch etwas draufpacke.«

»Warum?«, fragte Anderson. »Sind Mitzi und die Kinder okay?«

»Denen geht es gut.«

»Was ist mit Ihnen? Sie sehen aus, als sollten Sie vielleicht auch darüber nachdenken, auf Light-Bier umzusatteln.«

Lächelnd schüttelte der Botschafter den Kopf. »Ich werde mal in mich gehen.«

Friederich neigte den Kopf in die Richtung der sich nähernden Bedienung und verstummte. Nachdem die junge Frau Andersons Bier eingeschenkt und den Tisch wieder verlassen hatte, fuhr er fort: »Ich habe eine Information für Sie. Aber bevor ich sie Ihnen gebe, möchte ich, dass Sie wissen, dass wir lediglich als Vermittler auftreten. Meine Regierung hat keine Möglichkeit, zu bestätigen, was ich Ihnen gleich mitteile.«

»Verstehe! Was haben Sie?«

»Das Schwert Allahs.«

»*Das Schwert Allahs?*«, echote Anderson. »Davon habe ich noch nie gehört.«

»Falls zutrifft, was *ich* so höre, werden Sie bald sehr vertraut damit sein. Es handelt sich um eine Waffe, mit deren Hilfe islamische Fundamentalisten die Welt säubern wollen, sodass nur die frömmsten Muslime überleben.«

»Und um was für eine Waffe handelt es sich genau?«

»Es ist eine Krankheit, die alle infiziert, ausgenommen die treuesten Anhänger des Islam.«

Anderson verschluckte sich an seinem Bier. Woher zum Teufel wusste der Schweizer Botschafter darüber Bescheid? Er ließ seinen Blick eine Sekunde lang durch die Bar schweifen, um sicherzugehen, dass ihnen niemand zuhörte. »Woher haben Sie diese Information?«

»Ich bin hier im Interesse eines Mannes, der eine enorme Menge an Geschäften mit meinem Land tätigt.«

»Wer?«

»Er ist kein Schweizer Bürger, aber er ist sehr …«

»Verflucht noch mal, Hans. Ich habe keine Zeit für diese Spielchen. Von wem zum Teufel haben Sie diese Information?«, wollte Anderson wissen.

»Ozan Kalachka.«

»Kalachka, dem Türken? Dem Terroristen?«

»Diese Charakterisierung ist bösartig und unbegründet«, entgegnete Friederich.

»*Unbegründet?* Dass ich nicht lache! Die westlichen Geheimdienste, insbesondere die CIA, wissen …«

»Die westlichen Geheimdienste wissen herzlich wenig. Tatsache ist, die westlichen Geheimdienste, insbesondere Ihre CIA, versuchen schon seit Jahren, ein detailliertes Dossier über ihn zusammenzustellen, allerdings ohne Erfolg.«

»Wir wissen genug über ihn«, sagte Anderson.

»Das glaube ich nicht. Genau genommen …«

»Hans, sparen wir uns die Zeit. Falls Sie hier sind, um Ozan Kalachka für die US-Staatsbürgerschaft vorzuschlagen im Austausch für irgendwelche dubiosen Informationen, die er vielleicht hat oder auch nicht, vergessen Sie's. Wir wollen nichts mit ihm zu tun haben. Und offen gesagt kann ich auch nicht verstehen, weshalb die Schweiz sich mit ihm abgibt.«

»Mr. Kalachka ist Geschäftsmann. Er verfügt über zahllose legitime internationale Kontakte, die sich als äußerst profitabel für die Schweiz erwiesen.«

»Und über Unmengen nicht ganz so legitimer Kontakte, die sich als äußerst profitabel für den privaten Schweizer Bankensektor erweisen.«

»Zugegeben!« Friederich nippte erneut an seinem Martini. »Aber in aller Fairness, die USA hatten ihren Adnan Kashoggi, der sie dabei unterstützte, ihre Beziehung zu den Saudis und deren Unmengen an Geld zu vertiefen. Wenn ich mich recht entsinne, stecken mittlerweile zig saudische Milliarden in Ihrer Wirtschaft. Kein Wunder, dass Sie so loyal denen gegenüber sind. Würden die ihr Geld aus Amerika abziehen, würde Ihre Wirtschaft zusammenbrechen.«

»Worauf wollen Sie hinaus?«

»Darauf, dass Ozan Kalachka für uns so ziemlich die gleiche Funktion erfüllt wie Adnan Kashoggi für euch – er treibt Kapital auf für unsere Unternehmungen in anderen Teilen der Welt.«

»*Kapital!* Das klingt so sauber, wenn Sie es so formulieren.«

»Kommen Sie, Chuck! Wir wissen doch beide, wie der Hase läuft. Der Unterschied zu den Schweizern besteht darin, dass wir auf Anhieb erkannten, welchen Wert es hat, mit Kalachka Geschäfte zu machen. Ich glaube, Kashoggi bekam seinen Job beim Weißen Haus erst, als er bei Ihrem Präsidenten Nixon zu Hause zufällig einen Aktenkoffer mit einer Million Dollar ›vergaß‹. So wie ich es sehe, wurde Mr. Kashoggi danach sehr wohlgelitten hier drüben. Ihr Land schätzte ihn immerhin so sehr, dass es ihn zum Mittelsmann in der Iran-Contra-Affäre machte, oder etwa nicht?«

»Das war unter anderen Regierungen«, entgegnete Anderson gereizt. »Können wir bitte zur Sache kommen?«

»Die Sache ist die, dass Sie die Informationen, die Ozan Kalachka hat, nicht verwerfen sollten, weil Sie sich von Ihren Vorurteilen leiten lassen …«

»Die Informationen, die er *angeblich* hat. Und ich verwerfe sie nicht. Ich mag nur nicht den Geschmack, den ich im Mund habe, wenn ich den Namen dieses Kerls ausspreche.«

»Heißt das, Sie sind interessiert?«

»Ich weiß immer noch nicht ganz, wovon wir überhaupt sprechen. Sie müssen mir schon mehr bieten als diese Schwert-Allahs-Nummer.«

»Na schön!« Der Botschafter holte einen kleinen digitalen Videoplayer aus seiner Jacketttasche. »Mr. Kalachka dachte, man müsste Sie vielleicht noch zusätzlich überzeugen.«

Ungläubig sah Anderson zu, wie ihm praktisch die gleichen Aufnahmen aus Asalaam gezeigt wurden, die er heute Morgen im Situation Room gesehen hatte. »Wo haben Sie das her?«

»Ich sagte Ihnen doch, ich bin bloß der Bote. Da müssen Sie schon Mr. Kalachka selbst fragen.«

»Zweifellos möchte er etwas als Gegenleistung.«

»Ja, offensichtlich benötigt Mr. Kalachka einen Gefallen.«

Anderson war verständlicherweise auf der Hut. »Was für einen?«

»Mr. Kalachka ist bereit, den Vereinigten Staaten mitzuteilen, was er über diese Waffe weiß, und wird auch Zugang zu einem der Wissenschaftler ermöglichen, die daran arbeiteten …«

»Einer der Wissenschaftler ist noch am Leben?«

»Nach Aussage von Mr. Kalachka, ja. Allerdings will er seine Information nur einer einzigen Person geben. Er möchte ein

Treffen unter vier Augen mit dieser Person arrangieren, dabei wird er persönlich um den Gefallen bitten.«

Der Stabschef kannte den Schweizer Botschafter schon seit Jahren und las in ihm wie in einem offenen Buch. »Auf gar keinen Fall! Das werde ich nicht zulassen.«

»Was denn zulassen?«, fragte Friederich. »Ich habe Ihnen ja noch nicht einmal gesagt, mit wem er sich treffen möchte.«

»Ich kenne Sie, Hans, und ich kann nicht glauben, dass Sie auch nur einen Moment lang dachten, ich würde es zulassen, dass der Präsident der Vereinigten Staaten sich mit einem Kerl wie Ozan Kalachka trifft.«

Der Botschafter musste lachen. »Das wäre in der Tat ein historisches Treffen. Aber Gott sei Dank ist Präsident Rutledge nicht die Person, die Mr. Kalachka zu treffen wünscht. Er hat jemand anderes im Sinn.«

Anderson versuchte zu erraten, von wem in der US-Regierung Kalachka wohl einen Gefallen wollte und weshalb er den Schweizer Botschafter und den Stabschef des Präsidenten brauchte, um das zu arrangieren. »Solange es sich bei dieser Person nicht um den Präsidenten oder ein Kabinettsmitglied handelt, bin ich bereit, über ein solches Treffen nachzudenken. Von wem sprechen wir hier?«

Der Botschafter beugte sich vor und sagte: »Scot Harvath.«

11

»Was zur Hölle meinen Sie damit: Ich bin *gefeuert?*«, fragte Harvath.

»Damit meine ich: *Sie sind gefeuert*«, antwortete Charles Anderson. »Und mir ist egal, wie aufgebracht Sie sind. Dies hier ist das Weiße Haus, und in diesem Gebäude werde ich solche Ausdrücke nicht tolerieren.«

Um Worte war Harvath eigentlich nie verlegen, doch diesmal wusste er wirklich nicht, was er sagen sollte. Er war absolut sprachlos und obendrein auch noch völlig erschöpft. Kaum war er auf der Andrews Air Force Base gelandet, hatte auch schon das Debriefing begonnen, und die Fragen hatten erst aufgehört, als um neun Uhr morgens ein Team von Secret-Service-Agenten auftauchte und ihn kurzerhand ins Weiße Haus brachte.

Bevor sie die Andrews Air Base verließen, hatte er noch ein paar Minuten bekommen, um sich frisch zu machen. Als Harvath auf der Herrentoilette in den Spiegel blickte, fühlte er sich zum ersten Mal in seinem Leben nicht nur älter als seine 35 Jahre, sondern dachte, dass man es ihm so langsam wohl auch ansah. Die ständige Arbeitsbelastung hatte ihn eingeholt. Seine strahlend blauen Augen waren blutunterlaufen und vor Müdigkeit von Ringen umgeben. Sein Haar war zwar immer noch sandbraun, aber in die Bartstoppeln an seinem Kinn schlichen sich allmählich erste graue Spuren.

Bei den SEALs hatte er sich den Codenamen Norseman erworben. Nicht weil er so markant gut aussah, allerdings eher germanisch als nordisch, auch nicht weil er so wild kämpfte wie ein Wikinger, sondern wegen einer langen Reihe skandinavischer Stewardessen, mit denen er ausgegangen war.

Während er sich kaltes Wasser ins Gesicht spritzte und begutachtete, wie mitgenommen er aussah, fragte er sich, wie er wohl in zwei oder drei Jahren aussehen würde, falls er in diesem Tempo weitermachte.

Das Einzige, was anscheinend nicht von seinem Alter zeugte, war sein Körper, der Beweis dafür, wie hart er daran arbeitete, sich in Topform zu halten. Mit seinen 1,80 Meter und seinen massiven 80 Kilo war Harvath in besserer Verfassung und verfügte über mehr Muskelmasse als mit 25. Die einzige Auswirkung, die das Alter auf seinen Körper hatte, war, dass die Blessuren, die sein Job unweigerlich mit sich brachte, offensichtlich wesentlich länger schmerzten als früher. Schmerzen waren zwar ein bedauerliches Nebenprodukt seiner Lebensweise, dafür zählten sie zu den wenigen Dingen, über die er wenigstens einen Anschein von Kontrolle ausübte. Bei den SEALs hatte man ihm wieder und wieder eingetrichtert, dass Schmerz ein überwiegend psychologisches Phänomen sei.

Was der Geist sich vorstellen kann, kann der Körper vollbringen – mit diesem Mantra, das in Endlosschleife in seinem Kopf lief, hatte Harvath alles andere seinem Beruf untergeordnet, der nun wohl ein jähes Ende fand.

»Jetzt mal eine ganz dumme Frage«, sagte Harvath. »Weiß der Präsident, dass Sie mich fallen lassen?«

Anderson langte in seine Schublade, holte eine blaue Aktenmappe heraus und schob sie Harvath über den Schreibtisch zu. »Was er weiß, ist, dass Sie heute Vormittag Ihr Rücktrittsgesuch einreichen.«

»Ach, jetzt kündige ich also?«, entgegnete Harvath, während er das Kündigungsschreiben herauszog und es sich durchlas.

»In Bagdad haben Sie wirklich Mist gebaut«, fuhr der Stabschef fort. »Dem Präsidenten hat es ganz und gar nicht gefallen, als er Sie im Fernsehen sah.«

»Mir auch nicht, aber ich konnte nichts dagegen tun. Es war eine Falle.«

»So viel habe ich dem Debriefing-Bericht entnommen.«

»Also was ist dann das Problem?«

»Das Problem«, erwiderte Anderson, »ist, dass Sie mit dieser Verhaftung einen Sturm entfesselt haben. Zig Fatwas wurden gegen Sie erlassen, und jedes muslimische Land auf diesem Planeten will Sie nach islamischem Recht vor Gericht stellen.«

»Und?«

»Und das sind nicht die Einzigen, die Ihren Kopf auf einen Spieß stecken wollen.«

»Wer denn sonst noch?«

»Senatorin Carmichael.«

»*Carmichael?*«, höhnte Harvath. »Mit dieser Frau will ich nichts zu tun haben.«

»In dieser Angelegenheit haben Sie nichts mitzureden.«

»Den Teufel habe ich!«

»Scot, ich habe Sie gewarnt, was Ihre Ausdrucksweise …«

»Chuck, jetzt halten Sie mal die Luft an, ja? Wir reden hier von meinem beruflichen Werdegang. Wenn Sie meinen Namen und mein Gesicht an die Öffentlichkeit zerren, kann ich nie mehr meinen Job ausüben. Aber nicht nur das. Den Rest meines Lebens muss ich dann ständig über die Schulter gucken. Sie sagen es ja selbst – zig Fatwas wurden gegen mich erlassen. Jeder radikale Moslem auf diesem Planeten wird versuchen, mich umzubringen, um einen Ecktisch im Paradies zu kriegen.«

Anderson beugte sich über seinen Schreibtisch und blickte Harvath an. »Sehen Sie, genau da liegen Sie falsch. Es geht hier nicht um Sie oder um Ihre Karriere. Es geht um den Präsidenten; und ich habe nicht vor zuzusehen, wie er in der Luft zerrissen wird, nur weil er Sie decken will – nicht jetzt, wo die Wahlen vor der Tür stehen.«

»Sie geben mich also einfach auf?«, erwiderte Harvath ungläubig.

»Wir geben Sie nicht auf.«

»Wie zum Teufel wollen Sie es denn dann nennen? Bisher hat Carmichael nichts in der Hand. Nach allem, was ich gehört habe, tauchten die Irakis auf und nahmen das Al-Dschasira-Team hoch, bevor die mein Gesicht aufnehmen konnten. Alles, was sie haben, ist mein Hinterkopf. Mir scheint, es dürfte der Senatorin ziemlich schwerfallen, daraus einen Fall zu konstruieren.«

»Glauben Sie, wir würden dieses Gespräch führen, wenn Carmichael bloß Ihren Hinterkopf hätte? Sie hat Sie hundertprozentig als denjenigen identifiziert, der die Festnahme durchführte.«

»Wie denn? Wie konnte sie überhaupt auf mich kommen?«

»Sie hat mit einer Menge Leute gesprochen.«

So langsam riss Harvath der Geduldsfaden. »Mit wem zum Beispiel?«

»So ziemlich mit jedem. Sie ist im Geheimdienstausschuss, Herrgott noch mal! In allen Nachrichtendiensten hat sie Kontaktleute.«

»Nur weil sie gut vernetzt ist, heißt das noch lange nicht, dass sie dahintergekommen ist, dass ich der Typ auf den Filmaufnahmen bin.«

»Sie *ist* aber dahintergekommen.«

»Woher wollen Sie das wissen?«

Anderson holte tief Luft, bemüht, die Lage zu beruhigen. »Ich habe heute früh einen Anruf erhalten.«

»Carmichael hat *Sie* angerufen?«

»Nein, jemand anders. Ein alter Kontakt von mir – jemand, der in einer Position ist, in der er einiges mitbekommt. Er erzählte mir, dass Carmichael eine Menge Fragen nach Ihnen stellt.«

»Was für Fragen denn?«

»Sie hat sich nach Ihrer Zeit im Weißen Haus erkundigt und wollte wissen, weshalb Sie den Secret Service verlassen haben und was Sie drüben bei der Homeland Security machen. Sie hat sogar danach gefragt, was das Apex Project ist.«

Diese letzte Enthüllung war so unfassbar, dass Harvath es gar nicht glauben konnte. Das Apex Project war der Codename für alles, was er beim Department of Homeland Security machte. Nur eine Handvoll Leute wussten überhaupt von dessen Existenz. Die schwarze Kasse dafür war so tief im Haushalt vergraben und wurde aus so vielen Quellen gespeist, dass eigentlich nichts zurückzuverfolgen sein dürfte. *Wie zum Teufel war sie an irgendeine dieser Informationen herangekommen?*, fragte Harvath sich. Irgendwo gab es eine undichte Stelle – ein menschliches Leck, das im wahrsten Sinne des Wortes gestopft werden musste.

»Sehen Sie nicht, was sie vorhat?«, fuhr Anderson fort. »Sie will dem Präsidenten einheizen, und um das Feuer anzufachen, will sie Ihnen mit dem größten Flammenwerfer zu Leibe rücken, den sie in die Finger kriegen kann.«

»Vielleicht klopft sie ja bloß auf den Busch, um zu sehen, was herausspringt?«

»Kommen Sie, Scot! Sehen Sie den Tatsachen doch ins Auge. Von all den Leuten in dieser Stadt, die sie angeben könnte, nennt sie ausgerechnet Ihren Namen? Sie sind aufgeflogen.«

Harvath war nicht bereit, so leicht aufzugeben. »Chuck, solange wir nicht absolut sicher sind, glaube ich nicht, dass wir ...«

»Wir *sind* absolut sicher«, schnitt der Stabschef Harvath das Wort ab. »Ihre Vorladung wird bis drei Uhr fertig sein. Heute Morgen hat sie der Presse gegenüber bereits vage Andeutungen gemacht, dass im Kapitol etwas ganz Großes bevorsteht. Wir müssen so viel Abstand wie möglich zwischen Ihnen und dem Präsidenten schaffen. Ihr Schreibtisch bei der Homeland Security wurde bereits geräumt.«

»Sie verschwenden keine Zeit, was?«

»Wir müssen uns auf das große Ganze konzentrieren.«

»Was genau erwarten Sie von mir?«

»Zunächst einmal möchte ich, dass Sie diese Kündigung unterschreiben.«

»Und dann?« Harvath war stocksauer, dass anscheinend niemand berücksichtigte, was er alles für diese Regierung geleistet hatte.

Anderson blickte ihn an. »Vielleicht möchten Sie sich Gedanken über eine neue Karriere machen.«

12

»Kannst du mir erklären, weshalb wir uns so weit draußen treffen müssen?«, wollte Harvath wissen. Seit seinem Treffen mit dem Stabschef war seine Laune nur noch schlechter geworden.

»Weil du dich im Moment leider dadurch auszeichnest, dass du politisch toxisch bist«, antwortete Gary Lawlor, während er an seinem 35-jährigen Protegé vorbeispazierte und einer der befestigten Joggingstrecken des Parks zustrebte.

»*Politisch toxisch*«, sinnierte Harvath, während er den Rhythmus des Mannes aufnahm, der nicht nur sein Chef war, sondern auch ein langjähriger Freund der Familie. Mit der Zeit war er wie ein Vater für ihn geworden. »So habe ich mir mein Karriereende nicht unbedingt vorgestellt«, fuhr er fort. »Es ist nicht nur ein bisschen würdelos, sondern kommt auch gut 20 Jahre zu früh. Mein Gott, Gary, wie zum Teufel bin ich bei alledem der Bösewicht geworden? Falls Carmichael mit meiner Identität an die Öffentlichkeit geht, dann war's das. Ich hab's total vermasselt. Was zur Hölle soll ich jetzt bloß tun?«

»Für den Anfang könntest du aufhören, dich selbst zu bemitleiden«, schlug Lawlor vor.

»Das ist kein Selbstmitleid, es geht mir um mein Land. Du weißt, dass es mir nie ums Geld ging. Ich habe den Job gemacht, weil ich daran glaube, die Werte zu verteidigen, für die Amerika steht.«

»Und was? Jetzt glaubst du nicht mehr daran? Jetzt willst du diese Dinge nicht mehr verteidigen?«

»Hast du nicht zugehört, als ich dir sagte, dass Charles Anderson mich ein Rücktrittsgesuch unterschreiben ließ?«, fragte Harvath.

Lawlor blieb stehen und drehte sich zu Harvath um. »Was hast du erwartet? Er ist der Stabschef des Präsidenten. Es ist sein Job, Jack Rutledge zu beschützen, nicht Scot Harvath.«

»Und in Ausübung dieses Jobs ist es okay, mich den Wölfen im Kapitol zum Fraß vorzuwerfen?«

»Allerdings«, erwiderte Lawlor. »Wenn es notwendig ist.«

»Aber warum ich? Warum macht man mich zum Sündenbock?«

»Warum nicht?«

»Weil ich einen äußerst gefährlichen Job für mein Land mache und im Gegenzug niemals etwas verlangt habe.«

»Damit triffst du den Nagel auf den Kopf«, meinte Lawlor. »*Gefährlich!* Dein Job ist *extrem* gefährlich. Nicht nur für dich, sondern auch für diese Regierung.«

»Du willst es immer noch nicht verstehen, oder?«, sagte Harvath. »Ich habe nichts Falsches getan. Es ist mir egal, ob der Kerl in Bagdad irgendein dämlicher Obsthändler war. Er wurde bezahlt, damit er als Lockvogel agierte. Er wusste, worauf er sich einließ, und die Folge davon war, dass er die Prügel bezog, die eigentlich für Khalid Alomari gedacht waren. Vielleicht hält er sich von jetzt an ans Obstverkaufen.«

»Ich denke, du hast dafür gesorgt, dass der Kerl sich nicht mehr als Lockvogel benutzen lässt. Aber das ist nicht das Thema, über das wir hier reden.«

»Tatsächlich?«, fragte Harvath. »Was ist es dann?«

»Senatorin Carmichael. Wegen dem, wobei Al-Dschasira dich erwischt hat, hat sie es nicht auf dich abgesehen.«

»Natürlich nicht.«

»Scot, ich weiß, dass du sauer bist. Aber halte jetzt einen Moment lang den Mund und hör mir zu. Die ganze Al-Dschasira-Geschichte ist doch bloß ein Vorwand. Lässt uns das in der islamischen Welt schlecht dastehen? Ja, natürlich. Können wir den Schaden wieder beheben? Selbstverständlich! Es könnte einige Zeit dauern und eine Menge PR erfordern, aber das kriegen wir durchaus hin.

Du darfst nicht vergessen, dass Senatorin Carmichael nicht wegen ihrer Blödheit da ist, wo sie ist. Sie ist eine kluge Frau und als Politikerin äußerst versiert. Wäre es mir lieber gewesen, wenn du nie auf ihrem Radar aufgetaucht wärst? Natürlich! Aber nun, wo sie dich auf ihrem Schirm hat, sammelt sie viele kleine Krümel an Informationen, um einen verdammt großen Kuchen zu backen – den will sie mit Kerzen verzieren, um damit zu feiern, wie die Demokraten sich das Weiße Haus zurückholen.«

»Aber woher wollen wir wissen, dass sie irgendetwas beweisen kann?«

»Sie muss gar nichts beweisen. Das hier ist Washington. Sie braucht lediglich genug, um zu behaupten, der Präsident habe womöglich inoffizielle Geheimoperationen genehmigt. Das wird ihm bei der Wahl schaden. Es spielt keine Rolle, ob Jack Rutledge die Initiative ergriffen und so viel Mumm hatte, alles Notwendige zu tun, um die Sicherheit dieses Landes zu garantieren. Einem hohen Prozentsatz der Wählerschaft da draußen missfällt die Vorstellung, dass ihr Präsident seine Machtbefugnisse überschreitet und niemandem dafür Rechenschaft ablegen muss.«

»Aber so läuft es doch gar nicht, das weißt du«, entgegnete Harvath.

»Natürlich weiß ich das. Aber was ich sage, wird nicht den geringsten Unterschied machen. Carmichael will ihn wie einen egomanischen Despoten dastehen lassen, der mithilfe seines privaten Auftragskillers seinen eigenen Krieg führt. Das wird das Vertrauen, das die Öffentlichkeit in ihn setzt, stark schwächen.«

Harvath schwieg. Was sollte er dagegen sagen? Lawlor hatte recht.

»Ich brauche dir nicht zu sagen, was für ein Schlachtfeld D. C. ist«, meinte der ältere und oftmals auch klügere Mann. »Und ich brauche dir auch nicht zu sagen, dass man auf dem Schlachtfeld seinen Gegner niemals unterschätzen darf. Im Augenblick jedenfalls unterschätzen der Präsident und sein Stabschef Helen Carmichael ganz bestimmt nicht.«

»Das kannst du laut sagen«, erwiderte Harvath. »Anderson meint, sie rechnen damit, dass Carmichael bis heute Nachmittag drei Uhr eine Vorladung für mich fertig hat.«

»Das ist einer der Gründe, weshalb ich mich hier mit dir treffen wollte. Carmichael will dich vor die Medien zerren, und was sie angeht: je früher, desto besser. Aber wenn sie dich nicht finden kann, kann sie dir auch keine Vorladung zustellen. Und wenn die nicht zugestellt wird, kann sie auch nicht erwarten, dass du vor ihrem Ausschuss und den Medien erscheinst.«

Harvath war einen Moment lang still, während er zu ergründen versuchte, was sein Boss damit meinte. »Willst du damit sagen, ich soll mich einer Vorladung des Kongresses entziehen?«

»Im Augenblick? Ja, ich möchte, dass du dich ihr entziehst, und zwar so gut, wie du nur kannst.«

»Dir ist schon klar, was das heißt«, entgegnete Scot. »Es bedeutet, dass ich nicht ins Büro kann, nicht nach Hause – nirgendwohin, wohin ich normalerweise gehe. Was, schlägst du vor, soll ich tun?«

»Untertauchen.«

»Wie lange?«

»Solange wir brauchen, um diese Sache wieder in Ordnung zu bringen«, sagte Lawlor. »Das Letzte, was der Präsident möchte, ist, dass du vor Senatorin Carmichaels Ausschuss erscheinst.«

»Aber weshalb ließ er mich dann das Rücktrittsgesuch unterschreiben?«

»Er ließ dich gar nichts unterschreiben. Das war Anderson, und es ist bloß eine Absicherung für den Notfall«, erwiderte Lawlor, während er Harvath einen Umschlag reichte. »Der Präsident hat nicht vor, die Kündigung zu akzeptieren. Tatsächlich sieht er etwas ganz anderes für dich vor.«

13

British Airways Flug 216
Irgendwo über dem Atlantik
Später am selben Abend

Während die Maschine über den Atlantik jagte, überschlugen sich Harvaths Gedanken. Er bezweifelte, dass ihn irgendetwas auf den Inhalt des Umschlags hätte vorbereiten können, den Gary Lawlor ihm erst vor wenigen Stunden gegeben hatte. Die Fotos und die Schilderung dessen, was in dem Dorf Asalaam passiert war, waren entsetzlich. Zusätzlich zur nicht muslimischen Bevölkerung waren der Krankheit auch fünf US-Soldaten zum Opfer gefallen, allesamt Angehörige des Stryker Brigade Combat Teams, das man entsandt hatte, um nach vermissten amerikanischen Entwicklungshelfern zu suchen.

Harvath ließ die Bilder noch einmal vor seinem geistigen Auge Revue passieren, durchlebte in seiner Vorstellung noch einmal jedes grässliche Stadium der Infektion, wie es sich dort entfaltete. Sobald festgestellt wurde, dass die SBCT-Soldaten infiziert waren, schickte das USAMRIID einen erstklassigen Quarantäne-Trupp in den Irak. Vergebens. Stunden nachdem die an die Decke des Polizeigebäudes gefesselten Körper sie mit einem dünnen blutigen Sprühnebel überzogen hatten, zeigten sie erste Anzeichen einer Kontamination. Die Soldaten wurden sofort unter Quarantäne gestellt, was dazu beitrug, die Ausbreitung der Krankheit zu verhindern. Aber obwohl man sie mit Antibiotika vollpumpte, konnte man nichts tun, um sie zu retten.

Die Krankheit entwickelte sich schneller als alles, was man bisher kannte. Das Einzige, was der USAMRIID-Trupp in Erfahrung zu bringen vermochte, war die Tatsache, dass es sich bei dem schwarzen Schleim, der kurz vor dem Tod aus den Nasengängen der Opfer drang, um die Überreste verflüssigter Hirnmasse handelte.

Zwar hegte Al-Qaida den ausdrücklichen Wunsch, Massenvernichtungswaffen in die Finger zu bekommen, die sich gegen den Westen einsetzen ließen. Trotzdem konnte niemand verstehen, wie sie jetzt in der Lage waren, mit etwas derart Komplexem aufzuwarten. Der Gedanke, sie könnten mittels Bioengineering eine Substanz hergestellt haben, um jeden anzugreifen außer den Anhängern des Islam, überstieg das Vorstellungsvermögen. Harvath hätte sich am liebsten in den Hintern gebissen, weil er Khalid Alomari nicht schon längst geschnappt hatte. Irgendwie hatte der Kerl mit alledem zu tun, und Harvath wurde das Gefühl nicht los, dass es größtenteils seine Schuld wäre, sollte es Al-Qaida gelingen, alles umzusetzen, was sie geplant hatten.

Nach allem, was er von Lawlor erfahren hatte, war es schmerzlich klar, dass Khalid Alomari auf seiner Reise durch den Nahen Osten keine Gelder eingeworben und auch keinerlei Planungsvorbereitungen getroffen hatte. Vielmehr war er damit beschäftigt gewesen, Namen von einer ganz speziellen Abschussliste zu tilgen. Wer auch immer diese Wissenschaftler waren, offensichtlich waren sie daran beteiligt, diese mysteriöse Krankheit zu kreieren, und waren einer nach dem anderen umgelegt worden in dem Bemühen, das Problem zu erledigen.

So weit ergab das zwar Sinn, aber es erklärte immer noch nicht, in welcher Beziehung Ozan Kalachka zu dem Ganzen stand.

Als die Stewardess das Tablett mit seinem unberührten Abendessen abräumte, dachte er über die etwas ungewöhnliche Freundschaft nach, die ihn mit einer der am schwersten fassbaren, legendenumwobensten Gestalten der orientalischen Unterwelt verband.

Ihre Wege hatten sich gekreuzt, als Harvath zum SEAL Team Six versetzt wurde. Er hatte zu einer gemeinsamen Taskforce der Drogenvollzugsbehörde DEA gehört, deren Auftrag darin bestand, einen berüchtigten Drogenhändler aus dem Mittelmeerraum festzunehmen, der seine Aktivitäten auf den illegalen Waffenhandel ausgedehnt hatte. Das Problem bestand allerdings darin, dass das Team aufgrund fehlerhafter Geheimdienstinformationen agierte. Nach gründlichen Ermittlungen gelang es der DEA in Zusammenarbeit mit den örtlichen Behörden, einen bedeutenden Akteur der mittleren Ebene aus Marokko festzunehmen. Dieser Mann wiederum ließ sich umdrehen, und als Gegenleistung für seine Freiheit verpfiff er seine Hintermänner. Niemand konnte ahnen, dass diese Hintermänner den Kerl reingelegt hatten, damit die DEA die Drecksarbeit für sie erledigte.

Der Marokkaner der mittleren Ebene lieferte ausgezeichnete Informationen, allerdings führten diese nicht zu seinen Hintermännern, sondern zu Ozan Kalachka – einem Mann, dessen Anteil am Waffenhandel die Marokkaner für sich wollten. Trotz aller Besserwisserei bestritt niemand, dass die Agents, die an dem Fall arbeiteten, alles exakt so gemacht hatten, wie es von ihnen erwartet wurde. Es war das erste und letzte Mal, dass jemand die DEA in einem Fall solchen Ausmaßes übers Ohr hauen konnte. Aber es war nicht von der Hand zu weisen, dass Scot Harvath bei der Durchführung um ein Haar einen der größten Fehler seiner Karriere, wenn nicht seines Lebens begangen hätte.

Mit seinen über 1,80 und gut 140 Kilo war der 62-jährige Ozan Kalachka beinahe genauso breit wie hoch. Mit seinem tadellosen Geschmack, was seine Kleidung anging, und dem ordentlich gepflegten silberfarbenen Haar erinnerte er auf unheimliche Weise an den Schauspieler Sydney Greenstreet, bekannt als »Fat Man« in »Die Spur des Falken«. Manch einer hielt Kalachkas Übergewicht irrtümlicherweise für ein Zeichen von Lethargie und Schwäche – einen Hinweis darauf, dass der Mann ein Softie und langsam war. Auch Harvath beging diesen Fehler, als die Taskforce versuchte, den vermeintlichen türkischen Mafioso festzunehmen, und es hätte ihn fast ein Auge gekostet. Man musste zwar sehr genau hinsehen, aber über dem linken Wangenknochen trug er immer noch die Narbe von dem Zusammentreffen. Und Harvath hatte dem Türken, eher ein Beweis für seinen Jähzorn als für seine Ausbildung bei den SEALs, das Hinken verpasst, das seinen Gang bis zum heutigen Tag kennzeichnete.

Beide hatten sie den anderen falsch eingeschätzt, jeder auf seine Weise, und beide mussten sie es büßen – Kalachka, weil er hinkte, und Harvath nicht so sehr wegen seiner Narbe, sondern wegen der Schmach, dass er seinen Gegner unterschätzt hatte und sich von ihm fertigmachen ließ. Nachdem der Staub sich wieder gelegt hatte, sowohl physisch als auch rechtlich, resultierte das Zusammentreffen in Lektionen, die keiner von ihnen jemals vergessen würde. Da die DEA von den Marokkanern an der Nase herumgeführt worden war, hatte sie nichts Substanzielles in der Hand, um Kalachka unter Anklage zu stellen, und war gezwungen, sich zurückzuhalten. Kalachka hingegen war betrogen worden und hatte vor, den Marokkanern, die ihn reingelegt hatten, größtmöglichen Schaden zuzufügen. Zwei Monate nachdem Kalachka aus dem Krankenhaus entlassen worden war, schickte er dem leitenden DEA-Agenten eine knapp siebeneinhalb Zentimeter dicke Akte, was zum völligen Untergang der marokkanischen Organisation führte.

Das gesamte Erlebnis war bestenfalls ungewöhnlich, aber noch ungewöhnlicher war die Freundschaft, die daraus erwuchs – zwischen dem Mann mit dem Hinken und dem Mann mit der Narbe. Tatsächlich hatte diese Beziehung Harvath mehr als einmal gute Dienste geleistet.

Nicht dass Ozan Kalachka großzügig mit Informationen umging. Kalachka war der Inbegriff eines Profitjägers. Der Mann unternahm nicht einen einzigen Schritt, der nicht auf die eine oder andere Art in erster Linie ihm zugutekam. Gleichwohl legte Kalachka etwas an den Tag, das man im weitesten Sinn nur als eine Art väterlicher Zuneigung zu Harvath umschreiben konnte. Letzten Endes mochte der Mann ihn, und bis zu einem gewissen Grad empfand Harvath das Gleiche.

Kalachka organisierte. Das beschrieb ihn und das, womit er seinen Lebensunterhalt verdiente, am besten. Er vermittelte alles, von Waffen- und Immobiliengeschäften bis hin zu betrügerischen Wahlen im Ausland, Revolutionen in Bananenrepubliken und Auftragsmorden, die die meisten für zu schwierig hielten oder für politisch zu heikel, um es überhaupt zu versuchen. Selbst die Israelis hatten Kalachka schon engagiert.

Zwar führten israelische Kidon-Agenten die Attentate aus, aber Kalachka war derjenige, der die Pläne zur Ausschaltung aller Angehörigen des Schwarzen September lieferte – der palästinensischen Terroristen, die verantwortlich waren für den Tod der israelischen Sportler bei den Olympischen Spielen in München 1972. 1976 heuerten die Israelis ihn erneut in beratender Funktion an und wurden mit der erfolgreichen Befreiung israelischer Geiseln aus Entebbe, Uganda, belohnt.

Es hieß, Kalachka habe, um seine Einnahmebasis zu erweitern, bei zwei unterschiedlichen Gelegenheiten seine Dienste den USA angeboten, und sowohl Präsident Kennedy als auch Präsident Carter wiesen ihn ab. Kennedy hatte Nein zu Kalachkas Vorschlägen gesagt, Castro auszuschalten anstelle dessen, was als das Debakel in der Schweinebucht bekannt werden sollte, und Carter hatte Kalachkas Ideen abgelehnt, wie man die amerikanischen Geiseln erfolgreich aus Teheran befreien könnte. Trotz der Affinität mehrerer anderer Länder zu Kalachkas Talenten und Fähigkeiten konnten die USA sich nie für ihn erwärmen.

Was allerdings Harvath betraf: Solange Kalachka bei der Organisation von Attentaten auf bekannte Terroristen und dem Umsturz korrupter Regime half, sollte es ihm recht sein. Seine illegalen Waffengeschäfte gehörten zu der Grauzone, über die man im Licht des Guten, das er anderswo bewirkt hatte, leichter hinwegsehen konnte.

Kalachka war einer der wenigen Menschen, denen er je begegnet war, die nicht nur wussten, wer er war, sondern es auch guthießen. Ganz gleich wie charmant und herzlich Ozan Kalachka sich nach außen hin gab, er war skrupellos, ging bis an die äußersten Grenzen des Legalen und schreckte vor nichts zurück, um zu bekommen, was er wollte. Im Moment allerdings lautete die 100.000-Dollar-Frage: Was wollte Kalachka von ihm?

Harvath schloss die Augen, versuchte die Frage zu verdrängen, und prompt bedrückte ihn etwas anderes. Falls es Carmichael gelang, ihn ins Scheinwerferlicht der Medien zu zerren und seine Karriere zu zerstören, was sollte er dann mit dem Rest seines Lebens anfangen? Abhängig davon, wie übel die Senatorin ihm mitspielte, konnte er vielleicht nicht einmal mehr als Berater in den privaten Sektor einsteigen.

Wie dem auch sein mochte, wenn Carmichael ihn an die Öffentlichkeit zerrte, trug er bis in alle Ewigkeit eine Zielscheibe auf dem Rücken. Außerdem konnte ihn kein anderer Beruf als der, den er zurzeit ausübte, je erfüllen. Harvath hatte den größten Teil seines Erwachsenenlebens im Dienst seines Landes verbracht und hegte nicht den Wunsch, das zu ändern.

Im Moment allerdings hatte er wohl kaum die Kontrolle über seine Lage. Er musste darauf vertrauen, dass Leute wie Gary Lawlor, der Präsident und selbst Chuck Anderson ihn nicht einfach auffliegen ließen, nur weil er seinen Job gemacht hatte. In wenigen Stunden würde sein Flieger landen. Dann würde er herausfinden, was Ozan Kalachka von ihm wollte.

14

Büyük Hamam
Nikosia, Zypern
Am nächsten Tag

Harvath lehnte sich nach hinten an die achteckigen Fliesen und atmete tief durch. Die sengende Hitze der saunaähnlichen Kammer, bekannt als *Göbek Taşı,* fühlte sich an, als schüttete ihm jemand Säcke voller Glasscherben in die Lunge. Er unterdrückte einen Hustenanfall und zwang sich, sich zu entspannen. Erneut holte Harvath tief Luft und merkte, dass sein Job ihn so sehr mit Beschlag belegte, dass er gar nicht mehr wusste, wie man sich entspannte. Ihm war klar, dass Entspannung ein wesentlicher Bestandteil jeder Revitalisierung war, und als er spürte, wie seine Lunge sich löste und die trockene Hitze ihn überkam, versuchte er sich an das letzte Mal zu erinnern, dass er sich eine legitime Auszeit gegönnt hatte. *Solange es Terroristen gibt,* wollte er sich selbst sagen, schob den Gedanken jedoch beiseite. Ob er sich Erholung gönnte oder nicht, hatte nichts mit Terroristen zu tun, sondern nur mit ihm selbst. Es war ein Leichtes, alles damit zu entschuldigen, dass er für nichts Zeit hatte außer für seine Arbeit.

In der Welt nach 9/11, in der Harvath lebte, war unermüdlicher Einsatz für die Arbeit schon seit geraumer Zeit nicht mehr bewundernswert, sondern einfach unabdingbar. Zwar würde niemand behaupten, Harvaths Prioritäten seien aus dem Ruder gelaufen, doch gingen sie definitiv zulasten seines sozialen Lebens. Selbst seine On-off-Freundin Meg Cassidy war allmählich mit den Nerven am Ende, was ihn anging.

Wie konnte man eine Beziehung mit jemandem führen, der nie zu Hause war? Harvath gab ihr keine Schuld. Er hatte mitangesehen, wie seine Mutter das Gleiche mit seinem Vater durchlebte. Erst als Michael Harvath sich vom aktiven Dienst als Navy SEAL versetzen ließ, um Ausbilder am Special Warfare Center der Navy in der Nähe ihres Zuhauses in Coronado zu werden, war Harvaths Mutter wirklich glücklich gewesen. Harvath hatte nicht vor, an diesem Punkt seines Berufslebens Ausbilder von irgendetwas zu werden. Er hatte Meg gesagt, dass er es verstehen würde, sollte sie sich dazu entschließen, mit ihm Schluss zu machen. Sie war eine großartige Frau, und er hegte nicht den Wunsch, sie zurückzuhalten. Außerdem war zu heiraten und eine Familie zu gründen ohnehin nicht das, was er im Moment wollte.

Als Meg ihn fragte, was er denn eigentlich wollte, war er ihr gegenüber brutal ehrlich. »Das hier! Ich will weiter die Bösen fertigmachen, bevor sie uns fertigmachen.«

In jenem Augenblick begriff Meg, dass er ihr nicht gehörte und niemals gehören würde. Ganz gleich wie Scot Harvath es darstellen wollte, er war mit seinem Beruf verheiratet, und das ließ nicht viel Raum für etwas beziehungsweise jemand anderes in seinem Leben.

In der Einfahrt ihres Häuschens in Lake Geneva, Wisconsin, hatten sie sich geküsst. Das war jetzt über zwei Monate her und das letzte Mal, dass sie einander gesehen oder miteinander gesprochen hatten. Harvath hatte nach wie vor keine Ahnung, wann er mal wieder für einen längeren Zeitraum zu Hause sein würde, und er gab sich auch keinerlei Illusionen hin, dass sie auf ihn wartete. Tatsächlich hatte sie ihm ja so gut wie gesagt, dass es mit ihnen aus war. So schwierig es auch war, mit alledem umzugehen, war er im Augenblick doch dankbar für die wenigen kostbaren Momente, die ihm gewährt wurden, um seinen müden Geist und seinen ziemlich angeschlagenen Körper in dieser Sauna am anderen Ende der Welt auszuruhen. Die Atempause war jedoch nur von kurzer Dauer.

Ein kalter Luftstoß kündigte die Ankunft von jemand Neuem an. »Interessante Ortswahl für ein Treffen, Ozan«, sagte Harvath.

Kalachka setzte sich zu Harvath auf die lange Bank mit den Porzellanfliesen. »Ich bin Türke«, erwiderte er, »und wie alle guten Türken halte ich es mit der Tradition. Der Hamam ist seit Jahrhunderten ein wesentlicher Bestandteil unseres Lebens.«

»Kommen wir zur Sache, Ozan.«

Kalachka wischte sich den Schweiß von seinem verschwitzten Gesicht. »Wie du weißt, habe ich einen Deal vorgeschlagen.«

»Ja, meine Regierung ist sich dessen nur zu bewusst. Ich will alles wissen, was dir über diese Krankheit bekannt ist, weshalb Muslime anscheinend immun dagegen sind und wie Al-Qaida das zustande gebracht hat. Und zuletzt noch ein ganz wichtiger Punkt: Meine Regierung möchte wissen, wie zum Teufel du an geheimes Videomaterial kommst.«

»Alles zu seiner Zeit.«

»Bullshit, fangen wir mit dem Videomaterial an«, sagte Harvath. »Ich wusste, dass du gut vernetzt bist, aber das ist unglaublich. Wen zum Teufel hast du auf deiner Gehaltsliste? Oder erpresst du jemanden im Verteidigungsministerium?«

»Scot, du solltest mich besser kennen. Ich bin kein Erpresser.«

Harvath lachte. »Ich weiß nicht das Geringste über dich, und weißt du was? Ich will es auch gar nicht wissen. Erzähl mir etwas über diese Krankheit.«

Kalachka schüttelte den Kopf. »Erst brauche ich etwas von dir.«

»Natürlich, gleich zum Wesentlichen. Ich hatte ganz vergessen, dass bei dir alles seinen Preis hat, nicht wahr, Ozan? Auch die Freundschaft.«

Einen Moment lang wandte Kalachka den Blick ab. Schließlich drehte er sich wieder zu Harvath. »Es geht um meinen Neffen.«

»Du hast einen Neffen?«, erwiderte Harvath.

»Der einzige Sohn meiner Schwester. Er war zwar immer ein bisschen zu islamisch für meinen Geschmack, aber er gehört trotzdem zur Familie, und ich habe versprochen …«

»Ozan, ich habe weder Zeit noch die Geduld dafür. Egal wie du dich selbst siehst, du hast meine Regierung in die Enge getrieben. Man hat mich angewiesen, mit dir zusammenzuarbeiten und alles in meiner Macht Stehende zu tun, um diesen Austausch zu erleichtern. Also genug um den heißen Brei herumgeredet! Von was für einem Ärger reden wir hier? Spuck's schon aus!«

Als Kalachka Harvath ansah, war es schwer zu sagen, ob nun Schweiß oder Tränen in den Augen des älteren Mannes standen. »Mein Neffe wurde gekidnappt.«

»Von wem?«

Kalachka zögerte. »Ich habe da einen Verdacht, aber etwas Genaues weiß ich nicht.«

»Du würdest dich wundern, wie oft Vermutungen in solchen Situationen zutreffen. Aber eins nach dem anderen. Woher weißt du, dass er gekidnappt wurde? Gab es eine Lösegeldforderung?«

»Nein, aber es gab Zeugen. Dutzende! Am helllichten Tag wurde er auf einer Straße in Bangladesch geschnappt. Drei Männer mit Skimasken und automatischen Waffen zerrten ihn in der Nähe seines Büros in Dhaka vom Bürgersteig und fuhren mit ihm weg.«

»Was ist mit dem Wagen?« Harvath war immer noch skeptisch.

»Gestohlen! Die Polizei fand ihn am Tag darauf verlassen vor.«

»Hast du eine Ahnung, weshalb jemand ihn entführen wollte?«

Erneut wischte Kalachka sich den Schweiß aus dem Gesicht. »Ich denke, es hat etwas damit zu tun, woran er arbeitete.«

»Und das war?«

»Er ist Wissenschaftler, Neuromolekularbiologie oder so. Ich habe nie behauptet, es zu verstehen. Es sei nur so viel gesagt, dass er ein sehr intelligenter junger Mann ist.«

»Ozan, woran arbeitete er?« Allmählich bekam Harvath ein äußerst ungutes Gefühl.

Kalachka konnte es nicht länger hinauszögern. Er hob die Hände. »Er war einer der Wissenschaftler, die am Projekt Schwert Allahs arbeiteten.«

Harvath war fassungslos. »Dein Neffe ist schuld an dem Ganzen?«

»Glaub mir«, sagte Kalachka, »als er die Stelle beim Islamic Institute for Science and Technology annahm, wollte er Großes für die muslimische Welt leisten. Die Wissenschaftler dort hatten keine Ahnung, woran sie arbeiteten. Alle, die mit dem Projekt zu tun hatten, wurden voneinander getrennt gehalten. Erst zum Ende hin konnte Emir die Puzzleteile zusammenfügen. Doch da hatte bereits jemand damit begonnen, alle Beteiligten zum Schweigen zu bringen. Es musste jemand aus dem Institut sein.«

Harvath nahm ein Handtuch und wischte sich den Nacken damit. »Ich glaube, da liegst du falsch.«

»Was soll das heißen: falsch?«, erwiderte Kalachka. »Es macht durchaus Sinn. Er zählt zwei und zwei zusammen, die finden heraus, dass er sie entlarven will, also kidnappen sie ihn.«

»Wozu? Um ihn zu Tode zu erschrecken? Um ihn in einem Raum einzusperren, in dem er nichts zu tun hat, damit er sich zu Tode langweilt? Denk doch mal nach, Ozan. Die anderen Wissenschaftler wurden allesamt umgebracht. Nicht entführt. Der einzige Grund, dass so etwas passiert, ist, dass er für jemanden einen Wert hat. Wusste sonst noch jemand, woran dein Neffe arbeitete?«

Kalachka schwieg einige Augenblicke. »Genau das Gleiche habe ich ihn auch gefragt, bevor er verschwand.«

»Und?«

»Er hatte E-Mail-Kontakt zu jemandem.«

»Zu wem?«

»Zu einer Wissenschaftlerin. Einer Frau, mit der er in England auf die Uni ging. Sie ist eine Spezialistin, und Emir dachte, sie könnte ihm helfen, besser zu verstehen, womit er es zu tun hatte.«

»Weshalb redest du dann mit mir?«, fragte Harvath. »Und nicht mit dieser Frau?«

»Weil sie keine Agentin ist. Sie arbeitet nicht in der Branche, in der man Geiseln zurückholt.«

»Aber sie ist deine einzige Spur.«

»Da ist noch etwas.« Kalachka langte neben sich und hob mehrere in Klarsichthüllen verpackte Fotos hoch.

»Bilder von deinem Neffen!« Harvath war dabei, sich mit dem abzufinden, was er tun musste. »Ich nehme an, die könnten helfen.«

»Mehr als du glaubst«, konstatierte Kalachka. »Sieh sie dir sorgfältig an.«

Harvath musterte die ersten beiden Fotos. Sie zeigten die Entführung in allen Einzelheiten. »Wo hast du die her?«

»An der Bank auf der gegenüberliegenden Straßenseite wurde erst kürzlich eine Überwachungskamera an der Fassade installiert. Was siehst du?«

»Sieht nach der Entführung deines Neffen aus«, sagte Harvath.

»Sieh dir das letzte Bild der Serie an, wo Emir in den Wagen gestoßen wird. Die Fenster des Mercedes sind getönt, aber auf der Aufnahme, in der die Tür geöffnet wird, sieht man einen Mann im Wagen sitzen.«

Bei näherem Hinsehen stellte Harvath fest, dass Kalachka recht hatte. Da saß eindeutig ein Mann im Mercedes, und er trug keinerlei Verkleidung, um sein Aussehen zu verbergen. Allerdings war die Aufnahme nicht scharf genug, um eine eindeutige Identifizierung zu ermöglichen. Harvath war im Begriff, das zu erwähnen, als Kalachka ihm das letzte Bild reichte. »Ich habe es digital aufbessern lassen. Sag mir, was du jetzt siehst.«

Harvath betrachtete das Foto und sah ein Gesicht, von dem er gehofft hatte, dass er es nie wieder sehen müsste. Nun war offensichtlich, weshalb Kalachka nach ihm verlangt hatte. »Du weißt verdammt gut, wer das ist«, sagte er.

In Kalachkas Augen lag ein Funkeln, als er erwiderte: »Und du doch auch, oder?«

In Harvaths Kopf überstürzten sich die Bilder. Timothy Rayburn hatte früher zum Secret Service gehört. Er war einer der besten und auch gefährlichsten Männer der Agency gewesen, Harvaths frühester Mentor, und Harvath hatte persönlich dafür gesorgt, dass der Mann aus dem Dienst entfernt wurde und nie mehr für eine Bundes-, Staats- oder lokale Strafverfolgungsbehörde arbeiten würde.

»Finde Rayburn«, riss Kalachka Harvath aus seinen Gedanken, »und du kommst an die Informationen, die du brauchst, um dieser Krankheit ein Ende zu setzen.«

15

Harvaths Gedanken überschlugen sich, während sein verbeultes Taxi durch die überfüllten Straßen Nikosias kroch. Nachdem der Secret Service Rayburn erfolgreich daran gehindert hatte, jemals wieder in der Strafverfolgung zu arbeiten, war es keine große Überraschung, dass der Mann einen Weg fand, seinem Beruf im Ausland nachzugehen. Harvath rief sich ins Gedächtnis, dass es da draußen Leute gab, die dafür, was Rayburn für sie tun konnte, gut zahlen würden, unabhängig von seinen Moralvorstellungen. Nach allem, was Harvath gesehen hatte, verkaufte der Kerl seine Dienste wohl an den Meistbietenden und verbannte jedweden Gewissensbiss in einen fernen, dunklen Winkel seiner Psyche. Zumindest blieb Rayburn sich treu. Es war ihm stets nur ums Geld gegangen, und letztlich hatte dies dazu geführt, dass er vom Secret Service ausgeschlossen wurde.

Bis ins kleinste Detail erinnerte Harvath sich an die Affäre und vor allem an den Verrat. Rayburn kam selbst vom Militär und hatte von dem Moment an, in dem der neue Rekrut von den SEALs zum Secret Service versetzt wurde, einen Narren an Harvath gefressen. In den Klassenzimmern seiner Ausbildungsstätte in Beltsville, Maryland, setzte der Secret Service, wie viele Strafverfolgungsbehörden des Bundes, hoch qualifizierte Agenten in wechselndem Turnus ein. Dort waren Harvath und Rayburn einander begegnet. Die beiden wurden nicht nur enge Freunde, Rayburn war fast wie ein großer Bruder für Harvath. Er nahm Harvath härter ran als die anderen Kursteilnehmer und sagte, er schulde es Harvath, ihm gegenüber streng zu sein. Insider wie Rayburn wussten, weshalb man Harvath für den Secret Service rekrutiert hatte. Sie waren sich alle sehr wohl darüber im Klaren, dass dies an seinem umfangreichen Antiterror-Hintergrund lag und eine spezielle Position im Weißen Haus auf ihn wartete.

Wie Rayburn selbst eingestand, fehlten ihm die neuesten Erkenntnisse. Darum interessierte er sich brennend für Harvaths Karriere bei den SEALs und die aktuelle Vorgehensweise in der Welt der Terrorbekämpfung. So manchen späten Abend verbrachten die beiden bei einem oder mehreren Krügen Bier in den diversen Kneipen Beltsvilles. Obwohl Harvath es damals nicht bemerkte, horchte Rayburn ihn langsam und systematisch aus. Und Beltsville war nicht das Ende. Nach Harvaths Abschluss ließ Rayburn sich zu ihm abstellen, um Zeit mit dem frischgebackenen Agenten zu verbringen.

Die beiden bearbeiteten mehrere zermürbende Fälle, ehe das Weiße Haus schließlich entschied, dass Harvath bereit sei für die Spitzengruppe, die den Präsidenten schützte.

Harvaths neue Stelle hielt ihn auf Trab, und allmählich verloren sie sich aus den Augen. Harvath hatte sich deswegen schuldig gefühlt. Hätte er gewusst, dass Rayburn die Freundschaft absichtlich schleifen ließ, weil der ehemalige SEAL keinen Nutzen mehr für ihn hatte, hätte er sich wahrscheinlich ganz anders gefühlt. Erst als Rayburn mit Gewalt wieder in Harvaths Bewusstsein rückte, wurde dem jungen Secret-Service-Agenten klar, dass er hereingelegt worden war.

Rayburn leitete ein Team von Secret-Service-Agenten, das die Personenschützer des Außenministeriums unterstützen sollte, die zum Schutz eines hochrangigen ausländischen Würdenträgers abgestellt waren, der die USA besuchte. Zwei Tage nach Beginn seines Besuchs wurde der Würdenträger ermordet.

Aufgrund seiner Erfahrung in der Terrorbekämpfung wurde Harvath gebeten, bei den Ermittlungen beratend mitzuwirken. Je tiefer er schürfte, desto drängender sagte ihm sein Bauchgefühl, dass der beziehungsweise die Killer Hilfe von einem Insider gehabt hatten. Sosehr er es auch hasste, diesen Weg einzuschlagen, blieb ihm doch keine andere Wahl, als den Sicherheitstrupp gründlich unter die Lupe zu nehmen.

Während Harvath sich einen Reim auf alles machte, ergab sich allmählich ein Bild – und zwar ein wenig schmeichelhaftes. Er hatte mit seinem Gefühl richtiggelegen. Jemand war geschmiert worden. Die Spur führte letztendlich zu einem von Rayburns Männern, trotzdem kam Harvath das Ganze irgendwie komisch vor, also suchte er im Stillen weiter.

Rayburn hatte nicht damit gerechnet, dass man Harvath in die Ermittlungen einbeziehen würde. Der ältere Agent hatte sich einen Sündenbock gesucht und die Beweise, die auf ihn hindeuteten, so tief eingepflanzt, dass die Ermittler, wenn sie darauf stießen, nicht nur erschöpft waren, sondern auch absolut davon überzeugt, dass sie ihren Mann hatten. Harvath wusste jedoch, wie es war, wenn man zu Unrecht eines Verbrechens beschuldigt wurde, und machte Überstunden, um dabei zu helfen, die Vorwürfe gegen den Agenten auszuräumen, den er für unschuldig hielt. Rayburn als den wahren Schuldigen darzustellen war allerdings eine ganz andere Sache.

Letzten Endes waren die meisten Beweise gegen Rayburn ebenso wie die Art und Weise, wie Harvath darangekommen war, vor Gericht nicht zulässig. Allerdings hatten sie genug in der Hand, um ihn aus dem Secret Service zu werfen und sicherzustellen, dass er nie mehr bei einer Strafverfolgungsbehörde arbeitete. Angetrieben von der Wut, die er über Rayburns Verrat empfand, arbeitete Harvath weiterhin außerhalb der offiziellen Kanäle und machte schließlich ein Nummernkonto auf den Cayman Islands ausfindig, das Rayburn für sein Blutgeld benutzt hatte. Über einen »inoffiziellen« Kontaktmann ließ Harvath das Geld in einen Entschädigungsfonds überweisen, der für die Familie des verblichenen Würdenträgers eingerichtet worden war.

Das Konto leer zu räumen verschaffte Harvath nur wenig Genugtuung. Seiner Meinung nach gehörte der Kerl wegen Mordes vor Gericht gestellt. Nachdem die Ermittlungen offiziell eingestellt worden waren, verschwand Rayburn. Doch Harvath vergaß ihn nicht. Die US-Regierung, nahm er an, ebenfalls nicht. Irgendwo in einem der Nachrichtendienste behielt ihn bestimmt jemand im Auge. Doch Gary Lawlor hatte Harvath klargemacht, dass er nicht wollte, dass er sich an einen seiner Kontakte bei den Geheimdiensten wendete, ebenso wenig sollte er versuchen, Lawlor zu erreichen, solange Senatorin Carmichael Harvaths Kopf auf einem Tablett sehen wollte. Gary hatte einen verschlungenen Weg eingerichtet, auf dem Harvath sich mit ihm in Verbindung setzen konnte, allerdings nur, wenn es unbedingt erforderlich war. Vorerst operierte Harvath ohne Netz, und angesichts der aktuellen Situation zu Hause in Washington würde, wenn er abstürzte, kein Mensch vortreten und seine Überreste identifizieren.

Damit blieb Harvath nur eine Option – er musste kreativ werden, und als Erstes musste er eine kreative Möglichkeit finden, an die spezielle Information zu kommen, die er benötigte.

Da es ihm faktisch untersagt war, mit seinen offiziellen Geheimdienstkontakten in Verbindung zu treten, war ihm klar, dass er seine gewohnten Kreise verlassen musste. Es dauerte zwar einen Moment, doch nicht lange, dann fiel ihm jemand ein, der ihm helfen könnte. Die Frage war lediglich, ob Nick Kampos in der Stimmung war, ihm einen so großen Gefallen zu tun.

16

Nachdem er sich von Kalachka verabschiedet hatte, brauchte Harvath nur einen einzigen Anruf beim Büro des DEA-Agenten Nick Kampos hier auf Zypern, um seine Antwort zu erhalten. Als sein Taxi ihn später am Abend an einer Outdoor-Taverne am Hafen absetzte, saß Kampos bereits an einem Tisch am Wasser.

»Stilvoll«, meinte Harvath, während er sich den Plastikstuhl gegenüber von Kampos heranzog und Platz nahm. Über den gedrungenen Holztisch war eine rot-weiß karierte Tischdecke gebreitet, komplett mit Papierservietten, schmutzigem Besteck und einer Sturmlaterne, an der das Glas zerbrochen war. »Würde ich dich nicht besser kennen, Nick, könnte ich schwören, dass du versuchst, Eindruck zu schinden.«

»Willst du mich auf den Arm nehmen?« Mit einer ausholenden Handbewegung deutete der DEA-Agent auf den Hafen mit seinen bunten Fischerbooten. »Sieh dir diese Aussicht an!«

»Wahnsinn!«, erwiderte Harvath, während er sich vorbeugte und einen Stoß Servietten unter sein Stuhlbein schob, damit der Stuhl nicht wackelte.

»Wenn ich dich wirklich beeindrucken wollte, würden wir in einem der schicken Läden weiter die Straße rauf essen. Dort kostet es zwar das Doppelte, aber dafür ist das Essen nicht halb so gut.«

»Da muss ich mich wohl auf dein Wort verlassen«, sagte Harvath, als ein Kellner mit einem Eiskübel und einer Flasche Weißwein ankam.

»Ich war so frei, uns etwas zu trinken zu bestellen.«

»Das sehe ich.«

»Du kommst mir jetzt aber nicht mit so einem Macho-Scheiß, dass du bloß Bier trinkst, oder?«, sagte Kampos.

Lachend schüttelte Harvath den Kopf. Es war komisch zu hören, wie Nick ihn anmachte, weil er angeblich ein Macho war. Der Mann war ein fast 1,95 Meter großes Muskelpaket mit grauem Haar, einem mächtigen Schnurrbart und einem wettergegerbten, kantigen Gesicht, dauergebräunt von einem Leben im Freien. Kampos war geschieden und hatte zu Hause in den Staaten zwei Töchter, die aufs College gingen. Darum machte er gern den Witz, es liege an den Frauen in seinem Leben, dass er graue Haare hatte, doch Harvath wusste es besser. Nick und seine Ex hatten immer noch ein gutes Verhältnis, und er vergötterte seine Töchter mehr als alles andere auf der Welt. Nach außen hin zeigte er eine ziemlich harte Fassade, aber tief im Innern war der Mann nichts als ein großer Teddybär.

»Gut«, meinte der DEA-Agent, während er den Kellner mit einer höflichen Handbewegung entließ und die beiden Gläser vollschenkte. »Das Zeug wird hier angebaut. Am Anfang ein bisschen herb, aber man gewöhnt sich dran. Cheers.«

Kaum traf der Wein auf seine Geschmacksknospen, bereute Harvath, dass er keinen Rückzieher gemacht und sich kein Bier bestellt hatte. »Mild«, sagte er zwischen Husten-anfällen.

»Du trinkst ja wie ein Mädchen. Zu viel Zeit in D. C., was? Und nicht genug im Außeneinsatz.«

»Anscheinend ist mein Einsatz nie zu Ende«, erwiderte Harvath, während er einen weiteren Schluck nahm und es diesmal schaffte, ihn runterzukriegen, ohne mitzubekommen, wie schlecht er schmeckte.

»Na, geht doch! Das ist der Scot Harvath, den ich kenne. So mag ich dich«, sagte Kampos mit einem breiten Grinsen. »Und danach gibt's dann die harten Sachen.«

»Her damit!«, meinte Harvath mit einem Grinsen.

Diskret stieß Kampos den Army-Schlachtruf »Hooyah!« aus und nahm einen weiteren großen Schluck der hiesigen Weinernte.

Den Kerl musste man einfach mögen. Wenn Scot so dar-über nachdachte, war die DEA eine der wenigen Behörden, mit denen er je zusammengearbeitet und bei denen er wirklich jede einzelne Person gemocht hatte, mit der er in Kontakt kam. Zwar teilte die DEA sich viele Einrichtungen mit der FBI-Ausbildungsakademie in Quantico, trotzdem konnten die beiden Kulturen unterschiedlicher nicht sein. Während das FBI hauptsächlich Anwälte und Buchhalter einstellte, waren die meisten DEA-Agenten ehemalige Poli-zisten oder kamen, so wie Kampos, vom Militär. Mehr noch, auf kurze Distanz waren sie die besten Schützen der Branche. Tatsächlich war die DEA im Nahkampf oder vielmehr Close Quarters Battle so gut, dass sie alle Flugbesatzungen für Marine One ausbildete, den Hubschrauber des Präsidenten.

Als Harvath von den SEALs ins Weiße Haus zum Secret Service wechselte, war er so beeindruckt vom Nahkampf-Niveau der HMX-1 Nighthawks, dass er darum bat, außerhalb seiner Arbeitszeit mit ihnen trainieren zu dürfen. Immerhin war das Schießen eine vergängliche Fähigkeit. Alle Ordnungskräfte, die eine Waffe trugen, wurden stets dazu angehalten, so viel Zeit am Schießstand zu verbringen wie nur möglich – insbesondere auch in ihrer Freizeit. Im Endeffekt verhielt es sich so, dass man ein umso besserer Schütze wurde, je öfter man mit der Waffe feuerte. Auf Harvath traf das sicherlich zu, zumal in der Zeit, als Nick Kampos sein Ausbilder war.

Harvath hatte viel über die DEA erfahren, sowohl am Schießstand als auch außerhalb davon. Was ihn am meisten beeindruckte, war ihr Engagement nicht nur für ihren Job, sondern auch ihr Einsatz füreinander. Einer der Jungs erzählte ihm die Geschichte, wie sie ein Gründungsmitglied eines der größten kolumbianischen Drogenkartelle umgedreht hatten. Während sie ihn in einem Hotel untergebracht hatten, in dem er auf einen Prozess wartete, bei dem er als Zeuge aussagen sollte, unterhielt er die beiden DEA-Agenten, die zu seinem Schutz abgestellt waren, mit Geschichten darüber, was er sich mit seinem immensen Reichtum alles kaufen konnte – lokale Cops, Staatspolizisten, Richter, Politiker, aber niemals auch nur einen einzigen DEA-Agenten.

Die DEA war in 58 Ländern der Welt präsent, unter anderem durch Kampos, der sich um den Posten auf Zypern beworben hatte, kurz bevor Harvath das Weiße Haus verließ. Dennoch hatten die entscheidenden Stellen in Washington die DEA aus irgendeinem Grund nie eingeladen, mit am Tisch der Großen zu sitzen, wenn es um den Austausch von Geheimdienstinformationen ging. Diese Kuriosität hatte ihr Für und Wider, aber für die meisten DEA-Agenten, die Harvath kannte, war es ganz okay. Das hieß, dass sie nicht an viele der Regeln, Anforderungen und Einschränkungen gebunden waren, die für andere Bundesbehörden galten. Es hieß ebenfalls, zumindest im Moment, dass Harvath jemanden hatte, an den er sich wenden konnte, um Hilfe zu erhalten, und hundertprozentig sicher sein konnte, dass Senatorin Helen Remington Carmichael nichts davon mitbekam.

»Wenn ich das sagen darf«, meinte Kampos, während er jeweils einen kleinen Schluck in ihre Gläser nachschenkte, »du siehst beschissen aus.«

»Danke sehr«, erwiderte Harvath.

»Wenn dir der Job zu viel wird, solltest du vielleicht darüber nachdenken aufzuhören.«

»Bist du jetzt unter die Berufsberater gegangen, oder was?«

»Nö! Ich bin bloß ein Grüßaugust bei Walmart, der im Moment für die DEA arbeitet.«

»Jetzt mal im Ernst!«, sagte Harvath.

»Das *ist* mein Ernst. Sollte es je so weit kommen, dass ich die Nase von meinem Job voll habe, werde ich der verdammt beste Empfangschef sein, den die bei Walmart jemals hatten. Aber du bist nicht den ganzen Weg hierhergekommen, um über meine Beschäftigungsaussichten zu sprechen. Weshalb reden wir nicht darüber, warum du wirklich hier bist?«

»Ich besuche einen alten Freund.«

»Lass mich raten«, sagte Kampos. »Einen großen, fetten Kerl mit einem ausgeprägten Hinken.«

»He, immer sachte mit dem Hinken. Das war eine meiner besten Arbeiten.«

»Was willst du denn von dem?«

Harvath brach ein Stück Brot ab und tunkte es in einen der Dips, die der Kellner nach draußen gebracht hatte. »Er hat Informationen zu einem Fall, an dem ich arbeite.«

»Zu dem Fall, über den du nicht mit mir reden kannst.«

»Stimmt.«

»Über den Fall, bei dem du mich darum bitten musst, die Drecksarbeit für dich zu erledigen, weil du dich offensichtlich an niemanden in D. C. wenden kannst.«

»Stimmt ebenfalls.«

Kampos blickte seinen alten Freund an. »Scot, in was bist du da reingeraten?«

»Nichts Illegales, das kann ich dir versichern.«

»Kannst du das? Seit mindestens einem Jahr habe ich nicht mehr mit dir gesprochen, und plötzlich tauchst du völlig abenteuerlich aus der Versenkung auf und bittest mich, still und heimlich ein paar Namen für dich nachzusehen, weil du zu Hause eine Persona non grata bist? Was würdest du denn an meiner Stelle denken?«

»Ich würde denken, dass ich wohl ziemlich wichtig für Scot Harvath bin, wenn er sich an mich wendet, um Hilfe zu bekommen.«

»Bullshit! Du hättest genauso viele Fragen wie ich, wenn nicht mehr«, erwiderte Kampos. »Was zum Teufel ist los? Und komm mir jetzt bloß nicht mit dem Geheimagenten-Mist *Ich könnte es dir ja sagen, aber dann müsste ich dich töten.* Der Grund, weshalb die Drug Enforcement Administration in so vielen Ländern rund um den Globus arbeiten kann, ist der, dass wir keinen Spionagekram machen. Wir arbeiten ausschließlich in der Drogenwelt.«

»Ich weiß, und ich verlange ja kein Spionagezeug von dir.«

»Du hast mich gebeten, zwei Dossiers für dich zusammenzustellen. Das ist ein ziemlich großer Gefallen. Zugegeben, es ist was anderes, als Mikrofilme über die Grenze zu schmuggeln, aber letztlich ist es doch bloß Auslegungssache. Warum kommst du zu mir und wendest dich nicht an jemand in deiner eigenen Dienststelle?«

Harvath musste eine schwierige Entscheidung treffen. Natürlich mochte Kampos ihn, aber wahrscheinlich mochte er seine Karriere und seine Pension um einiges lieber. Ohne einen guten Grund würde Kampos sich nicht für Harvath aus dem Fenster lehnen. Wenn Harvath von dem Mann verlangte, ihm zu vertrauen, musste er im Gegenzug das Gleiche tun. Sein Bauchgefühl sagte ihm, dass der DEA-Agent sein Geheimnis bewahren konnte, und Harvath folgte stets seinem Bauchgefühl. »Hast du die Al-Dschasira-Aufnahmen gesehen, die sie aus Bagdad gesendet haben?«

»Wo dieser GI dem armen Obsthändler die Kamelhöcker aus dem Leib prügelt?«

»An dem Kerl war nichts Armes. Aber, ja, genau von diesem Filmmaterial rede ich«, sagte Harvath.

»Eine verfluchte Bescherung! Dir ist schon klar, dass sie diesen GI auf kleiner Flamme rösten werden, wenn sie erst mal dahinterkommen, wer er ist.«

»Gleich nachdem sie ihm mit einer riesigen Axt den Schniedel abgehackt haben.«

»Moment mal!«, meinte Kampos. »Willst du mir damit sagen, dass …?«

Harvath setzte das beste Grinsen auf, das er angesichts des Themas zustande brachte. »Japp! Meine Wenigkeit.«

»Dreh dich mal um.«

»Was soll das heißen, *dreh dich mal um?*«

»Ich habe dieses Video schon an die tausend Mal gesehen. Dieser GI hatte einen übel geformten Schädel. Ich möchte sehen, ob dein Hinterkopf passt.«

»Leck mich«, erwiderte Harvath.

Kampos musterte ihn über den Tisch hinweg. »Das sehe ich von hier. Du bist es. Gott, was für ein Kopf. Wie oft hat deine Mama dich darauf fallen lassen?«

»Leck mich«, wiederholte Harvath.

»Was hat sie gemacht? Anstelle von Babylotion Gleitcreme verwendet?« Kampos tat, als hielte er ein Baby, das ihm aus den Armen glitt. »Hoppla, da flutscht er mir schon wieder weg.«

Harvath zeigte ihm den Mittelfinger und widmete sich wieder seinem Essen.

»Hättest du nicht warten können, bis die Kamera ausgeschaltet war?«

»Ja, ich konnte mich nicht beherrschen. Sehr witzig, Nick.«

Kampos bemühte sich um ein ernstes Gesicht. »Nein, du hast ja recht. Es ist eine ernste Angelegenheit. Ich habe nur eine Frage!«

»Was denn?«

»Du hast den Kerl ziemlich übel beschimpft, als du ihn gefesselt hast, richtig?«

»Und?«

»Na ja, praktisch gesehen ist das dann ja eine Sprechrolle. Du hast es geschafft, Junge. Die müssen dich in die Screen Actors Guild aufnehmen.«

»Und *ich* bin hier der Klugscheißer. Hör zu, ich habe dir das erzählt, weil ich dachte, dass ich darauf vertrauen kann, dass du den Mund hältst. Es ist nur für dich bestimmt.«

»Es bleibt unter uns, versprochen.« Kampos überlegte einen Moment, ehe er fortfuhr: »Ich bin nicht der Einzige, der weiß, dass du der Kerl in dem Video bist, oder?«

»Nein, deshalb habe ich ja Probleme in der Dienststelle.«

»Der Präsident?«

»Nein. Es ist jemand, der an ihn ranzukommen versucht, indem er mich auffliegen lässt.«

»Und dazu will er deine Identität öffentlich machen?«

»Das hoffe ich verdammt noch mal nicht. Aber wundere dich nicht, wenn ich letzten Endes mit dir auf dem Walmart-Parkplatz die Kunden begrüße.«

»Als mein Gehilfe«, meinte Kampos. »Meine Spitzenposition teile ich mit niemandem, noch nicht mal mit einem großen Fernsehstar wie dir.«

»In Ordnung, als dein Gehilfe«, erwiderte Harvath. »Wirst du mir jetzt helfen oder nicht?«

Kampos langte nach unten in die Aktentasche neben seinem Stuhl, holte einen dünnen Manila-Umschlag heraus und schob ihn über den Tisch seinem Kollegen zu. »Das ist das Beste, was ich in der Kürze der Zeit hingekriegt habe.«

Harvath zog die Dokumente aus dem Umschlag, während Kampos weiterredete. »Nachdem dieser Rayburn beim Secret Service rausgeflogen war, wurde seine Spur eiskalt, schon subarktisch. Als wäre er einfach verschwunden. Keine Steuererklärung, keine Passverlängerung, keine Kreditkartenaktivität, keine Treffer bei seiner Sozialversicherungsnummer – nichts.«

»Was ist mit dem anderen Namen, den ich dir gegeben habe? Derjenige der Frau?«

»Damit hatte ich ein bisschen mehr Glück. Jillian Alcott. 27 Jahre alt. Geboren in Cornwall, England. Besuchte die Universität Cambridge und schloss ihr Studium mit einem Bachelor in Biologie und organischer Chemie ab. Anschließend besuchte sie die University of Durham, wo sie einen Abschluss in Molekularbiologie machte und anschließend in Paläopathologie promovierte.«

»Was zum Teufel ist Paläopathologie?«, fragte Harvath.

»Keine Ahnung«, antwortete Kampos. »Aber was immer es ist, es qualifiziert sie offenbar für ihre derzeitige Stelle, nämlich Chemielehrerin an einer äußerst exklusiven privaten High School in London namens Abbey College. Ich habe die Briten noch nie verstanden. Die nennen die High School College und das College Universität. Na ja, steht alles dadrin in der Akte. In der Zwischenzeit werde ich sehen, ob ich für dich noch etwas über Rayburn herausfinden kann.«

»Danke, Nick. Ich weiß das zu schätzen.«

»Du musst mir nicht dankbar sein. Bieg einfach alles wieder gerade, was verbockt ist, und sieh zu, dass du auf der richtigen Seite wieder rauskommst.«

Harvaths Aufmerksamkeit richtete sich auf das Wasser, und Kampos schien in der Lage, seine Gedanken zu lesen. »Du wirst nach London fliegen, oder?«

»Ja«, erwiderte Harvath.

»Nun, falls du sonst noch etwas brauchst, lass es mich wissen.«

»Tatsächlich gibt es da etwas.« Harvath öffnete seine Brieftasche und zählte mehrere Scheine auf den Tisch, um das Essen zu bezahlen. »Ich brauche jemanden, der mich zum Flughafen fährt, und eine Waffe.«

17

Nikos Taverne
Stadtteil Plaka
Athen

Khalid Alomari bemühte sich, seinen Zorn unter Kontrolle zu halten, während er sein Handy zuklappte und es auf den Holztisch vor sich warf. Als der Lärm vorbeirauschender Motorräder sich mit den Rufen der Händler vermischte, die ihre Waren den sich auf den staubigen Gehwegen drängenden Touristen feilboten, fragte Alomari sich zum wiederholten Mal, warum keiner seiner Kontakte etwas lieferte. In einem Land wie Bangladesch ließ sich ein Geheimnis nicht lange bewahren, aber aus einem unerfindlichen Grund entging ihm dieses. Während er zu rekonstruieren versuchte, was geschehen war, dachte er ernsthaft darüber nach, einen oder zwei seiner zwielichtigen Mitarbeiter dort umbringen zu lassen, um die anderen ein bisschen zu motivieren.

Nichts davon ergab einen Sinn. Männer wie Emir Tokay tauchten nicht einfach unter. Sie hatten gar nicht die Fähigkeit dazu. Tokay war schließlich Wissenschaftler und kein ausgebildeter Geheimagent. *Es muss doch eine Möglichkeit geben, ihn ausfindig zu machen*, dachte Alomari. Der Attentäter hatte alle anderen Wissenschaftler auf der Liste gekriegt, und es gefiel ihm nicht, dass ihm noch einer fehlte. Seine Lage wurde sogar noch verschlimmert durch die Tatsache, dass ihm nur noch sehr wenig Zeit blieb.

Als er das letzte Mal mit seinem Auftraggeber gesprochen hatte, einem Mann, den er nur als Akrep beziehungsweise Skorpion kannte, war dieser außer sich vor Wut gewesen. Er hatte den Attentäter dafür gerügt, dass er bei den Tötungen zu langsam vorging, und irgendwoher wusste er, so wie er stets alles zu wissen schien, dass der letzte Wissenschaftler verschwunden war. Einmal mehr stellte Alomari sich die Frage, was es ihm brachte, dass er sich überhaupt mit so jemand eingelassen hatte.

Zugegeben, Alomari hatte sich auf Auftragsmorde spezialisiert, doch seine Zielpersonen waren stets offenkundige Feinde des Islam. Der einzige Trost, den er bei diesem Auftrag empfand, war die Tatsache, dass der Skorpion selbst ein wahrer Gläubiger war und sein Leben in den Dienst des Glaubens gestellt hatte.

Doch ungeachtet seines Glaubens war der Skorpion bekannt für seine absolute Skrupellosigkeit. Selbst bin Laden, einem Mann, der vor niemandem Angst hatte, sagte man nach, dass er dem Skorpion gegenüber ein erstaunliches Maß an Respekt und Bewunderung an den Tag lege. Es wurde sogar gemunkelt, dass Al-Qaida auf eine Idee des Skorpions zurückgehe, gemeinsam mit bin Laden erdacht in den Bergen Afghanistans während des großen Heiligen Krieges gegen die Sowjets.

Letzten Endes gab Alomari sich keinerlei Illusionen hin, weshalb er den Auftrag angenommen hatte – er brauchte das Geld. Beziehungsweise, wichtiger noch, Al-Qaida brauchte das Geld. Da bin Laden von einem erheblichen Teil seiner Mittel abgeschnitten und gezwungen war, sich entlang der pakistanisch-afghanischen Grenze zu verstecken, litt die gesamte Al-Qaida-Organisation unter einem Mangel an Bargeld. Die Zelle in Madrid mochte Drogen verkaufen, um sich über Wasser zu halten und ihre spektakulären Bombenanschläge auf Züge zu finanzieren. Allerdings hatte die Organisation viele andere gute Muslime als Mitglieder, die nicht so tief sinken wollten, sich auf etwas Derartiges einzulassen, und dazu gehörte Alomari. Ihm war gar nichts anderes übrig geblieben, als den Auftrag des Skorpions anzunehmen.

Es waren Monate vergangen, seit er das letzte Mal Kontakt zu seinem Mentor hatte aufnehmen können. Bin Laden war ständig in Bewegung, und von seinen Gefolgsleuten erwartete er, dass sie selbst dachten und eigene Entscheidungen trafen. Schließlich konnte er nicht jedem das Händchen halten. Die gesamte zermürbende Mission über war Alomari bestrebt gewesen, sich ins Gedächtnis zu rufen, dass er dankbar sein sollte. Der Skorpion hätte eine beliebige Anzahl anderer Attentäter für diese Aufgabe auswählen können. Alomari war klar, dass bin Laden eine Rolle bei seiner Empfehlung gespielt hatte. Darum fühlte er sich gleich doppelt schuldig wegen seines Versagens. Zunächst hatte es so ausgesehen, als lächelte Allah auf ihn herab, indem er ihm diesen Auftrag gewährte. Doch er hatte keine Ahnung, warum Allah sein Vorankommen aufhalten wollte, nun, da er so kurz davorstand, seine Liste zu schließen und das dringend benötigte Geld zu kassieren.

Alomari war dem Skorpion nie persönlich begegnet. Sie hatten immer nur miteinander telefoniert. Jeder reale persönliche Kontakt fand stets mit seinem Stellvertreter statt, einem Mann namens Gökhan Celik. Während Alomari zusah, wie Celik die Taverne betrat und dem Tisch zustrebte, fuhr er mit der Hand über die Außenseite seines Sakkos, nur um sich zu vergewissern, dass seine Pistole, eine ultrakompakte Taurus PT-111, noch da war. Ihm war ziemlich gleichgültig, was für eine Beziehung zwischen bin Laden und dem Skorpion existierte; er wollte kein Risiko eingehen, nicht einmal mit diesem sehnigen Männchen, das der Stellvertreter des Skorpions war.

Gökhan Celik war mindestens 75 Jahre alt und hatte ein Paar zusammengekniffener, dunkler Augen und eine lange, spitze Nase, die über einem entsetzlichen Gebiss schwebte. Der Mann hatte kein Kinn, infolgedessen wirkte sein Gesicht lediglich wie die Verlängerung eines ansonsten spindeldürren Halses.

Alomari wusste, dass der Mann, seinem Erscheinungsbild zum Trotz, brillant war. Es hieß, Celik sei von Teenagertagen an der Berater des Skorpions gewesen und fast alles, was der Skorpion gelernt habe, habe er von Gökhan Celik gelernt. Mit anderen Worten: Auch Celik durfte man nicht unterschätzen.

Celik trug einen eleganten Leinenanzug. Er hätte irgendein alternder griechischer Geschäftsmann sein können, der mit einem Kollegen zu einem ganz gewöhnlichen, frühen Geschäftsessen ging. Nur dass Celik eben kein Grieche und dies kein gewöhnliches Mittagessen war. Celik war hier, um einen der tödlichsten Auftragskiller der Welt zu feuern.

Alomari, wie stets unter dem kultivierten Einfluss, den seine Mutter auf seine Kinderstube ausgeübt hatte, fragte seinen Gast, ob er etwas essen oder trinken wolle, bevor sie begannen.

Celik blickte ihn an. »Vertrödeln wir nicht noch mehr Zeit, Khalid. Sie wissen, weshalb ich hier bin.«

»Um über den noch verbliebenen Wissenschaftler zu sprechen.«

»Nein! Dieses Thema steht nicht mehr zur Diskussion. Ich bin hier, um Sie zu entlassen. Sie sind gefeuert.«

»Gefeuert?«

»Die Anzahlung von 250.000 Dollar können Sie natürlich behalten, aber mehr werden Sie nicht bekommen.«

»Aber das deckt ja noch nicht einmal annähernd meine Ausgaben.«

»Pech! Sie kannten die Abmachung, als Sie sich darauf einließen – alle Punkte auf der Liste sollten erledigt werden. Sie haben versagt.«

Alomari hatte bereits vermutet, dass dies der Grund war, aus dem Celik das Treffen verlangt hatte. Doch seiner arabischen Herkunft getreu feilschte er einige Augenblicke lang verzweifelt, um den Auftrag am Leben zu erhalten.

»Der Vertrag ist nichtig, das ist endgültig.« Celik legte seine knorrigen Hände auf den Tisch und erhob sich von seinem Stuhl. »Ich dachte, wir sind es Ihnen schuldig, es Ihnen persönlich zu sagen.«

Das war das Mindeste. Allerdings hätte es der Skorpion selbst sein sollen, der ihm hier gegenübersaß, doch Alomari ließ es durchgehen. »Ich kann den Auftrag immer noch zu Ende bringen«, sagte er. »Es ist noch Zeit.«

»Nein, wir haben keine Zeit mehr. Außerdem übersteigt dies Ihre Fähigkeiten bei Weitem.«

»Was wollen Sie damit sagen?«

»*Was ich sagen will?* Damit will ich sagen, wenn Sie schneller gehandelt hätten, hätten Sie Tokay vielleicht erwischt, bevor er redete.«

»Er hat geredet? Mit wem?«

»Das müssen wir noch herausfinden. Jetzt müssen wir nicht nur Tokay ausfindig machen und zum Schweigen bringen, sondern auch jeden anderen, mit dem er womöglich gesprochen hat. Aber das werden wir ohne Sie erledigen. Sie können sich glücklich schätzen, dass Sie aufgrund Ihrer Unfähigkeit nicht auch ausgeschaltet werden.«

Alomari kochte vor Wut, unbewusst wanderte seine Hand bereits zur Pistole. Als ihm klar wurde, was er da machte, versuchte er sich zu beruhigen. *Nicht hier. Nicht jetzt. Es muss woanders stattfinden, nicht vor Zeugen.*

Als Gökhan Celik die Taverne verließ, kam der Attentäter zu dem Schluss, dass der Skorpion einen schwerwiegenden Fehler begangen hatte, indem er ihn unterschätzte. Dafür würde Gökhan Celik sein Leben verlieren. Das Wesentliche war, es wie einen Unfall aussehen zu lassen. Aber Unfälle waren die Spezialität des Al-Qaida-Agenten.

Eine Stunde später, seine Wut war erst zum Teil verflogen, durchquerte Khalid Alomari die Lobby des Grande Bretagne, des elegantesten Hotels in Athen. Er war nicht nur empört darüber, wie der Skorpion seine Geschäfte abwickelte, sondern auch darüber, wie er seine Leute beschützte oder besser gesagt: nicht beschützte. Gökhan Celik war angeblich sein wichtigster Stellvertreter. Doch der Skorpion gestattete ihm, jedes Mal wenn er nach Athen kam, unbewacht in immer derselben Suite desselben Hotels abzusteigen. Der Ruf des Skorpions mochte den meisten, die ihn kannten, Angst einjagen, doch Khalid Alomari schreckte dies nicht ab, zumal wenn so viel Geld auf dem Spiel stand.

»Was unterstehen Sie sich?«, herrschte Celik ihn an, als Alomari in seine Suite eindrang und den alten Mann zu Boden stieß.

»Ich will alles hören, was Sie über Emir Tokay wissen, und mit wem er vor seinem Verschwinden geredet hat.«

»Ich habe Ihnen bereits gesagt, dass Sie das nichts mehr angeht.«

»Sie hätten bezahlen sollen, was Sie mir schuldig sind, Gökhan.«

»Was sind wir Ihnen denn schuldig? Sie haben versagt. Wir schulden Ihnen gar nichts.«

»Es war ein geringer Preis im Vergleich zu dem, was es Sie jetzt kosten wird.«

»Was soll das heißen, *was es uns jetzt kosten wird?*«

»Wir wissen beide, dass Emir Tokay über Wissen verfügt, von dem Sie nicht möchten, dass es jemand anders hat. Ich werde ihn finden und dann an den Skorpion verkaufen, allerdings für das Zehnfache von dem, was Sie mir eigentlich zahlen sollten«, entgegnete der Auftragskiller, während er dem Alten den Fuß in die Hüfte rammte und den Knochen wie dürres Anfeuerholz brechen hörte.

»Du bist ein toter Mann!«, heulte Celik.

»Wir alle müssen sterben«, erwiderte Alomari, »allerdings kann sich nicht jeder aussuchen, wann. Beantworte meine Frage, und ich lasse dich leben. Mit wem hat Emir vor seinem Verschwinden geredet?«

Celik spie seinem Angreifer aufs Hosenbein. »Ich werde dich tot sehen. Hast du verstanden? Weißt du, was Akrep mit dir anstellen wird?«

Alomari schüttelte den Speichel von seinem Hosenbein ab. »Du hast mich um das betrogen, was rechtmäßig mir gehört. Erwartest du, dass ich mich jetzt still und leise davonmache? Ich gebe dir noch eine letzte Chance, meine Frage zu beantworten. Was weißt du über Tokay?«

Celik starrte ihn trotzig an.

»Dir hätte doch klar sein müssen, dass ich nicht einfach aufgebe, Gökhan. Von jetzt an wird es nur noch schlimmer. Wenn du mir keine Antwort gibst, werde ich deine Tochter und deine Enkel aufspüren, sie werden die Nächsten sein. Ich halte mein Wort, das weißt du. Selbst wenn es mich die nächsten fünf Jahre meines Lebens kosten sollte, werde ich nicht ruhen, bis ich ihnen einen Tod beschert habe, der grausamer ist als alles, was du dir vorstellen kannst.«

Celik zitterte am ganzen Körper.

»Also, was darf es sein, Gökhan?«

»Akrep wird wissen, dass du es warst.«

»Das glaube ich nicht.« Alomari holte eine leere Spritze aus der Tasche seines Sakkos. »Eine Embolie ist zwar bedauerlich, aber nicht ungewöhnlich bei Männern deines Alters. Unser Freund der Skorpion dürfte zwar einen Verdacht hegen, aber da du auch noch gestürzt bist und dir dabei die Hüfte gebrochen hast, glaube ich nicht, dass er ihn allzu lange beunruhigen wird.«

»Dafür wirst du bestraft werden«, stöhnte Celik.

»Da du vor mir im Paradies sein und Allahs Ohr haben wirst, bin ich sicher, dass du alles tun wirst, was du kannst, um dies zu erreichen. Bis dahin ist es für dich allerdings noch nicht zu spät, deine Familie zu retten.«

Celik musste nicht weiter überzeugt werden, um zu wissen, dass der Mann die Wahrheit sagte. Der Ruf des Attentäters sprach für sich.

18

Der Präsident stand da, starrte durch die Glastüren des Oval Office auf den Rosengarten und sagte: »Ich könnte es nicht ernster meinen. Ich möchte, dass die ganze Sache aufhört, Chuck. Haben Sie verstanden?«

»Ja, Mr. President. Ich verstehe. Glauben Sie mir, wir alle möchten, dass es aufhört. Aber es wird nicht eintreten, wenn wir es uns bloß wünschen. Wir können den Geist nicht mehr zurück in die Flasche zwingen. Nicht jetzt.«

»Es ist mir egal, ob er zurück in die Flasche kommt«, herrschte Rutledge seinen Stabschef an, während er sich zu ihm umdrehte.

»Ich möchte einfach nicht, dass eine selbstherrliche Senatorin ihre Karriere vorantreibt, indem sie die Tarnung eines anständigen Mannes auffliegen lässt. Nach allem, was Scot Harvath für dieses Land getan hat, wäre es nicht nur unfair, sondern schlichtweg falsch, ihn mit einem Kainsmal zu brandmarken.«

»Bei allem Respekt, Sir«, erwiderte Charles Anderson, »es ist nicht Harvath, dem sie das Kainsmal aufdrücken will. Sie will Sie brandmarken.«

Der Präsident wandte sich von den Türen ab und ging zurück hinter seinen Schreibtisch. »Warum hat sie es dann nicht auf mich abgesehen?«

»Sie hat es auf Sie abgesehen, Jack. So wird das nun mal gemacht. Das wissen Sie doch.«

»Nun ja, die Art und Weise, wie es gemacht wird, schreit zum Himmel.«

»Da stimme ich Ihnen zu«, pflichtete Anderson ihm bei.

»Man stürzt keine guten Leute ins Verderben, auf die dieses Land angewiesen ist. Wenn sie mich will, sollte sie kommen und mich holen.«

»Das werde ich ihr auf jeden Fall sagen, wenn sie hier ist. Falls Sie irgendwelche kompromittierenden Fotos von sich haben, die Sie mir jetzt gern geben würden, kann ich sie vielleicht dazu bringen, dass sie sich auf einen Handel einlässt.«

Es sah aus, als lächelte der Präsident. Vielleicht verzog er aber auch bloß das Gesicht, während er in Gedanken schon beim nächsten Thema war. »Was gibt es von den Joint Chiefs und dem Army-Forschungsinstitut?«

Anderson holte einen Lagebericht aus der Aktenmappe vor sich. »Nichts Gutes. Das USAMRIID hat Kulturen der Krankheit angelegt, aber sie scheint resistent gegen alles zu sein, womit sie ihr zu Leibe rücken. Mittlerweile arbeiten Vertreter der CDC und der Abteilung für Tropenkrankheiten der Mayo-Klinik mit ihnen zusammen, aber sie haben noch keine Fortschritte gemacht. Wenigstens ist es immer noch auf diesen einen Vorfall in Asalaam beschränkt.«

»Vorerst«, erwiderte der Präsident. »Und das auch nur, weil es im Moment den Absichten der Leute entspricht, die hinter dieser Sache stecken. Wie sieht es mit unserer Bereitschaft aus, sollte die Krankheit hier in Erscheinung treten?«

Anderson sah in seinen Lagebericht. »Ersthelfer werden Hausärzte und Notaufnahmen von Krankenhäusern sein. Wir haben über das Healthwatch-System ein Rundschreiben veröffentlicht, damit sie alle Fälle mit den uns bekannten Symptomen dem örtlichen Gesundheitsamt melden. Die Gesundheitsämter wiederum werden einem Krisenzentrum bei der Homeland Security Bericht erstatten. Wesentlich ist, dass wir in der Lage sind, jeden Ausbruch so schnell wie möglich einzudämmen.«

»Was machen wir, wenn wir ihn nicht eindämmen können?«

»Darüber können wir uns Sorgen machen, wenn es passiert«, versuchte Anderson den Präsidenten zu beruhigen.

»Chuck, Sie wissen genauso gut wie ich, dass es nur eine Frage der Zeit ist. Womöglich ist es ihnen gelungen, sich letztendlich den größten Knüppel auf dem Schulhof zu beschaffen. Einen Knüppel, der nur die frömmsten Anhänger ihres Glaubens verschont.«

»Das stimmt uns zuversichtlich, dass es eine Möglichkeit geben muss, das Problem zu umgehen – eine Möglichkeit, sich dagegen zu immunisieren.«

Gern hätte Rutledge den Optimismus seines Stabschefs geteilt, doch er war jemand, der sich stets auf das Schlimmste vorbereitete, um dann, und nur dann, auf das Beste zu hoffen. »Was, wenn wir die Krankheit nicht eindämmen können und auch kein Gegenmittel finden?«

»Das USAMRIID ist noch dabei, Szenarien zu entwickeln.«

»Kommen wir zur Sache! Worüber reden wir im schlimmsten Fall?«

Der Stabschef des Präsidenten zögerte mit der Antwort, doch ihm blieb kaum eine andere Wahl. »Im schlimmsten Fall initiieren wir das Campfire-Protokoll, um sicherzustellen, dass diese Sache sofort zum Stillstand kommt.«

Die Farbe wich aus Rutledges Gesicht. »Damit wäre ich der erste US-Präsident, der einen thermonuklearen Schlag im eigenen Land gegen das eigene Volk anordnet.«

19

London

Jillian Alcott, Chemielehrerin am renommierten Londoner Abbey College, suchte sich zwischen den tiefen Pfützen vorsichtig ihren Weg entlang der Pembridge Road in Notting Hill. Als sie an der U-Bahn-Station Notting Hill Gate ankam, bahnte sich die knapp über 1,70 Meter große Rothaarige mit den tiefgrünen Augen und hohen Wangenknochen höflich, aber bestimmt ihren Weg durch die Menschenmenge, die sich am Eingang zusammengeschart hatte, um Schutz vor dem Gewitter zu suchen. Nachdem sie ihren unverkennbaren Burberry-Regenschirm zusammengeklappt und ihn so wie immer dreimal kräftig auf- und zugemacht hatte, um das restliche Regenwasser abzuschütteln, klemmte sie ihn sich unter den linken Arm und zog ihr U-Bahn-Dauerticket aus der Brieftasche.

Zwar befand Jillian sich in guter körperlicher Verfassung und hätte die Strecke problemlos zu Fuß zurücklegen und Zeit sparen können, indem sie die Abkürzung durch Kensington Gardens nahm. Doch das Wetter war ihr einfach zuwider. Seit sie ein kleines Kind gewesen war, mochte sie keine Gewitter.

Jillian war sieben Jahre alt, als ihre Eltern sie mit ihrer Großmutter allein ließen, um ins Binnenland zu fahren und

Vieh zu verkaufen. Es war spät am Freitagnachmittag. Eine halbe Stunde nachdem ihre Eltern gegangen waren, wurde das Wetter allmählich rauer. Jillian starrte aus den Vorderfenstern des kleinen Steinhauses auf die riesigen weißen Gischtkronen, die sich auf der stetig dunkler werdenden Keltischen See bildeten. Ihre Großmutter holte alle ihre Brettspiele heraus, und sie spielten jedes einzelne davon, um Jillian von dem draußen tobenden Sturm abzulenken. Jillian gab ihr Bestes, um mutig zu sein. Aber jeder dröhnende Donnerschlag ließ das ganze Haus erbeben, und sie war sich sicher, der nächste würde das winzige Bauwerk über die nahe gelegenen Klippen ins Meer stürzen lassen.

Jillians Großmutter versuchte alles, um das kleine Mädchen zu beruhigen, aber nichts wollte funktionieren. Schließlich beschloss sie, Jillian ein heißes Lavendelbad einzulassen.

Nachdem das Wasser eingelassen war, wollte Jillians Großmutter sie gerade in die Wanne setzen, da zuckte ein weiterer Blitz, und im ganzen Haus fiel der Strom aus. Gleich darauf folgte ein tosendes Donnern, das die kleine Behausung erschütterte und die Fenster so heftig klappern ließ, dass es schien, als fiele gleich das Glas aus den Rahmen.

Die Großmutter ließ Jillian nur für einen Augenblick im Badezimmer zurück, während sie nach Kerzen suchte. Doch sie kam nicht wieder.

Mit einer Hand tastete die Kleine sich an der Wand entlang bis zur Küche. Die Bodendielen knarrten unter ihren Füßen, und bei jedem kalten Messingtürknauf, den sie auf dem Weg berührte, lief ihr ein Schauer über den Rücken. Als sie schließlich die Küche erreichte, spürte sie sofort, dass etwas nicht stimmte.

Leise rief sie nach ihrer Großmutter, erhielt jedoch keine Antwort. Die Kerzen lagen in einer Schublade am anderen

Ende des Raums, doch Jillian hatte Angst, im Dunkeln die Küche zu durchqueren. Eine innere Stimme sagte ihr, sie solle sich nicht vom Fleck rühren. Sie wartete und wartete, bis es erneut blitzte, und da bekam sie den Schock ihres bislang sieben Jahre währenden Lebens. Auf dem Fußboden lag ihre Großmutter. Anscheinend war sie im Dunkeln gestolpert und hatte sich beim Sturz am Küchentisch den Kopf angeschlagen. Als Jillian die Blutlache sah, die sich rasch immer weiter ausbreitete, schrie sie auf und rannte weg.

Sie rannte in die Diele und griff zum Telefon, um die Polizei anzurufen. *Bei einem Notfall immer sofort die Polizei rufen,* hatten ihre Eltern ihr eingetrichtert. Jillian hob den Hörer ab und wollte die Nummer wählen, die sie auswendig gelernt hatte, doch die Leitung war tot.

Nach wie vor im Schlafanzug dachte Jillian nur an ihre Großmutter. Sie holte ihren Regenmantel aus dem Garderobenschrank und zog ihn schnell über, dazu ihre hellroten Gummistiefel. Als sie die Haustür öffnete, schlug ihr ein gewaltiger Windstoß entgegen, der sie fast wieder hineindrängte. Das kleine Mädchen hatte keine andere Wahl; es musste Hilfe holen.

Durch den Sturm rannte Jillian die zweieinhalb Kilometer auf dem schlammigen Feldweg bis zur Straße, nur um festzustellen, dass diese unterspült war. Jillian saß fest. Sie hatte keine Möglichkeit, das tosende Hochwasser zu überwinden. Keine Möglichkeit, zu den Nachbarn zu gelangen oder zu sonst jemandem. Keine Chance, Hilfe zu holen. Ihr blieb nichts anderes übrig, als zum Haus zurückzukehren.

Dort wurde ihr klar, dass sie sich um ihre Großmutter kümmern musste. Sie nahm all ihren Mut zusammen, betrat erneut die Küche und fand ein Geschirrtuch. Als Erstes wollte sie die Kopfwunde ihrer Großmutter säubern und das

Blut wegwischen. Als sie sich ihr näherte, merkte sie allerdings, dass ihre Großmutter sich nicht bewegte. Selbst das gleichmäßige Heben und Senken ihrer Brust beim Atemholen fehlte. Jillian kroch näher, und als sie ihre Hand an die kalte Haut ihrer Großmutter legte, begriff sie, dass ihre Großmutter tot war.

Der Sturm tobte noch zwei Tage. Mit ihren sieben Jahren brachte Jillian es nicht über sich, im Haus zu bleiben, während die Leiche ihrer Großmutter in der Küche lag. Darum kroch sie in der Scheune unter und hielt sich unter einem Stapel Pferdedecken warm. Als die Polizei endlich eintraf, wunderte sie sich, woher die Beamten überhaupt wussten, dass sie Hilfe brauchte.

Die Polizei brachte Jillians Tante mit. Als sie Jillian in der Scheune fanden, fing ihre Tante auf einmal an zu weinen. Sie gab dem Wetter die Schuld, dem furchtbaren Wetter. Sie weinte so sehr, dass einer der Polizisten Jillian sagen musste, dass ihre Mutter und ihr Vater nicht mehr nach Hause kommen würden. Auf dem Rückweg vom Verkauf ihrer Schafe waren sie bei einem Autounfall ums Leben gekommen. Sie hatten früh einen guten Preis erzielt und versucht, die Farm vor dem Sturm zu erreichen, sich dabei jedoch völlig verschätzt.

Ein schrecklicher Sturm hatte es geschafft, Jillian die drei wichtigsten Menschen in ihrem Leben zu nehmen. Kein Wunder, dass ihr bei rauem Wetter immer noch nicht ganz wohl war. Tatsächlich waren Stürme für Jillian zu einem Gleichnis geworden für die Ungewissheit und Grausamkeit des Lebens, die einen unverhältnismäßig treffen konnten, ganz gleich wie wenig man getan hatte, um es zu verdienen. Dies war mit ein Grund, weshalb sie ihr Leben der Wissenschaft widmete. Die Wissenschaft war eine Welt voller Konstanten – Regeln und

Prozesse, auf die man sich stets verlassen konnte. Der Teil, über den sie nicht nachdenken wollte, war, dass die Wissenschaft auch eine Welt war, die in erheblichem Maße kalt, gefühllos und äußerst unmenschlich war.

Natürlich gab es Leute, die sich für das begeisterten, was sie taten, aber nur selten erstreckte sich diese Begeisterung auch auf andere Menschen. In der akademischen Welt des »publish or perish« stellten nur sehr wenige etwas über ihre Liebe zur Wissenschaft. Es war in der Tat ein kalter Ort, unglaublich bereichernd für den Geist, allerdings nicht so sehr für die Seele.

Als bemerkenswert attraktive Frau war Jillian Alcott eine Seltenheit in der akademischen Welt. Unentwegt wurde sie wie ein Objekt behandelt, das es zu besitzen galt, und nicht als eine Frau, die Liebe verdiente. Während ihrer gesamten Ausbildung hatten sowohl ihre Mitstudenten als auch viele ihrer Professoren sie allein wegen ihres umwerfenden Äußeren begehrt. Keiner von ihnen hatte den Mut, ihr allzu oft kaltes Auftreten zu durchschauen und den Menschen zu sehen, der sie wirklich war. Hätte sich jemand die Zeit genommen, sie eingehend zu betrachten, sie wirklich zu studieren, auch nur mit halb so viel Elan, wie sie alle für ihre viel gerühmten wissenschaftlichen Untersuchungen aufwandten, hätte er vielleicht eine Frau gesehen, die es noch nicht geschafft hatte, diese beiden entsetzlichen sturmgeplagten Tage in Cornwall zu überwinden, damals, als sie sieben Jahre alt gewesen war. Eine Frau, die zwar äußerlich mutiger war als die meisten, aber innerlich immer noch unglaublich verängstigt. Das Leben, ihre Karriere und sogar die Aussicht, erneut jemanden lieben zu lernen, nur damit er ihr wieder entrissen wurde, all das jagte Jillian Alcott Angst ein.

Je schlimmer der Sturm, desto schlimmer war ihr Gefühl drohenden Unheils, und auch heute verhielt es sich nicht anders. An Tagen wie diesem bestand ihr einziger Trost darin, sich etwas zu gönnen. Und obwohl es selbst für sie furchtbar klischeehaft klang, war shoppen zu gehen das Einzige, wodurch sie sich besser fühlte. Und ihr Lieblingskaufhaus war das Harvey Nichols in Knightsbridge.

Als sie die U-Bahn-Station verließ und durch den Regen über die Sloane Street rannte, beschloss Alcott, da zu Hause nur die Post des Tages auf sie wartete, einen Abend in ihrem heiß geliebten Harvey Nics zu verbringen. Entweder das oder zu Hause vor dem Fernseher sitzen; und so sozial verkümmert sie auch sein mochte, Alcott war klar, dass es besser für sie war, rauszukommen und unter Menschen zu sein.

Alcott beschloss, ins Fifth-Floor-Café des Kaufhauses zu gehen, um etwas zu essen, bevor sie mit dem Shoppen anfing. Sie entdeckte einen kleinen Tisch für zwei Personen, legte ihre Sachen auf den Stuhl gegenüber und setzte sich. Der Regen prasselte auf das Glasdach und lief in weißen schaumigen Schleiern an den Fenstern vor dem Café herunter, sodass es aussah, als säße sie hinter einem Wasserfall. Als ein Blitz über den Himmel zuckte, gefolgt von einem dröhnenden Donnerschlag, entschied Alcott, dass sie ein Glas Wein brauchte.

Als Jillian 45 Minuten später zahlte, tobte der Sturm immer noch. Trotz der beiden Gläser Pinot gris, die sie getrunken hatte, wurde sie das Gefühl nicht los, dass da draußen etwas Schlimmes auf sie wartete. Sie gab dem Sturm die Schuld an ihrem Unbehagen, stand von ihrem Tisch auf und beschloss, dass es an der Zeit sei, ein bisschen shoppen zu gehen.

Als sie mit der Rolltreppe in die dritte Etage fuhr, um in der Dessous-Abteilung zu stöbern, lief ihr ein Schauer über ihren langen, schlanken Nacken. Sie hatte noch größere Angst als zuvor und keine Ahnung, warum.

Während sie durch die Dessous-Abteilung schlenderte, erreichte das Gefühl drohenden Unheils einen Höhepunkt und ergab schließlich Sinn, als ein kräftig gebauter Mann sie eindringlich am Arm packte. »Kommen Sie mit mir mit, wenn Sie am Leben bleiben wollen«, sagte er.

20

»Was tun Sie da?«, wollte Alcott wissen, als sie in den hinteren Bereich der Abteilung gedrängt wurde.

»Ihnen das Leben retten«, erwiderte Scot Harvath, während er sie auf eines der grünen Schilder zuschob, die auf einen Notausgang hinwiesen.

Alcott versuchte, sich seinem Griff zu entwinden. »Sie tun mir weh! Lassen Sie mich los!«

»Jemand folgt Ihnen, seit Sie das Abbey College verließen.«

Am liebsten hätte Jillian ihr Unbehagen auf den Sturm geschoben, doch tief im Innern hatte sie den ganzen Nachmittag über geahnt, dass etwas nicht stimmte. Es war, als hätte sie gespürt, dass jemand sie beobachtete. Aber es gab nur eine Möglichkeit, woher dieser Mann wissen konnte, dass sie verfolgt wurde. Nämlich weil er ihr ebenfalls gefolgt war. »Wer sind Sie?«

»Das spielt im Moment keine Rolle«, sagte Harvath, während er das Tempo erhöhte.

»Wenn Sie nicht damit aufhören, werde ich schreien. Haben Sie gehört?«

»Wenn Sie schreien, sind wir beide tot.«

Alcott war im Begriff, ihm zu zeigen, dass sie es ernst meinte, da spürte sie, wie ihr etwas Hartes in den Rücken gedrückt wurde. Ohne es zu sehen, wusste sie instinktiv, was es war – eine Pistole. »Warum tun Sie das?«

»Sehen Sie über die Schulter, am Aufzug.«

Alcott sah hin. »Was ist dort?«

»Der große Mann, der daneben steht. Sehen Sie ihn? Dunkles Haar. Dunkle Hautfarbe.«

»Ja, warum?«

»Er wurde hierhergeschickt, um Sie zu töten«, antwortete Harvath, während er Jillian wieder umdrehte und sie weiter in Richtung der Tür mit der Aufschrift *Notausgang* bugsierte.

Alcott wollte diesem Mann gerade ein letztes Mal sagen, dass er verrückt sei und sie loslassen solle, da hörte sie Schüsse, und die Schaufensterpuppen um sie herum begannen zu zerbersten. »Runter!«, brüllte der Kerl, der sie mit sich schleifte, und stieß sie zu Boden, während hautfarbene Fiberglassplitter auf sie niedergingen.

Als Alcott anfing zu schreien, zählte Harvath bis drei, wälzte sich von ihr herunter und landete auf einem Knie, die kompakte elfschüssige Beretta Mini Cougar Typ D Kaliber 40 im Anschlag, die bei seiner Ankunft in London auf ihn gewartet hatte. Nick Kampos mochte ein guter Agent und ein guter Freund sein, doch noch nicht einmal er konnte für Harvath im Ausland eine Waffe besorgen. Dafür musste Harvath sich widerwillig an Ozan Kalachka wenden und ihn um einen Gefallen bitten. Einen Gefallen, den ihm der Mann nur zu gern erwies.

Sobald Harvath den Angreifer erblickte, begann er zu schießen.

Die nicht schallgedämpfte Waffe ruckte in Harvaths Hand, als er einen ohrenbetäubenden Feuerstoß losließ. Im Kaufhaus brach Chaos aus, schreiende Kunden rannten um ihr Leben. Geduckt, immer in Deckung bleibend, schlängelte der Angreifer sich geschickt zwischen Kleiderständern und Auslagen hindurch. Er war keine 20 Meter entfernt und kam rasch näher. Harvath brannte darauf, eine weitere Salve abzufeuern, aber es waren zu viele Leute im Weg.

»Wir müssen hier raus, sofort«, sagte er, während er sich zurück zu Alcott bewegte.

Jillian wollte etwas erwidern, wollte den Mund aufmachen, brachte jedoch keinen Ton heraus. Das Herz pochte ihr bis zum Hals und sie war sicher, dass es gleich platzen musste.

»Sehen Sie das Schild an dem Notausgang dahinten?«, fragte Harvath, während er ihr in eine geduckte Stellung aufhalf.

Alcott fiel es schwer zu antworten, und Harvath begriff, dass sie wohl unter Schock stand. Er packte sie am Kinn, drehte ihren Kopf in die angegebene Richtung und fragte sie erneut, ob sie das Schild sah.

Diesmal nickte Jillian.

»Gut! Wenn ich sage *los,* dann laufen Sie, so schnell Sie können, zu dieser Tür. Ich werde direkt hinter Ihnen sein und ...«

»Wer sind Sie?«, brachte sie hervor.

»Das ist nicht wichtig«, erwiderte Harvath. »Wir müssen zusehen, dass wir hier rauskommen. Wenn ich jetzt *los* sage, rennen wir zum Notausgang. Haben Sie verstanden?«

Jillian nickte.

»Okay, machen Sie sich bereit. Eins, zwei, drei, los!«, brüllte Harvath, während er Alcott vorwärtsstieß und ihr hinter sich in einer breiten Schneise Feuerschutz gab, sorgsam darauf bedacht, keinen der flüchtenden Kunden zu treffen. Als sie an den Notausgang kamen, trat Harvath die Tür auf und zog

Jillian hinter sich hinein. Sie rannten einen schmalen Verbindungsgang entlang, bis sie das als Fluchtweg dienende Treppenhaus erreichten, und polterten zwei Stufen auf einmal nehmend die Treppe hinab. Alcotts Beine schienen sich ganz von selbst zu bewegen, ihr Wille an die schiere Kraft des Mannes vor ihr gebunden.

Anstatt, wie sie angenommen hatte, bis ins Erdgeschoss hinabzulaufen und dann durch eine Seitentür nach draußen, verließen sie die Feuertreppe im ersten Stock und durchquerten das Kaufhaus bis zur anderen Seite. Harvath fand eine weitere Treppe und ging voran ins Erdgeschoss, wo er Alcott durch die Parfümerieabteilung mit dem Rest der in Panik geratenen Kunden geradewegs durch den Haupteingang hinausdrängte.

Durch den strömenden Regen ließ Harvath den Blick rasch über die Straße schweifen und sah, dass nicht nur alle Busse brechend voll, sondern auch die Taxis besetzt waren. Die U-Bahn war eine Option, aber hier konnten sie nicht einsteigen. Nicht in Knightsbridge. Es war nur eine Frage der Zeit, bis Khalid Alomari feststellte, dass sie ihn ausgetrickst hatten, und kehrtmachte, um nach ihnen zu suchen. Sie mussten so schnell wie möglich aus der Gegend verschwinden.

Harvath packte Alcott fester am Arm und führte sie vom Kaufhaus weg, den Bürgersteig entlang. Ohne ihren bewährten Burberry-Schirm, den sie zusammen mit ihrer Aktentasche irgendwo in der Dessous-Abteilung verloren hatte, hatte Alcott nichts, was sie trocken halten konnte. Sie war völlig durchnässt, mit jedem Augenblick wurde ihr kälter, sie hatte Angst und war bemüht, sich etwas einfallen zu lassen, das sie sagen konnte – etwas, das diesen ganzen Wahnsinn durchbrach. »Lassen Sie mich bitte los!«

Harvath hörte ihr gar nicht zu. Seine einzige Sorge bestand darin, so viel Abstand wie möglich zwischen ihnen und Alomari zu schaffen, und im Moment bedeutete dies, dass sie weitermussten – und zwar gemeinsam.

Harvath war zurzeit nicht in der Verfassung, es mit dem bestens ausgebildeten Auftragskiller aufzunehmen. Er war ausgelaugt, am Ende, lief auf Reserve und Adrenalin, und ihm war klar, dass ihn das schon in naher Zukunft teuer zu stehen kommen würde. Er wollte sich nur noch hinlegen und schlafen, am liebsten eine Woche lang, aber im Augenblick kam das nicht infrage. Das Bewusstsein, dass jemand jederzeit eine sehr tödliche Krankheit in Amerika entfesseln könnte, war die einzige Inspiration, die Harvath brauchte, um seinen Schritt zu beschleunigen.

Als sie sich der U-Bahn-Station South Kensington näherten, wurde Harvath klar, dass er immer noch keine Ahnung hatte, wohin sie eigentlich sollten. So weit hatte er nicht vorausgedacht. Sie konnten nicht den ganzen Abend ziellos durch London wandern. Sie brauchten einen Endpunkt, ein Ziel. »Wir müssen einen Ort finden, an dem wir aus dem Regen kommen«, sagte er eher zu sich selbst als zu ihr. »Einen Ort, an dem wir in aller Ruhe reden können.«

»Wie wär's mit einem Polizeirevier?«, erwiderte Alcott. »Dort ist es schön ruhig, und dort wären wir beide in Sicherheit.«

»Wir können nicht zur Polizei gehen.«

Sie nahm all ihren Mut zusammen. »Wir können nicht? Oder *Sie* können nicht?«

»Das ist jetzt das Gleiche«, bekundete Harvath. »Wir stecken da zusammen drin.«

Durch den Regen machte er etwa einen halben Block entfernt das Schild eines Pubs aus. Nach einem Blick über die

Schulter meinte er: »Da vorn ist ein Pub. Dort können wir reden. Gehen wir.«

»Mit Ihnen gehe ich nirgendwohin«, sagte Alcott. »Ich weiß ja noch nicht einmal, wer Sie sind. Der einzige Ort, an den ich gehen möchte, ist das nächste Polizeirevier.«

Harvath hatte es eilig, von der Straße weg und aus dem Regen zu kommen. Jeden Augenblick würde es in der Gegend nur so von Polizei wimmeln. Er hörte bereits die Sirenen, und obwohl er sorgsam darauf geachtet hatte, sein Gesicht vor den Überwachungskameras des Kaufhauses zu verbergen, konnte er nicht sagen, ob nicht Augenzeugen ihn gesehen hatten.

Harvath brauchte Zeit zum Nachdenken, und ob es ihm gefiel oder nicht, zumindest in naher Zukunft musste er an Alcott kleben wie ein siamesischer Zwilling.

Er spielte mit dem Gedanken, die Waffe zu nehmen und ihr zu sagen, dass ihr keine andere Wahl blieb. Aber wenn er jetzt die harten Bandagen herausholte, würde dies es nur unnötig erschweren, mit ihr zu reden. Er war darauf angewiesen, dass sie ihm vertraute. »Wenn Sie mit mir nicht da reingehen, gefährden Sie nicht nur Ihr Leben, sondern auch das von Emir Tokay.«

Der Gesichtsausdruck der Frau verriet ihm, dass er den richtigen Ton getroffen hatte. Ihr Widerstand ließ nach, und Harvath schaffte es, sie rasch von der Straße in den schwach beleuchteten Pub zu führen.

21

Er hieß »The Bunch of Grapes« und erwies sich als einer der ältesten Pubs Londons. Als Harvath Alcott zu einem ruhigen Tisch im Hintergrund führte, fiel ihm ein Schild ins Auge, auf dem zu lesen war, dass das Lokal seit 1777 bestand. Der reiche holzgetäfelte Innenraum war von der Londoner Geschichte durchdrungen und entsprach genau dem, was man von einer traditionellen Gaststätte erwartete, zumal wenn sie schon seit über 200 Jahren existierte.

Nachdem Harvath ihre klatschnassen Jacken neben der Tür aufgehängt hatte, bestellte er am Tresen zwei Irish Coffee und ging damit zurück an ihren Tisch.

Jillian griff nach ihrem Glas und sagte im selbstsichersten Ton, den sie zustande brachte: »Ich gebe Ihnen fünf Minuten, um mir zu erklären, wer Sie sind und worum es hier überhaupt geht. Warum sollte jemand vorhaben, mich zu töten?«

Harvath war ausgehungert. Er öffnete die Packung Salt-und-Vinegar-Chips, die er am Tresen erstanden hatte, nahm ein paar Bissen und spülte sie mit einem Schluck heißem Irish Coffee hinunter, ehe er antwortete: »Ich heiße Scot Harvath und arbeite für die amerikanische Regierung. Der Mann, der Sie in dem Kaufhaus umbringen wollte, heißt Khalid Scheich Alomari. Er ist ein Al-Qaida-Auftragskiller.«

»Ein Al-Qaida-Killer ist hinter mir her?«

»Ja.«

»Und Sie haben einfach zugelassen, dass er mir den ganzen Weg bis zu Harvey Nichols folgt?«

»Ich konnte ihn erst genau sehen, kurz bevor alles passierte.«

»Das ist doch lächerlich. Weshalb sollte ein Al-Qaida-Killer hinter mir her sein?«

»Wegen Ihrer Beziehung zu Emir Tokay.«

»Meiner *Beziehung*? Aber Emir und ich sind bloß Freunde«, erwiderte Jillian. »Wir sind zusammen zur Universität gegangen. Warum sollte mich jemand, noch dazu Al-Qaida, deswegen töten wollen?«

Den meisten Menschen wäre es entgangen, doch Harvath bemerkte eine kaum wahrnehmbare Regung in ihren Gesichtsmuskeln, die erkennen ließ, dass sie nicht ganz ehrlich war. Man nannte dies eine Mikroexpression. Aufgrund ihrer umfassenden Ausbildung waren die Agenten des US Secret Service die einzigen Menschen, die durchweg in der Lage waren, sie zu entdecken. Unermüdlich hatte Harvath daran gearbeitet, diese Fähigkeit auszubauen, und in Momenten wie diesen war er froh, dass er das getan hatte. »Es steckt mehr dahinter«, entgegnete Harvath, »und das wissen Sie. Er arbeitete an einem äußerst ernsten Projekt und kontaktierte Sie, weil er Hilfe brauchte.«

»Ich weiß von keinem Projekt, an dem Emir arbeitete.«

Da war es wieder, das verräterische Zucken. »Dr. Alcott, jeder, der an dem Projekt arbeitete, ist mittlerweile tot. Jeder bis auf Emir, und wenn Sie nicht wollen, dass ihm auch etwas zustößt, schlage ich vor, dass Sie kooperieren.«

Jillian schwieg, während sie überlegte, was sie, wenn überhaupt, preisgeben durfte. Dieser Mann wusste, dass sie verfolgt worden war, seit sie das Abbey College verlassen hatte, weil er ihr selbst auch gefolgt war. Ihrer Meinung nach machte ihn das ebenfalls verdächtig. Nur weil er es geschafft hatte, sie als Erster zu erreichen, gehörte er nicht automatisch zu den Guten. Welchen Beweis hatte sie schon dafür, dass er ihr die Wahrheit sagte? Emir hatte sie ermahnt, äußerst vorsichtig zu sein, wenn sie über Dinge sprach, die mit seiner Arbeit zu tun hatten.

Rasch kam Jillian zu dem Schluss, dass sie selbst noch einige Fragen hatte, auf die sie Antworten wollte, bevor sie seine Fragen beantwortete. »Wenn Sie für die amerikanische Regierung arbeiten, weshalb können wir dann nicht zur Polizei gehen?«

»Das ist nicht so einfach«, erwiderte er.

»Das kann ich mir vorstellen.« Der Irish Coffee machte Jillian mutig, ebenso die Anwesenheit anderer Leute im vorderen Bereich des einigermaßen gut gefüllten Pubs. »Ihnen bleibt nicht mehr viel Zeit, es mir zu erklären.«

Harvath brauchte einen Moment, um sich zu fassen, während er seine nächsten Worte sehr sorgfältig wählte. »Der Mann, der in dem Kaufhaus auf Sie geschossen hat ...«

»Angeblich«, erwiderte Jillian.

»Was meinen Sie mit *angeblich*?«, wollte Harvath wissen.

»Was, glauben Sie, ist mit den Schaufensterpuppen passiert? Meinen Sie etwa, die sind vor lauter Stolz geplatzt, weil sie einen Job in der Dessous-Abteilung gefunden haben?«

Jillian blickte Harvath geradewegs ins Gesicht. »Woher soll ich wissen, dass der Mann nicht auf Sie geschossen hat und ich einfach nur zur falschen Zeit am falschen Ort war?«

Harvath konnte nicht glauben, wie verblendet diese Frau war. »Glauben Sie mir, Khalid Alomari kam nach London, um Sie zu töten.«

»Tatsächlich?«, entgegnete sie. »Worauf hat er dann gewartet?«

»Wie meinen Sie das?«

»Sie sagten, er sei mir gefolgt, seit ich die Schule verlassen habe. Warum? Warum sollte er mir den ganzen Weg bis zu Harvey Nichols folgen und dann abwarten, während ich im Café saß? Warum hat er mich nicht gleich vor der Schule umgebracht oder in der U-Bahn? Warum das Ganze in die Länge ziehen?«

»Ich weiß es nicht«, antwortete Harvath. »Das Einzige, was ich mir vorstellen kann, ist, dass er wohl etwas von Ihnen wollte.«

»Was zum Beispiel?«

»Informationen wahrscheinlich. Zum Beispiel wie viel Sie über Emirs Arbeit wissen und mit wem er sonst noch darüber geredet haben könnte.«

»Ich nehme an, das Gleiche wollen Sie auch erfahren.« Sie blickte Harvath an. »Das erklärt aber immer noch nicht, weshalb er abgewartet hat.«

»Vielleicht wollte er Ihnen nach Hause folgen. Leben Sie allein?«

»Das werde ich nicht beantworten.«

Harvath durchschaute sie. »Sie leben allein, das sehe ich, aber es spielt keine Rolle. Alomari ist skrupellos. Er hätte jeden getötet, der ihm im Weg steht, um an die Informationen zu gelangen, die er will.«

»Aber ich habe keine Informationen.«

Harvath sah ihr an, dass sie wieder die Unwahrheit sagte, ließ es jedoch dabei bewenden. »Als er mich in dem Kaufhaus sah, wurde ihm wahrscheinlich klar, dass er es nicht schaffen würde, an Sie heranzukommen. Und da dachte er wohl, wenn er es nicht kann, dann sollte es auch niemand sonst schaffen.«

»Wie romantisch«, erwiderte Jillian. »Woher wissen Sie so viel über diesen Alomari?«

»Bis vor Kurzem bestand mein Job darin, ihn zu jagen und einzufangen.«

»Und wie kommt es dann, dass er immer noch auf freiem Fuß ist?«

»Er ist sehr gut in dem, was er tut, und äußerst geschickt darin, sich nicht erwischen zu lassen. Seit über zwei Monaten steht er ganz oben auf meiner Prioritätenliste, aber das alles hat sich jetzt geändert.«

»Warum?«, fragte Jillian. »Was ist passiert?«

»Emir Tokay, das ist passiert. Er und seine Kollegen haben eine Krankheit entwickelt, und das stellt eine ernsthafte Bedrohung für den Westen dar.«

Jillian blieb der Mund offen stehen. *Sie hatten es geschafft.* »Wie kommt es, dass nichts davon in die Presse gelangt ist?« Sie starrte den Mann an, der ihr am Tisch gegenübersaß. Er hatte etwas an sich, aus dem sie nicht schlau wurde. Sie war hin- und hergerissen. Einerseits wollte sie ihm vertrauen, andererseits wäre sie am liebsten aufgestanden und weggerannt, als wäre der Teufel hinter ihr her. Er könnte durchaus einer der mutigsten und selbstbewusstesten Männer sein, die ihr je begegnet waren, oder aber der verrückteste und gefährlichste. Außerdem bestand die Möglichkeit, dass er einfach die falsche Mischung aus alledem war. Doch bis sie herausfand, weshalb er sich weigerte, zur Polizei zu gehen, durfte sie noch nicht einmal daran denken, seine Fragen zu beantworten. Erneut nippte sie an ihrem Glas. »Tut mir leid, Mr. Harvath, aber ich finde es äußerst befremdlich, dass Sie mir noch nicht erklärt haben, warum wir oder vielmehr *Sie* nicht zur Polizei gehen können.«

Harvath blickte an ihr vorbei zu dem kleinen Fernseher im Barbereich, bei dem gerade jemand die Abendnachrichten eingeschaltet hatte. Die Presse brachte bereits eine Eilmeldung über eine Schießerei in dem Nobelkaufhaus in Knightsbridge. In gewisser Weise war es eine Erleichterung, wenn die Nachrichten mal mit etwas anderem als seinen Al-Dschasira-Aufnahmen begannen. Seine Erleichterung war nur von kurzer Dauer, da das Filmmaterial vom Al-Karim-Basar die nächste Story war, auf die der Moderator einging.

Es gab kein Entrinnen. Harvath musste eine Entscheidung treffen.

Bei Nick Kampos war er ein Risiko eingegangen, und jetzt musste er bei Jillian Alcott ein Risiko eingehen. Wenn er ihr nicht vertraute, wie konnte er dann erwarten, dass sie ihm traute? »Drehen Sie sich mal um«, sagte er.

Fast rechnete Jillian damit, entweder die Polizei oder den Killer vom Harvey Nichols vor dem Pub stehen zu sehen, und es dauerte einen Moment, bis sie begriff, wohin Harvath blickte – auf den Fernseher.

Das Filmmaterial kam ihr mittlerweile nur allzu bekannt vor, doch sie sah sich noch einmal an, wie der amerikanische Soldat den unbewaffneten Iraker erbarmungslos zusammenschlug. Jedes Mal wenn sie das sah, war es bedrückender als beim letzten Mal. Als es vorüber war, wandte sie sich wieder Harvath zu. »Kein guter Tag für das Image der USA in der Öffentlichkeit.«

»Für meins auch nicht«, erwiderte Harvath.

»Warum?«, fragte Jillian. »Moment! Wollen Sie mir damit sagen, dass Sie das waren? Sie sind der Mann, der den unschuldigen Iraker zusammengeschlagen hat?«

»Er war alles andere als unschuldig, glauben Sie mir. Dieser Kerl hat eine Stange Geld dafür bekommen, dass er für jemanden als Lockvogel agierte.«

»Für wen denn?«

»Für Khalid Alomari. Den Mann, der vor noch nicht mal einer halben Stunde versucht hat, Sie umzubringen.«

»Deshalb können Sie nicht zur Polizei gehen?«

Harvath nickte. »Auch! Im Moment ist es wichtig, dass ich mich so unauffällig wie möglich verhalte.«

Jillian blickte ihn an. »Dann sollten Sie vielleicht damit anfangen, nicht in Kaufhäusern herumzuschießen.«

»Danke. Dann werde ich sichergehen, dass ich daran denke, wenn ich das nächste Mal sehe, wie jemand Anstalten macht, den Hinterkopf einer unschuldigen High-School-Lehrerin für Schießübungen zu benutzen.«

Sie ignorierte seine Bemerkung. »Was ist mit der amerikanischen Botschaft?«

»An die Botschaft kann ich mich auf keinen Fall wenden.«

»Warum nicht?«

»Weil in den Staaten eine Vorladung für mich ausgestellt wurde. Die politischen Gegner des Präsidenten wollen ihn aus dem Amt drängen und meinen, der beste Weg dazu wäre, mich vor Gericht darüber aussagen zu lassen, was auf diesem Markt in Bagdad passiert ist.«

»Und warum sagen Sie nicht aus? Wenn Sie nichts Falsches getan haben, warum gehen Sie dann nicht hin und waschen Ihren Namen rein?«

»Weil die ganze Sache in Bagdad nur die Spitze des Eisbergs ist. Es ist erst der Anfang. Egal wie man es anpackt, es könnte extrem peinlich für den Präsidenten werden.«

»Hat er denn etwas getan, wofür er sich schämen müsste?«, wollte sie wissen.

Harvath gefiel es ganz und gar nicht, mit einer ansonsten vollkommen Fremden über heikle politische Angelegenheiten zu sprechen, darum wählte er seine Worte erneut sehr sorgfältig. »Auf gar keinen Fall.«

»Wo liegt dann das Problem?«

»Das Problem ist, wie seine Gegner es hinstellen könnten. Oftmals genügt es ja schon, ein Fehlverhalten nur anzudeuten, um jemanden zu vernichten.«

Jillian respektierte Harvaths offenkundige Loyalität zu seinem Präsidenten.

»Eine weitere Sache, von der ich nicht allzu begeistert bin, ist, dass sie die Anhörungen im Fernsehen übertragen wollen. Selbst wenn mein Name reingewaschen wird, ist es aus mit meiner Karriere, aber das ist noch nicht das Schlimmste. Gegen mich wurden mehr Fatwas erlassen, als man sich vorstellen kann. Sobald mein Gesicht an die Öffentlichkeit kommt, werde ich für den Rest meines Lebens ständig über die Schulter schauen müssen. Und das will ich nicht.«

»Das klingt, als befänden Sie sich in einer äußerst schwierigen Situation«, sagte Jillian. »Ich würde Ihnen ja gern mein Mitgefühl ausdrücken, aber nichts davon bringt mich dazu, Ihnen Glauben zu schenken. Ich weiß ja noch nicht einmal, ob das wirklich Sie sind auf diesen Al-Dschasira-Aufnahmen. Das Einzige, was ich sehe, ist der Hinterkopf dieses Soldaten.«

Sie traute ihm nicht. Das konnte er ihr nicht verübeln, dennoch spürte er zugleich, dass ein Teil von ihr glauben wollte, dass er hier war, um ihr zu helfen. »Hören Sie, letzten Endes ist mir meine Karriere egal, und die des Präsidenten eigentlich ebenfalls. Worum es mir geht, ist die Bedrohung für mein Land. Außenpolitik ist nicht unbedingt mein Fachgebiet, aber eins kann ich Ihnen sagen: Ich habe gesehen, wie diese Krankheit tötet. Niemand hat es verdient, so zu sterben. Niemand!«

Jillian bemühte sich, nicht zu interessiert zu erscheinen, doch ihre wissenschaftliche Neugier war geweckt. Emirs Berichte waren etwas vage gewesen, und sie wollte unbedingt wissen, was Harvath gesehen hatte. »Haben Sie tatsächlich gesehen, wie die Krankheit bei Menschen wirkt?«

Harvath nickte.

»Wie äußert sie sich? Wie ist der Verlauf?«

Zwar hasste Harvath es, das Ganze noch einmal in Gedanken zu durchleben. Dennoch erklärte er ausführlich, wie die Krankheit verlief, vom Moment ihres ersten Auftretens bis hin zu den letzten schrecklichen Minuten im Leben eines Opfers.

Jillian schwieg einen Moment, während sie darüber nachdachte, was sie erfahren hatte. Wäre Emir Tokay nicht völlig vom Erdboden verschwunden und hätte er nicht aufgehört, ihre E-Mails zu beantworten, hätte sie den Pub schon längst verlassen. Sie trank den letzten Schluck warmer Flüssigkeit aus ihrem Glas und fragte: »Was ist mit Emir passiert?«

Endlich ein Fortschritt, dachte Harvath, während er antwortete: »Er wurde vor ein paar Tagen entführt, nicht weit von seinem Büro in Dhaka. Haben Sie eine Ahnung, wer ihn entführt haben könnte?«

»Mein Gott, das ist ja furchtbar. Nein, ich habe nicht die geringste Ahnung.«

Harvath sah ihr prüfend ins Gesicht. Anscheinend sagte sie die Wahrheit. »Wobei hat Emir Sie um Hilfe gebeten?«

»Wie viel wissen Sie darüber, woran er gearbeitet hat?«

»Ich weiß, dass sein Team etwas entwickelt hat, das sie Schwert Allahs nennen, und dass es so etwas wie eine Waffe ist, dazu bestimmt, die Welt zu säubern, sodass nur die gläubigsten Muslime überleben.«

»Dann wissen Sie offensichtlich nicht viel«, erwiderte Alcott, »weil Sie nämlich in beiden Punkten falschliegen.«

22

»In welcher Hinsicht liege ich falsch?«, wollte Harvath wissen.

»Erstens hatte Emir keine Ahnung, woran er überhaupt arbeitete. Deshalb kontaktierte er mich«, sagte Jillian. »Und zweitens hat sein Team nichts entwickelt. Sie hatten es mit einer Entdeckung zu tun.«

Harvath beugte sich über den Tisch. »Mit was für einer Entdeckung?«

»Der Traum eines jeden Paläopathologen. Aber auch etwas, das wahrscheinlich besser vergraben geblieben wäre und das besser niemals jemand gefunden hätte.«

»Warum sagen Sie das?«

»Das Projekt, an dem Emir arbeitete, wies verblüffende Ähnlichkeiten mit Berichten über eine sehr alte und hochinfektiöse Biowaffe auf.«

»Wie alt?«

»Über 2000 Jahre.«

Harvath dachte, sie wollte ihn auf den Arm nehmen. »Vor über 2000 Jahren gab es bereits biologische Waffen?«

»Und chemische ebenfalls.«

»Das ist unmöglich. Für eine effektive chemische und biologische Kriegsführung bedarf es etablierter, moderner Wissenschaft.«

»Erzählen Sie das den Feinden der Hethiter vor über 3000 Jahren, die menschlichen Pestbomben ausgesetzt waren. Oder was ist mit den Soldaten, die mehr als 500 Jahre vor Christus Opfer der mit Widerhaken versehenen, vergifteten Pfeile wurden, abgeschossen von skythischen Bogenschützen?«

»Ziemlich fieses Zeug«, meinte Harvath, »aber nicht sehr wissenschaftlich.«

Das hatte Jillian erwartet. Die meisten Menschen hatten furchtbar naive Ansichten über antike Kriegsführung. Das war eines der Dinge, die ihr Fachgebiet so interessant und zugleich so frustrierend machten. Oft hatte sie das Gefühl, sie müsste zu gleichen Teilen Marketingfrau und Wissenschaftlerin sein. »Wussten Sie, dass ebendiese Skythen einen

Komposit-Reflexbogen perfektionierten, der es ihnen ermöglichte, jeden Bogenschützen ihrer Zeit um die doppelte Distanz zu übertreffen?«

»Nein, das wusste ich nicht.«

»Ich würde sagen, dass die Möglichkeit, eine Ladung doppelt so weit wie Ihre Feinde zu schießen, ein technologisch ziemlich fortgeschrittenes System darstellt, unabhängig vom Zeitalter, meinen Sie nicht auch?« Bevor Harvath etwas erwidern konnte, redete Jillian schon weiter. »Was ist mit der Tatsache, dass die Skythen herausgefunden hatten, wie man menschliches Blut zentrifugiert, um das Plasma zu separieren, das sie anschließend nutzten, um ihre Giftpfeile noch tödlicher zu machen?«

»Aber wie kann eine über 2000 Jahre alte Biowaffe nach all dieser Zeit noch funktionsfähig sein?«

»Sie wären überrascht, wie lange antike Gifte ihre Wirksamkeit behalten. Das Victoria and Albert Museum hat kürzlich herausgefunden, dass die Spitzen mehrerer Pfeile aus Indien in seiner Sammlung mit tödlichen Substanzen beschichtet sind, die heute noch tödlich wirken, über 1000 Jahre danach. Wenn die hier in Rede stehende Substanz auch nur einigermaßen flüchtig war, könnte sie trotzdem ziemlich tödlich geblieben und auch heute noch recht gefährlich sein, solange sie in einer anaeroben Substanz wie Honig konserviert wurde, der den Menschen der Antike wohlbekannt war, oder in einem Behälter versiegelt, der aus einem porenfreien Material wie Fayence, Gold oder Glas gefertigt ist.«

Falls Emir an einer antiken Biowaffe arbeitete, wurde allmählich schmerzlich klar, weshalb er Jillian Alcott um Hilfe gebeten hatte.

»Im Grunde kommt es nicht darauf an, wie diese Gifte überlebt haben«, fuhr sie fort. »Der Punkt ist, dass Historiker aus irgendeinem Grund allzu oft außer Acht lassen, wie geschickt die Menschen der Antike die Natur manipulierten. Die Historiker ziehen es vor zu glauben, dass die Soldaten früherer Zeiten sich im Kampf an den höchsten Moralkodex hielten. Aber das ist einfach nicht der Fall. Die antike Welt war voller furchterregender Vorläufer heutiger hoch entwickelter chemischer und biologischer Waffen: von Flammenwerfern und Brandsätzen bis hin zu Giftgasen und schmutzigen Bomben. Und all das schafften sie ohne die Hilfe moderner Wissenschaft.«

»Ich gebe ja gern zu, dass sie sich auf die chemische und biologische Kriegführung verstanden«, entgegnete Harvath. »Aber was hat das mit dem zu tun, woran Emir gearbeitet hat?«

»Wie vertraut sind Sie mit *islamischer Wissenschaft?*«, wollte Jillian wissen.

»Falls Sie den Stand der Wissenschaft in der islamischen Welt meinen, da weiß ich schon ein bisschen.«

»Davon rede ich nicht. Im Kontext dessen, was Emir Tokay machte, bezieht sich der Begriff *islamische Wissenschaft* auf eine ziemlich bizarre Mischung aus moderner Wissenschaft und islamischer Mystik, wie sie von muslimischen Fundamentalisten praktiziert wird.«

Bei der Erwähnung muslimischer Fundamentalisten beugte Harvath sich weiter vor und hörte noch aufmerksamer zu. Nun sprach sie seine Sprache, und endlich bildete sich allmählich eine Verbindung heraus.

»Viele der Leute, mit denen Emir im Institut zu tun hatte, sind islamische Wissenschaftler«, fuhr Alcott fort. Sie glauben, dass Dinge wie Ebola, Pocken und Atomkraft mächtige, unsichtbare Geister enthalten, die Dschinns genannt werden – daher auch das lateinische Wort *genius*. Diese Wissenschaftler glauben, dass man durch geheimes Wissen, das im Koran enthalten ist, über diese Dschinns gebieten kann. Sie sind fasziniert von Dingen wie der Büchse der Pandora und den Pestdämonen, die König Salomo sich angeblich für den Bau des großen Tempels in Jerusalem nutzbar machte und anschließend in dessen Fundamente einschloss.«

»Das klingt alles ziemlich seltsam«, meinte Harvath.

»Es *ist* seltsam«, erwiderte Alcott, »vor allem für den westlichen Geist, aber es hält einer genauen Prüfung stand. Es gibt viele Fundamentalisten, vor allem in der arabischen Welt, die absolut besessen davon sind, sich die Macht historischer biologischer Waffen zunutze zu machen. Je älter die Waffe, desto mächtiger, glauben sie, ist der Dschinn darin. Die beängstigende Tatsache ist, dass sie versessen darauf sind, diese alten Waffen in ihren Besitz zu bekommen, und sich wie Indiana Jones seit Jahrzehnten auf einer irrsinnigen Gralssuche danach befinden.«

»Der König-David-Effekt«, sagte Harvath.

»Ganz recht!«, antwortete Alcott. »Ein Szenario, bei dem ein wesentlich kleinerer Akteur mit Zugang zur richtigen Technologie in der Lage ist, einem größeren Gegner schweren Schaden zuzufügen, in diesem Fall, wie es aussieht, den Feinden des radikalen Islam.«

»Wenn Emir und seine Gruppe das nicht selbst biotechnologisch entwickelt haben, wie ist es dann möglich, dass es nur auf Nichtmuslime abzielt? Vor über 2000 Jahren gab es die Muslime ja noch nicht mal.«

»Ich weiß es nicht«, sagte Jillian. »Leider kam ich mit Emir nicht weit genug, um es herauszufinden.«

»Sie sagten, schon vor über 2000 Jahren gab es Berichte über eine Biowaffe, die derjenigen ähnelt, die wir heute vor uns haben. Woher stammen diese Berichte?«

»Aus einem Buch mit dem Titel *Arthashastra*. Es wurde im 4. Jahrhundert vor Christus in Indien verfasst. Es forderte von Königen, ohne Rücksicht auf ihr Gewissen bedenkenlos entsetzliche Methoden anzuwenden, um den Sieg über ihre Feinde sicherzustellen. Außerdem enthält es Hunderte von Rezepten für vergiftete Waffen und unzählige Anweisungen zur unbarmherzigen, unkonventionellen Kriegführung.«

»Und damit haben Sie Emir geholfen?«

»Ja, ich nutzte meinen Hintergrund in der Paläopathologie, das ist die Erforschung von Krankheiten in der Antike, um ihm dabei zu helfen herauszufinden, woran er da arbeitete.«

»Glaubte Emir, dass er an so was arbeitete? An einer Krankheit aus der Antike?«

»Er hegte so seine Vermutungen. Er hatte genug Gerüchte gehört, dass gewisse Leute, die in Verbindung mit dem Institut standen, auf der Suche nach antiken Krankheiten und antiken Biowaffen waren, um zu wissen, dass die Möglichkeit bestand.«

»Was ist mit Ihnen?«, fragte Harvath. »Was haben Sie geglaubt?«

»Ob ich geglaubt habe, dass es möglich ist? O ja, durchaus. Tatsächlich glaube ich, dass in diesem Fall, in dem sich das Gehirn des Opfers zu einer schwarzen Brühe verflüssigt und aus den Nasengängen läuft, alles haargenau mit Berichten im *Arthashastra* übereinstimmt.«

Harvath war fasziniert, doch unter alledem spürte er ein *Aber*. »Aber?«

»Aber die übrigen in Asalaam beobachteten Symptome – die Aversion gegen Licht, Wasser und strenge Gerüche sowie die Abneigung des Patienten gegen sein eigenes Spiegelbild und so weiter – passen nicht.«

»Könnte Emirs Gruppe das ins Werk gesetzt und irgendwie eingefügt haben?«

Jillian schüttelte den Kopf. »Soweit ich weiß, wurde diese mysteriöse Waffe entdeckt, und Emirs Team war dafür verantwortlich, sie wieder in Umlauf zu bringen. Sie nahmen keinerlei Verbesserungen oder Modifikationen vor.«

Diesmal war es an Harvath, den Kopf zu schütteln.

»Was ist?«, fragte Jillian.

»Es fällt mir schwer zu glauben, dass Emir nicht wusste, woran er arbeitete.«

»Ihm zufolge wurden sie getäuscht. Man hatte ihnen Proben der Waffe gegeben und gesagt, es handle sich um etwas, das der Westen konstruiert habe, und dass die Wahrscheinlichkeit groß sei, dass diese Waffe irgendwo auf der Welt gegen Muslime eingesetzt werde. Sie hatten keine Ahnung, dass das Gegenteil zutraf. Emir Tokay ist ein guter Mensch.«

»Was mich betrifft, muss das erst noch bewiesen werden«, entgegnete Harvath. »Bis dahin, was erhofften sie sich von der Arbeit an der Waffe?«

»Anscheinend gab es eine Möglichkeit, Menschen dagegen zu impfen oder eine Resistenz aufzubauen. Emirs Gruppe sollte herausfinden, wie Muslime davor geschützt werden konnten.«

Prompt gingen bei Harvath die Alarmglocken los. »Dann wurde diese Waffe also nicht mittels Bioengineering entwickelt, damit sie Nichtmuslime dahinrafft, sondern um jeden zu töten, der nicht dagegen geimpft ist.«

»Vielleicht nicht unbedingt eine *Impfung* im eigentlichen Wortsinn«, sagte Jillian, »aber die Richtung stimmt so ungefähr.«

»Was können Sie mir sonst noch sagen?«, fragte Harvath.

»Ich muss mehr wissen, insbesondere über das *Arthashastra*.

Womöglich enthält es eine Antwort – eine Formel oder ein Gegenmittel, das wir einsetzen können.«

»Es ist ein sehr kompliziertes Buch.«

Harvath wollte gerade geltend machen, dass es so kompliziert wohl nicht sein konnte, wenn eine Gruppe durchgeknallter fundamentalistischer Wissenschaftler es studieren konnte, da erregte der Fernseher vorn im Pub abermals seine Aufmerksamkeit. Mehrere der Stammgäste hatten sich davor zusammengeschart, um sich den neuesten Lagebericht über die Schießerei bei Harvey Nichols anzusehen. »Bleiben Sie hier«, sagte er. »Ich bin gleich wieder zurück.«

Leise trat er hinter die Gruppe vorn im Pub und sah zu, wie ein Reporter erklärte, dass in dem Nobelkaufhaus in Knightsbridge drei Menschen erschossen worden seien – darunter ein Londoner Polizist, der gerade dienstfrei hatte. Anschließend schaltete der Reporter zu Videobildern der Überwachungskameras des Kaufhauses, die den Schützen in Aktion zeigten. Alles war wieder genauso wie im Al-Karim-Basar. Die ganze Aufmerksamkeit war auf Harvath gerichtet, Khalid Alomari war nirgends zu sehen. Das Einzige zu Harvaths Gunsten war, dass das Material keine vollständige Aufnahme seines Gesichts zeigte. Nicht dass es eine Rolle spielte. Dem Reporter zufolge arbeiteten Augenzeugen bereits mit den Polizeizeichnern zusammen, und die Polizei war zuversichtlich, dass sie bald ein Phantombild haben würde. Was sie allerdings bereits hatte, waren mehrere Aufnahmen einer Frau, von der die Polizei meinte, sie sei möglicherweise von einem der Bewaffneten entführt worden. Harvath sah zu, wie mehrere Videosequenzen abgespielt wurden, die deutlich Jillians Gesicht zeigten.

Harvath beeilte sich, zurück an den Tisch zu kommen, und setzte sich so, dass man Alcott vom vorderen Bereich des Pubs aus nicht so gut sehen konnte. »Wie haben Sie Ihr Essen im Café bezahlt?«, fragte er. »Per Scheck? Mit Kreditkarte? Womit?«

»In bar«, antwortete Jillian. »Worum geht es hier eigentlich?«

»Gut! Das heißt, dass die Ihren Namen nicht haben, wenigstens noch nicht.«

»Wer hat nicht meinen Namen?«

»Die Polizei! Sie haben soeben Bilder von den Überwachungskameras des Kaufhauses veröffentlicht. Anscheinend wissen sie nicht genau, ob ich Sie gekidnappt habe oder ob Sie meine freiwillige Komplizin sind.«

»Komplizin bei was?«

»Bei der Schießerei. In dem Kaufhaus gab es drei Tote. Einer davon ein Polizist, der dienstfrei hatte.«

Jillian wusste nicht, was sie sagen sollte. »Haben Sie ihn erschossen?«

»Natürlich nicht!«

»Wie können Sie da so sicher sein?«

»Weil ich weiß, auf wen ich gezielt habe«, erwiderte Harvath. »Auf Khalid Alomari.«

»Ganz recht.«

»Das ist zu viel«, entgegnete Jillian. »Wir müssen zur Polizei, und zwar sofort.«

»Ich sagte Ihnen doch bereits, ich kann nicht zur Polizei gehen. Und Sie auch nicht. Wir haben keine Zeit dazu.«

»Wenn Alomari in dem Kaufhaus war, dürften sie auch Aufnahmen von ihm haben.«

»Er ist ein Profi. Falls sie welche haben, dürfte nicht allzu viel darauf zu sehen sein.«

»Aber es ist doch immerhin etwas, ein Anfang. Sie könnten uns bei der Suche nach ihm helfen.«

»Im Augenblick ist Khalid Alomari so ungefähr das Letzte, was mir Sorgen bereitet. Ich muss herausfinden, wie diese Krankheit funktioniert und wie und wo Al-Qaida sie einsetzen will. Ohne Ihre Hilfe kann ich das allerdings nicht. Ich muss in Erfahrung bringen, worin Emir verstrickt war.«

Jillian war klar, dass sie etwas tun musste. Womöglich war sie Emirs einzige Hoffnung. »Ich bin nicht die, mit der Sie reden müssen«, sagte sie schließlich.

»Doch, natürlich. Sie sind diejenige, mit der Emir außerhalb des Instituts sprach.«

»Ich bin nicht unbedingt die Einzige.«

Harvath sah sie an. »Falls es noch jemanden gibt, mit dem er Ihrer Meinung nach gesprochen hat, müssen Sie es mir sagen. Der Betreffende könnte jetzt ebenfalls in großer Gefahr sein.«

»Das bezweifle ich«, meinte Jillian. »Es gibt keinerlei Verbindung zwischen ihnen. Emir wusste nicht einmal, dass ich mit jemand anderem über seine Arbeit gesprochen habe.«

»*Sie?* Mit wem haben Sie geredet?«

Jillian zögerte einen Moment. »Mit zwei Leuten, die wesentlich mehr über diese Dinge wissen als ich.«

»Andere Paläopathologen?«

»An der Uni waren sie meine Professoren«, antwortete sie. »Vanessa und Alan Whitcomb.«

»Wo kann ich die finden?«, fragte Harvath.

»Ungefähr fünf Stunden nördlich von hier in Durham. Haben Sie einen Wagen?«

Harvath schüttelte den Kopf.

»Dann bleiben wir wohl noch eine Weile länger zusammen, wie es aussieht.«

23

»Ich soll *was* tun?« Senatorin Carmichael nahm von Charles Anderson das kristallene Highballglas entgegen und stellte es vor sich auf den Tisch.

»Kommen Sie, Helen«, erwiderte der Stabschef des Präsidenten. »Sie glauben doch nicht etwa, dass ich Sie hierhergebeten habe, damit wir gemeinsam einen netten parteiübergreifenden Bourbon trinken und uns über die Zukunft der amerikanischen Demokratie unterhalten.«

»Nein, aber ein wenig Herzlichkeit hätte ich schon erwartet.«

»Nun ja, da haben Sie sich eine schlechte Woche ausgesucht«, meinte Anderson, während er ihr gegenüber auf der Couch Platz nahm. »Uns ist jede Herzlichkeit vergangen.«

»Wissen Sie was, Chuck? Sie haben sich verändert.«

»Nein, Helen, Sie sind diejenige, die sich verändert hat. Sie sind so besessen davon, die Vizepräsidentschaft zu erringen, dass Sie alles tun würden, um dieses Ziel zu erreichen.«

»Jedes andere Mitglied meiner Partei würde das ebenfalls tun«, entgegnete Carmichael.

Anderson nippte an seinem Bourbon. »Nein! Wir reden hier nicht über Parteipolitik, Helen, das wissen Sie. Wir reden über Sie und Ihren wahnsinnigen Wunsch, letztendlich Präsidentin zu werden.«

»Über mich? Was ist denn mit Ihnen? Wollen Sie dasitzen und mir erzählen, dass Ihr Junge es sich nicht mindestens ebenso sehr wünscht?«

»Erstens sprechen wir in diesem Büro von ihm als dem Präsidenten der Vereinigten Staaten …«

»Schelten Sie mich nicht, Chuck …«

»Und zweitens«, fuhr der Stabschef einfach fort, »wissen Sie verdammt gut, wie sehr wir ihn dazu drängen mussten, dass er wieder kandidiert.«

»Wenn er nicht mehr kandidieren möchte«, fragte die Senatorin, während sie ihren Drink aufnahm, »warum tut er es dann?«

»Weil das Land ihn braucht und, wichtiger noch, ihn *will*.«

»Dieses Land weiß doch gar nicht, was es will.«

»Tatsächlich? Sehen Sie sich die Umfragen an, Helen, egal welche, und Sie werden feststellen, dass sie eindeutig sind. Amerika will, dass Jack Rutledge für eine weitere Amtszeit bleibt, und das wird es auch bekommen – vier weitere Jahre.«

»Nicht wenn die Demokratische Partei ein Wörtchen mitzureden hat.«

Anderson beugte sich vor. »Die Demokratische Partei weiß, dass sie bereits geschlagen ist. Heute Morgen hatte ich den Vorsitzenden der DNC hier in diesem Büro, genau da, wo Sie jetzt sitzen, und er sagte mir exakt das Gleiche.«

Carmichael fiel aus allen Wolken. »So etwas würde Russ Mercer niemals eingestehen.«

»Ich sage Ihnen, Helen, Russ ist ein kluger Kerl. Ich habe mir schon oft gewünscht, er stünde auf unserer Seite. Aber so, wie die Umfragewerte des Präsidenten nun mal sind, bräuchten Sie schon einen ausgewachsenen Skandal in dieser Regierung, um so weit aufzuholen, dass Ihre Partei eine Chance aufs Oval Office hat.«

»Nun«, meinte die Senatorin mit selbstgefälliger Miene, während sie sich zurücklehnte und ihren Bourbon an die Lippen führte. »Dann passen Sie mal lieber auf.«

»Das tun wir schon, keine Sorge. Aber ich möchte Ihnen sagen, was Russ Mercer sonst noch gesagt hat, als er hier war.«

»Bestimmt noch mehr Unsinn, aber nur zu. Ich bin ganz Ohr.«

»Es ist kein Geheimnis, dass die Demokraten Gouverneur Bob Farnsworth aus Minnesota als Präsidentschaftskandidaten nominieren werden. Alles in allem halte ich das für eine ziemlich gute Entscheidung. Bisher hatte er immer gute Abstimmungsergebnisse, er ist Veteran, und um ehrlich zu sein, ein Kopf-an-Kopf-Rennen mit ihm würde mich wahrscheinlich einiges an Schlaf kosten. Aber bei dieser Wahl liefern wir uns kein Kopf-an-Kopf-Rennen.«

»Was hat das mit dem übrigen Blödsinn zu tun, den Mercer zu erzählen hatte?«

»Die werden Sie nicht auf die Kandidatenliste setzen, Helen. Diesmal nicht.«

»Was soll das heißen, die setzen mich nicht auf die Kandidatenliste? Woher zum Teufel wollen Sie das wissen?«

»Ich weiß es, weil Russ es mir gesagt hat. Sie mögen einer der aufstrebenden Stars der Partei sein, aber Sie haben nicht genug Einfluss, um so eine Wahl zustande zu bringen.«

»Nun, ich muss bloß …«

»Außerdem hat Russ mir erzählt, dass Sie sich in Bezug auf die Democratic National Convention auf sehr unsicherem Terrain befinden. Wenn Sie nicht aufpassen, drehen Sie sich um und stellen womöglich fest, dass die Partei nicht mehr hinter Ihnen steht.«

Er spielte mit ihr. Etwas anderes war gar nicht möglich. Der selbstgerechte Hurensohn versuchte, sie aus der Fassung zu bringen. Nun, *er* hatte etwas anderes im Sinn. Sie war US-Senatorin und ließ sich nicht so leicht aus der Fassung bringen. »Offenbar muss ich mich mit unserem geschätzten DNC-Vorsitzenden unterhalten und ein paar Dinge mit ihm klären«, sagte Carmichael.

»Helen, lassen wir den Mist. Sie haben einen Punkt gesehen, an dem Sie einhaken können, wahrscheinlich ein wenig Blut gerochen und meinten dann, Sie müssten diese Anhörungen einleiten.«

»Und was, wenn dem so wäre?«

»Falls Sie das getan haben und Ihnen die Anhörungen um die Ohren fliegen, wird niemand aus Ihrer Partei da sein, um Ihnen beizustehen.«

»Chuck, nur damit wir uns verstehen: Drohen Sie mir etwa?«

»Nein! Das ist keine Drohung, Senatorin. Bloß ein freundschaftlicher Ratschlag.«

»Vom Stabschef des amtierenden *republikanischen* Präsidenten. Sie werden es mir verzeihen, wenn ich Ihren Rat mit mehr als einem Körnchen Skepsis annehme.«

»Nehmen Sie ihn von mir aus mit zwei Körnern an, aber diese Anhörungen könnten Ihnen letzten Endes Ihre politische Karriere ruinieren.«

»Oder Ihre«, erwiderte Carmichael mit einem Grinsen.

Ohne auf sie zu achten, redete Anderson weiter. »Haben Sie das überhaupt mit jemand abgesprochen, Helen?«

»Was? Die Anhörungen? Das muss ich nicht. Die Leute sind empört. Das *amerikanische* Volk ist zutiefst beunruhigt über das, was es gesehen hat, und möchte, dass Gerechtigkeit geübt wird.«

»Nein, möchte es nicht. Und niemand ist empört. Ebendeshalb hätten Sie es mit Ihrer Parteiführung absprechen sollen, bevor Sie die ganze Sache ins Rollen brachten. Über die Fotos aus dem Gefängnis Abu Ghraib, da haben die Menschen sich empört. Einer unserer Soldaten, der einen mutmaßlichen Terroristen windelweich prügelt, ist etwas völlig anderes.«

»Haben *Sie* etwa eine Umfrage gemacht?«, fragte Carmichael.

Anderson schwieg.

»Mein Gott, Sie haben es getan. Nicht wahr? Was für Ergebnisse haben Sie erzielt?«

»Ich habe nicht vor, Ihre Hausaufgaben für Sie zu erledigen, Helen. Falls Sie eine Umfrage in Auftrag geben möchten, nur zu, dann sehen Sie, welche Antworten Sie erhalten. Aber eines sage ich Ihnen: Wenn Sie Ihre Umfrage nicht gerade in Ramallah, Teheran oder der Innenstadt von Bagdad machen, werden Sie keine überwältigende Zustimmung für Ihre Anhörungen finden. Niemand möchte, dass dieser Soldat vor die Medien geschleift und ans Kreuz genagelt wird, und die Leute werden es noch weit weniger wollen, wenn wir unsere Seite der Geschichte veröffentlichen.«

»Und wie genau sieht *Ihre* Seite der Geschichte aus?«

»Treiben Sie die Anhörungen voran, und Sie werden es herausfinden.«

»Nun, das klingt jetzt nach einer Drohung.«

»Wissen Sie was, Helen? Ich habe genug davon.« Der Stabschef erhob sich von der Couch und ging zurück hinter seinen Schreibtisch. »Fassen Sie es auf, wie Sie wollen, aber ich warne Sie – Sie sind dabei, sich zu übernehmen.«

»Warum? Weil Scot Harvath, der Mann, der den wehrlosen Iraker verprügelte, wie jeder gesehen hat, wegen all dem, was er getan hat, so was wie ein amerikanischer Held ist? Glauben Sie, Sie können auf seinem Patriotismus herumreiten, dann lässt die Öffentlichkeit es ihm schon durchgehen? Und was ist mit dem Präsidenten? Glauben Sie, dass er die gleichen abgedroschenen Sprüche bringen kann, dass er einen harten Job zu erledigen habe und dass dieser Job eben manchmal bedeute, Dinge zu tun, für die andere vielleicht nicht den Mumm aufbringen, um die Sicherheit dieses Landes zu gewährleisten? Wenn Sie glauben, dass dieser Mist funktionieren wird, irren Sie sich gewaltig.«

»Was ich glaube, ist, dass Sie keine Ahnung haben, was nötig ist, um dieses Land zu regieren.«

»Ich weiß, dass Dinge wie das Apex-Projekt nicht dazu nötig sind«, erwiderte Carmichael. Sie hielt inne, um Andersons Reaktion auf den Paukenschlag abzuwarten.

Der Stabschef war jedoch darauf vorbereitet. »Ich habe keine Ahnung, wovon Sie sprechen.«

»Ich spreche vom speziellen Black-Ops-Team des Präsidenten, das sich aus Geldern finanziert, die der Kongress eigentlich für eine Vielzahl an Steuer- und Sozialprogrammen genehmigt hat. Da Sie so ein Experte sind, Chuck, wie würden die Amerikaner sich Ihrer Meinung nach vorkommen, wenn sie wüssten, was der Präsident wirklich im Schilde führt? Dass er vom Weißen Haus aus seine eigenen privaten Mordkommandos leitet? Wie würde sich das Ihrer Meinung nach auswirken?«

»Ich habe nicht die geringste Ahnung, wovon Sie sprechen, und genau dasselbe würde ich Ihrem Ausschuss auch unter Eid sagen.«

»Gut!«, meinte Carmichael, während sie ihm zwei Vorladungen auf den Schreibtisch warf – auf der einen stand sein Name, auf der anderen derjenige des Präsidenten. »Ich freue mich schon darauf. Betrachten Sie sich als vorgeladen.«

24

Die Whitcombs wohnten in einem kleinen viktorianischen Cottage gleich neben dem Hauptcampus der University of Durham. Die Fahrt hatte über sechs Stunden gedauert. Obwohl Harvath versucht war, sich unterwegs eine Mütze voll Schlaf zu stehlen, durfte er es nicht riskieren. Sie mussten beide die Augen nach der Polizei offen halten.

Als Jillian den winzigen MG in die Kiesauffahrt der Whitcombs fuhr und den Motor abstellte, warf Harvath im fahlen Licht, das aus der Hütte fiel, einen Blick auf sie. Zum ersten Mal nahm er wirklich die Gelegenheit wahr zu betrachten, wie attraktiv sie war. Da die Polizei nach einer Frau mit strengem Dutt Ausschau hielt, hatte Harvath ihr vorgeschlagen, das Haar offen zu tragen. Es sah um Welten besser aus. Ihre dichten kastanienbraunen Locken fielen ihr lose über die Schultern. Dadurch wirkten ihre Gesichtszüge wesentlich weicher, und ihre tiefgrünen Augen hoben sich von ihrer beinahe durchscheinend weißen Haut ab. Jillian Alcott sah jetzt gar nicht mehr wie die prüde Schulmeisterin aus, für die Harvath sie gehalten hatte, als er sie beim Verlassen des Abbey College zum ersten Mal sah.

Als sie die Veranda erreichten, spähte Harvath durch die Vorhänge und bemerkte, dass beide Whitcombs trotz der späten Stunde wach waren und drinnen auf sie warteten. Alcott wartete keine Reaktion ab. Sie klopfte einfach und trat ein.

Vanessa Whitcomb, eine elegante Frau Mitte 60 mit kinnlangem platingrauem Haar und Designerbrille, kam ihnen an der Tür entgegen. »Dem Himmel sei Dank, dass du es geschafft hast. Geht es dir gut, meine Liebe?« Sie schlang die Arme um Jillian und umarmte sie fest. »Deine Mitteilung hat uns solche Sorgen gemacht. Dann haben wir die Nachrichten gesehen. Weißt du, dass es in London eine Schießerei gab? Sie suchen nach einer Frau, die deine Zwillingsschwester sein könnte. Die Ähnlichkeit ist schon unheimlich.«

»Sie ist keineswegs unheimlich«, entgegnete Alan Whitcomb, ein größerer, kräftiger Mann mit grauem Haar, der anscheinend einige Jahre älter war als seine Frau. Er musterte Harvath von oben bis unten. Ohne den Blick von ihm zu nehmen, sagte er zu Jillian: »Das bist doch du auf dem Filmmaterial, oder? Und das ist der Mann, der mit dir dort war, der mit der Pistole. Er ist derjenige, den die Polizei sucht, stimmt's?«

»Alan«, bat Jillian. Während ihrer gemeinsamen Zeit im Wagen war sie zu dem Schluss gekommen, dass sie Harvath vielleicht tatsächlich vertrauen konnte. »So ist es nicht. Scot hat mir das Leben gerettet.«

Whitcomb wusste nicht, ob er ihr glauben sollte. Es stand ihm ins Gesicht geschrieben.

»Ich meine es ernst. Wäre er nicht gewesen, würde ich jetzt nicht hier stehen. Eigentlich würde ich nirgendwo mehr stehen. Das musst du mir glauben.«

Harvath streckte Whitcomb die Hand entgegen.

Misstrauisch blickte Alan auf die Hand, so als überlegte er, wie viel Pech beim Schütteln wohl auf ihn abfärben würde. Schließlich überwand er sich. »Sie beide stecken in ziemlichen Schwierigkeiten.«

Harvath lächelte. »Ich habe schon Schlimmeres erlebt.«

»Weshalb habe ich das Gefühl, dass Sie nicht übertreiben?«

»Das tut er nicht«, meinte Jillian, und zu Vanessa gewandt: »Es war ein langer Tag. Dürfen wir reinkommen?«

»Natürlich, meine Liebe. Selbstverständlich«, sagte Vanessa, während sie die beiden ins Haus führte, von dem jeder Quadratzentimeter mit Büchern bedeckt war. Sogar im Esszimmer, in das sie schließlich kamen, reichten die Bücher vom Boden bis an die Decke.

Fürs Erste zufrieden, dass Harvath Jillian nicht gegen ihren Willen zu ihnen gebracht hatte, verschwand Alan in der Küche und kehrte einige Minuten später mit einem großen Teller Antipasti, einer Flasche Wein und vier Gläsern zurück. »Es ist nicht viel, aber ich dachte, ihr habt vielleicht Hunger nach der langen Fahrt.«

»Ich sterbe vor Hunger«, erwiderte Harvath. »Danke sehr.«

Während sie aßen, erzählte Jillian den Whitcombs, was bei Harvey Nichols passiert war, wer Scot Harvath war und weshalb er sie kennenlernen wollte.

Die Whitcombs waren zutiefst beunruhigt, als sie von Emir Tokays Verschwinden hörten. Er war ebenfalls einer ihrer Studenten gewesen. Gleichwohl überraschte Emirs Lage sie nicht vollständig. Schon seit geraumer Zeit hegten sie Vorbehalte gegen viele der Leute, die mit dem Institute for Science and Technology zu tun hatten.

Nachdem sie mit dem Essen fertig waren, lenkte Harvath das Gespräch taktvoll wieder auf den Grund, aus dem er und Jillian hier waren. Da der Abend kühl war, schlug Vanessa vor, ins Wohnzimmer zu gehen, wo Alan im Kamin ein kleines Feuer entfachte. Nachdem alle es sich bequem gemacht hatten, kam Mrs. Whitcomb ohne Umschweife zum Kern der Sache. »Basierend auf dem uns vorliegenden Material, das Jillian von Emir erhielt, scheint es, dass es sich bei dem, womit wir es hier zu tun haben, mit absoluter Bestimmtheit um eine *pestilentia manufacta* handelt.«

»Entschuldigung!« Harvaths Verstand war nicht so scharf, wie er es sich gewünscht hätte. »Eine was?«

»Das ist Lateinisch für eine menschengemachte Seuche. Darauf deuten unsere anfänglichen Untersuchungen hin. Tatsächlich ist dies eines der ersten Male, dass Alan und ich uns auf Anhieb auf so etwas einigen konnten.«

»Stimmen Sie normalerweise denn nicht überein?«

»Wir praktizieren zwei verschiedene Arten von Wissenschaft, daher gehen wir die Dinge oft unterschiedlich an.«

»Jetzt bin ich ein bisschen verwirrt«, erwiderte Harvath, während Alan ihm noch etwas Wein nachschenkte. »Ich dachte, Sie beide wären Jillians Paläopathologie-Professoren.«

»Nicht so ganz«, sagte Jillian. »Ich habe Molekularbiologie bei Alan studiert, in dem Graduiertenprogramm hier, daraufhin empfahl er mich für Vanessas Doktorandenprogramm in Paläopathologie.«

»Die klügste und begabteste Studentin, die wir je hatten«, antwortete Mr. Whitcomb.

»Und ich wage zu behaupten«, ergänzte Vanessa, »dass wir Jillian viel nähergekommen sind als jedem unserer anderen Studenten. Auch wenn wir eigene Kinder gehabt hätten, wäre sie trotzdem etwas ganz Besonderes für uns.«

»Das bezweifle ich nicht.« So langsam begann Harvath zu verstehen, was für eine Beziehung zwischen ihnen bestand, insbesondere Jillians Rolle als Ersatztochter. »Also, was ist mit Jillians Hypothese?«

»Ich weiß gerade genug über islamische Wissenschaft, um zu wissen, dass ich sie nicht mag. Ich kann zwar nicht ausführlich darauf eingehen, welche Relevanz sie für diesen Fall haben könnte. Aber ich weiß doch einiges zu den *pestilentiae manufactae* und kann sagen, dass menschengemachte Seuchen schon seit langer, langer Zeit zur Beeinflussung der

Gesellschaft, insbesondere der politischen Gesellschaft, eingesetzt werden.«

Harvaths Interesse war endgültig geweckt. Er nippte an seinem Wein und fragte: »Wie?«

»Den Ausdruck *pestilentia manufacta* prägte der römische Philosoph Seneca, Berater des Kaisers Nero, im ersten Jahrhundert nach Christus. Er bezeichnete die absichtliche Übertragung von Plagen oder Seuchen durch den Menschen. Die Menschen der Antike waren äußerst gewieft darin, ihre Umwelt zu manipulieren, und die Geschichtsschreibung der Antike, insbesondere der römischen Zivilisation, ist voller Geschichten von Leuten, die absichtlich Krankheiten verbreiteten. In Rom geschah es oftmals, dass ahnungslose Bürger mit infizierten Nadeln gestochen wurden, um das Vertrauen in die Führung des Imperiums zu untergraben und missliebige Regierungen zu stürzen.«

»Jillian meinte, diese mysteriöse Krankheit, mit der wir es zu tun haben, ähnelt einem Eintrag in so etwas wie einem alten machiavellistischen Handbuch, das man das *Arthashastra* nennt.«

»Ja, das tut sie.«

»Ich finde es schwer zu glauben, dass jemand in der modernen Welt sich für so etwas interessiert. Abgesehen von akademischen Kreisen natürlich.«

»Sie wären überrascht«, erwiderte Mrs. Whitcomb. »Für manche Menschen ist das *Arthashastra* auch heute noch von großer Bedeutung.«

Harvath blickte sie an. »Für wen?«

»Ich kann Ihnen ein perfektes Beispiel nennen. Erst vor zwei Jahren begann das indische Verteidigungsministerium, eine Studie über das *Arthashastra* zu finanzieren in der Hoffnung aufzudecken, was sie als ›Geheimnisse einer effektiven

Stealth-Kriegsführung‹ bezeichneten. Dazu zählen auch chemische und biologische Waffen, die man heutzutage gegen die Feinde Indiens einsetzen könnte.«

»Pakistan zum Beispiel«, meinte Harvath.

Vanessa nickte. »Militärexperten und Wissenschaftler der Universität Pune untersuchten beispielsweise ein Rezept aus Wildschweinaugen und Glühwürmchen, mit dem Soldaten bei Nacht angeblich besser sehen können. Ein anderes Rezept verlangte, Schuhe mit dem Fett von gerösteten trächtigen Kamelen oder Vogelsperma zu bestreichen sowie mit der Asche verbrannter Kinder, damit der Träger die Fähigkeit bekam, Hunderte von Kilometern zu marschieren, ohne zu ermüden.«

»Nichts für ungut, aber das ist doch lächerlich«, erwiderte Harvath, während er sich gleichzeitig fragte, ob die Vereinigten Staaten nicht eine mögliche Verbindung zwischen der Krankheit und Indien ins Auge fassen sollten.

»Ist es das?‹«, fragte Mrs. Whitcomb. »Es ist noch gar nicht so lange her, da experimentierte die amerikanische Regierung mit Genen von Mäusen und Fruchtfliegen in der Hoffnung, eine Art Zaubertrank zu entwickeln, der es ihren Truppen ermöglichen sollte, wochen-, wenn nicht monatelang ohne Schlaf auszukommen.«

»Sollten die jemals eine Möglichkeit finden, das Zeug in Flaschen abzufüllen, wäre ich der Erste, der sich dafür in die Schlange stellt. Aber das scheint mir, ehrlich gesagt, einfach zu weit hergeholt.«

»Sie haben natürlich ein Recht auf Ihre Meinung«, entgegnete Vanessa. »Aber das Ganze zeigt, welche Anstrengungen Länder auch heute noch unternehmen, um sich einen Vorsprung zu verschaffen.«

»Zugegeben«, meinte Harvath, »aber wie konnte ein bloßes Buch so große Macht haben, selbst damals schon?«

Vanessa wartete, bis Alan jedem von ihnen nachgeschenkt hatte. Dann antwortete sie: »Das *Arthashastra* war ein äußerst teuflisches und gefürchtetes Werk. Es war in der halben Welt berüchtigt, genau wie sein Autor beabsichtigt hatte. Die bloße Erwähnung, dass es im Besitz eines Königs war, reichte aus, dass einfallende Armeen umkehrten und die Flucht ergriffen. Das im *Arthashastra* enthaltene Wissen stellte eine enorme Macht dar, und wir alle kennen ja das Sprichwort: ›*Macht korrumpiert, und absolute Macht korrumpiert absolut*‹.«

Harvath nickte.

»Nun, es gab viele Könige und Heerführer, die nicht anders konnten. Sobald sie einen Eindruck von der Macht bekamen, die in dem Buch steckt, waren sie hungrig nach mehr. Es löste einen regelrechten Blutdurst aus. Viele Könige, die Zugang zu dem Buch hatten, verloren schnell jeglichen Respekt vor dem menschlichen Leben – unabhängig davon, ob es um das Leben ihrer Feinde ging oder um Mitglieder ihrer eigenen Familie, wenn sie diese verdächtigten, eine Verschwörung gegen sie zu planen. Sie töteten ohne Unterschied. Aber selbst den Blutrünstigsten unter ihnen graute es immer noch vor einigen Rezepten im *Arthashastra* – Rezepten, mit denen sie nicht herumzuspielen wagten. Ich glaube, dass so ein Rezept eine Rolle bei dem spielt, worüber wir hier gerade sprechen.«

»Was ist es? Was für ein Rezept?«

»Ein Rezept für ein äußerst todbringendes Gift. Einer der wenigen westlichen Berichte darüber stammt von Alexander dem Großen während seines Feldzugs durch das Gebiet des heutigen Pakistans nach Indien im 4. Jahrhundert vor Christus. Auf dem Feldzug stießen sie auf etwas, das sie noch nie zuvor gesehen hatten – eine lilafarbene Schlange mit einem sehr kurzen Körper und einem Kopf, der als weiß wie Milch beziehungsweise Schnee beschrieben wurde. Sie beobachteten die Schlange und fanden sie nicht besonders aggressiv. Doch wenn sie angriff, dann nicht mit ihren Giftzähnen, sondern indem sie sich auf ihr Opfer erbrach.«

»*Erbrach?*«, echote Harvath.

Vanessa legte den Kopf schief, wie um zu sagen: *Warte, da kommt noch mehr,* und redete weiter. »Sobald, sagen wir, auf eine Ihrer Gliedmaßen gespien wurde, wurde diese brandig, und man starb sehr schnell. Allerdings gab es einen kleinen Prozentsatz an Opfern, von denen bekannt ist, dass sie über mehrere Jahre hinweg einen langsamen, qualvollen Tod starben und hilflos mitansehen mussten, wie sie bei lebendigem Leib verfaulten.«

Harvath war der Appetit vergangen. Er setzte sein Weinglas ab. »Ich sehe den Zusammenhang nicht.«

»Das werden Sie gleich«, erwiderte Vanessa. »Die von Alexander beschriebene Schlangenart war der Wissenschaft bis zum Ende des 19. Jahrhunderts völlig unbekannt. Paläopathologen wie auch Reptilienkundler sind der Ansicht, dass es sich um *Azemiops feae* handelt, die Fea-Viper, heimisch in China, Tibet, Myanmar und Vietnam. Im Grunde weiß die moderne Wissenschaft immer noch sehr wenig über dieses Tier.

Der Verfasser des *Arthashastra* hingegen wusste so einiges darüber. Das Buch nennt die Verwendung des Schlangengifts für mehrere tödliche Waffen.« Vanessa trank einen Schluck Wein. »Ich denke, hier wird es jetzt für Sie interessant. Das Extrahieren des Gifts aus dieser Schlange war ein sehr komplizierter Prozess. Während das Tier noch lebte, musste es kopfüber über einen großen Topf gehängt werden, um das gesamte heraustropfende Gift aufzufangen.«

»Mein Gott«, sagte Harvath.

Alcott sah den Ausdruck auf seinem Gesicht. »Was ist?«, fragte sie.

»Dieses Dorf im Nordirak, Asalaam – wo die Terroristen, wie wir glaubten, das Virus testeten.«

»Was ist damit?«

»In einem Gebäude hatten sie Infizierte an die Decke gehängt, offensichtlich waren sie noch am Leben.«

»Wie es aussieht, haben Sie soeben etwas gelernt«, meinte Vanessa. »Anekdotenhaft natürlich, aber unter Umständen nützlich.«

»Und das wäre?«

»Wir haben eine Krankheit vor uns, die sich *in vivo* und nicht *in vitro* entwickeln muss.«

»Sie meinen, diese Krankheit muss in Menschen herangezüchtet werden?«

»Vielleicht nicht jede Charge. Aber wenn diese Krankheit schon seit über 2000 Jahren existiert, wollte, wer auch immer dahintersteckt, vielleicht ihre Wirksamkeit steigern, indem er sie dem menschlichen Immunsystem aussetzte und erst einmal herausfinden ließ, wie man das überwindet, ehe er sie freisetzte.«

»Wollen Sie damit sagen, dass dieses Ding lernfähig ist?«, wollte Harvath wissen.

»Alles, was lebt, lernt. Sein Überleben hängt davon ab. Es muss sich anpassen und durchkommen. Was uns nicht tötet, macht uns nur noch stärker.«

Harvath ließ sich diese Möglichkeit durch den Kopf gehen, während Mrs. Whitcomb weiterredete. »War das Schlangengift heruntergetropft, sammelte es sich am Boden des Topfes und gerann zu einer gelblichen gummiartigen Substanz. Starb die Viper schließlich, schob man einen weiteren Topf unter sie, um das wässrige Serum aufzufangen, das aus dem Kadaver lief. Es dauerte etwa drei Tage, bis diese Sekrete zu einer tiefschwarzen Substanz verklumpten. Zu diesem

Zeitpunkt hatte man zwei völlig unterschiedliche Gifte, die auf zwei völlig unterschiedliche Arten töteten. Keine davon war sehr schön.«

»Wie töteten sie?«

»Nun, von der schwarzen Substanz hieß es, dass sie das langwierige Sterben über mehrere Jahre hinweg verursache, während die gelbliche Substanz aus dem reinen Gift stammt – sind Sie dazu bereit?«

Harvath nickte und beugte sich näher zu ihr.

»Das aus dem reinen Gift gewonnene Gebräu verursachte heftige Krämpfe, darauf verwandelte sich das Gehirn des Opfers in eine schwarze Flüssigkeit, die ihm aus den Nasengängen lief.« Vanessa lehnte sich in ihrem Sessel zurück und verschränkte die Arme vor der Brust, so als wollte sie sagen: *Na, kannst du da noch was draufsetzen?*

Harvath blickte Jillian an. Die nickte lediglich. »Und es gibt nichts sonst, was dazu führt, dass sich das Gehirn derart verflüssigt und einem aus der Nase läuft?«, fragte er.

»Nichts auf der ganzen Welt«, antwortete Vanessa.

25

Während die Fakten in Harvaths Gehirn auf fruchtbaren Boden fielen und nach Stellen suchten, an denen sie Wurzeln schlagen konnten, fragte er: »Wenn es hier um Schlangengift geht, warum kann man dann nicht so etwas wie ein Serum dagegen einsetzen?«

»Weil wir nicht genau wissen, womit wir es hier eigentlich zu tun haben«, sagte Alan Whitcomb. »Die unsachgemäße Anwendung eines Gegengifts kann nicht nur die Genesung eines Patienten verzögern, sondern beschleunigt in den meisten Fällen sogar den Sterbeprozess. Die Schlange ist so selten, dass leider keine Testkits zur Verfügung stehen und auch keine speziellen Instrumente, um eindeutig zu erkennen, ob es sich tatsächlich um das Gift von *Azemiops feae* handelt. Außerdem gibt es kein bekanntes Gegengift.«

Harvath war enttäuscht. Was brachte es denn, darüber zu diskutieren, mit was für einem Gift sie es zu tun hatten, wenn es keine sichere Möglichkeit gab, dies festzustellen, geschweige denn es zu behandeln? »Ich verstehe nicht ganz«, entgegnete er, während er Alan anblickte. »Jillian meinte, sie habe sich an Sie *beide* um Hilfe gewandt, weil sie glaubt, die Krankheit sei auf etwas aus der Antike zurückzuführen. Wenn Sie kein Paläopathologe sind, wie passen Sie dann da hinein?«

»Nun, wie Jillian schon sagte, ist mein Fachgebiet die Molekularbiologie – und sie umfasst sowohl die Biophysik als auch die Biochemie. Kurz gesagt, ich untersuche die Bausteine des Lebens, insbesondere etwas namens aDNA. Falls Sie sich fragen sollten, das *a* steht für *alt*. Viele in meinem Fachgebiet bezeichnen es gern als molekulare Archäologie. Sehen Sie, lange Zeit sahen Wissenschaftler, die das Sagen hatten, keinen Bedarf an unserem Fachwissen, um bei der Untersuchung menschlicher Überreste zu helfen. Die weitverbreitete Annahme war, dass der Zerfall der DNA innerhalb von Stunden oder Tagen nach dem Tod eines Menschen erfolgt.

Das Blatt wendete sich jedoch zu unseren Gunsten, als Anfang der 80er-Jahre eine Gruppe von Wissenschaftlern berichtete, dass sie in einer 4000 Jahre alten ägyptischen Mumie eine beträchtliche Menge an brauchbarer genetischer Information gefunden hatten. Einige Jahre später wurde die

PCR-Methode entwickelt, beziehungsweise Polymerase-Kettenreaktionstechnik, und voilà, die molekulare Archäologie war geboren. Seitdem ist es möglich, aus minimalen DNA-Spuren eine Menge an Daten zu erschließen.«

»Wie minimal?«

»Theoretisch benötigt man für ein positives Ergebnis bloß ein einziges Molekül.«

»Wie in *Jurassic Park?*« Es war Harvath ein wenig peinlich, dass sein Beitrag zu dem Gespräch lediglich eine Anspielung auf die Popkultur war. Nicht dass man es ihm verübeln könnte, dass er so weit ausholte. Die Konzepte, über die sie diskutierten, waren sehr schwer zu verstehen.

»*Jurassic Park* war eine gute Story, ging allerdings weit über die Grenzen der Glaubwürdigkeit hinaus. Soweit wir das beurteilen können, kann DNA wahrscheinlich nicht wesentlich länger als 10.000 Jahre überdauern und schon gar nicht 100.000 Jahre. Daher ist die Vorstellung, in einem über 65 Millionen Jahre alten Moskito lebensfähige DNA zu finden, reichlich übertrieben und erntet von Wissenschaftlern nur ein Lächeln.«

»Klonen wie in *Jurassic Park* ist also nicht möglich?«

»Das wissen wir nicht mit Sicherheit. Wenn wir DNA isolieren könnten, die in der Größenordnung von 10.000 bis 15.000 Jahren alt ist, wäre die Wissenschaft vielleicht, und ich betone *vielleicht,* in der Lage, Spezies aus dem Pleistozän zurückzubringen, aber es wäre nicht einfach. Ein perfektes Beispiel für die besterhaltenen Arten aus dem Pleistozän, die wir bisher gefunden haben, sind Wollhaarmammuts. In deren Fall haben wir jedoch nur kurze Stränge mitochondrialer DNA gewonnen, nicht die für das Klonen notwendige Kern-DNA. Dieses ganze Klonen ist eine äußerst komplizierte Angelegenheit, und ich bin froh, dass ich damit nichts zu tun habe.«

Vanessa sah Harvath an, dass er nicht so recht verstand, was nun eigentlich Mr. Whitcombs Fachgebiet war, also versuchte sie, es zu verdeutlichen. »In Ermangelung eines besseren Begriffs lässt sich sagen: Alan hört sehr alter DNA aufmerksam zu. Sie spricht mit ihm.«

»Ungefähr so wie beim *Pferdeflüsterer*«, scherzte Jillian.

Vanessa nickte lächelnd. »Alte DNA kann uns viel darüber erzählen, wie die Menschen früher lebten, zum Beispiel wie sich ihre Nahrung zusammensetzte und wie ihr Leben aussah. Aber, wichtiger noch, alte DNA kann uns mehr darüber verraten, woran die Menschen starben. Dies ist Alans eigentliches Spezialgebiet – der Aufbau historischer Krankheiten auf molekularer Ebene, wenn man so will. Indem wir untersuchen, wie sich die organische Struktur von Krankheiten im Lauf der Zeit verändert, können wir hoffentlich ein besseres Verständnis dafür entwickeln, wie wir die Krankheiten, mit denen wir heute konfrontiert sind, bekämpfen und vielleicht sogar überwinden können.«

»Zum Beispiel erfahren wir jetzt«, sagte Alan, »dass die Pockenpandemien des Mittelalters, wohlgemerkt nicht die Pest, sondern die Pocken, Generationen von Menschen mit einem seltenen Gendefekt zurückließen, der sie vor einer Infektion mit HIV schützt, dem Virus, das Aids verursacht. Wir schätzen, dass ungefähr ein Prozent der Menschen, die von Nordeuropäern abstammen, praktisch immun gegen eine HIV-Infektion sind. Und von diesem einen Prozent sind Schweden am wahrscheinlichsten geschützt. Das Mittelalter mag nicht unbedingt alte Geschichte sein, aber das ist die Art von Wissenschaft, die in meinen Zuständigkeitsbereich fällt.«

»Sehen Sie«, ergänzte Jillian, »wenn wir in der Lage wären, die ursprüngliche Krankheit oder organisches Material von jemandem zu lokalisieren, der dem ursprünglichen Stamm dieser Krankheit ausgesetzt war und überlebte, könnte Alan uns möglicherweise einiges über die Krankheit selbst sagen.«

»Könnten wir sie heilen?«

»Das ist eine ziemlich schwierige Frage«, meinte Alan. »Aber wenn wir entweder die ursprüngliche Form der Krankheit selbst hätten oder organisches Material von jemandem, der ihr ausgesetzt war und überlebte, hätten wir eine reelle Chance.«

Im Grunde genommen waren die Whitcombs Ermittler. Zwar konnte Harvath nicht einmal annähernd verstehen, wie sie das anstellten, was sie machten, dafür konnte er nachvollziehen, wie sie bei ihrer Suche nach Antworten vorgingen. »Also nehmen wir einmal an, dass das, was die Menschen in Asalaam getötet hat, auf dem Gift dieser lilafarbenen Viper basiert. Woher stammen die übrigen Symptome? Ich meine, betrachtet man die Menschen im fortgeschrittenen Stadium dieser Krankheit, sehen sie aus wie die Teilnehmer einer Graf-Dracula-Konferenz.« Schon wieder eine Anspielung auf die Popkultur, aber eine passendere Umschreibung wollte Harvath nicht einfallen.

»Ein hervorragender Einwand«, antwortete Mrs. Whitcomb. »Das beschäftigt uns, seit Jillian uns diesen Fall zum ersten Mal vorgestellt hat. Wir können nur annehmen, dass es sich um eine Abwandlung des *Azemiops feae*-Gifts handelt, die wir noch nicht kennen, oder dass es in Verbindung mit etwas anderem eingesetzt wird. Ich habe das *Arthashastra* von vorn bis hinten durchsucht, konnte jedoch nichts finden, was die volle Bandbreite an Symptomen hervorruft, die wir vor uns haben.«

»Was ebenfalls keinen Sinn ergibt, ist die Frage, warum die Krankheit anscheinend nur Nichtmuslime befällt. Wie bekommt man es mittels Bioengineering hin, dass nur gewisse Religionen befallen werden?«, fragte Harvath.

»Ich glaube nicht, dass wir es mit etwas Derartigem zu tun haben«, sagte Alan. »Meiner Meinung nach muss es sich um etwas anderes handeln, Kontamination der Nahrungsmittel etwa oder der Wasserversorgung. Seit grauer Vorzeit eine beliebte Methode, um einen Feind zu bezwingen.«

»Was die Symptome betrifft, die über die bekannten Wirkungen des Gifts von *Azemiops feae* hinausgehen«, fügte Jillian hinzu, »haben wir hier möglicherweise etwas vor uns, das Wissenschaftler als Duplexing bezeichnen.«

»Was ist Duplexing?«, entgegnete Harvath.

»Duplexing ist das Kombinieren zweier Krankheiten, um sie letaler zu machen, als sie jede für sich wären. Erst kürzlich haben australische Forscher diese Theorie völlig unbeabsichtigt bewiesen, als sie ein immunregulatorisches Gen in das Mäusepockenvirus einbauten. Das Ergebnis war ein erheblich verstärktes Monster-Mäusepockenvirus, das virulenter war als alles, was sie je zuvor gesehen hatten.

Die Sorge, insbesondere unter Bioterrorismus-Experten, ist, dass dieses Verfahren bei anderen natürlich vorkommenden Krankheitserregern wie Pocken oder Milzbrand angewendet werden könnte, was deren Letalität dramatisch erhöhen würde.«

»Angenommen wir haben hier tatsächlich einen Fall von Duplexing vor uns und das Schlangengift wird etwas anderem hinzugefügt, um eine wirksamere Biowaffe zu schaffen. Dann verstehe ich immer noch nicht, weshalb nur Nichtmuslime infiziert wurden und sonst anscheinend keine Einheimischen in dem Dorf«, meinte Harvath.

»Das Duplexing selbst kann ein Doppelschlag sein«, erwiderte Alan. »Womöglich werden Menschen, die mit Substanz A infiziert sind, nur krank, wenn sie auch Substanz B ausgesetzt werden, und die daraus resultierende AB-Kombination ist letztendlich tödlicher als A oder B für sich.«

»Oder es könnte«, sagte Jillian, »wie wir erörtert haben, eine Art Immunisierung geben, von der wir nichts wissen.«

»Was ist mit dem *Arthashastra?*«, fragte Harvath. »Steht darin etwas darüber, wie man das Viperngift verbreiten könnte?«

Vanessa nickte. »Es gibt viele Vorschläge zur Verabreichung – man könnte Pfeilspitzen darin eintauchen oder die Schneiden von Schwertern und Speeren damit bestreichen. Aber eines der interessantesten Dinge, auf die ich gestoßen bin, war eine Möglichkeit, es in eine steinartige Substanz umzuwandeln, ähnlich wie Crack, und dann zu einem feinen Pulver zu zermahlen. Anschließend konnte man das giftige Pulver auf Feldern zurücklassen, damit feindliche Soldaten hindurchmarschierten. Sie nahmen das Gift mittels ihrer Kleidung auf, die Infektion erfolgte sowohl durch Hautkontakt als auch durch Einatmen. Die Menschen der Antike waren zudem äußerst geschickt darin, giftigen Rauch einzusetzen, der ihre chemischen oder biologischen Kampfstoffe über das Schlachtfeld trug. Wesentlich dabei war, dass der Wind sich nicht drehte und die Substanz auf einen zurückwehte.

Heutige Truppen geraten sicherlich nicht oft in einen Nahkampf, bei dem Blankwaffen zum Einsatz kommen. Daher neige ich dazu anzunehmen, dass Pulver oder Rauch eingesetzt wurde. Aber ich könnte mich auch irren. Wir brauchen mehr Zeit, das zu untersuchen.

Wo wir gerade von der Zeit sprechen«, fuhr Vanessa fort, während sie einen Blick auf ihre Uhr warf, »es wird langsam spät. Ich habe noch einige E-Mails zu beantworten und möchte morgen früh aufstehen. Machen wir doch Feierabend! Beide Gästezimmer sind hergerichtet, sodass ihr beide hier übernachten könnt. Wir treffen uns morgen in meinem Büro; sagen wir, um acht Uhr?«

»Acht Uhr klingt gut«, antwortete Jillian für beide. »Wir werden da sein.«

Als Harvath zu Bett ging, fing er an sich zu fragen, was zum Teufel er hier überhaupt machte. Während ihm der ganze wissenschaftliche Jargon immer noch durch den Kopf schwirrte, wurde ihm klar, dass er weit außerhalb seiner Liga spielte, und er bezweifelte ernsthaft, ob er diesen Auftrag bewältigen konnte. Ein ungewohntes Gefühl nagte am Rand seiner Gedanken, eine Unsicherheit, die infrage stellte, wie sein Leben wohl aussehen würde, wenn er gezwungen wäre, seinen Abschied zu nehmen und seine Tage als internationaler Paria zu beschließen – der überaggressive amerikanische Agent, der den wehrlosen Iraker auf dem Al-Karim-Basar zusammengeschlagen hatte.

Das Atmen fiel Harvath schwer, und er fragte sich, ob das wohl eine Panikattacke war. Was auch immer, es gefiel ihm nicht. Dadurch fühlte er sich schwach.

Er zwang sich, an etwas anderes zu denken – an etwas, worauf er seine Energien richten konnte. Vor seinem geistigen Auge tauchte Rayburns Gesicht auf, und er versuchte zu verstehen, was Rayburn mit alledem zu tun haben könnte. Nicht lange, und Khalid Alomaris Gesicht nahm Rayburns Platz ein. Während Harvath allmählich in das unergründliche Dunkel eines erschöpften Schlafs hinüberglitt, stellte er sich vor, wie er sie beide umbrachte – so langsam und schmerzhaft wie möglich.

26

Vanessa Whitcombs winziges Büro lag im dritten Stock und war genau wie die Frau auch – kompakt, ordentlich, perfekt organisiert. Durch ein großes Sprossenfenster hinter dem Schreibtisch, das normalerweise helles Sonnenlicht in den Raum gelassen hätte, sah man draußen mächtige schwarze Wolken, die einen weiteren Regenguss verhießen. Jeden Zentimeter der Wand nahmen Bücherregale ein. Ein kurzer Resopaltisch, der normalerweise für noch mehr Bücher reserviert war, war freigeräumt worden und stand mit zwei Stühlen aus einem nahe gelegenen Seminarraum in der Mitte des Büros. Auf dem Tisch lagen zwei ordentliche Stapel Dokumente, an denen jeweils eine Haftnotiz angebracht war. Darauf stand, welcher Stapel für Harvath und welcher für Jillian bestimmt war. Außerdem hatte Vanessa Notizblöcke, Kugelschreiber und zwei grüne Textmarker bereitgelegt.

Die drei verschwendeten wenig Zeit mit Plaudereien. Vanessa saß an ihrem Computer, als Harvath sich über den ersten Artikel in seinem Stapel hermachte. Es handelte sich um eine Passage aus dem *Arthashastra*, in der es um bestimmte Möglichkeiten ging, einen Feind zu schädigen. Insbesondere konzentrierte sie sich auf eine Vielzahl an Rezepten für Pulver und Salben, die aus Tieren, Mineralien, Pflanzen und Insekten gewonnen wurden und Blindheit, Wahnsinn, Krankheiten und einen sofortigen oder einen schleichenden Tod verursachen konnten. Darin wurde ein magischer Rauch beschrieben, der alle Lebensformen tötete, so weit der Wind ihn zu tragen vermochte. Aber was Harvath am meisten interessierte, war das Konzept, dass man mit den tödlichen Giften Güter kontaminieren konnte, Gewürze oder Kleidung zum Beispiel, die dann heimlich zum Feind geschickt wurden. Er wusste, dass die Briten ebendies getan hatten, als sie mit Pocken infizierte Decken und Halstücher an die indigene Bevölkerung verteilten, und machte sich eine Notiz auf seinem Block.

Es gab eine Untersuchung über Sophokles' Stück *Philoktetes,* in dem Herkules in einem mit dem Gift der Hydra getränkten Gewand starb und dabei an vielen der gleichen Symptome litt, die sonst mit Pocken einhergehen. Offenbar wussten nicht nur die Griechen, dass Kleidung und persönliche Gegenstände Krankheiten übertragen konnten, sondern auch schon Zivilisationen, die bis zum alten Sumer im Jahr 1770 vor Christus zurückreichen.

Danach machte Harvath Bekanntschaft mit dem Wort *fomites* – Infektionsträger. Moderne Epidemiologen verwendeten den Begriff, um Gegenstände wie Kleidungsstücke, Bettwäsche, Tassen und Zahnbürsten zu beschreiben, von denen bekannt ist, dass sie ansteckende Krankheitserreger beherbergen können. Vorschriften, die es den Bürgern verwehrten, mit bekannten Krankheitsträgern in Kontakt zu kommen, reichten fast 4000 Jahre zurück. Allmählich fing Harvath an, sich zu fragen, ob ein derartiger Infektionsträger für die Ansteckung der nicht muslimischen Bevölkerung in Asalaam verantwortlich war.

In den Artikeln, die Vanessa für ihn ausgedruckt hatte, wurden weitere ausgeklügelte Ansätze beschrieben, einen Feind zu infizieren, zum Beispiel indem man ihn zwang, sein Lager in krankheitsverseuchten Sümpfen aufzuschlagen oder hindurchzumarschieren. Ebenso konnte man »Giftmädchen«

einsetzen – Verführerinnen mit hochansteckenden Infektionen, ausgesandt, um Heerführer wie Alexander den Großen zu beseitigen.

Wie Alan bereits erwähnt hatte, wurde auch erörtert, wie man die Nahrungs- und Wasservorräte eines Feindes vergiftete. Sie hatten keine Ahnung, wie und wodurch die Opfer infiziert worden waren. Darum war Harvath klar, dass er und Jillian nur eine einzige Möglichkeit hatten, der Krankheit auf den Grund zu gehen. Sie mussten herausfinden, wer Emir Tokay entführt hatte. Im Moment schien Tokay der Einzige, der das Rätsel lösen konnte.

Harvath las sich weitere Artikel durch. Einer davon legte ausführlich dar, dass Wundärzte und Wissenschaftler der antiken Welt, nicht anders als heute, bestrebt waren, mit den Fortschritten in der biologischen Kriegführung Schritt zu halten. In einem fort versuchten sie, neue Gegenmittel, Behandlungen und Impfungen gegen die große Bandbreite an Giften und Toxinen zu entdecken und zu entwickeln, die gegen ihre Soldaten und Mitbürger eingesetzt wurden.

Der römische Schriftsteller, Enzyklopädist und im antiken Europa die höchste wissenschaftliche Autorität, Plinius der Ältere, behauptete, dass Harz aus Riesenfenchel und einer Lorbeerart namens Purpur-Wolfsmilch wirksam bei der Heilung von Wunden sei, die durch giftige Pfeile verursacht wurden. Tatsächlich ging Plinius sogar so weit, dass er behauptete, es gebe für jede Art von Schlangengift ein Gegenmittel, mit Ausnahme der Uräusschlange – einer hochgiftigen Schlange aus der Familie der Kobras. Harvath fragte sich, in welche Kategorie die moderne Welt *Azemiops feae* schließlich wohl einordnen musste.

Des Weiteren listete der Artikel die Bemühungen der Bürger der antiken Welt auf, Resistenzen gegen Schlangengifte zu entwickeln. Gemeinhin ging man davon aus, dass Menschen, die in Ländern lebten, in denen giftige Kreaturen wie Schlangen und Skorpione vorkamen, oftmals über ein gewisses Maß an Immunität gegen deren Gift verfügten. Bisse oder Stiche dieser Kreaturen waren für ihre Opfer oft nur ein wenig unangenehm. In manchen Fällen nahm man an, dass die Einheimischen so starke Abwehrkräfte hatten, dass ihr Atem oder Speichel jedweden giftigen Biss heilen konnte. Plinius zufolge waren die psyllischen Stammeskrieger in Nordafrika so resistent gegen Schlangenbisse und Skorpionstiche, dass ihr Speichel als hochwirksames Gegenmittel galt und sie für jeden Feldzug der Römer auf dem afrikanischen Kontinent herangezogen wurden.

Harvath wusste, dass Seren aus Antikörpern gegen lebendes Schlangengift gewonnen wurden. Aber er war doch erstaunt darüber, wie weit Menschen im Lauf der Jahrhunderte – oft erfolglos – gegangen waren, um sich gegen alle möglichen Gifte zu immunisieren. In der gesamten Antike glaubten die Menschen daran, dass sie eine umfassende Immunität gegen alles entwickelten, womit sie sich nicht anstecken wollten, wenn sie kleine Mengen Gift zusammen mit den entsprechenden Gegenmitteln einnahmen.

Diese Gepflogenheit überraschte Harvath kein bisschen. Auch heute noch ließen viele südostasiatische Länder ihre Soldaten im Rahmen der Dschungelausbildung Schlangenblut trinken in dem Glauben, sie könnten dadurch immun gegen Schlangengift werden.

Das einzig wirklich Sinnvolle, was die Menschen der Antike machten und was auch in der heutigen Welt immer noch relevant war, war die Befragung von Gefangenen darüber, welche Art von Biowaffen ihre Armeen verwendeten und wie man sich davor schützte. Das war die Art wissenschaftlicher

Methode, mit der Harvath etwas anfangen konnte – schlicht und einfach ein Verhör.

»Ich glaube, ihr beide solltet euch das hier mal ansehen«, riss Vanessa Harvath aus seinen Gedanken.

»Was ist denn?«, fragte Jillian, während sie um den Schreibtisch herumkam.

Vanessa lehnte sich zurück, damit die beiden ihren Bildschirm sehen konnten. »Eine Antwort von jemandem aus meiner Paläopathologie-Mailingliste. Ich habe der Gruppe die Frage vorgelegt, ob ihnen jemand aufgefallen ist, der sich in letzter Zeit für unsere kleine Fea-Viper und ihre Verbindung zu antiken Biowaffen interessierte.«

»Und?«

»Jemand hat mir das hier geschickt.« Vanessa scrollte nach unten, um das Foto zu zeigen, das der E-Mail beigefügt war.

Harvath sah zu, wie ein Teil einer uralten Rüstung in Sicht kam, genauer gesagt: ein Brustpanzer. Die Lederriemen waren erstaunlich gut erhalten, ebenso die lediglich ein bisschen verrosteten Schnallen, aber das war nicht das Bemerkenswerteste an dem Stück. Genau in der Mitte des Brustpanzers befand sich eines der interessantesten Wappen, die Harvath je gesehen hatte. Als Relief herausgearbeitet war der Kopf eines knurrenden Wolfes, um dessen Hals sich zwei Schlangen wanden – und zwar nicht irgendwelche. Ihre Körper bestanden aus leuchtend violetten Steinen, während die Köpfe aus länglichen Stücken geformt waren, die wie cremeweißer Marmor aussahen.

»Von wem ist das Foto?«

»Die Frau eines Paläopathologen auf meiner Mailingliste hat es aufgenommen. Sie heißt Molly Davidson und arbeitet bei Sotheby's in London in der Abteilung für Waffen, Rüstungen und Militaria.«

»Sotheby's? Das Auktionshaus?«, fragte Harvath.

»Ebendas«, erwiderte Vanessa. »Ein neuer Kunde wollte den Wert dieses Stücks für eine Auktion schätzen lassen. Anscheinend hatte Molly einige Schwierigkeiten damit, es in einen historischen Kontext einzuordnen, und als ihr Mann meine E-Mail bezüglich *Azemiops feae* erhielt, meinte er, Molly solle mir das Foto mailen. Sie dachten, es gäbe womöglich eine Verbindung und wir könnten uns vielleicht gegenseitig helfen.«

Harvath betrachtete das Foto näher. Hier gab es eindeutig eine Verbindung. »Hat sie eine Ahnung, woher das Stück stammt?«

»Ursprünglich? Sie glaubt, es könnte aus Karthago kommen, wahrscheinlich so ungefähr 3. Jahrhundert vor Christus.«

»Aber die Karthager waren doch in Nordafrika, in der Gegend des heutigen Tunesien. Woher sollten sie über *Azemiops feae* Bescheid wissen? Sie sagten doch selbst, die Schlange sei bloß in China, Tibet, Myanmar und Vietnam heimisch.«

»Das habe ich gesagt, und es stimmt auch«, entgegnete Vanessa. »Ein Reptil wie *Azemiops feae* dürfte nie jemand in der Nähe von Karthago gesehen haben.«

»Worin besteht dann die Verbindung?«

»Lassen Sie mich Ihre erste Frage beantworten. Karthago war eigentlich eine von den Phöniziern gegründete Kolonie, die große Seefahrer waren. Tyros und Sidon, die beiden bekanntesten Häfen Karthagos, werden sogar in der Bibel erwähnt. Tatsächlich stammt das Wort Bibel von dem Wort *Byblos* für einen weiteren karthagischen Hafen, über den der Großteil des ägyptischen Papyrus exportiert wurde. Die frühen Bücher wurden zumeist aus Papyrus hergestellt, und das Wort *byblos* beziehungsweise *biblos* wurde zum altgriechischen Wort für ›Buch‹.

Nicht anders als ihre Vorfahren waren die Karthager unglaublich versierte Kaufleute, die so gut wie alles kauften und verkauften. Wichtiger noch, sie waren auch äußerst erfahrene Seeleute und trieben im gesamten Mittelmeerraum Handel. Die meisten Wissenschaftler glauben nicht, dass sie weiter östlich als Griechenland kamen, aber es ist durchaus möglich. Es gibt Geschichten über Karthager, die über die Monsun-Handelsroute nach Kleinasien und darüber hinaus vordrangen. Falls das wahr ist, ist es denkbar, dass sie auf das *Arthashastra* sowie auf *Azemiops feae* und das Wissen, wie man ihr Gift extrahiert, gestoßen sind. Das hängt natürlich alles davon ab, ob sie tatsächlich eine Art Handelsbeziehung mit dem alten Indien aufbauten oder nicht.«

»Aber selbst wenn: Was hat das mit diesem Brustpanzer zu tun?«

»Was wissen Sie über den karthagischen Heerführer Hannibal?«

Harvath war historisch nicht unbewandert. »Er war einer der brillantesten Strategen der Antike.«

»Richtig«, sagte Vanessa, »und Hannibal ist wahrscheinlich vor allem für seinen gewagten Überraschungsangriff auf das expandierende Römische Reich bekannt.«

Harvath kannte die Geschichte gut. Hannibal war mit etwa 40 Kriegselefanten und, einigen Berichten zufolge, über 100.000 Soldaten von Spanien aus aufgebrochen, um seinen Angriff zu starten. Das Einzige, was zwischen ihm und seinem Feind stand, waren die hoch aufragenden Gipfel der französisch-italienischen Alpen. Doch bis Hannibal das Gebirge überquert hatte und in die italienische Poebene nahe dem heutigen Turin hinabstieg, hatte er viele der Elefanten und mehr als die Hälfte seiner Männer verloren. Während Hinterhalte und Scharmützel mit plündernden gallischen

Stämmen im heutigen Frankreich und Spanien einen Großteil seiner Verluste ausmachten, verloren in den Alpen viele
weitere Soldaten ihr Leben an steil abfallenden Gebirgs-
pfaden sowie durch zahlreiche Erdrutsche und Lawinen.

»Nicht ganz so bekannt«, fuhr Vanessa fort, »ist das Gerücht,
dass Hannibal an der Spitze seiner Streitkräfte Angehörige
seiner Elitegarde postiert hatte. Es hieß, sie transportierten
eine Waffe von unvorstellbarer Zerstörungskraft – eine Waffe,
mit der ihnen der Sieg über die Römer so gut wie sicher sei.«

Harvath wusste zwar einiges über den karthagischen Feldherrn, aber davon hatte er noch nie gehört. »Lassen Sie mich
raten. Sie glauben, dass diese Waffe biologischer oder chemischer Natur war?«

»Da wir hier von Hannibal sprechen«, warf Jillian ein, »bestimmt biologisch.«

»Warum?«

»Hannibal war einer der frühesten und größten Befürworter
der biologischen Kriegführung in der Geschichte.«

»Tatsächlich?«, meinte Harvath verblüfft. »Von was für
Waffen sprechen wir hier eigentlich?«

»Das beste Beispiel, das mir einfällt, zumal es sein
Faible für Giftschlangen zeigt, ereignete sich so um 190 vor
Christus. Da Hannibal der Flotte von Pergamon zahlenmäßig
deutlich unterlegen war, schickte er Männer an Land, um
so viele Giftschlangen wie möglich einzusammeln. Sie versiegelten sie in Tonkrügen, und als die Schiffe Pergamons
in Reichweite waren, katapultierten Hannibals Männer die
Krüge auf die Decks des Feindes. Die Krüge zerbrachen und
die Schlangen wurden in alle Richtungen geschleudert, was
die Seeleute von Pergamon dazu zwang, die Schiffe zu verlassen, und Hannibal einen entscheidenden Sieg über einen
wesentlich größeren Gegner bescherte.

»Sollte Karthago nach allem, was wir über Hannibals aggressives Streben nach biologischen Waffen wissen, Kontakt zu Indien aufgenommen haben, würde das alles durchaus logisch zusammenpassen«, sagte Vanessa.

»Nun, ich sehe hier einen ganz offensichtlichen Zusammenhang«, erwiderte Jillian. »Wer auch immer diesen Brustharnisch trug, musste wohl eine Waffe handhaben, die das Gift von *Azemiops feae* enthielt.«

»Ich stimme Ihnen ja zu, dass es eine Verbindung geben mag«, sagte Harvath, »aber woher wollen Sie wissen, dass derjenige, der den Harnisch trug, eine Waffe einsetzte, die unser Gift enthielt?«

Vanessa begriff, worauf Jillian hinauswollte. »Sowohl die Darstellung des Wolfes als auch der *Azemiops feae*-Vipern auf dem Brustpanzer sollte dem Feind Angst einjagen. Die Menschen der Antike glaubten fest an die Macht der psychologischen Kriegführung. Es ist sogar bekannt, dass manche Banner in die Schlacht trugen, um anzukündigen, welche Giftarten sie gegen ihre Feinde einzusetzen gedachten.«

»Sie glauben also, die Brustpanzer waren eine Ankündigung?«

»Ganz sicher«, antwortete Vanessa. »Ich kann Ihnen auch sagen, warum. Sind Sie mit den Skythen und deren Bogenschützen vertraut?«

»Jillian hat davon gesprochen.«

Vanessa zeichnete rasch ein Bild auf ihren Block und drehte diesen um, sodass Harvath es sehen konnte.

»Die Schäfte der skythischen Pfeile waren sorgfältig bemalt, damit sie aussahen wie die Schlange, deren Gift sie verwendeten. Selbst wenn so ein Pfeil einfach nur neben einem landete, war die psychologische Wirkung gewaltig. Aus heutiger Perspektive ist es schwer zu glauben, aber solche

Methoden versetzten eine gegnerische Armee in Angst und Schrecken.

Derartige Taktiken waren schon Hunderte von Jahren vor Hannibal weitverbreitet. Man kann davon ausgehen, dass er sie ebenfalls anwandte. Er war ein mit allen Wassern gewaschener Krieger. Wir müssen davon ausgehen, dass er jeden Vorteil nutzte, um seine Feinde zu bezwingen.«

»Das sehe ich auch so«, erwiderte Harvath. »Alles, was Sie da andeuten, entspricht voll und ganz Hannibals Charakter. Aber wo ich nicht ganz mitkomme, ist diese Waffe von *unvorstellbarer Zerstörungskraft*. Ich habe viel über Karthago gelesen, aber so etwas ist mir noch nie untergekommen.«

»Es gibt nicht viele Leute, die etwas davon wissen. Wahrscheinlich liegt es daran, dass alles, was wir über Hannibal wissen, von seinen Feinden, den Römern, überliefert wurde. Nachdem die Römer Karthago erobert hatten, führten sie etwas durch, das sie die karthagische Lösung nannten. Sie schwächten das Land, wo es nur ging, verkauften den größten Teil seiner Bevölkerung in die Sklaverei, brannten alle Bibliotheken Karthagos nieder und bestreuten anschließend jeden Zentimeter des Bodens mit Salz, um endgültig sicherzugehen, dass die Karthager nie wieder zurückkehren würden, um Rom zu bedrohen.

Was Berichte über Hannibal und Karthago angeht, galt Polybios als der verlässlichste griechische Historiker, gefolgt vom römischen Livius, der 150 Jahre nach Hannibals Zug über die Alpen geboren wurde. Was allerdings viele nicht wissen, ist, dass es sogar zwei Griechen gab, Kriegsberichterstatter, wenn man so will, die Hannibals Heer während seines Feldzugs nach Rom begleiteten. Einer hieß Sosylos, er verfasste Hannibals Biografie, der andere Silenos. Sosylos hing wie eine Klette an Hannibal und verfolgte jeden der Schritte des Feldherrn, während Silenos, der mehrere Sprachen beherrschte, viel Zeit unter Hannibals verschiedenen Truppen verbrachte.«

»Und einer dieser griechischen Kriegsberichterstatter erwähnte diese Waffe von unvorstellbarer Zerstörungskraft?«

»Ja, Silenos, und er beschrieb auch das Wappen auf den Brustharnischen, die Hannibals Elitegarde trug.«

»Und wo steht das bei Silenos? Vielleicht können wir daraus noch mehr erfahren.«

»Das ist das Problem«, meinte Vanessa. »Kein Mensch der modernen Zivilisation hat es je zu Gesicht bekommen. Das Original ist verloren gegangen, heißt es, als die Bibliothek von Alexandria im Jahr 640 nach Christus von Muslimen unter dem Kalifen Umar I. geplündert wurde.«

»Haben Sie eine Ahnung, wie lange sich der Brustpanzer schon im Besitz von Dr. Davidson befindet?«

»In ihrer E-Mail schreibt sie nichts davon. Aber da sie erwähnt, dass er von einem *neuen* Kunden stammt, nehme ich an, es kann noch nicht so lange sein.«

Harvath schwieg einige Augenblicke, während er darüber nachdachte, was ihr nächster Schritt sein sollte.

»Was denken Sie?«, fragte Jillian.

»Ich denke, wir sollten uns diesen Brustpanzer einmal ansehen.«

»Und was genau versprechen Sie sich davon? Was wollen Sie finden, das eine führende Expertin auf diesem Gebiet noch nicht herausgefunden hat?«

Harvath ging zurück an das Resopal-Tischchen und begann, seine Notizen zusammenzuklauben. »Kann ich das mitnehmen?«, fragte er Vanessa und deutete auf ein Nachschlagewerk und den Stapel Dokumente, die sie für ihn ausgedruckt hatte.

»Natürlich«, antwortete sie.

»Scot«, unterbrach ihn Jillian. »Sie haben meine Frage noch nicht beantwortet.«

Harvath nahm von Vanessa ein Gummiband entgegen, das er um seinen Papierstapel schlingen konnte. »Ich glaube nicht an Zufälle«, sagte er. »Es muss eine Verbindung geben, und ich will herausfinden, wer dieser neue Kunde von Sotheby's ist.«

»Das wird Dr. Davidson Ihnen nicht sagen«, erwiderte Jillian. »Was die Anonymität der Kunden angeht, lässt Sotheby's das Schweizer Bankenestablishment wie die reinsten Plappermäuler dastehen.«

»Nun, dann müssen wir eben einen Weg finden, das zu umgehen«, meinte Harvath.

»Ich bin sicher, wenn ein Beamter aus Washington sich in Ihrem Namen an Sotheby's wendet, würden sie …«, begann Vanessa, doch Harvath fiel ihr ins Wort.

»Im Moment kann ich nicht direkt mit Washington verhandeln.«

»Warum nicht?«

»Glaub mir, das ist eine lange Geschichte«, antwortete Jillian.

Während Harvath seine Unterlagen zusammensammelte, blickte er Vanessa an. »Ich möchte Mrs. Davidson selbst kontaktieren und ein Treffen vereinbaren. Haben Sie ihre Londoner Telefonnummer?«

Vanessa sah sich noch einmal die E-Mail auf ihrem Bildschirm an. »Sie ist nicht in London. Dieser E-Mail zufolge ist sie in Frankreich und arbeitet im Pariser Büro von Sotheby's.«

Das genügte, mehr brauchte Khalid Alomari unten auf der Straße nicht zu hören. Harvath hätte niemals zulassen dürfen, dass diese Alcott ihre Aktentasche in dem Londoner Kaufhaus zurückließ. So wie ihn ihre E-Mail-Korrespondenz mit

Emir Tokay nach London geführt hatte, hatten ihn die Ausdrucke ihrer Korrespondenz mit den Whitcombs hierher nach Durham geführt. Während Alomari sein Richtmikrofon einpackte und wieder in seinen Mietwagen stieg, beschloss er, dass er später zurückkommen konnte, um das alte Paar umzulegen. Im Moment jedoch musste er nach Paris. Irgendwie war ein Problem aus seiner Vergangenheit aufgetaucht. Sowohl der Archäologe als auch die beiden Bergführer in den Alpen waren tot. Dessen war er sich sicher. Er hatte sie eigenhändig umgebracht, doch nun gelangten die Artefakte, die sie entdeckt hatten, auf den Markt. Falls Alomari die Hoffnung hegte, sein Geld beim Skorpion einzutreiben, und die Gunst seines Mentors behalten wollte, musste er noch einige Probleme klären.

Während er vom Campus wegfuhr, fragte er sich, wie es wohl sein würde, Scot Harvath beim Sterben zuzusehen.

27

Paris

Es war der bei Weitem schlimmste Flug, den Scot Harvath je erlebt hatte. Ein schwerer Sturm schüttelte die Maschine auf dem gesamten Weg über den Ärmelkanal nach Frankreich durch. Selbst die gleichmütigsten Passagiere hielten ihre Armlehnen fest umklammert, und von seinem Sitz aus konnte Harvath sehen, dass Jillian Alcott kurz vor einem Nervenzusammenbruch stand. Aus Sicherheitsgründen hatten sie vom Newcastle International Airport aus getrennt einen Billigflieger genommen. Die britische Polizei suchte nach einem Mann und einer Frau, die zusammen reisten.

Nachdem sie in Paris gelandet waren und Passkontrolle und Zollabfertigung hinter sich hatten, atmete Harvath insgeheim erleichtert auf. Während er unter falschem Namen mit einem falschen Pass reiste, hatte Alcott nur ihren echten Pass. Die Tatsache, dass sie es geschafft hatte durchzukommen, ohne angehalten zu werden, bedeutete, dass die Polizei offenbar nur Aufnahmen von ihrem Gesicht hatte und noch keinen Namen dazu. Sie hatten Glück gehabt, aber sie konnten nicht darauf hoffen, dass dieses Glück ewig währte. Sie mussten vorankommen, und zwar schnell.

Normalerweise gefiel Harvath Paris – die schicken Bistros des Marais, die gemütlichen Cafés von St.-Germain-des-Prés, die verrauchten Bars des Quartier Latin. Es gab keine vergleichbare Stadt auf der Welt. Doch als ihr Taxi auf dem Weg zu Sotheby's durch überquellende Pfützen rauschte, kam ihm die Stadt fremd vor. Etwas war anders als sonst – irgendetwas stimmte einfach nicht. Vielleicht lag es an den Blitzen. Harvath hatte schon alle Arten von Pariser Wetter erlebt, aber noch nie so etwas.

So schwarz hatte er den Nachmittagshimmel noch nie erlebt, nur hin und wieder von Blitzen erhellt. Als ihr Taxi vor einer ziemlich heruntergekommenen Fassade im Viertel Les Halles hielt, begann es bereits leicht zu regnen.

Jillian musterte das Gebäude. »Sind wir hier richtig?«

Harvath sah sich noch einmal die Adresse auf dem Zettel an, den Vanessa Whitcomb ihnen gegeben hatte. »Das ist es«, sagte er, während er den Fahrer bezahlte und anschließend Jillian beim Aussteigen die Tür aufhielt.

Das Gebäude, vor dem sie standen, sollte angeblich ein Lager- und Restaurierungsgebäude sein. Was auch immer es war, es war weit entfernt von dem prächtigen Auktionshaus, das Sotheby's in der Rue du Faubourg Saint-Honoré hatte – lediglich einen Steinwurf vom Pariser Ritz entfernt. Dieses schäbige, heruntergekommene Bauwerk, das sich (wie viele andere in Frankreich) gefährlich nach links neigte, war gut und gern 300 Jahre alt. Es sah so aus, als bedürfte es nicht mehr als eines seismischen Schluckaufs, damit es einstürzte.

Als sie zur Tür rannten, hörte Harvath ein lautes Dröhnen und spürte, wie der Bürgersteig unter ihren Füßen bebte. Es dauerte einen Moment, bis er begriff, dass sie über einer der vielen U-Bahn-Linien standen, die sich an der nahe gelegenen Metro-Station Châtelet - Les Halles kreuzten.

Emile Zola hatte Les Halles den Bauch von Paris genannt – ein passender Beiname, da es sich lange um den Lebensmittelmarkt der Stadt gehandelt hatte. Täglich waren Bürger, Gastronomen und Kaufleute dorthin gepilgert, um die breite Auswahl an Grundnahrungsmitteln zu erstehen, die auf dem Speiseplan der Pariser standen. Les Halles war praktisch auch der geografische Mittelpunkt von Paris, da es direkt nördlich des Louvre lag – des Punkts, von dem aus alle Pariser Arrondissements beziehungsweise Verwaltungsbezirke im Uhrzeigersinn spiralförmig verliefen, ähnlich dem fortlaufenden Ring einer Muschelschale.

An die dreistöckige Liegenschaft von Sotheby's grenzten links eine Art Lagerhaus und rechts eine Metzgerei an. Unter dem Dachvorsprung der Metzgerei befand sich ein Wandgemälde, das Harvath zu kennen glaubte. Ehe er weiter darüber nachdenken konnte, hörte er das Summen, mit dem die Tür des Gebäudes geöffnet wurde, und merkte, dass Jillian bereits auf dem Weg hinein war.

Innen war alles unglaublich modern, kein Vergleich zu dem verfallenen Äußeren. Der einzige Hinweis auf das Alter des Gebäudes waren die mit der Zeit abgenutzten Holzböden, derart poliert, dass sie glänzten wie honigfarbene Spiegel. Reihen von Halogenlampen beleuchteten eine Vielzahl an Gemälden und Skulpturen, die vor den strahlend weißen Wänden ausgestellt waren. Vor einer Milchglasscheibe mit eingraviertem Sotheby's-Wappen stand ein eleganter Empfangstresen aus gebürstetem Aluminium. Hinter dem Tresen saß eine tadellos gekleidete junge Frau, flankiert von zwei bewaffneten Sicherheitsleuten in schicken schwarzen Uniformen. Das waren keine gewöhnlichen Wachmänner. Ihr Blick sagte unverkennbar: *Leg dich bloß nicht mit mir an!* Der MP5 von Heckler & Koch, die sie über die Schulter geschlungen trugen, den vor die Brust geschnallten schusssicheren Westen und den Berettas Kaliber 40 an ihren Seiten nach zu urteilen, nahmen ihre Auftraggeber die Sicherheit dieses Nebengebäudes sehr ernst. Harvath war klar, dass die gesamten in dieser Einrichtung aufbewahrten Kunstwerke astronomische Summen kosten mussten.

Jillian meldete sich bei der Empfangssekretärin an, während Harvath den beiden beeindruckend wirkenden Sicherheitsleuten freundlich zunickte. Keiner von ihnen erwiderte Harvaths Gruß. Sie starrten ihn lediglich an, taxierten ihn.

»*Oui, d'accord*«, sagte die attraktive Rezeptionistin, während sie den Hörer auflegte und sich Jillian zuwandte. »Dr. Davidsons Büro liegt im obersten Stockwerk am Ende des Korridors. Ich muss bitte Ihren Ausweis sehen.«

Jillian und Harvath zeigten ihre Pässe vor. Die Rezeptionistin notierte die Informationen und machte anschließend digitale Fotos von beiden. Augenblicke später spie eine Maschine unter ihrem Schreibtisch zwei laminierte Besucherausweise aus. »Wenn Sie so freundlich wären, die Ausweise an Ihre Kleidung zu heften«, sagte die Frau zu Jillian. »Dann können Sie nach oben gehen.«

Schweigend stiegen sie gemeinsam eine schmale Wendeltreppe empor. Als sie in die zweite Etage kamen, sah es aus, als würden sie das Filmset der »Drei Musketiere« betreten.

Passend zum grob behauenen Dielenboden kleidete eine Reihe von Holzbalken die niedrige Decke aus. Ölgemälde aus dem 18. Jahrhundert, die das Leben bei Hof, pastorale Szenen und verschiedene Stillleben zeigten, säumten in vergoldeten Rahmen den Flur zu beiden Seiten. Unterhalb der Gemälde befand sich hin und wieder ein antiker Stuhl oder eine Ansammlung ledergebundener Bücher, kunstvoll auf stabilen Tischen im Landhausstil gestapelt. Wären nicht die modernen Halogenleuchten gewesen, hätte Harvath geschworen, sie seien in der Zeit zurückgereist.

Davidsons Büro lag rechts am Ende des Flurs. Als sie an der schweren Holztür ankamen, klopfte Harvath, und von drinnen forderte eine Stimme sie auf einzutreten. Als Dr. Molly Davidson hinter ihrem Schreibtisch aufstand, um ihre beiden Gäste zu begrüßen, sah sie keineswegs so aus, wie Harvath erwartet hatte.

Sie war mindestens fünf Zentimeter größer als er, und mit ihrem langen blonden Haar und dem tiefbraunen Teint sah sie eher aus wie eine Beachvolleyballerin und nicht wie eine der weltweit führenden Expertinnen für antike Waffen und Rüstungen.

»Dr. Davidson!« Jillian reichte ihr die Hand, als sie ihr auf halbem Weg durch den Raum entgegenkamen. »Ich bin Dr. Alcott, und das ist Sam Guerin«, fuhr sie fort und benutzte dabei das Pseudonym, unter dem Harvath reiste.

Abgesehen von seiner außergewöhnlichen Länge glich das Büro mit seinem winzigen Waschbecken, dem schrägen Dach und den schmalen Trauffenstern einer typischen Pariser Mansardenwohnung beziehungsweise dem *chambre de bonne,* einstmals die Kammer, in der die Hausmagd untergebracht war. Sotheby's schien den lang gezogenen Raum hauptsächlich als Lagerraum zu nutzen. Doch jemand hatte die meisten Büromöbel und Kartons in eine hintere Ecke geschoben, um Platz für die Waffen- und Rüstungsexpertin aus London zu schaffen.

Werkbänke mit Mikroskopen, beleuchteten Lupen und einer Vielzahl weiterer Forschungsinstrumente säumten die Innenwand. An der gegenüberliegenden Wand verlief unter den Fenstern eine kurze Reihe Bücherregale, während die Mitte des Raums ein riesiger Arbeitstisch einnahm, der mindestens zwei Meter breit und wohl doppelt so lang war. Zur Hälfte war der Tisch mit einer Reihe weißer Tücher bedeckt, auf denen die Artefakte lagen, die Dr. Davidson gerade untersuchte, darunter auch die Brustpanzer.

Davidson schüttelte ihnen beiden die Hände und schloss dann die Tür hinter ihnen. »Ich muss mich für das bescheidene Quartier entschuldigen. Das war das Beste, was man so kurzfristig für mich tun konnte.«

Durch die geschlossenen Fenster konnte Harvath noch immer das Heulen der vorüberrauschenden Vespas und den Lärm der Diesel-Lieferwagen von der belebten Straße unten hören. Außerdem die gedämpfte Melodie eines Liedes, das er zu kennen glaubte. Es schien hier aus dem Zimmer zu kommen. Harvath musste ein paar Sekunden zuhören, ehe er es einordnen konnte. Es handelte sich um den Funk-Klassiker »Love Rollercoaster« der Ohio Players aus den 70ern. Sollte Dr. Davidson irgendwo eine Stereoanlage versteckt haben, musste Harvath ihr eines lassen: Sie hatte einen guten Geschmack.

»Ich muss mich auch für den Lärm entschuldigen«, fügte Davidson hinzu. »Der Laden nebenan hat seine Wohnung im

Obergeschoss an einen jungen DJ vermietet, der den ganzen Tag zu Hause ist. Dafür ist er die ganze Nacht weg. Ich muss meine Arbeit ziemlich oft mit nach Hause nehmen, um dem Ganzen zu entgehen.« Davidson durchquerte der Länge nach den Raum, hämmerte an die gegenüberliegende Wand und schrie auf Französisch, die Musik solle leiser gestellt werden. Die Aufforderung schien zu funktionieren, Sekunden später war kaum noch etwas zu hören.

Harvath hielt allerdings wenig davon, dass Dr. Davidson die Musik der Ohio Players als Lärm bezeichnete.

»Tut mir leid, dass ich Ihnen am Telefon nicht viel mehr sagen konnte«, fuhr Davidson fort, während sie zu einem Computerarbeitsplatz ging und eine Schachtel aus einer der Schubladen holte. »Wie ich bereits andeutete, musste ich erst noch darauf warten, dass heute Nachmittag ein paar wichtige Testergebnisse eintreffen. Wir haben die Artefakte erst seit etwas mehr als einer Woche.«

»Das ist schon okay«, erwiderte Jillian. »Sind die Testergebnisse eingetroffen?«

»Ja, ich habe sie gerade erhalten.«

»Was können Sie uns sagen?«, fragte Harvath, während er einen gewaltigen Kriegshammer vom Tisch nahm und von einer Hand in die andere wechselte, um sein Gewicht einzuschätzen.

»Ich kann Ihnen sagen«, fuhr Davidson ihn an, während sie eine Schachtel mit weißen Baumwollhandschuhen von der Schublade zum Tisch brachte und Harvath ein Paar reichte, »dass es mir lieber wäre, wenn Sie die Artefakte ohne meine Erlaubnis nicht anfassen würden, und selbst dann nur mit geeigneten Handschuhen. Diese Gegenstände sind ziemlich alt und müssen mit äußerster Sorgfalt behandelt werden.«

»Natürlich.« Harvath legte den Kriegshammer weg und zog sich die Handschuhe über. »Entschuldigung.«

Davidson wirkte ein wenig besänftigt. »Na ja, es ist ja nichts passiert. Sie haben sich ausgerechnet den robustesten Gegenstand ausgesucht. Es ist ein erstaunliches Stück. Unseren Untersuchungen zufolge wurde der Hammerkopf aus Metallen geschmiedet, die in Nordafrika abgebaut wurden. Und der Griff besteht interessanterweise aus indischem Teak – dem härtesten Holz, das die Menschheit kennt.«

»Was ist daran denn so interessant?«, wollte Harvath wissen.

»Es ist deshalb so interessant, weil wir das Stück auf das 3. Jahrhundert vor Christus datiert haben. Bisher glaubte man, Griechenland sei der einzige gemeinsame Kontaktpunkt dieser beiden Kulturen. Indien und Nordafrika waren nicht als direkte Handelspartner bekannt.«

»Könnten die Griechen nicht mit nordafrikanischen Metallen oder indischem Teakholz gehandelt haben?«, fragte Jillian.

»Ich behaupte nicht, Expertin für beide Kulturen zu sein«, erwiderte Davidson. »Das ist etwas außerhalb meiner Liga. Mein Fachwissen bewegt sich eher im Bereich der Waffen und Rüstungen des Mittelalters und dergleichen, aber ich gehe davon aus, dass alles möglich ist. Von der antiken Welt wurde uns zwar einiges überliefert, aber mindestens ebenso viel ist verloren gegangen.«

Jillian nickte zustimmend, während Harvath am Tisch entlangging und fragte: »Gehören diese Stücke alle zu Ihren Untersuchungen?«

»Ja, laut unserem Kunden wurden sie alle zusammen gefunden.«

»Und wo war das?«

»Das wissen wir nicht«, antwortete Davidson.

»Das wissen Sie nicht?«, sagte Harvath skeptisch. »Warum nicht?«

»Unser Kunde wollte es nicht sagen.«

»Das macht Ihren Job bestimmt nicht einfacher«, meinte Jillian.

»Nein«, erwiderte Davidson. »Tatsächlich macht es ihn für uns viel schwieriger. Aber bei manchen unserer Kunden befinden sich die Gegenstände schon seit Generationen in Familienbesitz, und es besteht die Möglichkeit, dass sie einfach gar keine Ahnung haben, wo die Dinge eigentlich herkommen.«

Außerdem ist es sehr wahrscheinlich, dachte Harvath, *dass mehr als ein paar der Artefakte, die bei Ihnen landen, eine kriminelle Vorgeschichte haben und ihre Besitzer so wenig wie möglich sagen, damit niemand Wind davon bekommt.* Vor seiner Ankunft in Paris hatte Harvath seine Hausaufgaben über das renommierte britische Auktionshaus an einem öffentlichen Internetterminal am Airport Newcastle gemacht. Im Lauf der Jahre war Sotheby's in zahlreiche Skandale verwickelt gewesen, die mit dem Verkauf gestohlener Artefakte zu tun hatten. In dem Auktionshaus war man keinesfalls naiv, bei Sotheby's wusste man durchaus, wie der Hase lief.

Gleichwohl hatten sie sich den Ruf erworben, die Anonymität ihrer Kunden um jeden Preis zu wahren. Die Aussicht, Molly Davidson auszuquetschen, gefiel Harvath nicht, aber sollte es darauf ankommen, würde er es tun. Vorerst jedoch wollte er mehr über ihre Forschungen und das, was sie herausgefunden hatte, erfahren. »In Ihrer E-Mail an Dr. Whitcomb erwähnten Sie, dass Sie glauben, die Brustpanzer stammen aus Karthago, so um das 3. Jahrhundert vor Christus. Wie kommen Sie darauf?«

»Ich kann die für die Brustpanzer verwendeten Materialien auf diese Zeit und diese Region zurückverfolgen«, antwortete Davidson. »Aber es sind die übrigen Artefakte, die zusammen mit ihnen entdeckt wurden, die mich wirklich in diese Richtung treiben.«

»Wie das?«

»Nun, wir haben Münzen von der Iberischen Halbinsel, Speerspitzen aus dem alten Ägypten, Pfeilspitzen aus Gallien und sogar den Steigbügel eines numidischen Kavalleriesoldaten. Ein wahres Sammelsurium. Basierend auf den Waffen und Rüstungen gehe ich davon aus, dass diese Sammlung entweder zu einer Militäreinheit gehörte, die in der antiken Welt weit herumkam, insbesondere rings ums Mittelmeer, oder ...«

»Oder die Sachen stammen von einer Armee, die sich hauptsächlich aus Söldnern zusammensetzte, die aus der Mittelmeerregion kamen«, sagte Harvath. »So wie Hannibals Heer.«

28

»Ich wusste gar nicht, dass Hannibals Soldaten Söldner waren«, sagte Jillian.

»Einem der Aufsätze zufolge, die Vanessa in ihrem Büro hatte«, erklärte Harvath, »waren die Karthager überwiegend Kaufleute. Es bestand keine Notwendigkeit, ein großes stehendes Heer zu unterhalten, wenn man einfach das beste anheuern konnte, das man für Geld kaufen konnte, wann immer man es brauchte.«

»Das erklärt die Anwesenheit eines numidischen Kavalleriesoldaten«, sagte Davidson. »Sie galten als die besten Reiter ihrer Zeit.«

»Normalerweise«, fuhr Harvath fort, »verpflichtete jede Familie in Karthago mindestens einen Sohn zum Militärdienst, und genau wie Hannibal waren diese Männer äußerst gut ausgebildet. Sie waren diejenigen, die die Söldnerarmee Karthagos führten.«

Dr. Davidson sah zu, wie Harvath zu den Brustpanzern ging. »Was können Sie uns darüber erzählen?«, wollte er wissen.

»Nicht so viel, wie ich gern würde«, antwortete Davidson. »Ich hoffte, Sie könnten mir dabei helfen. Basierend auf dem, was mein Mann mir erzählt hat, scheint Ihr Kollege an der University of Durham zu glauben, dass die Schlangen die *Azemiops feae*-Viper darstellen, nicht wahr?«

»Sie haben tatsächlich eine große Ähnlichkeit«, erwiderte Harvath. »Aber genau wie Sie tasten auch wir gewissermaßen im Dunkeln. Was können Sie uns sonst noch sagen?«

Davidson zog ein Paar weiße Baumwollhandschuhe aus der Tasche und streifte sie über, ehe sie den Harnisch berührte. »Beide Brustpanzer zeigen eine außergewöhnliche Verarbeitung, insbesondere für das 3. Jahrhundert vor Christus. Die Griechen gehörten zu den besten Waffenschmieden ihrer Zeit, aber das hier übertrifft all ihre Arbeiten. Aufgrund unserer metallurgischen Tests wissen wir, dass das Metall von irgendwo aus Nordafrika stammt.«

»So wie der Kriegshammer«, sagte Harvath.

Davidson nickte.

»Was ist mit den violetten Steinen, die für den Körper der Schlangen verwendet wurden?«, fragte Harvath. »Was sind das für Steine?«

»Amethyste«, erwiderte Davidson.

»Interessant«, meinte Jillian. »Gibt es einen besonderen Grund, weshalb Amethyste gewählt wurden?«

»Das habe ich mich auch gefragt und ein wenig nachge-
forscht. Wie die meisten Edelsteine haben auch Amethyste
eine lange mythologische Geschichte. Da Vinci glaubte, dass
sie unglaubliche Kräfte besaßen, nicht zuletzt die Fähigkeit,
böse Gedanken zu zerstreuen und die Intelligenz zu beflügeln.«

»Aber wir reden hier von einer Zeit lange vor da Vinci«,
warf Harvath ein.

»Das stimmt«, pflichtete Davidson ihm bei. »Deshalb bin ich
so weit zurückgegangen, wie ich konnte, um den ersten Hinweis darauf zu finden, dass Amethyste irgendeine besondere
Kraft besitzen. Schließlich war es für antike Armeen nicht
ungewöhnlich, bestimmte Talismane zu verwenden, um sich
im Kampf gewisse Vorteile gegenüber ihren Feinden zu verschaffen.«

Jillian konnte nicht anders, als die Frau gespannt weiterzu-
drängen. »Und Sie haben eine Verbindung gefunden?«

»Sozusagen. In der antiken griechischen Mythologie heißt
es, Dionysos, der Gott des Weines, sei von einem vorbei-
kommenden Sterblichen beleidigt worden und habe sich entschlossen, sich am Nächsten zu rächen, der des Weges käme.
Er beschwor ein Paar grimmiger Tiger herauf, gerade als sich
ein wunderschönes junges Mädchen näherte. Der Name der
Jungfrau war Amethyst, und sie war auf dem Weg, der Göttin
Artemis Tribut zu zollen. Als Dionysos die Tiger losließ, verwandelte Artemis Amethyst in eine Statue aus reinem Kristall,
um sie vor den Klauen der Tiger zu schützen. Als Dionysos
die wunderschöne Statue sah, weinte er aus Wein bestehende
Tränen des Bedauerns, die die Statue in ein tiefes Lila färbten.

Von jenem Moment an wusste man, dass der Amethyst-
stein über erhebliche Schutzeigenschaften verfügt. Anscheinend, so der Mythos, können Amethyste einen selbst vor
dem Zorn der Götter bewahren.«

»Wenn man weiß, dass die Karthager intensiven Kontakt zu den Griechen pflegten, ist es also möglich, dass sie mit diesem Mythos vertraut waren?«, fragte Harvath.

»Höchstwahrscheinlich«, erwiderte Davidson. »Wir wissen, dass zahlreiche religiöse Praktiken in der Antike eigentlich von den Griechen übernommen wurden.«

»Haben Sie eine Ahnung, woher diese Amethyste im Besonderen stammen?«, fragte Scot, während er sich einen der Brustpanzer genauer ansah.

»Die meisten von uns in der modernen Welt denken bei Amethysten automatisch an Südamerika. Orte wie Brasilien, Uruguay, Bolivien und Argentinien fallen einem ein. Dabei stammten die meisten Amethyste der Antike tatsächlich aus Afrika.«

Noch eine afrikanische Verbindung, dachte Harvath sich, auch wenn er mittlerweile nicht weiter davon überzeugt werden musste, dass die Artefakte mit Hannibal in Verbindung standen.

»Was ist mit den Steinen, die für die Schlangenköpfe verwendet wurden?«

»Eher unscheinbare Milchopale. Die findet man überall auf der Welt.«

»Irgendetwas von Bedeutung daran?«

»Ich weiß nicht, obwohl sie in diesem Fall sicherlich nicht als Talismane verwendet werden.«

Harvath neigte den Brustharnisch, den er in der Hand hielt, ins Licht. »Warum nicht?«

»Amethyste«, sagte Davidson, »werden dafür geschätzt, dass sie Schutz bieten. Opale hingegen sind traditionell dafür bekannt, dass sie Unglück bringen. Die Kombination der beiden Steine scheint eine gemischte Botschaft auszusenden. *Beschütze mich, bringe mir aber trotzdem Unglück.«*

»Oder aus der Sicht eines Soldaten«, meinte Jillian, »könnte sie bedeuten: *Beschütze mich vor dem Unglück, das ich über meinen Feind bringe.*«

Nachdenklich legte Davidson ihren Brustpanzer hin. »Das ist auch eine Möglichkeit. Aber wenn es sich hier um *Azemiops feae*-Vipern handelt, weshalb sollten die Karthager sie dann überhaupt auf ihren Brustpanzern abbilden? Zu welchem Zweck? Nach dem, was mein Mann mir erzählt hat, handelt es sich bei *Azemiops feae* um eine ostasiatische Viper. Armeen im Mittelmeerraum dürften wohl nie eine gesehen, geschweige denn gewusst haben, wie tödlich sie sind. Wenn diese Brustpanzer dazu gedacht waren, psychologischen Schaden anzurichten, warum stellten sie dann nicht Kobras dar, die sehr gefürchtet und wesentlich bekannter waren? Oder, besser noch: Da wir hier aller Wahrscheinlichkeit nach von den Karthagern sprechen, warum verwendet man nicht offensichtlich wilde Kreaturen aus ihrem Teil der Welt wie Krokodile, Nashörner oder sogar Löwen?«

»Wenn es sich tatsächlich um die Darstellung von *Azemiops feae*-Vipern handelt«, entgegnete Jillian, »dann müssen sie für die Männer, die die Brustpanzer trugen, von großer Bedeutung gewesen sein.«

»Da stimme ich zu«, erwiderte Davidson. »Aber inwiefern bedeutsam? Und warum?«

Jillian sah vom Tisch hoch und fing Harvaths Blick auf. Sie dachten beide das Gleiche. Es war Zeit, zur Sache zu kommen. »Dr. Davidson, wir müssen wissen, wer Ihnen diese Artefakte geschickt hat«, sagte Jillian.

»Warum?«, fragte Davidson ungläubig.

»Weil Menschenleben davon abhängen können«, konstatierte Harvath.

»Von einem Tisch voller über 2000 Jahre alter militärischer Relikte sollen Menschenleben abhängen?«

»Das reicht wesentlich tiefer als ein militärisches Relikt«, sagte Jillian.

»Inwiefern?«

»Wir haben keine Befugnis, Ihnen das mitzuteilen.«

»Mr. Guerin«, sagte Davidson, Harvaths Pseudonym benutzend, »beleidigen Sie nicht meine Intelligenz. Die Menschen, die mit dem zu tun haben, was ich hier mache, sind längst gestorben. Falls Sie mir den wahren Grund unseres Gesprächs verraten möchten, können wir uns vielleicht gegenseitig helfen. Wollen Sie andeuten, dass diese Relikte mit einem Verbrechen in Verbindung stehen? Wenn ja, würde ich gern wissen, wie eine angesehene Paläopathologin wie Vanessa Whitcomb da ins Bild passt.«

»Wir sind uns darüber im Klaren, dass Sie Fragen haben«, sagte Jillian, bemüht, die Kontrolle über das Gespräch zu behalten und zu verhindern, dass die Dinge zu kontrovers wurden. Sie war selbst Wissenschaftlerin und verstand, wie Davidson tickte. Wenn man sie einschüchterte, würde sie gar nicht gut reagieren, und Harvath schien nur allzu bereit, jetzt den bösen Cop zu spielen. Es war klar, welche Rolle Jillian übernehmen musste. »Andererseits möchten wir, dass Sie sich darüber im Klaren sind, dass wir Ihnen nur eingeschränkt Auskunft geben können.«

Davidson ging an ihren Schreibtisch, verschränkte die Arme vor der Brust und setzte sich auf die Kante. »Warum fangen wir nicht mit dem an, was Sie mir erzählen können?«, fragte sie. »Denn vorher werden Sie nichts von mir erfahren.«

»Dr. Davidson, Sie sind ja offensichtlich eine intelligente Frau ...«, begann Harvath.

»Versuchen Sie nicht, mir zu schmeicheln, Mr. Guerin«, konterte sie.

»Glauben Sie mir, Schmeicheleien liegen mir fern«, antwortete er. »Ich versuche, nett zu sein, also warum kooperieren Sie nicht und hören sich an, was ich zu sagen habe? Ihr Arbeitgeber, Sotheby's, war im Lauf der Jahre in mannigfache Fälle von Betrug, Hehlerei und Handel mit anderweitig illegalen Waren verwickelt.«

»Was fällt Ihnen ein?«, sagte Davidson barsch. »Sotheby's hat sich niemals wissentlich an irgendwelchen illegalen Aktivitäten beteiligt.«

»Dr. Davidson, es ist nicht nur mir gleichgültig, sondern auch der breiten Öffentlichkeit wird es egal sein, wenn diese Geschichte bekannt wird. Ich garantiere Ihnen, dass es das Ende von Sotheby's sein wird. Ein gestohlenes Gemälde, ein gefälschtes Tagebuch, das ist heutzutage nichts im Vergleich zur geheimen Zusammenarbeit mit und materiellen Unterstützung von Terroristen.«

Es war absurd. Davidson wollte ihren Ohren nicht trauen. »Terroristen? So verdienen die heute also ihr Geld? Indem sie über 2000 Jahre alte Relikte verscherbeln? Ist das Ihr Ernst?«, lachte sie.

»Ich meine es todernst«, erwiderte Harvath.

»Das kann ich mir nicht vorstellen. Wenn es Ihnen ernst wäre, würden Sie nicht mit *mir* reden, sondern mit jemand ganz anderem, der wesentlich mehr zu sagen hat als ich.«

»Sie sind diejenige, die das hier für den Kunden untersucht«, sagte Harvath.

»Mr. Guerin, Sie verschwenden nicht nur *Ihre* Zeit, sondern auch *meine*. Ich möchte, dass Sie jetzt gehen.«

Harvath wollte Davidson eine Antwort geben, die sich gewaschen hatte, da bedeutete Jillian ihm, sich zurückzuhalten.

Verärgert schüttelte Harvath den Kopf und ging ans andere Ende des Raums, wo die leise Musik durch die Wand drang.

»Dr. Davidson«, sagte Jillian, »ich darf Ihnen versichern, dass es sich um eine äußerst ernste Angelegenheit handelt. Wir müssen in Erfahrung bringen, wo diese Artefakte gefunden wurden und wer sie entdeckt hat. Und um Ihre vorherige Frage zu beantworten: Ja, wir glauben, dass diese Artefakte mit einem schwerwiegenden internationalen Verbrechen in Zusammenhang stehen.«

»Sie haben mich also belogen. Sie sind gar keine Paläopathologin«, brach Davidson ihr Schweigen. »Was sind Sie? Interpol?«

»Dr. Davidson, ich habe Sie nicht belogen. Ich bin tatsächlich Paläopathologin, aber dieser Fall ist sehr kompliziert. Bitte! Wir brauchen Ihre Hilfe. Sie müssen uns sagen, wer Ihnen diese Artefakte zugesandt hat.«

»Das schlagen Sie sich besser gleich aus dem Kopf«, fuhr Davidson sie an, während sie sich von ihrem Stuhl erhob. »Sofern Sie das alles nicht ganz offiziell machen wollen, muss ich Ihnen gar nichts sagen. Es ist eine strikte Richtlinie von Sotheby's, weder Namen noch sonstige persönliche Informationen unserer Kunden preiszugeben. Sollten Sie Grund zu der Annahme haben, dass diese Artefakte oder die Personen, die sie uns geliefert haben, mit kriminellen Aktivitäten in Verbindung stehen, dann empfehle ich Ihnen, sich an die hiesigen Behörden zu wenden. Sofern diesem Unternehmen nicht ordnungsgemäß die entsprechenden rechtlichen Unterlagen vorliegen, werden Sie nichts von uns erhalten.«

»Sie fordern uns auf, rechtliche Schritte einzuleiten? Auch noch im französischen Rechtssystem? Wissen Sie, wie lange das dauern wird?«, beschwor Jillian sie.

»Das ist nicht mein Problem.«

»Dr. Davidson, ich bitte Sie …«

»Was zur Hölle macht er da?«, wollte Davidson wissen, während sie aufstand.

»Die Bürokratie umgehen«, erklärte Harvath. Er war zum Kopfende des Tisches zurückgekehrt und durchwühlte nun einen Stapel Aktenordner. »Wir haben keine Zeit, auf die französische oder sonst eine Rechtsprechung zu warten. Wir brauchen diese Informationen sofort.«

»Ich rufe die Security.« Damit griff Davidson zum Telefon.

»Halten Sie sie auf«, befahl Harvath Jillian.

Alcott konnte nicht glauben, wie schnell alles den Bach runterging. »Beruhigen wir uns doch erst einmal alle!«

Harvath hatte nicht vor, sich zu beruhigen. In der Welt, in der Davidson und Alcott lebten, mochten die Leute sich geduldig zurücklehnen und sich in einem Schneckentempo bewegen, das ihnen die Wissenschaft diktierte. Doch das war nicht seine Welt. In Harvaths Welt gab man entweder das Tempo vor oder jemand anders übernahm das für einen. Zu viele Menschen waren darauf angewiesen, dass er den Dingen schnellstmöglich auf den Grund ging. Jillian hatte ihre Chance gehabt und war gescheitert. Jetzt würden sie die Dinge auf seine Weise angehen.

Harvath ließ die Akten fallen, die er sich gerade ansah, und kam um den Tisch herum. Er erreichte Davidson, als sie gerade zu sprechen begann, und riss das Telefonkabel aus der Wand. »Ich versuche immer mein Bestes, nett zu sein, bis es Zeit ist, nicht mehr nett zu sein. Und raten Sie mal, welche Zeit jetzt ist.«

Davidson fixierte ihn mit eisigem Blick. »Was wollen Sie?«

»Das wissen Sie!« Harvath unterschritt ihre persönliche Distanzzone in der Hoffnung, den Einschüchterungsfaktor zu erhöhen. Zwar packte er bei einer Frau nicht gern die harten Bandagen aus, aber sie ließ ihm keine andere Wahl. »Ich will alle Informationen, die Sie darüber haben, wer Ihnen diese Artefakte geschickt hat, und zwar sofort.«

Davidson deutete auf den am Boden verstreuten Stoß Akten. »In einer davon finden Sie alles.«

Sie log, und die Lüge ging einher mit einer nicht ganz so subtilen Gewichtsverlagerung von einem Fuß auf den anderen. Sie versuchte nicht zu fliehen – sie wollte etwas vor Harvaths Blick verbergen. *Nur was?* Schließlich kam Harvath dahinter. *Ihren Computer!*

»Ich nehme an, Sie wollen es mir nicht leicht machen«, sagte er.

Davidson funkelte ihn bloß wütend an.

»Okay, wie Sie wollen!« Harvath rückte ihren Stuhl für sie zurecht. »Setzen Sie sich!« Die Frau weigerte sich, und Harvath blieb nichts anderes übrig, als sie physisch dazu zu ermuntern. Das jagte ihr mehr Angst ein als alles andere, prompt ließ sie sich vor ihrem Computer nieder. Harvath hielt ihren Oberarm mit der Hand umklammert, nur für den Fall, dass sie Gegenwehr leistete. Er hatte keine Ahnung, dass die Gegenwehr gleich wie ein Truck durch die Tür auf ihn zustürmen würde.

Ehe er Davidson dazu brachte, auch nur eine Datei zu öffnen, flog die Bürotür auf und jemand in schwarzer Uniform, der sehr kräftig war, kam über den Schreibtisch auf ihn zugesegelt. Harvath ließ Davidsons Arm gerade noch rechtzeitig los, damit er die Hände heben konnte, um sein Gesicht zu schützen. Der Securitymann prallte gegen ihn und schleuderte ihn nach hinten. Mit dem Kopf schlug Harvath auf dem Hartholzboden auf, und noch ehe er die Sterne aus seinen Augen blinzeln konnte, begann der Securitymann, auf ihn einzuschlagen. Den Sternen zum Trotz übernahmen sofort Harvaths Instinkte.

Mit zwei raschen Bewegungen hatte er seinen Angreifer überwältigt, war über ihm und hielt Kopf und Hals des Mannes in einem Armhebel. Es gab nur ein Problem: Harvath hatte nicht daran gedacht, dass der Mann noch einen Partner hatte.

Ehe er einen seiner Arme freimachen konnte, um den Hieb abzuwehren, hatte ihm der zweite Securitymann einen schmerzhaften Tritt in die Rippen versetzt. Einen Sekundenbruchteil lang dachte Harvath, er könnte sich zusammenreißen, doch unweigerlich wurde ihm die Luft aus der Lunge gepresst. Sein Armhebel gab nach und er sackte zu Boden, während er nach Luft schnappte. Ihm war, als hörte er von ferne Jillian aufschreien, als eine MP5 durchgeladen und ihm die Mündung an die Schläfe gedrückt wurde.

29

Capital Grille
Washington, D. C.

Helen Remington Carmichael schlängelte sich durch das belebte Steakhaus und fand den DNC-Vorsitzenden Russell Mercer an seinem üblichen Tisch vor einem riesigen Porterhousesteak und einem womöglich noch größeren Glas Pinot noir des Weinguts Archery Summit. »Helen«, sagte der beleibte Mann, während er aufstand, um seinen unerwarteten Gast zu begrüßen. »Schön, Sie zu sehen!«

»Sparen Sie sich den Mist, Russ. Seit zwei verdammten Tagen versuche ich, Sie zu erreichen.«

»Ich bin ziemlich beschäftigt.«

»Das sehe ich!« Carmichael blickte auf die drei attraktiven jungen Frauen, die bei ihm saßen. »Lassen Sie mich raten: eine Meinungsumfrage?«

Mercer ahnte, dass eine Auseinandersetzung bevorstand, und das Letzte, was er dabei wollte, waren Zeugen. »Bestellt euch an der Bar etwas auf mich«, sagte er, während er aufstand und die Frauen höflich aus seiner Nische komplimentierte. »Ich gebe euch Bescheid, sobald wir hier fertig sind.«

Nachdem sie vorbeidefiliert waren, setzte sich Carmichael und schnippte mit den Fingern nach dem nächsten Kellner. »Einen Wodka Martini ohne Eis mit jeder Menge Oliven.« Nachdem der Kellner verschwunden war, richtete Carmichael ihren Zorn wieder auf Mercer. »Dem Aussehen Ihrer Begleiterinnen nach zu urteilen rechnen die stundenweise ab, darum mache ich es kurz.«

»Diese Bemerkung werde ich nicht mit einer Antwort würdigen«, erwiderte der DNC-Vorsitzende.

»Nun, wir werden sehen, was Sie würdigen werden. Wie ich höre, hatten Sie ein sehr offenes Treffen mit Chuck Anderson im Weißen Haus.«

»Ja, in der Tat.«

»Und Sie sagten ihm, dass ich nicht auf der Kandidatenliste der Demokraten stehen werde?«

»Das sagte ich ihm.«

»Wie können Sie es wagen?«, fauchte sie.

Mercer beugte sich über den Tisch, sein Blick bohrte sich in ihre Augen. »Hören Sie zu, Helen. Hören Sie mir gut zu! Dass Sie jedem in die Eier treten, mag ja die Wähler in Pennsylvania beeindrucken. Aber jetzt wollen Sie mit den großen Hunden pinkeln gehen, und wir spielen hier nach anderen Regeln. Wenn Sie von der Partei nominiert werden wollen, müssen Sie sich das verdammt noch mal verdienen. Da können Sie nicht einfach an meinen Tisch stolziert kommen, meine Gäste beleidigen und verlangen, dass ich Ihnen die Nominierung auf einem Silbertablett überreiche.«

Carmichael war außer sich. »Und Sie kontrollieren nicht die Partei, Russ. Wir brauchen eine starke Kandidatin für die Vizepräsidentschaft auf der Liste, und es gibt niemanden, der stärker ist als ich.«

»Das glauben Sie?«, erwiderte Mercer. »Zufällig glaube ich, dass Senator Koda aus Maine einiges tun könnte, um das Ticket zu lösen.«

»Und wenn Arschlöcher Flügel hätten, wäre diese ganze verfluchte Stadt ein Flughafen«, entgegnete sie. Sie verdrehte die Augen. »Hören Sie, Koda mag ja gut sein, aber ich bin besser, und das wissen Sie verdammt gut.«

»Na und? Sie haben es nicht verdient.«

»*Nicht verdient?* Wie können Sie es wagen zu behaupten, ich hätte es nicht verdient? Ich habe mir den Arsch für die Partei aufgerissen.«

»Das ist nicht unbemerkt geblieben.«

»Wie können Sie dann sagen, dass ich mir keinen Platz auf der Liste verdient habe?«

»Sie haben sich Ihre Streifen noch nicht verdient«, antwortete Mercer, während er seinen Ärmel ausstreckte und sich auf den Unterarm klopfte. »Kein Schwein interessiert sich dafür, was Sie für den Bundesstaat Pennsylvania getan haben. Ohne Ihren Ehemann hätten Sie diesen Job doch gar nicht gekriegt. Darüber hinaus haben Sie in der Öffentlichkeit ein beschissenes Image. Die Hälfte der wahlberechtigten Amerikaner, ach zur Hölle, die Hälfte Ihrer eigenen Wähler hält Sie für eine wild gewordene Kampflesbe. Und die andere Hälfte glaubt, der einzige Grund, warum Sie im Amt sind, ist der, dass Ihr Mann auf diese Weise leichter Geschäfte machen kann. So was können wir den Wählern nicht verkaufen. Nicht dort, wo wir es am meisten brauchen.«

Carmichael wartete, bis der Kellner ihren Martini abgestellt und den Tisch wieder verlassen hatte, ehe sie antwortete: »Meine eigenen Leute ermuntern mich dazu, an meinem Image zu arbeiten. Ich gebe zu, ich hätte eher darauf reagieren können, aber das kann ich ändern. Ich werde sogar Berater von außen hinzuziehen, wenn es sein muss. Was auch immer notwendig ist, ich werde es tun. Sie wollen, dass ich weicher rüberkomme? Betrachten Sie es als erledigt. Streichen Sie mich einfach nicht von der Liste möglicher Kandidaten.«

Die Frau war erstaunlich, ein absolutes Chamäleon. Im einen Moment konnte sie das größte und frechste Miststück des Beltway sein, im nächsten lieferte sie eine Vorstellung wie aus einem Dickens-Roman: »O bitte, Sir, könnte ich noch etwas mehr davon haben?« Mercer hatte das allerdings alles schon erlebt. Politischen Ehrgeiz gab es in einer Million Formen und Ausprägungen. Wenn Helen Carmichael die Nominierung der Demokraten unbedingt wollte, dann musste sie dafür arbeiten, und Mercer wusste genau, wie er sie dazu bringen konnte. Ganz gleich ob man sie nun auf die Liste setzte oder nicht, wenn das Democratic National Committee sich auf sie fokussierte, könnte Senatorin Carmichael die Republikaner so stark unter Beschuss nehmen, dass Präsident Rutledges Kampagne auf keinen Fall mehr Fahrt aufnehmen würde.

Mercer lehnte sich in seiner Nische zurück und griff nach seinem Weinglas. »Vielleicht können wir eine Lösung finden. Sagen Sie, wie geht es mit Ihren Anhörungen voran?«

30

»Erzählen Sie mir mehr über Hannibal und seine Vorliebe für biologische Waffen«, sagte Harvath und knöpfte sein Hemd auf, während Jillian den Eiskübel auf der Minibar in einen Kunststoffbeutel leerte und ihm diesen reichte.

»Das Wichtigste zuerst«, erwiderte Jillian. »Lassen Sie mich einen Blick auf Ihre Rippen werfen.«

Harvath zog sein Hemd aus, damit Jillian den blauen Fleck sehen konnte, der sich an seiner linken Seite bildete. Er war schon so groß wie ein Softball.

»Fühlt sich etwas gebrochen an?«, fragte sie, während sie die Hand nach seiner Seite ausstreckte.

»Moment mal!« Harvath hielt ihr die Hand fest. »Sie haben einen Doktor in Paläopathologie, nicht in Medizin.«

»Zu Ihrer Information, ich bin Krankenwagen gefahren, um meine Ausbildung zu finanzieren, und in den Semesterferien war ich bei mehreren archäologischen Ausgrabungen auch als Schwesternhelferin tätig.«

»Ich Glückspilz«, meinte Harvath, während Jillian ihn abtastete. »Sind irgendwelche Ihrer Patienten noch am Leben?«

»Sehr komisch!« Jillian drückte auf eine offensichtlich empfindliche Stelle des Blutergusses. »Das müsste wehtun.«

Harvath zog schmerzhaft die Luft ein. »Wissen Sie«, fuhr Jillian fort, »das hätte alles nicht sein müssen, wenn Sie nicht den Kopf verloren hätten.«

»Den Kopf verloren?«, fragte Harvath. »Meinen Sie, das ist passiert?«

»Das habe ich auch früher schon gesehen«, sagte sie, während sie ihn weiter nach gebrochenen Knochen abtastete. »Es ist eine typisch männliche Reaktion. Sie sind der Hammer, und alle Probleme, denen Sie im Leben begegnen, sind nichts weiter als Nägel.«

»Na, dann sehen Sie sich das an, Lady«, sagte Harvath, während er vom Bett aufstand und sein Hemd wieder anzog. Selbst wenn er es geschafft haben sollte, sich ein, zwei Rippen zu brechen, konnte Jillian dies nicht feststellen, indem sie ihn einfach nur abtastete. Ob gebrochen oder nicht, sie konnte nichts für ihn tun. Seine Rippen mussten einfach von selbst heilen.

»Setzen Sie sich wieder hin«, befahl Jillian. »Ich bin noch nicht fertig mit der Untersuchung.«

»Wenn Sie mehr sehen möchten«, antwortete er und ging an die Minibar, um sich eine kleine Flasche Moskovskaya Wodka zu holen, »müssen Sie mich erst zum Abendessen einladen und mir sagen, dass Sie mich lieben.«

Jillian lächelte. »So habe ich das nicht gemeint.«

»Ich weiß, wie Sie es meinen.« Er schenkte den Wodka in ein Glas und blickte sich suchend nach ein wenig Eis um. »Kehren wir zurück zu Hannibal.«

Jillian nahm den Eisbeutel vom Bett und warf ihn ihm zu. Harvath öffnete den Beutel, nahm ein paar Würfel heraus und ließ sie in sein Glas fallen. »Ich bin ganz Ohr.«

»Es gibt nicht viel hinzuzufügen. Wie Vanessa schon sagte, was wir über Hannibal wissen, stammt aus römischen Quellen, und da gibt es nicht allzu viele. Wir wissen, dass er äußerst brillant war und alles nur Erdenkliche getan hätte, um letztlich die Oberhand zu gewinnen. Es gab niemanden wie ihn.«

»Darauf trinke ich!« Harvath nahm einen Schluck Moskovskaya, um den Schmerz in seiner Seite zu lindern. Als er sein Glas auf den Nachttisch stellte, fragte er: »Was ist mit der Verbindung nach Indien? Ist es möglich, dass Hannibal Kontakt zu Indern hatte?«

»Angesichts dieser Brustpanzer braucht man darüber nicht zu diskutieren. Darauf sind *Azemiops feae*-Vipern abgebildet, daran besteht kein Zweifel.«

»Wie passt die Wolfsdarstellung dazu?«

»Wölfe galten als sehr wilde, äußerst bösartige Tiere. Außerdem waren sie ein Symbol Roms. Hannibal könnte versucht haben, den Römern etwas von ihrem Glanz zu nehmen, indem er ihr Symbol auf diese Weise nutzte.«

»Möglich«, meinte Harvath, obwohl er das Gefühl hatte, dass diese Theorie ziemlich danebenlag.

»Was wir wissen«, sagte Alcott, »ist, dass diese Waffe das Furchterregendste gewesen sein muss, was er in seinem Arsenal hatte. Darum wurde die *Azemiops feae* auf den Brustpanzern abgebildet. Hannibal wollte, dass alle, insbesondere seine Soldaten, sich ständig der Waffe bewusst waren, die sie mit sich trugen.«

»Wollen Sie damit sagen, dass die Nachbildung giftiger Schlangen auf Pfeilschäften und die Darstellung von *Azemiops feae*-Vipern auf Brustpanzern dazu dienten, dem Feind Angst einzujagen und gleichzeitig die eigenen Truppen zu ermutigen?«

»Ganz recht«, antwortete Alcott. »Nachdem der Schlangenplan bekannt gegeben worden war, war Hannibals Flotte zuversichtlich, dass sie nicht verlieren konnte, selbst angesichts eines wesentlich überlegenen Gegners.«

Harvath ging die Logik durch, bemüht, alles miteinander zu verknüpfen. »Nehmen wir einmal an, Hannibal bekam eine Ausgabe des *Arthashastra* in die Hände.«

»Das wäre damals keine Kleinigkeit gewesen. Es war ein ziemlich machtvolles Buch, und ich bezweifle, dass man es einfach an der Straßenecke verschenkte, noch dazu an Staaten, die irgendwann in der Zukunft zu potenziellen Feinden werden konnten.«

»Ich setze mal auf Hannibal. Er war ein ziemlich gerissener Kerl. Aber ob er das *Arthashastra* nun gekauft oder gestohlen oder ob es ihm jemand gegeben hat, spielt keine Rolle. Sagen wir einfach, er kam an eine Ausgabe heran.«

»Okay.«

»Dann fand er jemanden, der es für ihn übersetzte. Vielleicht holte er sogar einen unternehmungslustigen indischen Wissenschaftler oder Soldaten in die Mittelmeerregion, um ihm dabei zur Hand zu gehen. Er hätte sogar Trupps nach Indien schicken können, um die Schlangen zu besorgen, die er brauchte, da *Azemiops feae* in der griechisch-römischen Welt ja nicht heimisch war. Anschließend konnte er Angehörige des Stammes der Psyller einsetzen, um mit den Schlangen umzugehen und das Gift zu extrahieren.«

»Alles durchaus möglich«, meinte Jillian. »Aber Vanessa sagte doch, sie habe das gesamte *Arthashastra* gelesen und sei auf keine Rezeptur gestoßen, die mit allen in Asalaam beobachteten Symptomen übereinstimmt.«

»Ich weiß«, sagte Harvath. »Aber was, wenn die Karthager das *Arthashastra* nur als Basis oder eine Art Ausgangspunkt nutzten? Was, wenn sie ein *Azemiops feae*-Hybrid entwickelten? Was, wenn sie es abwandelten und eine Krankheit entwickelten, die nie zuvor jemand gesehen hatte?«

»Auch möglich!«

Jillian hielt inne, um darüber nachzudenken.

»Aber wohin führt uns das? Wir haben keine Ahnung, woher diese Artefakte stammen, geschweige denn wer sie überhaupt an Sotheby's weitergab. Und nur ein Gerichtsbeschluss oder eine offizielle Anfrage der Regierung wird dieses Auktionshaus dazu bringen, seine Türen wieder für uns zu öffnen.«

»Angenommen wir brauchen sie gar nicht, um ihre Türen für uns zu öffnen«, meinte Harvath, während er den Eisbeutel wieder auf die Prellung an seiner Seite legte.

Man musste kein Genie sein, um zu begreifen, was Harvath da andeutete. Jillian ahnte, dass er niemand war, der schnell aufgab. »Wir hatten Glück, dass wir einmal da rausgekommen sind, ohne verhaftet zu werden. Ich glaube nicht, dass die Chancen für einen zweiten Versuch allzu gut für uns stehen. Vor allem falls Sie mit dem Gedanken spielen sollten, dort einzubrechen.«

Harvath lächelte.

Sie hatte ihn richtig eingeschätzt. Er war definitiv ein Hammer.

»Ich denke, dass Sie wegen heute falschliegen«, fuhr Harvath fort. »Die hätten uns auf keinen Fall verhaften lassen. Davidson kann nicht sicher sein, dass die Artefakte nicht doch aus einer illegalen Quelle stammen. Außerdem hat sie Angst vor einer schlechten Presse.«

»Trotzdem. Wie, schlagen Sie vor, sollen wir wieder reinkommen? Nach den Sicherheitsvorkehrungen, die ich gesehen habe, muss es nahezu unmöglich sein.«

»Magie«, erwiderte Harvath mit einem Lächeln.

»Was für Magie?«

»Wir werden durch die Wand gehen.«

31

Als Jillian in die Lobby des Hotel Gare du Nord hinunterkam, trug sie die Secondhand-Klamotten, die Harvath ihr früher am Abend auf ihr Zimmer geschickt hatte. Sie kam nicht dahinter, ob er ihre Größe falsch eingeschätzt oder ob er den schwarzen Rollkragenpullover und die schwarzen Jeans absichtlich ein bisschen eng anliegend gekauft hatte. Was auch immer seine Absichten gewesen sein mochten, mit der abgewetzten Secondhand-Lederjacke hatte sie das Gefühl, dass sie perfekt wie eine Pariserin aussah. Außerdem war sie froh über die warme Kleidung, da ein weiteres Sturmtief herangezogen und die regnerische Nachtluft bitterkalt war.

Pünktlich um Mitternacht erschien Harvath in der Lobby und bedeutete ihr, ihm zu folgen. Draußen auf der Straße hastete er mit ihr durch den Regen zu einem winzigen, fensterlosen Lieferwagen. Den Motor hatte er laufen lassen, und obwohl die röchelnde Heizung ganz aufgedreht war, war ihre Wirkung kaum spürbar.

»Wie passen die Sachen?«, fragte Harvath, als er losfuhr.

»Erstaunlicherweise gut genug«, erwiderte Jillian. »Die Schuhe passen perfekt, alles andere ist ein bisschen eng.«

Harvath warf ihr einen Blick über die Schulter zu, ehe er nach rechts auf den Boulevard de Magenta abbog. »Nein, ist es nicht. Es sitzt genau richtig.«

Jillian hätte es wissen müssen. Jemand, der ihre Schuhgröße bestimmen konnte, nachdem er nur zwei Tage mit ihr verbracht hatte, wusste natürlich auch, was er mit allem anderen anfangen sollte. »Woher sind die Klamotten?«

Schlingernd platschten die Reifen des winzigen Lieferwagens durch die Pfützen, während sie nach Süden fuhren.

»Ich habe sie auf dem Flohmarkt gekauft.«

»Und der Lieferwagen?«

»Ich kenne jemanden, der jemanden kennt.«

Jillian blickte auf die Ladefläche hinter den Sitzen. »Ich nehme an, alles dahinten ist auch von …«

»Von diesem Jemand.« Harvath schwenkte nach rechts auf den Boulevard de Strasbourg und gab Gas, um die Ampel an der nächsten Ecke noch zu schaffen.

»Und was für Zeug ist das alles?«

»Dietriche.«

»*Dietriche?*«, wiederholte Jillian. Sie blickte hinter sich auf die Reisetasche und die beiden Peli-Transportkoffer. »Sie wollen mich auf den Arm nehmen.«

»Das ist mein voller Ernst. Glauben Sie mir. Sie werden schon sehen.«

Zehn Minuten später hatten sie sich durch das geschäftige Viertel Les Halles geschlängelt und es geschafft, einen Parkplatz gleich um die Ecke der Sotheby's-Nebenstelle zu ergattern. Harvath ging um den hinteren Teil des Lieferwagens herum, öffnete die Doppeltüren und beugte sich hinein, um seinen Kopf aus dem Regen zu bekommen. Er zog die beiden Kunststoffkoffer und die schwere schwarze Reisetasche zu sich, öffnete sie und überprüfte ein letztes Mal den Inhalt.

»Sagten Sie nicht, Sie hätten einen Satz Dietriche dadrin?« Jillian war hinter den Lieferwagen gehuscht und beugte sich nun neben ihm hinein.

»Habe ich doch!« Harvath holte einen kleinen, gut 30 Zentimeter langen Vorschlaghammer aus der Reisetasche. »Damit kriegen wir die Tür unten auf.«

Jillian sah ihn an, als hätte er sie nicht mehr alle. »Ihnen ist schon klar, dass ich es rein metaphorisch meinte, als ich sagte, Sie seien ein Hammer und gingen jedes Problem so an, als wäre es ein Nagel, oder?«

Harvath achtete nicht weiter auf sie und steckte den Vorschlaghammer unter seine Jacke.

»Das ist mein Ernst«, meinte Jillian.

»Ich weiß.«

»Dann sagen Sie mir, was Sie wirklich vorhaben.«

»Das sagte ich doch! Ich werde die Tür unten mit meinem Dietrich öffnen.«

»Was ist mit den Security-Leuten?«

Harvath zog den Reißverschluss der Reisetasche zu und warf sie sich über die Schulter, schnappte sich den größeren der beiden Kunststoffkoffer und bedeutete Jillian, sie solle den anderen nehmen. Während er die Hecktüren des Lieferwagens zuschlug, sagte er: »Wenn wir das hier richtig anstellen, kriegen die gar nicht mit, was wir vorhaben.«

»Und wenn wir es *nicht* richtig anstellen?«

»Dann hoffe ich, dass Ihre engen Jeans Sie nicht beim Weglaufen stören.«

»Guter Witz«, meinte Jillian. »Sie wissen, wie man eine Frau hochnimmt.«

»Wer nimmt hier jemanden hoch?«, erwiderte Harvath, während er sich den Block entlang in Bewegung setzte.

Jillian überschüttete ihn die ganze Zeit mit Fragen, doch Harvath war nicht nach Reden zumute. Trotz seiner Lederjacke schnitten ihm die Nylonriemen der viel zu schweren Reisetasche in die Schulter. Er konnte es kaum erwarten, bis er sie endlich absetzen konnte. Gott sei Dank verfügte der Kunststoffkoffer über Rollen, sodass er ihn einfach hinter sich herziehen konnte.

Zwar wollte Jillian Harvath vertrauen, aber sie wurde das Gefühl nicht los, dass er aus Verzweiflung handelte. Mit einem Vorschlaghammer die gläsernen Eingangstüren der Sotheby's-Nebenstelle einzuschlagen war der verrückteste Plan, den sie sich vorstellen konnte. Sie würden es keine zwei Meter weit schaffen, ehe sie den bewaffneten Wachleuten in die Arme liefen. So viel wollte sie gerade sagen, da blieb Harvath drei Türen vor der Sotheby's-Niederlassung stehen. Er duckte sich in eine kleine Nische, stellte seine schwere Reisetasche ab, lehnte seinen Kunststoffkoffer an die Wand und zückte eine Schachtel Zigaretten und ein Feuerzeug. Er bot ihr eine an. »Hier!«

»Ich rauche nicht.«

»Ich auch nicht, aber darum geht es hier nicht.«

»Worum dann?«

»Jeder in Paris raucht.«

»Na und?«

Harvath drehte die Schachtel um, klopfte eine Zigarette heraus und reichte sie ihr. »Na und? Einfach so herumzustehen, ohne etwas zu tun, wirkt verdächtig.«

Jillian wollte den Sinn darin nicht sehen. »Aber solange man eine Zigarette im Mund hat, ist es okay, einfach nur so herumzulungern und nichts zu tun?«

»In Paris schon«, erwiderte Harvath, während er ihr Feuer gab.

Jillian beugte sich über die Flamme. »Wissen Sie, ich habe vor drei Jahren damit aufgehört.« Nachdem sie die Zigarette angezündet hatte, lehnte sie sich zurück und nahm einen langen, tiefen Zug. Sie spürte das altbekannte Gefühl, als der Rauch ihre Lunge füllte und das Nikotin durch ihren Blutkreislauf zu strömen begann. Ihr war zwar bewusst, dass es schrecklich war, dennoch schmeckte die Zigarette fabelhaft. Es war wie Nachhausekommen. »Was tut man nicht alles für Königin und Vaterland«, seufzte sie.

Harvath konnte Zigaretten nicht ausstehen. »Ich habe nicht gesagt, dass Sie sie tatsächlich rauchen müssen.«

»Was soll ich denn sonst damit anstellen?«

»So tun, als ob. Nicht inhalieren.«

»Zu spät«, erwiderte sie, während sie einen weiteren Zug nahm. Der Schaden war bereits angerichtet. »Und was werden Sie tun, während ich hier herumstehe und drei Jahre Willenskraft und harter Arbeit in den Wind schieße?«

Harvath steckte die Hände in die Jackentaschen, wiegte sich auf den Fersen hin und her und meinte lässig: »Ich? Ich warte bloß auf die Metro.«

»Auf die verfluchte Metro? Ihnen ist schon klar, dass die hier unterirdisch fährt.«

»Absolut«, antwortete Harvath, sich weiter hin und her wiegend.

Jillian hatte keine Ahnung, was sie davon halten sollte. »Wenn Sie den Bus nach Piccadilly kommen sehen, seien Sie so gut und sagen mir Bescheid, okay?«

»Kein Problem.«

Jillian trat an den Rand der Nische und sah zu, wie der heftige Regen auf die Dächer der an der Straße geparkten Autos prasselte.

In der Ferne blitzte es, gefolgt von Donnerschlägen. Jillian zählte die Sekunden dazwischen. Das Unwetter kam näher, damit wuchs auch ihr Unbehagen. Als sie auf die verregnete Straße hinausstarrte, wurde sie in Gedanken in die Nacht zurückversetzt, in der sie sowohl ihre Eltern als auch ihre Großmutter verlor.

»Die Franzosen nennen es den *danse macabre*.« Harvath nahm an, dass sie auf das verstörende Wandgemälde unter dem Dachvorsprung des Hauses gegenüber starrte. »Das heißt …«

»Totentanz«, erwiderte sie, während Harvath aus dem Schatten der Nische trat, um sich einen Moment zu ihr zu stellen.

»Das kennen Sie?«, wollte er wissen.

»Selbstverständlich! Es ist wahrscheinlich eines der beliebtesten allegorischen Kunstthemen auf dem Gebiet der Paläopathologie. Im 14. und 15. Jahrhundert glaubten die Menschen, dass Skelette aus ihren Gräbern steigen, um die Lebenden zu einem geheimnisvollen Tanz zu verführen, der mit dem Tod endete. Bis hin zum Papst war niemand gefeit dagegen. Die Wandbilder dienten als Memento mori.«

»Was ist ein Memento mori?«

»Einfach ausgedrückt ist es eine Erinnerung daran, dass wir alle sterben werden, ganz gleich was wir im Leben tun. Es dürfte aus dem Rom der Kaiserzeit stammen, wenn siegreiche Feldherren ihre Triumphzüge abhielten. Ein Sklave soll jeweils den Feldherrn begleitet haben, wenn er durch die Straßen fuhr, und immer wieder feierlich wiederholt haben: ›Bedenke, dass du sterblich bist.‹ Wohl um ihn auf den Boden der Tatsachen zurückzuholen, vermute ich.«

»Interessant! Wissen Sie, wo das erste Wandgemälde entstand?«

Jillian blickte ihn an. »In Deutschland. Es stellte ein Fest der Lebenden und der Toten dar.«

»Eigentlich«, entgegnete Harvath, »wurde die erste Darstellung des *danse macabre* drei Blocks von hier entfernt gemalt, im Jahr 1424 in der Kirche der heiligen Unschuldigen.«

»Woher wissen Sie das?«

»Ich war schon einige Male in Paris und erfahre gern etwas über die Geschichte der Orte, die ich besuche.«

»Sind Sie sicher, dass der erste *danse macabre* hier gemalt wurde?«

»Ich habe es heute Nachmittag noch einmal überprüft«, antwortete Harvath, während ein Blitz sein Gesicht erhellte.

Im Geist zählte Jillian die Sekunden, bis es donnerte. »Ich nehme an, dann hat es etwas mit dem zu tun, weswegen wir hier sind?«

»Gewissermaßen.«

»Wie das?«

Eine herannahende Metro ließ den Boden unter ihnen grollen. »Ich werde es Ihnen gleich sagen.« Harvath holte den Vorschlaghammer unter seiner Jacke hervor. »Im Moment müssen wir eine U-Bahn kriegen.«

32

Während Jillian die Straße im Auge behielt, nutzte Harvath den Lärm der Metro, um die drei weit ausholenden Hammerschläge zu übertönen, die nötig waren, bis die schwere Holztür mit dem dicken Metallschloss splitterte und nachgab. Die Tür zu dem Apartment im Obergeschoss erwies sich als wesentlich einfacher.

Während Harvath seine Ausrüstung aufstellte, erklärte er Jillian, dass ihm bei ihrem ersten Besuch bei Sotheby's heute aufgefallen war, dass in diesem Gebäude unter dem Dachgesims der gleiche Totentanz zu sehen war wie auf der gegenüberliegenden Straßenseite. Es erinnerte ihn an eine Geschichte, die er einmal darüber gelesen hatte, was die Franzosen mit den Leichen auf dem Cimetière des Innocents, dem Friedhof der heiligen Unschuldigen anstellten, als dieser zu voll wurde und sie Platz für Neuankömmlinge schaffen mussten.

Ursprünglich wurden sie in Beinhäusern neben der Kirche untergebracht, aber es gab nicht genug Platz, um mit der Nachfrage Schritt zu halten. Also begann man in aller Stille, Gebäude in der Nachbarschaft aufzukaufen, um diese als geheime Beinhäuser zu nutzen. Manchmal wurden die Leichen eingemauert und die Wohnungen vermietet, um einen Teil der Kosten wieder hereinzuholen. Manchmal lagerte man die Leichen in den beiden oberen Stockwerken ein und vermietete die darunterliegenden Geschosse. Alles lief gut, bis die Wände und Böden allmählich verrotteten und es den Leuten Leichen ins Wohnzimmer regnete.

Selbst von einem Gebäude zum andern fielen Leichen durch die Mauern. Zu diesem Zeitpunkt ergab sich für Paris eine Chance. Man hatte den Steinabbau unter dem rechten Ufer so gut wie eingestellt, weil man befürchtete, dass die ganzen Gänge das Gestein so weit geschwächt hatten, dass das Ufer kurz vor dem Einsturz stand. Es war der perfekte Ort, um den Inhalt der Beinhäuser dorthin zu überführen. Bei Nacht und Nebel wurden ganze Wagenladungen an Toten weggeschleppt, die Schädel und Knochen in den Gängen gestapelt, und voilà, die Katakomben von Paris waren geboren.

Der Anblick der Wandgemälde vorhin hatte Harvath zum Nachdenken gebracht. Er machte den Club ausfindig, in dem der DJ arbeitete, der in dem Apartment wohnte, und erfuhr, dass der Mann in den nächsten beiden Tagen in Calais einen Rave veranstaltete. Danach recherchierte er ein wenig in der Bibliothèque Nationale und fand heraus, dass alle Gebäude in diesem Block mindestens einige Hundert Jahre alt waren. Die Mauer, die das Apartment von Molly Davidsons Büro nebenan und dem, was sie dort wollten, trennte, war genauso errichtet wie bei allen anderen Gebäuden vor 500 Jahren – aus Stein und Mörtel.

»Ich hoffe, Sie haben einen größeren Vorschlaghammer dabei, falls Sie vorhaben, was ich glaube«, meinte Jillian, während Harvath den Deckel des größeren Transportkoffers öffnete und hochklappte.

Wieder einmal hatte Ozan Kalachka ihm einen Gefallen getan, nicht nur mit einer weiteren Waffe. In dem Koffer befand sich ein Gerät namens Rapid Cutter of Concrete, kurz RAPTOR, das aussah wie ein großer Feuerlöscher, an dem eine lange Mündung befestigt war. Es handelte sich um ein heliumbetriebenes Schussgerät, das Stahlnägel mit einer Geschwindigkeit von 1500 Metern pro Sekunde verschießen konnte, also mit fünffacher Schallgeschwindigkeit, und damit über 15 Zentimeter dicken Beton durchbrach.

»Was zum Teufel ist das?«, fragte Jillian.

»Unsere Eintrittskarte«, antwortete Harvath, während er ein langes schwarzes Schalldämpferrohr aus dem Koffer nahm und auf das Ende des RAPTOR schraubte. »Aber wir brauchen noch etwas.«

Harvath ging zu einem Stapel Milchkisten voller Schallplatten. Als er anfing, sie zu durchsuchen, meinte er: »Zunächst müssen wir den Putz auf dieser Seite mit dem Vorschlaghammer abklopfen, dann nehmen wir den RAPTOR, um durch die Wand zu kommen. Aber selbst mit Schalldämpfer werden wir immer noch ganz schön Lärm machen. Ich will nicht die ganze Nacht darauf angewiesen sein, dass irgendwann die U-Bahn vorbeifährt, um uns zu übertönen. Außerdem pfeife ich gern ein bisschen bei der Arbeit. Und Sie?«

»Kommt drauf an, was wir pfeifen«, erwiderte sie.

Harvath hielt *George Clinton's Greatest Funkin' Hits* in die Höhe. »Wie wär's mit dem Meister?«

33

Harvath drehte die Stereolautsprecher so, dass sie zur Wand zeigten. Dann drehte er die Musik auf.

Zu George Clinton konnte man nicht nur gut den Hammer schwingen, ein Song wie »Atomic Dog« hatte auch genügend Bässe, um den Lärm zu überdecken, den man im zweiten Obergeschoss von Sotheby's womöglich hörte. Harvaths Plan mochte nicht sehr ausgefeilt sein, dennoch war er ziemlich zuversichtlich, dass sie hinein- und wieder hinauskommen würden, ohne dass es jemand merkte. Wenn man morgen früh feststellte, dass sie da gewesen waren, würde es keine Rolle mehr spielen. Dann hatten sie, was sie brauchten, und wären längst demjenigen auf der Spur, der die Artefakte an Sotheby's geschickt hatte.

Kaum war der Putz erfolgreich entfernt, machte Harvath sich mit dem RAPTOR an die Arbeit. Nachdem er mehrere große Steinblöcke gelöst hatte, holte er einen Satz ausziehbarer Titanstangen zusammen mit einem Flaschenzug aus der Reisetasche. Jillian und Harvath benutzten beide kleine Stemmeisen, um die Steine so weit herauszudrücken, dass man jeweils ein Gurtgeschirr darüberstülpen konnte, um sie anschließend auf ihrer Seite der Wand auf den Boden hinunterzulassen. Es dauerte zweieinhalb Stunden, bis sie endlich so viel Platz geschaffen hatten, dass man hindurchkriechen konnte. Nachdem Harvath die Ausrüstung zusammengepackt hatte, schlug er, so leise er konnte, den Putz auf der Sotheby's-Seite weg und kroch hinein.

Mithilfe des Blaufilters seiner SureFire-Lampe leuchtete Scot seinen Weg aus und betrat Molly Davidsons Büro, Jillian gleich hinter sich. Regen prasselte an die Fensterscheiben, von der Straße unten drang nur sehr wenig Licht ins Innere. Der Raum war eine wirre Ansammlung von Schatten, und aus einem unerfindlichen Grund roch es anders. Eine Mischung aus Gerüchen, die Harvath nicht genau einordnen konnte. Es war eine Kombination aus geschmolzenem Kunststoff und noch etwas anderem – nicht ganz so stark, aber eindeutig anders. Harvath wusste zwar nicht, warum, doch er hatte ein äußerst ungutes Gefühl in der Magengrube. Die leise Stimme in seinem Hinterkopf, die ihn niemals fehlleitete, versuchte, ihm etwas zu sagen. Während sie weiter in den Raum vordrangen, richteten sich die Härchen in seinem Nacken auf.

Harvath schwenkte den Strahl seiner Taschenlampe über den langen Tisch und stellte fest, dass anscheinend alle Artefakte da waren. Das war merkwürdig. *Warum hatte Davidson sie nicht weggeschlossen?*

Als sie sich dem Bereich ihres Schreibtischs näherten, sah Harvath etwas, das ihn wie angewurzelt stehen bleiben ließ. Der Blaufilter seiner SureFire-Lampe dämpfte nicht nur die Intensität des Lichts, sodass der Strahl schwerer auszumachen war. Er ließ auch bestimmte Substanzen im Dunkeln hervortreten.

Als Erstes fielen Harvath die Spritzer an der Wand ins Auge. Es sah aus, als hätte jemand einen triefnassen Pinsel dagegenschnalzen lassen. Als Harvath den Strahl auf den Boden richtete, ließ er ihn weiter nach vorn gleiten und sah eine große, dunkle Lache, die sich von Davidsons Schreibtisch aus ausbreitete. Plötzlich zuckte ein Blitz, einen Sekundenbruchteil lang war der Raum in Licht getaucht. Lange genug, dass Harvath einen erschlagenen Leichnam sah und daneben den antiken Kriegshammer.

Harvath riskierte es, den Filter seiner SureFire-Lampe hochzuklappen, um die Leiche besser betrachten zu können, während er den Strahl darübergleiten ließ. Der Kriegshammer war mit Blut und kleinen rosafarbenen Gewebeteilchen bedeckt, bei denen es sich nur um Stücke von Molly Davidsons Kopfhaut handeln konnte. Der Anblick war grässlich. Jillian unterdrückte einen Schrei.

Mit einem Blick erfasste Harvath die schwere Schädelverletzung und wusste, dass sie auf keinen Fall am Leben sein konnte. Dennoch langte er nach unten und fühlte ihren Puls. Die Leiche war noch warm – zu warm, wenn man den gewaltigen Blutverlust in Betracht zog. Wer immer sie getötet hatte, hatte es erst vor ganz kurzer Zeit getan, womöglich sogar als Harvath sich im letzten Stadium seines Einbruchs befand. Ihm gefiel der Gedanke nicht, dass sie vielleicht noch in der Lage gewesen wären, etwas für sie zu tun. Aber sie hatten ja nicht wissen können, was los war, solange sie damit beschäftigt waren, die Wand zu durchstoßen.

Was Harvath ebenfalls nicht gefiel, war, dass sie den Killer womöglich mitten in der Arbeit gestört hatten. Er ließ das Licht der Taschenlampe in einem langsamen Bogen durch den Raum schweifen. Es gab nur äußerst wenige Stellen, an denen sich jemand verstecken konnte. Doch Harvath wollte sichergehen, dass sie wirklich allein waren.

Jillian war verständlicherweise extrem verängstigt und hielt sich so dicht wie möglich an Harvath. »Was ist?«, fragte sie, als er in die Ecken des Raums leuchtete.

»Nichts! Ich möchte nur sichergehen, dass wir allein sind.«

»Wer, glauben Sie, hat ihr das angetan?«

»Keine Ahnung«, antwortete Harvath, »aber …« Mitten im Satz hielt er inne, als er den Strahl der Taschenlampe auf Davidsons Desktop-Computer richtete. »Verfluchte Scheiße!«

»Was ist?« Vorsichtig ging sie um die Leiche herum, um zu sehen, worüber Harvath so wütend war.

»Wer auch immer sie getötet hat, war so besorgt darüber, was sich auf ihrem Computer befand, dass er den Tower aufbrach und innen alles verbrannte, bevor er verschwand.« Nun war Harvath klar, woher der Geruch nach verbranntem Kunststoff kam. Was sonst noch in der Luft lag, war der Geruch nach Davidsons Blut.

Jillian blickte auf die geschwärzten geschmolzenen Schaltkreise des Computers. »Wie entfacht man ein Feuer, das etwas so schlimm verbrennt, ohne die Rauchmelder auszulösen?«

»Man benötigt ein Feuer, das mit sehr wenig Rauch brennt – und zwar ein wirklich heißes. Wer auch immer das getan hat, muss so etwas wie einen Schweißbrenner oder Lötkolben dabeigehabt haben.«

»Dann war es also kein Mord im Affekt«, meinte Jillian.

Da konnte Harvath nicht widersprechen. Wer auch immer dies getan hatte, war vorbereitet gewesen. Und wie Harvath gerade dargelegt hatte, hatte sich auf Molly Davidsons Computer anscheinend etwas befunden, das jemand unbedingt löschen wollte.

»Was machen wir jetzt?«, fragte Jillian.

»Ich weiß nicht.« Er warf einen Blick auf seine Armbanduhr und stellte fest, dass es auf vier Uhr morgens zuging. Es musste etwas geben. Sie waren bereits im Gebäude. Sotheby's musste irgendwo eine weitere Ausfertigung der Informationen haben, nur wo? *Denk nach*, sagte er sich. *Der schwierige Teil ist vorüber – wir sind bereits drin. Wo bewahrt Davidson die Sicherheitskopien ihrer Dateien auf? Gab es in dem Gebäude einen zentralen Server? Gab es ein Archiv, in dem Ausdrucke aufbewahrt wurden?* Bei dem Gedanken musste Harvath lachen. Falls Sotheby's Akten in einem Archiv einlagerte, konnte man unmöglich absehen, wie groß es war.

Bei all den Transaktionen, die jedes Jahr in Paris getätigt wurden, müsste der Raum riesig sein. Das Archiv könnte eine ganze Etage einnehmen. Es könnte sogar ein völlig anderes Gebäude umfassen. Sie suchten nicht nur nach einer Nadel, sie hatten noch nicht einmal eine Ahnung, wo sich der Heuhaufen befand.

Plötzlich fiel ihm etwas ein. »Sagte Davidson nicht, sie arbeitet manchmal von zu Hause aus, wenn sie Ruhe braucht?«

»Ja. Höchstwahrscheinlich hatte sie dort Kopien von allem, woran sie arbeitete. Ich mache es auch oft so.«

»Ich auch«, erwiderte Harvath, während er eine von Davidsons Schreibtischschubladen aufzog. »Sie muss eine Handtasche oder Geldbörse gehabt haben, irgendetwas, worin wir ihre Adresse finden.«

Nach mehreren Augenblicken des Suchens fand Jillian schließlich die Handtasche in einem winzigen Schrank unter dem kleinen Waschbecken in der Ecke. »Ich habe sie.« Sie holte die Handtasche heraus, damit Harvath sie sehen konnte.

»Gut gemacht!«

Jillian räumte einen Platz auf der nächsten Werkbank frei, und während Harvath ihr die Taschenlampe hielt, drehte sie die Handtasche um und kippte den Inhalt aus. Neben einer Auswahl nutzloser Gegenstände befanden sich darin eine Brieftasche, ein Handy und ein Schlüsselbund. Prompt erregte ein nur sieben Zentimeter langes Schweizer Taschenmesser ihre Aufmerksamkeit, das am Schlüsselring hing.

»Was ist das?«, fragte er, als Jillian ein rechteckiges Plastikstück mit Metallabdeckung unter einer der Klingen ausklappte.

»Ein USB-Stick! Ein Speichermedium ähnlich wie eine tragbare Festplatte. Ich verwende einen, um Dateien zwischen meinem Computer bei der Arbeit und dem zu Hause zu übertragen. Dr. Davidson hat es wohl auch so gemacht.«

»Das könnte genau das sein, wonach wir suchen«, meinte Harvath, während ein weiterer Blitz das Dunkel zerriss.

Jillian stand in der Nähe der Fenster. Plötzlich sah sie eine ganz in Schwarz gekleidete Gestalt auf der Dachschräge sitzen, die sie durch die Scheibe anstarrte. Noch ehe sie schreien konnte, hob Khalid Alomari seine Pistole und feuerte.

34

Als das Fenster in einem Hagel rasiermesserscharfer Scherben zersplitterte, war Harvath bereits in Bewegung. Mit einem Satz sprang er über den großen, mit Artefakten bedeckten Tisch, stieß Jillian zu Boden und zog die H&K USP Compact Kaliber 40, die er im Kreuz trug. Harvath erhob sich auf ein Knie, bereit zu schießen, musste jedoch in Deckung gehen, als Khalid Alomari den Raum mit einer weiteren Salve beharkte. Nicht lange, und kreischendes, schrilles Sirenengeheul untermalte die Schüsse. Das zersplitterte Fenster hatte die Alarmanlage ausgelöst. Fast hörte Harvath schon die schweren Stiefel der bewaffneten Sotheby's-Wachen die Treppe hinaufpoltern. Das war alles, was er brauchte. Er hatte nicht noch mal Lust auf einen Tanz mit diesen Jungs. Sie mussten hier raus – und zwar sofort.

Harvath wälzte sich nach rechts und deckte den Bereich rund um den Fensterrahmen mit sechs Schüssen aus seiner H&K ein, ehe er sich wieder zu Jillian umdrehte. »Ich zähle jetzt bis drei, dann rennen Sie los, auf das Loch in der Wand zu. Halten Sie sich geduckt und bleiben Sie auf keinen Fall stehen.«

»Ich glaube, ich kann mich nicht bewegen«, keuchte sie. Ihr Atem ging in kurzen Stößen, ihre Hände zitterten und die Augen hatte sie vor Angst weit aufgerissen. Erst musste sie Molly Davidsons Leiche sehen, und nun das hier. Es war alles zu viel und hatte zu einem klassischen Adrenalinstoß geführt. Ihre Kampf-oder-Flucht-Mechanismen waren überlastet, sie war völlig gelähmt. Er musste sie dazu bringen, sich aufs Losrennen zu konzentrieren.

Er reichte ihr die Schlüssel des Lieferwagens. »Ich werde ihn in Schach halten, während Sie loslaufen. Sie nehmen den Lieferwagen und fahren zurück ins Hotel, dort warten Sie auf mich. Verstanden?«

Alcott nickte.

»Gut! Ich zähle bis drei. Sind Sie bereit?«

»Moment«, sagte sie verängstigt, bemüht, es hinauszuzögern. »Was ist mit Ihnen?«

»Machen Sie sich wegen mir keine Sorgen. Wir treffen uns dort. Los geht's! Eins. Zwei. Drei!«

Harvath feuerte eine weitere Salve von sechs Schüssen ab, während Jillian ans andere Ende des Büros rannte. Nachdem Harvath seinen letzten Schuss abgefeuert hatte, warf er das verbrauchte Magazin aus und setzte ein neues ein. Er feuerte sieben weitere Geschosse durch das Dachgesims oben in der Hoffnung, mit etwas Glück Alomari draußen auf der Dachschräge zu treffen, aber es gab keine Möglichkeit, sicher zu sein. Er wusste lediglich, dass Alomari das Feuer nicht mehr erwiderte. Entweder hatte Harvath einen Glückstreffer gelandet oder Alomari war geflohen. Ob es Harvath nun gefiel oder nicht, ihm war klar, dass er ihm folgen musste.

Er schnappte sich einen Hocker von einer der Werkbänke und schlug die restlichen Glassplitter aus der Fensterscheibe, während man bereits hörte, wie die Security-Leute von Sotheby's den Flur entlanggerannt kamen. Harvath suchte nach dem bestmöglichen Halt und zog sich durchs Fenster.

Der Wind trieb den strömenden Regen fast waagerecht vor sich her und stach wie mit Nägeln. Harvath hatte Mühe, sich festzuhalten. Die Dachschräge war glitschig vom Regen und dem über die Jahre angesammelten Pariser Schmutz. Als ihm klar wurde, dass er beide Hände brauchte, steckte er die H&K widerstrebend in das Holster an seinem Kreuz, biss die Zähne zusammen, weil seine Rippen schmerzten, und kletterte nach oben.

Als Harvath den First erreichte, zerbarst die Brüstung in einem Kugelhagel und er verlor den Halt. Auf den schmierigen Ziegeln schlitterte er nach unten, griff verzweifelt nach jedem Halt, den er finden konnte, krallte sich an der steilen Oberfläche fest und konnte das jähe Abrutschen endlich abbremsen.

Mühsam kämpfte Harvath sich wieder das Dach hinauf. Als er unter der Brüstung ankam, stützte er sich ab und zog seine Pistole. Er packte das Gesims und schwang sich nach oben über die Kante, wälzte sich über die ebene Fläche und ging hinter einem großen Steinkamin in Deckung. Er lauschte auf Anzeichen von Alomari, hörte jedoch nur das Tosen des Sturms. Er holte tief Luft, packte die Pistole fester und sprang aus seinem Versteck.

Alle Dächer der Gebäude des Blocks waren miteinander verbunden. Durch den strömenden Regen konnte Harvath keine 50 Meter entfernt Alomaris Silhouette erkennen. Da ihm diesmal keine Zivilisten die Schusslinie verstellten, zögerte Harvath nicht. Er drückte fünfmal schnell hintereinander ab.

Beim letzten Schuss sah er, wie Alomari herumwirbelte, als wäre er in den Rücken getroffen, und zu Boden ging.

Harvath begann vorzurücken, bereit, die Sache zu Ende zu bringen, da hörte er hinter sich Stimmen. Die Security-Leute von Sotheby's kamen aufs Dach geklettert, unten auf der Straße waren Polizeisirenen zu hören, die sich näherten. Er hatte keine Wahl. Es gefiel ihm zwar nicht, aber er musste weg von hier. Zwei Dächer weiter machte er etwas aus, das aussah wie eine Zugangstür, und sprintete los.

35

Washington, D. C.

Neal Monroe war in South Philly aufgewachsen, darum war er kein Blödmann. Er hatte schon früh gelernt, sich um seine eigenen Angelegenheiten zu kümmern und nicht um die anderer Leute. Gleichzeitig hatte seine Großmutter ihn zu einem guten Christen erzogen, der den Unterschied kannte zwischen Richtig und Falsch. Und was seine Chefin, Senatorin Carmichael, machte, war falsch. Daran bestand kein Zweifel. Darum hatte er Charles Anderson angerufen und ihn gewarnt, dass Carmichael Scot Harvath auf der Spur war. Monroe kannte Harvath zwar nicht persönlich, doch in den vergangenen drei Tagen hatte er genug über ihn erfahren, um zu wissen, dass er nicht verdiente, was die Senatorin mit ihm vorhatte. Und das alles nur, um ins Weiße Haus zu kommen.

Sich an den Stabschef des Präsidenten zu wenden, zumal dieser von der gegnerischen Partei war, kam einem politischen Selbstmord gleich. Doch das war Neal Monroe egal. Er war aus einem einzigen Grund nach Washington gekommen – um sein Land zu einem besseren Ort zu machen – und hatte sich geschworen, ganz gleich was passierte, stets das Richtige zu tun. Sollte Carmichael dahinterkommen, was er da trieb, würde sie ihn zweifellos feuern. Ebenso stand außer Frage, dass er in Washington nie mehr einen Job finden würde. Doch wenigstens hätte er ein reines Gewissen.

Als Afroamerikaner scherzte Monroe gern mit den beiden anderen Mitarbeitern der Senatorin, die ebenfalls Minderheiten angehörten – einer jungen Asiatin namens Tanya und George, einem Hispanoamerikaner, der in Neals Nachbarschaft aufgewachsen war –, dass sie in Carmichaels Büro die perfekte kleine Regenbogenkoalition bildeten. Dies zeige, für wie weltoffen und aufgeschlossen sie sich hielt. Die Senatorin behandelte sie zwar nicht absichtlich von oben herab. Doch nichts anderes tat sie, wenn sie fragte, was »ihre Leute« über ein bestimmtes Thema oder einen Gesetzesentwurf dachten, an dem sie arbeitete. Tanya war so sehr von ihrer asiatischen Herkunft entfremdet, dass sie jedes Mal, wenn chinesisches Essen bestellt wurde, die Erste war, die um eine Gabel bat. Und obwohl George ein großes Aufheben um seine mexikanische Abstammung veranstaltete, sprach er doch kein Wort Spanisch.

Im Endeffekt verhielt es sich so, dass Carmichael nur sah, was sie sehen wollte. Und darin, Scot Harvath auf kleiner Flamme zu rösten, sah sie ihre Eintrittskarte ins Weiße Haus. Vielleicht lag es daran, dass Monroes Abneigung gegen seine Chefin schon so lange schwelte, dass sie irgendwann überkochen musste. Vielleicht lag es daran, dass er sich mithilfe des GI-Gesetzes das College finanziert hatte und Harvath als einen Kameraden betrachtete. Oder vielleicht lag es auch daran, dass es einfach nur christlich war. Aber wie man es auch drehte und wendete, Neal Monroe war es egal, ob er seinen Job verlor oder nicht. Letzten Endes wollte er nichts bereuen.

Nachdem Neal Rutledges Stabschef angerufen hatte, fühlte er sich völlig frei von jeder weiteren Verantwortung. Doch das änderte sich, als er herausfand, wie die Senatorin an ihre Informationen gelangte.

Während er nun durch das Discovery Creek Children's Museum ging, überlegte er, was er dem Mann sagen sollte, den Charles Anderson geschickt hatte, um mit ihm zu sprechen. Als Monroe neben einem kleinen Plakat stand, das das Wachstum von Bäumen illustrierte, entdeckte er seine Kontaktperson.

»In dem Viertel, in dem ich aufgewachsen bin, hatten wir so etwas nicht«, sagte Monroe, als der Mann zu ihm trat.

»In meinem Viertel gab es noch nicht mal Bäume«, erwiderte Gary Lawlor.

Monroe streckte dem Mann die Hand hin, und Gary schüttelte sie. »Sie haben Mut, Neal. Wissen Sie das?«

»Warum? Weil ich die schmutzige Wäsche der Senatorin lüfte?«

»Wenn das, was Sie Chuck erzählt haben, stimmt, ist ihre Wäsche mehr als nur schmutzig.«

»Es genügt, wenn ich sage, dass mir die Art und Weise nicht gefällt, wie sie Politik macht.«

Eine Gruppe Kinder näherte sich, darum schlug Lawlor vor, sie sollten ein bisschen spazieren gehen. Dabei sah er sich um und meinte: »Im Lauf der Jahre hatte ich ja schon an vielen interessanten Orten heimliche Treffen. Aber dieser Ort hier ist wirklich einmalig. Warum haben Sie ihn ausgewählt?«

»Es ist der einzige Ort, an dem wir Helen niemals zufällig über den Weg laufen werden. Die Senatorin hasst Kinder.«

»Aber ich dachte, sie hat eine Tochter«, erwiderte Lawlor.

»Die gehört den Nachbarn. Sie leiht sie sich bloß für Fotoaufnahmen aus.«

Gary lachte. »Also, was haben Sie? Chuck erwähnte, dass Sie ziemlich sicher sind, dass Sie wissen, woher Senatorin Carmichael ihre Informationen bezieht.«

Neal nickte. »Ich wusste, dass sie von einem der Geheimdienste stammen. Allerdings wusste ich nicht, von welchem. Das heißt, bis heute Morgen.«

Lawlor konnte es nicht fassen. »Sie wissen, wer sie mit Informationen versorgt?«

»Nein. Ich weiß lediglich, woher sie kommen, nicht wer dahintersteckt.«

»Trotzdem, immerhin ein Anfang«, meinte Gary. »Was ist die Quelle?«

»Langley, Virginia. Die Central Intelligence Agency.«

36

Paris

Harvath und Alcott fanden ein kleines Internetcafé wenige Blocks entfernt, das 24 Stunden geöffnet hatte, und bestellten sich jeder einen Becher Kaffee. Abgesehen von ein paar Rucksacktouristen, die am frühen Morgen auf den Zug warteten, war das Lokal leer. Harvath entschied sich für einen Computer ganz hinten, setzte sich und ging online. Als Erstes loggte er sich in dem Internetforum ein, über das er verdeckt mit Gary Lawlor kommunizierte. Er hinterließ eine kurze, verschlüsselte Zusammenfassung dessen, was bisher passiert war. Anschließend steckte er Davidsons USB-Stick ein und begann, durch ihre Dateien zu scrollen. Er musste über 20 Minuten suchen, doch als er schließlich die Akte über den mysteriösen Klienten von Sotheby's fand, war ihm klar, dass dies kein Zufall sein konnte. Es gab zwei Namen, einen davon kannte er, den anderen nicht. Der Name, den Harvath kannte, Elliot Burnham, war einer der Decknamen, die er bei seinen Ermittlungen gegen keinen anderen als den ehemaligen Secret-Service-Agenten Timothy Rayburn aufgedeckt hatte.

Als seine Postadresse war ein Hotel namens Queyr' de l'Ours beziehungsweise »Die Bärenhaut« angegeben, irgendwo im Südosten Frankreichs. Harvath hatte noch nie von dem Dorf gehört und musste es online nachschlagen. Nachdem er es gefunden hatte, rief er die Webseite der SNCF auf, der französischen Eisenbahngesellschaft, und begann, die Fahrpläne für den nächsten TGV-Hochgeschwindigkeitszug nach Nizza zu durchforsten. Mit dem Pkw würde die Fahrt viel zu lange dauern, das war ihm klar, und er wollte sich auf keinen Fall mit der Flughafen-Security herumärgern. Wenn sie den Zug nahmen, konnte er wenigstens unbehelligt seine Waffe mit sich führen. In Nizza konnten sie einen Wagen mieten und damit den Rest der Reise nach Norden in die Alpen zum Dorf Ristolas zurücklegen.

Nachdem sie ihre Sachen gepackt und aus dem Hotel ausgecheckt hatten, nahmen sie ein Taxi quer durch die Stadt zum Gare de Lyon. Als ihr Zug Paris sicher verlassen hatte und auf dem Weg nach Südfrankreich war, fühlte Harvath sich endlich entspannt genug, die Augen zu schließen und ein paar Stunden zu schlafen.

In Nizza nutzten sie Harvaths auf Sam Guerin lautende Papiere, um den letzten Wagen zu mieten, den die Firma noch zur Verfügung hatte, einen nachtblauen Mercedes. Es

war schon längst Abend, als sie die alte Holzbrücke über-
querten und in das winzige Dorf Ristolas gelangten. Das
dreigeschossige, scheunenartige Alpenhotel, bekannt als
»Die Bärenhaut«, lag direkt an der Hauptstraße. Eine Reihe
niedriger Steinmauern umgab das Gebäude, sie sahen aus,
als wären sie einst als Weidezaun genutzt worden. Harvath
und Alcott ließen ihren Mietwagen in der Einfahrt stehen
und stiegen die Holzstufen zu den kunstvoll geschnitzten
Eingangstüren des Hotels empor.

Ein großer Steinkamin bildete den Mittelpunkt des verlassenen Empfangsbereichs. Bücher standen auf dem Kaminsims. Insbesondere eines erregte Harvaths Aufmerksamkeit,
und er ging sofort hin und nahm es heraus. Es handelte sich
um eine handsignierte Erstausgabe von John Prevas' *Hannibal
überquert die Alpen*. Harvath hielt es hoch, damit Jillian es
sehen konnte. Sie betrachtete es einen Moment lang und widmete sich dann wieder den unzähligen Fotos, die die Wände
des Empfangsbereichs bedeckten. Anscheinend zeigten sie
verschiedene Bergsteiger, die das Hotel im Lauf der Jahre als
Basislager genutzt hatten. Auf jedem war ein Mann wie ein
Bär zu sehen. Jillian nahm an, dass es sich um den Hotel-
besitzer handelte, der zugleich wohl auch Bergführer war.

Harvath war zu ihr getreten und hoffte, Rayburn auf einem
der Bilder zu entdecken, als eine zierliche grauhaarige Frau
von etwa 60 Jahren aus der Küche kam. Ihr Gesicht war so
zerfurcht wie die Berge auf den Fotos. »*Bon soir*«, sagte sie.
»*Puis-je vous aider?*«

»*Bon soir*«, erwiderte Harvath. »*Avez-vous une chambre?*«

Sie trug eine weiße spitzenbesetzte Schürze über einem
locker sitzenden Bauernkleid. Als erfahrene Hotelierin erkannte sie Harvaths Akzent und antwortete in perfektem
Englisch: »Sie sind Amerikaner.«

»Ja.«

»Und Britin«, ergänzte Jillian.

»Sie sind in den Flitterwochen.« Verschwörerisch hob die Frau die Augenbrauen. »Das sehe ich doch sofort.«

Aus einem unerfindlichen Grund kamen die Leute oft zu diesem Schluss, wenn sie Harvath mit einer attraktiven Frau sahen. Er hatte keine Ahnung, warum. Er nahm an, dass er wohl aussah wie der perfekte Ehemann. Allerdings hatte er auf die harte Tour lernen müssen, dass er zu diesem Zeitpunkt in seinem Leben weder eine Ehe noch sonst eine vernünftige Beziehung erwarten konnte.

»Nein, wir sind nicht in den Flitterwochen. Wir sind hier zum Bergsteigen. Wir haben nur Gutes über Ihr Hotel gehört.«

»Tatsächlich?« Die Frau senkte den Blick und strich die Falten ihrer Schürze glatt. »Wir haben hier nicht mehr viele Gäste. Nicht seit Bernard nicht mehr ist.«

»War Bernard Ihr Ehemann?«, fragte Jillian, während sie sich den Bildern zuwandte. »Ist es der Mann, den ich auf jedem Foto sehe?«

»Ja!« Sie brachte ein kleines Lächeln zustande. »Die Gäste sagten immer, sie kämen aus drei Gründen – wegen Bernard, dem Bergsteigen und meiner Küche. In dieser Reihenfolge.«

»Das klingt, als wäre er etwas Besonderes gewesen.«

»Das war er. Jeder mochte ihn.«

»Was ist passiert?«, sagte Harvath. »Falls ich fragen darf.«

»Vor etwa einem Jahr ging Bernard auf den Berg und kam nie zurück.«

Der Frau traten die Tränen in die Augenwinkel, doch sie holte ein Taschentuch aus dem Ärmel und tupfte sie sich rasch ab.

»Tut mir leid wegen Ihres Verlusts«, sagte Jillian.

»Genau so hätte er abtreten wollen«, erwiderte die Frau. »Aber Sie sind doch nicht hier, um sich die traurigen Geschichten einer alten Frau anzuhören. Sie möchten ein Zimmer. Ich habe eines verfügbar für 50 Euro die Nacht. Ich hoffe, Sie halten das nicht für zu teuer. Es ist nur so, dass ...«

»Nein«, unterbrach Harvath sie mit einem Lächeln. »50 Euro sind in Ordnung.«

»Aber wir benötigen bitte zwei Zimmer, wenn möglich«, fügte Jillian hinzu.

Eindeutig keine Flitterwochen, dachte Harvath bei sich.

Nachdem Harvath seine wenigen Habseligkeiten ausgepackt hatte, ging er nach unten zum Essen. In der Küche war ein kleiner Tisch gedeckt, und Marie, die nicht mit Gästen gerechnet hatte, bat um Entschuldigung dafür, dass sie nur Eintopf anzubieten hatte. Harvath machte das nichts aus. Draußen war das Thermometer unter null gefallen, und der Wetterbericht sagte schlechtes Wetter vorher. Ein perfekter Abend für eine dicke Suppe. Eigentlich ein perfekter Abend für den Kamin, ein gutes Buch und ein großes Glas Bourbon. Aber Harvath war klar, dass ihm das nicht beschieden war.

Während sie ihren Eintopf aßen, erklärte Marie, dass ihr Mann Bernard das Hotel Queyr' de l'Ours genannt hatte nach einem alten französischen Sprichwort: *Verkaufe die Haut des Bären nicht, bevor du ihn erlegt hast.* Sie sprach liebevoll von ihm und erzählte, dass Bernard in Ristolas geboren wurde und mit dem Wandern und Bergsteigen begonnen hatte, kaum dass er laufen konnte. Auf dem Monte Viso und den umliegenden Bergen, Tälern und Schluchten war er zu Hause gewesen. Die Dorfbewohner scherzten, sein Körper sei aus dem Granit des Berges geformt und in seinen Adern fließe Gletscherwasser.

Die Leute konnten es noch immer kaum fassen, dass er eines Tages zum Klettern aufgebrochen und einfach nicht mehr zurückgekehrt war. Auch Marie Lavoine fiel es schwer, das zu glauben.

Ohne Bernard hatte es das Hotel schwer gehabt. Er war der Anziehungspunkt gewesen – die überlebensgroße Persönlichkeit, die erstklassige Kletter- und Wanderausflüge in der gesamten Region organisierte und leitete. Nun, da er nicht mehr da war, fingen selbst die treuesten Kunden an, sich andere Bergführer und Gasthöfe zu suchen, in denen sie übernachten konnten. Als Bernard verschwand, läutete dies das Ende einer Ära ein. Es war offensichtlich, dass Marie Lavoine seit seinem Verschwinden sowohl emotional als auch finanziell ganz schön zu kämpfen hatte. So schwer es auch sein würde, Harvath entschied, dass es an der Zeit war, die Sprache darauf zu bringen, weshalb sie hier waren. »Marie, wir müssen Ihnen eine Frage nach einem Ihrer Gäste stellen.«

»Nach einem meiner Gäste? Wem denn?«

»Elliot Burnham. Ein Amerikaner.«

Lavoine blickte für einen Moment hoch an die Decke, so als versuchte sie, sich an den Namen zu erinnern, und dann wieder zurück zu Harvath. »Tut mir leid, normalerweise steigen bei uns mehr Europäer als Amerikaner ab. Darum sollte man meinen, ich müsste mich daran erinnern. Aber tut mir leid, mir will niemand einfallen.«

Harvath sah Marie Lavoine an, dass sie ihn belog. »Marie, dieser Mann ist äußerst gefährlich. Seinetwegen sind schon Menschen ums Leben gekommen.«

Bei der Erwähnung, dass wegen Burnham jemand gestorben sei, ging mit ihr eine plötzliche Veränderung vor. Marie verkrampfte sich, sogar Jillian konnte es an den angespannten Falten in ihrem Gesicht sehen. Lavoines kleine Hände spielten nervös mit der Serviette in ihrem Schoß. »Wer sind Sie? Warum stellen Sie mir diese Fragen?«

Jillian nahm die Hände der Witwe und versuchte, sie zu beruhigen. »Marie, Sie wurden zusammen mit Elliot Burnham als Eigentümer von Artefakten aufgeführt, die von Sotheby's zum Verkauf authentifiziert wurden. Warum?«

»Ich habe keine Ahnung.«

Da war es wieder, das verräterische Signal. Diesmal noch deutlicher. Marie Lavoine war keine gute Lügnerin. Harvath sah ihr an, dass sie gleich die Fassung verlieren würde. »Marie, ich muss Sie bloß ansehen, dann ist mir schon klar, dass Sie wissen, von wem wir reden.«

Wieder traten Lavoine Tränen in die Augen. »Warum quälen Sie eine einsame alte Frau?«

»Weshalb möchten Sie einen Killer schützen?«

»Ich schütze niemanden.«

»Sie schützen den Mann, der sich Elliot Burnham nennt.« Harvath hob die Stimme, bemüht, den Druck ein wenig zu erhöhen. Er hatte sie fast so weit. Sie wollte sich etwas von der Seele reden, die Schuldgefühle nagten an ihr. Sie hatte eine Beichte abzulegen, und es lag ihr bereits auf der Zunge. »Wenn Sie nicht mit uns reden, bleibt uns nichts anderes übrig, als damit zur Polizei zu gehen. Das möchte ich nicht. Ich halte Sie für eine sehr nette Frau. Welche Verbindung Sie auch zu diesem Mann haben, ich bin mir sicher, Sie hatten keine Ahnung, was für ein schlechter Mensch er ist. Aber wenn Sie nicht kooperieren, haben wir keine Möglichkeit, Ihnen zu helfen.«

»Ich brauchte seine Hilfe«, sagte Lavoine und brach in Tränen aus.

»Hilfe wobei?«, wollte Jillian wissen, während Sie versuchte, die Frau zu trösten.

»Um etwas von dem Schatz zu verkaufen.«

»Von einem *Schatz*?«

»Ja, die Artefakte. Ich bekomme keine Rente – nichts. Bernard hinterließ mir nur das Hotel und meine Erinnerungen. Und bloß die Erinnerungen gehören vollständig mir. Die Bank erwartet weiterhin die Zahlungen für das Hotel. Die Artefakte sind alles, was ich habe. Bitte nehmen Sie sie mir nicht weg. Bitte«, flehte die Frau. »Monsieur Burnham und ich wollten das Geld teilen. Deshalb wollte er als seine Adresse das Hotel angeben.«

Nachdem Lavoine sich einen Moment Zeit genommen hatte, um ihre Gedanken zu sammeln, erzählte sie ihnen, dass Elliot Burnham vor zwei Jahren ins Hotel gekommen sei und namentlich nach Bernard fragte. Burnham suchte nicht nur den sachkundigsten Bergführer der Region, er wollte auch den diskretesten. Bernard erfüllte die Anforderungen in beiden Punkten. Im Lauf der Jahre waren viele Berühmtheiten im Queyr' de l'Ours abgestiegen, während sie den Monte Viso in Angriff nahmen. Doch trotz des Drucks lebenslanger Freunde im Dorf hatte Bernard sich geweigert, auch nur den leisesten Klatsch über seine Gäste preiszugeben. Er genoss einen hervorragenden Ruf, und mit Elliot Burnhams Ankunft zahlte sich dieser in höchstem Maße aus.

Burnham stellte sich als Direktor einer großen archäologischen Stiftung in Amerika vor. Nachdem er eine beträchtliche Anzahlung in bar geleistet sowie eine Liste der benötigten Ausrüstung und Vorräte hinterlegt hatte, kehrte er eine Woche später mit dem »Chefarchäologen seiner Stiftung«, Dr. Donald Ellyson, zurück.

Ellyson kam ihr vor wie jemand, der an der Welt zerbrochen war. Gleichzeitig strahlte er jedoch ein Selbstvertrauen aus, das eine Hoffnung auf die Zukunft erkennen ließ. Der Mann irritierte einen, und er hatte schreckliche Angewohnheiten – er war ein starker Trinker, ein Spieler und Schürzenjäger, vor dem keine Frau in den umliegenden Dörfern sicher war. Allerdings hatte er immer ein freundliches Wort für sie, vor allem was ihre Kochkünste anging. Ellysons Tod und auch der von Maurice Vevé, den Bernard bei seinen anspruchsvolleren Expeditionen oft als Träger anheuerte, machten den Tod ihres Mannes nur noch schmerzhafter. Wäre nur einer von ihnen aufgrund eines Fehltritts oder weil ein Steigeisen oder Eispickel falsch gesetzt war, ums Leben gekommen, wäre dies schwer zu ertragen gewesen. Aber dass alle drei am selben Tag ihr Leben verloren, war eine absolute Tragödie.

»Er kam also, um eine Expedition auf die Beine zu stellen?«, drängte Jillian Marie Lavoine, weiterzureden. »Hat Burnham Ihnen gesagt, was sie zu finden hofften?«

»Nein!« Sie schüttelte den Kopf. »Bernard und Maurice wurden zur Verschwiegenheit verpflichtet und angewiesen, mit niemandem über ihre Arbeit zu sprechen. Noch nicht einmal mit mir. Monsieur Burnham buchte das ganze Hotel. Er bezahlte für alle Zimmer, und es war ihm egal, dass sie leer standen.«

Jillian zuckte zustimmend mit den Schultern und wartete darauf, dass Marie fortfuhr.

»Anfangs tat Dr. Ellyson äußerst geheimnisvoll. Selbst Bernard hatte keine Ahnung, wonach der Mann suchte. Sie unternahmen viele Ausflüge zum Col de la Traversette …«

»Was ist das, der Col de la Traversette?«, wollte Harvath wissen.

»Ein Pass nördlich des Monte Viso.«

»Wissen Sie, weshalb Ellyson sich so sehr dafür interessierte?«, fragte Jillian.

»Anfangs nicht«, sagte Lavoine. Aber ich hegte einen Verdacht. Er bewohnte zwei Zimmer. Eins zum Schlafen, das andere wurde sein Arbeitszimmer. Den Raum, den er als Büro nutzte, durfte ich nie betreten. Er hielt ihn verschlossen, und Bernard hatte ihm alle Schlüssel dazu übergeben. Mit dem Zimmer, das er als Wohnraum nutzte, verhielt es sich anders. Wir hatten ein junges Mädchen aus der Tschechischen Republik, das für uns sauber machte, aber Dr. Ellyson traute ihr nicht. Ich war die Einzige, der er erlaubte, in seinem Zimmer zu putzen.«

Alcott nickte aufmunternd.

»Ich tat mein Bestes, um Dr. Ellysons Privatsphäre zu respektieren. Doch eines Tages bemerkte ich etwas Ungewöhnliches auf seinem Nachttisch. Drei Bücher, die ich vorher noch nicht gesehen hatte. Ich nahm an, dass er sie aus seinem Büro auf der anderen Seite des Flurs mitgenommen hatte, damit er sie abends vor dem Schlafengehen lesen konnte. Interessant war allerdings, dass es sich um drei Exemplare ein und desselben Buchs handelte. Jedes hatte Markierungen in einer bestimmten Farbe, aber alle an unterschiedlichen Stellen.«

»Das ist merkwürdig«, meinte Jillian.

»Genau das dachte ich mir auch, zumal wir den Autor des Buchs ganz gut kannten. Er hatte viele Sommer hier verbracht, um zu recherchieren und mit Bernard zu klettern.«

»Wer war es?«

»Er heißt John Prevas.«

»*Hannibal überquert die Alpen*«, sagte Harvath. »Ich habe es am Empfang gesehen.«

»Ja, Monsieur Prevas war so freundlich, uns eine signierte Ausgabe zu schicken, als es veröffentlicht wurde«, erklärte Marie.

»Warum interessierte Ellyson sich so sehr für dieses spezielle Buch? Was ist so besonders daran?«

»Es ist anders als andere Bücher über Hannibal und die Route, die er über die Alpen nahm. Der Col de la Traversette war schon immer sehr gefährlich, nicht nur wegen des steilen Geländes, sondern auch weil bis in die 1970er-Jahre dort Schmuggler den Weg von Frankreich nach Italien kontrollierten. Wissenschaftler vermieden es, den Traversette als mögliche Route für Hannibals Armee zu untersuchen, wegen der, wie ein Mann namens de Beer es ausdrückte, ›Leichtigkeit, mit der in der Gegend der Finger am Abzug saß‹. Bevor Monsieur Prevas unser Gast wurde, interessierte ich mich nicht besonders für das Thema. Doch dann fing ich an zu lesen. Ich bin weiß Gott keine Expertin, aber sein Buch ist das überzeugendste, das ich je über die wahre Route von Hannibals Armee bei der Alpenüberquerung gelesen habe.«

»Demnach war Ellyson daran interessiert, Hannibals Weg nachzuvollziehen?«, fragte Harvath.

»So sieht es aus. Und je mehr Zeit Bernard mit ihm verbrachte, desto mehr fing Dr. Ellyson an, ihm zu vertrauen«, sagte Marie. »Er war ein einsamer Mann. Er hatte weder Frau noch Familie. In vielen Nächten hielt er Bernard die ganze Zeit wach, damit er nicht allein trinken musste. Der Doktor erzählte Bernard Geschichten darüber, dass es Hannibal um ein Haar gelungen wäre, den Lauf der Geschichte zu verändern.«

»Was meinte er damit?«, fragte Jillian ungeduldig.

»Er glaubte, Hannibals Heer führte eine magische Waffe mit sich, die die Römer vollständig vernichten konnte – Männer, Frauen und Kinder, sogar ihr Vieh. Diese Vorstellung ist völlig verrückt. Eine magische Waffe, die die Menschen tötet und auch ihre Tiere?«

246

»Woher wusste Ellyson das? Woher hatte er seine Informationen? Etwa von Burnham?«

»Das fragte Bernard sich auch. So wie ich hielt auch er Ellyson allmählich für verrückt. Natürlich bekamen wir gutes Geld, aber irgendwann war das Geld nicht mehr so wichtig. Ellyson war … Wie sagt man? Besessen.

Eines Nachts, nachdem sie getrunken hatten, vergaß Bernard sich und sagte dem Archäologen, dass er ihn für verrückt hielt. Sie hatten geraume Zeit gesucht und nichts gefunden. Ellyson war wütend, dass Bernard nicht an ihn glaubte. Er sagte Bernard, er solle mit ihm nach oben in das Zimmer gehen, das er als Büro nutzte, damit er ihm seinen Beweis zeigen könne.«

»*Seinen Beweis?*«, echote Harvath. »Was für einen Beweis?«

»Im Büro sah Bernard zu, wie Dr. Ellyson den Schlüssel nahm, den er an einer Kette um den Hals trug, und einen metallenen Aktenkoffer damit öffnete. Darin befand sich ein Buch, das aus sehr alten Papyrusseiten gefertigt war. Dem Archäologen zufolge waren die Seiten auf Altgriechisch verfasst und waren ein Bericht aus erster Hand über Hannibals Reise über die Alpen.«

Jillian wandte sich an Harvath. »Das Silenos-Manuskript. Silenos war der griechische Kriegsberichterstatter, der seine ganze Zeit unter den verschiedenen Söldnern Hannibals verbrachte. Das muss es gewesen sein.«

»Bei Hannibal befanden sich nicht nur drei Griechen, sondern auch römische Spione. Wie Dr. Ellyson in Erfahrung brachte, kursierten schon seit geraumer Zeit Gerüchte über Hannibals Angriff. Den Römern ging es nicht so sehr um den Angriff an sich, sondern um die magische Waffe, die die Karthager angeblich mit sich führten. Und die Römer fanden einen Weg, zu verhindern, dass diese magische Waffe Rom jemals erreichte.«

»Wie?«

»Die römischen Spione bestachen karthagische Soldaten, damit sie Hannibal verrieten. Die Männer, die für die Bewachung der magischen Waffe verantwortlich waren, wurden im Schlaf umgebracht und ihre Leichname mitsamt ihren Tieren durch eine furchtbare Lawine vom Berghang gerissen.«

»Hat Ellyson je gesagt, wie er in den Besitz des Buchs gelangte?«, wollte Harvath wissen.

»*Mais oui*«, antwortete Marie. »Darauf war der Mann besonders stolz. Er erzählte Bernard, er habe es selbst entdeckt.«

»Wo?«, fragte Jillian.

»Das wollte er zunächst nicht sagen. Es war, als wäre es ihm vielleicht peinlich oder so. Aber Sie müssten Bernard kennen. Er hatte etwas Besonderes an sich. Er war ein sehr beeindruckender Mann, und andere Männer fühlten sich zu ihm hingezogen. Er war wie ein Fels. Er verurteilte niemanden, darum hatten sie das Gefühl, dass sie ihm ihr Herz ausschütten konnten.«

»Und Dr. Ellyson?«, fragte Harvath. »Schüttete er Bernard sein Herz aus?«

»Mit der Hilfe von zwei Flaschen Château Margaux«, sagte Marie. »Eines Nachts muss dem Doktor wohl Christus erschienen sein, denn er beichtete all seine Sünden. Gegenüber Bernard gab er vieles zu, was wir bereits über ihn wussten. Er gestand das Trinken, das Glücksspiel und natürlich die Frauen, aber am interessantesten war, was er für den Schluss aufhob.«

»Und das war?«

»Dr. Donald Ellyson war ein Dieb.«

»*Ein Dieb?*«, wiederholte Harvath.

Marie lächelte. »Im Lauf der Jahre trug er seine ganz persönliche Antiquitätensammlung zusammen. Das Einzige, was einen Wert hatte, war, was er gestohlen hatte.«

Harvath schüttelte vielsagend den Kopf. Es überraschte ihn nicht, dass es menschlichem Treibgut wie Rayburn und Ellyson gelungen war, in der schäumenden Flut internationaler Verfehlungen zusammenzustoßen und einen Weg zu finden, ihr beschissenes Schicksal zu verbessern, indem sie sich zusammentaten.

»Was hielt Ihr Mann davon?«

Marie Lavoine lachte. »Bernard fand es ganz amüsant. Das Komische an Dr. Ellyson war, dass er im Grunde genommen sein ganzes Leben lang die archäologischen Entdeckungen anderer gestohlen hatte. Aber in dem Moment, als er seinen eigenen Fund machte, verbot er meinem Mann und Maurice kategorisch, ihn zu bestehlen.«

»Moment mal«, meinte Jillian. »*Seinen Fund?* Was hat er denn gefunden?«

»Dr. Ellyson war ein besserer Archäologe, als er glaubte. Mithilfe des Buchs in dem Aktenkoffer stieß er auf einen Teil von Hannibals Heer.«

»Auf welchen Teil? Welchen Teil des Heeres fand er?«

»Den Teil, für den die Römer ein Vermögen bezahlten, um sicherzustellen, dass er nie nach Rom gelangte.«

37

Weder Harvath noch Alcott konnten es fassen. Ellysons Fund war absolut erstaunlich. »Er hat es hier gefunden? In den Alpen?«, fragte Jillian.

»Ja, irgendwo in der Nähe des Traversette.«

»Wo genau?«

»Ich weiß es nicht. Bernard hat es mir nicht gesagt. Er hat mir nur von dem Fund selbst erzählt.«

»Wie lange vor seinem Verschwinden war das?«, wollte Harvath wissen.

»Zwei Wochen, vielleicht ein bisschen länger. Sie hatten gerade erst mit der Ausgrabung begonnen. Der Fundort befand sich in einer sehr tiefen Eisspalte, in die sie nur äußerst schwer ihre Ausrüstung schaffen konnten.«

»Jetzt bin ich ein bisschen verwirrt. Sie sagten, Ellyson verbot Bernard und dem anderen Mann, der mit ihm arbeitete ...«

»Maurice.«

»Genau! Ellyson untersagte Ihrem Mann und Maurice, Objekte vom Ausgrabungsort zu stehlen. Sie haben es aber trotzdem getan, oder?«, sagte Harvath. »So kamen die Artefakte in Ihren Besitz.«

»Nein«, entgegnete Lavoine. »Sie haben nichts gestohlen. Dr. Ellyson war äußerst besorgt um die strukturelle Integrität des Standorts, wie er es nannte. Eine Lawine, eine Verschiebung im Eis – es hätte nicht viel gebraucht, und alles wäre verloren gewesen.«

Jillian blickte die Frau an. »Also, was haben sie getan?«

»Dr. Ellyson katalogisierte alles. Äußerst sorgfältig hielt er fest, wo jedes Stück gefunden wurde, anschließend halfen Bernard und Maurice, die Sachen hierherzubringen. Die kleineren Artefakte waren leicht zu transportieren. Bei den größeren fingen sie gerade erst an festzulegen, wie sie damit umgehen sollten, als sie verschwanden.«

»Also Ellyson meldete Burnham seinen Fund, darum wusste er, dass Sie sie hatten.«

»Die Artefakte? Nein, Dr. Ellyson meinte, die Artefakte gingen Burnham nichts an.«

»Aber Burnham finanzierte doch die Expedition.«

»Das war Ellyson egal. Er sagte, Monsieur Burnham sei nur an einer einzigen Sache aus der Ausgrabung interessiert, und da ihre Vereinbarung nichts weiter umfasste, würde er auch nichts weiter bekommen. Auf alles, was darüber hinausging, hatte Monsieur Burnham laut Dr. Ellyson kein Anrecht.«

»Und was war es, wofür Burnham sich interessierte?«, fragte Jillian.

Lavoine hatte keine Ahnung. Sie hob einfach die Hände und zuckte die Achseln.

»Wie kam der Mann, der behauptet, Burnham zu sein, dann überhaupt darauf, dass Sie die Artefakte hatten?«, wollte Harvath wissen.

»Weil ich es ihm erzählt habe. Wie gesagt, wir hatten nicht viele Gäste, seit Bernard verschwand. Die Bank will nach wie vor ihr Geld, und ich habe nur noch sehr wenig übrig. Darum bot ich Monsieur Burnham an, er könne mir die Artefakte abkaufen.«

»Aber eigentlich hatte er doch die Expedition finanziert. Rechtmäßig gehörten sie ohnehin ihm und seinem Institut. Was, wenn er zur Polizei gegangen wäre?«

»Das war mir egal. Ich hatte meinen Ehemann verloren. Mein Leben lag in Trümmern. Außerdem wusste ich, dass Monsieur Burnham nichts mit der Polizei zu tun haben wollte. Wie gesagt, Dr. Ellyson tat sehr geheimnisvoll und hielt die Tür zu dem Zimmer, das er als Büro nutzte, stets verschlossen. Er hatte alle Exemplare des Schlüssels, und nicht einmal ich durfte dort rein, um zu putzen. Als er, Bernard und Maurice nicht zurückkamen, bat ich meinen Nachbarn, mir dabei zu helfen, die Tür aus den Angeln zu heben. Auf der anderen Seite war absolut nichts. Keine Spur von den Bücherkisten und Papieren, die er mit ins Hotel gebracht hatte. Kein Computer. Kein Aktenkoffer, nichts. Jemand war im Hotel gewesen und hatte alles aus dem Zimmer mitgenommen. Wer sonst außer Monsieur Burnham hätte das sein können?«

»Es verging also ein Jahr, und Sie beschlossen, was zu tun?«

»Ich beschloss, Monsieur Burnham die Artefakte zu verkaufen. Wir würden einen Preis festsetzen, und er könnte sie alle haben.«

»Aber das ist nicht passiert.«

»Nein. Er sagte mir, er habe kein Geld. Jedenfalls im Moment nicht. Er bot mir an, eine kleine Anzahlung zu leisten und mich später zu bezahlen, aber damit war ich nicht einverstanden.«

»Kluge Frau«, meinte Harvath.

»Ich sagte ihm, dass ich das ganze Geld sofort brauche. Darauf wurde er sehr wütend und sagte mir, die Artefakte gehörten sowieso der Stiftung. Als ich ihm sagte, dass ich weiß, dass es keine Stiftung gibt, versuchte er es mit Ausflüchten. Schließlich drohte ich ihm damit, zur Polizei zu gehen und denen alles zu erzählen, was ich weiß, wenn er nicht kooperierte.«

»Ich wette, das gefiel ihm nicht.« Harvath musste an Rayburns Temperament denken.

»Kein bisschen, aber er war in der gleichen Lage wie ich. Er hatte keine andere Wahl. Er konnte es sich nicht leisten, mich zu bezahlen, und ganz bestimmt wollte er nicht, dass ich mit den Artefakten oder meiner Geschichte zur Polizei ging. Also schlossen wir einen Kompromiss. Wir kamen überein, alles über Sotheby's zu verkaufen.«

»Das heißt, was bei Sotheby's ist, ist alles, was Ellyson entdeckt hat?«

Lavoine wandte für einen Moment den Blick ab. »Nein. Nicht alles.«

»Es gibt noch mehr?«, fragte Jillian.

»Wir wickelten zwar alles über Sotheby's ab«, versuchte Lavoine zu erklären. »Aber trotzdem traute ich Monsieur Burnham nicht. Ich dachte, er könnte eine Möglichkeit finden, mich zu betrügen. Beim ersten Versuch durfte ich nicht alles aufs Spiel setzen. Außerdem hatte Ellyson Monsieur Burnham nie genau gesagt, wo sich die Ausgrabungsstätte befand, geschweige denn was er dort geborgen hatte. Monsieur Burnham hatte keine Ahnung, was sich in meinem Besitz befand. Wenn ich es auf meine Weise machte, konnte ich, falls der erste Verkauf gut lief, eine Weile warten und dann in aller Stille mit weiteren Artefakten wieder zu Sotheby's gehen.«

»Und ohne das Geld teilen zu müssen.«

Marie nickte.

Harvath stand vom Tisch auf. »Wir müssen diese noch verbliebenen Artefakte sehen.«

»Warum?«

»Ihr Mann ist zwar nie aus dieser Eisspalte zurückgekehrt, dafür aber die Waffe, für die die Römer so teuer bezahlten, um zu verhindern, dass sie nach Rom gelangt.«

Lavoine war schockiert. »Was meinen Sie damit?«

»Ich meine, dass der Mann, den Sie Elliot Burnham nennen, mit muslimischen Terroristen zusammenarbeitet. Und die planen, Hannibals Waffe gegen die westliche Welt einzusetzen.«

»Diese Waffe existiert tatsächlich? Worum handelt es sich?«

»Um eine Art Krankheit«, antwortete Jillian.

»Bitte, Marie, welche Artefakte Sie auch immer noch haben, wir müssen sie uns ansehen. Wir versprechen Ihnen, das ist alles, was wir tun wollen. Wir haben nicht vor, sie Ihnen wegzunehmen. Aber Millionen von Menschenleben stehen hier auf dem Spiel. Wir wissen, dass Bernard keine Ahnung hatte, wem er da half, aber Sie können uns helfen, das Problem zu beheben. Bitte, wir benötigen Ihre Kooperation.«

Lavoine dachte einige Augenblicke darüber nach. »Okay«, sagte sie schließlich, während sie aufstand. »Holen Sie Ihre Jacken. Die werden Sie brauchen. Draußen ist es sehr kalt.«

38

Weißes Haus, Situation Room
Washington, D. C.

Nachdem die sichere Videokonferenzverbindung mit dem CIA-Hauptquartier in Langley hergestellt war, begann der Präsident zu sprechen. »Ich nehme an, ich wurde nicht aus meinen Besprechungen da oben gerissen, weil Sie gute Nachrichten haben.«

»Leider nein, Mr. President«, antwortete der Direktor der Central Intelligence, James Vaile. »Vor zwei Tagen fingen wir eine äußerst wichtige elektronische Nachricht ab in Zusammenhang mit dem Dorf Asalaam.«

»Wenn das vor zwei Tagen war, warum höre ich dann erst jetzt davon?«

»Bei allem Respekt, Sir, unsere Arabisch-Übersetzer sind stark überarbeitet und ernsthaft im Rückstand.«

»Ich weiß, ich weiß«, sagte Rutledge. »Ich tue, was ich kann, um Ihnen zusätzliche Mittel zu verschaffen, damit Sie weitere einstellen können. Aber jetzt ist nicht der richtige Zeitpunkt für diese Diskussion. Sagen Sie mir doch einfach, was Sie haben.«

»Wir fingen einen Post in einem islamischen Chatroom ab. Es ging um die Hand Allahs, die alle bis auf seine treuesten Anhänger an einem abgelegenen Ort, dem sogenannten Ort des Friedens, erfolgreich niederstreckte.«

»Asalaam?«

»Das glauben wir«, erwiderte Vaile. »Die Fundamentalisten bezeichnen den Irak gern als Friedhof der Kreuzritter. Die Leute, die sich in diesem Chatroom unterhielten, gaben zu verstehen, dass der Ort des Friedens in dem Land liegt, das man den Friedhof der fremden Kreuzritter nennt.«

Der Präsident schwieg, während der DCI fortfuhr:

»Einer von Osamas Lieblingen soll ebenfalls anwesend gewesen sein, heißt es, um die Macht Allahs aus erster Hand zu erleben.«

»Khalid Alomari.«

»Das glauben wir. Es gab genügend Anspielungen auf seine früheren Leistungen, dass wir ziemlich sicher sein können, dass er es war. Wir überwachen den Chatroom, aber der Kerl, der das gepostet hatte, ist nicht zurückgekehrt, zumindest nicht unter demselben Namen wie vorher. Wir machen uns keine großen Hoffnungen, ihn aufzuspüren. Es ist wie bei Handys. Diese Leute nutzen einen Chatroom ein Mal und kehren dann nie wieder dorthin zurück. Sie wissen, dass wir auf diese Weise keine Möglichkeit haben, sie aufzuspüren.«

Das waren zwar nicht unbedingt gute Nachrichten. Doch Rutledge kannte seinen DCI gut genug, um zu wissen, dass er sich das Schlimmste für den Schluss aufhob. »Was haben Sie sonst noch herausgefunden?«

»Einer der Leute in dem Chatroom behauptete, was am Ort des Friedens geschehen ist, sei nur ein kleiner Vorgeschmack auf das, was Allah und seine heiligen Krieger für die Feinde des Islam bereithalten, insbesondere die Vereinigten Staaten.«

Abermals schwieg der Präsident einige Augenblicke lang, während ihm dämmerte, dass dies die Bestätigung ihrer schlimmsten Befürchtungen war. »War es das?«, fragte er schließlich.

»Nein, Sir«, antwortete Vaile. »Da ist noch etwas.«

»Was ist es?«

»Der Transkription zufolge ist das Mittel, mit dem Allah alle außer den treuesten Anhängern des Islam vernichten will, bereits in Amerika angekommen. Es heißt, es sei nur eine Frage von Tagen, bis sich die Leichen unserer Bürger häufen und unsere Krankenhäuser, Leichenschauhäuser und Friedhöfe überquellen.«

39

Frankreich

Mit Taschenlampen bewaffnet folgten Harvath und Alcott Marie hinaus in die bitterkalte Nacht. Sie führte die beiden zu einer kleinen Scheune hinter dem Hotel am anderen Ende des Grundstücks.

»Sie bewahren die Artefakte hier drin auf und schließen noch nicht mal ab?«, fragte Harvath, als Marie die Tür aufstieß.

»Niemand schließt hier seine Türen ab. Wenn man das tut, sendet man damit eine Botschaft, dass es etwas zu holen gibt. Außerdem: Wie lange, glauben Sie, würde es wohl dauern, falls hier jemand wirklich einbrechen wollte?«

Die Frau hatte recht.

Marie schloss die Tür hinter ihnen und deutete mit ihrer Taschenlampe auf eine Box in der Mitte der Scheune. »Dadrin!«

Nachdem er mehrere Heuballen beiseitegerückt und die losen Strohstücke mit dem Fuß weggeschoben hatte, fand Harvath die Falltür. Er klappte sie zurück und leuchtete mit seiner Taschenlampe eine Reihe steinerner Stufen hinab, die in einen großen Keller führten.

Jillian trat zu ihm, und mit Marie als Nachhut stiegen sie die Treppe hinunter. Der Keller war riesig. Marie fand eine Schachtel Streichhölzer und zündete mehrere der Laternen an, die von der niedrigen Decke hingen. Als die Laternen den Raum erhellten, hörte Harvath, wie Alcott scharf die Luft einzog.

Hunderte von Artefakten lagen, in durchsichtige Plastiktüten verpackt, auf sauberen Leintüchern gewissenhaft auf dem Kellerboden ausgebreitet. Jillian konnte nicht anders, sie hastete hin, um sie näher zu betrachten. »Wie haben sie das alles transportiert?«

»Ein starker Rücken, ein großer Rucksack und viele, viele Wanderungen«, antwortete Marie.

Harvath ging zu Jillian, nahm vorsichtig einen der versiegelten Beutel und begutachtete dessen Inhalt. Darin befand sich eine Waffe, die er aus seinem Studium der Militärgeschichte kannte – eine keltische Falcata. Der Legende nach konnte dieses mächtige Kurzschwert mit seiner nach innen gebogenen Klinge mit nur einem Schlag einen Schild und einen Helm spalten. Allerdings erregte noch etwas anderes Harvaths Interesse. An dem Beutel klebte ein Stück Kreppband mit einer Ziffernfolge. Er hielt es hoch, damit Marie es sehen konnte, und fragte: »Wissen Sie, was das ist?«

»Keine Ahnung!« Betrübt schüttelte Marie den Kopf. »Ich habe mehrere dieser Stücke zu einem Freund Bernards gebracht, der ebenfalls Bergführer ist. Ich hoffte, dass er das entziffern könnte. Ich dachte, es könnte sich um GPS oder so etwas handeln. Ich dachte, damit würden wir vielleicht Bernard und Maurice finden. Aber anscheinend ist es bloß ein Haufen Zahlen, die keinen Sinn ergeben.«

»Eigentlich«, entgegnete Jillian, während sie die Ziffern auf ihrem Beutel las, »ergeben sie durchaus einen Sinn. Es sind Rasterkoordinaten.«

»Wie auf einer Landkarte?«

»So ähnlich. Ellyson muss über dem Fundort der Artefakte ein Gittersystem angelegt haben. Die ersten Zahlen sind ein Bezugspunkt, eine äußere Ecke vielleicht oder genau die Mitte des Geländes. Der nächste Zahlensatz erklärt, in welchem Teil des Rasters der Gegenstand gefunden wurde.«

»Was ist mit diesem letzten Satz Zahlen, dem mit einer Gradmarkierung dahinter?«, fragte Harvath. »Das sind keine Längen- oder Breitengrade, oder?«

»Nein. Es handelt sich um den Höhengrad, gefolgt von einer Tiefenangabe. Ich würde sagen, Ellyson hatte es mit einer sehr steilen Fläche zu tun und katalogisierte nicht nur, an welcher Stelle des Hangs er die Dinge fand, sondern auch, wie tief sie eingeschlossen waren.«

»Eingeschlossen?«

»Ja, wahrscheinlich im Eis. Man kann über den Mann sagen, was man will«, meinte Jillian, »aber er war gründlich.«

»Gründlich schon, aber nicht so sehr, dass diese Zahlenreihen uns verraten würden, wo die eigentliche Entdeckung gemacht wurde.«

»Nein. Sie beziehen sich alle auf den ersten Zahlensatz. Das ist der Anker, von dem alle anderen ausgehen. Uns fehlt ein wesentlicher Teil des Puzzles – der Rosettastein, wenn man so will, der die Gesamtaussage erklärt.«

»Als Bernard nicht mehr nach Hause kam«, wandte Harvath sich an Marie, »haben Sie da die Polizei gerufen?«

»Natürlich«, antwortete Marie.

»Was ist dann passiert?«

»Sie kamen und stellten dieselben Fragen wie immer, wenn ein Bergsteiger nicht zurückkehrt.«

»Was haben Sie ihnen erzählt?«, fragte Jillian. »Haben Sie etwas von Hannibal erwähnt?«

»Im Grunde erzählte ich der Polizei alles, was ich wusste; dass mein Mann in den Felsspalten irgendwo in der Nähe des Col de la Traversette klettern war und nicht nach Hause gekommen ist.«

Harvath blickte Lavoine an. »Die örtliche Polizei hat alle Pläne und Karten Ihres Mannes durchgesehen und was sie sonst noch finden konnte, um herauszufinden, wo genau er am Tag seines Verschwindens kletterte?«

»Die Polizei *und* befreundete Bergsteiger. Sie haben alles durchgesehen, fanden aber nichts. Dr. Ellyson gab sich Mühe, seine Arbeit geheim zu halten. Darum ist es keine Überraschung, dass Bernard keine Aufzeichnungen hinterließ.«

Man sah Marie an, dass es schmerzhaft für sie war, das Ganze noch einmal zu durchleben. Einige Augenblicke lang sagte niemand etwas, während Harvath die Falcata weglegte und zwischen den übrigen Artefakten umherging.

»Vom historischen Standpunkt aus sind diese Dinge alle sehr interessant«, meinte Jillian, »aber eigentlich werfen sie kein Licht auf Hannibals mysteriöse Waffe.«

»Im *Arthashastra* ist die Rede davon, Gift auf Blankwaffen aufzutragen, richtig?«, sagte Harvath.

»Ja.«

»Dann sollten wir diese Sachen hier vielleicht analysieren lassen.«

Jillian bemerkte, wie Marie sich verkrampfte, und bedeutete ihr diskret, sich keine Sorgen zu machen. »Wenn Hannibal vorhatte, die Römer zu vernichten, jeden Mann, jede Frau und jedes Kind, selbst ihr Vieh, dann nicht nach und nach mit Schwerthieben. Ihm schwebte ein größeres Medium vor. Wir müssen Ellysons Ausgrabungsstätte finden.«

Harvath schüttelte den Kopf. »Nein. Das ist eine Sackgasse. Wir müssen Emir Tokay aufspüren.«

»Und wie sollen wir das anstellen? Wir haben keinerlei Anhaltspunkt.«

»Wir haben die E-Mail-Adresse, mit der Marie Rayburn kontaktierte, und wir wissen, dass Rayburn an Emirs Entführung beteiligt war. Ich würde sagen, das ist ein ziemlich guter Anhaltspunkt.«

»Nur falls er irgendwohin führt. Sehen Sie«, fuhr sie fort, »wenn wir die Ausgrabungsstätte finden, können wir vielleicht auch genügend physische Beweise finden, die uns helfen dahinterzukommen, worum es bei dieser mysteriösen Krankheit geht, und ein Heilmittel entwickeln.«

»Und Emir?«

Jillian schwieg, während sie sich ihre Antwort überlegte. »Wir wissen ja noch nicht einmal, ob er überhaupt noch am Leben ist. Es ist möglich, dass er umgebracht wurde. Die Antworten, nach denen wir suchen, sind vielleicht näher, als wir glauben. Jetzt sind wir hier, und Ellysons Ausgrabungs-stätte zu finden ist zumindest eine Möglichkeit. Wir können es uns nicht leisten, sie außer Acht zu lassen.«

Jillian hatte recht, doch wie zum Teufel sollten sie die Ausgrabungsstätte lokalisieren? Wesentlich erfahrenere und mit der Umgebung vertraute Teams hatten wochenlang nach den Vermissten gesucht und nichts gefunden. Wie sollten er und Jillian etwas bewerkstelligen, das diese Leute nicht geschafft hatten? Sie verfügten ja nicht einmal über neue Informationen. Das Einzige, was Harvath einfiel, war, noch einmal alles durchzugehen, was die Polizei bereits abgegrast hatte, in der Hoffnung, etwas zu finden, das sie übersehen hatte. Ohne große Aussicht auf Erfolg wandte er sich an Marie Lavoine. »Ich müsste Ihr Telefon benutzen, und dann würde ich mir gern Bernards persönliche Sachen ansehen.«

40

Nachdem Harvath Nick Kampos auf Zypern angerufen und ihm die E-Mail-Adresse gegeben hatte, die Rayburn unter seinem Alias Elliot Burnham verwendet hatte, verbrachten er und Jillian den Rest des Abends damit, über Bernards persönlichen Dingen zu brüten. Sie betrachteten all seine Karten, Pläne und Atlanten, ohne auf etwas von Nutzen zu stoßen. Sie waren so müde, dass ihnen bereits alles vor Augen verschwamm. Keiner von ihnen wollte glauben, dass sie den ganzen Weg zurückgelegt hatten, nur um geradewegs in eine Sackgasse zu gelangen. Es war weit nach zwei Uhr morgens, als Jillian vorschlug, endlich Feierabend zu machen.

Harvath war völlig erschöpft, doch als er im Bett lag, wollte sich der Schlaf nicht einstellen. Ihn quälten Gedanken, die er sich den größten Teil des Tages vom Leib halten konnte. Nun jedoch kehrten sie mit aller Macht zurück. Er machte sich Sorgen darüber, was wohl aus ihm würde, wenn er seinen Job verlor und im internationalen Fernsehen – ein besseres Wort wollte ihm nicht einfallen – »geoutet« wurde.

Wie er so dalag, Geist und Körper benommen vor Müdigkeit, stellte sich ihm eine einfache Frage, auf die er keine Antwort fand: *Ohne meinen Beruf, wer bin ich dann noch?*

Er hatte sich nie für schwach gehalten, doch nun nagten allmählich Zweifel an ihm. Je mehr er sich bemühte, seine Probleme zu verdrängen, desto heftiger und schneller stürzten sie auf ihn ein. Schließlich gab er die Hoffnung auf, überhaupt Schlaf zu finden, und stieg die Treppe hinunter.

Im Chalet war alles still. Nachdem Harvath im Kamin im Empfangsbereich ein Feuer entfacht hatte, ging er in die Küche, wo er eine Flasche Calvados und einen sauberen Cognacschwenker fand. Er schenkte sich ein und trank das erste Glas in einem großen Schluck. Er holte sich *Hannibal überquert die Alpen* vom Kaminsims und schenkte sich ein weiteres Glas ein. Den Cognacschwenker in der Hand ließ Harvath sich auf einen ledernen Polstersessel sinken, schlug das Buch auf und versuchte, seiner Welt zu entfliehen, indem er sich eine Zeit lang in der Welt eines Fremden verlor.

Es war halb acht Uhr morgens, als Jillian ihn zusammen mit Marie Lavoine auf dem Boden des Hotelbüros vorfand, wie sie über Kartons voller Schriftstücke brüteten. »Was ist denn hier los?«, wollte sie wissen.

»Letzte Nacht musste ich dauernd daran denken, was Sie gesagt hatten: dass die Antworten auf diese mysteriöse Krankheit durchaus bei Ellysons Ausgrabungsstätte auf uns warten könnten. Als ich nicht einschlafen konnte, beschloss ich, nach unten zu gehen und eine Weile zu lesen. Ich wollte herausfinden, warum Ellyson sich so sehr für dieses spezielle Buch über Hannibals Alpenüberquerung interessierte.«

»Und?«

Harvath nahm das Buch von dem Stuhl neben sich und warf es ihr zu. »Seite 171.«

Alcott blätterte zu der Seite und las den Abschnitt laut vor, den Harvath mit Bleistift unterstrichen hatte. »Solange die Alpen nicht die Überreste eines Elefanten freigeben, eines karthagischen Offiziers oder eines afrikanischen oder skythischen Reitersoldaten, werden wir nie erfahren, wo genau Hannibal sie überquerte. Die Möglichkeit, archäologische Beweise zu entdecken, ist jedoch nicht so gering, wie man annehmen könnte. Zu keiner Zeit in der Geschichte hatten Wissenschaftler einen solchen Zugang zu den Alpen und die technische Unterstützung wie heute. Satelliten, Hubschrauber und Flugzeuge ermöglichen Luftaufnahmen, die Einblicke in die Täler, Gebirgskämme und Gipfel liefern, die in einem so genauen und detaillierten Maßstab nie zuvor möglich waren.« Jillian balancierte das Buch auf ihrem Oberschenkel und blickte zu Harvath auf, während sie auf eine Erklärung wartete.

»Die Sommer in Europa werden zunehmend wärmer, und mit der Wärme weichen die Alpengletscher allmählich zurück. Wie es in dem Buch heißt, stehen den Wissenschaftlern von heute Werkzeuge zur Verfügung wie nie zuvor. Kein Archäologe, der sein Geld wert ist, käme je auf die Idee, eine solche Suche ohne so viel technische Unterstützung durchzuführen, wie er bekommen kann. Das Silenos-Manuskript mag Ellyson dabei geholfen haben, den Bereich einzugrenzen, in dem der Trupp, der Hannibals Geheimwaffe mit sich führte, getötet und in den Abgrund geschleudert wurde. Aber es gab keine Möglichkeit, den präzisen Ort zu ermitteln. Ellyson kannte vielleicht die ungefähre Umgebung, in der sich seine Nadel befand. Aber er musste den Heuhaufen auf Teufel komm raus einengen.«

Endlich begriff Jillian. »Sie denken, dazu benutzte er Satellitenbilder.«

»Und die bezahlte Bernard Lavoine.«

»Mit Rayburns Geld natürlich.«

»Natürlich! Aber ich hoffe, dass Bernard seine eigene Kreditkarte verwendete und den entsprechenden Betrag dann einfach der Expedition in Rechnung stellte oder von dem Geldhaufen nahm, den Rayburn für genau solche Ausgaben hiergelassen hatte.«

45 Minuten später entdeckte Marie Lavoine die erste Kreditkartenabrechnung, in der ein internationales Satellitenunternehmen aus Toulouse namens Spot Image auftauchte. Bald darauf entdeckten sie mehrere weitere Rechnungen mit Bezug auf dieses Unternehmen. Zwar hatte Bernard viele Geschäfte mit Spot Image gemacht. Aber Harvath interessierte sich vor allem für die letzten Bilder, die er bestellt hatte.

Der logischste Schritt bestand darin, dass Marie dort anrief und den Leuten erklärte, wer sie war und was sie wollte. Doch als man ihr bei dem Unternehmen mitteilte, dass es aufgrund der Datenschutzbestimmungen untersagt sei, Kopien an andere Personen als den ursprünglichen Kunden weiterzugeben, war Harvath klar, dass er sich etwas Besseres einfallen lassen musste.

Er hatte keine Lust, den ganzen Weg nach Toulouse zu fahren, um erneut einzubrechen und die Informationen zu stehlen. Außerdem war Spot Image ein Satellitenunternehmen, da herrschte rund um die Uhr Betrieb. Mitten in der Nacht war die Firma nicht verlassen, anders als die Pariser Dependance von Sotheby's, wo nur ein paar Sicherheitsleute hinter einem Schalter saßen. Harvath musste doch jemanden außerhalb seiner etablierten Geheimdienstkontakte kennen, der Spot Image stark genug unter Druck setzen konnte, damit er das bekam, was er brauchte. Mit einem Mal wusste er, wer dieser Jemand war.

41

Harvath hatte Kevin McCauliff vor einigen Jahren kennengelernt, als er noch beim Secret Service war. Sowohl er als auch McCauliff waren Mitglieder einer informellen Gruppe von Bundesangestellten, die jedes Jahr gemeinsam für den jährlichen Marine Corps Marathon in Washington, D.C. trainierten.

McCauliff arbeitete für die National Geospatial Intelligence Agency, die nationale Behörde für geografische Aufklärung. Früher bekannt als National Imagery and Mapping Agency, als nationale Behörde für Bildaufklärung und Kartografie, war die NGA eine wichtige Geheimdienst- und Kampfunterstützungsbehörde des Verteidigungsministeriums. Damit zählte die NGA zwar sehr wohl zur Intelligence Community. Aber Kevin McCauliff war nicht unbedingt das, was Harvath einen etablierten Geheimdienstkontakt nennen würde. Für ein paar Wochen im Jahr absolvierten sie ein gemeinsames Lauftraining. Damit erschöpfte sich ihre Beziehung auch schon. Die Wahrscheinlichkeit, dass irgendjemand darauf achtete, ob Harvath Kontakt zu Kevin McCauliff aufnahm, war verschwindend gering. Und, besser noch: McCauliff schuldete Harvath einen Gefallen.

Der Bildaufklärungsspezialist war einer der wenigen leitenden Mitarbeiter bei der NGA, die tatsächlich gern die Nachtschicht übernahmen, weil da, wie er es ausdrückte, die ganze Action stattfand. Die Vermittlung der NGA stellte Harvath zu McCauliffs Schreibtisch durch, und der 28-Jährige, der den Marathon in zwei Stunden und 55 Minuten lief, nahm beim ersten Klingeln ab. »Kevin, ich bin's, Scot Harvath«, meldete er sich zwischen seinen Kartons voller Papierkram, die überall in Marie Lavoines Büro verteilt waren.

»Harvath?«, antwortete 6500 Kilometer entfernt McCauliffs vertraute Stimme in der NGA-Zentrale in Bethesda, Maryland. »Es ist fast drei Uhr morgens. Der Marathon ist erst im Oktober. Erzähl mir nicht, dass dir die Strategie bereits jetzt den Schlaf raubt.«

»Wegen einer Strategie habe ich niemals schlaflose Nächte, Kevin. Es ist bloß ein Lauf.«

»Ich werde dich daran erinnern, wenn uns dieses Jahr bei Kilometer 40 wieder ein Haufen junger Ledernacken nass macht.«

Harvath lachte. Sie hatten letztes Jahr beim Marathon eine beachtliche Zeit hingelegt. Aber er war ein Navy-Mann und es zerriss ihm fast das Herz, als sie auf den letzten beiden Kilometern von einer Gruppe junger Marines überholt wurden, vor denen sie die ganze Zeit über einen beträchtlichen Vorsprung gehabt hatten. »Okay, vielleicht ist es mehr als bloß ein Lauf. Aber das ist nicht der Grund, aus dem ich anrufe.«

»Was gibt es?«

»Weißt du noch, damals, als ich beim Secret-Service-Kommando des Präsidenten im Weißen Haus arbeitete und deine Familie auf eine VIP-Tour mitgenommen habe?«

»Natürlich weiß ich das noch. Meine Mutter und meine Schwester reden immer noch davon – und übrigens auch von *dir*. Schwörst du bei Gott, dass zwischen dir und Denise nichts vorgefallen ist?«

Wenn es um seine kleine Schwester ging, war McCauliff wie Sonny Corleone, und ganz egal was Harvath ihm erzählte, McCauliff glaubte ihm kein Wort, wenn er von dem Abend sprach, den er mit ihr verbracht hatte. »Du kannst nicht aufhören, was? Wir haben *ein* Glas zusammen getrunken, danach habe ich sie wieder an ihrem Hotel abgesetzt. Das habe ich dir schon tausendmal gesagt.«

»Ich weiß, aber es ist schon über drei Jahre her, und sie spricht immer noch von dir. Was würdest du an meiner Stelle denn glauben?«

»Ich würde glauben, dass ich eine Therapie brauche.«

Diesmal war es an McCauliff zu lachen. »Ich werde darüber nachdenken«, erwiderte der NGA-Agent, während er den Hörer ans andere Ohr hielt. »Also, was kann ich für dich tun?«

»Hast du je von einem Satellitenbildunternehmen namens Spot Image gehört?«

»Klar! Wir haben schon mit denen zusammengearbeitet. Warum?«

»Hast du Beziehungen zu jemand dort?«

McCauliff überlegte einen Augenblick. »Ich kenne da ein paar Leute. Ihre US-Niederlassung ist drüben in Chantilly, Virginia. Was brauchst du?«

Harvath hatte die Artikel über Bernards Verschwinden und die anschließende Suchaktion gesehen, die Marie aus mehreren französischen Zeitungen ausgeschnitten hatte. »Ich arbeite an einem Vermisstenfall in Übersee«, sagte er. »Der Mann heißt Bernard Lavoine, L-A-V-O-I-N-E. Er verschwand zusammen mit zwei weiteren Personen vor über einem Jahr bei einer Bergtour in den Alpen. Er bestellte jede Menge

Satellitenbilder bei Spot, und ich hoffe, dass diese Bilder vielleicht Aufschluss darüber geben können, wo er war, als er verschwand.«

»Warum ruft nicht jemand von der Homeland Security dort an?«

»Weil es um etwas Persönliches geht, Kevin. Ich bin nicht offiziell damit befasst.«

An McCauliffs Ende der Leitung herrschte einige Augenblicke Schweigen. »Du schwörst, dass zwischen dir und meiner Schwester nichts vorgefallen ist, richtig?«

»Mein Gott, Kevin. Ja, ich schwöre es.«

»Okay«, sagte McCauliff, »gib mir eine Möglichkeit, mit dir in Kontakt zu treten, und ich werde sehen, was ich tun kann.«

Nachdem Harvath ihm die Nummer des Hotels gegeben hatte, bedankte er sich und legte auf. Jillian blickte ihn an. »Und jetzt?«

»Jetzt warten wir.«

42

Hamtramck, Michigan

Amerika war gut gewesen zu Kaseem Najjar, sehr gut. Seine Kette muslimischer Lebensmittelgeschäfte und sein Lebensmittelversand florierten, seine drei Kinder besuchten einige der renommiertesten Universitäten der USA, und der Mann galt als Stütze seiner überwiegend muslimischen Gemeinde ein Stück außerhalb von Detroit. In Amerika war alles möglich, Kaseem war der Beweis dafür.

Als Flüchtling aus dem vom Krieg zerrissenen Sudan erfüllte er das Klischee des Einwanderers, der es vom Tellerwäscher zum Millionär schafft. Mit nichts als der Kleidung, die er auf dem Leib hatte, war er nach Amerika gekommen und hatte im Lauf von 25 Jahren eine Dynastie errichtet, indem er auf den Geschmack derer einging, die sich nach den Speisen ihrer Heimat sehnten. Was die Produkte betraf, die Kaseem in seinen Ladenregalen, in seinem Versandkatalog oder auf seiner neuen Website präsentierte, diskriminierte er niemanden. Er hatte sein Vermögen gemacht, indem er Lebensmittel für alle Muslime lieferte. Chilischoten aus Indonesien, Pistazien aus dem Iran, Datteln aus Libyen, spezielles Brotmehl aus dem Irak – Kaseem Najjar war es egal, wie schwer sie zu importieren waren. Er war ein Mann, der ein Nein nie als Antwort akzeptierte, und diese beharrliche Entschlossenheit machte die Hälfte seines Erfolgs aus.

Die andere Hälfte beruhte auf dem Gleichgewicht, das er in seinem Leben gefunden hatte. Zwar hatte er nie um einen solchen Status gebeten. Dennoch war er stolz darauf, den Muslimen seiner Gemeinde ein Vorbild zu sein. Fast wöchentlich stellte ihm ein Kunde, ein Kollege oder ein Mitglied seiner Moschee die alles beherrschende Frage, die anscheinend jeden in den USA lebenden Muslim umtrieb: *Wo sollte meine Loyalität liegen? Beim Islam oder bei Amerika? Bin ich in erster Linie Muslim oder Amerikaner?*

Obwohl man ihm diese Frage schon tausendmal gestellt hatte, behandelte er jedes Nachfragen, als hörte er es zum ersten Mal. Seine Reaktion jedoch war stets dieselbe. Statt einer Antwort stellte er eine Gegenfrage: »Wenn du zwei Kinder hättest, die beide gleichermaßen begabt, schön und grenzenlos vielversprechend wären, welchem würdest du deine ganze Liebe widmen?«

Selbstverständlich war die Frage rhetorisch. Kaseem Najjars Meinung nach gab es keinen Grund, sich entscheiden zu müssen. Dies hier war Amerika, und er konnte seine Wahlheimat und seinen islamischen Glauben gleichermaßen lieben. Beides schloss sich ja nicht gegenseitig aus, wie so viele, die die muslimische Religion pervertierten, die Gläubigen gern glauben machen würden. Seine kluge Antwort rief bei denen, die die Frage stellten, oft ein Lächeln hervor und ein einfaches, wissendes Nicken. Ebenso trug sie viel dazu bei, Kaseem Najjars Ruf als einer der weisesten Männer in Hamtramck zu stärken.

Dieser Ruf wurde jedoch infrage gestellt, als Kaseem als einer der Gründer des islamischen Al-Islah-Zentrums in Hamtramck vorschlug, dass das Zentrum die Genehmigung des Stadtrats einholen solle, um den muslimischen Aufruf zum Gottesdienst über an der Außenseite des Zentrums angebrachte Lautsprecher zu übertragen. Die dadurch ausgelöste Debatte machte internationale Schlagzeilen.

Viele der Muslime in Hamtramck hielten Kaseem für einen Narren, weil er um Erlaubnis für ein Recht bat, das ihnen bereits zustand. Aufgrund der Lärmschutzverordnung der Stadt und ihrer Satzung, die derartige religiöse Freiheiten ausdrücklich schützte, hatte das Zentrum bereits das Recht, den Ruf zum Gebet auszustrahlen. Die Rufe dauerten nur ein bis zwei Minuten und unterschieden sich ihrer Meinung nach nicht vom Läuten christlicher Kirchenglocken.

Kaseem hingegen war so klug, dass er darin ein potenziell spaltendes Problem in der multiethnischen, multireligiösen Gemeinschaft sah, und hatte beschlossen, es direkt anzugehen. Indem er seine Amtskollegen hinter sich scharte und sich an den Stadtrat von Hamtramck wandte, um den Ruf zum Gebet zu regeln, bevor auch nur ein einziger Einwand erhoben wurde, erwies sich das Zentrum als gutwillig, sensibel für die Rechte anderer und vor allem als außergewöhnlich guter Nachbar. Es war eine äußerst positive PR-Maßnahme für die muslimische Gemeinde nicht nur in Michigan, sondern in ganz Amerika nach 9/11.

Hin und wieder fragte jemand Kaseem, ob die ganze Affäre sich seiner Meinung nach gelohnt habe. Auf seine wissende Art lächelte er jedes Mal, griff nach seiner abgenutzten Lederbrieftasche und zog einen Artikel der *Detroit News* hervor, von dem er sicher war, dass er ihrer Sache mehr genützt hatte als alles andere. Für die meisten Ungläubigen bedeutete der Ruf zum Gebet lediglich Lärm. Die *Detroit News* hatte diese Sichtweise verändert, und der Artikel wurde von Nachrichtenagenturen aufgegriffen und in Zeitungen auf der ganzen Welt abgedruckt. Voller Stolz las Kaseem die Übersetzung des Rufs, die Millionen Menschen auf der ganzen Welt gelesen hatten: »Vor jeder Gebetszeit erklimmt ein Mann, der Muezzin genannt wird, das Minarett der Moschee und singt viermal ›*Gott ist groß*‹, zweimal gefolgt von ›*Ich bezeuge, dass es keinen Gott außer Gott gibt*‹. Dann ruft der Muezzin zweimal ›*Ich bezeuge, dass Mohammed der Prophet Gottes ist*‹, gefolgt von ›*Eilt zum Gebet*‹, das zweimal gesungen wird. Anschließend werden ›*Eilt zur Seligkeit*‹ und ›*Gott ist groß*‹ zweimal gerufen, gefolgt vom abschließenden ›*Es gibt keinen Gott außer Gott*‹.«

Selbstverständlich musste man den Leuten, mit denen Kaseem den Artikel teilte, den Gebetsruf nicht übersetzen. Sie kannten die Bedeutung ja bereits. Dennoch war der Mann unbestreitbar stolz darauf, dass er die Religion und die Gepflogenheiten des Islam für den Rest der Welt ein wenig zugänglicher gemacht hatte.

Nun schaute Kaseem auf seine Uhr und stellte fest, dass es auf fünf Uhr morgens zuging. Er hatte die ganze Nacht in seinem Lagerhaus damit verbracht, die unzähligen Paletten auszupacken, die am Tag zuvor eingetroffen waren. Sie waren die ersten einer exklusiven Reihe von Lieferungen, die den krönenden Abschluss seiner Laufbahn darstellten. Dies war nicht zuletzt der internationalen Bekanntheit zu verdanken, die er durch das Projekt »Ruf zum Gebet« erlangt hatte.

Ähnlich wie das britische Königshaus bestimmte Kaufleute als offizielle Hoflieferanten der Krone anerkannt hatte, erkannte ein gewisser, ziemlich radikaler saudischer Prinz namens Hamal aus der riesigen saudischen Königsfamilie einige herausragende, ausgewählte Kaufleute an, die zwar nicht das saudische Königshaus belieferten, dafür jedoch die größere, weltweite muslimische Gemeinschaft als Ganzes. Der erste und einzige Händler in den Vereinigten Staaten, dem diese ehrenvolle Auszeichnung verliehen wurde, war Kaseem Najjar.

Zusammen mit dieser Anerkennung erhielt Kaseem die exklusiven nordamerikanischen Vertriebsrechte für das allererste Produkt, das jemals offiziell von der saudischen Königsfamilie empfohlen wurde – in Flaschen abgefülltes Wasser aus einer geheimen Quelle, die unter der heiligen Stadt Mekka entdeckt wurde und von der es hieß, sie habe schon den Durst des Propheten Mohammed gestillt. Der Erlös aus dem Verkauf des heiligen Wassers ging an islamische Wohltätigkeitsorganisationen auf der ganzen Welt. Wie die muslimischen Autoritäten Mekkas in einer Verlautbarung darlegten, die in Moscheen auf der ganzen Welt verbreitet wurde, war es die heilige Pflicht eines jeden Muslims – ganz gleich ob Mann, Frau oder Kind –, vor dem im Herbst bevorstehenden Fest des Fastenbrechens mindestens eine Flasche Wasser aus der geheimen Quelle Mekkas zu erstehen und zu trinken.

Kaseem hatte in der Tat gut daran getan, sich den Exklusivvertrag für den Vertrieb des heiligen Wassers in den USA zu sichern. Jeder Gläubige, der es kaufen wollte, musste dies in der örtlichen Moschee tun, die es wiederum bei ihm kaufen musste. Diese Vereinbarung würde ihn noch reicher machen, als er ohnehin schon war. Was ihm daran jedoch nicht gefiel, war das Beharren der Saudis, dass er das Wasser nur an ihre Liste zugelassener Moscheen in den USA verkaufen sollte, die sich alle ausschließlich an Sunniten richteten, die die Mehrheit der Gläubigen darstellten. Das Wasser an schiitische Moscheen zu verkaufen war nicht vorgesehen.

Darüber hinaus hatten seine Ansprechpartner in Saudi-Arabien darauf bestanden, dass Kaseems Unternehmen mehrere Tonnen eines Gewürzes namens »Mahleb« abnahm. Es wurde aus den Kernen von Schwarzkirschen hergestellt und war in den gesamten USA leicht erhältlich, doch offenbar sahen seine saudischen Kontakte Bedarf an einer rein muslimischen Version. Markenpolitik war kein Konzept, das ausschließlich auf amerikanische Unternehmen beschränkt war. Auch die muslimische Welt machte mit. Heute waren es Quellwasser und Kirschkerngewürze, morgen Tennisschuhe und Uhren. Um ehrlich zu sein, war Kaseem hocherfreut zu sehen, dass die muslimische Welt allmählich den Anschluss an die Moderne fand. Er hegte keinerlei Zweifel, dass seine Kunden, vor die Wahl gestellt, lieber eine muslimische Version von »Mahleb« kauften als eine nicht muslimische.

Kaseem würde es zwar niemals laut aussprechen. Doch ihm war klar, dass sein Unternehmen ähnlichen, wenn nicht mehr Profit abwerfen könnte als jüdische, auf koschere Nahrungsmittel spezialisierte Firmen.

Ein weiterer Aspekt der Transaktion bestand darin, dass das Kaseem zur Verfügung gestellte »Mahleb« nicht zum

Verkauf über sein umfangreiches Vertriebsnetz bestimmt war. Stattdessen ging es an einen neuen muslimischen Gewürzkonzern mit Sitz in den USA. Die Saudis erklärten, dass, da die Importzulassungen des Konzerns noch nicht festgelegt seien, sie Kaseems Unternehmen benötigten, um die Gewürzlieferungen in Empfang zu nehmen. Anschließend musste er es neu verpacken und an die verschiedenen Niederlassungen des Konzerns schicken.

Als verantwortungsbewusster Geschäftsmann überprüfte Kaseem den vermeintlichen Konzern ein wenig. Die Direktoren waren allesamt ehemalige Einwanderer wie er und stammten alle aus muslimischen Ländern. Aber hier endeten die Gemeinsamkeiten auch schon. Soweit Kaseem es beurteilen konnte, hatte keiner der Männer Erfahrung in der Lebensmittelindustrie. Sie besaßen eine Vielzahl an Unternehmen im ganzen Land, meist solche, die man mit Einwanderern aus Nahost in Verbindung brachte, die nach Amerika kamen und versuchten, auf einer der unteren Stufen des amerikanischen Traums Fuß zu fassen – Kurzzeitkredite, Devisenumtausch und Wechselstuben sowie Gemischtwarenläden, Tankstellen und Taxiunternehmen. Sie waren tatsächlich erfolgreiche Unternehmer, aber warum sie sich auf ein so margenschwaches Unterfangen wie das Gewürzgeschäft einlassen wollten, war Kaseem ein Rätsel. Vielleicht wussten sie etwas, das er nicht wusste. Das alles spielte jedoch keine Rolle, da Kaseem das bitter schmeckende Mahleb stichprobenartig überprüft hatte und überzeugt war, dass es sich um das Original handelte. Das Letzte, was er wollte, war, unwissentlich an der Einfuhr illegaler Substanzen jeglicher Art beteiligt zu sein. Ob sein Kunde nun zum saudischen Königshaus zählte oder nicht, Kaseem musste immer noch auf den guten Namen seiner Familie achten und sich nach den Gesetzen seines Landes richten.

Während Kaseem den letzten Teil des Mahleb verpackte, um es am Nachmittag per UPS zu verschicken, war er in Gedanken bereits auf dem Weg nach Hause, um vor dem Morgengebet noch ein wenig zu schlafen. Er war müde und abgelenkt, darum entging ihm, dass bei einer der Packungen, die er stichprobenartig getestet hatte und die wieder zum Rest der Lieferung gelegt worden war, der Deckel nicht richtig schloss.

Die rätselhafte Krankheit aus dem irakischen Dorf Asalaam, einst dazu bestimmt, ganz Rom zu vernichten, hatte gerade ihr Debüt auf amerikanischem Boden gegeben.

43

Paris

Harvath war in seinem Zimmer und überflog das Nachschlagewerk, das er mit Vanessas Erlaubnis mitgenommen hatte: »*Griechisches Feuer, Pfeilgift und Skorpionbomben – Biologische und chemische Kriegsführung in der Antike*« von Adrienne Mayor. Da klopfte Marie Lavoine an seine Tür und sagte ihm, dass er einen Anruf habe. Es konnte nur eine von zwei Personen sein, und wer auch immer es war, hatte entweder nichts gefunden oder besaß Informationen, die Aufschluss darüber gaben, welche Richtung er als Nächstes einschlagen sollte.

Harvath nahm den Anruf in Maries Büro entgegen. »Harvath«, meldete er sich, als er den Hörer vom Schreibtisch nahm.

»Scot, ich bin's, Kevin McCauliff.«

»Das ging aber schnell, Kevin.« Harvath warf einen Blick auf seine Uhr. Es war erst wenige Stunden her.

»Du hast Glück. Mein Kontaktmann hier in Chantilly ist mit jemandem in der Spot-Zentrale in Toulouse befreundet.«

»Was konntest du rausfinden?«

»Wie du ja sagtest, dieser Typ Bernard Lavoine hat bei Spot jede Menge Bilder bestellt. Die Daten der Kreditkartenzahlungen halfen, das Zeug wesentlich schneller zu finden.«

»Gut! Was haben sie dir gegeben?«

McCauliff blätterte durch die Bilder auf seinem Monitor. »Das gesamte Bildmaterial, das dein Vermisster bestellte, bezieht sich auf eine Gegend rund um den Monte Viso und einen Pass gleich nördlich davon, er heißt Col de la Traversette. Anfangs war die Suche ziemlich breit gefächert, engte sich dann aber immer weiter ein.«

»Wonach suchte er?«

»Das kann ich dir nicht sagen«, antwortete McCauliff. »Was ich dir sagen kann, ist, dass Geld keine Rolle spielte für diesen Mann. Er bestellte jeden Test, den man sich vorstellen kann – Daten zum spektralen Oberflächenreflexionsvermögen, Temperaturdaten, Emissionsgraddaten –, egal was, der Kerl kaufte es. Ich bin mir sicher, dass es bei Spot jemanden im Vertrieb gibt, dem es furchtbar leidtut, dass er ihn als Kunden verloren hat.«

Nicht so leid wie Marie Lavoine, die ihren Ehemann verloren hat, dachte Harvath. »Was ist mit den letzten Käufen?«

»Alle szenenspezifisch.«

»Was heißt das?«

»Das heißt, deine vermisste Person hatte sich eine bestimmte Stelle herausgepickt und nutzte Satelliten, um sie so gründlich zu untersuchen wie nur möglich. Danach gab es keine Bestellungen mehr«, sagte McCauliff. »Wonach auch immer Bernard Lavoine gesucht hat, ich glaube, er hat es gefunden.«

»Ich bin dir was schuldig, Kevin.«

»Eigentlich war ich ja dir etwas schuldig«, meinte der NGA-Agent, »aber du kannst etwas für mich tun. Meine Schwester besucht im April eine Konferenz in Washington, D. C., und ich möchte, dass du sie zu einem wirklich schönen Abendessen einlädst. Es wird das i-Tüpfelchen ihrer Reise sein. Aber wir reden hier nur vom Abendessen, nicht mehr!«

»Alles klar! Nun, kannst du mir Kopien dieser letzten Bilder mit den dazugehörigen Daten besorgen?«

»Schon geschehen. Ich brauche nur noch eine E-Mail-Adresse von dir, dann schicke ich sie dir sofort.«

Harvath gab McCauliff eine der E-Mail-Adressen, die er unterwegs verwendete, und dankte dem Mann noch einmal für dessen Hilfe.

Als er auflegte, kam Jillian ins Büro. »Marie sagte, Sie haben einen Anruf bekommen. Was gibt es?«

»Wir konnten die letzten Satellitenbilder aufspüren, mit denen Bernard und Ellyson arbeiteten. Wie es aussieht, werden Sie und ich klettern gehen.«

Nachdem Harvath den Computer und den Drucker von Marie Lavoines Nachbar genutzt hatte, um die Satelliteninformationen herunterzuladen, verbrachte er 45 Minuten in Bernards Geräteraum, um alles zusammenzustellen, was sie seiner Meinung nach für den Aufstieg brauchten. Obwohl die meisten Hotelgäste normalerweise ihre eigene Ausrüstung mitbrachten, waren die Lavoines bestens auf diejenigen vorbereitet, die keine dabeihatten. Harvath fand nicht nur Stiefel, sondern auch Helly-Hansen-Jacken und -Hosen aus schwerem winddichtem Gewebe, die ihm und Jillian wie angegossen passten.

Harvath breitete mehrere von Bernards Karten zusammen mit den neu erworbenen Satellitenbildern auf dem Küchentisch aus und fixierte sie mit dem nummerierten Kreppband auf der abgenutzten Tischplatte. Mit einem Mal hatten sie ein wesentlich klareres Bild davon, auf welche Gegend Ellyson seine Suche konzentriert hatte. Harvath hatte keine Ahnung, was er und Jillian dort vorfinden würden, aber er fragte sich, ob die Suchmannschaften Bernard und den Rest seiner Gruppe hätten retten können, hätten sie über die nun vorliegenden Informationen verfügt. Irgendwie bezweifelte er dies. Etwas sagte ihm, genau wie Marie Lavoine, dass das Verschwinden Bernards und seiner Gruppe kein Unfall war.

Da der Aufstieg zum Col de la Traversette mindestens zwei Stunden dauerte, teilte Harvath die Ausrüstung schnell auf. Jillian gab er die leichteren Dinge wie Leuchtraketen, Lebensmittel und Erste-Hilfe-Tasche, die sie in einem technischen KIVA-Rucksack transportieren konnte, er selbst nahm einen von Bernards größeren Rucksäcken mit Innenrahmen, um alles andere zu verstauen.

Marie versuchte, Harvath davon zu überzeugen, die Tour um mindestens ein, zwei Tage zu verschieben, bis einer der anderen örtlichen Bergführer, allesamt Freunde von Bernard, verfügbar war, um sie zu begleiten. Harvath hätte sich über ihre Teilnahme gefreut, konnte es sich jedoch nicht leisten zu warten. Außerdem hatte ihn seine Zeit bei den Spezialisten für Winterkriegsführung der Navy, SEAL Team Two, zu einem ausreichend erfahrenen Bergsteiger gemacht und er war zuversichtlich, dass er Jillian unterwegs alles beibringen konnte, was sie wissen musste. Stießen sie auf etwas, das sie nicht bewältigen konnten, mussten sie eben einfach umkehren und zurückgehen.

Oberflächlich betrachtet sah es gut aus, ergab Sinn und klang sicher. Doch im Hinterkopf wusste Harvath, dass Tausende tödlicher Expeditionen mit dem gleichen falschen Sicherheitsgefühl begonnen hatten. Beim Bergsteigen war übermäßiger Hochmut nicht angebracht, denn es gab keinen achtunggebietenderen Feind als einen unerbittlichen Berg, dem es gleichgültig war, ob man lebte oder starb.

44

Der Aufstieg zum Traversette war steil, gefährlich und äußerst schwierig. Sowohl Harvath als auch Alcott verloren mehrmals den Halt. Die von Trümmern übersäte Moräne war mit scharfen Steinen und schroffen Schieferstücken bedeckt. In der Ferne konnten sie den hoch aufragenden Gipfel des Monte Viso erkennen. Seine zerklüftete, schneebedeckte Stirnseite wirkte durch den immer dichter werdenden Vorhang aus schweren Wolken, die sich um ihn herum zusammenzogen, noch düsterer. Harvath war klar, dass sie mit dem Wetter zu kämpfen haben würden. Marie hatte sie vor ihrem Aufbruch über die Wettervorhersage informiert, und die Götter blickten nicht günstig auf ihr Unterfangen. Sie konnten nur darauf hoffen, schnell genug voranzukommen, um vor dem Sturm zurück zu sein.

Als sie den Pass erreichten, waren sie körperlich am Ende. Sie befanden sich jetzt über der Schneegrenze, aber das kümmerte keinen von ihnen, als sie ihre Rucksäcke abnahmen und nach einem Platz suchten, auf dem sie sich ausstrecken konnten. Harvath griff nach einer seiner Wasserflaschen und leerte sie in drei großen Schlucken. Dehydrierung war eine der häufigsten Auswirkungen großer Höhen. Er blickte auf seine Handschuhe hinab, deren Handflächen ebenso zerfetzt waren wie diejenigen Jillians. Er holte eine Rolle Klebeband aus seinem Rucksack, reparierte seine Handschuhe, so gut er konnte, und warf anschließend die Rolle Alcott zu.

Nachdem Jillians Handschuhe geflickt waren, schulterten die beiden ihre Rucksäcke und stiegen weiter auf. Im Rückblick waren die zerklüfteten Felsen und losen Schieferstücke ein Kinderspiel im Vergleich zu dem, was sie nun erwartete. Als sich der Pass um die Nordseite des Monte Viso herumwand, nahmen die Winde dramatisch zu, und der Schnee, auf dem sie gingen, verwandelte sich zusehends in Eis. Noch einmal machten sie Rast. Während Jillian etwas von dem Proviant aß, den Marie für sie eingepackt hatte, holte Harvath zwei Paar Steigeisen aus seinem Rucksack. Nachdem er sich vergewissert hatte, dass sie fest an seinem und Alcotts Schuhwerk montiert waren, machten sie sich wieder auf den Weg.

Harvath wählte seine Schritte sehr sorgfältig. Sie befanden sich auf einem schmalen Sims, gleich zu ihrer Rechten erhob sich die steile Bergwand, und zu ihrer Linken gähnte ein unergründlicher, gut mehrere Hundert Meter tiefer Abgrund. Rasch dämmerte Harvath die Einsicht, dass Hannibal auf diesem Hochgebirgspass wohl mehr Männer und Lasttiere verloren hatte als zu jedem anderen Zeitpunkt seines Feldzugs.

Sie gingen noch 20 Minuten und blieben immer öfter stehen, damit Harvath ihren Standort auf dem Ersatz-GPS-Gerät überprüfen konnte, das er in Bernards Geräteraum gefunden hatte. Als sie die auf den Satellitenbildern angezeigte Stelle erreichten, hob Harvath seine behandschuhte Hand zum Zeichen, dass sie es endlich geschafft hatten. Der Wind wehte nun so stark, dass er und Jillian schreien mussten, um sich verständlich zu machen. Es fing an zu schneien, und die im Wind treibenden Eiskristalle schnitten ihnen wie Glasscherben ins Gesicht.

Er ging so nahe an die linke Seite des Passes, wie er es wagte, grub seine Steigeisen ein und versuchte, über die Kante zu spähen, vermochte jedoch nichts zu sehen. Nachdem er noch einmal sein GPS-Gerät und die Satellitenbilder überprüft hatte, begann er, seinen Rucksack auszupacken. Er legte vier 50 Meter lange Seilrollen aus und zog anschließend ein Paar leichte Alpin-Klettergurte hervor. Als er Jillian in ihren Gurt half und anfing, ihn festzuziehen, bemerkte er, dass sie zusammenzuckte. »Sind Sie sicher, dass Sie das tun wollen?«, fragte er.

Obwohl Jillian noch nie geklettert war, schien sie der Sache körperlich durchaus gewachsen. Doch dies bereitete Harvath keine Sorge. Zum Klettern brauchte man zwar Ausdauer, aber es war reine Kopfsache und erforderte 100 Prozent Konzentration. Er hatte ihr mehrere Chancen gegeben, einen Rückzieher zu machen, und sie hatte jede davon verstreichen lassen. Falls es dort unten einen Fund gab, wollte sie ihn selbst sehen.

Als Antwort auf Harvaths Frage blickte Jillian ihm direkt in die Augen. »Sagen Sie mir einfach, was ich tun soll.«

Das musste man ihr lassen, sie hatte Mumm. Für ihn bestand kein Zweifel daran, dass sie Angst hatte – jeder vernünftige Mensch würde sich vor dem fürchten, was sie vorhatten. Sogar Harvath stand unter Adrenalin, aber der Unterschied zwischen einem erfolgreichen Kletterer und einem toten Kletterer bestand darin, was er mit dieser Angst machte. Würde Jillian zulassen, dass die Angst sie auffraß und lähmte, so wie er es bei Sotheby's und in dem Kaufhaus in London gesehen hatte, oder würde sie die Angst zu ihrem Vorteil nutzen und für sich arbeiten lassen?

Fairerweise musste man sagen, dass bei dem, was bei Sotheby's und Harvey Nichols passiert war, Waffen im Spiel gewesen waren. Es wurde geschossen und ging keineswegs darum, sich an einem Berg abzuseilen. Aber Harvath wollte kein Risiko eingehen. Während des Aufstiegs war er die ganze Zeit über im Kopf eine Checkliste durchgegangen, wie er Alcott den Abstieg in den Abgrund gefahrlos erleichtern konnte. Die erste und nächstliegende Option bestand darin, dass er sie selbst hinabließ. Doch ohne Sichtverbindung oder geeignete Kommunikationsausrüstung war diese Variante mit zu vielen potenziellen Problemen behaftet, darum verwarf er sie. Die nächste Möglichkeit bestand darin, dass sie sich beide am selben Seil hinabließen. Aber dazu musste Harvath zweifellos als Erster gehen, und falls Jillian aus irgendeinem Grund über ihm einfror, brauchte er schon höllisches Glück, um sie beide wieder hoch zum Pass zu bringen. Am sinnvollsten war es, sich gleichzeitig nebeneinander abzuseilen.

Harvath inspizierte den Felsen über dem Pass auf der Suche nach Ankerpunkten für seine Ausrüstung. Während er sich noch entschied, welche Elemente er nehmen sollte, hielt er auch nach Anschlagpunkten Ausschau, die Bernard möglicherweise zuvor angelegt hatte. Die Tatsache, dass er keine entdeckte, verriet ihm, dass sie sich entweder am völlig falschen Ort befanden und Bernard hier noch nie geklettert war oder jemand alles sehr sorgfältig bereinigt hatte. Obwohl Harvath diesen Gedanken hasste, hatte er das ungute Gefühl, dass Letzteres wahrscheinlich war.

Nachdem er mit einer Kombination aus Haken und Klemmgeräten Fixpunkte eingerichtet hatte, band er ein Doppelseil fest und warf es über die Kante des Passes in den Abgrund. Ein letztes Mal überprüfte er Jillians Klettergeschirr, danach sein eigenes. Er führte eines der Seile durch ihr Geschirr, zog es fest und ließ sie sich hineinlehnen, während sie dort auf dem Pass stand, einfach um sich daran zu gewöhnen. »Denken Sie daran, wir machen das ruhig und locker. Nicht so, wie man es im Film sieht. Kein Abstoßen von der Felswand oder so. Sie lehnen sich einfach in Ihrem Gurtzeug zurück, und dann lassen wir uns langsam hinab, okay?«

Jillian nickte, und als zusätzliche Sicherungsmaßnahme verband Harvath ihr Geschirr durch ein langes Stück Nylon, eine sogenannte Verbindungsschlinge, mit seinem Gurtzeug.

Mit dem Rücken zum Abhang hinter ihnen überprüfte Harvath noch einmal alles, warf sich seinen Rucksack über die Schultern und erklärte Jillian dann den stets furchterregendsten Teil eines Abstiegs – den Schritt über die Kante ins Leere.

Jillian mochte die Füße ein bisschen zögernd setzen, aber man musste ihr zugutehalten, dass sie alles machte, was ihr gesagt wurde, ohne stehen zu bleiben. Wie viele Kletteranfänger hatte sie Angst, ihr gesamtes Körpergewicht dem Gurt anzuvertrauen, und klammerte sich letztlich viel fester ans Seil als notwendig. Harvath ermutigte sie, sich zu entspannen, doch erst als ihr die Hände und Armmuskeln wehtaten, ließ sie sich ganz in den Gurt fallen.

Der heulende Wind peitschte ihre Körper und drohte sie an die steile Felswand vor ihnen zu schleudern. Das waren keineswegs optimale Bedingungen für einen ersten Abstieg, aber Jillian hielt sich überraschend gut. Harvath sah ihr an, dass sie Angst hatte, aber sie hielt ihre Angst in Schach, indem sie sich auf alles konzentrierte, was er ihr gesagt hatte. Sie war eine außergewöhnliche Schülerin.

Harvath hingegen hatte einige Bedenken hinsichtlich ihres Abstiegs, nicht zuletzt weil aufgrund der Wetterbedingungen ein Bergnebel aufzog und es unmöglich machte, etwas unter ihnen zu sehen. Es war unmöglich zu sagen, ob sie einen festen Stand finden würden, bevor ihnen das Seil ausging, was ein Grund mehr war, es langsam angehen zu lassen. Das Letzte, was sie brauchten, war, dass sich einer von ihnen ein Bein brach oder Schlimmeres.

25 Meter weiter ließ der Nebel etwas nach, und zehn Meter tiefer konnten sie ein breites, schräg ansteigendes Schneebrett ausmachen. Harvath löste die Verbindungsschlinge zu Jillian und erhöhte behutsam seine Geschwindigkeit. Bis sie den Rest des Weges geschafft hatte, stand Harvath mit seinen Steigeisen bereits fest auf dem Schneebrett.

»Haben wir irgendeinen Fehler gemacht?«, fragte Jillian, während sie sich hinstellte und sich enttäuscht umblickte. »Hier ist nichts.«

»Vielleicht, vielleicht auch nicht«, sagte Harvath, während er eins der Satellitenbilder aus seinem Parka zog und es begutachtete. »Es ist jetzt über ein Jahr her. Was Schnee und Eis angeht, kann in dieser Zeit eine Menge passieren.«

Jillian sah zu, wie Harvath zwei weitere Seilrollen aus seinem Rucksack holte und einen weiteren Satz Ankerpunkte errichtete, indem er Haken in die Felswand hinter ihnen schlug. Er befestigte die Seile, mit denen sie vom Pass heruntergeklettert waren, damit sie nicht weggeweht wurden, und machte sich dann wieder an die Arbeit, um die nächste Etappe ihres Abstiegs vorzubereiten.

Nachdem Harvath zunächst Jillians Seil und ihren Gurt gesichert hatte, danach seine eigene Ausrüstung, besah er sich das Schneebrett, auf dem sie standen. Es neigte sich nach oben, weg vom Berg, und die wesentliche Frage, die Harvath durch den Kopf ging, lautete: *Wohin führt es?* Er holte eine Lawinensonde aus seinem Rucksack, die wie ein zusammenklappbarer Skistock aussah, zog sie auf ihre volle Länge aus und lehnte sie an die Felswand.

»Was machen Sie da?«, fragte Jillian.

Er deutete auf das Schneebrett vor ihnen. »Sehen Sie, wie schräg das Eis sich neigt?«

»Ja.«

»Diese rampenartige oder auch Wellenformation tritt auf, wenn es ständig Frost und dann wieder Tauwetter gibt. Sie baut sich sehr schnell auf und kann extrem instabil sein.«

»Und was wollen Sie jetzt tun? Da rausgehen und sie testen?«

Harvath nickte.

»Das war bloß ein Scherz«, sagte sie. »Was, wenn es nicht trägt?«

Harvath schlang ihr sein Seil dreimal um die Taille und band es mit einem Doppelknoten fest. Nachdem er die Sicherheit ihrer Ankerpunkte noch einmal überprüft hatte, meinte er: »Dann werde ich froh sein, wenn Sie mich festhalten.«

Harvath zeigte ihr, wie man das Seil richtig nachführte, nahm seine Sonde und ging los, weg von der Felswand, das Schneebrett entlang.

Während er ging, knackten große, spröde, schneebedeckte Eisplatten unter seinen Steigeisen und splitterten. Bei jedem Schritt, den er durch den verkrusteten Schnee stapfte, knallte es wie ein Pistolenschuss, den man deutlich über dem Brausen des Windes hörte. Harvath blickte mehrmals zurück, nur um sich zu vergewissern, dass Jillian sein Sicherungsseil auch wirklich festhielt.

Mit der Lawinensonde die Stabilität des Schneebretts vor sich prüfend, setzte er quälend langsam einen Fuß vor den anderen. Es war, als würde er eine glatte, steile, schneebedeckte

Dachschräge erklimmen. Da ihm die scharfen Zacken seiner Steigeisen den Aufstieg erleichterten, hatte Harvath weniger Angst davor, dass er den Halt verlieren könnte, als dass das gesamte Schneebrett unter ihm abrutschte. Während er weiterging, versuchte er, nicht daran zu denken.

Er entwickelte einen gleichmäßigen Rhythmus, während er seine Lawinenstange aufstellte, einen Schritt machte, dann seine Sonde erneut setzte und wieder einen Schritt machte. Harvath bewegte sich wie in Trance und musste buchstäblich den Kopf schütteln, um sich auf das zu konzentrieren, was er da tat. Als er endlich den Scheitelpunkt des Schelfs erreichte, blieb er stehen und schaute sich, so gut er konnte, durch den immer mehr zunehmenden Schneefall um. Hoch oben ragte der Monte Viso empor, während die andere Seite des Schneebretts anscheinend steil bergab in ein großes Eisfeld weit unten verlief.

Harvath hatte Jillian erklärt, dass es okay war, ihm auf das Schneebrett hinaus zu folgen, wenn er ihr ein Zeichen gab. Sie sollte die Seilschlingen um ihre Taille lösen und genau in seine Fußstapfen treten. Er gab ihr das Zeichen und sah zu, wie sie das Seil losmachte und die überschüssigen Schlingen auf dem Boden aufrollte, damit sie sich nicht mit ihrem Seil verhedderten. Danach begann sie, wie eine Seiltänzerin vorsichtig einen Fuß vor den anderen zu setzen, und kam auf ihn zu.

Sie machte es großartig und befand sich etwa auf halber Höhe des Schelfs, da vernahm Harvath ein Rumoren und Grollen, das sich anhörte, als würde eine Mörserbatterie abgefeuert. Jillian hörte es ebenfalls und blieb wie angewurzelt stehen, erstarrt in Harvaths Spuren. Einen Moment lang glaubte er, es hätte womöglich gedonnert, doch ihm war klar, dass dies nicht der Fall war. Donner kam in der Regel von oben, nicht von unten. Einen Augenblick lang herrschte Stille. Wie es schien, hatten selbst der Wind und der Schnee nachgelassen.

Sekundenlang stand Harvath völlig reglos da und lauschte angestrengt auf weitere Geräusche. Doch er hörte nichts außer seinem eigenen flachen Atem. Nach einigen weiteren Sekunden gab er Jillian das Zeichen, sich langsam wieder in Bewegung zu setzen.

Ein Schritt. Noch ein Schritt. So weit, so gut. Doch nach drei weiteren Schritten begann das Schneebrett zu beben und gab ein fürchterliches Ächzen von sich. Teile zersplitterten, als drückte eine Riesenhand von oben darauf. Harvath rief Jillian zu, sie solle sich ausgestreckt hinlegen und Arme und Beine spreizen, um ihr Körpergewicht gleichmäßig auf dem Schnee zu verteilen. Doch über dem Lärm konnte Jillian ihn nicht hören. Unvermittelt brach das Schneebrett auseinander und stürzte nach innen zusammen. Es verschwand völlig aus dem Blickfeld und riss Jillian Alcott mit sich.

45

Als das Schelfeis brach, konnte Harvath nichts tun, um Jillian zu retten. Sie war zu weit weg. Es war, als müsste er zusehen, wie jemand in einem zugefrorenen See einbrach. Als ihre Schreie vom Berghang widerhallten, war Harvath versucht zurückzublicken. Doch seine Instinkte hatten bereits übernommen und er war nur noch darauf konzentriert, sein eigenes Leben zu retten.

Harvath presste seinen Körper an den höchsten Punkt des Schneebretts, zog seine Eispickel aus den Holstern und hieb sie mitsamt seinen Steigeisen, so fest er konnte, ins Eis.

Hinter sich hörte er das unerträgliche Geräusch, mit dem sich das Schneebrett ganz löste und in den Abgrund stürzte. Harvath war mindestens sechs Meter von der Bergwand entfernt. Lautlos betete er, dass die abstürzenden Eis- und Schneebrocken nicht auch sein Sicherungsseil und damit ihn in die eisige Tiefe rissen.

Er lag da und wartete darauf, jeden Moment mitgerissen zu werden, doch der Moment kam nicht. Als das donnernde Dröhnen des einstürzenden Schneebretts verklang, bekam Harvath beinahe Schuldgefühle, weil er dem Tod zum x-ten Mal von der Schippe gesprungen war.

Die Eispickel so fest umklammert, dass ihm allmählich die Hände wehtaten, wurde ihm klar, dass er einen Plan brauchte. Und dessen Kernpunkt musste darin bestehen, zu Jillian zu gelangen, um nachzusehen, ob sie noch am Leben war.

Harvath blickte nach unten und stellte fest, dass unter ihm nur noch knapp 80 Zentimeter des Schneebretts verblieben waren. Von dessen Kante bis zur Felswand des Monte Viso, wo sie sich mit ihrem ersten Satz Seile hinuntergelassen hatten, waren es keine sechs Meter. Das Schneebrett, das Harvath überquert und das Jillian verschlungen hatte, war nichts weiter als eine zerbrechliche Brücke aus Eis und Schnee gewesen, die den Eingang zu einer tiefen Höhle aus blaugrünem Eis überdeckte. Auch wenn Harvaths Fixpunkt fest an der gegenüberliegenden Bergwand verankert war, war es keine gute Idee, sich wie Tarzan am Seil über die offene Fläche zu schwingen. Sechs Meter mochten nicht viel sein, reichten jedoch aus, um auf der anderen Seite mit voller Wucht gegen den Fels zu prallen. Diese Möglichkeit verwarf Harvath sofort.

Eine Eiskluft war in der Regel wie ein großes V geformt, oben breit und nach unten hin immer schmaler werdend.

Wenn man sich ein riesiges Dreieck mit der Spitze nach unten vorstellte, hatte man einen ziemlich guten Eindruck, wie alles ausgesehen hatte, bevor das Schneebrett einstürzte. Nun stand Harvath oben am Abgrund und blickte hinüber zu der Stelle auf der anderen Seite, an der sein Seil verankert war. Da es nicht infrage kam, sich hinüberzuschwingen, stand ihm nur ein Weg offen: abwärts. Das Problem, wenn er auf dieser Seite weitere Ankerpunkte einrichtete, bestand jedoch darin, dass er sich beim Wiederaufstieg immer noch auf der falschen Seite der Höhle befand und keine Möglichkeit hatte hinüberzukommen. Und es war nicht abzusehen, in welchem Zustand sich Jillian befand. Er musste sich etwas einfallen lassen, und zwar schnell. Schließlich kam Harvath eine Idee.

Nachdem er den Rest seines Seils, der in die Höhle gefallen war, hochgezogen hatte, setzte er im Eis über sich neue Ankerpunkte. Zuversichtlich, dass sie festsaßen, knotete er zwischen den Ankerpunkten eine kleine Schlaufe in einen Abschnitt des Seils, das über den Abgrund zurück zum Monte Viso führte. Nachdem er einen zusätzlichen Karabinerhaken an der Seilschlaufe befestigt hatte, setzte er seinen Rucksack ab und nahm nur das Wichtigste heraus. Das Wesentliche war, so viel Gewicht wie möglich im Rucksack zu belassen. Für seinen späteren Aufstieg war es wichtig, dass der Rucksack schwerer war als der Rest des Seils. Die wenigen Gegenstände, die er mitnehmen musste, stopfte er in seinen Parka und befestigte anschließend den Rucksack an dem Karabinerhaken.

Nachdem Harvath die Ankerpunkte getestet hatte, um sicherzustellen, dass sie sein Gewicht auch tatsächlich hielten, steckte er seine Eispickel ins Holster und begann den Abstieg. Bei jedem Knistern und Knacken des Eises erstarrte er unverzüglich. Es war nicht abzusehen, wie stabil der noch verbliebene Teil des Schneebretts über ihm war. Wenn es zusammenbrach, würde er darunter zerquetscht werden, und falls das Eis rings um seine Haken nachgab, wäre ein unaufhaltsamer Sturz die Folge, direkt auf die Eiswand auf der anderen Seite zu.

Zentimeter um Zentimeter spulte Harvath das Seil ab, bemüht abzuschätzen, wie weit er noch klettern musste. Schneekristalle hingen in der Luft und verschleierten die Sicht. Sechs Meter, zwölf Meter, 15 Meter – bald verlor Harvath jegliche Vorstellung davon, wie weit er sich schon abgeseilt hatte. Seine Muskeln schmerzten. Der vorsichtige, gemessene Abstieg beanspruchte sie stärker, als wenn er mit normaler Geschwindigkeit klettern würde. Aber er wusste nur zu gut, dass eine normale Geschwindigkeit nur unter perfekten Bedingungen ratsam war. Und die Bedingungen, denen er nun ausgesetzt war, waren alles andere als ideal.

Harvath benötigte eine Verschnaufpause, nur einen Augenblick. Während er sich in sein Geschirr zurücklehnte, spielte er mit dem Gedanken, nach Jillian zu rufen. Der Vorteil der Idee bestand darin, dass er, falls sie am Leben war und auf seinen Ruf antwortete, feststellen konnte, wo sie sich befand. Der Nachteil war, dass sein Rufen Vibrationen auslösen konnte, die den Rest des Schneebretts auf ihn herabstürzen ließen. Harvath kam zu dem Schluss, dass es das Beste war, auf Nummer sicher zu gehen und es vorerst sein zu lassen.

Knapp zehn Meter weiter, als Harvaths Steigeisen den vereisten Grund der Kluft berührten, sah er etwas, das wie ein Stapel zerbrochener schneeweißer Surfbretter aussah. Darauf saß Jillian Alcott und begutachtete ihre Verletzungen.

Sie war am Leben! Harvath wollte seinen Augen nicht trauen. Nachdem er sein Seil gesichert hatte, bahnte er sich vorsichtig einen Weg über das Eis und erklomm den Hügel aus abgebrochenem Schnee. »Sind Sie in Ordnung?«, fragte er, während sein Blick ihren Kopf und ihr Gesicht nach Anzeichen von Wunden absuchte.

Jillian warf ihm einen gequälten Blick zu. »Ich glaube, Eisklettern mag ich nicht besonders.«

Harvath vergaß ganz, dass sie auch medizinische Erfahrung hatte, und fuhr im Triage-Modus fort: »Tut Ihnen etwas weh?«

»Meine rechte Schulter«, erwiderte sie, während sie versuchte, die Schulter vorwärtszurollen.

»Ihre Beine und alles andere sind okay? Nichts gebrochen, soweit Sie zu sagen vermögen? Können Sie alles bewegen? Finger? Zehen?«

»Bloß die Schulter«, erwiderte Alcott. »Ich glaube, sie ist geprellt.«

Es grenzte an ein Wunder. »Ich kann nicht fassen, dass ich Sie hier vor mir sehe«, sagte Harvath. »Was ist passiert? Gemessen daran, wie viel Seil ich nachlassen musste, müssen wir mindestens 25 Meter tief sein.«

Mit ihrem gesunden Arm wischte Jillian den Schnee von ihrer Kletterhose. »Ich habe gemacht, was Sie mir gesagt haben. Ich habe mich schön langsam runtergelassen.«

Harvath war sprachlos. »Wie? Wie ist das möglich?«

»Ich muss gestehen, ich hatte eine Heidenangst. Ich habe das Seil einfach so fest gepackt, wie ich konnte.«

»Aber als es sich spannte, hätte es Sie doch mitreißen und an die Felswand schleudern müssen.«

Jillian zuckte die Achseln. »Worauf auch immer wir da gestanden haben, es bestand aus einer Menge Schnee, denn letztlich landete eine riesige Schneeplatte zwischen mir und der Felswand und fing den Aufprall ab. Aber trotzdem bekam meine Schulter noch das meiste ab.«

»Und den Rest des Weges haben Sie sich einfach da runtergelassen?«, staunte er über sie.

Jillian sah ihn an, als hätte er sie nicht mehr alle. »Auf mir lagen gut fünf Zentner Schnee. Der einzige Ausweg, der mir blieb, war nach unten.«

»Ich denke, den Aufstieg werden Sie nicht so anstrengend finden wie den Abstieg.«

»Hoffentlich!«

»Bis dahin«, meinte Harvath, während er Alcotts Rucksack durchforstete und eine Stirnlampe für sie fand, die der seinen glich, »sollten wir uns vielleicht ansehen, wozu wir den ganzen Weg hier heruntergekommen sind.«

Jillian nahm die Lampe von Harvath und zog sie sich über den Kopf. Als sie die Lampen einschalteten, sahen sie den einzigen Weg, der ihnen zur Verfügung stand – eine schmale Rampe, die tiefer in die Eingeweide der Eishöhle führte.

Der gut 1,20 Meter breite Gang fiel so steil ab, dass sie sich in ihren Steigeisen zurücklehnen mussten, um nicht zu viel Tempo aufzunehmen und die Kontrolle zu verlieren.

Die Eiswände waren auf beiden Seiten so nahe, dass sie beide gleichzeitig berühren konnten. Es war, als liefen sie durch eine enge Klamm.

Nach einigen Minuten wurde der Weg allmählich eben, und Harvath und Alcott mussten sich nicht mehr in ihren Steigeisen nach hinten lehnen. Als sie sich dem Ende des Gangs näherten, krochen sie unter einem zerklüfteten Überhang hindurch und kamen in eine geräumige Vorkammer. Sie war von niedrigen, in alle Richtungen verlaufenden Tunneln durchzogen. Wirklich überwältigend jedoch war eine hoch aufragende, durchscheinende Eiswand am anderen Ende der Kammer. Selbst von ihrem Standpunkt aus war unverkennbar, was dahinter im Eis erstarrt war. Ohne auf sonst etwas in der Kammer zu achten, eilten sie hinüber, um es aus der Nähe in Augenschein zu nehmen.

Die Decke der Vorkammer wurde zusehends höher, und das Licht ihrer Stirnlampen tauchte die Szenerie in einen unwirklichen Schein. Wie in einem riesigen Aquarium waren in der Eiswand drei perfekt erhaltene Elefanten eingefroren.

Es bestand kein Zweifel daran, was sie da vor sich hatten. Sie waren auf Dr. Ellysons Entdeckung gestoßen, und sowohl Scot als auch Jillian verschlug es die Sprache.

Schließlich zupfte Harvath Jillian am Parka und sie teilten sich auf, um weitere Teile der Höhle zu erkunden. Als sie tiefer in einen der Tunnel vordrangen, fanden sie Leichen – Überreste von Hannibals Elitegarde. Es mussten über 30 sein, die meisten noch immer eingeschlossen in Eis unterschiedlicher Stärke.

Über den Tunnelboden verstreut lagen moderne Ausrüstungsgegenstände, und man konnte Stellen sehen, an denen jemand das Eis absichtlich weggeschmolzen hatte, um die eingefrorenen Leichen herauszuholen und ihnen ihre Artefakte und Gott weiß was sonst noch wegzunehmen.

Die von der Natur geformten Tunnel beschrieben Biegungen und Kehren, die wieder zurückführten, und Jillian und Harvath schlugen unterschiedliche Richtungen ein und ließen sich staunend von ihrer Neugier führen. Selbst wenn sie sich in getrennten Tunneln befanden, hörten sie den Widerhall der über den Eisboden scharrenden Steigeisen und wussten so, wo der jeweils andere sich befand.

Einzig das Licht ihrer Stirnlampen begleitete sie, während sie ihren ureigensten Gedanken nachhingen, als sie ins

Angesicht der Geschichte blickten. Hier und da stieß Harvath auf beliebige Artefakte, die an Wänden lehnten oder sorgfältig in engen Eisnischen angeordnet waren und darauf warteten, katalogisiert und in Kunststoffbeutel verpackt zu werden, damit jemand sie zurück zur Scheune der Lavoines brachte. Sie waren über eine erstaunliche Ausgrabungsstätte gestolpert, und obwohl viele der Artefakte bereits weggeschafft waren, war die historische Bedeutung dessen, was noch da war, immer noch erstaunlich.

Beim Anblick der in den Eiswänden eingefrorenen Soldaten in ihren Brustharnischen, mit ihren hervorquellenden Augen, die Münder zu einem stummen Schrei weit aufgerissen, kam es einem vor, als spazierte man durch eine uralte Geisterbahn. Es sah aus, als wären sie alle in einem Zustand äußersten Entsetzens konserviert. Und genau wie bei den Elefanten schien es, als könnten sie jeden Augenblick wieder zum Leben erwachen, um mit erhobenen Schwertern und Streithämmern durchs Eis zu brechen, bereit zum Kampf.

Bis auf Ellyson, Bernard und ihren Träger Maurice hatte diese Soldaten seit 2000 Jahren niemand mehr gesehen. Harvath vermochte sich kaum vorzustellen, wie Ellyson sich gefühlt hatte, als er sie entdeckte. Es musste persönlich wie auch beruflich ein unfassbarer Rausch gewesen sein.

Harvath wurde abrupt aus seinen Gedanken gerissen, als Jillian verzweifelt seinen Namen rief.

46

Jillians genaue Position zu bestimmen war keine leichte Aufgabe. In dem Tunnellabyrinth hallte ihre Stimme aus so vielen Richtungen wider, dass Harvath unmöglich zu sagen vermochte, ob sie sich nun vor oder hinter ihm befand.

Schließlich ließ Harvath das Tunnelsystem hinter sich und kam in eine weitere große Höhle. Dort fand er Jillian zusammen mit dem Grund, aus dem sie nach ihm gerufen hatte. An der Tunnelöffnung lagen drei Menschen, Zeitgenossen aus der Gegenwart, allerdings tot und im Tod zu bizarren Verrenkungen erstarrt. Die Arme ausgestreckt, die Finger gekrümmt, schienen sie um Hilfe zu betteln. Gleichzeitig sahen sie aus, als wollten sie jeden packen, der das Pech hatte, ihnen zu nahe zu kommen. Allem Anschein nach war Jillian fast über sie gestolpert.

Bei genauerem Hinsehen stellte Harvath fast, dass man zwei von ihnen in den Hinterkopf geschossen hatte.

Mit seinem buschigen schwarzen Bart war Bernard am einfachsten von den dreien zu identifizieren.

Harvath nahm an, dass es sich bei dem anderen Mann, der neben ihm lag, um Maurice handelte, sodass nur noch eine weitere Person übrig blieb.

Ein Stück abseits lag, in teurer Kletterkleidung von North Face, Dr. Donald Ellysons Leichnam. Seine Kehle war von Ohr zu Ohr durchgeschnitten, und sein Parka sowie seine Hose und das Eis um ihn herum waren in einem dunklen Purpurrot gefärbt, das an Schwarz grenzte.

Harvath hatte in seinem Leben schon einige grausige Tatorte gesehen, aber dieser hier war ziemlich schrecklich.

»Wer das wohl getan hat?«, sagte Jillian.

Es gab eine Million Möglichkeiten, doch nur eine ergab einen Sinn. »Rayburn.«

»Warum der?«

»Warum nicht? Er war für die Expedition verantwortlich. Er wusste, dass sie hier waren. Das ergibt vollkommen Sinn.«

»Sehen Sie sich doch die ganzen Artefakte an, die hier herumliegen. Warum sollte er sie zurücklassen?«

»Vielleicht hatte er es eilig.«

»Aber Marie erzählte uns doch, dass Ellyson Rayburn gar nicht sagte, wo genau sich die Ausgrabungsstätte befindet. Sie traute ihm nicht, schon vergessen?«

Jillian hatte recht. »Vielleicht ist Rayburn ihnen gefolgt, oder er heuerte jemanden an, um es zu tun. Wer immer es war, wollte nicht, dass diese Männer darüber reden, was sie gefunden haben.«

»Sie meinen Hannibals Waffe?«, sagte Jillian, während sie Harvath dabei zusah, wie er sich zu Bernards Leiche hinabbeugte. »Was machen Sie da?«

Behutsam nahm er dem Mann ein Goldkettchen mit einem kleinen Anhänger vom Hals. »Es ist schon eine Ironie des Schicksals«, meinte er, während er das Medaillon hochhielt, damit sie es sehen konnte. »Sankt Bernhard, der Schutzpatron der Bergsteiger, Alpenbewohner und Skifahrer.«

Betrübt schüttelte Jillian den Kopf.

»Ich glaube, Marie hätte das bestimmt gern«, sagte Harvath.

»Ich denke, da haben Sie recht.« Sie ging weg von den Leichen, wollte sie nicht mehr ansehen. Außerdem war auf der anderen Seite des kleinen Raums etwas halb im Eis vergraben, das ihre Aufmerksamkeit erregte.

Harvath steckte die Kette ein, anschließend durchsuchte er Bernards Taschen. Darin fand er ein Paar antiker goldener Armreife, besetzt mit Amethysten und kleinen cremeweißen

Marmorstücken. Sie trugen den gleichen Wolfskopf mit ineinander verschlungenen Vipern wie die Brustpanzer. Sie waren durchaus etwas Besonderes, Harvath konnte verstehen, warum Bernard sie ausgewählt hatte, um sie mitzunehmen. Allerdings störte ihn etwas am Aussehen des knurrenden Wolfes.

»Scot, kommen Sie mal her«, riss Jillian ihn aus seinen Gedanken. »Das müssen Sie sich ansehen.«

Harvath steckte die Armreife in seine Jackentasche und trat zu Jillian auf die andere Seite des Raums. Sie starrte auf eine große Holztruhe, deren untere Hälfte in einem massiven Eisblock eingefroren war.

»Sehen Sie sich das an!« Sie deutete auf eine Reihe in den Deckel geschnitzter Figuren.

»Der Wolf und die ineinander verschlungenen Vipern«, erwiderte Harvath. »Genau wie bei den Brustpanzern.«

»Ganz recht. Und diese Tafeln an der Seite scheinen eine Geschichte zu erzählen.«

Harvath begutachtete die Schnitzereien.

»Jemand hat das Eis ganz bewusst weggeschmolzen«, fuhr Jillian fort, »um an die Truhe zu gelangen.«

Die Schnitzereien erinnerten Harvath an Abbildungen, die er in Büchern gesehen hatte, wie die Bundeslade in die Schlacht getragen wurde. »Glauben Sie, dass hiermit Hannibals Waffe transportiert wurde?«

»Es gibt nur eine Möglichkeit, das herauszufinden«, meinte Jillian, während sie behutsam den Deckel anhob.

Gemeinsam sahen sie hinein. Die lange Truhe war ausgeklügelt unterteilt, ansonsten jedoch völlig leer.

»Verdammter Mist!« Jillian betrachtete die Truhe noch einige Minuten und ging dann weiter, um etwas an der Mündung eines der Tunnel zu untersuchen.

Harvath blieb bei der Truhe und versuchte, die Geschichte zu entschlüsseln. Es war eine Allegorie, aber ihre Bedeutung war schwer zu verstehen. »Wissen Sie, was?«, rief er über die Schulter, während er weiterhin das kunstvoll geschnitzte Relief anstarrte. »Ich bin mir nicht so sicher, dass das tatsächlich Wölfe sein sollen.«

»Nein?«, erwiderte Jillian, in etwas in dem Tunnel vertieft. »Was denn sonst?«

»Ich glaube, das sollen Hunde sein.«

»Womöglich haben Sie Ihre Berufung im Leben verpasst«, erscholl hinter ihm eine Männerstimme.

Es war eine Stimme, die er kannte – fast so gut wie seine eigene. Sie gehörte dem Mann, den er monatelang gejagt hatte, dem Mann, der ihn in Bagdad reingelegt und in Kairo, London und Paris versucht hatte, ihn zu töten – Khalid Scheich Alomari.

Harvath wünschte sich, dass er sich das bloß einbildete, wusste jedoch, dass dies nicht der Fall war. Als er sich umdrehte und den Al-Qaida-Auftragsmörder mit einer vollautomatischen Maschinenpistole in der Hand dastehen sah, begann er nach seiner Waffe zu greifen. Das Problem war allerdings, dass er sie in seinem Rucksack gelassen hatte, um ihn zu beschweren. Da Harvath wehrlos war, tat er das Einzige, was ihm noch einfiel. Er rief Jillian zu, sie solle rennen.

47

»Ruf die Frau wieder rein«, befahl Alomari, als Jillian in einem der Tunnel verschwand. »Wenn ich sie suchen muss, werde ich ihren Tod genauso qualvoll machen wie deinen, das verspreche ich dir.«

»Leck mich am Arsch!«

»Falsche Antwort!« Der Killer trat vor und schlug Harvath mit seiner Steyr TMP ins Gesicht.

Harvath taumelte rückwärts gegen die Truhe. Er hatte Mühe, das Gleichgewicht zu wahren.

»Versuchen wir es noch mal. Ruf die Frau wieder zurück, auf der Stelle.«

»Ruf sie doch selbst, Arschloch.« Harvath schmeckte Blut in seinem Mund.

Der Killer winkte Harvath mit seiner Waffe von der Truhe weg. »Wie du willst. Sie wird nicht weit kommen.« Als Harvath sich fügte, fuhr Alomari fort: »Es war schön, dich im Fernsehen zu sehen. Bedauerlicherweise hat Al-Dschasira es nicht geschafft, dich von deiner guten Seite aufzunehmen.«

Harvath ballte die Hand zur Faust. »Bedauerlich ist, dass ich dich nicht auf deiner guten Seite erwischt habe.«

»Du hattest doch deine Chance, oder?«

Harvath war sich dessen nur zu bewusst. »Wie zum Teufel hast du diesen Ort gefunden?«

»Ich war früher schon mal hier.« Alomari hob seine TMP und richtete sie auf Harvaths Brust. »Ich dachte nicht, dass ich je hierher zurückkehren würde. Aber bevor unsere gemeinsame Freundin bei Sotheby's verstarb, schlug sie vor, dass ich vielleicht doch noch einen Besuch machen sollte. Ich wäre ja früher hier gewesen, aber es hat eine Weile gedauert, bis ich einen vertrauenswürdigen Arzt fand, der mir deine Kugel aus der Schulter holte.«

Harvath hasste ihn dafür, dass er so gut Englisch sprach, überhaupt für seine Sprachkenntnisse, mit denen er sich so mühelos um die Welt bewegte, um für Al-Qaida die dreckigste Drecksarbeit zu verrichten. Aber in seiner Wut empfand Harvath auch ein gewisses Maß an Befriedigung. Er konnte sich ein Lächeln nicht verkneifen. In Paris hatte eine seiner Kugeln definitiv ihr Ziel gefunden.

»Du findest meine Verletzung amüsant«, erwiderte der Killer. »Ich garantiere dir, sie ist nicht halb so schmerzhaft wie das, was ich mit dir und deiner Kollegin anstellen werde. Und jetzt nimm die Eispickel aus deinem Gürtel und lass sie langsam auf den Boden fallen.«

Harvath hatte nicht vor, irgendetwas zu tun, das der Kerl von ihm verlangte. »Wenn du mich erschießen willst, nur zu, drück schon ab.«

»Das wäre zu einfach. Ich habe etwas anderes mit dir vor. Jetzt lass die Eispickel fallen. Ich frage dich nicht noch mal.«

»Leck mich«, antwortete Harvath.

Alomari trat auf ihn zu und verpasste ihm erneut einen Hieb mit der Waffe, diesmal doppelt so fest.

Alles drehte sich um Harvath, und er sah Sterne, aber er hatte nicht vor, kampflos aufzugeben. Bemüht, sich auf den Al-Qaida-Agenten zu konzentrieren, sammelte er seine Kräfte und stürzte sich mit aller Gewalt auf den Mann.

Ungeachtet seiner Schulterverletzung wich Alomari dem Angriff mit Leichtigkeit aus und sah zu, wie Harvath trotz seiner Steigeisen den Halt verlor und mit dem Kopf an den Eingang zu einem der Tunnel knallte.

Ehe Harvath zu Boden sinken konnte, war Alomari auch schon über ihm. Der kräftige Killer packte ihn im Genick und zog ihn am Kragen seines Parkas hoch, holte mit seiner Maschinenpistole aus und schlug sie ihm hart in den Solarplexus, was Harvath den Atem nahm. Als Harvath sich vor Schmerz zusammenkrümmte, schlug Alomari einen vernichtenden Aufwärtshaken, der Harvath am Kiefer traf und ihm den Kopf nach hinten schleuderte.

Harvath ruderte mit den Armen und versuchte, sich irgendwo festzuhalten, um seinen Sturz abzufangen, griff aber lediglich in die Luft. Seinen Sturz bremste schließlich der eisige Boden. Dabei schlug Harvath so laut mit dem Kopf auf, dass es durch die Höhle und die Tunnel hallte. Abermals sah er Sterne, nur diesmal war da noch mehr, ein allumfassendes Dunkel, das ihn völlig zu überwältigen drohte. Harvath kämpfte dagegen an. Seine einzige Hoffnung, dies hier zu überleben, bestand darin, bei Bewusstsein zu bleiben. Im Moment spielte Alomari noch mit ihm, doch sobald Harvath ohnmächtig wurde, würde der Killer ihm den Rest geben. Das war so klar wie die Tatsache, dass er seine Waffe niemals im Rucksack hätte lassen dürfen.

Harvath wälzte sich auf den Bauch und mühte sich ab, auf die Knie zu kommen. Als er das tat, trat Alomari ihm hart in die Rippen, genau an die gleiche Stelle, an die ihm vor zwei Tagen der Securitymann bei Sotheby's getreten hatte.

Die zusätzlichen Ausrüstungsgegenstände, die er in seinem Parka verstaut hatte, milderten den Tritt kaum. Das kostbare bisschen Luft, das Harvath wiedergewonnen hatte, wurde ihm aus der Lunge gepresst, krampfhaft rang er um Atem. Irgendwo in seinem Hinterkopf flüsterte eine leise Stimme, er solle ans Aufgeben denken. Er war Alomari nicht gewachsen. Der Mann war viel zu stark für ihn. Die Stimme war ein Zeichen von Schwäche, und Harvath verachtete Schwäche. Er blendete die Stimme aus und zwang sich dazu, stoßweise zu atmen. Er musste sich zusammenreißen, seine Kraft und seinen Verstand zusammennehmen, sonst würde er hier sterben, genau wie Ellyson, Bernard und ihr Träger Maurice.

Nach Luft schnappend sah Harvath sich nach etwas um, das er als Waffe verwenden konnte. Er versuchte sich daran zu erinnern, was er in seinen Parka gestopft hatte und ob er etwas davon zu seinem Vorteil nutzen könnte. Rasch ging er die Möglichkeiten durch, aber keine davon schien machbar. Dann fiel es ihm wie Schuppen von den Augen.

Denn als Alomari ihm einen weiteren schonungslosen Tritt in die Rippen versetzte, klirrte Metall auf Metall. Wenn es Harvath gelang, den Nylon-Hüftgurt abzuschnallen, an dem seine Haken, Karabiner und sonstiges Kletterzubehör hingen, konnte er ihn möglicherweise als Waffe einsetzen.

Harvath unterdrückte den Schmerz und tastete nach seiner Schnalle. Er steckte zwei weitere Tritte ein, bevor sie aufging. Doch diese Tritte setzte er mit auf die Rechnung, gemeinsam mit allem anderen, entschlossen, Alomari bezahlen zu lassen, und zwar in voller Höhe. Diesmal hatte er den richtigen Mann. Selbst wenn Kameras zugegen wären, würde er ihn trotzdem noch halb totschlagen und erst aufhören, wenn Alomari um den Tod bettelte. Anschließend würde er ihn nach Hause in die USA schleifen, damit sie ihn verhören konnten. Dann könnte er den Rest seines Lebens damit verbringen, in irgendeinem Gefängnis zu verrotten, während Harvath ihm zu Ehren jedes Wochenende ein Spanferkel vor seinem Gefängnisfenster briet.

Als Alomari den Fuß zurückzog, um erneut zuzutreten, löste sich der Gurt. Ihn in weitem Bogen schwingend wälzte Harvath sich von seinem Angreifer weg. Er wollte den Kerl zu Fall bringen, indem er ihm von hinten die Beine weghakte, doch zunächst musste Harvath ihn entwaffnen.

Harvath holte mit dem mit Ausrüstungsgegenständen behängten Gurt aus und knallte ihn Alomari so heftig auf die Hand, dass diesem die Steyr TMP entrissen wurde und klappernd über den Boden schlitterte. Nun, da die Waffe aus dem Weg war, konnte Harvath sich ans Werk machen, und genau das tat er. Er sprang auf, schwang den Gurt in einer großen Acht über dem Kopf und schlug ihn Alomari über den Rücken. Die metallenen Kletterhaken rissen riesige Stofffetzen aus dem Parka des Killers. Harvath konnte sich nur vorstellen, was sie anrichten würden, wenn er endlich die Haut traf.

Diesmal ließ er den Gurt stärker herumschnellen und durchdrang Alomaris Parka. Der Kerl schrie auf, als das letzte Stück Metall, das an dem Gurt hing, ihm eine tiefe Wunde in den Nacken riss. Alomari blieb nichts weiter übrig, als zurückzuweichen, während Harvath auf ihn losging. Schlag um Schlag holte Harvath immer fester aus, trieb den Killer gegen einen der vielen Tunneleingänge und schlug gnadenlos auf ihn ein. Alomaris Schreie erfüllten die ganze Höhle, während Harvath sein Versprechen einlöste, den Attentäter für jedes unschuldige Leben büßen zu lassen, das er jemals genommen hatte.

Sein Parka hing dem Killer in blutigen Fetzen vom Leib, als Harvath mit dem Gurt zu einem weiteren vernichtenden Hieb ausholte. Doch gerade als er zuschlagen wollte, erschlaffte der Gurt unvermittelt. Harvath begriff nicht, was los war, bis er hörte, wie Kletterhaken, Karabinerhaken und sonstiges Klettergerät an die Decke prallten und zu Boden prasselten. *Der Gurt war gerissen.*

Harvath war es egal. Er war auch zufrieden, mit bloßen Händen auf den unbarmherzigen Attentäter loszugehen. Doch bevor er den ersten Schlag landen konnte, drehte Alomari den Spieß um. Harvath wich zwei Schritte zurück, als er sah, was der Mann in den Händen hielt. In seiner maßlosen Wut hatte Harvath seinen Gegner wieder einmal unterschätzt, und diesmal war ihm klar, dass er den ultimativen Preis dafür zahlen würde.

»Jetzt bringe ich dich um«, fauchte Alomari. Er hielt einen Double Action Hammerless Ruger KSP-Revolver Kaliber 357 Magnum direkt auf Harvaths Brust gerichtet.

Harvath ließ den gerissenen Gurt fallen und blickte Khalid Alomari fest in die Augen. »Du begreifst es immer noch nicht, was?«

»Was denn?« Höhnisch grinsend hielt er die Hand ruhig und begann, den Abzug durchzudrücken.

»Das hier!«, sagte hinter ihm eine Stimme, während sie ihm eine 2400 Jahre alte keltische Falcata durch den Rücken stieß.

Das mächtige Schwert durchbrach in einem unglaublichen Blutstrahl seine Brust. Mit der gebogenen Klinge drang es immer weiter nach oben. Noch immer lebendig, konnte Alomari mitansehen, wie es ihn durchbohrte, und spürte, wie die Spitze der Klinge unter seinem Kinn nach oben stieß, um ihm das ganze Gesicht aufzuspießen.

Als Alomaris sterbender Körper zuckend zu Boden fiel, ließ Jillian den Griff der Falcata los und starrte auf das, was sie angerichtet hatte.

48

Jillian hörte nicht auf zu zittern. »Er hätte uns alle beide umgebracht«, sagte Harvath, bemüht, den Bann zu brechen, der sie befallen hatte.

»Ich weiß«, sagte Jillian leise. »Ich weiß.«

Als ob es nicht schon genug war, mit dem Einsturz des Schneebretts fertigzuwerden, hatte Jillian Alcott mit Alomaris Tötung bewiesen, dass ihre Angst, wenn es wirklich nötig war, für sie arbeitete und nicht umgekehrt.

»Hier!« Harvath reichte ihr die Ruger. »Sie gehört Ihnen. Die haben Sie sich verdient.«

»Ich möchte kein Souvenir.«

»Das ist kein Souvenir. Die könnte Ihr Leben retten. Wissen Sie, wie man damit umgeht?«

»Ich bin auf einer Farm aufgewachsen. Da habe ich ziemlich viel geschossen.«

»Einen Menschen zu töten ist etwas anderes, als auf Kaninchen zu schießen.« Sofort bedauerte er seine Worte. Was er da sagte, war genau das Falsche, und für den Fall, dass er noch weiter überzeugt werden musste, wandte Jillian sich von ihm ab und übergab sich. Er kam sich so dumm vor. Die Frau hatte gerade einen Menschen getötet. Mitunter vergaß Harvath einfach die Regeln, nach denen Zivilisten lebten. Wer zum ersten Mal einen Menschen tötete, machte sich oft Vorwürfe, und das war auch gut so, selbst wenn es zur Selbstverteidigung geschah oder zum Schutz derjenigen, die einem am Herzen lagen. Was Jillian Alcott gerade durchgemacht hatte, würde sie wahrscheinlich ihr Leben lang verfolgen. Da war das Angebot, ihr die Waffe zu überlassen, eindeutig eine schlechte Idee, ganz gleich wie gut es gemeint war.

Harvath ließ Jillian in Ruhe, während er Alomaris Taschen durchsuchte. Was er fand, nahm er an sich – einen Autoschlüssel, ein hochwertiges taktisches Benchmade-Klappmesser und Ersatzmunition. Bei Al-Qaida hatten sie den Kerl gut ausgebildet. Er hatte nichts bei sich, was Aufschluss über seine Person oder sonst etwas geben konnte. Die US-Geheimdienste würden sich fürchterlich aufregen, weil sie keine Gelegenheit mehr hatten, ihn zu verhören. Doch was Harvath anging, war ihm und Jillian gar nichts anderes übrig geblieben.

Die nächste Stunde verbrachten sie damit, in den Gängen nach Hinweisen auf Hannibals mysteriöse Waffe zu suchen.

Die stille Suche schien Jillian Zeit zu geben, einen vorläufigen Frieden mit dem zu schließen, wozu sie gezwungen gewesen war.

Jillian musterte die kunstvoll geschnitzte Truhe eine Zeit lang, die sie zuvor untersucht hatten, und versuchte, die Bedeutung der Schnitzereien zu ergründen. Schließlich fing sie an zu reden und war dabei ganz sachlich. Sie stimmte Harvath zu, dass es sich bei den Szenen um Allegorien handelte, ihre genaue Bedeutung sei allerdings unklar. Eine Abbildung zeigte wohl ein magisches Buch, von dem Jillian dachte, es könnte das *Arthashastra* darstellen, aber ihr Fachgebiet war die Paläopathologie, nicht die Ikonografie.

Allerdings stimmte Jillian seiner Einschätzung zu, dass es sich bei den Tieren auf den Brustpanzern, die sie ursprünglich für Wölfe gehalten hatten, in Wirklichkeit um Hunde handelte. Der Grund dafür war, dass auf der Truhe mehr abgebildet war als nur knurrende Köpfe. Außerdem hatten diese Tiere geschwungene Ruten – eindeutig ein Kennzeichen von *Canis familiaris,* das man normalerweise nicht mit *Canis lupus* in Verbindung brachte.

Harvath freute sich zwar, dass Jillian seiner Meinung war, aber das erklärte immer noch nicht, weshalb Hannibal Hunde abbildete, um seinen Feinden Furcht einzuflößen.

»Setzte Hannibal in der Schlacht Hunde ein?«, fragte er, während sie die Truhe gemeinsam weiter untersuchten.

»Viele Armeen der Antike machten das, aber ich weiß beim besten Willen nicht, ob Hannibal auch Hunde einsetzte. Falls ja, wäre es nichts Ungewöhnliches.«

»Und auch nicht besonders Furcht einflößend?«

»Nein. Außerdem, falls diese Truppen Hunde einsetzten, wo sind sie? Ich sehe hier unten keinerlei Hinweis darauf. Keine Leine, keinen Maulkorb, nichts.«

Harvath nickte. »Was gibt es dann für eine Verbindung?«

»Ich habe keine Ahnung.« Jillian wandte sich von der Truhe ab und fuhr sich mit der Hand durchs Haar. »Es fehlen zu viele Teile. Mit einem kompletten Ausgrabungsteam hier unten könnte es Monate, wenn nicht Jahre dauern, bis wir die Antworten finden, die wir suchen.«

»Diese Zeit haben wir nicht.«

»Was machen wir dann?«

Harvath blickte auf seine Armbanduhr. Ohne Decken und eine Möglichkeit zum Feuermachen konnten sie unmöglich die Nacht überleben. »Wir müssen zurück.«

»Ich wünschte, ich hätte eine Kamera mitgenommen«, sagte Jillian.

»Vielleicht in einem der Expeditionskoffer«, begann Harvath, verstummte jedoch, als er sah, wie sie den Kopf schüttelte.

»Ich habe bereits überall nachgesehen. Da ist nichts. Selbst wenn wir eine fänden, wären die Akkus längst leer.«

Sie hatte recht. Das hatte Harvath nicht bedacht.

»Eins können wir noch tun«, sagte Jillian. »Geben Sie mir Ihren Eispickel.«

Harvath reichte ihr den Pickel, mit dem er Eisbrocken aus der Wand gehackt hatte, um sie sich ans Gesicht zu drücken. »Was haben Sie vor?«

»Proben sammeln.«

»Proben? Wovon?«

Während Alcott einem der Tunnel zustrebte, blickte sie über die Schulter zurück und erwiderte: »Von menschlichem Gewebe.«

49

Nach dem Zufallsprinzip wählten sie fünf Soldaten aus. Die hinter den mächtigsten Eisschichten begrabenen fielen in Harvaths Metier, ebenso die grausigste Aufgabe von allen – ihnen die Schädeldecke abzuhacken, damit Jillian Proben der Gehirnmasse nehmen konnte. Da die mysteriöse Krankheit eine so schwerwiegende Enzephalitis-Komponente aufwies, hatte sie darauf bestanden, dass zusätzlich zu den übrigen Gewebeproben, die sie sammelten, auch Hirngewebeproben unbedingt erforderlich seien. Harvath und Alcott waren zwar nur mit jeweils einem Eispickel bewaffnet. Aber dafür machten sie sich an ihre Aufgabe, als zerteilten sie einen unschätzbar kostbaren Diamanten mit den präzisesten Schneidegeräten der Welt.

Jillians Sorgfalt entsprang ihrem Respekt für das klassische Altertum. In Harvaths Fall war es die Achtung vor den toten Kameraden. Obwohl draußen bereits das Tageslicht schwand, hackte keiner von beiden einfach auf seinen Gegenstand ein. Vorsichtig hieben sie sich ins Eis, bis sie die gefrorenen Leichen erreichten. Alcott war sich zwar nicht sicher, ob Alan Whitcomb mit den Proben etwas anfangen konnte. Aber sie wollte ihm auf jeden Fall die Chance dazu geben. In diesen gefrorenen Körpern konnte sehr wohl der Schlüssel zu dem liegen, wonach sie suchten. Hannibal hätte seine Männer niemals in die Schlacht geschickt, ohne sie gegen ihre eigenen Waffen zu schützen. Vielleicht waren diese Soldaten, Angehörige seiner Elitegarde, geimpft, und womöglich konnte ihre DNA der modernen Welt etwas über die bedeutsame Waffe verraten, die sie transportierten.

Nachdem die Proben gesammelt waren, hasteten sie zurück zu ihrer Kletterausrüstung. Harvath machte sein Seil los und sah zu, wie das Gewicht des Rucksacks, den er oben gelassen hatte, es durch seine sekundären Ankerpunkte zog. Das Seil sauste durch den freien Raum über ihnen und landete mit einem leisen Schlag auf der richtigen Seite der Höhle, gleich neben Jillian.

Harvath befestigte ihre Steigklemmen und zeigte Jillian, wie man sie verwendete, um am Seil emporzuklettern. Er arbeitete mit Jillian, bis sie den Bogen raushatte, und nachdem er erneut die Leine zwischen ihnen festgemacht hatte, begannen sie den Aufstieg. Sechs Meter bevor sie nach oben kamen, machte Harvath seinen Rucksack vom Seil los und brachte es fertig, ihn sich über beide Schultern zu ziehen. Nachdem sie an den Überresten des Schneebretts die Seile gewechselt hatten, schafften sie es wieder hinauf auf den schmalen Col de la Traversette, packten ihre Ausrüstung zusammen und begannen die schwierige Tour zurück zum Queyr' de l'Ours. Lediglich ihre Stirnlampen leuchteten ihnen auf dem Weg durch die Dunkelheit.

Als sie auf der Rückseite des Hotelgeländes ankamen, fiel der Schnee bereits in dichten Schleiern. Während des Marsches hatten sie kaum miteinander gesprochen. Jillian kämpfte mit dem psychologischen und emotionalen Trauma, dass sie Khalid Alomari getötet hatte, während Harvath zu ergründen versuchte, in welcher Verbindung der Killer eigentlich zu Timothy Rayburn stand. Rayburn hatte die Expedition organisiert, um Hannibals mysteriöse Waffe zu bergen, und Alomari hatte anscheinend jeden umgebracht, der irgendwie davon wusste. Aber es gab jemanden, den Alomari nicht zu töten vermochte, und zwar Emir Tokay, allerdings nur, weil Rayburn ihn zuerst erwischt und entführt hatte. Es ergab keinen Sinn. Rayburn und Alomari schienen am selben Projekt gearbeitet zu haben, aber von zwei unterschiedlichen Seiten. Rayburn half, alles zusammenzufügen, während Alomari sich bemühte, es zu demontieren.

Es ergab Sinn, die Wissenschaftler zu töten, sobald ihre Arbeit abgeschlossen war, und jeden zum Schweigen zu bringen, der etwas davon wusste. Was jedoch keinen Sinn ergab, war die Entführung Tokays. Warum wurde er nicht ebenfalls getötet? Weshalb ihn entführen?

Während sie sich dem Hotel näherten, versuchte Harvath, seine Gedanken zu beruhigen. Im Moment wollte er nicht länger um Antworten kämpfen. Alles, was er wollte, war eine lange, heiße Dusche, dazu ein paar Advil und dann schlafen. Als sie jedoch durch die Hintertür des Hotels in die Küche traten, wurde ihm klar, dass das nicht passieren würde.

»*Putain, bougez pas! Bougez pas!*«, rief einer der beiden Provinzpolizisten, die von Harvaths und Alcotts Erscheinen aufgeschreckt wurden. Ihren Uniformen nach zu urteilen waren sie wohl Motorradpolizisten, aber das erklärte immer noch nicht, was sie in Marie Lavoines Küche trieben.

Ehe Harvath reagieren konnte, hatten die Männer ihre Waffen gezogen und hielten sowohl ihn als auch Jillian in Schach. Das Letzte, was er wollte, war, eine Schießerei mit der Polizei zu provozieren. Also hob er einfach die Hände über den Kopf und ließ die Waffen, die er bei sich trug, vorerst dort, wo sie waren.

Als Jillian sah, dass Harvath die Hände hob, tat sie es ihm gleich. »Was ist los?«, fragte sie.

»*Ta gueule!*«, bellte einer der Motorradpolizisten, während sein Partner sich umdrehte und in den anderen Raum nach ihrem Captain rief. Augenblicke später kam ein stämmiger Mann Mitte 50 mit schütterem Haar und Tränensäcken in die Küche. Zunächst konnte er nicht glauben, was er sah, doch er fing sich schnell wieder und begann, seinen Männern Befehle zu erteilen.

Als sie Harvath an die Wand stießen und ihn durchsuchten, fanden sie nicht nur Alomaris taktische Maschinenpistole und den Revolver Kaliber 357, sondern auch das Klappmesser, Harvaths auf den Namen Sam Guerin lautenden Pass und die Dollar-, Pfund- und Eurobündel, die Harvath von seinem Chef Gary Lawlor erhalten hatte, um seinen Einsatz zu finanzieren. Nachdem sie Jillian abgetastet hatten, durchsuchten sie die beiden Rucksäcke und fanden Jillians Gewebeproben und eine weitere Waffe, Harvaths H&K USP Compact Kaliber 40.

»Wenigstens haben die alle ein anderes Kaliber«, meinte der Captain, als er die Waffen in Augenschein nahm. »Damit dürfte die ballistische Untersuchung schnell vonstattengehen.«

»Was für eine ballistische Untersuchung?«, entgegnete Harvath. »Worum geht es hier überhaupt?«

»Monsieur Guerin, Madame Alcott, mein Name ist Capitaine Marcel Broussard von der Provinzgendarmerie. Es ist meine Pflicht, Ihnen mitzuteilen, dass Sie verhaftet sind, bis eine Untersuchung Ihrer Beteiligung an folgenden Morden abgeschlossen ist: an dem Londoner Polizeibeamten Donald Mills und zwei Zivilisten im Kaufhaus Harvey Nichols sowie an Dr. Molly Davidson, die bei der Pariser Niederlassung von Sotheby's arbeitete, und dem heutigen Mord an Marie Lavoine.«

Harvath wollte gerade ihre Unschuld beteuern und fragen, welche Beweise die Behörden denn gegen sie hätten. Da wurde ihm klar, dass die französische Polizei und Interpol wahrscheinlich bereits mehr als genug Beweise hatten. Die Überwachungskameras bei Harvey Nichols gaben zwar nicht viel über Harvaths Identität her, aber von Jillian Alcott hatten sie perfekte Aufnahmen. Bei Sotheby's mussten er und

Alcott ihre Ausweise vorzeigen und sich fotografieren lassen, um einen Besucherausweis zu bekommen. An dem Tag, an dem Davidson getötet wurde, wurden er und Jillian wegen einer Auseinandersetzung mit Davidson rausgeworfen. Damit waren sie die perfekten Verdächtigen. Nun waren sie dabei erwischt worden, wie sie zum Tatort eines weiteren Mordes zurückkehrten. Es gab zwar keine schlüssigen Beweise, aber mehr als genug Indizien, um sie auf unbestimmte Zeit festzuhalten. Er konnte der französischen Polizei noch nicht einmal einen Vorwurf machen. Sie ging hundertprozentig korrekt vor, aber er konnte sich auch nicht von ihr aufhalten lassen.

Als einer der beiden Motorradpolizisten von hinten auf ihn zutrat, um ihm Handschellen anzulegen, warf Harvath seinen Kopf zurück, so fest er konnte, und zertrümmerte dem Polizisten die Nase. Anschließend versetzte er Broussard mit der Rechten einen Handkantenhieb an den Hals, der ihn wie einen nassen Sack auf den Linoleumboden sinken ließ. Als der andere Motorradpolizist Harvath die Arme um die Hüfte schlang und ihn zu Fall zu bringen versuchte, verschränkte Harvath die Finger und ließ beide Hände blitzschnell auf die Schädelbasis des Mannes krachen. Es dauerte nur wenige Sekunden, bis alle drei Gendarmen überwältigt waren.

Harvath blickte Jillian an. Sie war völlig verblüfft von der Geschwindigkeit, mit der er sich bewegt hatte. Während er die Ruger in die Tasche seiner Kletterhosen schob, begann er, Anweisungen zu geben. »Waffen, Bargeld, Pässe. Alles einsammeln, stecken Sie es in den kleinen Rucksack.«

Jillian nickte, während Harvath sich die Wagenschlüssel schnappte, sich hinunterbeugte und die Taschen der bewusstlosen französischen Polizeibeamten leerte. Er nahm ihnen die Handschellen ab und fesselte sie in einer verschlungenen Stellung, Handgelenk an Knöchel, Knöchel an Handgelenk, die ihnen jede Bewegung unmöglich machte, wenn sie wieder zu sich kamen. Anschließend entlud er ihre Waffen, warf die Patronenhülsen und Magazine in den Mülleimer, legte ihre Pistolen in den Ofen und stellte ihn auf *Backen*.

Als Jillian Harvaths KIVA-Rucksack hochhob zum Zeichen, dass alles bereit war, legte er den Finger an die Lippen und bedeutete ihr, ihm zu folgen.

Hätten sich in dem kleinen Hotel noch weitere Polizisten befunden, wären sie bei den ersten Anzeichen eines Kampfes in die Küche gerannt gekommen. Da das nicht der Fall war, ging Harvath davon aus, dass sie allein waren. Was allerdings nicht bedeutete, dass nicht noch weitere unterwegs waren. In einem kleinen Dorf wie Ristolas war für gewöhnlich nichts los, darum dürfte ein Mord jede Menge Aufmerksamkeit auf sich ziehen. In dem Moment, in dem Marie Lavoines Leiche entdeckt wurde, hatte sich die Nachricht davon wahrscheinlich rasend schnell verbreitet.

Das Erste, was Harvath ins Auge fiel, als sie sich der Rezeption näherten, war das Blut. Es bedeckte die Hälfte des Parkettbodens. Bevor er die Leiche überhaupt sah, fiel ihm auf, dass die meisten Bilder umgestoßen waren und die Rahmen zerschmettert am Boden lagen. Harvath hätte gern geglaubt, dass Marie ein schnelles Ende gefunden hatte, doch das war offensichtlich nicht der Fall. Es hatte einen Kampf gegeben, und so, wie er Alomari kannte, vermutete Harvath, dass es ihm Vergnügen bereitet hatte, die arme Frau leiden zu lassen.

Als sie ihre Leiche schließlich hinter dem kleinen Empfangstresen fanden, verschlug es Jillian vor Entsetzen den Atem. Marie war die Kehle durchgeschnitten worden, so wie bei

Ellyson, und ihr Gesicht war grün und blau und fürchterlich angeschwollen. Alomari hatte sie geschlagen, bevor er sie umbrachte, höchstwahrscheinlich bei dem Versuch, Informationen aus ihr herauszubekommen. Unter der Folter gibt irgendwann jeder nach, und sollte Marie Alomari erzählt haben, wohin er und Jillian gegangen waren, konnte Harvath es ihr nicht zum Vorwurf machen.

Harvath und Alcott mussten so weit weg wie nur möglich von Ristolas und den Gendarmen. Er beugte sich hinab, holte das Goldkettchen mit dem Anhänger des heiligen Bernhard aus seiner Tasche und legte es Marie Lavoine in die Hand. *Wenigstens ist sie jetzt mit Bernard vereint,* dachte er, während er sich aufrichtete und hinter dem Empfangstresen hervortrat.

Er ging an die Fenster neben der Eingangstür, spähte durch die Vorhänge und war nicht erfreut über das, was er da sah. Auf der winzigen Auffahrt vor dem Queyr' de L'Ours wimmelte es von Streifenwagen. Anscheinend hatte Broussard das Hotel mit den ersten Beamten vor Ort betreten und die Motorradpolizisten und die übrigen Beamten angewiesen, draußen zu bleiben. Vom Standpunkt des Ermittlers aus war dies klug. Je weniger Leute durchs Hotel trampelten, desto weniger Beweise konnten sie zerstören. Aus der Sicht eines Flüchtigen jedoch waren sie aufgeschmissen – und das gleich doppelt, denn er bemerkte, dass Gruppen von Beamten ums Haus gingen, um die Rückseite des Anwesens zu sichern.

»Shit!«, sagte Harvath, während er den Kopf vom Fenster zurückzog.

»Was ist denn?«, wollte Jillian wissen.

»Draußen wimmelt es von Polizei.«

Jillian kam ans Fenster, um selbst hinauszublicken. »Was machen wir jetzt?«

»Nach Ansicht der Behörden laufen Sie und ich seit drei Tagen Amok. Die werden uns nicht einfach hier rausgehen lassen, und ich habe nicht vor, sie in einen Kampf zu verwickeln.«

»Und was schlagen Sie vor?«

Nachdem Harvath einige Augenblicke nachgedacht hatte, blickte er erneut aus dem Fenster und konzentrierte sich auf etwas am Ende der Auffahrt. »Können Sie Motorrad fahren?«

»Nein, weshalb?«

»Weil ich nur eine einzige Idee habe, wie wir hier rauskommen können, und wahrscheinlich stehen unsere Chancen eins zu eine Million, dass es klappt.«

Fünf Minuten später verließen Harvath und Jillian mit den Helmen und Uniformen der beiden bewusstlosen Motorradpolizisten aus der Küche das Hotel. Die Visiere heruntergeklappt, gingen sie rasch an den draußen wartenden Beamten vorbei.

Als die Gendarmen anfingen zu fragen, was drinnen passiert war, hielt Harvath einen Kunststoffbeutel für die Beweissicherung hoch, der Khalid Alomaris taktische Maschinenpistole enthielt, und ging weiter. Die Beamten schienen zu verstehen. Sie wussten, dass ein Mord geschehen war, und das Vorhandensein einer solch exotischen Waffe bestätigte, was sie alle insgeheim glaubten – dass der Tatort im Haus besonders grauenvoll war. Offensichtlich hatte der Capitaine die beiden Motorradpolizisten zu einem wichtigen Auftrag geschickt, bei dem es um die Waffe ging, und sie hatten keine Zeit zum Reden. Für die meisten war das in Ordnung. Hoffentlich durften sie bald rein, um sich den Tatort selbst anzusehen. Nicht einer von ihnen hatte je zuvor Gelegenheit gehabt, den Schauplatz eines Mordes zu betrachten.

Sie nahmen ihre Gespräche wieder auf. Doch als Jillian am Ende der Auffahrt hinter Harvath auf das Motorrad stieg, noch dazu mit einem Rucksack, ahnten einige der Gendarmen allmählich, dass da etwas nicht ganz stimmte.

Bitte lass sie beim ersten Versuch anspringen, betete Harvath. Die Maschine sprang an. Sie waren schon einen halben Block entfernt, bis der erste Polizist ins Hotel rannte, in der Küche seine Kollegen entdeckte, wieder nach draußen kam und die anderen Beamten losschickte, um das flüchtige Polizeimotorrad mit seinen beiden Fahrern aufzuhalten.

Unverzüglich hallten Sirenen von den Häusern des kleinen Dorfes wider. Als Harvath mit dem PS-starken Motorrad über Straßen und Gehwege raste, war er dankbar, dass es Abend war und die meisten Leute zu Hause waren.

Während er fuhr, hielt Alcott sich an ihren Teil des Plans. Da ihr Mercedes in der Auffahrt des Queyr' de l'Ours von Streifenwagen umringt war, bestand ihre einzige Hoffnung zu entkommen darin, Khalid Alomaris Wagen zu nehmen. Dazu mussten sie ihn allerdings erst finden.

Harvath wusste, dass Alomari Profi genug gewesen war, nicht direkt vor einem Tatort zu parken. Aber da er sofortigen Zugang zur einzigen Route zum Col de la Traversette brauchte, dürfte er ihn nicht zu weit weg abgestellt haben.

Während sie die engen Straßen des Dorfes auf und ab fuhren, drückte Alcott immer wieder die Paniktaste der Fernbedienung des Autoschlüssels, den Harvath in Alomaris Tasche gefunden hatte.

Die Polizei war keine zwei Blocks weit hinter ihnen, als Alcott schließlich Erfolg hatte und die Scheinwerfer, Rücklichter sowie die Hupe eines schwarzen 7er BMW anfingen verrücktzuspielen. Sofort drückte sie die Taste erneut, um den Alarm abzustellen.

Harvath hatte erlebt, wie geschickt sie mit ihrem MG umging. Darum hegte er keinerlei Zweifel, dass Jillian auch mit dem großen BMW zurechtkommen würde. Schlitternd kam er neben dem Wagen zum Stehen, war ihr beim Absteigen behilflich und sagte ihr, sie solle ihn jenseits der Brücke vor dem Dorf treffen.

Als sie im Wagen saß, den Kopf eingezogen, fuhr Harvath los, gerade als die Polizei hinter ihm um die Ecke bog.

Da er bereits die meisten Straßen in Ristolas durchquert hatte, hatte er eine ziemlich gute Vorstellung davon, wo und wie er die Gendarmen abschütteln konnte.

Er raste ins Herz des Dorfes und umrundete zweimal den Gemeindebrunnen, damit der Polizei genügend Zeit blieb, zumindest das Rücklicht des wesentlich schnelleren Motorrads, das er fuhr, zu sehen, bevor er eine der kurvigsten Durchgangsstraßen Ristolas' entlangraste.

Harvath jagte die Maschine in den roten Bereich, ließ die Kupplung kommen und schoss vorwärts, um so viel Abstand wie möglich zwischen sich und der Polizei zu schaffen.

Als Harvath sich der tödlichen 90-Grad-Kurve näherte, an die er sich vom ersten Durchfahren erinnerte, legte er eine Vollbremsung hin und hinterließ dabei eine Bremsspur bis zu einer niedrigen Steinmauer, von der man auf eine weit unten liegende Almwiese blickte.

Es dauerte eine Ewigkeit, bis die schwere Maschine zum Stillstand kam. Einen Sekundenbruchteil lang glaubte Harvath, er würde mit ihr über die Mauer geschleudert. Als der Vorderreifen auf die Steine prallte und die Eisenbank mit Blick auf das Tal nur knapp verfehlte, sprang Harvath ab, klappte den Tankdeckel auf und hievte das Motorrad noch das restliche Stück hinüber. Als es auf den Grund des Tals stürzte und in Flammen aufging, nahm er seinen Helm ab und warf ihn so nahe wie möglich an das brennende Wrack.

Anschließend zog er den Polizeiparka aus, stopfte ihn in einen nahe gelegenen Mülleimer und rannte los zum vereinbarten Treffpunkt.

50

Washington Plaza Hotel
Washington, D. C.

Brian Turner war lange genug bei der CIA, um zu wissen, dass es wahrscheinlich keine gute Idee war, sich weiterhin in seiner Wohnung mit Senatorin Carmichael zu treffen. Das Klügste war, sich nicht länger zweimal am selben Ort zu treffen. Außerdem musste er sichergehen, dass er ein Hotel aussuchte, in dem die Senatorin direkt von der Tiefgarage in sein Zimmer kommen konnte, ohne dass man sie in der Lobby sah. Das schicke und dennoch erschwingliche Washington Plaza war die perfekte Wahl.

Sollte Carmichael nach ihrem Treffen nach Zweisamkeit sein, konnten sie den Abend zusammen verbringen und über den Zimmerservice bestellen, und später konnte sie immer noch durch die Tiefgarage hinausschlüpfen, ohne dass jemand es mitbekam. Falls ihr nicht danach war zu bleiben, hatte Turner immer noch sein luxuriöses Zimmer mit Blick auf einen der besten Hotel-Außenpools in D. C. und konnte die äußerst angesagte Bar des Plaza aufsuchen, die als einer der heißesten Aufreißerschuppen in der Stadt galt.

Da er lange vor der Senatorin angekommen war, beschloss Turner, unten in ebenjener Bar ein wenig Zeit totzuschlagen. Er bestellte sein Lieblingsgetränk, einen Double Dirty Absolut Martini mit extra Oliven, lehnte sich zurück und lauschte der Musik. Über ihm lief eine seiner Lieblingsplatten, *Mothership Connection* von Parliament. Gott, er hasste D. C., aber Momente wie dieser, in denen er in dieser eintönigen Stadt ein Stück Kultur entdeckte, machten es fast lohnenswert, dort zu leben.

Mitten in seinem dritten Martini blickte Turner auf die Uhr und stellte fest, dass er nicht auf die Zeit geachtet hatte. Er warf einen 50-Dollar-Schein auf den Tisch, verließ mit schnellen Schritten die Bar und fuhr mit dem Aufzug hoch zu seinem Zimmer.

Als sich die Türen öffneten, betete er, dass Carmichael nicht schon im Flur stand und auf ihn wartete. Zum Glück war das nicht der Fall. Als Turner die Tür zu seinem Zimmer öffnete, blieb ihm gerade noch genug Zeit, pinkeln zu gehen und sich den Mund mit einem Gratis-Fläschchen Listerine auszuspülen, bevor er das vertraute Pochen der Senatorin hörte, die an die Tür klopfte.

»Guten Abend, Helen!« Lächelnd ließ er Carmichael ein.

»Was zum Teufel ist los, Brian?«, erwiderte sie, während er die Tür schloss. »Ich dachte, wir wollten von nun an nur noch per E-Mail kommunizieren.«

Turner fühlte sich nicht getroffen, sein Lächeln schwand nicht. »Für normale Kommunikation würde das Sinn machen, aber heute Abend muss ich dir etwas Besonderes zeigen.«

Carmichael ignorierte den Platz, den ihr junger Liebhaber ihr anbot, und blieb stattdessen mitten im Zimmer stehen. »Also, was ist?«

»Bekomme ich nicht mal einen Kuss?« Turner streckte die Arme aus, langsam entfaltete der Alkohol seine Wirkung.

»Allmählich fange ich an zu glauben, dass dir nichts mehr an mir liegt.«

»Bist du betrunken?«, fragte die Senatorin. »Ich kann es verdammt noch mal nicht fassen. Ich komme den ganzen Weg hierher, und du bist besoffen.«

»Helen, bitte!« Er bewegte den Kopf ein wenig zu ruckartig, während er seine Worte überdeutlich aussprach.

»*Bitte was?* Warum bin ich hier, Brian?«

Turner lächelte erneut und legte ein kleines Tänzchen hin. »Weil ich auf etwas gestoßen bin, das der letzte Nagel in Scot Harvaths Sarg sein wird. Der Gnadenstoß sozusagen.«

Carmichael stand kurz davor zu gehen, beschloss jedoch, es langsam angehen zu lassen und den jungen CIA-Mann anzuhören. Sie setzte sich auf die Kante des Kingsize-Bettes und schlug die Beine übereinander. »Also, was hast du für mich?«

Turner hob den Finger, so als wollte er sagen *Bin gleich wieder da,* und verschwand im Ankleidebereich der Suite, wo sich der Wandschrank und der Zimmersafe befanden. Einen Moment später tauchte er wieder auf und schwenkte eine dünne Mappe. »Ich sagte dir doch, dass der Beweis irgendwo da draußen ist.«

»Der Beweis wofür?«

»Dafür, dass der Präsident tatsächlich Einsatzkräfte der Geheimdienste als sein persönliches Killerkommando benutzt.«

Carmichael wollte ihren Ohren nicht trauen. »Was hast du gefunden?«

»After action reports – Einsatznachberichte«, verkündete er stolz, während er ihr das Dossier reichte. »Nachberichte von vertraulichen Geheimeinsätzen, Black Ops, die es angeblich nie gegeben hat.«

»Wie bist du an das herangekommen?«, wollte die Senatorin wissen, während sie durch die Seiten blätterte. »Niemand lässt solche Informationen einfach herumliegen.«

»Herumliegen kann man wohl kaum dazu sagen«, meinte Turner aufgedreht. Er tat genau das, was er tun musste, um sich einen Platz in ihrem Kabinett zu sichern. Er erwies sich als unentbehrlich. »Im Wesentlichen kommt es darauf an, den richtigen Zugang und das richtige Wissen zu haben. Ich bin lange genug bei der Firma, dass ich beides entwickelt habe.«

Die Senatorin bemühte sich zu verbergen, wie aufgeregt sie war, derart wertvolle Informationen in die Finger zu bekommen. Während sie weiterlas, fragte sie: »Und Scot Harvath spielte eine Rolle bei diesen schwarzen Geheimeinsätzen?«

»Die Berichte spielen auf jemanden an, von dem ich mit Bestimmtheit glaube, dass es sich um Harvath handelt«, antwortete Turner.

»Was ist mit dem Präsidenten? Können wir ihn mit einer dieser Operationen in Verbindung bringen?«

»Noch nicht«, sagte der CIA-Mann. »Aber ich denke, sobald ich alle Informationen über Harvath habe, haben wir auch den Präsidenten.«

»Wie lange wird es noch dauern?«

»Wenn alles weiter so gut läuft, ist es, denke ich, bloß noch eine Frage von Tagen. Möglicherweise bis Ende der Woche.«

Die Senatorin dachte an den Erscheinungszyklus der Presse, ihre Anhörungen und die Verlautbarung, die sie vorhatte, dass sowohl der Präsident als auch sein Stabschef ihre Vorladungen erhalten hätten. Diese zusätzlichen Informationen waren genau das, worauf sie gebaut hatte. »Was auch immer nötig ist«, sagte sie, »tu es. Und zwar schnell.«

51

Italien

In der Hoffnung, dass die französische Polizei das Tal unterhalb von Ristolas nach ihren Leichen absuchte, nahm Harvath eine Karte aus dem Handschuhfach und zeichnete den kürzestmöglichen Weg nach Italien auf.

Da sowohl Frankreich als auch Italien in der EU waren, wurde an der Grenze höchstens hin und wieder mal ein Lkw kontrolliert. Dennoch war Harvath vorsichtig und wählte eine schmale, unauffällige Route, die sich durch die Alpen wand und sie schließlich ins Piemont, in die Po-Ebene brachte – unweit der Stelle, an der Hannibals Heer auf die ersten römischen Legionen getroffen war.

Binnen Kurzem näherten sie sich Turin. Zwar waren er und Jillian beide müde, trotzdem waren sie sich einig, dass es am klügsten war, nach Mailand weiterzufahren, um so viel Abstand wie möglich zwischen sich und die französischen Behörden zu bringen.

Mit seiner hohen Straßenkriminalität, den Prostituierten und Drogendealern war Mailand gleich nach Neapel die zweitschäbigste Stadt Italiens. Obwohl Harvath immer einen möglichst großen Bogen um die verwahrloste Hauptstadt der Modebranche gemacht hatte, war er froh, in Zentrumsnähe ein Mittelklasse-Business-Hotel einer Kette zu finden. Der Mann am Empfang, der vermutete, dass Harvath mit seiner attraktiven Geliebten eine Spritztour unternahm, missachtete gern die Regeln und verzichtete darauf, einen formellen Ausweis zu sehen. Stattdessen akzeptierte er Barzahlung für zwei Übernachtungen und dazu ein großzügiges Trinkgeld.

Während Harvath unter der dampfend heißen Dusche stand, ging Jillian über die Straße in ein durchgehend geöffnetes Café, um Sandwiches und Kaffee zu holen. Als sie zurückkehrte, fand sie ihn auf der Bettkante sitzend. Er durchforstete die Tasche, die Khalid Alomari im Kofferraum seines Wagens gelassen hatte. »Irgendwas Interessantes?«, fragte sie, während sie ihm ein Sandwich reichte.

»Das wird Ihnen gefallen«, meinte er. »Neben einem Gebetsteppich und dem Koran hatte er Ersatzmunition dabei, mehrere ziemlich fies aussehende Messer und einen Würgedraht.«

Jillian schauderte. »Tod und Religion, was für eine Kombination.«

»So ticken diese Leute nun mal. Nicht jeder Muslim ist ein Terrorist, aber garantiert alle Terroristen sind Muslime. Innerhalb ihrer Religion tobt ein Krieg. Der gemäßigte muslimische Glaube wird von den wahhabitischen Extremisten aus Saudi-Arabien bedrängt. Das war die Geburtsstunde von Bin Laden und Al-Qaida. Sie wollen die ganze Welt beherrschen und werden alles Notwendige tun, damit ihr Ziel Wirklichkeit wird.«

Zwar hatte Jillian im Café gegenüber ein Glas Wein getrunken. Trotzdem war sie immer noch wie betäubt, weil sie Khalid Alomari umgebracht hatte. Doch je öfter sie hörte, was für Ungeheuer er und seinesgleichen waren, desto besser fühlte sie sich bei dem, was sie getan hatte.

»Wir müssen unsere Prioritäten festlegen«, sagte Harvath, während er nach dem Kaffee langte.

»Das ist einfach«, meinte Jillian. »Die Gewebeproben. Wir müssen sie so schnell wie möglich zu den Whitcombs schaffen.«

»Das sehe ich auch so. Aber ich möchte auch, dass die Leute, die sich bei meiner Regierung damit befassen, einen

Blick darauf werfen.« Er blickte zu Jillian hoch. »Vanessa und Alan sind gute Menschen. Ich möchte nicht, dass ihnen etwas passiert.«

»Ich auch nicht.«

»Gut! Ich würde gern dafür sorgen, dass sie für eine Weile aus Durham wegkommen. Um Alomari haben wir uns zwar gekümmert. Aber wir wissen nicht, mit wem er gesprochen hat und ob die Whitcombs in Gefahr sind.«

Daran hatte Jillian noch gar nicht gedacht. »Was schwebt Ihnen denn vor?«, fragte sie, offenkundig besorgt.

»Ich würde sie gern zu einer bestimmten Militärbasis bringen lassen, wo sie ihre Arbeit an diesem Fall fortsetzen können und vollständig sicher sind.«

»Zu einer amerikanischen Militärbasis?«

»Ja. Fort Detrick, Maryland.«

»Das USAMRIID«, sagte Jillian. »Das medizinische Forschungsinstitut der US Army für Infektionskrankheiten.«

»Das kennen Sie?«

»Ja, natürlich.«

Harvath zögerte einen Moment. Schließlich sagte er: »Ich möchte, dass Sie mit ihnen gehen.«

»Ich? Warum denn ich?«

»Weil Sie schon genug mitgemacht haben. Es wird nur noch gefährlicher, und ich glaube, es wäre nicht richtig, Sie darum zu bitten, bei mir zu bleiben.«

Jillian funkelte ihn wütend an. »Zunächst einmal beurteile *ich*, was richtig für mich ist. Außerdem *brauchen* Sie mich.«

Harvath war klar, dass er ohne sie wesentlich schneller vorankam. Doch er war es ihr schuldig, sie anzuhören. »Wie kommen Sie darauf?«

»Wir haben keine Ahnung, was die Gewebeproben, die wir gesammelt haben, ergeben werden. Vielleicht gar nichts. Wie auch immer, Sie werden nicht hier herumsitzen und darauf warten, bis man es herausfindet. Sie sind hinter Rayburn her. Sie müssen Emir Tokay finden. Zum jetzigen Zeitpunkt ist er der Einzige, der Licht in die ganze Sache bringen kann. Sofern er, wie bereits gesagt, überhaupt noch lebt.«

Sie hatte ihn am Haken. Das war genau das, was Harvath geplant hatte, trotzdem sah er keinen Grund, sie dabeizuhaben. »Ich verstehe immer noch nicht, weshalb ich Sie dafür brauchen sollte.«

»Emir hat mich kontaktiert, weil er Teile eines Puzzles hatte, die er nicht zusammensetzen konnte. Falls er noch am Leben ist, braucht er vielleicht immer noch mein Fachwissen, um das alles einzuordnen.«

»Und wenn nicht?«

»Falls er nicht mehr am Leben ist und Sie es schaffen, Rayburn ausfindig zu machen, vermute ich, dass Rayburn alle Unterlagen von Dr. Ellyson hat. Dazu gehört auch das Silenos-Manuskript und Gott weiß was noch. Sie brauchen jemanden, der das alles durchgehen und die relevantesten Dokumente so schnell wie möglich entziffern kann. Ohne mich schaffen Sie das nicht, Scot, das wissen Sie.«

Scot wusste es nicht nur, er hasste es auch. Zwar hatte sie sich als durchaus fähig erwiesen, aber sie war keine Agentin, und der Einsatz würde noch viel gefährlicher werden. Es war alles wieder genau wie bei Meg Cassidy. Nur dass die Zivilistin, die er mit in die Schlacht nehmen musste, weil das Schicksal ihn dazu zwang, diesmal nicht den Luxus einer mehrwöchigen Ausbildung bei den Besten genossen hatte, mit denen die Geheimdienste aufwarten konnten. Alles, was Jillian hatte, war er.

»Wenn ich es veranlassen kann, dass Vanessa und Alan zum USAMRIID gebracht werden«, sagte Harvath, »würden

Sie mich dabei unterstützen und sie ermutigen, dorthin zu gehen?«

Jillian überlegte einen Moment. »Wenn es die einzige Möglichkeit ist, dass sie wirklich in Sicherheit sind, dann ja. Ich unterstütze Sie dabei.«

Harvath warf einen Blick auf seinen Kobold-Phantom-Chronografen und berechnete den Zeitunterschied zwischen Italien und Washington, D. C. »Ich muss ein paar Anrufe tätigen, um die Sache anzukurbeln.«

»Heißt das, dass wir zusammenbleiben?«

»Wie kann ich da Nein sagen? Immerhin verdanke ich Ihnen mein Leben.«

Jillian lächelte. »Dann möchte ich Vanessa und Alan anrufen und mit ihnen reden, bevor Sie etwas unternehmen.«

»Okay!« Harvath nahm das Telefon vom Nachttisch und reichte es ihr. »Je eher wir die Sache zum Laufen bringen, desto besser sind wir alle dran.«

52

»Ja, er ist hier bei mir«, sagte Jillian und gab Harvath Zeichen, drüben am Schreibtisch ans Telefon zu gehen. »Ich sage ihm, er soll den Hörer vom Nebenapparat abnehmen.«

Sobald Harvath in der Leitung war, fragte Whitcomb: »Wie groß ist die Gefahr, in der wir uns befinden?«

»Groß genug, dass es bestimmt nicht schadet, wenn Sie sich eine kleine Auszeit nehmen«, antwortete er aufrichtig. »Sobald wir auflegen, werde ich alles veranlassen, um Sie beide von dort wegzubringen.«

»Jillian sagte, Sie wollen uns zum USAMRIID bringen lassen?«

»Das halte ich für das Sinnvollste. Es ist die federführende Behörde, die die Krankheit untersucht. Wir schicken die Gewebeproben direkt dorthin, dann können Sie gleich nach Ihrer Ankunft mit der Arbeit beginnen.«

»Etwas mehr Aufregung, als wir ursprünglich erwartet hatten, aber ich denke, Mrs. Whitcomb und ich sind der Herausforderung gewachsen.«

»Gut«, meinte Harvath. »Dann lasse ich Sie jetzt in Ruhe, damit ich loslegen kann.«

»Bevor Sie auflegen: Ich habe da etwas ausgegraben, und ich denke, dass Sie es hören sollten.«

»Was denn?«

»Vor ein paar Tagen sagten Sie, dass sich jeder, der mit dieser mysteriösen Krankheit in Kontakt kommt, am Ende wie ein Vampir verhält. Das brachte mich zum Nachdenken. Die Iraker in jenem Dorf, die ausländischen Helfer, die versuchten, ihnen zu helfen – genau so haben sie sich verhalten.«

»Kommen Sie, Alan«, sagte Harvath. »Wollen Sie mir erzählen, dass wir es hier mit einem Ausbruch von Vampirismus zu tun haben?«

»Nahe dran«, erklärte Whitcomb. »Ich glaube, womit wir es wirklich zu tun haben, ist ein Ausbruch der Tollwut.«

Bilder der Brustpanzer drängten sich vor Harvaths geistigem Auge, der geschnitzten Szenen auf der Holztruhe, die sie in der Eishöhle gefunden hatten. *Nicht Wölfe, sondern Hunde.* »Wieso Tollwut?«, fragte Harvath, bemüht, sich alles zusammenzureimen.

»Wie gesagt, es war Ihre Anspielung auf Graf Dracula, die mich zum Nachdenken brachte. Keiner von uns hatte es so gesehen. Es dauerte ein bisschen, aber ich konnte einen

Zeitschriftenartikel aufstöbern, den ich vor einigen Jahren gelesen hatte. Ein Arzt namens Juan Gómez-Alonso vom Xeral Hospital in Vigo, Spanien, hatte einen Artikel in der Zeitschrift *Neurology* veröffentlicht. Darin untersuchte er die Ähnlichkeiten zwischen dem Vampir der Mythologie und den Symptomen von Menschen, die mit dem Tollwutvirus infiziert waren.

Die Ähnlichkeiten sind verblüffend. Nicht nur Vampire beißen Menschen. Menschen, die vom Tollwutvirus betroffen sind, tun das ebenfalls. Vampire sollen Frauen verführen, heißt es. Es ist bekannt, dass Tollwutkranke hypersexuell sind. Vampire greifen Menschen an. Tollwutkranke zeigen oft eine dramatische Zunahme aggressiven Verhaltens. Vampire streifen nachts umher. Tollwutpatienten leiden aufgrund unterbrochener Schlafzyklen unter schwerer Schlaflosigkeit. Vampire sind unberechenbar und saugen Blut. Tollwutpatienten leiden häufig unter Krämpfen und bekommen blutigen Schaum vor dem Mund. Vampire hassen Knoblauch. Tollwutpatienten reagieren oftmals überempfindlich auf starke Gerüche, insbesondere auf Knoblauch. Vampire meiden Spiegel, da sie kein Spiegelbild haben. Tollwutkranke können den Anblick ihres eigenen Spiegelbilds nicht ertragen und meiden jeden Gegenstand, der ein Spiegelbild werfen könnte. Vampire fürchten das Sonnenlicht. Tollwutpatienten entwickeln häufig eine akute Lichtempfindlichkeit. Schließlich haben Vampire Angst vor Weihwasser, und Tollwutpatienten entwickeln oft eine Hydrophobie.«

Harvath war verblüfft. »Die Symptome stimmen hundertprozentig überein.«

»Nicht nur das«, erwiderte Whitcomb, »sie erklären auch die übrigen Symptome, die wir nicht direkt dem Gift der *Azemiops feae* zuschreiben konnten.«

»Das ist es also. Die Karthager kombinierten das Gift mit Tollwut. Jetzt verstehe ich, wie die Hunde da hineinpassen.«

»Hunde?«, sagte Whitcomb. »Was für Hunde?«

»Die Truhe, von der ich dir erzählt habe«, erklärte Jillian am anderen Hörer, »die, von der wir annehmen, dass sie zum Transport von Hannibals mysteriöser Geheimwaffe benutzt wurde. Auf ihrer Seite war eine Reihe von Reliefszenen dargestellt. Neben einem magischen Buch, das meiner Meinung nach eine Anspielung auf das *Arthashastra* ist, waren da die Wölfe, die wir auf den Brustpanzern gesehen haben. Nur dass es sich dabei eigentlich gar nicht um Wölfe handelt. Nachdem er sie genauer betrachtet hatte, kam Scot zu dem Schluss, dass es sich um Hunde handelte, und ich schätze, jetzt sollten wir von *tollwütigen* Hunden sprechen.«

»Das klingt vernünftig«, meinte Alan, nachdem er einen Moment überlegt hatte. »Die Tollwut ist eine der ältesten Infektionskrankheiten, die die Menschheit kennt. Berichte darüber reichen zurück bis 2000 vor Christus in Asien. Aber die besten detaillierten medizinischen Berichte stammen aus der Zeit um 300 vor Christus.«

»Keine 60 Jahre vor Hannibals Geburt«, sagte Harvath. »Aber falls die Tollwut hier unsere andere Komponente ist, ergibt etwas keinen Sinn. Ich habe immer gedacht, dass die Tollwut tödlich verläuft, wenn man erst einmal infiziert ist.«

»Das stimmt. Sobald man klinische Symptome entwickelt, ist keine Behandlung bekannt, die den Tod verhindert. Allerdings kann bei schwerer Exposition, wie zum Beispiel Bissen am Kopf oder Hals, wenn sie früh genug erkannt wird, ein Tollwut-Serum verabreicht werden. Bei leichter Exposition wie Bissen an Armen oder Beinen können die Patienten in der Regel mit einer Impfung zufriedenstellend behandelt werden.«

»Aber wir haben es hier nicht mit Bissen als Übertragungsweg zu tun. Die Leute, die erkrankten, wurden nicht gebissen.«

»Entgegen der landläufigen Meinung wird Tollwut nicht nur durch den Biss eines infizierten Wirts übertragen. Es gibt drei bestätigte *moderne* Fälle einer Übertragung, ohne dass jemand gebissen wurde. Im ersten Fall atmete eine Person in einer Fledermaushöhle Viruspartikel ein. Beim zweiten handelte es sich um Laborarbeiter, die mit einer Motorsäge die Schädeldecken tollwutinfizierter Leichen abtrennten, dabei ein Aerosol erzeugten und Tollwutpartikel einatmeten. Und im dritten Fall handelte es sich um eine Hornhauttransplantation von einem infizierten Spender.«

»Mit anderen Worten«, sagte Harvath, »es gibt mehrere Wege, über die diese Krankheit Menschen infizieren könnte.«

»Das stimmt leider«, antwortete Whitcomb. »Das *Arthashastra* war ziemlich erfinderisch in seinen Vorschlägen, aus Krankheitserregern Waffen zu machen und diese zu verbreiten. Wir wissen nicht, welchen Tollwutstamm Hannibal verwendete und was dabei herauskam, als er mit dem Gift von *Azemiops feae* kombiniert wurde. Erinnern Sie sich an die von Jillian zitierten Duplexing-Beispiele? Die Monsterkrankheiten, die aus der Kombination zweier nicht so schwerwiegender Krankheiten entstehen, können völlig anders sein, als man je vorhersagen könnte.«

Harvath hegte keinerlei Zweifel, dass der Mann recht hatte. Dennoch hatte er weitere Fragen. »Wie steht es mit der Immunität der Muslime gegen diese Krankheit, was auch immer sie sein mag?«

»Ich denke, wir sind uns einig, dass es für diese Krankheit ein Heilmittel oder zumindest irgendeinen Impfstoff gibt. Unabhängig davon, was wir über die Hauptbestandteile der

Krankheit wissen, muss der Schwerpunkt auf der Suche nach einer Heilung liegen, sei es im Labor oder durch die Menschen, die diese Krankheit einsetzten.«

Whitcomb hatte recht. Was etwaige wissenschaftliche Fortschritte anbelangte, war das Beste, was Harvath tun konnte, dafür zu sorgen, dass Vanessa und Alan nach Fort Detrick kamen. Und dazu musste er einen Weg finden, seine Befehle zu umgehen, um direkt mit einem seiner bewährtesten Geheimdienstkontakte zu kommunizieren, ohne sich erwischen zu lassen.

Während er zuhörte, wie Jillian sich verabschiedete, begann Harvath in Gedanken bereits einen Plan zu schmieden.

53

Riad, Saudi-Arabien

Der ehemalige CIA-Agent Chip Reynolds schleppte seinen massigen, 58 Jahre alten, knapp 1,90 Meter großen Körper unter die Dusche und ließ sich das heiße Wasser auf Kopf und Schultern prasseln. Zwar hätte er am liebsten den ganzen Tag darunter gestanden, doch dafür bezahlte ihn die Arabian American Oil Company, kurz Aramco, nicht.

Nachdem er sich abgetrocknet hatte, öffnete Reynolds die Tür seiner Villa und fand dort sein Frühstück und seine Zeitungen vor. Er trug das Tablett an seinen Schreibtisch und schenkte sich eine Tasse Kaffee ein, während er darauf wartete, dass sein Laptop hochfuhr. Da er wusste, wie fest die saudische Monarchie die Medien im Griff hatte, warf er nur einen flüchtigen Blick auf die Lokalzeitungen. Die wirklich nützlichen Informationen stammten aus seinem über das ganze Land verstreuten Netzwerk an Kontakten. Obwohl der Vizeminister für den staatlichen Geheimdienst, Faruq Al-Hafez, ihm Kopien der täglichen Bedrohungsanalyse zukommen ließ (deren Erstellung ursprünglich Reynolds' Idee gewesen war), war Chip klar, dass das, was er da bekam, nichts weiter als eine abgespeckte Version war. Faruq hatte ihn noch nie gemocht, und Chip wusste auch, warum.

Als Reynolds noch im Dienst der Central Intelligence Agency stand, hatte er die Anschlagspläne eines litauischen Gangsters aufgedeckt, die darauf abzielten, einen der unbedeutenderen Prinzen der saudischen Königsfamilie umzulegen. Der verwöhnte, drogensüchtige Bengel war während eines Urlaubs im Baltikum mit dem Mafioso in Konflikt geraten. Denn seine sadistischen Eskapaden hatten zum Tod zweier junger Mädchen geführt – eines davon eine Verwandte der soeben erwähnten Persönlichkeit des organisierten Verbrechens. Der Mordanschlag war im Grunde ziemlich genial, hatte jedoch den Nachteil, dass er, um ihn zuwege zu bringen, auf lokale Talente im saudischen Königreich angewiesen war.

Reynolds' Vorgesetzte in Langley hatten ihn angewiesen, sich mit dem saudischen Geheimdienst abzustimmen, insbesondere mit dem stellvertretenden Minister. Obwohl Reynolds über einen fundierten Hintergrund verfügte, sich im Nahen Osten auskannte und noch dazu fließend Arabisch sprach, lehnte Faruq es ab, mit ihm zusammenzuarbeiten, und bestand darauf, dass seine Leute durchaus mit der Situation umgehen konnten. Der Mann irrte sich, lag vollkommen falsch, und hätte Reynolds sich nicht geweigert, sich ins Abseits drängen zu lassen, wäre der Prinz mit Sicherheit getötet worden.

Als Reynolds' Frau vor sieben Jahren ihrem Krebsleiden erlag, beschloss er, dass es an der Zeit war, seinen Abschied von der Firma zu nehmen. Er hatte seinem Land einen guten Teil seines Lebens geopfert und wollte, was davon noch übrig war, wiederhaben. Jahrelang hatte er zugesehen, wie ehemalige Kollegen in die Privatwirtschaft wechselten und das große Geld machten. Nun wollte er ebenfalls ein Stück vom Kuchen abhaben. Dass er dem jungen Prinzen das Leben gerettet hatte, sicherte ihm einen besonderen Vorzugsstatus im Hause Saud, ganz gleich wie sehr Reynolds insgeheim denken mochte, dass der Prinz und ein Großteil seiner verkommenen Konsorten in der königlichen Familie eigentlich unter die Erde gehörten. Auch die Tatsache, dass er von der CIA kam, Arabisch sprach und sich in der Region auskannte wie kein Zweiter, schadete seinem Ansehen nicht.

Den Al-Sauds mochte gefallen, was Reynolds ihnen einbrachte. Aber ihr Vizeminister für den staatlichen Geheimdienst war von dem Amerikaner bloßgestellt worden und hatte nicht vor, so etwas noch einmal geschehen zu lassen. Darum flossen nie wirklich wesentliche Informationen in Reynolds' Richtung.

Reynolds hatte bei der saudischen Königsfamilie diplomatisch Faruqs mangelnde Zusammenarbeit angesprochen, und eine Zeit lang war es besser geworden. Doch allem Anschein nach kehrte das Verhältnis stets wieder zu dem aktuellen frostigen Zustand zurück. Allerdings war Reynolds nicht einer der Topagenten der CIA geworden und erhielt auch kein so hohes Beratungshonorar, weil er faul oder dumm war, und so nutzte er seine Fähigkeiten, um so tief wie möglich in die Geheimdienste seines Gastlandes vorzudringen. Innerhalb von 45 Minuten hatte er jeden Morgen einen besseren Überblick darüber, was innerhalb und außerhalb ihrer

Grenzen vor sich ging, als die Saudis. Um ehrlich zu sein, war sein Bild wahrscheinlich zutreffender, als wenn die saudischen Geheimdienste hundertprozentig mit ihm kooperiert hätten. Reynolds scherzte immer, dass er seine Informationen genau so mochte wie seine Austern – roh, ohne Zusatz, der den Geschmack verstärkte. Das Letzte, was er wollte, war, dass jemand ihm die Sicht auf die Lage trübte, indem er versuchte, ihn mit seiner Version der Dinge zu beeindrucken.

Im Gegensatz zu dem Bild von Frieden, Wohlstand und Stabilität, das dem Ausland vermittelt wurde, war das Haus Saud im Niedergang begriffen. Eine Vielzahl sozioökonomischer Probleme, die von Rekorddefiziten, hoher Arbeitslosigkeit und ultrareligiösem Konservatismus bis hin zum Unmut über die rasche Verwestlichung des Königreichs und dem leidenschaftlichen Hass auf amerikanische Truppen auf saudi-arabischem Boden reichten, dazu der Rückgang der Öleinnahmen, da die USA allmählich die irakischen Ölfelder erschlossen – all dies kam zusammen und schuf eines der gefährlichsten politischen Klimata aller Zeiten in der Geschichte der Al-Saud-Monarchie.

Für jeden, der genauer hinsah, war klar, dass die Macht der saudischen Monarchie in den letzten beiden Jahrzehnten rapide abgenommen hatte. Die törichte Familienpolitik, Probleme im Innern zu ignorieren in der Hoffnung, sie würden einfach verschwinden, hatte sich ein ums andere Mal als ineffektiver, unter Umständen selbstmörderischer Regierungsansatz erwiesen.

Wurde das Haus Saud jedoch infrage gestellt, tat es, was die meisten kleinkarierten Despoten tun: Es schlug zurück, und zwar hart. Unter dem Vorwand der nationalen Sicherheit und des islamischen Rechts gab es Säuberungsaktionen, bei denen Dissidenten, Führer von Oppositionsgruppen und alle, die auch nur im Entferntesten eine Bedrohung für die Monarchie darstellten, inhaftiert, gefoltert und in vielen Fällen hingerichtet wurden.

Kein Wunder also, dass es den Herrschern Saudi-Arabiens schwerfiel, die öffentliche Meinung genau einzuschätzen. Kein halbwegs intelligenter Untertan des Königreichs würde es jemals wagen, eine wissenschaftliche oder telefonische Umfrage ehrlich zu beantworten. Daher war das Haus Saud gezwungen, sich auf ein lockeres Netzwerk von Informanten in allen Schichten der saudischen Gesellschaft zu verlassen. Das Problem mit den Informanten des Königreichs bestand jedoch darin, dass sie oft nur das zurückmeldeten, was ihre Vorgesetzten ihrer Meinung nach hören wollten. Das führte zu Informationen unterschiedlicher Qualität und Zuverlässigkeit. Aber wenn man diese zusammen mit den Arbeitsergebnissen der nur einigermaßen effizienten saudischen Geheimdienstoffiziere analysierte – von denen die meisten, einschließlich ihres stellvertretenden Ministers, den Kopf so weit in den Arsch gesteckt hatten, dass man nicht einmal ihre Schultern sehen konnte –, reichte es kaum aus, um den Finger der Monarchie am Puls des Königreichs zu lassen und die Kontrolle über das Land zu behalten.

Als Amerikaner hatte Reynolds wenig Respekt vor der brutalen Art und Weise, wie die Saudis ihr Königreich regierten, doch war es *ihr* Land. Was er an ihnen am meisten verachtete, war, dass sie die ernsthaftesten Schönredner der Region waren. So hatte König Fahd, um muslimischer zu wirken, seinen königlichen Titel *Seine Majestät, Diener der beiden Heiligen Stätten von Mekka und Medina,* der beiden heiligsten Orte in der islamischen Welt, aufgegeben. Ein Mitglied der königlichen Familie hatte sich sogar den absurden Plan einfallen lassen, Wasser aus einer kürzlich entdeckten

Quelle unter der heiligen Stadt Mekka abzufüllen und zu verkaufen. Einst sollte diese Quelle sogar den Durst des Propheten Mohammed selbst gestillt haben. Reynolds kaufte ihnen nichts davon ab. Zwar gab es in der königlichen Familie einige ziemlich religiöse Mitglieder, aber sie waren definitiv in der Minderheit. Der Versuch der Familie, sich als gläubig darzustellen, war absolute Heuchelei. Jeder, der Geschichten gehört oder die Ausschweifungen saudischer Prinzen aus erster Hand erlebt hatte, die Partys feierten, als gäbe es kein Morgen, ohne jeglichen Respekt vor den Lehren des Islam, wusste, wo die Herrscherfamilie wirklich stand.

In gewisser Weise konnte man es ihnen kaum vorwerfen, wenn noch nicht einmal ihr kränkelnder König ein gutes Beispiel gab. Bei seinem alljährlichen Urlaub auf seinem Anwesen an der spanischen Küste gehörten 350 Bedienstete zu Fahds Entourage, 50 schwarze Mercedes und eine 70-Meter-Jacht. Darüber hinaus ließ er täglich Blumen im Wert von 2000 Dollar und 50 Kuchen liefern. Mit jeder ihrer Aktionen schnitt die Monarchie sich ins eigene Fleisch, doch das interessierte Reynolds nicht die Bohne. Es war nicht sein Land. Solange die saftigen Zahlungen weiterhin auf seinem Konto eingingen, machte er seinen Job. Seine Hauptsorge, für die man ihm so viele Petrodollars zahlte, war, dass das Öl von Aramco weiterhin ungehindert floss, damit die Kassen des Hauses Saud gefüllt wurden.

Reynolds schraubte den Boden der Souvenir-Scharfschützenpatrone vom Kaliber 50 ab, die auf seinem Schreibtisch stand, entnahm diesem Versteck einen 40-Gigabyte-USB-Stick und stöpselte ihn an der Rückseite seines Computers ein. Das tragbare Laufwerk war nicht nur extrem schnell bei der Datenübertragung, es bot auch den zusätzlichen Vorteil, dass es keine Spuren auf dem Host hinterließ. Mit diesem besonderen

Spielzeug (ein Geschenk von einem seiner Freunde in Langley) konnte er alle Informationen, die er nicht auf der Festplatte seines Laptops herumliegen lassen wollte, sicher verschlüsseln und speichern. Im Königreich konnte man nie vorsichtig genug sein.

Die Saudis wiederum waren dafür berüchtigt, Internetinhalte zu filtern. Ihre Internet Services Unit (ISU) betrieb alle Hochgeschwindigkeitsdatenverbindungen, die das Land mit dem internationalen Internet verbanden. Der gesamte Webverkehr in Saudi-Arabien wurde über eine zentrale Proxyserver-Anlage bei der ISU geleitet, die darüber entschied, worauf die User Zugriff hatten und worauf nicht. Unter Berufung auf den Koran behaupteten die Saudis, sie würden ihre islamischen Werte bewahren, indem sie den Zugang zu allen Materialien blockierten, die ihrem Glauben widersprachen oder Einfluss auf ihre Kultur nehmen könnten. Und all das, während sie im Ausland rauchten, tranken, Drogen nahmen und herumhurten. Das Ganze war so verlogen, dass man eigentlich darüber lachen müsste, wäre das Endergebnis nicht so bedauernswert für den saudischen Durchschnittsbürger.

Obwohl die Saudis über die Technologie verfügten, den Zugang zu bestimmten Websites zu blockieren, wusste Reynolds, dass sie nicht das Know-how hatten, verschlüsselte E-Mails zu knacken. Trotz der ganzen Milliarden an hoch entwickelter militärischer Hardware, die Onkel Sam seinen Beduinenfreunden im Lauf der Jahre verkauft hatte, war die Verschlüsselung Gott sei Dank der einzige Bereich, in dem die USA es abgelehnt hatten, mit den Saudis Geschäfte zu machen. Tatsächlich war Amerika nicht gerade begeistert von der Internetfilterung, und mithilfe der NSA hatte die CIA eine Hintertür für ihre Agenten in Saudi-Arabien geschaffen, die einen sicheren Zugang zum Internet brauchten. Sie hatten eine digitale Trapdoor am letzten Ort platziert, an dem die Saudis jemals danach suchen würden. Als Reynolds sich auf der Homepage der ISU einloggte, lächelte er über die Ironie, das Verhütungsmittel ausgerechnet in den Umkleideräumen der Eunuchen zu verstecken.

Er surfte über die Proxyserver zu seinem von den Saudis genehmigten E-Mail-Account und las eine Reihe von Briefings seiner Security-Streifen, die Aramcos Ölquellen, Raffinerien, Pumpstationen und verschiedene andere Betriebsstätten im gesamten Königreich überprüften. Zufrieden, dass sein Haus bestellt war, beschloss er nachzusehen, wie es um das Haus Saud stand, und öffnete die E-Mail mit der verwässerten täglichen Bedrohungsanalyse. Wie üblich war sie nur mäßig interessant und nicht sehr informativ. Reynolds schenkte sich eine weitere Tasse Kaffee ein und begann *Auf dem Weg zum Zauberer* aus dem Wizard of Oz zu pfeifen, während er sich vorsichtig seinen Weg durch die Firewalls und Sicherheitsebenen bahnte, die die Daten der saudischen Geheimdienstserver schützten. Es war an der Zeit, einen Blick hinter den Palmwedel-Vorhang zu werfen.

Eine der größten Sorgen der saudischen Herrscherfamilie und der Grund, warum Reynolds diese Position innehatte, war, dass ihr staatlicher Ölkonzern Aramco unheimlich anfällig für Angriffe war. Bei so viel ungeschützter oberirdischer Infrastruktur prophezeiten die amerikanischen Prognostiker, dass es nur einer kleinen, gut organisierten Gruppe von Saboteuren bedurfte, um die saudischen Ölförderkapazitäten verheerend zu treffen, die Macht der Al-Sauds zu brechen und einen weltweiten Dominoeffekt auszulösen, der die Ölpreise in die Höhe jagen konnte auf über 100, vielleicht sogar 150 Dollar pro Barrel. Die unmittelbare Folge wären geopolitische, soziale und wirtschaftliche Verwerfungen. Die

Aktienmärkte würden zusammenbrechen und die Zivilisation in eine moderne Version des Mittelalters gestürzt, wovon sie sich womöglich nie mehr erholen würde.

Kein Wunder, dass Reynolds schlecht schlief. Saudi-Arabien verfügte über mehr als 80 aktive Öl- und Gasfelder und über 1000 Bohrlöcher. Er und seine Männer konnten unmöglich überall gleichzeitig sein. In der Vergangenheit hatte es geringfügige, amateurhafte Sabotageversuche gegeben, die eher ein Ärgernis darstellten als einen Angriff. Aber es war das große »Was, wenn ...?«, das allen Sorge bereitete.

Die einzige Möglichkeit, einen größeren Anschlag zu verhindern, bestand darin, diejenigen im Auge zu behalten, die ihn am wahrscheinlichsten verüben würden, und ebendies sollten die Agenten der saudischen Geheimdienste eigentlich tun. Das Problem war Reynolds' Meinung nach, dass die meisten von ihnen, darunter auch Faruq, noch nicht einmal den Umschlag wert waren, in dem ihr Gehaltsscheck verschickt wurde.

Reynolds lud die echte tägliche Bedrohungsanalyse herunter und pickte sich anschließend diejenigen E-Mails und Memos heraus, die in den letzten 24 Stunden zwischen den verschiedenen Geheimdienstabteilungen des Königreichs geflossen waren. Beim Lesen fiel ihm etwas Ungewöhnliches auf.

In den letzten beiden Jahren hatte Reynolds seine eigene Terror-Beobachtungsliste erstellt. Fast alle, die auf der Liste standen, waren radikale Fundamentalisten aus der militanten Wahhabiten-Sekte, allesamt junge Männer, die zurzeit vom saudischen Geheimdienst überwacht wurden. Der Bericht, den Reynolds jetzt sah, kam ihm allerdings vor wie ein seltsames Déjà-vu. Diesen Bericht hatte er schon einmal irgendwo gelesen. Aber wie war das möglich? Er musste es sich einbilden. Zu den wenigen Dingen, die die Saudis wirklich konnten, gehörten die Überwachung ihrer Untertanen und das Verfassen von Tagesberichten.

Reynolds öffnete auf seinem USB-Stick den Ordner, den er für die betreffende Überwachungsperson – einen jungen saudischen Militanten namens Khalid Scheich Alomari – erstellt hatte, und rief dessen frühere Überwachungsberichte auf. Der Sicherheitsbeauftragte brauchte über 20 Minuten, doch schließlich fand er, wonach er suchte. Vor sechs Monaten hatte der saudische Agent, der Alomari beschattete, genau den gleichen Bericht eingereicht, und zwar wortwörtlich.

Hier musste ein Fehler vorliegen. Reynolds beschloss, die neuesten Berichte über einige der anderen jungen Saudis zu prüfen, von denen bekannt war, dass sie enge Freunde Alomaris waren und dieselbe militante Moschee am Stadtrand Riads besuchten. Alles, was mit Khalid Alomari zu tun hatte, löste bei Reynolds ein ungutes Gefühl in der Magengrube aus, und das nicht ohne Grund. Die Tatsache, dass Alomari wegen mehrerer raffinierter Terroranschläge innerhalb des Königreichs verdächtigt, aber nie verurteilt worden war und aus Abha stammte, derselben abgelegenen Gebirgsstadt in der südlichen Provinz Asir wie vier der 15 Flugzeugentführer vom 11. September, festigte seine Position an der Spitze von Reynolds' Liste der wahhabitischen Klugscheißer, die man besser im Auge behalten sollte.

Vier Tassen Kaffee und zweieinhalb Stunden später hatte Reynolds ein äußerst verwirrendes Bild zusammengesetzt. Saudische Agenten hatten die Überwachungsberichte gegen alte Berichte ausgetauscht, und zwar nicht nur über Khalid Alomari, sondern auch über vier seiner Mitstreiter. Das gefiel Reynolds nicht.

Seit zwei Monaten waren er und sein Team insgeheim in erhöhter Alarmbereitschaft. Den diversen Informationsströmen zufolge, die er anzapfte, war etwas Großes im Gange, doch niemand hatte eine Ahnung, was. Sollte ein Anschlag auf Aramco geplant sein, konnte er überall stattfinden. Reynolds und seine Leute hatten an Stellen, an denen das Unternehmen ihrer Meinung nach am anfälligsten war, die Sicherheitsmaßnahmen erhöht. Abgesehen davon konnte das Unternehmen jedoch nicht viel tun. Es gab allerdings etwas, das Reynolds tun konnte.

Er nahm sein Handy, rief seine Sekretärin an und hinterließ ihr die Nachricht, dass er die nächsten paar Tage im Außeneinsatz verbringen würde. Er schaltete seinen Computer aus, verstaute seinen USB-Stick wieder und schnappte sich seine Les Baer Pistole 1911 Kaliber 45. Solange er nicht wusste, was die saudischen Geheimdienste im Schilde führten, konnte er unmöglich mit seinen dortigen Kontakten sprechen, insbesondere nicht mit Faruq. Vorerst musste er selbst dahinterkommen.

54

Washington, D. C.

Es musste erst dreimal klingeln, bis der Mann, der in dem Wagen vor dem Washington Plaza Hotel saß, seinen Ohrhörer fand, ihn einstöpselte und sein Handy abnahm. Nur sehr wenige Leute hatten diese Nummer. Als sich eine Frauenstimme meldete und sagte, sie rufe von der Blumenhandlung »The Flower Patch« an, wusste er sofort, wer hinter dem Anruf steckte.

»Ihre Bestellung liegt bereit«, sagte Jillian. »Aber unser Fahrer ist krank geworden, deshalb dachten wir, ob es vielleicht möglich ist, dass Sie die Rosen selbst abholen?«

Lawlor kannte diesen Code nur zu gut.

Harvath hatte jemanden, der umgehend in Schutzgewahrsam genommen werden musste. »Wissen Sie noch, welche Farbe ich bestellt habe?«, fragte Lawlor. »Pink oder Rot?« Das bedeutete, ob dieser Jemand aus dem Ausland oder im Inland abgeholt werden musste.

»Pink.«

Aus dem Ausland.

»Es könnte eine Weile dauern, bis ich hinkomme«, antwortete Lawlor.

»Nun, wir machen heute früher zu, deshalb sollten Sie sich beeilen.«

»Verstanden. Tut mir leid, dass ich so vergesslich bin, aber haben Sie die Rechnung bereits von meinem Konto abgebucht?«

»Noch nicht«, sagte Jillian.

Lawlor wusste, das hieß, dass Harvath ihm die Einzelheiten noch nicht in ihrer geheimen Mailbox gepostet hatte. »Ich werde es im Auge behalten.«

»Gut. Sie kriegen die Rechnung, sobald wir dazu kommen.«

»In der Zwischenzeit habe ich gehört« – Lawlor überlegte, wie er seinen nächsten Satz formulieren sollte, damit nur Harvath mitbekam, was er meinte, und niemand sonst, der womöglich ihr Gespräch abhörte – »dass die besonderen blauen Rosen, nach denen Sie im Ausland für mich schauen sollten, jetzt auch hier bei uns erhältlich sind.«

Jillian blickte Harvath an, der mit einem Mal eine besorgte Miene machte. *Blaue Rosen* bezog sich auf den gegenwärtigen

Einsatz. Lawlor sprach über die Krankheit. Irgendwie hatte sie ihren Weg in die Vereinigten Staaten gefunden.

»Die Rosen stehen noch nicht zum Verkauf«, fuhr Gary fort. »Aber ich hätte gern, dass Sie mir Bescheid geben, wenn Sie etwas wissen. Es heißt, sie sollen in wenigen Tagen auf dem Markt sein.«

»Wir kümmern uns gleich darum«, sagte Jillian. »Sonst noch etwas?«

»Ja, da ist noch etwas. Ich erhielt mehrere Anrufe, dass es bei Walmart bald auch blaue Rosen gibt. Vielleicht könnten Sie das mal überprüfen und sehen, was die wissen.«

Damit drückte Lawlor die Auflegen-Taste seines Handys, legte den Notizblock weg, auf dem er mitgeschrieben hatte, und blickte gerade noch rechtzeitig hoch, um mitzubekommen, wie Helen Carmichaels Wagen aus der Tiefgarage des Hotels kam.

55

Italien

»Was hat er damit gemeint, dass die blauen Rosen jetzt auch in den USA erhältlich sind?«, wollte Jillian wissen.

Harvath blickte sie an. »Das heißt, sie haben Informationen, dass es Al-Qaida gelungen ist, die Krankheit in die Vereinigten Staaten zu schmuggeln.«

»Wie?«

»Wer weiß das schon? Wahrscheinlich gibt es Tausende Möglichkeiten, wie sie das bewerkstelligen konnten. Das Einzige, was zählt, ist, dass sie es geschafft haben, die Krankheit in die USA zu bringen.«

»Aber sie haben sie noch nicht freigesetzt, oder?«

»Nein. Aber anscheinend planen sie das innerhalb der nächsten Tage.«

»Was sollen wir tun?«, fragte sie.

»Zunächst einmal fragen wir bei meiner Walmart-Connection nach. Wie es klingt, haben wir jetzt vielleicht Glück.«

Jillian machte sich nicht die Mühe, ihn nach einer Erklärung zu fragen.

Harvath drückte auf die Telefongabel und wählte die Handynummer von Nick Kampos auf Zypern. Als dieser abnahm, war es offensichtlich, dass Harvath ihn aus dem Schlaf gerissen hatte. »Nick, ich bin's, Scot. Ich habe hier eine Nachricht, dass du versucht hast, mich zu erreichen.«

»Mein Gott, Harvath! Wie spät ist es denn?«, fragte der DEA-Agent verschlafen.

»Fast fünf Uhr morgens deiner Zeit. Was hast du für mich?«

»Ich habe eine Nachricht auf dieser Website gepostet«, sagte Kampos, »wie du mich gebeten hattest, aber du hast dich nicht gemeldet. Checkst du denn nicht deine Mails?«

»Nick, ich war ehrlich gesagt ein bisschen beschäftigt.«

»Na ja, ich war ebenfalls fleißig«, sagte Kampos. »Ich glaube, ich habe vielleicht einen Hinweis auf Rayburn für dich.«

Harvath umfasste den Telefonhörer fester. »Was denn?«

»Einen kleinen Moment«, brummte er, während er die Hand vor den Hörer hielt und sich mehrmals räusperte, um seine Lunge wieder in Schwung zu bringen, ehe er sich wieder meldete. »Ich habe einen Typen kontaktiert, mit dem wir hin und wieder zusammenarbeiten, und ihm die E-Mail-Adresse gegeben, wegen der du mich angerufen hattest.«

»Und?«

»Allem Anschein nach wollte dieser Kerl Rayburn mit seiner archäologischen Fake-Stiftung so authentisch wie möglich rüberkommen. Deshalb kam die Verwendung eines E-Mail-Kontos von Hotmail oder so auf seinen Visitenkarten, das kaum aufzuspüren gewesen wäre, nicht infrage. Er musste den Domain-Namen kaufen, den er haben wollte, danach legte er ein E-Mail-Konto bei einem billigen philippinischen Internetprovider an. Und das alles mit einer VISA-Karte.«

»Großartig! Konntest du Informationen zum Kontoinhaber erhalten? Eine Postanschrift oder so?«

»Nein. Die Informationsspur zum Kontoinhaber endet bei einer Bank in Malta. Ohne Gerichtsbeschluss komme ich da nicht weiter.«

Harvath war enttäuscht. Trotzdem sagte er: »Danke, Nick. Vielen Dank, dass du es versucht hast.«

»Was zum Teufel ist los mit dir? Glaubst du, ich hätte diese ganzen kryptischen Nachrichten bei deinem Chef hinterlassen – obwohl ich sehr wohl wusste, dass du in Ungnade gefallen bist –, wenn ich nicht mehr für dich hätte? Ich sagte, die Spur zum Kontoinhaber endete bei der Bank in Malta, aber die Spur des Geldes reicht weiter.«

»Wie weit?«

»Wer auch immer im Besitz dieser Kreditkarte ist, hat sie meiner Quelle zufolge erst kürzlich in einer Stadt namens Le Râleur im Schweizer Rhonetal verwendet, circa anderthalb Stunden außerhalb von Genf.«

»Wie kürzlich?«

»Gestern Abend.«

Harvath riss das oberste Blatt von seinem Notizblock und fragte: »Kannst du mir die Liste der genauen Orte in Le Râleur faxen?«

»Warum nicht?«, brummte Kampos. »Ich bin ja sowieso schon wach.«

»Danke, Nick! Ich schulde dir noch eine Einladung zum Essen.«

»Du schuldest mir verdammt viel mehr als ein Essen, aber es ist schon mal ein Anfang.«

Harvath bedankte sich noch einmal bei seinem Freund, legte dann auf und wandte sich an Jillian. »Wir haben eine Spur zu Rayburn.«

»Wo steckt er?«, erwiderte sie.

»In einer Stadt in der Schweiz, die Le Râleur heißt. Klingelt da was?«

»Davon habe ich noch nie gehört.«

»Ich auch nicht«, sagte Harvath.

»Also, wie sieht unser Plan aus?«

»Als Erstes müssen wir einen Kurierdienst finden, der die Gewebeproben zurück in die Staaten bringt. Anschließend brauchen wir ein Internetcafé, in dem ich Gary einen Lagebericht posten kann.«

»Und dann?«, fragte Jillian.

»Dann müssen wir uns überlegen, wie wir in die Schweiz kommen.«

»Ich gehe davon aus, dass wir nicht mit dem Auto fahren.«

»Nicht mit einer roten Ausschreibung von Interpol mit dem Ziel, uns festzunehmen. Von einem EU-Land ins andere über die Grenze zu fahren ist eine Sache, in die Schweiz eine ganz andere. Die kontrollieren jeden.«

»Zug und Flugzeug fallen dann ebenfalls flach. Was bleibt uns dann noch?«

»Nicht *was*«, sagte Harvath, so ungern er sich auch an Kalachka wandte, um erneut um Hilfe zu bitten, »sondern *wer*.«

56

Es war kurz vor Mittag, als Harvath und Alcott in ihrer neuen Garderobe, die sie vor ihrer Abreise noch in Mailand erstanden hatten, nach Como fuhren. Dort ließen sie Khalid Alomaris schwarzen BMW in einer ruhigen Seitenstraße stehen. Von nun an würde sich Ozan Kalachka um ihre Weiterbeförderung kümmern.

Harvath war erst ein Mal in Como gewesen. Mit Meg hatte er eine ganze Woche in der renommierten Villa d'Este verbracht. Es war einer der extravagantesten Urlaube, die er sich je gegönnt hatte. Als er und Jillian sich nun die Zeit vertrieben, indem sie am Seeufer entlangschlenderten und die prächtigen Villen und üppigen Bougainvilleen bewunderten, musste er an damals denken, als er mit Meg hier gewesen war.

Kurz vor dem vereinbarten Treffen mit Kalachkas Mann betrat Harvath das kleine Café mit Blick auf das Wasser und führte einen raschen Sicherheits-Check durch. Er mochte es nicht, irgendwo hineinzuspazieren, wenn er nicht wusste, wie er wieder herauskommen sollte. Nachdem er sich überzeugt hatte, dass alles in Ordnung war, gab er Jillian ein Zeichen, und sie kam herein und setzte sich zu ihm an den Tisch. Eine Viertelstunde später betrat ein Italiener mittleren Alters mit einem bleistiftdünnen Schnurrbart und einer Ausgabe der *International Herald Tribune* unter dem rechten Arm das Café und sah sich um.

Kalachka musste Harvath sehr gut beschrieben haben, da der Italiener direkt auf ihn zukam. So viel zu Harvaths Bemühen, eine Ausgabe der *International Herald Tribune*, aufgeschlagen beim Sportteil, extra auf eine vorher bestimmte

Ecke des Tisches zu legen. Dem weißen Leinenblazer und der pastellfarbenen Seidenhose des Mannes nach zu urteilen, zählte Subtilität nicht zu seinen Stärken. Zumindest hielt sich der Mann an das, was Harvath mit Kalachka vereinbart hatte, als er sich ihrem Tisch näherte und mit leichtem Akzent sagte: »Es tut mir leid, wenn ich Sie störe. Aber sind wir uns nicht letzten Sommer in Tremezzo begegnet? Sie und Ihre Frau wohnten im Grand Hotel, oder?«

»Genau genommen war es das San Giorgio.«

»Ah, *sì*, das San Giorgio«, sagte der Mann, auf einen freien Stuhl deutend. Harvath lud ihn ein, Platz zu nehmen. Nachdem der Kellner die Bestellung aufgenommen hatte und wieder gegangen war, stellte der Italiener sich vor. »Ich heiße Marco.« Er streckte den Arm aus und schüttelte Harvath und Alcott die Hand. »Zu Ihren Diensten!«

Harvath kam ohne Umschweife zur Sache. »Unser gemeinsamer Freund hat Ihnen erklärt, was wir brauchen?«

»Selbstverständlich, und es ist kein Problem.« Er machte eine wegwerfende Handbewegung.

Für Harvaths Geschmack war der Mann etwas zu locker. Er beugte sich über den Tisch und fixierte ihn mit den Augen. »Es ist mir ernst. Ich gehe davon aus, dass alles reibungslos läuft. Überhaupt keine Probleme. Haben Sie verstanden?«

»*Sì, sì*. Deshalb sagte ich ja, kein Problem. Die Ausreise aus Italien ist viel einfacher als die Einreise. Würde Ihre Reise andersherum verlaufen, *dann* wäre ich besorgt.«

Irgendwie fiel es Harvath schwer, das zu glauben. »Wieso das?«

»Weil Sie in den Schweizer Kanton Tessin überwechseln, und das Tessin hat Marihuana legalisiert. Es ist das neue Amsterdam. In Amerika hat noch kaum jemand davon gehört, aber die Italiener wissen sehr wohl Bescheid. Cannabis ist im Tessin nicht nur legal, die Qualität ist auch wesentlich höher als alles, was man bei uns finden kann. Nennen wir es Kifferwahn, aber jeder, der etwas raucht, will sein Marihuana aus dem Tessin. Die italienischen Grenzschützer haben alle Hände voll zu tun, um so viele Autos und Motorroller zu durchsuchen wie nur möglich, die über unseren örtlichen Grenzübergang zur Schweiz zurück nach Italien kommen.«

»Was ist mit den Schweizer Grenzschützern bei der Einreise?«

Abermals wedelte der Italiener wegwerfend mit der Hand. »Die bekommen wir nie zu Gesicht, außer am Grenzübergang. Die Grenze zwischen Italien und der Schweiz besteht aus einem etwa 15 Kilometer langen Maschendrahtzaun, in den überall Löcher geschnitten sind. Ich könnte Sie am Waldrand absetzen, und Sie würden tatsächlich Pfeile finden, die auf die Bäume gesprüht sind und Ihnen die Richtung weisen.«

»Der Drogenhandel in diesem Teil Europas muss also ziemlich lukrativ sein.«

»Nach allem, was man so hört, ja. Aber ich bin nicht im Drogengeschäft. Ich importiere grundsätzlich nur legale Waren.«

»Tatsächlich?«, meinte Harvath skeptisch. »Zum Beispiel?«

»Gold, Pelze, Schmuck, Uhren, Zigaretten – alles Mögliche«, sagte Marco. »Solange die Steuern auf diese Artikel in der Schweiz niedriger sind, wird es Importeure wie mich geben, die sie nach Italien bringen.«

Der Kerl war zweifellos kriminell, doch Harvath bewunderte seinen Unternehmergeist. »Wie wollen Sie uns rüberbringen? Durch den Zaun?«

Der Italiener rührte seinen Campari Soda um und dachte einen Moment lang nach. »Wir fliegen Sie mit einem Drachen über die Grenze, mein Freund.«

Zehn Minuten später zahlte Harvath die Zeche und folgte dem Mann mit Jillian aus dem Café nach draußen. Er fragte sich, worauf zum Teufel sie sich da einließen.

57

Marco war ein gewissenhafter Autofahrer, er hatte stets beide Hände am Lenkrad – eine, um den Wagen zu steuern, die andere, um den übrigen Verkehrsteilnehmern unflätige Gesten zu zeigen. Er folgte den Schildern nach Menaggio, und als sie in dem kleinen Dorf Orimento ankamen, parkte er den Wagen und sagte: »Den Rest des Weges gehen wir zu Fuß.«

Der Rest des Weges erwies sich als einstündige Wanderung an Almen und Wasserfällen vorbei zum Gipfel des nahe gelegenen Monte Generoso.

Als sie den 1700 Meter hohen Gipfel an der Grenze zwischen Italien und der Schweiz erreichten, verstand Harvath endlich, was Marco vorhatte. Auf einer ausgedehnten Wiese 50 Meter hügelabwärts lagen vier junge Männer neben zwei übergroßen Segeltuchtaschen und ließen sich die Nachmittagssonne auf den Bauch scheinen. Es waren die Taschen, die Marcos Plan verrieten. Auf jeder prangte das Logo des hiesigen Schweizer Gleitschirmclubs – Volo Libero Ticino.

Nachdem Marco sich einen Moment Zeit genommen hatte, um wieder zu Atem zu kommen und das letzte Wasser aus seiner Flasche zu trinken, ging er mit Harvath und Alcott hinunter zu den Männern, von denen einer sein Cousin Enzo war – und der Präsident des Clubs Volo Libero Ticino.

Als alle sich einander vorgestellt hatten, begannen zwei Clubmitglieder, ihre Ausrüstung auszupacken, während Enzo Harvath und Alcott eine Einweisung gab, wie so ein Flug ablief, und ihnen erklärte, wie Tandem-Gleitschirmfliegen funktionierte und was von ihnen als Passagieren erwartet wurde. Zwar verfügte Harvath über umfangreiche Erfahrung im Fallschirmspringen. Aber er begriff, dass der Schlüssel zum sicheren Gleitschirmfliegen in der Kenntnis des Geländes lag. Während er zuhörte, wie Enzo besprach, womit man bei Start, Flug und Landung zu rechnen hatte, wurde ihm klar, dass der Mann nicht nur mit dem Gleitschirmsport bestens vertraut war, sondern auch mit dem Monte Generoso und dessen Umgebung. Marco hatte eine gute Wahl getroffen. Sie waren in guten Händen.

Harvath und Jillian stiegen in spezielle Nylon-Overalls, streiften Handschuhe über, um sich vor der Kälte zu schützen, und wurden jeweils mit Helm und Gurtzeug ausgestattet. Nachdem Harvaths Gurtzeug sicher an seine Brust geschnallt war, hakte Enzo sich hinter ihm ein. Bei Jillian tat ein Mann namens Paolo das Gleiche.

Ein letzter Blick, um den bunten Schirm zu überprüfen, der hinter ihnen im Gras ausgebreitet lag, dann gab Enzo das Kommando, und er und Harvath rannten mit voller Kraft los, die abschüssige Wiese hinab zum Bergrand. Nach ungefähr 20 Schritten spürte Harvath, wie seine Füße vom Boden abhoben. Doch genau wie Enzo ihn angewiesen hatte, rannte er weiter, bis Enzo ihm sagte, er solle aufhören. Als der Gleitschirm endlich in der Luft war, ließ Enzo Harvath wissen, dass er sich in seinem Gurtzeug zurücklehnen, entspannen und die Aussicht genießen könne. Und was für eine Aussicht!

Weit unter sich sah Harvath die Stadt Lugano mit ihrem glitzernden See, und ihm wurde klar, dass dies wahrscheinlich eine der angenehmsten und stressfreiesten Einschleusungen war, die er je mitgemacht hatte. Er blickte zurück, um sich zu vergewissern, dass Jillian gut vom Berg weggekommen war, und sah Paolos Schirm nicht weit hinter ihnen schweben.

Enzo hatte erklärt, dass sie je nach den Windverhältnissen nur etwa 15 Minuten bräuchten, um ihren Landeplatz zu erreichen, einen Fußballplatz in Capolago, einem Dorf am Ufer des Luganer Sees. Insgeheim wünschte Harvath sich, sie könnten so lange wie möglich in der Luft bleiben. Als er durch die frische Bergluft glitt, war hier oben kein Laut zu hören, nur der Wind, der an seinen Ohren vorüberrauschte. Es fiel nicht schwer, all die Probleme, wenn auch nur für einen Moment, zu vergessen, mit denen er auf dem festen Boden konfrontiert war. Es war, als wäre ihm im schwerelosen Dahinschweben eine Last von den Schultern genommen. Er hätte ein Jahresgehalt dafür gegeben, weiterhin zu schweben und nie wieder den Boden berühren zu müssen.

Weil Harvath Erfahrung im Fallschirmspringen hatte, bot Enzo ihm an, er könne den Gleitschirm steuern, doch Harvath lehnte höflich ab. Er wollte seine Auszeit von der Verantwortung bis zum allerletzten Moment auskosten.

Zehn Minuten später tauchten unter ihnen die rot ge-deckten Dächer Capolagos und der Fußballplatz auf, und Enzo setzte zur Landung an. Sie hatten sich bereits von ihrem Gurtzeug befreit und waren im Begriff, den Schirm zusammenzufalten, als Paolo und Jillian mitten auf dem Platz aufsetzten.

Jillian und Scot schlüpften aus ihren Overalls und halfen den Männern, den Rest der Ausrüstung einzupacken. Als sie fertig waren, wurden sie von einem Kleintransporter mit dem Logo »Volo Libero Ticino« abgeholt, der sie die 14 Kilo-meter bis Lugano fuhr. Auf Marcos Geheiß wurden Harvath und Alcott an einem Parkhaus in der Via Pretorio abgesetzt, in der Nähe der Piazzetta della Posta.

Das silberne Mercedes-Coupé war genau dort abgestellt worden, wo es stehen sollte, zusammen mit dem Schlüssel, einer detaillierten Karte der Schweiz und einem vollen Tank. Sie nahmen die A2 Richtung Norden, so weit es ging, und bogen dann nach Westen in den Schweizer Kanton Wallis ab, zu Timothy Rayburn und einem hoffentlich sehr lebendigen Emir Tokay.

58

Alban Towers Apartments
Georgetown

Es war lange her, dass Gary Lawlor in eine Wohnung eingebrochen war, um Wanzen anzubringen. Da die FBI-Überwachungsteams Brian Turner im Auge behielten, wusste er, dass ihm genügend Zeit zur Verfügung stand, notfalls aus dem Apartment des Mannes zu fliehen.

Als Lawlor die extravagante neogotische Lobby betrat und auf dem Weg zu den Aufzügen den Konzertflügel passierte, merkte er, dass der junge CIA-Angestellte Brian Turner entweder über verstecktes Vermögen verfügte, von dem niemand wusste, oder weit über seine Verhältnisse lebte.

In der dritten Etage verließ Lawlor den Aufzug und wandte sich nach rechts, den langen, mit Teppich ausgelegten Flur entlang. Vor Apartment 324 stellte er seine Aktentasche ab und holte eine Picking-Pistole aus seiner Anzugtasche. Sekunden später war er in der Wohnung. Der ehemalige Deputy Director des FBI hatte es immer noch drauf.

Da Lawlor stets streng nach Vorschrift vorging, hatte er den Durchsuchungsbeschluss noch ein letztes Mal durchgesehen, bevor er aus dem Wagen stieg. Er wusste genau, wonach er suchen durfte und wonach nicht – was auf nicht allzu viel hinauslief, bedachte man, dass das Department of Homeland Security den Durchsuchungsbeschluss nach dem Patriot Act beschafft und mit Neal Monroes widerstrebender Aussage ein äußerst überzeugendes Argument dafür geliefert hatte, dass nationale Sicherheitsinteressen auf dem Spiel standen.

Lawlor stellte seine Aktentasche auf die Küchentheke, klappte sie auf und wunderte sich darüber, wie die Technologie sich im Lauf der Jahre verändert hatte. Als Produkt des Kalten Krieges war er erstaunt darüber, wie viel kleiner heute alles war. Vorbei die Zeiten komplizierter Installationen, die mit genügend Anstrengung jeder erkennen konnte, außer vielleicht der unerfahrenste Beobachter. Heutzutage waren verdeckte Abhörgeräte und Beobachtungskameras kaum noch auszumachen. Hinzu kam, dass die Homeland Security mit der weltweit modernsten Technologie arbeitete. Noch nicht einmal die CIA, und das hieß Leute wie Brian Turner, hatte eine derartige Ausrüstung je gesehen.

Sobald alles an seinem Platz war, scannte Lawlor die Wohnung mit einem tragbaren Kurzstrecken-Radargerät nach Stellen ab, an denen Turner Dokumente versteckt haben könnte, die er heimlich aus der CIA-Zentrale mitgenommen hatte. Die Suche verlief ergebnislos, und nachdem er alle seine verborgenen Video- und Audio-Feeds überprüft hatte, verließ Lawlor das Apartment und achtete darauf, dass sein Besuch keine Spuren hinterließ.

59

Schweiz

Es war weit nach Mitternacht, als Jillian und Harvath in dem ruhigen Städtchen Sitten, Hauptort des Kantons Wallis, ankamen und Zimmer für die Nacht fanden.

Am nächsten Morgen fuhren sie nach dem Frühstück und einem kurzen Gespräch mit der Rezeptionistin durch die Stadt zu einem Elektronikgeschäft namens François JOST. Dort erstand Harvath eine hochauflösende Digitalkamera, einen kleinen digitalen Camcorder und einen hochwertigen Drucker. Zusätzlich zu extrem leistungsstarken, hochauflösenden Teleobjektiven für jede Kamera kaufte er außerdem einen Objektivtyp, der früher nur Polizei und Geheimdiensten zur Verfügung stand. Das von einem Unternehmen namens Squintar hergestellte Objektiv verfügte über einen eingebauten Spiegel, der es dem Fotografen ermöglichte, ein Bild in einem Winkel von 90 Grad aufzunehmen. Insgesamt konnte das Gehäuse fast um ganze 360 Grad gedreht werden, während die Kamera geradeaus gerichtet war. Seit Jahren war das Squintar ein beliebtes Observationstool. Es gestattete dem Anwender, eine Zielperson zu fotografieren, ohne dass diese überhaupt mitbekam, dass sie fotografiert wurde.

Nachdem der Verkäufer erklärt hatte, wie die Kameras funktionierten, und Harvath beschwatzt hatte, auf höhere Speicherkarten umzusteigen und zusätzliche Batterien, ein Videoband und einen Dual-Autoadapter zu kaufen, verließen die beiden den Laden und machten sich auf den Weg in die Ortschaft Le Râleur.

Während der Fahrt lud Jillian die Kamera-Akkus auf. Dabei erklärte Harvath ihr die Tarnung und legte dar, wie er die Sache angehen wollte. Das Überraschungsmoment war das Einzige, was sie zu ihren Gunsten hatten. Sollte Rayburn merken, dass sie ihm auf den Fersen waren, würden sie nicht nur ihren Vorteil verlieren. Falls Emir Tokay noch am Leben war, könnte Rayburn die Nerven verlieren und ihn töten. Und das war so ziemlich das Letzte, was sie wollten.

Le Râleur lag am Ufer eines kleinen Gletschersees. Ringsum von den schroffen Felswänden der Berner Alpen umgeben, war es eines der schönsten Dörfer, die Harvath und Jillian je gesehen hatten. Es sah aus, als müsste es eigentlich ein Plakat zur Tourismuswerbung in der Schweiz zieren mit seinen Blumen, die aus Blumenkästen quollen, welche an den Fenstern der aufwendig bearbeiteten Holzchalets hingen, und der weiß getünchten Dorfkirche, deren verwitterter, kupferbeschlagener Kirchturm die Erhabenheit der hoch aufragenden Berge ringsum unterstrich.

Den ersten Halt legten sie an der Touristinformation ein, im Grunde nichts weiter als eine kleine Glaskabine mit einem Geldautomaten und ein paar Regalen voller Broschüren. Nachdem sie ausgesucht hatten, was sie wollten, nahmen Harvath und Jillian ihre Kameras und schlenderten ins Herz des Dörfchens.

Zwischen den Luxus-Bekleidungsboutiquen, die sich offensichtlich mit Blick auf die wohlhabende Touristenschar etabliert hatten, befanden sich kleine Läden und Geschäfte, die das wahre Lebenselixier von Le Râleur darstellten. Harvath und Jillian kamen an einer Fromagerie vorbei, an einer Patisserie, einer Boucherie und einer Boulangerie – alles Zeugnisse des französischsprachigen Erbes der Region. *Aber was hatte Rayburn wohl an diesen Ort gelockt?*, fragte Harvath sich.

Sein erster Hinweis kam, als sie den Dorfplatz erreichten und zwei bemannte Streifenwagen entdeckten, die nebeneinander vor einer alten Seilbahn parkten. Die Szene erinnerte Harvath an etwas, doch er konnte nicht den Finger darauflegen, woran. Als er nach oben blickte, sah er, dass die Seilbahn bis zum Gipfel eines der Berge führte. Selbst mit dem Teleobjektiv konnte er aus dieser Entfernung nur etwas erkennen, das wie die Bergstation der Seilbahn aussah.

Eine schwere Eisenkette sperrte die Stufen ab, die zur Gondel führten, und für den Fall, dass dies und die Polizisten nicht ausreichten, um neugierige Passanten abzuschrecken, hing an der Kette ein großes Metallschild mit der Aufschrift »Zutritt verboten« in mehreren Sprachen.

Harvath stellte Jillian in einen Winkel von 90 Grad zur Seilbahn und knipste mit seinem Squintar-Objektiv drauflos. Nachdem er genug Fotos gemacht hatte, rief er Jillian wieder zu sich heran und schlug vor, einen Kaffee trinken zu gehen.

Sie setzten sich an einen Tisch auf der Terrasse eines kleinen Cafés mit dem Namen La Bergère. Von dort hatte man einen guten Blick auf den Dorfplatz. Es handelte sich um einen der Läden, in denen Rayburn seine Kreditkarte benutzt hatte. Von seinem Platz aus konnte Harvath auch die Bank sehen, bei der Rayburn vor zwei Tagen Geld abgehoben hatte.

Die Bedienung hielt sie für Touristen und brachte ihnen zwei Speisekarten, die auf Englisch, Italienisch, Französisch und Deutsch verfasst waren. Harvath beachtete die Karte gar nicht, die vor ihm lag, und scrollte stattdessen durch die Bilder seiner Digitalkamera. Jillian jedoch hatte Lust auf mehr als nur Kaffee und warf tatsächlich einen Blick auf ihre Speisekarte. »Das ist ja interessant«, meinte sie nach einigen Augenblicken.

»Was denn?« Harvath machte sich nicht einmal die Mühe, von seiner Kamera aufzublicken.

»Die Seilbahn.«

»Was ist damit?«

»Hinten auf der Speisekarte steht etwas über die Geschichte des Dorfes. Anscheinend war auf dem Gipfel dieses Berges dort früher ein Kloster, aber Anfang des 20. Jahrhunderts konnten sich die Mönche den Unterhalt nicht mehr leisten und verkauften es schließlich an eine Investorengruppe, die es in ein Sanatorium umwandelte.«

»Wie in einem Kurort?«, fragte Harvath, nach wie vor in seine Bilder vertieft.

»Genau! Es zog vermögende Kunden aus ganz Europa an, vor allem aber aus Genf, aufgrund seiner Nähe. In den 60er-Jahren wurde der Betrieb allerdings eingestellt, und das Anwesen verfiel. Aber Ende der 80er-Jahre wurde es verkauft, saniert und in eine Privatresidenz umgewandelt.«

»In wessen Privatresidenz?«

»Das steht hier nicht. Die einzige weitere Information ist, dass der Gipfel, auf dem das Anwesen errichtet wurde, 2000 Meter hoch ist, und da es auf allen Seiten von Bergen und steilen, abschüssigen Felswänden umgeben ist, führt der einzige Weg hinauf oder nach unten über die Seilbahn.«

»Und die wird aus irgendeinem Grund von schwer bewaffneten Polizisten bewacht«, meinte Harvath, während er von seiner Kamera auf- und über den Platz blickte.

»Haben Sie schon gewählt?« Mit Block und Bleistift in der Hand erschien die Bedienung neben dem Tisch.

»Ich nehme einen Cappuccino und ein Schokocroissant«, sagte Jillian, während sie die Speisekarte weglegte und Harvath anblickte.

»Einen Espresso, bitte.«

»Ich habe mal eine Frage«, sagte Jillian. »In Ihrer Karte habe ich etwas über die Geschichte von Le Râleur gelesen und bin ganz fasziniert von dem Kloster, das es früher mal oben am Ende der Seilbahn gab.«

In Harvath krampfte sich alles zusammen. Er befürchtete, Jillian könnte ihre Tarnung auffliegen lassen. Doch dann wurde ihm klar, dass wahrscheinlich jeder, der in dieses Café kam, danach fragte.

»Damals gab es noch keine Seilbahn, Madame. Die kam erst später, zusammen mit dem Sanatorium.«

»Verstehe«, sagte Jillian. »Es muss sehr romantisch sein, da oben auf dem Berggipfel in einem alten Kloster zu wohnen. Ich habe gelesen, dass es jetzt in Privatbesitz ist.«

»Ganz recht!«

Jillian beugte sich zu der Bedienung. »Wer wohnt denn dort, irgendein großer Filmstar, der versucht, seine Ruhe zu finden? Ich habe munkeln gehört, Michael Caine soll hier in der Nähe eine Villa haben.«

Die Bedienung blickte sich um, um sich zu vergewissern, dass niemand sonst zuhörte. Schließlich sagte sie: »Das Kloster gehört dem Aga Khan von Bombay.«

»*Dem Aga Khan?*«, echote Harvath.

»Oui, Monsieur.«

»Dem geistlichen Oberhaupt der Schiiten?«

»Oui, Monsieur«, sagte die Bedienung abermals. »Er ist sehr, sehr reich, dieser Mann. Wussten Sie, dass sein Volk ihn jedes Jahr an seinem Geburtstag in Smaragden, Diamanten und Rubinen aufwiegt?«

»Ich habe davon gehört.« Harvath wusste sehr wohl, dass dies schon lange nicht mehr praktiziert wurde, und selbst damals hatte der Mann sein Gewicht nur in Gold oder Diamanten erhalten. Dennoch brauchte man nicht die Nase darüber zu rümpfen. Offensichtlich war es genau die Art romantischer Mystik, die für immer im Gedächtnis blieb. »Das muss wohl der Grund sein, weshalb die Polizei die Seilbahn bewacht.«

»Ja, aber es ist nicht bloß die Polizei. Er hat auch seine eigenen Leibwächter. Manchmal kommen sie abends runter ins Dorf, wenn sie freihaben. Die Polizei bewacht die Seilbahn nur, wenn der Aga Khan im Château Aiglemont weilt.«

»Aiglemont?«, fragte Jillian. »Heißt so das Kloster?«

»Ja, das heißt Berg der Adler.«

»Na ja, ich hoffe, der Kaffee hier ist genauso gut wie die Aussicht«, meinte Harvath lächelnd. Je früher sie ihre Bestellung bekamen, desto eher konnten sie austrinken und verschwinden. Auf einmal war der Aga Khan irgendwie in das Ganze verwickelt, und er musste herausfinden, warum. Er wusste genug über den Mann, um zu wissen, dass zwei Streifenwagen am Fuß einer Seilbahn nur die Spitze des Security-Eisbergs waren. Der Aga Khan hatte wahrscheinlich nur die Besten der Besten engagiert, und je länger Harvath darüber nachdachte, desto mehr sagte ihm sein Bauchgefühl, dass er gerade entdeckt hatte, wo Timothy Rayburn sich eine lukrative Anstellung gesichert hatte.

60

»Weshalb sollte eine bedeutende, international anerkannte muslimische spirituelle Persönlichkeit in eine Entführung verwickelt sein?«, fragte Jillian, als sie wieder im Wagen saßen und zurück nach Sitten fuhren.

»Ich habe keine Ahnung. Allerdings sollte man bedenken, dass die Schiiten der zweitgrößte Zweig des Islam sind. Es sind die Sunniten, die die Mehrheit der Muslime auf der Welt stellen.«

»Und?«

»Man sieht es nicht oft, dass die beiden Gruppen zusammenarbeiten.«

Jillian drehte sich in ihrem Sitz zu ihm und sah ihn an. »Wer sagt, dass sie zusammenarbeiten?«

»Wir kamen hierher auf der Suche nach Rayburn. Er ist derjenige, der die Jagd nach Hannibals mysteriöser Waffe organisierte. Nachdem die Waffe gefunden und für den modernen Einsatz vorbereitet worden war, wurde jeder, der mit ihr in Verbindung stand, von einem Al-Qaida-Attentäter getötet.«

»Oder entführt«, meinte Jillian. »Emir ist vielleicht noch am Leben.«

»Gut«, erwiderte Harvath. »Aber es ist kein Zufall, dass sowohl der Aga Khan als auch Rayburn sich in diesem Dorf aufhalten. Der Aga Khan ist die Verbindung zu den Schiiten, und Khalid Alomari zu den Sunniten. Al-Qaida besteht zur Gänze aus Sunniten.«

»Aber was ist der Unterschied? Sie sind doch alle Muslime.«

»Die Sunniten sehen das anders. Viele von ihnen halten die Schiiten für schlimmer als die ungläubigen Christen aus dem Westen. Schwer zu glauben, nicht wahr?«, sagte Harvath. »Sogar die selbstgerechtesten muslimischen Terroristen haben Vorurteile gegenüber anderen Anhängern des Islam. Aber im Moment überrascht mich gar nichts mehr, wenn es um diese Leute geht. Meiner Meinung nach gibt es auf der Welt nur zwei Arten von Muslimen – gute und schlechte. Ansonsten ist es mir wirklich egal. Dafür bin ich nicht zuständig.«

»Aber ich verstehe trotzdem noch nicht, weshalb der Unterschied wichtig ist.«

»Der größte Teil des Terrorismus«, versuchte er zu erklären, »dieser ganze militante, radikal-fundamentalistische Wahhabiten-Mist aus Saudi-Arabien, ist sunnitischer Natur. Das einzige große schiitische Problem da draußen sind die Iraner.«

»Aber wenn sie doch alle Anhänger des Islam sind, woher kommt dann dieser erbitterte Hass?«

»Das ist einfach«, sagte Harvath. »Vor 1300 Jahren starb der Prophet Mohammed, ohne ein Testament zu hinterlassen.«

»Das verstehe ich nicht.«

Harvath drehte die Klimaanlage auf. »Zu seiner Zeit hatte der Prophet Mohammed sein eigenes irdisches Königreich beziehungsweise Kalifat errichtet. Nach seinem Tod bezeichnete man seine Nachfolger als Kalifen. Deren Aufgabe bestand darin, die weltweite muslimische Gemeinschaft, die *Umma*, zu führen. Doch nach der Ermordung des vierten Kalifen Ali im Jahr 661 kam es zur Spaltung zwischen Sunniten und Schiiten. Die Sunniten glauben, dass Mohammed wollte, dass die muslimische Gemeinschaft einstimmig einen Nachfolger oder Kalifen wählte, der das Kalifat führen sollte. Die Schiiten dagegen glauben, dass Mohammed seinen Schwiegersohn Ali zu seinem Nachfolger bestimmte und dass nur die Nachkommen Alis und seiner Frau Fatima zur Herrschaft berechtigt sind.«

»Aber was hat das alles mit dem Aga Khan zu tun?«

»Jetzt driften wir ins Reich des äußerst Interessanten ab«, sagte Harvath, während er den Blinker setzte, um die Spur zu wechseln. »Der Aga Khan ist wie gesagt Schiit, und die Schiiten haben eine sehr esoterische Interpretation des Korans. Sie glauben, dass unterhalb der expliziten und wörtlichen

Ebenen eine völlig andere Ebene besteht und dass auf dieser Ebene alle Geheimnisse des Universums enthalten sind.«

»Einschließlich wissenschaftlicher Geheimnisse?« Jillian ahnte, worauf er hinauswollte.

»Ja, einschließlich wissenschaftlicher Geheimnisse.«

»Wie hoch ist die Wahrscheinlichkeit, dass er mit der Organisation zu tun hat, für die Emir arbeitete?«

»Das islamische Institute for Science and Technology?«, erwiderte Harvath. »Alles ist möglich. Es kostet viel Geld, die Expeditionen zu finanzieren, an denen sie beteiligt waren, und der Aga Khan hat Unmengen von Geld. Nicht nur das, auch die spezifische Art der Expeditionen, die sie durchführten, würde sehr gut zur schiitischen Interpretation des Korans passen.«

»Eigentlich glaubt doch jeder Anhänger der islamischen Wissenschaft, ganz gleich ob Schiit oder Sunnit, dass der Koran die Schlüssel zu den Geheimnissen des Universums enthält.«

»Zugegeben«, sagte Harvath. »Aber allein die Tatsache, dass Sunniten und Schiiten in dieser Angelegenheit offenbar auf höchster Ebene zusammenarbeiten, ist interessant. Womöglich ist der Einsatz der islamischen Wissenschaft, um die Welt von den Ungläubigen zu befreien, das Erste, worüber sich die beiden Lager jemals einigen konnten.«

»Schon möglich«, meinte Jillian. »Aber wie passt Al-Qaida da hinein? Ich verstehe, was Sie meinen, zumindest was die Verwicklung des Aga Khans angeht. Da gibt es eine Kooperation von mindestens einem Lager auf sehr hoher Ebene. Aber wer sind die hochrangigen Akteure auf sunnitischer Seite? Al-Qaida? Die kamen mir immer nur wie engstirnige Schläger vor. Das sind bloß Terroristen.«

Jillian hatte recht, aber es gab ein Puzzleteil, das sie nicht hatte.

»In westlichen Geheimdienstkreisen kursiert eine Theorie«,

sagte Harvath. »Sie wurde regelmäßig als zu weit hergeholt verworfen. Aber sie besagt, dass bei Al-Qaida jemand die Fäden zieht, der sehr weit von der Organisation entfernt ist. Allmählich fange ich an zu glauben, dass an dieser Theorie etwas dran ist.«

»Jemand über bin Laden?«

»Über bin Laden und weit über Ayman Al-Zawahiri, bin Ladens Stellvertreter, den viele für klüger halten als bin Laden und der sogar der eigentliche Kopf von Al-Qaida sein könnte.«

»Aber das meinen Sie jetzt nicht, oder?«

»Nein! Sehen Sie, im Afghanistan-Krieg gab es einen sowjetischen KGB-Agenten, der besessen war von bin Laden. Er untersuchte alles, was er konnte, über ihn und die aufstrebende Al-Qaida-Organisation. Kurz vor dem Zusammenbruch der Sowjetunion setzte er sich nach Großbritannien ab. Wie diese Menschen nun mal ticken, versuchte er, sich für sein neues Gastland so wertvoll wie möglich zu machen. In den Informationen, die er mitbrachte, waren seine Ansichten und Hypothesen über bin Laden und Al-Qaida enthalten. Damals galt ein großer Teil dieser Informationen als ziemlich fantastisch. Ich meine, bin Laden war für die Sowjets nichts weiter als ein wirklich fieser Stachel im Fleisch. Damals war der Westen auf bin Ladens Seite. Wir wollten, dass sie die Rote Armee in die Pfanne hauen, darum halfen wir, sie dafür auszubilden und auszurüsten. Im Nachhinein betrachtet haben wir sie wahrscheinlich zu gut ausgebildet.

Schnellvorlauf: Sieben Jahre später haben wir die Bombenanschläge auf die US-Botschaften in Kenia und Tansania, zwei Jahre darauf den Bombenanschlag auf die USS Cole im Jemen. Dann ist da natürlich noch der 11. September, und plötzlich tauchen in ganz Großbritannien Al-Qaida-Zellen auf. Auf einmal suchten die Briten nach allem, was sie über bin Laden und Al-Qaida in die Finger bekommen konnten. Und was, glauben Sie, schwimmt wieder an die Oberfläche?«

»Die ganzen Akten des KGB-Überläufers«, antwortete Jillian.

»Genau! Dies ist zum Teil der Punkt, an dem sich allmählich alles zusammenfügt. Der ehemalige KGB-Mitarbeiter, nennen wir ihn Yuri, hat seine Leidenschaft für bin Laden nicht aufgegeben, nur weil er der neueste Bürger des guten, alten England ist. Im Gegenteil, er sieht Al-Qaida in der Tat als wachsende Bedrohung und hat lange vor allen anderen vorhergesagt, dass sich die Terrormiliz auf sehr große, sehr schlimme Weise global ausbreiten wird.

In Oxford besuchte Yuri Kurse über alles, was mit dem Islam zu tun hat, und schrieb lange Briefe an seinen Führungsoffizier beim MI6, in denen er darlegte, weshalb England die Bedrohung durch bin Laden ernst nehmen müsse. Leider sah zu diesem Zeitpunkt niemand die Notwendigkeit, Yuri zuzuhören, und so wurden seine Briefe zusammen mit dem Rest seiner Informationen begraben. Dann beging Yuri einen großen Fehler.«

»Und der war?«

»Er hatte ungenehmigten Kontakt zu jemandem, der in der Spionagegemeinschaft aktiv war. Das ist etwas, das ein Gastland absolut nicht toleriert. Sie geben dir ein Dach über dem Kopf, und im Gegenzug gibst du ihnen das Spielbuch deiner alten Mannschaft, in dem alle Spielzüge eingetragen sind, und hängst deine Sportschuhe an den Nagel. Und du ziehst sie nicht wieder an, es sei denn, dein Gastgeber sagt es dir.«

»Also mit wem hat er gesprochen?«, fragte Jillian.

»Der Mann war ein Freelancer«, sagte Harvath. »Er arbeitete für verschiedene Regierungen, von denen die Briten allerdings keine besonders mochten. Yuri behauptete, der

Mann sei bloß ein alter Freund, mit dem er gesprochen habe, weil er ein Buch über bin Laden schreiben wollte. Aber den Verantwortlichen beim MI6 war das egal. Er hatte gegen die Regeln verstoßen, und dafür wurde er rausgeschmissen. Die Schweden nahmen ihn schließlich auf.«

»Interessant«, meinte Jillian. »Aber was hat das mit der Idee zu tun, dass jemand bei Al-Qaida die Fäden zieht?«

»Yuri war der Meinung, dass Al-Qaida nur eine Fassade ist.«

Jillian blickte ihn an. »Eine *Fassade*? Eine Fassade wofür?«

»Was wissen Sie über die Anfänge von Al-Qaida?«, fragte er.

»Nicht viel. Ich weiß, dass bin Laden in Afghanistan gegen die Sowjets kämpfte und dass er bei seiner Rückkehr nach Saudi-Arabien äußerst unzufrieden mit der saudischen Königsfamilie war. Irgendwie entstand aus alledem Al-Qaida.«

»Ihre Wurzeln reichen wesentlich tiefer und decken ein Stück Terrorismusgeschichte ab, von dem die meisten gar keine Ahnung haben. Als die Sowjetunion 1979 in das überwiegend muslimische Afghanistan einmarschierte, war bin Laden einer von Tausenden gläubiger Muslime, die dem Ruf folgten, dabei zu helfen, die Invasion abzuwehren. Als Sohn eines der reichsten Männer Saudi-Arabiens brachte bin Laden ein beträchtliches Bankkonto mit, und hier kommen wir zu dem Teil, von dem viele Menschen nichts wissen.

Gemeinsam mit einem Mann namens Scheich Abdullah Azzam gründete bin Laden 1984 das Maktab Al-Chidamat beziehungsweise Dienstleistungsbüro. Es diente als Rekrutierungs- und Kommandozentrale für die internationale muslimische Brigade, die in ganz Afghanistan kämpfte.

Gerüchten zufolge soll das Maktab Al-Chidamat zwischen 10.000 und 50.000 Mudschahedin, heilige Krieger, aus mehr als 50 Ländern ausgebildet, ausgerüstet und finanziert haben. Das MAC hatte Niederlassungen rund um den Globus, darunter auch in Europa und sogar in den USA. Bin Ladens Ruhm breitete sich wie ein Lauffeuer in der gesamten islamischen Welt aus, und bald kamen alle möglichen interessanten Leute, um ihn zu sehen. Laut Yuri begann einer dieser Besucher, bin Ladens Vision davon zu formen, was er weltweit tun könnte.«

»Wollen Sie damit sagen, er wurde manipuliert?«, fragte Alcott.

»Das ist ein zu krasses Wort. Es lief wesentlich eleganter ab. Sein Eifer war ja schon vorhanden. Es ging nur noch darum, ihn in die richtige Richtung zu lenken. Wichtig ist jedoch, dass sich gegen Ende des jahrzehntelangen sowjetisch-afghanischen Konflikts allmählich eine Kluft zwischen bin Laden und Azzam auftat. Azzam wollte, dass das Maktab Al-Chidamat seine Bemühungen ausschließlich auf Afghanistan konzentrierte, bin Laden hingegen wollte sich zunehmend auf jene neue Idee des ›globalen‹ Dschihad konzentrieren. Er war zu der Überzeugung gelangt, dass der Dschihad nicht nur eine persönliche Verantwortung sei, sondern dass es für jeden Muslim Ehrensache sei, in seinem Heimatland eine wahre islamische Herrschaft zu errichten, und zwar mit allen notwendigen Mitteln, selbst mit Gewalt. Konzepte wie Demokratie und die Trennung von Religion und Staat waren ihm ein Gräuel.«

»Was die USA und die übrige westliche Welt schlagartig zu Feinden des Islam erklärte«, sagte Jillian.

Harvath nickte zustimmend. »Mithilfe des Einflusses von außen, den ich eben erwähnte, begann bin Laden 1987, grobe Pläne für seine globale Al-Qaida-Organisation zu entwerfen. Aber er konnte sich nicht dazu durchringen, mit Azzam und dem MAC zu brechen, so weit ihre Ideen auch auseinandergehen mochten. In den nächsten Monaten traf bin Laden sich oft mit einer gewissen zwielichtigen internationalen Persönlichkeit, die ihn laut Yuri dazu drängte, seinen eigenen Weg zu gehen. Doch entweder konnte oder wollte bin Laden nicht darauf hören. Erst im Jahr darauf, als Azzam unter äußerst mysteriösen Umständen ermordet wurde, löste Al-Qaida sich vom MAC und erklärte dem Rest der Welt den Krieg.«

»Sie sagten, Al-Qaida werde als Fassade benutzt. Wofür?«

»Um den weltweiten Dschihad zu entfachen«, erwiderte Harvath, »und jedes vom Glauben abgefallene Regime in arabischen oder muslimischen Ländern zu stürzen, das sie als korrupt oder antiislamisch betrachten.«

»Und wodurch wollen sie diese Regimes ersetzen?«, fragte Alcott.

»Soweit ich es verstehe, durch eine einzige muslimische Regierung, die strikt der Scharia folgt – den religiösen und moralischen Grundsätzen des Islam, dem Gesetz des muslimischen Landes sozusagen. Im Wesentlichen wollen sie ein neues muslimisches Kalifat errichten. Eine Nation unter Allah, angeführt von einem Kalifen, der der anerkannte Führer der gesamten islamischen Welt sein würde.«

»Bin Laden will also die Weltherrschaft. Was für eine Überraschung!«

Harvath schüttelte den Kopf. »Bin Laden hat nicht genug auf dem Kasten, um Kalif zu sein. Er mag zwar der Emir-General der Bewegung sein und für die operative und taktische Führung sorgen, aber im Grunde ist er nichts weiter als ein Fundamentalist, ein bloßer Eiferer. Er verfügt über ein paar nützliche Fähigkeiten, allerdings nicht über die Fähigkeiten, die man braucht, um ein Weltreich zu führen. Er ist zu sehr in den Fundamentalismus verstrickt. Er ist nichts weiter als ein äußerst cleverer Tyrann. Wenn alle ungläubigen Kreuzfahrer aus den heiligen muslimischen Ländern vertrieben und alle abtrünnigen Regime beseitigt sind, wer soll dann diese neue, vereinte muslimische Dynastie leiten, die er mit ins Leben gerufen hat? Wer soll der Kalif werden?«

Darüber hatte Jillian noch nie nachgedacht. Eigentlich hatte sie auch nie gedacht, bin Laden und seine Organisation wären irgendetwas anderes als – eben bin Laden und seine Organisation, geschweige denn dass sie je Erfolg haben und ihre Ziele erreichen könnten. Ihrer Meinung nach war Al-Qaida ohnehin schon ein furchtbarer Haufen, auch wenn man nicht die Möglichkeit in Betracht zog, dass sie die muslimischen Gläubigen vereinen und den Rest der Welt niederwerfen könnten. »Ich weiß nicht«, erwiderte sie. »Bin Laden ist Sunnit. Basierend auf deren Vorgehensweise nehme ich an, dass die muslimischen Gläubigen darüber abstimmen würden, wer Kalif wird.«

»Es sei denn, jemand würde versuchen, die Schiiten in diese neue muslimische Dynastie einzubeziehen«, entgegnete Harvath.

»Aber Sie sagten doch, die Sunniten halten die Schiiten für schlimmer als die Christen.«

»Ja, viele. Aber Yuri meinte, dass der Mann, der hinter Al-Qaida steht, in der Lage wäre, einen Anführer zu liefern, den beide Lager akzeptieren.«

Jillian ließ sich das einen Moment durch den Kopf gehen. »Das heißt, der Betreffende müsste ein Nachkomme des Propheten Mohammed sein und von einer Mehrheit der sunnitischen Bevölkerung akzeptiert werden. Wie kriegt man das hin?«

»Keine Ahnung«, sagte Harvath, während er vor ihrem Hotel anhielt. »Aber ich glaube, ich weiß, wo wir vielleicht ein paar Antworten finden.«

»Sagen Sie jetzt nicht, im Château Aiglemont.«

Harvath sagte es nicht. Doch seine Miene verriet ihr, dass er genau dorthin wollte.

61

Riad
Saudi-Arabien

Das Ganze war so verlogen, dass es Chip Reynolds schon wieder gefiel. Nachdem die drei jungen Fundamentalisten Stunden in der Moschee zugebracht und den antiamerikanischen Hassreden eines radikalen Imams gelauscht hatten, führte sie gleich ihr erster Weg zu einem Starbucks in der Innenstadt, um einen eisgekühlten Frappuccino zu trinken. Amerika mochte zwar der große Satan sein, aber die amerikanischen Kaffeezubereitungen waren geradezu göttlich, ein Paradies hier auf Erden. Behalte deine 72 dunkeläugigen Jungfrauen, Allah, sieh einfach zu, dass die Hausmarke weiterfließt.

Reynolds hätte ja gelacht, wäre es nicht so erbärmlich traurig. Der radikale Islam machte Amerika und den Westen für alles verantwortlich, was in seinen beschissenen Ländern schieflief Er hatte genug davon und konnte es kaum erwarten, da wegzukommen. Seit dem Tod seiner Frau war er nicht mehr in seiner Blockhütte in Montana gewesen, und er glaubte auch nicht, dass er je dorthin zurückkehren würde. Aber er wusste, dass er irgendwann versuchen musste, sein Leben wieder in den Griff zu bekommen. Noch ein Jahr, dann hatte er genug zusammen, um in einen äußerst komfortablen

Ruhestand zu treten, und ganz gleich in welcher Situation er sich befand, er hatte sich geschworen, dass er es versuchen würde. Und nachdem er gegangen war, wollte er nie wieder einen Fuß in den Nahen Osten setzen und auch nie wieder etwas mit Security oder Geheimdiensten zu tun haben.

Im Moment allerdings hatte er einen Job zu erledigen. Seit drei Tagen beschattete er nun diese drei jungen Radikalen, und in dieser Zeit war keine Spur von ihrem Kumpel, Khalid Alomari, zu sehen gewesen. Dies trotz der Tatsache, dass jemand vom saudischen Geheimdienst immer noch nostalgische Erinnerungen an vergangene Überwachungstage einreichte und behauptete, die vier jungen Männer seien in den letzten drei Jahren fast jeden Tag zusammen gewesen. Irgendetwas stimmte definitiv nicht, und je früher Chip Reynolds der Sache auf den Grund ging, desto besser würde er nachts schlafen.

Nachdem die drei jungen Männer ihren Kaffee getrunken hatten, wollten sie gehen. Da erhielt einer von ihnen einen Anruf. In Zeiten wie diesen wünschte Reynolds, er hätte noch Zugriff auf den unglaublichen CIA-Fundus an Abhörgeräten. Er saß in seinem Toyota Land Cruiser gegenüber dem Starbucks, balancierte ein Richtmikrofon im offenen Fenster und bekam nichts mit. Obwohl die Klimaanlage auf Hochtouren lief, wurde er von der Sommerhitze, die durchs offene Fenster hereinströmte, bei lebendigem Leib gebraten. Das alles bereitete ihm nur schlechte Laune.

Wer immer da angerufen hatte, es musste wichtig sein. Denn Mo(hammed), Larry und Curly redeten angeregt, wenn auch kurz miteinander und hasteten sofort nach draußen zu ihrem Wagen.

Der Spätnachmittagsverkehr in Riad machte es schwierig, an den drei Männern dranzubleiben. Ja, zweimal dachte

Reynolds schon, er hätte sie verloren, nur um ihren Wagen ein paar Blocks weiter wieder einzuholen. Die Kerle waren vorsichtig, aber keiner von ihnen verfügte über die Erfahrung, einen erfahrenen Spionageveteranen wie Reynolds auszumanövrieren.

Eine Stunde später bogen die Männer in die staubige Zufahrtsstraße zu einem nur noch selten genutzten Militärflugplatz südlich der Stadt ein. *Was zum Teufel haben die vor?*, fragte er sich.

Während die Straße Kehren und Kurven beschrieb, verlor Reynolds seine Beute oft für 30, 40 Sekunden aus den Augen. Er musste aufpassen, dass er sie nicht dauerhaft verlor, gleichzeitig durfte er nicht so dicht auffahren, dass sie merkten, dass jemand hinter ihnen war. In der Innenstadt Riads oder auf den belebten Fernstraßen des Landes war es kein Problem, unauffällig im Verkehr mitzuhalten. Hier jedoch, mitten im Nirgendwo, war es etwas völlig anderes.

Als Reynolds um eine weitere Kurve bog, blieb ihm gerade noch genug Zeit, auf die Bremse zu treten und schlitternd zum Stehen zu kommen. Er schaffte es, den Wagen so weit zurückzusetzen, bis er außer Sichtweite war, während er zusah, wie die jungen Fundamentalisten aufs Gas traten, als sie die letzte Gerade in Angriff nahmen. 500 Meter entfernt befand sich der nicht ganz so verlassene und stark gesicherte Checkpoint des Flugplatzes. *War es das, worum es ging? Ein Selbstmordanschlag?* Das ergab keinen Sinn. Warum drei Mann bei einem Job opfern, den auch einer allein erledigen konnte? Und warum sollte man ein so geringwertiges Ziel sprengen? So etwas würde es noch nicht mal in die Nachrichten schaffen, geschweige denn in die verwässerten Geheimdienst-Briefings, die Reynolds jeden Morgen überflog.

Reynolds machte sich auf das Schlimmste gefasst. Als der Wagen sich dem Checkpoint näherte, war Reynolds, als sähe er Bremslichter aufleuchten, doch rasch wurde ihm klar, dass es keine Bremslichter waren, sondern etwas anderes. *Die Kerle geben den Soldaten mit ihren Scheinwerfern Zeichen!* Merkwürdiger noch, die Soldaten schienen darauf zu reagieren.

Er beobachtete, wie zwei Männer in Uniform vom Wachturm heruntergehastet kamen und eilig das Tor öffneten. Fünf Sekunden später raste der Wagen mit den drei Verdächtigen hindurch, und das Tor wurde hinter ihnen wieder geschlossen. Sie wurden nicht einmal langsamer. Es gab keine Ausweiskontrolle, nichts. Offensichtlich hatte man sie erwartet. Reynolds wurde nicht schlau daraus. Der Satz »Halte deine Freunde nahe bei dir, aber deine Feinde näher« fiel ihm ein, doch das hier war ungefähr so, als würde die Southern Black Baptist Conference den Ku-Klux-Klan zu Punsch und Keksen hereinbitten.

Reynolds hatte zwar absolut keine Lust dazu, aber ihm war klar, dass er sich das näher ansehen musste. Er sah zu, wie der Wagen auf zwei heruntergekommene Hangars auf der anderen Seite des Flugplatzes zusteuerte. Reynolds bog von der Zufahrtsstraße ab und lenkte sein SUV in die Wüste. Er musste einen ziemlich weiten Bogen schlagen, um unbemerkt auf die Rückseite des Flugplatzes zu gelangen, doch ihm blieb nichts anderes übrig.

Er fuhr mit dem Land Cruiser so nahe heran, wie er wagte, und legte den Rest des Weges zu Fuß zurück. 75 Meter weiter machte Reynolds den Wagen der Fundamentalisten aus und ging hinter einer schmalen Böschung in Deckung. Der Wagen parkte vor einem offenen Hangar. Ein UH60 Blackhawk-Hubschrauber der saudi-arabischen Nationalgarde stand im

Leerlauf auf dem Rollfeld in der Nähe. Allmählich wurde es interessant.

Reynolds holte ein Steiner-Fernglas hervor und spähte in den offenen Hangar. Auf Kissen, die über den Boden verstreut waren, saßen die drei jungen Fundamentalisten wie Beduinen zusammen mit mehreren Männern in der Uniform der Royal Saudi Land Forces sowie der saudi-arabischen Nationalgarde. Die Royal Saudi Land Forces hatten die Aufgabe, für die Sicherheit nach außen zu sorgen, während die saudische Nationalgarde damit betraut war, die königliche Familie vor internen Aufständen und möglichen Putschversuchen der Royal Saudi Land Forces zu schützen. *Was zum Teufel führte diese Kerle hier zusammen?*

Zwar hatte Reynolds sein etwas veraltetes Richtmikrofon dabei. Doch die Triebwerke des Blackhawk machten so viel Lärm, dass er unmöglich etwas mitbekommen konnte, das war ihm klar. Hier war etwas Großes im Gang, und er musste wissen, was. Da er nicht die richtige Ausrüstung dabeihatte, um den Elektrozaun rund um den Stützpunkt zu überwinden, gab es für ihn keine Möglichkeit, näher heranzukommen. Außerdem waren die Zeiten, in denen er einfach vorgeprescht wäre, vorbei. Sollten diese Kerle tatsächlich etwas im Schilde führen, würden sie ihn umlegen, wenn sie ihn dabei erwischten, wie er um den Hangar schlich. Das stand außer Frage.

Sosehr es ihm auch widerstrebte, es gab nur eine einzige Person, an die er sich um Hilfe wenden konnte. Faruq Al-Hafez mochte nicht sein größter Fan sein, aber er war der saudischen Herrscherfamilie treu ergeben, und über ein Treffen dieser Größenordnung wollte er bestimmt Bescheid wissen und würde wohl hoffentlich auch etwas dagegen unternehmen.

Ohne den Blick von der Szene im Hangar abzuwenden, angelte Reynolds sein Handy aus der Tasche, führte es an den Mund und sagte: »Handy, den Deputy Minister für die Geheimdienste anrufen.« Das sprachgesteuerte Handy begann, die einprogrammierte Nummer zu wählen, doch gerade als es anfing zu klingeln, sah Reynolds etwas, das ihn sofort wieder auflegen ließ. Aus dem Hangar nebenan kam, zwei große Aluminiumkoffer in den Händen, Faruq Al-Hafez spaziert.

Er legte die Aktenkoffer auf einen Klapptisch, der in der Nähe der Hangaröffnung aufgestellt war, klappte die Deckel auf und begann, drei Stapel Geldscheine herzurichten. Reynolds beobachtete, wie aus jeder Gruppe ein Vertreter zu ihm kam, um sein Geld abzuholen. Einer der Fundamentalisten hob einen Stapel amerikanischer Dollarscheine hoch, fächerte ihn mit dem Daumen auf und stopfte dann den Rest seines Stapels in einen staubigen, in Wüstentarn gehaltenen Rucksack.

Die Soldaten der Nationalgarde und der Royal Land Forces machten nicht so viel Aufheben wie der radikale Wahhabit. Nach einem flüchtigen Blick packte jeder sein Geld in einen der Aluminiumkoffer und schüttelte Faruq die Hand. Was immer da vor sich ging, alle schienen zufrieden zu sein.

Die Angehörigen der Nationalgarde strebten ihrem UH60 Blackhawk zu, während die Vertreter der saudischen Landstreitkräfte in einen Hummer stiegen, der auf der anderen Seite des Hangars stand. Während die Fundamentalisten zu ihrem Wagen gingen, hielt der stellvertretende Minister für die Geheimdienste sich ein Walkie-Talkie an den Mund und gab wohl einen Befehl. Einen Sekundenbruchteil später glitten die Tore des Hangars Nummer zwei nach oben und gaben den Blick auf einen eleganten Dassault Falcon 50EX Businessjet frei. *Was zum Teufel hat er vor?*, fragte Reynolds sich.

Die einzigen Male, dass Faruq einen der Jets des Geheimdienstministeriums nutzte, war, wenn er das Land verließ. Es gab nur eine Möglichkeit, das herauszufinden.

Reynolds holte sein Handy hervor und benutzte noch einmal die Sprachwahl, um den Mann anzurufen.

»Hallo?«, meldete Faruq sich auf Arabisch.

Im Hintergrund hörte Reynolds das Heulen der Falcon-Triebwerke. »Chip Reynolds hier, Euer Exzellenz.«

»Ja, Mr. Reynolds. Was gibt's? Ich bin ziemlich beschäftigt.«

Reynolds sah zu, wie Al-Hafez in den Hangar ging. »Ich habe hier eine Security-Angelegenheit, die ich gern mit Ihnen besprechen würde. Ich mache mir Sorgen über einige Aktivitäten, die wir rund um eine der nördlichen Pumpstationen gesehen haben. Ich bin nachher in der Nähe Ihres Büros und dachte, wir könnten uns vielleicht treffen.«

»Das wird nicht möglich sein«, antwortete der Vizeminister. »Ich bin unterwegs außer Landes und werde ein paar Tage weg sein.«

»Machen Sie Urlaub?«, fragte Reynolds.

»Geschäftlich!« Faruq stieg die ausklappbare Treppe der Falcon empor und blieb stehen, bevor er die Kabine betrat. »Was auch immer es ist, ich bin sicher, es ist nichts. Falls es bei meiner Rückkehr immer noch ein Problem gibt, können wir es dann besprechen.« Damit legte der stellvertretende Minister für die Geheimdienste auf und stieg ins Flugzeug.

Reynolds ging zurück zu seinem Land Cruiser, trank einen Liter Wasser aus der Kühlbox auf seinem Rücksitz und griff anschließend nach seiner schusssicheren Weste. Er musste einer letzten Spur nachgehen, und etwas sagte ihm, dass Mo(hammed), Larry und Curly, wenn so viel Geld herumlag, erst schießen und hinterher Fragen stellen würden.

62

Nur eine Straße führte zurück nach Riad, und Reynolds sah zu, dass er sie so schnell wie möglich erreichte. Er peitschte den Land Cruiser vorwärts und erreichte den Stadtrand gute 20 Minuten vor den Fundamentalisten. Als sie an ihm vorüberfuhren, wartete Reynolds versteckt in einer kleinen Seitenstraße. Sie bemerkten es noch nicht einmal, als er wieder losfuhr und erneut die Verfolgung aufnahm.

Er hatte damit gerechnet, dass sie zurück in die kleine Wohnung fahren würden, die sie sich in der Nähe ihrer Moschee teilten. Doch stattdessen führten sie ihn zu einem großen Lagerhaus in einem der ärmsten Viertel Riads. *So viel zur Kampagne der saudischen Regierung zur Beseitigung der Armut,* dachte Reynolds, als er an einer Behausung nach der anderen vorbeikam, deren Bewohner so arm waren, dass sie sich nicht einmal Strom leisten konnten. Die Leute konnten über Amerika sagen, was sie wollten. Aber so eine große, hoffnungslose Kluft zwischen Arm und Reich wie in Saudi-Arabien hatte er noch nie gesehen.

Reynolds riskierte es lediglich ein Mal, wie zufällig vorbeizufahren. Dabei fiel ihm auf, dass die Gebäude anscheinend einem weiteren nichtsnutzigen Mitglied der saudischen Herrscherfamilie gehörten – einem jungen Prinzen namens Hamal. Reynolds wusste nicht, welche Mitglieder des saudischen Königshauses er mehr hasste – die saufenden und hurenden Prinzen, die das Geld mit beiden Händen zum Fenster hinauswarfen, oder die ultrareligiöse, heuchlerische Sorte, die die ganze Welt verachtete und noch jeden vor den Kopf stieß, der sie unterstützte. Soweit er wusste, fiel Prinz Hamal in die letztere Kategorie. Mit einem Oxford-Abschluss und einem unerschöpflichen Bankkonto fehlte es ihm in seinem Leben an nichts. Doch als Konvertit zum extremistischen Wahhabismus ließ er keine Gelegenheit aus, die saudische Monarchie als aufgebläht, faul und korrupt anzuprangern.

In jüngster Zeit hatte Hamal sich ein Beispiel an der britischen Monarchie genommen und damit begonnen, Kaufleuten, die sich für das Wohl des Islam und der islamischen Welt einsetzten, königliche Titel zu verleihen. So wie Konditoreien und Hemdenhersteller in England als offizielle Hoflieferanten anerkannt wurden, würdigte Hamal weltweit Unternehmen, die das Leben von Muslimen verbesserten. Zwar waren die hohen Tiere der saudischen Königsfamilie im Stillen mehr als nur ein wenig verärgert darüber, dass der junge Mann sie nicht gefragt hatte, bevor er sein Vorhaben in Angriff nahm. Aber ihnen gefiel der Gedanke, dass ihr Name Menschen unterstützte, die das Leben der Anhänger des Islam verbesserten. Darüber hinaus war Hamal der Kopf hinter dem Mineralwasser, das angeblich aus einer geheimen Quelle unterhalb Mekkas stammte. Reynolds hielt das Ganze für ausgemachten Blödsinn, bis hin zu Hamals Behauptung, er werde den gesamten Erlös an förderungswürdige muslimische Wohltätigkeitsorganisationen spenden.

Dieser Schritt kam bei der königlichen Familie gewiss gut an. Seit 9/11 waren die Saudis gezwungen, ihre äußerst erfolgreichen TV-Spendenaktionen einzustellen, die weltweit Hunderte Millionen Dollar für verschiedene islamische Gruppen eingebracht hatten. Die USA sahen darin eine unverhohlene Geldbeschaffung für Terroristen, und obwohl die saudische Monarchie nicht unbedingt dieser Meinung war, gab sie doch dem Druck ihres verlässlichsten westlichen Verbündeten nach.

Das Geld, das Prinz Hamals Unterfangen einbringen sollte, und das positive Licht, in das es die königliche Familie rückte, führten dazu, dass die Machthaber bereit waren, ein Auge zuzudrücken und darüber hinwegzusehen, dass er noch nicht einmal versucht hatte, den Dienstweg einzuhalten, ehe er das Projekt startete. Letzten Endes betrachtete die saudische Monarchie seine Bemühungen im schlimmsten Fall als lohnenswert und im besten Fall als eine Möglichkeit, sich den radikalen jungen Prinzen vom Hals zu halten, vielleicht auch als ein Mittel, welches dafür sorgte, dass er ihnen allen nicht mehr so auf die Nerven ging.

Nachdem Reynolds seinen Wagen abgestellt und das Lagerhaus vom Dach eines verlassenen Gebäudes am Ende der Straße aus begutachtet hatte, war ihm klar, dass er nicht eher gehen konnte, bis er in Augenschein genommen hatte, was dort drinnen vor sich ging. Er fand ein kleines Plätzchen im Schatten und wartete, bis die meisten Bewohner des Viertels zum Nachmittagsgebet aufgebrochen waren, bevor er sich auf den Weg nach unten zum Bürgersteig machte. Er hatte gehofft, dass Mo, Larry und Curly das Lagerhaus ebenfalls verlassen würden, um an den Gebeten teilzunehmen, aber heute war wohl einfach nicht sein Tag.

An seinem Land Cruiser blieb Reynolds stehen, holte eine taktische Remington 870 Schrotflinte Kaliber 12 von der Ladefläche und wickelte sie in einen billigen Gebetsteppich, den er auf einem der zahllosen Suks in Riad erstanden hatte.

Zu Fuß umrundete er einmal komplett das Lagerhaus, bemüht, den besten Einstiegspunkt zu finden. Vor den abgedunkelten, gitterbewehrten Fenstern, die anscheinend zum Büro des Lagerhauses gehörten, blieb er stehen. Aber über dem steten Dröhnen der Industrieklimaanlagen vermochte er nichts zu hören. Während seine verschwitzte rechte Hand in dem Wollteppich steckte und den Pistolengriff der Remington umschloss, erinnerte ihn das Surren der Maschinen nur daran, wie verdammt heiß ihm war. Gott, Saudi-Arabien hing ihm ja so zum Hals heraus.

Reynolds ging weiter zur Laderampe, unentwegt Ausschau haltend nach einem Weg hinein, aber das Gebäude war sicherer als ein Banktresor. Mit stahlverstärkten Türen und Gittern vor den wenigen Fenstern, die es sonst noch gab, waren die drei wahhabitischen Handlanger offensichtlich wesentlich besser darin, die Leute von ihrem Lagerhaus fernzuhalten, als darin, beim Autofahren jemanden abzuschütteln. Reynolds begriff, dass er nur dann einen Blick hineinwerfen konnte, wenn man ihn hereinbat.

Als er seine Runde beendet hatte und wieder in die Nähe des Büros kam, war er zu der Erkenntnis gelangt, dass der beste Weg, dass man ihn hereinbat, darin bestand, zunächst einmal jemanden auszuräuchern.

Er lehnte seine Schrotflinte samt Gebetsteppich an die Seite des Gebäudes, holte sein taktisches Benchmade-Klappmesser aus der Tasche, öffnete die Sicherungsabdeckungen für die Klimaanlagen und fing an, sie eine nach der anderen abzuschalten.

Im Freien herrschten Temperaturen von über 40 Grad. Darum ging er davon aus, dass es nicht lange dauern würde, bis die Leute im Gebäude die Hitze spürten. Da nur ein Wagen auf dem Parkplatz des Lagerhauses stand, hoffte Reynolds außerdem, dass er recht hatte und niemand außer Mo, Larry und Curly im Innern war. Wenn es mehr Leute waren, könnte er am Ende ein ernstes Problem bekommen.

Er nahm seinen Gebetsteppich wieder auf, lehnte sich hinter die Bürotür und wartete.

Zehn Minuten später hörte er, wie jemand von innen die Tür aufschloss. Leise packte er die Schrotflinte aus und warf den Teppich beiseite.

Von drinnen waren Stimmen zu hören. Seine Gefährten drängten den Mann zur Eile, um herauszufinden, was mit der Klimaanlage nicht stimmte. Reynolds wartete, bis der Mann ganz draußen war und die Tür sich hinter ihm schloss. Dann schürzte er die Lippen und ahmte das Geräusch zweier rascher Küsse nach.

Der Mann fuhr herum, nur damit ihn der Kolben von Reynolds' Schrotflinte ausknockte. Das Einzige, woran er sich, wenn überhaupt, erinnern würde, war, dass sein Angreifer kein Araber gewesen war. Das war wahrscheinlich einer von Reynolds' größten Vorteilen. In Saudi-Arabien wimmelte es von ausländischen Dienstleistern und Beratern, und abgesehen von den Leuten, mit denen er zusammenarbeitete, wusste niemand, wer zum Teufel er war.

Auf der Außenseite hatte die Tür weder Knauf noch Klinke. Man konnte sie nur mit einem Schlüssel öffnen. Reynolds kramte einen Schlüsselbund aus der Tasche des Fundamentalisten, fand den richtigen Schlüssel, steckte ihn ins Schloss und öffnete langsam die Tür. Lautlos schwang sie in den Angeln zurück, und Reynolds trat aus der Hitze in den Flur mit den beträchtlich kühleren Büros.

Keine anderthalb Meter entfernt hörte er zwei Männer miteinander reden. Da Reynolds nicht wusste, wie lange ihr Kollege draußen weggetreten sein würde, beschloss er, keine Zeit zu vergeuden.

Er stürmte durch die Tür des Hauptbüros, brachte die Remington in Anschlag und rief den beiden Männern auf Arabisch zu, sie sollten sich auf den Teppichboden legen.

Ehe der Kerl mit der AK seinen Finger auch nur in die Nähe des Abzugs brachte, traf Reynolds ihn mit drei Schüssen aus der Remington, die ihn beinahe in zwei Teile rissen und blutüberströmt quer durch den Raum schleuderten.

Zwei am Boden, noch einer übrig!

Es war schon eine Weile her, dass Reynolds eine derartige Action erlebt hatte, und sein Herz raste, als er sich in das brechend volle Lagerhaus schlich. Vom Boden bis zur Decke stapelten sich Paletten mit Mineralwasser und anscheinend diversen Gewürzen.

Reynolds versuchte sich darauf zu konzentrieren, den letzten verbliebenen wahhabitischen Klugscheißer zu finden. Sobald dieser neutralisiert war, konnte Reynolds dessen bewusstlosen Kumpan von draußen hereinschleifen und anfangen, hier alles auseinanderzunehmen.

Er hörte ein Geräusch vom anderen Ende des Gebäudes, das klang, als schabte Metall über Metall. Reynolds spähte hinter der Palette voller Wasserflaschen hervor, hinter der er Deckung suchte, zielte mit der Schrotflinte und zog den Abzug zweimal durch, doch vergebens. Der verbliebene Fundamentalist hatte eine der Türen neben der Laderampe geöffnet und war verschwunden.

Es war unmöglich zu sagen, welche Kontakte der Mann in der Nachbarschaft hatte, darum musste Reynolds schnell handeln.

Rasch sah er sich im Lagerhaus um, fand jedoch nichts von Bedeutung. Anschließend rannte er zurück ins Büro und nahm dort alles auseinander auf der Suche nach irgendetwas, das erklären könnte, was zum Teufel diese Leute vorhatten und worum es bei dem Treffen vorhin gegangen war.

Er war extrem gründlich, doch das Büro erwies sich bloß als weitere Sackgasse. Reynolds wollte schon aufgeben. Frustriert fegte er mit der Hand den ganzen Bürokram von einem der Schreibtische und die Schreibtischunterlage gleich mit. Als sie auf dem Boden auftraf, bemerkte er, dass darunter mehrere Blätter Papier hervorragten.

Reynolds hob sie auf und fing an zu lesen. Er wurde nicht schlau daraus. Es waren Listen mit Wechselstuben, Unternehmen, die Kleinkredite anboten, von Läden, die Schecks einlösten, Gemischtwarenläden, Taxiunternehmen und Tankstellen quer durch die USA. Alles sehr seltsam.

Reynolds hatte keine Ahnung, was er da entdeckt hatte. Vielleicht hatte es ja nichts zu bedeuten. Aber nach allem, was er sonst noch gesehen hatte, war er so misstrauisch, dass er lieber noch jemand zu Hause in den Staaten einen Blick darauf werfen ließ.

Dabei gab es nur ein Problem. Reynolds musste die Informationen an jemanden weitergeben, der sie ernst genug nahm, damit sie nicht einfach in der Ablage landeten. Außerdem musste es jemand sein, der ihn nicht fragte, wie er darangekommen war. Da ein Fundamentalist tot und auch das saudische Königshaus darin verwickelt war, musste derjenige, an den er sich wendete, nicht nur über ein gewisses Maß an Macht verfügen, sondern auch jemand sein, bei dem er darauf vertrauen konnte, dass er das Richtige unternahm.

Sich an die CIA-Spitze zu wenden kam eindeutig nicht infrage. Reynolds war gerade so lange weg, dass er seine halbwegs zuverlässigen Kontakte im Büro des Direktors verloren hatte. Als er die Schriftstücke in seine Tasche steckte, wurde ihm klar, dass es nur einen einzigen Menschen gab, der ihm helfen konnte. Nachdem er die Fingerabdrücke im Büro weggewischt hatte, stahl er sich aus dem Lagerhaus. Mithilfe des Schlüsselbunds, den er dem ersten Fundamentalisten abgenommen hatte, verließ er es durch eine Seitentür. Als er seinen Truck erreichte, wartete er, bis er das Viertel weit hinter sich hatte und sicher war, dass niemand ihm folgte, ehe er sein Handy nahm und die Nummer seines alten Freundes und Kollegen in D. C. wählte.

Als es anfing zu klingeln, hoffte er verzweifelt, dass Gary Lawlor an seinem Schreibtisch saß.

63

Schweiz

»Wohin fahren wir?«, fragte Jillian, als Harvath vor dem Hotel wieder in den Wagen stieg und losfuhr.

»Hier!« Er reichte ihr die Hochglanzbroschüre des Flughafens Sitten, die er in der Lobby mitgenommen hatte. »Das fiel mir auf, als wir heute Morgen das Hotel verließen.«

Während Jillian sich die Broschüre ansah, fügte Harvath hinzu: »Es ist ein ziemlich beeindruckendes Unternehmen. Abgesehen davon, dass es sich auch um einen Militärflugplatz handelt, haben sie viel Geld hineingesteckt in der Hoffnung, dass diese Region das nächste große Ding sein wird. Der Flughafen verfügt über eine Start- und Landebahn, die lang genug ist, um die anspruchsvollsten Businessjets aufzunehmen. Darüber hinaus bietet er auch nahezu jeden Service, den sich einfache Touristen wie wir nur wünschen können.«

»Das sehe ich«, antwortete Jillian. »Hier kann man geradezu alles chartern. Helikopter, Segelflugzeuge, Drachenflieger, Fallschirmflüge, Rundflüge über die Alpen. Anscheinend haben sie nichts ausgelassen.«

»Nein. Sie bieten sogar Gletscherflüge an, sagte mir die Frau am Empfang. Das ist ihre Spezialität. Wenn der Gletscher groß genug ist, können die sogar mit dem Flugzeug darauf landen.«

»Also, was ist der Plan?«, fragte Jillian, während sie die Broschüre in die Türablage neben sich steckte.

»Sie und ich werden ein Flugzeug chartern und einen Aufklärungsflug machen«, sagte Harvath. »Wir haben bereits Bilder von den Security-Maßnahmen am Fuß der Seilbahn des Aga Khans. Jetzt möchte ich sehen, wie es oben aussieht.«

»Und was dann?«

»Dann überlegen wir uns, was wir als Nächstes tun.«

Jillian blickte durch die Windschutzscheibe auf die Berge, die sich zu beiden Seiten erhoben. »Das klingt aber nicht sehr vertrauenerweckend«, meinte sie.

Harvath zwang sich zu einem Lächeln. »Ich werde versuchen, mir ein bisschen was Besseres auszudenken, sobald ich einen Blick auf Aiglemont geworfen habe. Konzentrieren wir uns vorerst einmal auf das, was wir erledigen müssen.«

Harvath und Alcott kamen am Aéroport de Sion an, dem Flughafen Sitten, und gaben sich als Bergsteiger aus, die ein Flugzeug chartern wollten, um Luftaufnahmen für eine Reihe bevorstehender Expeditionen in den Berner Alpen zu machen. Auch ohne Reservierung hatten sie kein Problem, eine bereitwillige Charterfirma zu finden. Es war schon erstaunlich, wie einfach Bargeld Probleme löste. Sie hatten nicht nur Glück, dass sie ohne Reservierung ein Flugzeug fanden, es gelang ihnen auch, einen äußerst gesprächigen Piloten mit hervorragenden Englischkenntnissen an Land zu ziehen.

Das Erste, worauf er sie hinwies, als sie auf die Landebahn rollten, war die Stelle, an der die Cessna Citation X des Aga Khans geparkt war. Hätte die Polizei am Fuß der Seilbahn noch nicht ausgereicht, um seine Anwesenheit zu bestätigen, wussten sie jetzt mit Sicherheit, dass er da war. Hoffentlich hieß das auch, dass Rayburn und Emir Tokay ebenfalls in Aiglemont waren.

Der Pilot erklärte weiter, dass der Aga Khan, jedes Mal wenn er eines seiner Wohltätigkeitstreffen oder eine Zusammenkunft mit seinen Bankern in Genf hatte, von seinem eigenen Hubschrauber in Aiglemont abgeholt und wieder zurückgebracht wurde. Er fuhr nie mit dem Wagen.

Mit seinem detaillierten Atlas der Schweiz auf dem Schoß konnte Harvath den Piloten über und um die Gipfel herumdirigieren, die die angeblichen Bergsteiger in Angriff nehmen wollten. Jeder Vorbeiflug sollte sie so nahe wie möglich an die Gebirgsklause des Aga Khans bringen, die ihnen ihr Pilot mit Freuden zeigte und erläuterte.

Als Jillian dem Piloten sagte, es sei ihr nicht gelungen, das Bauwerk mit ihrer Videokamera so gut einzufangen, wie sie es sich wünschte, kam er ihrem Wunsch gern nach, noch einmal, diesmal etwas tiefer, vorbeizufliegen. Damit konnten sie es nicht nur besser sehen, sondern hatten auch den zusätzlichen Vorteil, dass sie mitbekamen, wie das Security-Team des Aga Khans auf tieffliegende Flugzeuge reagierte. Es war genau, wie Harvath befürchtet hatte. Wie ein aufgescheuchter Bienenschwarm strömten die schwer bewaffneten Männer aus dem Gebäude. Er war sich zwar nicht hundertprozentig sicher, aber ihm war, als sähe er sogar einen Mann mit einer schultergestützten Rakete. Die Security-Leute des Aga Khans überließen nichts dem Zufall.

Nachdem die beiden alle Bilder und Videos gesammelt hatten, die sie brauchten, ließ Harvath den Piloten über Le Râleur fliegen und zum Aéroport de Sion zurückkehren. Das Ausmaß dessen, was sie zusammengetragen hatten, war zwar erst dann ersichtlich, wenn sie es im Hotel begutachten konnten. Aber nach allem, was Harvath bereits gesehen hatte,

hatte er das Gefühl, dass es nicht gut war. Der Rückzugsort des Aga Khans war uneinnehmbar.

64

Wieder im Hotel, machte Harvath sich daran, die digitalen Fotos sowohl von ihrer Bodenüberwachung in Le Râleur als auch von ihrem Aufklärungsflug über Château Aiglemont auszudrucken. Dabei ließ ihn das Gefühl nicht los, dass ihm etwas bekannt vorkam, aber er konnte nicht genau sagen, was.

Nachdem sie ein Bild von der Wand genommen hatten, befestigten sie die Fotos mit Reißzwecken. Zusätzlich zu dem, was anscheinend die ursprünglichen Klostergebäude waren, verfügte Aiglemont über ein Glashaus, das wahrscheinlich einen Pool bedeckte, ein Bauwerk, in dem die Mechanik der Seilbahn untergebracht war, vor dem Anwesen eine schmale Beton- oder Steinterrasse, dazu eine dürftige Grünfläche, die sich an der Seite der Hauptgebäude entlangzog und sich als kleiner, länglicher Streifen Bergwiese entpuppte, der abrupt an einem Abhang endete. Unten, Hunderte von Metern tiefer, lag der Talboden.

»Was meinen Sie?«, fragte Jillian, während sie zurücktrat und ihr Werk bewunderte.

Das Erste, was Harvath in den Sinn kam, war: *Wir sind im Arsch.* Doch diesen Gedanken behielt er vorerst für sich. »Sehen wir uns das Video an«, sagte er.

Sie schlossen den Camcorder an den Fernseher an und ließen die Aufnahme mehrmals laufen. An verschiedenen Stellen hielt Harvath sie an, damit er die Reaktion der Sicherheitskräfte des Aga Khans betrachten konnte. Als er genug gesehen hatte, meinte er: »Das sind definitiv Rayburns Männer.«

»Woher wollen Sie das wissen?«

»Weil sie genau das tun, was auch der Secret Service in so einer Situation tun würde, bis hin zu dem Mann mit der schultergestützten Rakete. Soweit es uns betrifft, könnte das Château Aiglemont ebenso gut das Weiße Haus sein. Ja, sogar besser als das Weiße Haus, auf drei Seiten wird es nämlich von Bergen geschützt, der einzige Zugang ist über die Seilbahn.«

»Sie sagen also, es ist nicht machbar?«, fragte Jillian, während sie zusah, wie Harvath an die Minibar ging und sich ein Bier holte.

Harvath blickte auf das Standbild im Fernseher, dann hoch auf die an die Wand gehefteten Fotos. »Ich weiß es nicht«, antwortete er, während er die Kappe aufhebelte und einen großen Schluck nahm. »Ich weiß es nicht.«

Jillian gefiel nicht, was sie da hörte. »Es muss doch eine Möglichkeit geben. Was, wenn wir im Dorf in die Seilbahn einsteigen könnten? Das würde funktionieren, oder? Es ist ein Zwei-Gondel-System. Sie gleichen sich gegenseitig aus. Damit die obere herunterkommt, muss die untere nach oben fahren, oder?«

»Ja«, meinte Harvath. »Aber wie bringen wir sie dazu, die andere Gondel runterzuschicken?«

»Ich kann mir vorstellen, dass sie irgendwann Vorräte kaufen müssen, oder?«

»Irgendwann, ja, aber wer weiß, ob sie da oben nicht schon mit allem eingedeckt sind.«

»Die Bedienung im Café sagte vorhin, dass die Security-Leute manchmal runter ins Dorf kommen, wenn sie freihaben. Was, wenn wir es dann tun würden?«

Harvath trank noch einen Schluck von seinem Bier und überlegte. »Dann müssten wir immer noch an den Polizisten vorbei, die unten die Gondel bewachen.«

»Wir könnten uns etwas einfallen lassen«, erwiderte Jillian. »Einer von uns könnte sie ablenken.«

»Und wenn wir auf halbem Weg nach oben sind und die stellen fest, dass wir es geschafft haben, uns in die Seilbahn zu schleichen? Was, glauben Sie, wird dann passieren?«

»Es gäbe wohl eine ganz schöne Willkommensparty, wenn wir oben ankommen.«

»Ganz recht!« Harvath nahm einen weiteren großen Schluck. »Wir würden auf dem Präsentierteller sitzen. Außerdem, so wie ich Rayburn kenne, sind diese Seilbahngondeln mit Kameras und Einbruchmeldern ausgestattet. Selbst wenn wir es an der Schweizer Polizei vorbei schaffen, wüsste das Security-Personal in Aiglemont in dem Augenblick Bescheid, in dem wir die Tür der Gondel oder die Dachluke öffnen.« Er sah den Ausdruck in Jillians Gesicht. »Ich sagte Ihnen doch, Rayburn war einer der Besten, die der Secret Service je hatte. Ich werde mich hüten, so einen Mann zu unterschätzen. Wir müssen uns etwas Besseres einfallen lassen.«

»Angenommen er ist wirklich da – könnten wir ihn irgendwie ins Dorf locken und dann zwingen, uns wieder mit nach oben zu nehmen?«

Ein leises Klingeln hallte in Harvaths Kopf wider, so als würde sein mentales Radar von etwas zurückgeworfen, nach dem er gesucht hatte. »Der Gedanke gefällt mir, ihn zu benutzen, um reinzukommen. Aber es ist trotzdem viel zu gefährlich. Bei einem Mann wie dem Aga Khan spielt Geld keine Rolle, besonders wenn es um die Sicherheit geht. Seine Leute dürften die absolut besten sein. Sie wissen, dass die Seilbahn den einzigen Weg nach Aiglemont darstellt, und dürften mit jeder Möglichkeit rechnen, auf die sich jemand heimlich oder erzwungen Zugang zum Château verschaffen will. Was weiß ich, es könnte sogar zwei verschiedene Passwörter geben, damit der Operator oben die Bahn in Bewegung setzt – eines für ›Alles in Ordnung‹ und ein anderes für ›Setze sie in Gang, aber ich bringe Gesellschaft mit, also halte die Männer bereit, sie sollen uns erwarten, wenn wir oben ankommen‹. Wir würden es niemals erfahren. Wenn wir das durchziehen, dann nicht mit der Seilbahn.«

Jillian war zunehmend frustriert. Harvath war der Profi und brachte trotzdem keine eigenen Vorschläge ein. Das Einzige, was er machte, war herumsitzen und Bier trinken und jeden Plan, der ihr einfiel, in der Luft zerreißen. Jillian beschloss, es ein letztes Mal zu versuchen. »Wie wär's mit einem Gletscherflieger? Diese Wiese sieht doch lang genug aus, um darauf zu landen. Oder was ist mit einem Hubschrauber?«

»Zu laut«, sagte Harvath, ohne überhaupt darüber nachzudenken.

»Wissen Sie was?«, entgegnete Jillian. Sie hatte es satt, zu helfen, wenn all ihre Ideen auf der Stelle verworfen wurden. »Denken Sie sich doch selbst was aus. Ich habe nicht vor, hier rumzusitzen und mir wegen meiner Vorschläge wie eine Idiotin vorzukommen.«

»Der einzige Grund, warum Sie von mir nichts hören«, erwiderte er, »ist der, dass ich nicht immer gleich das Erste herausposaune, was mir einfällt.«

»Wenigstens sind wir uns jetzt im Klaren darüber, wie sehr Sie meine Beiträge schätzen.« Jillians Verärgerung steigerte sich zu ernsthafter Wut. »Wissen Sie was, Scot? Ich habe keine Ahnung, wie man in Ihrer Branche Probleme löst. Ich bin ja auch keine Geheimagentin. Ich habe keine Ahnung von militärischen Dingen. Ich bin Wissenschaftlerin. Ich weiß nur, dass ich als Wissenschaftlerin versuche, zunächst die einfachsten möglichen Antworten auszuschließen, um dann von dort aus zu den schwierigeren Antworten überzugehen. Und wenn ich mit Kollegen an einem Problem arbeite, posaunen wir Wissenschaftler heraus, was uns als Erstes in den Sinn kommt. Es ist ein ziemlich radikaler Prozess, man nennt ihn Brainstorming.«

Ob es nun die Beleidigung war, die es auslöste, oder nicht, erneut spürte Harvath dieses Kribbeln in seinem Hinterkopf. Das Gefühl, dass er Aiglemont kannte. *»Die einfachste mögliche Antwort«*, wiederholte er. »Sie haben recht.«

Mit einem Mal hatte Harvath seine Antwort. Er wusste, weshalb Aiglemont und dessen Security-Maßnahmen ihm so bekannt vorkamen. Und er wusste auch, wie er hineinkommen konnte. Aber das Ganze hing davon ab, ob er einen sehr großen Gefallen einlösen konnte.

65

Department of Homeland Security
Office of International Investigative Assistance –
Amt zur Unterstützung internationaler Ermittlungen
Washington, D. C.

»Brian Turner? Sind Sie absolut sicher?«, fragte CIA-Direktor Vaile, als er in Gary Lawlors Büro saß, ein Ölgemälde von George Patton bewundernd.

»Ich weiß, was ich gesehen habe«, erwiderte der Chef des OIIA. »Er und Senatorin Carmichael waren zusammen in jenem Hotel.«

Vaile nippte an seinem Kaffee, ehe er antwortete: »Das ist eine ziemlich ernste Sache – für alle Beteiligten.«

»Deshalb wollte ich ja hier mit Ihnen reden und nicht in Langley.«

»Wissen Sie, normalerweise lösen wir unsere Probleme gern intern«, sagte Vaile.

»Nur dass Ihr Problem jetzt zum Problem des Präsidenten geworden ist.«

Das stimmte, und der CIA-Direktor hatte auch keine unmittelbare Antwort darauf. »Was sollen wir Ihrer Meinung nach tun?«

»Was die CIA als Ganzes betrifft?«, erwiderte Lawlor. »Nichts. Aber ich möchte, dass Sie es ihm erschweren, an seine Informationen zu kommen. Mal sehen, wie gut er wirklich ist.«

»Es könnte uns bei vielen laufenden Operationen gefährden.«

»Nein, das wird es nicht. Zurzeit sind die bloß auf eine Sorte Fisch aus. Ich möchte nicht, dass irgendetwas darauf hinweist, dass wir ihnen auf der Spur sind. In der Zwischenzeit« – er verstummte, langte in seinen Schreibtisch und holte einen kleinen Umschlag mit einer CD-ROM heraus – »möchte ich Sie bitten, diese Informationen für mich zu platzieren.«

»Was ist das?«

»Machen Sie es auf, wenn Sie wieder in Ihrem Büro sind, dann werden Sie es schon sehen. Sagen wir einfach, ich glaube, dass die dem nicht widerstehen können. Stellen Sie sicher, dass Sie es tief genug verbuddeln, damit es authentisch erscheint, aber nicht so tief, dass er es nicht findet.«

»Betrachten Sie es als erledigt«, sagte Vaile, während Lawlors Sekretärin ins Büro kam und ihrem Chef eine Notiz reichte.

Der CIA-Direktor sah sofort, dass etwas ganz entschieden nicht stimmte. »Was ist?«

Lawlor sah auf seine Uhr. »In drei Stunden beruft der Präsident eine Sitzung des Nationalen Sicherheitsrates im Situation Room ein. Wir haben soeben erfahren, dass unsere mysteriöse Krankheit offiziell ihr Debüt in den USA gegeben hat.«

»Mein Gott!« Vaile stellte seine Tasse ab. »Wo und wie viele Infizierte?«

»Die Spur beginnt bei einem muslimischen Lebensmittelimporteur namens Kaseem Najjar in Hamtramck, Michigan, und zieht sich über mehrere UPS-Mitarbeiter im gesamten Verarbeitungs- und Liefersystem, beginnend in Michigan und endend in Manhattan. Das FBI ist bereits unterwegs, ebenso Teams von den CDC und dem USAMRIID.«

»Wissen wir, ob es absichtlich freigesetzt wurde? Gibt es weitere Opfer?«

»Anscheinend ist das alles, was die wissen. Hoffentlich haben wir bis zum Briefing heute Nachmittag weitere Informationen.«

»Wir sollten besser mehr als bloß Informationen haben. Sie haben gesehen, wie schnell diese Krankheit sich in diesem Dorf im Irak ausgebreitet hat.« Im Geist ging Vaile bereits alle möglichen Worst-Case-Szenarien durch. »Wenn wir das nicht in den Griff bekommen, wird die Zahl der Todesopfer astronomisch hoch sein. Daneben wird die Pest wie der Ausbruch einer Halsentzündung aussehen …« Vaile wurde von einer SMS unterbrochen, die auf seinem sicheren Pager einging.

Dieses Mal war es an Lawlor, im Gesicht seines Freundes zu lesen und sich zu erkundigen, was los war.

Der CIA-Direktor blickte von seinem Pager auf. »Der Stabschef des Präsidenten sucht nach mir.«

»Chuck Anderson? Warum?«

»Sie befürchten, dass bereits eine Großoffensive mit der Krankheit im Gang sein könnte und es nur noch wenige Stunden dauert, bis es innerhalb des Beltway die ersten Opfer gibt. Er möchte darüber sprechen, den Präsidenten aus D. C. wegzubringen.«

»Falls eine Großoffensive im Gang ist, könnte diese Sache überall auftauchen. Wohin wollen sie ihn bringen?«

Vaile legte seinen Pager weg. »Sie wollen grünes Licht für das Weltuntergangsszenario geben.«

»Operation Ark?«

Der DCI nickte. »Anderson wird empfehlen, dass der Präsident, das Kabinett, der Kongress und alle anderen Personen auf der Auswahlliste für die Kontinuität der Regierung in die unterirdische Anlage in Mount Weather evakuiert werden.«

Lawlor kannte die Notfall-Kommandozentrale zur Sicherstellung der Regierungsfähigkeit, das Emergency Command and Control Continuity of Government Center. Es war über anderthalb Kilometer unter der Oberfläche eines mit Antennen übersäten Berges im Nordwesten Virginias nahe der Grenze West Virginias errichtet worden. Es handelte sich um eine streng geheime, autarke unterirdische Stadt, im Kalten Krieg entworfen, um mehreren direkten Treffern der größten und schlimmsten Atomwaffen standzuhalten, die Amerikas ärgster Feind, die Sowjetunion, jemals einsetzen könnte. Wann immer die Medien berichteten, der Präsident oder Regierungsmitglieder seien in Krisenzeiten an einen »sicheren und unbekannten« Ort evakuiert worden, war dies in neun von zehn Fällen Mount Weather. »Dafür wird Anderson bezahlt«, sagte Lawlor. »Um für den schlimmsten Fall vorauszuplanen.«

»O ja«, sagte Vaile. »Er plant wirklich vor für das Schlimmste. Der Präsident hat das Campfire-Protokoll bereits initiiert. Im Moment werden, während wir uns hier unterhalten, Bomber und Kampfjets mit nuklearen Waffen bestückt.«

Er hielt einen Moment inne, um darüber nachzudenken, was Amerika bevorstand. Bedächtig fügte er hinzu: »Ich bedauere jeden Ort in diesem Land, der Anzeichen dafür zeigt, dass sich diese Krankheit ausbreitet.«

66

Schweiz

Es war schon fast dunkel, als die Crossair Saab 340 HK-ABN auf dem Rollfeld des Sittener Flughafens landete und in Richtung des militärischen Teils des Flugplatzes rollte. Es war erstaunlich, was ein paar Sekunden Video auf Al-Dschasira bewirken konnten. Eigentlich hätte Harvath einen Stoßtrupp amerikanischer Special-Operations-Soldaten zum Château Aiglemont führen sollen. Stattdessen stand er hier im gedämpften Deckenlicht eines kleinen Hangars, beobachtete die Ankunft des Flugzeugs und dachte über das enorme Ausmaß des Gefallens nach, den er nur wenige Stunden zuvor eingefordert hatte.

Als Claudia Müller ihm vor ein paar Jahren dabei geholfen hatte, den Präsidenten aus den Fängen einer Gruppe Schweizer Söldner zu befreien, die sich die Löwen von Luzern nannten, war sie lediglich eine Ermittlerin in der Dienststelle des Schweizer Bundesanwalts gewesen. Nun jedoch war sie eine vollwertige Staatsanwältin mit beträchtlich mehr Einfluss, die auch entsprechend mehr zu sagen hatte. Sie hatte genau so auf seinen Anruf reagiert, wie er erwartet hatte. Anfangs war sie überrascht, von ihm zu hören. Ihre Beziehung war schon seit Langem zu Ende, und er hatte nie einen Sinn darin gesehen, in Kontakt zu bleiben. Er war nicht das, was sie wollte, und sie hatte ihm klargemacht, dass sie ihren eigenen Weg gehen wollte. Das konnte er ihr kaum verdenken. Ebenso wenig wie er Meg Cassidy einen Vorwurf machen konnte, dass sie ihr Leben lebte. Doch von seinen persönlichen Problemen einmal abgesehen war ihm klar, dass Claudia Müller die Einzige war, die ihm helfen konnte.

Natürlich war Claudia zunächst skeptisch, das wäre er, bei aller Fairness, auch gewesen. Aus diesem Grund hatte er Ozan Kalachka gebeten, ihr die Aufnahmen von der Entführung, die Timothy Rayburn zeigten, per E-Mail zuzusenden, und anschließend hatte Kalachka einen seiner Kontakte in der Schweizer Regierung angerufen. Harvath seinerseits stellte ein Memo über Rayburn zusammen, über seine Pseudonyme und die Kreditkarteninformationen, denen zufolge er sich in Le Râleur aufhielt, und schickte ihr das Ganze in der Hoffnung, dass es genügte.

Als Staatsanwältin war Claudia noch anspruchsvoller geworden, was Beweise anging, und als sie sich nicht festlegen wollte, spielte Harvath die einzige Karte aus, die ihm noch verblieben war.

Als die beiden losgezogen waren, um den Präsidenten vom Pilatusmassiv zu retten, hatten sie auf einer wesentlich schwächeren Grundlage operiert. Diese Tatsache weckte bei Müller viele Erinnerungen. Harvath hatte recht, damals hatten sie auf einer wesentlich geringeren Basis operiert. Aber da ging es ja auch nicht darum, Hausfriedensbruch zu begehen und Menschenleben aufs Spiel zu setzen. Allerdings hatte sie in der kurzen Zeit mit Scot Harvath die Erfahrung gemacht, dass er über einen unglaublichen Instinkt verfügte. Darum beschloss sie, ihm zu vertrauen.

Als die Saab 340 HK-ABN mit den beiden Turboprop-Triebwerken vor dem Hangar hielt und ihre Treppe herunterließ, war Harvath, als verpasste ihm jemand einen Schlag in die Magengrube. Claudia Müller stieg als Erste aus, und sie sah doppelt so gut aus wie in seiner Erinnerung. Die Sommersonne hatte ihr langes brünettes Haar mit blonden Strähnen durchzogen, und ihre Haut hatte einen tiefen Bronzeton. Es mochte ja sein, dass sie viel zu tun hatte, aber Harvath sah ihr an, dass sie nach wie vor ihrer Leidenschaft für das Klettern frönte. Es war offensichtlich, dass sie immer noch viel Zeit im Freien verbrachte.

Einen Moment lang fragte Harvath sich, warum er sie je hatte gehen lassen. Doch ebenso schnell fiel ihm ein, dass er sie ja gar nicht hatte gehen lassen, es war vielmehr umgekehrt gewesen. Claudia hatte begriffen, dass er zu sehr mit seiner Arbeit beschäftigt war, um jemals eine echte Beziehung aufzubauen.

Dennoch war sie jetzt hier, und zumindest einen Moment lang gestattete Harvath sich zu glauben, dass sie nur gekommen war, weil ihr immer noch etwas an ihm lag. Der Gedanke erwärmte ihn, bis sie den Fuß der Treppe erreichte und ihre linke Hand über das Geländer glitt. Daran sah er etwas, womit er nicht gerechnet hatte – *einen Verlobungsring*.

Zwar hatte Harvath kein Recht, sich betrogen zu fühlen, trotzdem wollte es ihm das Herz zerreißen. Als er sie anblickte, sah er mit einem Mal alles, was sie gemeinsam hätten haben können und was sie nun mit einem anderen Mann haben würde. Vielleicht hatte er zu leicht aufgegeben. Vielleicht gab es ja Wichtigeres als seine Arbeit.

Harvath versuchte, seine Gedanken auf etwas anderes zu lenken, und richtete seine Aufmerksamkeit auf die 20 Mann, die gemeinsam mit Claudia dem Flugzeug entstiegen.

Im Gegensatz zu den meisten anderen Ländern der Welt war die Schweiz insofern einzigartig, als sie trotz ihrer Fähigkeit dazu keine nationale Einheit zur Terrorismusbekämpfung aufstellte. Stattdessen verfügte die Polizei jedes Kantons über eine eigene taktische Spezialeinheit, ähnlich den SWAT-Teams in den USA. Von allen taktischen Einheiten der Kantone war die Einheit Stern aus Bern die absolut beste. Harvath wollte nicht nur die Allerbesten, sie sollten auch von außerhalb kommen, denn es war nicht abzusehen, wie loyal die örtliche Polizei dem Aga Khan gegenüber war. Es hätte Harvath nicht im Geringsten überrascht, wenn er feststellte, dass die Polizisten auf der Lohnliste dieses Kerls standen.

Harvath wusste, dass in der Schweiz die Stern-Einheit die meisten Einsätze erlebt hatte. Sie war bei zwei schwierigen Operationen im Einsatz gewesen, bei denen es um die Befreiung von 14 Geiseln aus der polnischen Botschaft in Bern sowie von 62 Geiseln aus einer entführten Air-France-Maschine ging. Sollte es Ärger geben, wollte er diese Jungs im Team haben.

Harvath traf Claudia auf halbem Weg zum Hangar, und sie küsste ihn auf beide Wangen. Es war eine rein freundschaftliche Geste, dennoch war sein ganzer Körper wie elektrisiert.

»Als ich dir sagte, du kannst mich anrufen, falls du je irgendetwas brauchst, hatte ich nicht unbedingt an so etwas gedacht«, meinte sie, während die Einheit Stern ihre Ausrüstung auslud und in den Hangar trug.

»Du kennst mich doch«, erwiderte Harvath. »Ich mache mir nie die Mühe, Kontakt zu halten, es sei denn, es ist etwas Aufregendes los. Apropos, du bist verlobt?«

Claudia blickte auf ihren Ring hinab und wieder zu Harvath und lächelte beinahe verlegen. »Ja, an Weihnachten werden wir heiraten.«

»Gratuliere! Wo wird die Hochzeit stattfinden?«

»Auf dem Bauernhof meiner Familie in Grindelwald. Tut mir leid, Scot, ich hätte es dir sagen sollen.«

»Warum?«, fragte Harvath. »Es ist ja nicht so, als wären wir beide noch zusammen. Du schuldest mir gar nichts.«

»Trotzdem, es ist mir unangenehm, dass du es nicht wusstest.«

»Nun, jetzt weiß ich Bescheid, also ganz locker. Wer ist der Glückliche? Jemand aus der Bundesanwaltschaft?«

»Nicht ganz«, sagte Claudia, als ein Mann der Kommandotruppe neben sie trat und seine Tasche abstellte. »Ich möchte dir meinen Verlobten vorstellen, Horst Schröder. Das ist Scot Harvath, der Mann, von dem ich dir im Flugzeug erzählt habe.«

Schröder war mindestens 1,90 Meter groß, ein Muskelmann von 110 Kilo. Harvath war zwar nicht gut darin, Männer zu bewerten, trotzdem fiel ihm auf, dass der Kerl gut aussah. Mit dem kräftigen, kantigen Kinn, der festen Nase und der breiten Stirn wirkte sein Gesicht wie aus Granit gemeißelt.

»Du bist also Harvath«, sagte der Mann, während er ihm seine gewaltige Hand entgegenstreckte.

»Das ist richtig«, antwortete Harvath, während er Horsts Griff erwiderte.

»Du hast alle Informationen, die wir für die Angriffsplanung brauchen?«

Schröder war ein typischer Schweizer – kein Drumherumgerede, gleich auf den Punkt. Entweder das oder er war ein bisschen zu gut über Harvaths frühere Beziehung zu seiner Verlobten informiert und hatte eine Abneigung gegen ihn entwickelt, noch bevor sein Flugzeug überhaupt landete.

»Bist du der Teamchef?«, fragte Harvath. Er hatte keine Lust, sich auf einen Schwanzvergleich mit einem eifersüchtigen zukünftigen Ehemann einzulassen.

Schröder nickte.

Harvath begriff, wie Claudia in der Lage gewesen war, so schnell ein Team zusammenzustellen. *Es zahlt sich doch aus, wenn man jemanden kennt,* dachte er. »Ich habe die Fotos und das Video im Hangar.«

»Claudia meint, du willst das Unternehmen Eiche wieder aufleben lassen«, sagte Horst. »Sehr schlau.«

»Wir werden sehen«, erwiderte Harvath. »Die Piloten sind schon drin. Sie werden diejenigen sein, die wir überzeugen müssen.«

»Dann legen wir doch los!« Damit klopfte der Riesenkerl Harvath auf den Rücken und führte ihn in den Hangar.

Harvath stellte Claudia Müller Jillian Alcott vor und hoffte halb, einen Anflug von Eifersucht in ihrem Blick zu sehen, doch da war nichts. Ob Claudia nun etwas empfand oder nicht, sie war durch und durch ein Profi. Nachdem alle im Hangar Platz genommen hatten, begann Harvath seine Präsentation.

Mithilfe eines Fernmeldetechnikers der Militärbasis hatte er alle Bilder, Videos und Zeichnungen in eine Powerpoint-Präsentation hochgeladen, die er nun durchging, um Claudia, die Einheit Stern und die Spezialpiloten, um die er Claudia gebeten hatte, auf den neuesten Stand zu bringen. »Das hier ist die Talstation der Seilbahn in Le Râleur«, erläuterte er die Bilder. »Zwei Polizisten pro Wagen. Soweit wir das beurteilen konnten, verfügen sie über Pistolen vom Kaliber 40 und taktische Schrotflinten, aber nichts Schwereres.«

»Wie lange dauern die Schichten?«, fragte einer der Männer aus der Einheit Stern.

»Allem Anschein nach wechseln sie ungefähr alle vier Stunden.«

»Was ist mit dem eigentlichen Gelände oben?«, fragte Schröder.

»Wir sind ein paarmal vorbeigeflogen«, erklärte Harvath weiter, »und die Reaktion des Security-Teams war genau, wie ich erwartet hatte.«

»Nicht sehr freundlich?«

»Ich lasse das Video mal für sich selbst sprechen.« Harvath scrollte zu diesem Teil seiner Präsentation. »Das hier sind die Hauptgebäude. Nicht viel los, bis wir zur nächsten Aufnahme kommen. Dafür flogen wir ein zweites Mal vorbei, allerdings beträchtlich tiefer.«

Einer der Männer stieß einen Pfiff aus. »So, wie diese Sicherheitsleute aus dem Gebäude rennen, sehen sie aus wie Ratten, die das sinkende Schiff verlassen.«

»Kann man das einen Moment anhalten?«, warf Schröder ein. »Können wir das zurückspulen und vergrößern? Was macht der Mann da am anderen Ende der Terrasse?«

»Gutes Auge!« Egal was er davon hielt, dass Claudia den Kerl heiraten wollte, der Agent war auf jeden Fall gut in seinem Job. »Das ist mir auch aufgefallen.« Zu dem Techniker gewandt, der ihm bei der Präsentation zur Hand ging, fragte er: »Können Sie das ein bisschen heranholen?«

»Nicht mehr viel, aber mal sehen.« Der junge Mann zoomte auf die fragliche Gestalt.

Obwohl die Auflösung größtenteils hin war, blieb noch so viel übrig, dass jeder wusste, was er da sah. »Der Mann hat eine Stinger auf der Schulter«, sagte Schröder.

»Ich schätze, jetzt kann ich meine Zweifel an einem hinreichenden Tatverdacht zu den Akten legen«, meinte Claudia. Sie hatte sich neben Jillian Alcott gesetzt und verfolgte die

Präsentation mit gespannter Aufmerksamkeit. »In der Schweiz ist Privatleuten der Besitz von Raketen definitiv untersagt.«

Harvath hatte gewusst, dass sie seinen Worten Glauben schenkte. Aber er war froh, dass sie im Verlauf seines Briefings immer überzeugter von der Operation wurde. »Sie haben bestimmt gehört, dass diese Operation auf dem Unternehmen Eiche basiert, und einige von Ihnen verstehen jetzt wahrscheinlich, warum. Denjenigen unter Ihnen, die es nicht verstehen, möchte ich es verdeutlichen.

Im Juli 1943 wurde Benito Mussolini von der italienischen Regierung unter Hausarrest gestellt, und zwar in einem Hotel auf dem Gran Sasso. Adolf Hitler war klar, dass Italien, wenn Mussolini nicht an der Macht war, die Seiten wechseln und sich mit den Alliierten verbünden würde. Um dies zu verhindern, wählte Hitler einen seiner Top-Kommandosoldaten aus, Hauptsturmführer Otto Skorzeny, um einen der gewagtesten Überfälle der modernen Militärgeschichte zu starten. Als alles vorbei war, hatte Skorzeny sich das Ritterkreuz des Eisernen Kreuzes und den Titel gefährlichster Mann Europas erworben.

Ähnlich wie beim Château Aiglemont war das Hotel, in dem Mussolini interniert war, nur über eine Seilbahn zugänglich, deren Talstation unter schwerer Bewachung italienischer Carabinieri stand. Aufgrund der Höhe des Gipfels, der Stabilität der Luft und des begrenzten offenen Raums, der als Absetzzone zur Verfügung stand, wurde ein Eindringen per Fallschirm als undurchführbar verworfen, und landende Hubschrauber oder Flugzeuge wären zu laut gewesen. Darum rückten die Trupps per Segelflugzeug vor.«

»Und so gehen wir auch rein?«, fragte einer der Kommandokräfte.

»Ja, schon. Angeblich evakuierte Skorzeny den Duce mit einem Kurzstart- und Landeflugzeug namens Fieseler Storch.

Die ersten Angriffstruppen unserer Operation werden von diesem Flughafen aus mit Segelflugzeugen angreifen. Ein Teil dieser ersten Angriffstruppe wird den oberen Teil der Seilbahn sichern, damit der Rest des Teams auf diesem Weg aus dem Dorf nach oben gebracht werden kann. Sobald wir Tokay in unserer Gewalt haben, können wir ihn hoffentlich mithilfe der Seilbahn evakuieren. Aber falls das nicht gelingt, müssen wir dazu einen der Segelflieger nehmen.«

»Vielleicht hören sie uns nicht kommen«, sagte ein weiterer Mann. »Aber irgendwann werden sie uns ja sehen. Was dann?«

»Erstens«, entgegnete Harvath, »kommen wir bei Sonnenaufgang von Osten. Daher werden sie uns erst sehen, wenn wir fast über ihnen sind. Und zweitens landen wir auf einer Wiese neben dem Hauptgebäude, und ich gehe nicht davon aus, dass die allzu gut bewacht wird.«

»Das sind aber viele Mutmaßungen«, meinte der Mann.

»Ich gehe davon aus, dass die Landung eines Segelfliegers zwar Neugier erregen wird, aber keine Besorgnis.«

»Und falls doch?«

»Dann improvisieren wir eben«, schnitt Schröder seinem Mann das Wort ab. »Ich verstehe, worauf du hinauswillst«, wandte er sich an Harvath, »aber Skorzeny stand noch etwas zur Verfügung, das wir nicht haben – Fernando Soleti, ein hochrangiger General der Carabinieri.«

»Dessen Männer im Hotel stationiert und mit der Bewachung Mussolinis beauftragt waren, ich weiß«, entgegnete Harvath. »Skorzeny stand vor vielen der gleichen Hindernisse wie wir auch. Zunächst mussten seine Kommandotruppen die italienischen Soldaten schnell genug überwältigen, um zu verhindern, dass sie Mussolini exekutierten. Zweitens waren seine Kommandosoldaten den italienischen Truppen zahlenmäßig deutlich unterlegen. Und nicht zuletzt hatten diese italienischen Truppen den Vorteil, dass sie sich in einer schwer einzunehmenden Verteidigungsposition befanden.

Das Beste, was ich Ihnen anbieten kann, ist das, was Skorzeny selbst sagte: ›Je sicherer der Feind sich fühlt, desto größer sind unsere Chancen, ihn unvorbereitet zu erwischen.‹« Harvath machte eine Pause, um seine Worte wirken zu lassen. »Skorzeny erkannte, dass seine Männer aus ihren Segelfliegern steigen und Mussolini innerhalb von drei Minuten in ihre Gewalt bringen mussten, sollte ihr Plan erfolgreich sein. Bei uns verhält es sich nicht anders. Diese Operation erfordert dieselben drei Eigenschaften, die bei jedem erfolgreichen taktischen Unterfangen zum Tragen kommen: Geschwindigkeit, Überraschung und überwältigende Einsatzkraft.«

Schröder nickte. »Zugegeben, aber das Geniale an Skorzenys Operation war, dass Soleti sich im vordersten Segelflieger befand. Soleti war befehlshabender Offizier der Carabinieri. Als er aus dem Segelflugzeug stieg, waren die italienischen Truppen so verwirrt, dass sie keine Ahnung hatten, was sie tun sollten. Dieses Zögern war, was Skorzeny brauchte, um die Oberhand zu gewinnen und seine Mission erfolgreich abzuschließen. Sie schafften es, ohne dass ein einziger Schuss abgegeben wurde.«

Harvath betastete die karthagischen Armreife in seiner Jackentasche, die er schon seit ihrer um ein Haar tödlich verlaufenen Klettertour in Frankreich mit sich trug. »Ich glaube«, sagte er, »wir können selbst einen Fernando Soleti in die Hände bekommen. Aber darüber möchte ich unter vier Augen mit dir reden.«

Während Harvath mit seiner Präsentation zum Ende kam, hoffte er inständig, dass es Timothy Rayburn immer noch nur ums Geld ging.

67

Als sie nach Le Râleur fuhren, erzählten Harvath und Alcott Claudia und Schröder alles, was ihnen passiert war. Die Geschichte nahm fast die ganze Fahrt in Anspruch, und hätte Claudia Harvath nicht gekannt und nicht so viel mit ihm durchgemacht, wäre es ihr schwergefallen, ihm zu glauben. Erst als sie keine zwei Kilometer vom Dorf entfernt waren, begann Harvath, seinen augenblicklichen Plan zu skizzieren. Letztlich war nicht abzusehen, ob Rayburn den Köder schlucken würde, aber zumindest konnte Schröder einen Blick auf die Security-Maßnahmen an der Talstation der Seilbahn werfen.

Sie kamen überein, dass Claudia die Übergabe machen sollte. Ihre Muttersprache war Französisch. Rayburn würde zwar extreme Bedenken hegen wegen dem, was sie von ihm verlangte, aber sie war die glaubwürdigste Person, die sie schicken konnten.

Nachdem Harvath den Wagen am Dorfrand abgestellt hatte, holte er einen der Armreife aus der Jackentasche und reichte ihn ihr. Claudia betrachtete den Reif, beeindruckt von seiner Geschichte und dem Schrecken, für den er stand. Als hätte der Goldreif irgendwie die Macht, ihr zu schaden, streifte sie ihn sich mit größter Sorgfalt übers Handgelenk.

»Du weißt, was du tun musst, wenn du an die Talstation kommst, oder?«, fragte Harvath.

Claudia nickte. »Ich gebe der Polizei die Nachricht, dann nehme ich den Reif, stecke ihn zusammen mit der Notiz in die Tüte und gebe diese den Polizisten.«

»Und falls etwas schiefgeht? Wie gibst du uns Bescheid, falls du in Schwierigkeiten bist?«

»Ich wechsle meine Handtasche von der linken Schulter auf die rechte.«

»Gut«, sagte Harvath. »Wo wird jeder Stellung beziehen?«

»Jillian und Horst sind auf der Terrasse des Café La Bergère direkt gegenüber. Und du ...« Sie verstummte. »Eigentlich weiß ich gar nicht, wo du sein wirst.«

»Ich werde nahe sein. Ganz nahe. Keine Angst.«

Da sowohl Harvath als auch Horst auf sie aufpassten, machte Claudia sich nicht im Mindesten Sorgen, jedenfalls nicht um ihre Sicherheit. Was sie beunruhigte, war, ob der Plan überhaupt umgesetzt werden konnte oder nicht. Harvath hatte das Richtige getan, als er die Erinnerung an Otto Skorzeny wachrief. Denn bei jeder seiner größten Missionen hatten seine Vorgesetzten ernsthaft daran gezweifelt, dass der Mann auch nur die geringste Chance auf Erfolg hatte.

Claudia beobachtete ihre Armbanduhr, und nachdem die letzten paar Minuten verstrichen waren, trat sie zwischen zwei Gebäuden am anderen Ende des Platzes hervor und ging direkt auf die Seilbahn zu. Lässig schlendernd ließ sie sich Zeit, damit die vier an ihren Streifenwagen lehnenden Polizisten im Näherkommen einen langen Blick auf sie werfen konnten.

Harvath schaute vom Überhang eines nahe gelegenen Hauses aus zu und bemerkte, wie die Unterhaltung der Männer verstummte und ihre Blicke an Claudia hafteten. Sie war wirklich der reine Wahnsinn. Sie war nicht nur verdammt hübsch, sondern auch klug und behauptete sich ohne fremde Hilfe. Harvath wollte sich gerade wieder Vorwürfe machen, weil er sie verloren hatte, da sah er, wie sie das Haar über die Schulter warf, ihr strahlendstes Lächeln aufsetzte und die letzten paar Meter bis zu den Polizisten zurücklegte. Showtime!

Auch Jillian hätte ohne Weiteres den Armreif übergeben können. Doch Claudia verstand, weshalb Harvath wollte, dass sie es tat. Alcott war keine Agentin. Zwar hatte sie Harvaths Bericht über ihre gemeinsame Zeit zufolge bewiesen, was in ihr steckte, aber beim Auslegen ihres Köders mussten sie so vorsichtig wie möglich vorgehen. Rayburn würde ohnehin schon aufpassen wie ein Schießhund, und wenn er den Braten roch, insbesondere dass Harvath es auf ihn abgesehen hatte, wäre er weg und sie würden ihre Chance verlieren.

Claudia lächelte weiterhin, während sie sich den Beamten am Fuß der Seilbahn näherte. Nachdem sie mehrere Augenblicke lang mit ihnen geflirtet hatte, beobachtete Harvath, wie sie den Armreif betastete und dann die Notiz, die er ihr im Wagen diktiert hatte, aus ihrer Handtasche holte. Sie streifte den Armreif ab, steckte ihn zusammen mit der Notiz in eine kleine Tüte und reichte diese einem der Polizisten. Nach einem weiteren kurzen Flirt machte sie kehrt, schlenderte über den Platz zurück und verschwand.

Eine Viertelstunde darauf trafen sie sich alle wieder am Wagen und fuhren zurück nach Sitten.

»Wie ist es gelaufen?«, fragte Jillian.

»Perfekt«, antwortete Claudia. »Sie reagierten genau so, wie Scot gesagt hat.«

Harvath rückte den Rückspiegel zurecht, damit er sie beim Fahren besser sehen konnte. »Erzähl mir alles, was passiert ist.«

»Als sie mich kommen sahen, dachten sie wohl, ich wäre eine Touristin, die sich für den Aga Khan interessiert. Ich hatte den Eindruck, das kommt öfter vor. Aber als ich Tim Rayburn erwähnte, war auf einmal alles ganz anders.«

»Wie das?«

»Sie wussten genau, von wem ich rede. Mit Sicherheit. Aber als ich fragte, ob sie ihm etwas geben könnten, sagten sie mir, sie dürften keine Päckchen für den Aga Khan oder einen seiner Mitarbeiter in Empfang nehmen. Da zog ich den Zettel und die Papiertüte aus meiner Handtasche. Einer der Polizisten machte einen Witz darüber, warum ein nettes Mädchen wie ich etwas mit einem Mann wie Tim Rayburn zu tun haben wollte. Auf diesen Mann konzentrierte ich mich.

Da ich weiß, dass der Aga Khan viel Zeit in Genf verbringt, erzählte ich dem Polizisten, ich sei dort Rayburn begegnet und er habe mir gesagt, falls ich je nach Le Râleur käme, sollte ich bei ihm vorbeischauen. Ich habe den Armreif abgenommen, in die Tüte gesteckt und dem Beamten gesagt, falls meine Nachricht seinem Gedächtnis nicht auf die Sprünge hilft, dann ganz bestimmt der Armreif.«

»Und haben sie dir geglaubt?«

»Anscheinend«, antwortete Claudia. »Es würde mich nicht wundern, wenn sie ihn sofort oben in Aiglemont angerufen haben, kaum dass ich weg war.«

»Sie ist gut, was, Horst?«, sagte Harvath.

Schröder schien nicht gerade begeistert, dass seine Verlobte den sexy Lockvogel spielte, die Rolle der Singlefrau, die hier war, um ein bisschen Spaß mit Tim Rayburn zu haben; selbst wenn es der Mission nützte.

Die Antwort des Kommandosoldaten bestand lediglich in einem Nicken, dann blickte er aus dem Fenster hinaus in den Abendhimmel.

»Uns bleiben noch ungefähr drei Stunden bis zum Rendezvous«, fuhr Harvath fort. »Aber ich garantiere euch, dass Rayburn und ein paar seiner Männer früher aufkreuzen werden, um eine vorteilhafte Stellung zu beziehen.«

»In der Nachricht heißt es, er soll allein kommen«, sagte Claudia. »Wie kannst du da so sicher sein, dass er Verstärkung mitbringt?«

»Weil es genau das ist, was ich auch tun würde.«

68

Zwar kostete es Harvath mehrere Hundert Dollar, den Manager von Sittens angesagtestem Nachtlokal, dem Baroque Café in der Avenue de France 24, davon zu überzeugen, seiner Bitte nachzukommen. Dafür war das Geld aber auch gut angelegt. Das Einzige, woran der Manager sich von jenem Abend erinnern würde, war ein Amerikaner mit dem größten Geldbündel, das er je im Leben gesehen hatte. Die beruflichen Laufbahnen von Claudia, Horst Schröder und seinen Kommandokräften blieben völlig unberührt. Harvath ging davon aus, dass er mit ein paar Hundert Dollar noch günstig davonkam. Obwohl der Club behauptete, in der großen Tradition angesagter französischer Brasserien zu stehen wie La Coupole, Le Grand Café Capucines, Au Chien Qui Fume, Le Train Bleu und Chez Flo, hatte sein Manager noch einiges zu lernen, wie man die Hand aufhielt beispielsweise.

45 Minuten vor dem festgesetzten Termin kam der erste von Rayburns Männern in den Barbereich des Baroque Café spaziert und nahm einen der hohen Cocktailtische in Beschlag. Man sah es ihm auf Anhieb an, und Schröders Männer, die als Türsteher auftraten, hatten kein Problem damit, ihn auszumachen. Der Nächste, der eintraf, war wesentlich schwieriger zu identifizieren. Er fügte sich beinahe perfekt ein. Hätte ihn nicht einer von Schröders

Türstehern draußen herumlungern sehen, wie er darauf wartete, dass zufällig ein paar Leute vorbeikamen, denen er sich anschließen konnte, um nicht aufzufallen, hätten sie ihn leicht übersehen.

Als der in Ungnade gefallene Secret-Service-Agent endlich auftauchte, wurde er von zwei weiteren Männern begleitet, die gar nicht erst versuchten zu verbergen, warum sie dort waren oder mit wem. Ein rascher Blick durchs Café – Rayburn fand, wonach er suchte, und ignorierte die Empfangsdame, als sie ihn fragte, ob er reserviert habe. Er hatte einige Vorbehalte, aber als er die Wahnsinnsfrau mit der ungeöffneten Flasche Dom Pérignon auf dem Tisch und dem Goldreif am Handgelenk entdeckte – das perfekte Gegenstück zu dem, der in seinem Safe im Château Aiglemont eingeschlossen war –, überzeugte ihn dies zumindest für den Moment, weiterzumachen.

»Wäre das eine Flasche Crystal auf dem Tisch gewesen«, sagte Rayburn, als er auf Müller zuging, »hätte ich sofort wieder kehrtgemacht und wäre gegangen. Es ist mir ein Vergnügen, einer Frau mit so viel Klasse zu begegnen.«

Lächelnd bedeutete Claudia Rayburn, auf dem freien Stuhl vor ihr Platz zu nehmen. »Tut mir leid, dass wir nicht mehr Platz haben, aber wie Sie wissen, habe ich Sie gebeten, allein zu kommen.«

Erneut ließ Rayburn seinen Blick über Claudia gleiten. Mit einer Handbewegung verscheuchte er seine Leibwächter. »Sie scheinen mir eine kluge Frau zu sein. Sie haben doch bestimmt nicht erwartet, dass ich zu einem solchen Treffen komme, ohne ein paar Kollegen mitzubringen.«

»Ich weiß ehrlich gesagt gar nicht, was ich erwartet habe, Mr. Rayburn. Ich habe so etwas eigentlich noch nie gemacht.«

»Tatsächlich?« Er nahm die Flasche Dom Pérignon aus dem Eiskübel und begann, die Folie von der Agraffe abzuziehen. »Mich haben Sie auf jeden Fall getäuscht.«

»Ich habe getan, was ich für notwendig hielt, um Sie zu einem Treffen zu bewegen«, sagte Claudia.

Harvath hatte dafür gesorgt, dass in Claudias Nähe keine anderen Tische frei waren. Nun sah er zu, wie Rayburns Männer sich zu ihren Kollegen an der einzigen Stelle gesellten, von der aus sie ihren Chef im Auge behalten konnten – in der Bar ganz vorn im Café. Überzeugt, dass die Frau keine wirkliche Bedrohung darstellte, bestellten sie eine Runde Getränke und richteten ihre Aufmerksamkeit bald auf die elegante Gästeschar, die das trendige Café füllte. Was spielte es schon für eine Rolle? Er hatte ihnen nicht gesagt, warum er wollte, dass sie mit ihm hierherkamen, nur dass er sie als Rückendeckung brauchte – das war's. Keine weitere Erklärung.

Ihrer Meinung nach bestand das einzige Problem ihres Chefs heute Abend darin, die atemberaubende Frau, die ihm gegenübersaß, ins Bett zu kriegen.

»Und woher genau wussten Sie, wo Sie mich finden können?«, fuhr Rayburn fort.

Harvath hatte diese Frage vorhergesehen und die Schweizer Staatsanwältin mit der bestmöglichen Antwort vorbereitet – der Wahrheit. »Die E-Mail-Adresse, die Sie Marie Lavoine gegeben haben. Die habe ich verwendet, um Sie aufzuspüren.«

»Das ist unmöglich«, lächelte Rayburn. »Keinerlei persönliche Informationen von mir sind mit diesem Account verbunden.«

»Nein, aber Sie haben mit einer Visakarte bezahlt, und diese Karte bezieht Geld von einer Bank auf Malta.«

Rayburn lächelte nicht mehr. »Das erklärt immer noch nicht, wie Sie dazu kamen, am Fuß der Seilbahn ein Carepaket für mich zu hinterlassen.«

»Sie verwischen Ihre Spuren sehr gut«, schmeichelte sie ihm. »Sie haben nur einen Fehler gemacht.«

»Und der wäre?«

»Sie haben Ihre Kreditkarte in Le Râleur benutzt. Nachdem ich das wusste, heuerte ich in Genf einen Privatdetektiv an, und der erledigte den Rest.«

Rayburn war nicht gerade begeistert, dass die Frau einen Detektiv eingeschaltet hatte. Aber um den konnte er sich später problemlos kümmern, falls nötig. Im Moment jedoch war er beeindruckt. »Das klingt, als hätten Sie eine Stange Geld ausgegeben, um mich zu finden. Ich hoffe, ich bin es wert.«

»Das werden wir sehen«, erwiderte Claudia.

»Erzählen Sie mir doch, wie Sie an diese entzückenden Armreife kamen.«

»Mein Vater gehörte zu Donald Ellysons Team.«

»Bernard Lavoine? Er war Ihr Vater?«

»Nein, Maurice Vevé. Bernards Helfer.«

»Der Träger«, sagte Rayburn. »Natürlich! Aber was hat das mit mir zu tun?«

»Wie ich in meiner Notiz schon sagte, hat Marie Lavoine Ihnen etwas verheimlicht. Was an Sotheby's geschickt wurde, war nur ein Bruchteil dessen, was sie in ihrem Besitz hatte.«

Für einen Moment wandte Rayburn seine Aufmerksamkeit von der Champagnerflasche ab. »Wusste ich's doch, dass man ihr nicht trauen kann.«

»Da kann ich Ihnen nur zustimmen. Mein Vater arbeitete ebenso hart wie Monsieur Lavoine, und doch hat Marie nie auch nur den Versuch unternommen, mich in ihre Geschäfte einzubeziehen.«

»Sie müssen verstehen, meine Beziehung zu Marie Lavoine ist sehr …«

»War«, fiel Claudia dem Mann ins Wort. »Ihre Beziehung *war*.«

»Was reden Sie da?«

»Marie Lavoine wurde ermordet, Mr. Rayburn. Ebenso wie mein Vater, Monsieur Lavoine und Dr. Ellyson, dessen bin ich mir sicher.«

»Warum sehen Sie mich denn so an?«, fragte Rayburn. »Ich habe mit ihrem Tod nichts zu tun.«

»Ach, nein?«, entgegnete Claudia.

»Nein.«

Müller hielt seinen Blick mehrere Sekunden lang fest. »Wie auch immer, es spielt jetzt wirklich keine große Rolle mehr. Ich bin hierhergekommen, um ein Geschäft zu machen, nicht um neue Freunde zu finden.«

»Schade!« Rayburn war damit fertig, die Agraffe zu entfernen. Vorsichtig drehte er den Boden der tiefgrünen Champagnerflasche, bis sich der Korken mit einem leisen *Plopp* löste. »Ich habe das Gefühl, Sie und ich hätten außergewöhnliche Freunde werden können.«

»Das bezweifle ich.«

Rayburn schenkte Champagner in die Gläser und stellte die Flasche wieder zurück in den Eiskübel. »Nun, dann sollten wir vielleicht die Nettigkeiten überspringen und direkt zum Geschäft kommen.«

»Da kann ich Ihnen nur zustimmen«, sagte Claudia, während sie ein Glas entgegennahm.

Rayburn ließ den Toast aus, trank einen Schluck Champagner und schmatzte zufrieden mit den Lippen. »Sie erwähnten, dass Marie Lavoine mir etwas verheimlicht hat. Wie können Sie so etwas wissen?«

Müller stellte ihr Glas auf den Tisch. »Alle Artefakte, die aus diesem Abgrund stammen, wurden von meinem Vater und Bernard Lavoine hinausgetragen – *zu gleichen Teilen.*«

»Darum meinen Sie, Sie hätten auch Anspruch auf einen gleichen Anteil. Habe ich recht?«

»Genau.«

»Nur haben wir jetzt ein Problem. Laut Ihrer Aussage weilt Marie Lavoine nicht länger unter uns.«

»Eigentlich laut Aussage der Polizei.«

Rayburn trank einen weiteren Schluck Champagner. »Was genau war Marie Lavoines Todesursache?«

»Kopfschuss«, sagte Harvath. Als Kellner verkleidet, mit dunklerem Haar, Brille und Spitzbart war er direkt hinter Rayburn getreten und drückte ihm die schallgedämpfte Pistole, die er in eine große Leinenserviette gehüllt unter seinem Tablett versteckt hielt, an die Schädelbasis. »Die Kugel wurde aus genau so einer Waffe abgefeuert wie der, die du gerade im Nacken spürst.«

Als Schröder sah, dass Harvath Kontakt zu Rayburn aufgenommen hatte, zog er sein Handy aus der Tasche und sandte seinem Team eine Broadcast-SMS. 45 Sekunden darauf detonierten zwei Blendgranaten vor dem Café. Jeder im Lokal, auch Rayburns Männer, bemühte sich, einen Blick aus dem Fenster zu erhaschen, um zu sehen, was passiert war. Unterdessen wurden drei weitere Blendgranaten in den Barbereich geworfen, dazu mehrere Rauchbomben.

69

In dem anschließenden Tumult vor dem Café stießen Harvath und Claudia Rayburn durch einen Notausgang neben der Küche. Draußen warteten zwei von Schröders Männern. Rasch fesselten sie Rayburn, er bekam die Augen verbunden und wurde auf den Rücksitz eines wartenden Wagens verfrachtet.

Sie fuhren ihn zum Flughafen Sitten in den kleinen Hangar jenseits der Militärbasis, den sie als Kommandozentrale nutzten. Im hinteren Teil des Gebäudes hatten sie ein Büro als Arrestzelle und provisorischen Vernehmungsraum eingerichtet. Der Erste, den Rayburn sah, als sie ihm die Augenbinde abnahmen und er wieder klar sehen konnte, war so ungefähr der Letzte, mit dem er gerechnet hatte. »Scot Harvath«, sagte Rayburn, während er sich in dem Raum umsah, bemüht, sich zu orientieren. »Was zum Teufel machst du denn hier?«

Harvath machte sich nicht die Mühe, ihm zu antworten. Stattdessen ballte er die Faust und verpasste Rayburn einen Hieb direkt auf den Mund.

Der Schlag saß, sekundenlang sah der Ältere der beiden Sterne. Nachdem er das Blut aus dem Mund auf den Estrich gespien hatte, blickte er zu Harvath empor. »Ich schätze, das habe ich verdient.«

»Du verdienst eine ganze Menge mehr«, erwiderte Scot. »Das hier war bloß der Anfang.«

»Das ist ja wohl kaum ein fairer Kampf«, meinte Rayburn, während er gegen die Kabelbinder ankämpfte, die ihn an den Stuhl fesselten.

»Wann warst du denn je an einem fairen Kampf interessiert? Außerdem ist das hier kein Kampf, das sind Prügel, und zwar welche, die schon längst fällig waren.« Daraufhin holte Harvath mit der Faust aus und schlug erneut zu, diesmal in den Magen.

Draußen vor dem Raum lauschten Jillian, Claudia und Horst darauf, wie er seinen Gefangenen bearbeitete. Er musste seine Schläge sehr sorgfältig austeilen. Der erste Schlag aufs Maul war der einzige, den er sich ins Gesicht des Mannes erlauben durfte. Schon seit Jahren träumte er von dieser Chance, doch künftig musste er sich beherrschen. Wenn er zu viele Spuren hinterließ, war Rayburn für sie nicht mehr von Nutzen.

Erneut spie Rayburn einen Mundvoll Blut auf den Boden und blickte zu Harvath auf. »Wenn du mich umbringen willst, bring es doch endlich hinter dich.«

»Immer auf der Suche nach einem einfachen Ausweg, nicht wahr?« Scot schlug noch einmal zu, diesmal in den Solarplexus, was dem Kerl die Luft nahm.

Während Rayburn darum rang, wieder zu Atem zu kommen, fing Harvath an, seine Fragen zu stellen. »Wo ist Emir Tokay?«

»Ich habe keine Ahnung, wovon du sprichst.« Keuchend krümmte Rayburn sich zusammen.

Harvath wartete, bis der Kerl wieder zu Atem gekommen war. Dann packte er ihn am Kinn und riss ihm den Kopf hoch, damit er ihm ins Gesicht sehen und erneut seine Frage stellen konnte. »Wo ist Emir Tokay?«

»Ich habe keine Ahnung, wovon du sprichst«, wiederholte Rayburn.

Der Kerl log, das wusste Harvath. Es stand ihm ins Gesicht geschrieben, das Harvath nun losließ. Langsam ging Harvath ans andere Ende des Raums. »Ich weiß, dass du lügst, Tim. Das sehe ich dir an.«

»Was siehst du denn? Einen Gesichtsausdruck, der nur einen Sekundenbruchteil lang dauert und meine Schuld verrät? Das ist doch ein Haufen Secret-Service-Bullshit.«

»Bullshit hin oder her, ich habe Fotos von Tokays Entführung in Bangladesch gesehen. Du hättest dir eine Maske aufsetzen oder dir zumindest eine bessere Stelle suchen sollen, um ihn zu schnappen.«

»Was redest du da?«

»An der Bank auf der gegenüberliegenden Straßenseite wurde eine neue Überwachungskamera installiert. Als deine Handlanger die Fondtür des Wagens öffneten, um Tokay reinzuschieben, nahm die Kamera ein perfektes Bild von dir auf dem Rücksitz auf.«

Rayburn schwieg.

»Keine bissige Erwiderung mehr?«, fragte Harvath.

»Das war noch nie mein Fachgebiet«, sagte er. »*Du* warst doch immer der Klugscheißer.«

»Jetzt ist es ein bisschen spät für Schmeicheleien, meinst du nicht?«

»Weißt du, du kannst nicht anders, konntest du noch nie. Das ist dein Problem. Du sagst einfach, was dir in den Sinn kommt, und erlaubst dir, blind hinter einer Fahne herzumarschieren. Ich habe noch nie jemanden gesehen, der diesen ganzen Pflicht-, Ehre- und Vaterland-Blödsinn so aufsaugt wie du.«

»Das zeigt, dass der Job für mich etwas anderes bedeutet als bloß eine Geldquelle. Falls du versuchst, mich zu beleidigen, musst du dich schon mehr anstrengen. Ich bin stolz darauf, meinem Land zu dienen.«

Rayburn spie einen weiteren Blutklumpen aus und fing an zu lachen.

»Was ist so komisch?«, wollte Harvath wissen.

»Du! Du bist der feuchte Traum eines jeden Werbeoffi-
ziers. Wahrheit, Gerechtigkeit, der American Way of Life.
Das hat man dir so lange eingetrichtert, dass du gar nichts
anderes mehr kennst. Wenn du dich von deiner rot-weiß-
blauen Parteilinie entfernst, hast du keine Ahnung mehr, wer
zum Teufel du eigentlich bist.«

»Aber du hast die Ahnung?«

»Da hast du verdammt recht. Du und ich, wir sind genau
gleich.«

Harvath ging zurück an Rayburns Stuhl und wollte ihm
eine mitten aufs Kinn verpassen, hielt sich jedoch zurück.
»Du und ich, wir sind uns kein bisschen ähnlich.«

»Zum Teufel, doch!«, entgegnete der Kerl. »Du hast deine
gesamte Laufbahn sowohl bei den SEALs als auch beim Secret
Service auf Messers Schneide verbracht, immer kurz vor dem
Rauswurf. Du bist ein schlaues Kerlchen, aber anscheinend
wusste niemand je zu würdigen, wie schlau, besonders wenn
du dich dazu entschließt, die Dinge auf eigene Faust mit der
Waffe in der Hand zu regeln.«

»Du hast keine Ahnung, wovon du sprichst.«

»Du vergisst, dass ich einer deiner Ausbilder war. Ich habe
deine Navy-Akte von Anfang bis Ende gelesen und deine
Arbeitsweise bis zu meinem Ausscheiden aus dem Secret
Service beobachtet. Du magst zwar kompetent sein, aber du
hast nie wirklich zu einer der beiden Organisationen gehört.
Du bist zu schlau für sie, und es macht dich verrückt, wenn
dir einer sagt, du sollst dich auf deinen Hintern setzen und
zugucken, wo du doch genau weißt, wie man es richtig macht.
Willkommen in einem Leben, in dem man für die Regierung
arbeitet. Deine Vorgesetzten bezeichnen dich vielleicht als
rücksichtslos, aber das ist es nicht. Die Art und Weise, wie du
vorgehst, ist geradezu brillant, aber keiner von ihnen wird es

je merken. Es ist nur eine Frage der Zeit, bis du etwas anstellst, das ihnen gar keine andere Wahl mehr lässt, als dich rauszuschmeißen – so wie sie mich rausgeworfen haben. Und dann wirst du feststellen, dass du und ich aus dem gleichen Holz geschnitzt sind. Wir definieren uns durch das, was wir tun. Und glaub mir, wenn du dich damit abfindest, wirst du ein viel glücklicherer Mensch sein.«

»Was bist du, ein verfluchter Psychologe? Sie haben dich aus dem Secret Service geworfen, weil du bei der Ermordung eines ausländischen Würdenträgers geholfen hast.«

»Tatsächlich«, erwiderte Rayburn. »Wie kommt es dann, dass ich nicht irgendwo im Gefängnis sitze?«

»Du glaubst deinen eigenen Blödsinn auch noch selbst, oder? Der Grund, warum man dich nicht eingesperrt hat, ist der, dass du die Beweise so tief verbuddelt hast, dass niemand je in der Lage war, sie zu finden.«

»Du überraschst mich, Scot. Ich hätte gedacht, dass ausgerechnet du bereit wärst, im Zweifel für den Angeklagten zu stimmen.«

»Warum? Weil wir in Beltsville ein paar Bier zusammen getrunken haben? Weil wir einmal Partner waren? Leck mich! Ich habe keine Lust mehr, mir deinen Blödsinn anzuhören.« Harvath legte Rayburn die Hand um den Hals. »Ich frage dich jetzt noch einmal, und ich warne dich, je mehr du lügst, desto fester werde ich zudrücken. Wo ist Emir Tokay?«

70

Schweiz

Rayburn mochte eine harte Nuss sein. Doch als Harvath ihm die Sauerstoffzufuhr zum Gehirn abklemmte, wurde er auf einmal äußerst redselig. Er gab zu, dass er nicht nur beim Aga Khan beschäftigt, sondern in Wirklichkeit auch sein Sicherheitschef war. Was Emir Tokays Entführung anging, machte Rayburn ebenfalls reinen Tisch. Er gestand, dass er daran beteiligt war und die Entführung auch auf direkten Befehl des Aga Khans geplant hatte. Emir Tokay war noch am Leben, und Rayburn zeichnete einen detaillierten Plan, der anzeigte, wo in Château Aiglemont Tokay gefangen gehalten wurde.

Ansonsten brachte Harvath nicht viel aus ihm heraus. Entweder war Timothy Rayburn der weltgrößte Lügner oder aber hatte tatsächlich keine Ahnung von den Verstrickungen des Aga Khans mit dem Islamischen Institut für Wissenschaft und Technologie und Hannibals mysteriöser Waffe. Rayburn räumte ein, dass er auf Geheiß seines Chefs Donald Ellysons archäologische Expedition in den Alpen organisiert hatte und auch ihr Zahlmeister war, aber keine Ahnung hatte, wonach Ellyson suchte. Er behauptete, dass er, erst als Marie Lavoine ihn über ein Jahr später kontaktierte, erfahren habe, dass ihr Mann zusammen mit Maurice und Dr. Ellyson verschwunden war.

Ganz gleich wie oft Harvath versuchte, ihn aufs Glatteis zu führen, er schaffte es nicht. In dem, was Rayburn erzählte, gab es nicht eine Ungereimtheit. Ja, er hatte Tokay entführt, doch er hatte keine Ahnung, was der Aga Khan von ihm wollte. Ja, er wusste, dass der Aga Khan mit dem Islamischen

Institut für Wissenschaft und Technologie zu tun hatte, aber nicht in welchem Ausmaß. Wie Rayburn es so eloquent ausdrückte, waren für ihn alle diese Scheiß-Arabergruppen gleich. Seinem Brötchengeber gefiel es anscheinend, einen ehemaligen Secret-Service-Beamten als Sicherheitschef zu haben. Dadurch fühlte er sich sicherer. Allerdings, behauptete Rayburn, vertraue der Aga Khan niemandem völlig, nicht einmal seinem Sicherheitschef. Die Hälfte der Zeit, sagte Rayburn, schien sein Chef ein perverses Vergnügen dabei zu empfinden, ihn wie einen Pilz zu behandeln – das hieß, er ließ ihn im Dunkeln und fütterte ihn mit Mist.

Zwei Stunden später war es schließlich Harvath, der nicht mehr konnte. Er war erschöpft, und es lag auf der Hand, dass sie aus Rayburn nichts weiter herausholen würden. Worauf sie sich nun konzentrieren mussten, war, Emir Tokay zu befreien und, wenn möglich, den Aga Khan in die Finger zu bekommen und alles Notwendige zu tun, damit er redete.

Obwohl Rayburn um Wasser bat und um die Möglichkeit, die Toilette aufzusuchen, löschte Harvath das Licht und ließ ihn an seinen Stuhl gefesselt zurück, während er sich auf die Suche nach einem Ort machte, an dem er eine Mütze voll Schlaf bekommen konnte. In knapp fünf Stunden würde das Team sein letztes Briefing abhalten, bevor es zum Château Aiglemont aufbrach.

Eine Stunde vor dem Start gingen Harvath und Schröder den Angriffsplan ein letztes Mal durch. Es war schwer zu sagen, wie zuverlässig Rayburns Informationen waren. Darum versuchten sie, sich so wenig wie möglich darauf zu verlassen. Da sie ihren eigenen Fernando Soleti dabeihatten, war Schröder überzeugt, dass ihre Chancen besser als fifty-fifty standen. Harvath wünschte, er könnte genauso zuversichtlich sein.

Die größte taktische Entscheidung, vor der Harvath stand, war bald, ob er Jillian mitnehmen sollte. Direkt mit der Entscheidung konfrontiert brachte sie die gleichen Gründe vor, mitzukommen, wie in Mailand: Falls es in Aiglemont die Krankheit betreffende Dokumente gab, war niemand außer ihr befähigt festzustellen, welche am wichtigsten waren. Sollte das Team in Zeitnot geraten, sodass es nur einen Teil der Papiere ergattern konnte, war ihre Anwesenheit vonnöten. Denn ohne ihre Hilfe wäre es ungefähr so wie Topfschlagen, ein Spiel, bei dem man mit verbundenen Augen einen Topf suchen musste. Kurz: Man konnte nicht ohne sie auskommen.

Jillian hatte recht, trotzdem gab Harvath ihr noch eine letzte Chance auszusteigen. Auch wenn sie hofften, einzudringen und wieder zu verschwinden, ohne dass auch nur ein einziger Schuss abgefeuert wurde, konnte bei diesem Einsatz ohne Weiteres auch jemand getötet werden. Und dieser jemand könnte durchaus Jillian Alcott sein. Obwohl sie sich aller Risiken bewusst war, stand ihre Entscheidung fest. Sie war dabei.

Harvath traute Rayburn nicht über den Weg. Im allerletzten Moment entwickelte er eine etwas derbe Versicherung, damit Rayburn ihnen keinen Ärger machte. Mithilfe seines Wissens über improvisierte Sprengfallen bastelte Harvath gemeinsam mit dem Sprengmeister der Einheit Stern etwas Besonderes zusammen, das Rayburn unter seinen Boxershorts tragen musste.

Um die Bombe zu befestigen, benutzten sie Klebeband, und als Harvath sah, wie unbehaglich Rayburn sich fühlte, meinte er: »Pass bloß auf, dass es keinen Eiersalat gibt.« Er hielt den Fernzünder hoch, damit Rayburn ihn sehen konnte, und fügte hinzu: »Ich werde immer drei Schritte hinter dir sein, und wenn du deinen Männern auch nur den kleinsten Hinweis gibst, kann man auf dem Streifen Bergwiese da oben Ostereier suchen, wenn du weißt, was ich meine.«

Rayburn sagte kein Wort. Er funkelte Harvath lediglich böse an.

20 Minuten später gab Harvath, gekleidet in einen schwarzen Nomex-Kampfanzug, identisch mit denen des Sicherheitsteams von Aiglemont, den Kommandokräften der Einheit Stern sowie den Segelfliegerpiloten eine letzte Einweisung, bevor sie alle hinaus auf die Rollbahn gingen.

Die neuen Super Vivat Icarus Motorsegler von Aerotechnik hatten eine enorme Spannweite und sahen aus wie eine Kreuzung aus einem typischen Segelflugzeug in Side-by-Side-Piloten-/Passagierkonfiguration mit einer kleinen Cessna-Propellermaschine. Sie waren für die Beförderung von einem Piloten und drei Passagieren ausgelegt, ihr maximales Besatzungsgewicht wurde vom Hersteller mit 330 Kilogramm angegeben. Aber sie mussten mehr tragen. Durch die Reduzierung der Motorsegler auf das Nötigste gelang es dem Team, jeweils vier Personen und einen Piloten unterzubringen.

Harvath und Schröder wollten Rayburn und einen weiteren Mann im ersten Super Vivat Icarus mitnehmen, gefolgt von Claudia, Jillian und zwei weiteren Kommandokräften im zweiten, und die letzten beiden Motorsegler fassten jeweils vier Kommandokräfte. Bei einer so kurzen Landebahn war es wichtig, dass jeder Segelflieger landete, seine Passagiere aussteigen ließ und rechtzeitig wieder abhob, damit das nächste Segelflugzeug hinter ihm einfliegen und landen konnte. Es versprach ein heikler Tanz zu werden, und alle wünschten sich, sie hätten Zeit zum Üben gehabt.

Die Flugzeuge erhielten die Rufzeichen Silo eins, zwei, drei und vier, basierend auf der Reihenfolge, in der sie in Aiglemont landen würden. Während die Silos eins bis drei sofort nach dem Absetzen der Passagiere abheben würden, musste Silo vier am Boden bleiben für den Fall, dass das Team Emir Tokay im Eiltempo evakuieren musste. Wie die anderen Piloten war auch der Captain von Silo vier ein Schweizer Kampfpilot und hatte seinen Auftrag bereitwillig übernommen, wohl wissend, dass er, falls etwas schiefging, im Grunde genommen auf dem Präsentierteller saß. Harvath tat jedoch sein Bestes, dem Mann zu versichern, dass er dafür sorgen würde, dass die Dinge nicht zu früh zu hässlich wurden.

Die übrigen acht Mitglieder der Einheit Stern hatten die Aufgabe, die Polizisten am Fuß der Seilbahn in Le Râleur zu überwältigen und zu den anderen zu stoßen, sobald ihre Kollegen die Bergstation gesichert hatten.

Nachdem sie die Super Vivat Icarus Maschinen auf die Startbahn gebracht hatten, führten ihre Piloten die letzten Vorflugkontrollen durch. Im Hangar nahmen die Spezialkräfte noch einmal eine letzte Überprüfung vor, checkten ihre Waffen und die Kommunikationsausrüstung und stopften sich so viel Ersatzmunition in ihre Taschen und Beutel, wie sie zu tragen vermochten. Nachdem alle Motorsegler beladen waren und der erste die Starterlaubnis hatte, stiegen die restlichen Kommandokräfte in ihre beiden Mietwagen und machten sich auf den Weg nach Le Râleur.

71

Langley, Virginia

Brian Turner blickte über beide Schultern, um sich zu vergewissern, dass er allein war. Dann setzte er sich ans Terminal und loggte sich ein. Er hatte sich immer darüber gewundert, dass sich die CIA eher Sorgen über einen Hackerangriff von außen machte als über eine Sicherheitsverletzung im Innern.

Seit seinem siebten Lebensjahr war Turner von Verschlüsselungstechnologien fasziniert. Zwar hatte die NSA ihn vor Jahren, während seines letzten Jahrs an der Cal Poly, der California Polytechnic State University, rekrutiert und wollte ihn unbedingt. Doch waren es die Rasanz und der Elan der CIA, die ihn letztendlich überzeugten. Aber das Leben in Langley, insbesondere nach 9/11, entsprach nicht seinen Erwartungen. Es war völlig anders als im Film, und bei all den blödsinnigen Regeln, nach denen er und seine Kollegen sich richten sollten, hielt er es nur für eine Frage der Zeit, bis Amerika erneut von einem weiteren verheerenden Terroranschlag heimgesucht wurde.

Wahrscheinlich fühlte er sich deshalb zu Helen Carmichael hingezogen. Deshalb und aufgrund der Tatsache, dass, nachdem der Geheimdienstausschuss des Senats das neue Antiterrorzentrum, oder CTC, wie es bei der CIA etwas schmeichelnder genannt wurde, besichtigt hatte, einer ihrer Mitarbeiter ihn kontaktiert und gefragt hatte, ob er daran interessiert sei, an einer streng geheimen Fokusgruppe teilzunehmen. Turner hatte die Chance ergriffen und erhielt eine Einladung zum Abendessen mit der Senatorin aus Pennsylvania.

Schnell wurde klar, dass Helen Carmichael gar nichts am Hut hatte mit einer geheimen Fokusgruppe, sondern dass sie vielmehr ihre eigene persönliche Beziehung zu ihm aufbauen wollte. Am ersten Abend, als Turner sie unter vier Augen traf, ging sie mit ihm in eines der größten gehobenen Restaurants in Washington, D. C., Smith & Wollensky, wo sie mächtige Steaks aßen und ihre gemeinsame Vorliebe für Dirty Martinis entdeckten. Später, auf dem Rücksitz der Limousine, die die Senatorin für den Abend gemietet hatte, stellte er fest, dass sie einem den besten Blowjob der Welt verpasste.

Dem Blowjob folgte eine Nacht voller unglaublichem Sex in seiner Wohnung – Sex, den er der Senatorin aus Pennsylvania im Leben nicht zugetraut hätte. Helen Remington Carmichael war einfach nur geil, und Brian Turners Meinung nach ließ ihr Mann sich einen wahren Sexteufel entgehen. Die Dinge, die sie tat und sagte, wenn sie zusammen waren, würden sogar den strebsamsten Buchhalter hinter seinem Schreibtisch hervorlocken.

Er hatte das Leben bei der CIA satt und sah die Senatorin als Möglichkeit, dem zu entkommen. Als nationaler Sicherheitsberater der Senatorin würde er eine enorme Verantwortung tragen, wenn sie das Amt der Vizepräsidentin antrat. Und dann, mit genug Geduld, würde er die größte Macht innehaben, wenn sie schließlich Präsidentin wurde. Die kleinen Diebstähle und Übergriffe, die er nun auf ihr Geheiß verübte, waren Kleinigkeiten. Tatsächlich sah Turner es so, dass es der CIA recht geschah, wenn sie sich nicht besser vor Hackern schützte, die in ihrer Zentrale saßen.

Er schob sich eine Handvoll Pommes frites aus der die ganze Nacht geöffneten CIA-Cafeteria in den Mund, startete sein neuestes, nicht zurückverfolgbares Blind-Mouse-Programm, eine persönliche Bestleistung, und wartete auf die Ergebnisse.

Zwölf Minuten später verschluckte Turner sich beinahe an seinem Mrs. Fields Cookie, als auf seinem Flachbildschirm plötzlich eine Datei erschien mit den Namen, Daten, Zahlungen und Einzelheiten über US-Präsident Rutledge und dessen persönliches Team für verdeckte Einsätze.

72

Schweiz

Die Super Vivats befanden sich über eine halbe Stunde im Steigflug, ehe sie ihre festgelegte Höhe erreichten. Dort überprüfte der Pilot von Silo eins seine Position und begann damit, seine Maschine für den Gleitflug zu rekonfigurieren. Nachdem er das Triebwerk bei reduzierter Leistung abgekühlt hatte, brachte er es vollständig zum Stillstand, zentrierte den Propeller und versenkte ihn schließlich ganz im Bug des Flugzeugs. Dann legte er den Benzinhahn um und schaltete den Hauptschalter aus. Sofort war die Maschine in völlige Stille gehüllt. Schröder war noch nie in einem Segelflugzeug geflogen. Doch nun verstand er, warum Harvath, und vor ihm Otto Skorzeny, es als perfektes Mittel für die verdeckte Einschleusung gewählt hatte.

Harvath hingegen beschäftigte sich bereits damit, was in den ersten drei Minuten nach ihrer Landung geschehen würde. Da nur Schröder und ein weiteres Teammitglied mit ihm aus dem Flieger steigen würden, waren sie ungeschützt, bis die Verstärkung landete. Selbst dann wären es nur 14 Schützen gegen dreimal so viele Sicherheitskräfte. Darüber hinaus musste er Rayburn im Auge behalten, der bis kurz vor der Landung gefesselt blieb, während Claudia Jillian gegen feindliches Feuer sicherte. Egal was Schröder meinte, ihre Chancen standen definitiv nicht gut. Das Einzige, was sie zu ihren Gunsten hatten, war das Überraschungsmoment, und Harvath betete, dass das ausreichte.

Als sie sich ihrem Ziel näherten, gab der Pilot die Drei-Minuten-Warnung. Harvath ging das Ziel noch einmal in Gedanken durch, während er seine Waffen überprüfte. Anschließend nahm er sich einen Moment Zeit, um zu versuchen, seine Atmung zu beruhigen und seinen Puls zu verlangsamen. Das Adrenalin hatte bereits begonnen, durch seinen Blutkreislauf gepumpt zu werden, und mit ihm kam das gleiche Gefühl, das ihn jedes Mal überkam, bevor er sich in Gefahr begab – Angst.

Schon früh hatte er die Erfahrung gemacht, dass jeder, der behauptete, vor einem solchen Unterfangen keine Angst zu haben, entweder ein Lügner oder ein Idiot war. Keine Angst zu haben machte einen nicht mutig. Mutig machte einen, was man tat, obwohl man Angst hatte.

Nachdem der Pilot von Silo eins die letzten Kontrollen durchgeführt hatte, drang er mit dem Wind in den Luftraum über dem kleinen Bergplateau ein, fuhr das Fahrwerk des Flugzeugs aus und setzte zum Sinkflug an. Harvath holte sein Benchmade-Messer aus der Tasche und schnitt Rayburn die Plastikfesseln durch.

Der Landeanflug war perfekt. Erst als sie sich etwa drei Meter über dem Boden befanden, bemerkten sie alle etwas, das auf keinem von Harvaths Aufklärungsfotos zu sehen war. Ihr Landeplatz war von Schlaglöchern und Felsbrocken so groß wie Basketbälle übersät.

Der Pilot von Silo eins versuchte noch, die Maschine hochzuziehen, doch es war zu spät. Er hatte sich bereits auf die Landung festgelegt, und es gab nicht genügend Auftrieb. Ob es ihnen gefiel oder nicht, ihre Maschine flog ein.

73

Als Erstes brach das Fahrgestell links vorn ab, wodurch die Tragfläche ganz nach links kippte und sich in den Boden grub. Die Spitze der linken Tragfläche wirkte nun wie ein Dreh- und Angelpunkt. Darum rechnete Harvath damit, dass das gesamte Flugzeug heftig im Kreis herumschleudern würde. Doch stattdessen riss der linke Teil der Tragfläche vollständig ab, und die Maschine raste einfach weiter geradeaus.

Sofort versuchte der Pilot von Silo eins ein Korkenzieher-Manöver – eine Drehung um die äußere Tragfläche – in der Hoffnung, die Maschine anzuhalten. Rasch drehte er das Steuer bis zum Anschlag nach rechts, während er das rechte Seitenruder mit der Wucht eines Schlägers, der auf den Baseball trifft, zermalmte. Prompt nutzte Rayburn das Chaos aus und stürzte sich auf Harvaths schallgedämpfte H&K MP7. Augenblicklich war das Cockpit von dem unverkennbaren, dumpfen Knallen der Waffe erfüllt, als sich bei dem Gerangel ein Feuerstoß löste. Zwei der Geschosse zerschmetterten die Plexiglashaube über ihnen, während das dritte über den Hinterkopf des Piloten schrammte.

Der Pilot blieb nur noch ein, zwei Sekunden an der Steuerung, ehe er über dem Steuerknüppel zusammenbrach. Mit Schröders Hilfe entrang Harvath Rayburn die Waffe und versetzte ihm, da ihm nichts anderes übrig blieb, einen heftigen Handballenschlag auf die Nase. Wie ein Sturzbach quoll das

Blut heraus, und der ehemalige Secret-Service-Agent brüllte vor Schmerz. Nun, da Harvath seine Waffe wiederhatte, achtete er nicht weiter auf ihn.

Ein Blick durch die zerschmetterte Haube bestätigte ihm, was er bereits vermutete: Die Icarus nahm Fahrt auf, und die Bergwiese war gleich zu Ende. Sie rasten auf die Felskante zu und auf den Abgrund, der mehrere Hundert Meter tief ins Tal abstürzte. Ein solcher Notfall war nicht vorgesehen.

Aufgrund der Aufklärungsfotos wussten sie alle, dass die Landung äußerst tückisch werden würde. Es konnte nur funktionieren, wenn jeder Pilot in dem Moment, da sie den Boden berührten, genügend Druck auf die Bremse ausübte. Bei dem ganzen zusätzlichen Gewicht, das sie mit sich schleppten, war es riskant, und selbst dann lautete ihre beste Prognose, dass sie nur wenige Meter vor der Felskante zum Stehen kommen würden.

Da nur jeweils ein Flieger die Landepiste benutzen konnte, war die Idee, dass die Teammitglieder absitzen sollten, während der Pilot die Nase seines Flugzeugs öffnete und den Propeller wieder ausfuhr, damit er über die Wiese zurückrollen und wenden konnte, um zurück zum Abhang zu rasen und abzuheben.

Harvath beugte sich über den Sitz, der sich vor ihm befand, und versuchte, Schröders Mann Gösser dabei zu helfen, den Piloten vom Steuerknüppel wegzuziehen. Zum Bremsen war es mittlerweile zu spät. Ihre einzige Hoffnung bestand darin, die Maschine von dem Abhang wegzulenken, auf den sie unaufhaltsam zurasten.

Harvath legte dem Piloten die Hände unter die Arme und zerrte ihn mit aller Kraft nach hinten. Als der Pilot freikam, packte Gösser den Steuerknüppel und riss ihn kräftig nach rechts in die Richtung zwischen Wiese und Château.

Mit einem protestierenden Ächzen polterten die noch verbliebenen Reifen über mehrere große Felsbrocken. Der Abgrund war keine 20 Meter mehr entfernt.

Harvath spielte mit dem Gedanken, was von der geborstenen Haube noch übrig war zu öffnen und abzuspringen. Doch ihm war klar, dass er sich bei diesem Tempo bloß den Kopf an einem Felsen anzuschlagen brauchte, dann wäre er auf der Stelle tot. Selbst wenn er den Felsbrocken ausweichen konnte, würde er mit einer solchen Geschwindigkeit auf dem Boden aufschlagen, dass er einfach weiterrollen würde, bis er in den Abgrund stürzte. Es gab nur eine Möglichkeit – sie mussten die Maschine drehen, und das bedeutete, nicht einfach bloß den Steuerknüppel einzusetzen, sondern auch die Ruder.

»Nach links!«, brüllte Harvath, während er den Piloten abschnallte und sich anstrengte, ihn über die Rückenlehne in die zweite Reihe zu ziehen, wo er saß. »Drück den Steuerknüppel so fest wie möglich in die andere Richtung und tritt das linke Pedal durch!«

»Aber dann krachen wir in die Felswand!«, schrie Gösser.

»Tu es!«, rief Schröder. Er begriff, was Harvath vorhatte. In der jetzigen Lage würde die Icarus sich keinen Zentimeter nach rechts bewegen, hin zu dem kleinen Wiesenstreifen neben dem Château. Ihre einzige Hoffnung bestand darin, in die Havarie zu steuern. Lieber an den Berghang stoßen als in den Abgrund stürzen.

Gösser spannte seinen ganzen Körper an und zog den Steuerknüppel, so fest er konnte, nach links, doch die Maschine reagierte nicht. Rasch blickte Harvath nach vorn, schätzte die Entfernung bis zum Abgrund und machte sich auf das Schlimmste gefasst. Sie würden abstürzen.

Dann schob sich der gestutzte Segelflieger langsam, ganz langsam, in die Richtung, in die er sollte. Anfangs war es kaum wahrnehmbar, doch dann ruckte das Flugzeug deutlich nach links. Harvath wollte schon erleichtert aufatmen, da sah er einen Haufen Granitbruch mitten auf ihrem Weg.

Da ihm keine andere Wahl blieb, bereitete er sich auf den Aufprall vor, den Körper des Piloten als provisorischen Airbag nutzend.

Der zerklüftete Steinhaufen traf das Flugzeug und wirkte wie eine Rampe, die dem Segelflugzeug den halben Bug wegriss, als es geradewegs Richtung Bergwand katapultiert wurde. Harvaths Kehle schnürte sich zusammen, und ihm war klar, dass sie die Bodenhaftung verloren hatten. Der Berg schickte sich an, frontal auf das winzige Flugzeug zu treffen. Doch gerade als der Aufprall unvermeidlich schien, geschah etwas.

Sie hatten beinahe eine 90-Grad-Kurve beschrieben. Alles, was sie noch zu ihrem Nutzen hatten, befand sich auf der rechten Seite des Flugzeugs, einschließlich der verbliebenen Tragfläche und der vom Talboden aufsteigenden Thermik. Einer dieser Aufwinde verfing sich unter der Tragfläche und kippte das Segelflugzeug in einer Fassrolle um.

Nach einer kompletten Umdrehung grub sich, was von der Tragfläche noch übrig war, in den felsigen Boden und brach vollständig ab, wodurch der Rumpf die Wiese wieder emporrollte, bis er schließlich auf der Seite liegen blieb. Der Pulvergeruch im Cockpit, weil Harvaths MP7 abgefeuert worden war, wich rasch einem anderen, wesentlich angsteinflößenderen Geruch – Kerosin.

Harvath ließ den Piloten auf die Lee-Seite der Icarus sinken, stellte die Füße auf die Sitzstützen und schnallte seinen Sicherheitsgurt ab. »Machen wir, dass wir hier rauskommen. Kann sich jeder bewegen?«, fragte er, während er die Plexiglashaube entriegelte.

Schröder antwortete als Erster, gefolgt von einem Ächzen Rayburns. Selbst Gösser, der keine Zeit gehabt hatte, sich richtig anzuschnallen, war quicklebendig. Die Kabinenhaube wurde von einem großen Stein eingeklemmt, aber nach mehreren Tritten mit den schweren Stiefeln des Mannes sprang sie auf, und sie konnten aus dem Flugzeug fliehen und den Piloten in Sicherheit bringen, bevor der relativ kleine Treibstofftank der Icarus in einem beträchtlichen Feuerball explodierte.

In sicherer Entfernung vom Wrack fragte Harvath, ob alle in Ordnung seien. Im Chor antworteten sie mit Ja, der benommene Pilot des Motorseglers bildete den Abschluss und meinte: »So viel zu Geländereifen.«

Rayburns Security-Leute strömten bereits aus dem Château, als Harvath dem Piloten hastig behelfsmäßig den Kopf verband.

»Das brauchen Sie nicht«, sagte der Mann, bemüht aufzustehen. »Ich will nur wissen, welches von euch Arschlöchern auf mich geschossen hat.«

»Dieses Arschloch hier!« Schröders kräftige Hand packte Rayburn am Arm und riss ihn hoch.

»Okay«, schnitt Harvath ihm das Wort ab und reichte ihm das Funkgerät. »Du wurdest soeben zum Combat Controller befördert. Es ist mir egal, wie du es anstellst, aber du musst einen Weg finden, wie die anderen Segelflieger landen können.«

»Was redest du da?«, sagte Schröder. »Hier ist alles voller Felsen. Diese Flieger werden genauso eine Bruchlandung hinlegen wie wir, oder schlimmer.«

»Nicht unbedingt«, sagte der Pilot. »Ein paar Meter weiter nach rechts, und wir hätten eine viel ebenere Landefläche gehabt.«

»Mir ist egal, wie du es machst.« Harvath zog den Fernzünder aus der Tasche. »Lass dir was einfallen.« Er machte
den Zünder scharf und blickte Rayburn an. »Du bist dran,
Sunshine. Tu alles so, wie du sollst, dann kannst du an
Altersschwäche sterben. Versuch, mich zu verarschen, dann
werden sie bei deiner Beerdigung ›Great Balls of Fire‹ spielen, falls du verstehst.«

Unbewusst wanderte Rayburns Hand in seinen Schritt
und zu dem Sprengsatz, der, wie von Harvath erzwungen,
mit Klebeband unter seine Shorts geheftet war.

»Das würde ich an deiner Stelle nicht tun«, sagte Harvath,
und rasch zog Rayburn die Hand wieder weg. »Ich würde
auch nicht unbedingt an Elle Macpherson denken«, fügte
er hinzu, während er Rayburn auf Château Aiglemont und
dessen anrückende Truppen zustieß.

Überzeugt, dass Rayburn sie auch unter Druck ins Château
quatschen konnte, hatte Harvath ihm eingebläut, was er sagen
sollte. Jede Abweichung davon, das garantierte Harvath ihm,
würde zum schlimmsten Sackjucken führen, das Rayburn je
erlebt hatte.

74

»Die Männer sollen sich im Speisesaal versammeln«, befahl
Rayburn. »Jemand plant einen Schlag gegen den Aga Khan.
Gestern Abend in Sitten haben sie versucht, mich umzu-
bringen. Verstärkung ist auf dem Luftweg schon unterwegs.
Seht zu, dass ihr sie so schnell wie möglich in den Speisesaal
bringt. Los, vorwärts! Das Briefing beginnt in fünf Minuten.
Auf geht's!«

Rayburn drängte Harvath, Schröder und den anderen Mann der Einheit Stern an mehreren Sicherheitskräften vorbei, die Vordertreppe des ehemaligen Klosters hinauf. Einige der Security-Leute sahen aus, als hätten sie Fragen, was zur Hölle hier eigentlich los war. Aber offenbar waren sie klug genug, einen direkten Befehl ihres Chefs nicht zu hinterfragen, und setzten sich sofort in Bewegung.

Im Innern wirkte das Château Aiglemont eher wie ein englisches Herrenhaus und nicht wie ein ehemaliges Kloster, das man in ein Kurhaus umgewandelt hatte. Mittelalterliche Wandteppiche, antike Möbel und sogar Rüstungen schmückten jeden Zentimeter der mächtigen Steinmauern.

»Wo entlang geht es zu Tokay?«, fragte Harvath, während er die Karte hervorholte, die Rayburn für ihn gezeichnet hatte.

»Am Ende des Flurs rechts, dort findest du eine Treppe, die in den Keller führt.«

»Wie viele Wachen?«

Rayburn sah auf seine Uhr. »Nur zwei, aber mittlerweile dürften sie mitbekommen haben, dass wir uns im Speisesaal treffen. Einer von ihnen wird unten bleiben, der andere kommt hoch.«

»Was ist mit dem Aga Khan?«, wollte Harvath wissen. »Wo finde ich den?«

Rayburn zögerte einen Moment, schließlich deutete er in die andere Richtung. »Rechts von dem bunten Glasfenster führt eine Treppe hoch in den Glockenturm. Auf halber Höhe steht eine Statue des heiligen Niklaus von Flüe.«

»Der Schutzpatron der Schweiz«, meinte Harvath. »Wie passend. Was ist damit?«

»Er hält einen Rosenkranz in der Hand. Zieh ihn sacht nach unten, dann öffnet sich eine Tür. Dieser Eingang führt in die obere Etage des Klosters. Die Räumlichkeiten des Aga Khans befinden sich ganz am Ende.«

»Gibt es noch eine andere Möglichkeit, da hinaufzugelangen?«

»Nur wenn man eine ganz lange Leiter hat.«

Harvath hatte nicht vor, auf eine Leiter zu klettern, um zum Aga Khan zu kommen. Nach einem Blick auf seinen Kobold-Chronografen warf er Schröder den Fernzünder zu.

»Wir haben weniger als zwei Minuten. Du und Gösser, ihr nehmt Rayburn mit und sucht Tokay. Wenn der Kerl nicht kooperiert, sprengt ihm die Eier weg.«

»Moment mal«, sagte Schröder. »Ich dachte, wir sind hier, um deine Geisel zu befreien. Wohin gehst du?«

So wichtig Emir auch sein mochte, Harvath konnte die Gelegenheit nicht verstreichen lassen, den Aga Khan in die Finger zu bekommen. »Ich will den Kerl, der hinter alldem steckt.«

»Du kannst nicht allein gehen. Lass uns erst die Geisel holen. Danach können wir dir Rückendeckung geben«, sagte Schröder.

Harvath schüttelte den Kopf. »Wir haben keine Zeit, darüber zu diskutieren. Holt Emir, wir treffen uns draußen.«

Schröder war klar, dass es nichts brachte, mit Harvath zu streiten. Darum nickte er nur und setzte sich in Bewegung.

Harvath fand die Tür am Ende des Flurs und dahinter die ausgetretene Steintreppe, die in die obere Etage führte. An der Statue des Niklaus von Flüe zog er am Rosenkranz, und die Statue wich zurück und enthüllte einen schmalen Eingang, der hoch in den zweiten Stock führte.

Vor den Räumlichkeiten des Aga Khans am Ende des mit Freskenmalereien verzierten Gangs waren zwei kräftige

Gestalten postiert, ehemalige Soldaten, bei denen Harvath sofort an die beiden Security-Männer denken musste, denen er bei Sotheby's in Paris begegnet war. »Wer zum Teufel bist *du* denn?«, bellte einer der Männer, dem Akzent nach offensichtlich ein Amerikaner, während er seine Waffe hochnahm und auf Harvath richtete.

»FNG«, erwiderte Harvath. Das war die militärische Abkürzung für »Fucking new Guy« – der verfluchte Neue. »Rayburn will, dass ihr alle zwei in den Speisesaal kommt, dort gibt es eine Besprechung. Ich soll euch ablösen.«

»Ich gehe nirgendwohin, es sei denn, ich bekomme den Befehl von Rayburn persönlich.«

»Was, bist du hier etwa der Einzige ohne Funkgerät?«, sagte Harvath. »Hast du eine Ahnung, was gerade da draußen passiert ist? Hast du nicht mitgekriegt, dass eine Besprechung angesetzt wurde?«

»Doch, aber …«

»*Doch, aber* nichts, du Arschloch! Ich war in dem Flieger da draußen, der jetzt zerschellt ist und in Flammen steht. Also entschuldige, wenn mir nicht danach ist, das mit dir auszudiskutieren.«

»Vielleicht sollten wir in den Speisesaal gehen«, meinte der Partner des Kerls.

»Scheiß drauf! Solange ich es nicht von Rayburn höre, gehe ich nirgendwohin.«

»Wie du willst!« Damit machte Harvath kehrt und begann, den Flur entlangzugehen. *So viel dazu, das Gelände einzunehmen, ohne dass ein einziger Schuss abgefeuert wird*, dachte er, während er seine MP7 klarmachte, bereit, sich umzudrehen und zu schießen.

»Warte einen Moment«, sagte der Wachposten, gerade als Harvath herumwirbeln wollte, um den Abzug zu drücken.

»Rayburn hat mich sowieso schon auf seiner schwarzen Liste. Ich brauche nicht noch mehr Schwierigkeiten. Außerdem könnte ich eine Tasse Kaffee vertragen.«

Harvath nahm den Finger vom Abzug und senkte behutsam die Waffe. So weit, so gut.

75

Nachdem die Wachposten aus dem Flur und hinter der Statue des Niklaus von Flüe verschwunden waren, machte Harvath sich bereit, die Tür zu den Räumlichkeiten des Aga Khans einzutreten.

Im letzten Moment hielt er jedoch inne und probierte erst einmal die Türklinke. Es war nicht abgeschlossen. Harvath brachte die MP7 in Schussposition, stieß mit der Stiefelspitze die Tür auf und trat vorsichtig ein.

Wie der Rest des Klosters waren auch die Gemächer des Aga Khans prunkvoll ausgestattet.

Dicke Samtvorhänge waren vor den Fenstern zugezogen, während kunstvoll verschnörkelte Kronleuchter und Tiffany-Tischlampen den Raum in ein gedämpftes orangefarbenes Licht tauchten. Im Kamin loderten aufrecht aneinandergelehnte Holzscheite. In dem Raum roch es ein bisschen modrig, wie nach Büchern.

Am anderen Ende des Hauptwohnraums, der eher wie ein Arbeitszimmer oder eine Bibliothek aussah, fand Harvath den Aga Khan an einem großen, mit Schriftrollen und alten Papyrusblättern übersäten Schreibtisch. Auf dem Flachbildfernseher hinter ihm lief ein 24-Stunden-Nachrichtensender.

In seinem karierten Buttondown-Hemd und einer Kaki-hose sah der Aga Khan keineswegs wie ein typischer mus-limischer spiritueller Führer aus. Kein wallendes Gewand, kein langer, ungepflegter Bart. Allmählich kahl werdend und leicht übergewichtig, wirkte sein Erscheinungsbild trü-gerisch ruhig. Er sah eher aus wie ein Großvater, nicht wie ein unermesslich reicher internationaler Machtmensch. Sein wahres Wesen schimmerte allerdings durch, als er den Kopf hob und den Mund aufmachte. Im Exil geboren, hatte der Mann sich einen komplett westlichen Lebensstil angewöhnt. Seine scharfen Worte hatten einen schneidigen britischen Akzent. »Wer sind Sie?«, verlangte er zu wissen. »Was machen Sie hier drin?«

Harvath war klar, dass der Aga Khan gefährlich war. Ohne Zeit zu verschwenden, übernahm er die Kontrolle über die Situation und richtete die MP7 auf ihn. »Ich bin hier, um Ihnen ein paar Fragen zu stellen. Stehen Sie jetzt auf und halten Sie die Hände so, dass ich sie sehen kann.«

Der Aga Khan rührte sich nicht. »Wissen Sie überhaupt, wer ich bin?«

Das war Harvath egal. Das Einzige, woran er im Moment zu denken vermochte, war die Möglichkeit, dass die Biowaffe, die in dem Dorf Asalaam getestet worden war, in Amerika massenhaft Opfer fordern könnte und dass der Mann, der hier vor ihm saß, irgendwie der Schlüssel zu alledem war. Mit dem Daumen stellte Harvath den Feuerwahlhebel seiner MP7 auf Einzelfeuer und jagte eine schallgedämpfte Kugel durch die Lehne des ledernen Schreibtischstuhls, nur Zenti-meter vom Kopf des Mannes entfernt. »Anscheinend sind Sie jemand, der nicht gut zuhört.«

Während seine goldene Rolex und die dazu passenden Manschettenknöpfe im Licht der Schreibtischlampe glitzerten, legte der Aga Khan die Handflächen auf den Schreibtisch und stand auf. »Dafür werden Sie bezahlen«, sagte er, während er die Hände in die Höhe hielt. »Ich schwöre Ihnen, dafür werden Sie bezahlen.«

»Halten Sie die Klappe!« Mit der Waffe bedeutete Harvath dem Mann, sich in einen der ledernen Clubsessel am Kamin zu setzen. »Ich will kein Wort von Ihnen hören außer den Antworten auf meine Fragen. Haben Sie verstanden?«

Der Aga Khan nahm auf einem der Sessel Platz, antwortete jedoch nicht. Harvath schoss erneut. Diesmal jagte er die Kugel zwischen die Beine des Mannes, sodass ein Klumpen der Füllung durch die Luft flog. Widerstrebend nickte der Aga Khan. »Ich habe verstanden«, murmelte er.

»Gut!«, sagte Harvath, während er sich ihm gegenübersetzte. Er schaltete das Laservisier der MP7 ein und richtete den kleinen roten Punkt auf das Knie des Mannes. »Nur damit wir uns auch weiterhin verstehen. Genau dorthin geht mein nächster Schuss.«

Der Aga Khan nickte.

Harvath balancierte die Waffe auf dem Schoß, zielte mit dem Laser aber weiter auf das Knie des Aga Khans. »Frage Nummer eins: Warum haben Sie Emir Tokay entführt?«

Der Mann holte tief Luft, dabei fielen Harvath die dunklen Ringe unter seinen Augen auf. Er sah furchtbar aus, als hätte er seit Tagen nicht geschlafen. Als er sprach, klang seine Stimme nicht mehr schneidig und kräftig wie noch vor einem Moment, sondern erschöpft und resigniert. »Warum wollen Sie mich quälen? Sie kennen doch den Grund.«

»Ich habe so meine Theorien«, entgegnete Harvath. »Aber ich möchte es von Ihnen hören.«

Der Aga Khan sah Harvath an, zu müde, um Spielchen zu spielen, doch blieb ihm nichts anderes übrig, als mitzumachen.

»Wir brauchten ihn lebendig aus demselben Grund, aus dem Sie ihn tot sehen wollen. Aber das wissen Sie ja natürlich.«

»Ich kann Ihnen versichern, dass ich nicht den ganzen Weg hierhergekommen bin, um Emir Tokay zu töten.«

Der Aga Khan war verwirrt. »Nicht? Warum nicht? Die anderen Wissenschaftler haben Sie doch auch alle umbringen lassen, um sicherzugehen, dass sie schweigen.«

Es war offensichtlich, dass der Mann glaubte, Harvath arbeitete für jemand anderen. »Ich bin hier, weil ich sicherstellen möchte, dass das, was in Asalaam passiert ist, nie mehr irgendwo sonst passiert.«

»Dann arbeiten Sie nicht für ihn?«

»Für wen?«

»Akrep.« Der Aga Khan spie den Namen förmlich aus, als ob er ihm den Mund verbrannte. »Den Skorpion.«

Diesen Namen hatte Harvath noch nie gehört. »Hören Sie, ich arbeite für die Regierung der Vereinigten Staaten. Erzählen Sie mir einfach, was Sie von Tokay und dem, was in Asalaam geschah, wissen.«

Der Aga Khan blickte einen Moment in den Kamin, ehe er antwortete. »Ich brauchte Tokay, um mein Volk vor Akrep zu schützen.«

»Wie? Was für eine Bedrohung stellt dieser Mann denn für jemanden wie Sie dar?«

»Es geht nicht nur um mich. Akrep ist eine Bedrohung für alle Schiiten. »Ich war so dumm zu glauben, er hätte einen Weg gefunden, alle Muslime zu vereinen, sie wieder zusammenzuführen. Dabei hätte ich es besser wissen müssen. Er hat uns nur benutzt.«

»Benutzt? Wofür?«

»Geld! Geld für seine Expeditionen, für seine große Suche nach der ultimativen Waffe, die es den Muslimen erlauben würde, dem Rest der Welt gleichberechtigt, wenn nicht überlegen gegenüberzutreten.«

»Das Islamische Institut für Wissenschaft und Technologie«, sagte Harvath.

»Ganz recht! Dessen Gründung vor Jahrzehnten war seine Idee.«

»Wer ist er? Wie heißt dieser Akrep richtig?«

»Wer weiß das schon? Was für eine Rolle spielt es überhaupt? Ich hätte auf das eine achten sollten, das Einzige, worüber er nicht lügen konnte – seine Geschichte; die Menschen, von denen er abstammt. Aber das habe ich nicht getan. Darum wird mein Volk wahrhaft leiden – alle Menschen werden leiden. Nur die Sunniten werden überleben, und das hatte er die ganze Zeit über geplant.«

»Sie sagen, er könne die Leute nicht verleugnen, von denen er abstammt. Wer sind sie?«

»Früher einmal herrschten sie über das größte Reich der Welt. Hitler war von ihnen fasziniert und sehnte sich danach, nur einen Bruchteil ihrer Macht zu erlangen. Sogar Ihr Land wurde in ihr Netz hineingezogen, ohne es zu wissen; Libyen, der Libanon, Syrien, Iran, Irak, Teile des Balkans – sie alle haben etwas ganz Besonderes gemeinsam.«

Es waren allesamt muslimisch geprägte Länder, aber das schien Harvath zu offensichtlich. Er dachte darüber nach, dass in diesen Ländern sehr ernst zu nehmende fundamentalistische muslimische Terrorgruppen beheimatet waren, die fast alle in irgendeiner Weise mit bin Laden in Verbindung standen. »Besteht eine Verbindung zu Al-Qaida?«

Der Aga Khan machte eine wegwerfende Handbewegung. »Das hier reicht wesentlich tiefer als Al-Qaida. Akrep hat Al-Qaida ins Leben gerufen, und genauso einfach könnte er sie wieder loswerden.«

Harvath konnte nur schwer glauben, dass jemand Al-Qaida loswerden konnte, noch dazu einfach. Er war im Begriff zu fragen, wie jemand glauben könne, dass so etwas möglich sei, da kehrten seine Gedanken plötzlich zu dem Gespräch zurück, das er erst gestern mit Jillian Alcott geführt hatte.

Was wollte Al-Qaida mehr als alles andere? Ein neues muslimisches Kalifat errichten. Eine Nation unter Allah, angeführt von einem Kalifen, der der anerkannte Führer der gesamten islamischen Welt sein würde. »Akrep steht für die Hoffnung auf ein neues muslimisches Kalifat, nicht wahr?«

Der Aga Khan nickte. »Eines, in dem, wie er es anfangs mir gegenüber ausdrückte, Sunniten und Schiiten gleichberechtigt vertreten wären.«

»Was für ein Netz ist das, in das die USA hineingezogen wurden? Libyen, der Libanon, Syrien, Iran, Irak – worin besteht die Verbindung?«

Der Aga Khan beugte sich auf seinem Sessel vor. »Alle diese Orte waren einst Teil des größten muslimischen Kalifats. Ein heiliges Königreich auf Erden, das in der Geschichte seinesgleichen sucht und das Akrep im Alleingang wiederbeleben will – das große Osmanische Reich.«

76

»Verflucht noch mal, Chuck!« Jack Rutledge hatte seit zwei Tagen nicht mehr geschlafen. Er drückte auf die Fernbedienung und schaltete seinen Fernseher aus. »Wir haben eine größere Terrorkrise am Hals. Ich habe keine Zeit für diese Kaspereien. Ich dachte, wir wären uns einig, dass Sie sich darum kümmern.«

»Wir haben es versucht, Mr. President.«

»Und warum zum Teufel sehe ich dann andauernd Helen Carmichael vor irgendwelchen Fernsehkameras?«

»Sie ist Senatorin. Die hofieren ständig die Medien. Das gehört zu ihrem Job.«

»Kommen Sie mir nicht mit dem Mist, Chuck. Ich dachte, Sie wollten mit ihr reden.«

»Das habe ich auch«, sagte Anderson. »Und der Vorsitzende des Democratic National Committee ebenfalls.«

»Und?«

»Carmichael wehrte sich mit Zähnen und Klauen. Genau wie wir erwartet hatten, und …«

»Der DNC-Vorsitzende hat versprochen, dass er der Sache auf den Grund gehen und alles klären würde, oder?«

»Richtig«, antwortete der Stabschef. »Aber …«

»Russ Mercer nimmt von uns keine Anweisungen entgegen.«

»Nein, Sir.«

»Was ist mit Carmichaels Quelle bei der CIA? Sind wir schon dabei herauszufinden, wer zum Teufel es ist?«

»Ein Bundesrichter hat einen Durchsuchungsbeschluss genehmigt, und wir überwachen den Mann, den wir für die undichte Stelle halten. Gary Lawlor koordiniert die Ermittlungen mit dem FBI. Er hofft, dass er bald etwas für uns hat.«

»Je eher, desto besser«, sagte Rutledge. »Soweit ich weiß, könnte Carmichael jetzt jederzeit mit Harvaths Namen und Dienstfoto an die Öffentlichkeit gehen. Was ist mit den Vorladungen, die sie uns zugestellt hat?«

»Nichts, worüber man sich Sorgen machen müsste. Ich habe mich mit dem Rechtsberater des Weißen Hauses getroffen, wir werden sie einfach ignorieren.«

»Ach ja? Was für Haftungsfragen kommen da auf uns zu?«

»Es ist bloß eine Eröffnungssalve. Sie weiß, dass sie uns nicht zum Erscheinen zwingen kann. Aber es heißt, Carmichael lässt die Kapitolpolizei schon mal ein paar Gefängniszellen oben auf dem Kapitolhügel vorwärmen.«

Der Präsident wirkte nicht gerade erfreut.

»Keine Sorge«, sagte Anderson. »Es ist bloß eine medienwirksame Aktion. Bringt gute Fernsehbilder, aber das ist auch schon alles.«

»Da möchte ich widersprechen«, sagte der Präsident. »Da kommen wir im Fernsehen ganz schrecklich rüber.«

»Was diese Administration betrifft, haben Sie recht, aber ihr geht es nur um Effekthascherei. Sie weiß, dass kein amtierender Präsident auf ihre Vorladung reagieren würde. Es ist alles bloß Schall und Rauch. Die einzige Möglichkeit, die Sache voranzutreiben, besteht darin, genügend Konsens zu erzielen, um einen Sonderstaatsanwalt einzusetzen.«

Rutledge schob seinen Stuhl vom Schreibtisch weg und blickte erneut aus dem Fenster. »Können Sie mich noch einmal daran erinnern, warum ich zugestimmt habe, für eine zweite Amtszeit zu kandidieren?«

»Weil die Leute Sie wollen. Und weil Carmichael Ihnen zwar eins auswischen will, aber es nicht kann.«

»Ich wünschte, ich könnte in dieser Sache ebenso zuversichtlich sein wie Sie.«

»Vertrauen Sie mir! Wir werden als Sieger daraus hervorgehen.«

»Irgendeine Nachricht vom USAMRIID?«, wandte Rutledge sich wieder dem Thema zu, das ihn nicht mehr in Ruhe ließ, seit es zum ersten Mal aufgekommen war.

»Nein. Nichts Neues. Die Zivilisten, die der Krankheit ausgesetzt waren, sind nach wie vor in Quarantäne, und die CDC arbeiten mit den Leuten in Fort Detrick zusammen, um eine Lösung zu finden.«

»Was sagt Ihnen Ihr Bauchgefühl, Chuck? Werden wir aus dieser Sache auch als Sieger hervorgehen?«

»Ich weiß es nicht, Mr. President.«

»Ich auch nicht«, erwiderte Rutledge. »Und das macht mir eine Heidenangst. Uns bleibt nicht mehr viel Zeit.«

77

Schweiz

Harvath bemühte sich, aus dem schlau zu werden, was er da hörte – nicht nur vom Aga Khan. Draußen, vor den mit Vorhängen verhängten Fenstern, konnte er das Geräusch eines sich nähernden Hubschraubers ausmachen. Claudia und der Rest des Teams hatten nicht genug Zeit gehabt, nach Sitten zurückzukehren und ihre Segelflieger gegen etwas einzutauschen, das besser geeignet war, auf dem ungastlichen

Anwesen zu landen. Das Einzige, was Harvath einfiel, war, dass es der Hubschrauber des Aga Khans sein musste, der kam, um ihn zu einem Termin nach Genf zu fliegen.

Der Aga Khan musterte Harvaths Miene und sagte: »Ich bitte Sie dringend, das, was ich Ihnen hier sage, sehr ernst zu nehmen. Das Osmanische Reich war die einzige Macht, die die muslimischen Länder des Mittelmeerraums und des Nahen Ostens jemals vollständig vereinte, und zwar über 600 Jahre lang.«

»Aber schließlich ging es unter«, erwiderte Harvath.

»Erst vor etwas über 80 Jahren. Unter geschichtlichem Aspekt, zumal der islamischen Geschichte, ist das noch nicht mal ein Wimpernschlag. Mit dem rasanten Fortschritt der Wissenschaft und der westlichen Technologie waren sie nicht mehr stark genug, um in einem konventionellen Kampf zu bestehen. Darum entschieden sie sich für einen anderen Weg. Sie lehnten sich zurück, ließen zu, dass ihre Dynastie sich in die heutige Türkei verwandelte, und warteten auf den Moment, in dem sie zurückkehren konnten, um ihr Reich wiederherzustellen. Millionen von Türken identifizieren sich immer noch in hohem Maß mit ihrem osmanischen Erbe. Die Frage ›Kimsiniz Bey Efendi‹ wird heute noch genauso gestellt wie vor über 700 Jahren zur Zeit des Kalifats. *Wer bist du und was hast du zum größeren Ruhm unseres Volkes beigetragen?*

Es gibt immer noch eine Kern-Führungsriege der Osmanen, auch wenn sie den Begriff osmanisch nicht öffentlich verwenden. Davon abgesehen gibt es nicht viele Türken, die nicht davon träumen würden, dass man ihr Land wieder als eine der dynamischsten sozialen, kulturellen und religiösen Mächte der Welt betrachtet.«

Harvath fiel es schwer zu glauben, was er da hörte.

»Die osmanischen Sultane herrschten durch die Erbfolge, durch eine Familie«, sagte der Aga Khan. »Diese Familie verschwand nicht einfach, als das Imperium unterging. Es gibt immer noch einen direkten Erben des Sultanats. Jemanden, der seine Abstammung bis zum allerersten Kalifen zurückverfolgen kann und auf eine Geschichte muslimischer Stärke und Einheit zurückblickt, die alle Muslime in der gesamten islamischen Welt ansprechen wird.«

»Und Hannibals Waffe? Die Krankheit?« Harvath hatte weniger Interesse an der Geschichtsstunde als daran, Antworten auf die Fragen zu erhalten, derentwegen er hierhergekommen war.

»Es ist alles Teil des Plans, das große muslimische Kalifat wiederherzustellen.«

Die Bruchstücke zusammenzufügen war, als versuchte er, Betonsteine auf Weingläser zu stapeln. Harvath musste wieder zurück zum Anfang kommen. »Wie kam es, dass Sie zunächst Akreps Partner waren und schließlich Tokay in einem Akt der Selbstverteidigung entführten?«

»Die Expeditionen, die das Islamische Institut durchführte, waren extrem teuer«, sagte der Aga Khan. »Hunderte Millionen Dollar wurden ausgegeben. Das Institut war stets knapp bei Kasse. Darum wandte Akrep sich an mich. Er stellte seinen großen Plan zur Vereinigung aller Muslime vor und fragte, ob die Schiiten bei der Finanzierung helfen würden. Es war nie unsere Absicht, dass jemand stirbt.«

»Aber die Biowaffe sollte doch dazu dienen, die Welt von allen Nichtmuslimen zu befreien«, meinte Harvath, skeptisch gegenüber der angeblichen Naivität des Mannes.

»Die Idee war, die Waffe lediglich als Drohung einzusetzen, um die Westmächte mit ihren Truppen aus muslimischen Ländern zu verscheuchen.«

»Und das haben Sie geglaubt?«, drängte Harvath. »Wie konnten Sie erwarten, dass irgendjemand Sie ernst nimmt, wenn man nicht vorführte, dass die Waffe tatsächlich funktioniert?«

»Sie haben recht«, erwiderte der Aga Khan. »Mir wurde schnell klar, dass ohne Beweise niemand diese Waffe ernst nehmen wird. Sie hat die abscheuliche Eigenschaft, dass man sie erst in einem menschlichen Wirt wiederherstellen muss, bevor sie eingesetzt werden kann. Darum schlug Akrep vor, irgendwo einen Versuch durchzuführen, den die Amerikaner dann schließlich entdecken könnten.«

»Im Irak«, sagte Harvath. »Asalaam.«

»Richtig!«, antwortete er. »Wir wären nicht nur in der Lage, die Krankheit wiederherzustellen und aus dem Winterschlaf zu erwecken. Die Folgen wären auch ein klares Signal an die USA und ihre Verbündeten, dass sie es mit einer äußerst ernst zu nehmenden neuen Macht zu tun haben. Aber ich vergaß dabei meine Geschichte. Viele Sunniten hassen die Schiiten. Aber die Osmanen waren diejenigen, die den Gedanken in die Welt setzten, die Schiiten seien schlimmer als die Christen.«

»Und doch machten Sie mit«, sagte Harvath.

»Eine Chance, die Brüche in unserem Glauben zu kitten, konnte ich mir nicht so einfach entgehen lassen. Außerdem war das, was Akrep da anbot, nicht bloß eine Einladung zum Tee. Die Botschaft zwischen den Zeilen war deutlich: Entweder wir standen auf seiner Seite und der der Sunniten oder wir waren gegen sie. Basierend auf den Informationen, die dieser Archäologe Ellyson dem Institut darüber lieferte, was Hannibal über die Alpen transportierte und wie man dies heute nutzen könnte, blieb uns gar nichts anderes übrig.«

»Und Sie sahen einfach zu, wie in Asalaam Unschuldige getötet wurden. Aber solange es Christen waren, machte es Ihnen ja nichts aus.«

»Aber es waren nicht nur Christen, die in Asalaam getötet wurden.«

»Was reden Sie da?«, fragte Harvath.

»Es waren auch Schiiten.«

»Schiiten? Mir wurde erzählt, nur Nichtmuslime seien umgekommen.«

»Dann hat man Ihnen etwas Falsches gesagt«, erwiderte der Aga Khan. »In jenem Dorf wohnten in der Hauptsache Sunniten, und die haben überlebt.«

»Aber wie?«

»Weil die Sunniten die Schiiten für unrein hielten und minderwertig in den Augen Allahs, benutzten sie separate Brunnen, aus denen sie ihr Wasser schöpften.«

»Dann befand die Krankheit sich also im Wasser?«, fragte Harvath.

»Die Brunnen waren nur ein Teil des Prozesses. Akrep hatte nie die Absicht, die Schiiten in einen vereinten Islam zu integrieren. Er hat mich hintergangen und mein Volk zum Tode verurteilt. Darum ließ ich Emir Tokay hierherbringen. Wir mussten herausfinden, wie man unsere Leute immunisieren konnte. Ich hätte ja dafür gesorgt, dass mehr Wissenschaftler hierhergebracht werden. Aber bis wir ermitteln konnten, wer sie alle waren, ließ Akrep sie bereits umbringen. Tokay war unsere letzte Chance.«

»Und war er in der Lage, Ihnen zu helfen?«

»In der Hinsicht, dass es ihm gelungen war, die Pathologie der Krankheit zu verstehen, ja. Tatsächlich waren die Sunniten von Asalaam geimpft worden, bevor die Krankheit im Dorf freigesetzt wurde. Man hatte dem Wasser ihres

Gemeindebrunnens eine Substanz zugesetzt. Ohne den Kontakt mit dieser Substanz erlag der Rest des Dorfes, die nicht sunnitische Bevölkerung, die ihre eigenen Brunnen nutzte, schließlich der Krankheit und starb.«

»Dann hat er den Sunniten also etwas ins Wasser gemischt. Das ist ein Brunnen im Dorf. Im Rest der Welt nutzen die meisten Sunniten, Schiiten und Angehörigen anderer Religionen dieselbe Wasserquelle. Ich verstehe nicht, wie er plant, weltweit nur die Sunniten zu impfen.«

»Das ist einfach. Akrep entdeckte eine Wasserquelle, die ausschließlich sunnitischen Moslems zur Verfügung steht. Nach allem, was Emir Tokay erfuhr, behauptete Akrep, er habe irgendwo in Saudi-Arabien eine besondere Quelle entdeckt. Diesem Wasser wollte er den Impfstoff beimischen und es nur Sunniten zugänglich machen.«

»Dann wollte er das Wasser wahrscheinlich irgendwie in Flaschen abfüllen. Wissen Sie, wo diese Quelle oder die Abfüllanlage ist?«

»Nein.«

»Und wie er es unter die Sunniten bringen wollte?«

»Auch das ist mir unbekannt. Ich sollte ja eigentlich nie davon erfahren. Wie gesagt, Akrep hatte nie vor, den Impfstoff mit den Schiiten zu teilen. Sein Ziel ist, die heiligen muslimischen Länder von den ganzen westlichen ungläubigen Kreuzfahrern, den Schiiten und allen sonstigen Gruppierungen zu befreien, die die Sunniten für ungeeignet halten, auf dem geheiligten Boden zu wandeln. Danach werden sie den Rest der Welt ins Visier nehmen. Kein Wunder, dass Hitler so viel von ihnen hielt. Die Osmanen sind ein erstaunlich gerissenes Volk.«

Der Aga Khan wusste fast ebenso wenig über die Krankheit wie Harvath, darum beschloss dieser, das Thema zu wechseln. »Sie sagten, es gibt einen Erben des Sultanats. Wer ist das? Akrep?«

»Nein, in der osmanischen Tradition wird der Erbe zu seinem Schutz weggeschickt und erst dann gerufen, wenn das Kalifat bereit ist. Mangels eines besseren Begriffs: Akrep ist die Macht hinter dem Thron.«

»Welche Macht kann er denn wohl schon haben? Er verfügt ja noch nicht einmal über eine Armee.«

»Er persönlich nicht, aber die Türkei. Und nach den USA ist dies die größte Armee der NATO.«

»Wollen Sie damit sagen, die Osmanen können tatsächlich die türkische Armee in Anspruch nehmen?«

»Irgendwann schon, aber im Moment spielt das keine Rolle. Sie verfügen über etwas wesentlich Mächtigeres.«

»Und das wäre?«

»Der fundamentalistische Islam, der Wahhabismus, um genau zu sein. Die radikale muslimische Bewegung, aus der der gesamte moderne islamische Terrorismus hervorgegangen ist.«

Harvath kannte die Sekte der Wahhabiten nur zu gut, die schiere Verwüstung, die sie auf der ganzen Welt angerichtet hatte.

»Was sagen Sie da? Die Wahhabiten erledigen die Drecksarbeit für die Osmanen?«

»Gewissermaßen ja. Am liebsten sähen die Wahhabiten die islamische Welt vereint in einer einzigen Körperschaft, nicht nur religiös, sondern auch politisch. Noch bevor Osama bin Laden ihr bekanntester Anhänger wurde, forderten die Wahhabiten die Wiederherstellung des muslimischen Kalifats. Die Anschläge vom 11. September waren ein Weckruf für die Muslime, sich zu erheben und den korrupten, abtrünnigen Regimes, die sie regieren, die Macht zu entreißen.«

Erneut fühlte Harvath sich zurückversetzt zu seinem Gespräch mit Jillian. »Ich verstehe nicht ganz. Wie wollen die Osmanen die Wahhabiten benutzen? Und was hat das mit dieser Krankheit zu tun?«

Der Aga Khan blickte ihn an und sagte: »Revolution.«

»Eine *Revolution?* Wo? In der gesamten muslimischen Welt?«

»Irgendwann schon, aber zunächst müssen sie ein Exempel statuieren – ein Beispiel, das Muslimen überall die Kraft geben wird, sich zu erheben. Es wird im heiligsten aller Länder geschehen, das allen Muslimen am Herzen liegt und ein Symbol für Korruption und westlichen Einfluss ist: Saudi-Arabien.«

Harvath verschlug es die Sprache. »Wie können die hoffen, dass das gelingt? Die Saudis regieren das Land mit eiserner Faust.«

»Sie haben viel Geduld. Mithilfe von Al-Qaida konnten die Wahhabiten langsam die Reihen des saudischen Militärs und der Sicherheitskräfte infiltrieren. Zwar gibt es viele Soldaten und Polizisten, die bin Laden oder dem wahhabitischen Glauben nicht ergeben sind, aber möglicherweise nicht genug, um ins Gewicht zu fallen. Immer wieder sorgten die Wahhabiten für kleine Scharmützel, um die Entschlossenheit von Militär und Polizei zu testen. Dabei hat sich gezeigt, dass saudische Truppen und Polizisten nicht auf ihr eigenes Volk schießen.«

Harvath gefror das Blut in den Adern. »Und sollten amerikanische Truppen in der Region dabei helfen, einen Aufstand niederzuschlagen ...«

»... werden sie Hannibals Waffe ausgesetzt. Und in den USA wird sie ebenfalls freigesetzt. Alles, was die Wahhabiten brauchen werden, sind zwölf Stunden, höchstens 24, um der saudischen Herrscherfamilie die Macht zu entreißen und die volle, unanfechtbare Kontrolle über das Land zu erlangen. Saudi-Arabien ist der Schlüssel zu der Krankheit, zur Revolution, zu allem. Und wie Saudi-Arabien, um ein Zitat aus der Geschichte abzuändern, ergeht es auch dem Rest der islamischen Welt.«

Harvath wusste, dass er recht hatte. Der Hass der Wahhabiten auf Amerika saß tief. Und angesichts der enormen Menge an militärischer Ausrüstung, die die saudische Monarchie im Lauf der Jahre von den USA gekauft und in ihren Arsenalen hatte, würde sich das neue Saudi-Arabien, oder wie auch immer die Extremisten es letztlich nennen würden, sofort der Liga der Schurkenstaaten anschließen.

Doch das war noch nicht alles. Mit der klar definierten sozialen und religiösen Agenda der Wahhabiten würde sich ihr radikaler, fundamentalistischer Islam auf die benachbarten Staaten und Scheichtümer ausbreiten. Ähnlich wie die Sowjetunion ihre Nachbarn geschluckt hatte, würde genau das Gleiche im Nahen Osten passieren. Saudi-Arabien würde die Rolle von Mütterchen Russland spielen und der Oman, Katar und die Vereinigten Arabischen Emirate würden die Stelle von Polen, Ostdeutschland und der Tschechoslowakei einnehmen.

Wenn die Bewegung sich nach Osten ausdehnte, würde Pakistan schnell zusammenbrechen und damit auch jede Hoffnung, Atomwaffen nicht in die Hände der Wahhabiten gelangen zu lassen. Wenn Indonesien, das bevölkerungsreichste muslimische Land, mitmachte und zum neuen China wurde, würde dies die westliche Welt in einen Konflikt stürzen, der verheerender war als alles, was sie je erlebt hatte.

Eines war sicher. Zwar behaupteten die Extremisten, sie wollten die Krankheit lediglich als Druckmittel bei Verhandlungen einsetzen. Aber es stand außer Frage, dass sie, sobald sie bereit waren, die Krankheit auch auf den Rest der Welt loslassen würden.

»Wie brachten die Osmanen die Wahhabiten dazu, in all das einzuwilligen?«, fragte Harvath.

»Die Osmanen erkannten die Macht der Wahhabiten und passten sich ihnen schon früh an. So gelang es ihnen, Zugang zu bin Laden zu erhalten und Al-Qaida zu gründen. Es ist eine Verbindung von Politik und Religion – eine himmlische Kombination. Die Wahhabiten lieferten die spirituelle Rechtfertigung für die Revolution und die Errichtung eines einzigen islamischen Staates, die Osmanen hingegen das Know-how und die Fähigkeit, ihn effizient zu führen. Eine Sache erkannten die Wahhabiten: Die Taliban mochten zwar eine ähnliche soziale Agenda verfolgen wie sie. Aber die Taliban wurden besiegt, weil sie keine Ahnung hatten, wie sie die Souveränität ihres Landes wahren sollten. Das ist etwas, wozu die Osmanen fähig sind. Das haben sie mehr als bewiesen.«

Harvath schwirrte der Kopf. »Wenn wir nicht wissen, wie sie die Sunniten impfen wollen, wie zum Teufel können wir sie dann aufhalten?«

»Gar nicht«, erscholl eine Stimme vom anderen Ende des Raums.

Der Aga Khan erkannte sie auf Anhieb. Jede Farbe wich aus seinem Gesicht. »Akrep!«

78

Während Harvath den Mann beobachtete, wie er den Raum durchquerte, begriff er, dass der Hubschrauber, den er gehört hatte, weder Claudia Müller noch dem Aga Khan gehörte, sondern jemand anderem, der im Château Aiglemont offenbar etwas zu erledigen hatte.

»Ich hatte recht«, sagte Harvath, als einer von Ozan Kalachkas beiden Bodyguards ihm seine Waffen abnahm. »Bei dir hat alles seinen Preis, selbst die Freundschaft.«

»Hier geht es nicht um Freundschaft«, erwiderte Kalachka.

»Und ich wette, es geht auch nicht um deinen Neffen.«

Kalachka lächelte. »Meinen Neffen? Ich habe keinen Neffen.«

Und wieder hatte Harvath den Mann unterschätzt.

»Ich musste Tokay ausfindig machen und wusste, du würdest mich auf direktem Weg zu ihm führen«, sagte Kalachka.

»Warum ich? Warum nicht Alomari?«

»Attentäter haben ihren Platz in dieser Welt, aber ihm fehlten deine Fähigkeiten als Ermittler. Ihm fehlte auch die richtige Motivation. Bei dir ist nicht nur dein ganzes Land in Gefahr, in die Sache ist auch noch jemand verwickelt, auf den du ernsthaft wütend bist.«

»Rayburn.«

»Genau. Alles zusammen ergab die perfekte Kombination. Ich wusste, egal was passiert, du würdest Emir Tokay für mich aufspüren.«

»Aber warum hast du dann Alomari geschickt, um mich umzubringen?«

»Habe ich nicht. Als Alomari es nicht schaffte, Tokay zu erwischen, bevor er entführt wurde, kündigte ich ihm. Hätte er seinen Job gemacht, hätte ich deine Dienste nie benötigt.«

»Aber er machte uns in London ausfindig.«

»Er fand euch, weil er meinen Kollegen, Gökhan Celik, folterte, um an die Information über Dr. Alcott zu kommen. Er hatte es auf Mrs. Alcott und Emir Tokay abgesehen, weil er vor mir wieder gut dastehen wollte.«

»Nun … Jetzt, da du Tokay gefunden hast, was hast du mit ihm vor?«

Lächelnd blickte Kalachka Harvath an. »Ich habe es schon erledigt. Er ist tot.«

Ohne sein Funkgerät hatte Harvath keine Chance, Schröder zu kontaktieren, um festzustellen, ob er Tokay gefunden hatte, geschweige denn ob der Mann noch am Leben war. Ein Blick auf seine Uhr, und Harvath wurde klar: Sollte Schröders Teil der Operation nach Plan verlaufen sein, waren er und Gösser bereits bei Tokay und hatten ihn nach draußen gebracht.

»Dann kannst du ja jetzt, wo der letzte Wissenschaftler zum Schweigen gebracht wurde, deine ganz persönliche Revolution in Angriff nehmen.«

»Sie hat schon begonnen.« Kalachka deutete auf den Fernseher hinter dem Schreibtisch des Aga Khans.

Harvath drehte sich um und sah Aufnahmen junger Männer, die in kleinen Gruppen saudische Polizisten mit Steinen und Flaschen bewarfen. Es sah aus wie eine Szene aus dem Gazastreifen oder der Westbank. »Das? Das ist deine Revolution? Das sind doch bloß Kinder!«

»Und sie sind bloß der Anfang. Sie glauben, die USA hätten die saudische Monarchie davon überzeugt, alle ihre geistlichen Führer zu verhaften und vor Gericht zu stellen. Diese Kinder, wie du es nennst, werden für so viel Ärger auf den Straßen Riads sorgen, dass der saudischen Monarchie keine andere Wahl bleibt, als sich mit der Führung der

Wahhabiten an einen Tisch zu setzen. Sie werden die Wahhabiten bitten, den Krawallen ein Ende zu bereiten. Dann wird die wahre Revolution entfacht.«

Harvath blickte ihn an. »Was dann? Willst du die führenden Mitglieder der königlichen Familie von deinen Wahhabiten umbringen lassen? Willst du so damit anfangen?«

»Eigentlich umgekehrt. Die prominentesten Mitglieder des saudischen Königshauses umzubringen würde nicht für Gewalt auf den Straßen sorgen. Genau genommen würden die Leute vor Freude tanzen. Stattdessen wird die königliche Familie die Spitzenmitglieder der wahhabitischen Führung töten. Das halte ich für wesentlich effektiver.«

Saudi-Arabien war ein religiöses Pulverfass, und Kalachka hantierte mit einer angsterregenden Schachtel Streichhölzer. Wenn er die wahhabitische Führung umbrachte, würde dies einen Großteil des Landes in Aufruhr versetzen. Auch nur die Andeutung, dass die Herrscherfamilie etwas mit den Morden zu tun hatte, würde zu gewaltsamen Unruhen führen, wie sie der Nahe Osten und die Welt noch nie erlebt hatten. »Das war's dann also. Damit hättest du dann alle Probleme gelöst.«

»Nicht ganz.« Kalachka zog eine Pistole. »Eine letzte Sache muss ich noch erledigen.« Er richtete die Waffe auf den Aga Khan und drückte ab.

Die großkalibrige Kugel drang genau zwischen den Augen ein und schleuderte den Mann in seinem Sessel nach hinten. Blutige, rosafarbene Fetzen Kopfhaut und Hirnmasse spritzten an die Decke und besudelten die Wand.

Kalachka wandte sich Harvath zu und blickte ihn an. Harvath machte sich auf das Schlimmste gefasst.

»Entgegen allem, was du jetzt vielleicht denkst, schätze ich nach wie vor deine Freundschaft«, sagte Kalachka. »Darum biete ich dir eine letzte Chance an, das hier zu überleben.

Komm mit mir. Arbeite für mich. Ich werde dich reicher und mächtiger machen, als du dir vorstellen kannst. Natürlich musst du zum Islam übertreten, aber glaub mir, das ist ein geringer Preis für den Reichtum, der dich erwartet.«

Harvath sah den Mann an, als hätte er sie nicht mehr alle. »Willst du mich auf den Arm nehmen?«

»Es ist mir vollkommen ernst. Draußen wartet meine Maschine. Komm mit mir und sieh zu, wie Geschichte geschrieben wird.«

»Danke, aber nein«, erwiderte Harvath. »Ich bin nicht interessiert.«

Ozan Kalachka war kein Mann, dem Entscheidungen Kopfzerbrechen bereiteten. Er hob seine Pistole. »Wie du willst!«

Kalachka war zwar im Vorteil, weil er die Pistole in der Hand hielt. Dafür sah Harvath, was im vorderen Teil des Raums vor sich ging.

Scot hechtete in Deckung, als Horst Schröder, aus mehreren Schusswunden blutend, durch die Tür getaumelt kam und das Feuer auf Kalachka und seine beiden Bodyguards eröffnete.

Prompt hagelte es überall Kugeln. Harvath verschränkte die Hände über dem Kopf, um sich vor den Gips- und Steinbrocken zu schützen, die vom Kaminsims über ihm weggeschleudert wurden. Er begriff, dass Kalachka und dessen Männer es nicht nur auf Schröder abgesehen hatten, sondern auch auf ihn schossen. Da Harvath keine Waffe hatte, war er völlig schutzlos.

Als er hinter dem umgekippten Clubsessel in Deckung ging, auf dem der Aga Khan gesessen hatte, hörte er, wie weitere Schüsse die Wand und den Kamin hinter ihm trafen, und spürte einen stechenden Schmerz an der Wade. Zunächst glaubte er, ein Querschläger hätte ihn getroffen. Doch als er sich unwillkürlich ans Bein langte, stellte er fest, dass es gar keine Kugel war. Mehrere Scheite waren aus dem Kamin ins Zimmer gerollt.

Als Harvath die brennenden Holzstücke wegtrat, kullerte eines der Scheite an einen Vorhang und setzte den schweren Samtstoff in Brand. Da die Kugeln immer noch flogen, konnte Harvath nichts dagegen tun. Von den Vorhängen war es nicht weit bis zu den Bücherstapeln des Aga Khans, und im Handumdrehen stand fast der halbe Raum in Flammen. Harvath war klar, dass er unmöglich bleiben konnte, wo er war.

Er wollte sich aus der Deckung des umgestürzten Clubsessels stehlen, da sah er ein Paar schwere schwarze Stiefel auf sich zustolpern. Ihnen folgte die schallgedämpfte Mündung einer automatischen Waffe, und noch ehe Harvath reagieren konnte, war ihr Besitzer schon über ihm.

Um Atem ringend brach Horst Schröder buchstäblich zu Harvaths Füßen zusammen. Zusätzlich zu mehreren Schusswunden litt der Mann auch noch an einer beginnenden Rauchvergiftung. Harvath nahm seine Waffe, bemüht, durch den dichten Rauch zu erkennen, ob sonst noch jemand auf sie zukam.

»Tot«, sagte Schröder mit heiserer Stimme. »Alle bis auf einen.«

»Welcher?« Erneut sah Harvath sich um und versuchte herauszufinden, wer noch übrig war.

»Der Dicke. Er ist weg.«

Die Flammen wurden heißer. Sie mussten hier raus. »Kannst du gehen?«

Schwach schüttelte Schröder den Kopf.

Harvath warf sich die Waffe über die Schulter, legte dem Elitepolizisten die Arme um die Brust und zerrte ihn in

460

Richtung Flur. Als er draußen war, hörte er am anderen Ende Männer rufen und die Treppe hinaufrennen. *Rayburns Männer.* Kamen sie wegen des Feuers? Oder waren sie zum Töten hier? »Horst?«, versuchte Harvath Schröders Aufmerksamkeit auf sich zu ziehen. Der Mann bekam kaum Luft. »Was ist da unten passiert?«

»Wir haben Tokay gefunden, aber jetzt ist er tot. Wir warteten schon auf dich, als der Hubschrauber landete. Der Dicke sagte, du hast ihn angerufen.«

Das stimmte, Harvath hatte ihn angerufen. Aber er hätte nie damit gerechnet, dass Kalachka hier aufkreuzte. Er hatte ihn tatsächlich unterschätzt.

»Er kannte Tokays Namen und fragte, ob er in Ordnung sei«, redete Schröder weiter. Er musste husten, vom Rauch und weil sich Blut in seiner Lunge sammelte. »Er bot an, ihn im Hubschrauber mitzunehmen, damit wir loskonnten, um dir beizustehen. Wir hätten besser aufpassen müssen.«

Nein, dachte Harvath. *Ich hätte bei euch sein müssen.*

»Sobald wir in Reichweite des Hubschraubers kamen, begannen seine Männer, auf uns zu schießen«, fuhr Schröder fort. »Tokay war auf der Stelle tot. Er hatte keine Chance. Gösser wurde ebenfalls getötet.«

Harvath wurde schlecht. Er war mehr als wütend auf sich selbst, als ihn die Nachricht wie ein Stich traf. Sie waren nur deshalb hier, um Tokay zu retten, und sie hatten versagt. *Er* hatte versagt. Er hatte sich von ihrem vorrangigen Ziel ablenken lassen, darum hatten zwei Männer sterben müssen. Ihr Einsatz war ein Fehlschlag. »Du kommst wieder in Ordnung«, sagte er, während er einen Wandteppich herunterzog, zusammenlegte und Schröder als Druckverband auf die Brust presste. Wenn Schröder starb, würde ihm nicht nur Claudia das nie verzeihen. Er selbst auch nicht. Dies hier war nicht Schröders Kampf. Er war gekommen, um zu helfen, und einer seiner Männer war bereits getötet worden. Harvath war es ihm schuldig sicherzustellen, dass er und der Rest seines Teams lebendig hier rauskamen.

»Was ist mit Rayburn?«, fragte Harvath, während er Schröders Arm auf den Wandteppich legte. »Was ist mit ihm passiert?«

»Weg! Sobald die Schießerei losging, ist er verschwunden.«

»Und der Fernzünder? Hast du versucht, die Sprengladung hochgehen zu lassen, die er trug?«

Schröder schüttelte den Kopf. »Bis ich merkte, was los war, war er schon außer Reichweite.« Er zog den Zünder aus der Tasche und reichte ihn Harvath. »Hier! Der Kerl gehört dir.«

Am liebsten wäre Harvath Rayburn und Kalachka hinterhergejagt, um sie für das bezahlen zu lassen, was sie getan hatten. Aber er musste die auf dem Schreibtisch des Aga Khans verstreuten Pergamente und Folianten bergen. Es war nicht abzusehen, was sie daraus erfahren könnten.

Am Ende des Gangs strömten die Ersten von Rayburns Sicherheitskräften durch die Tür hinter der Statue des Niklaus von Flüe. Harvath legte Schröders Hände über den Wandteppich und sagte »Du kommst wieder in Ordnung«, ehe er wieder zurück in die Gemächer des Aga Khan stürzte.

79

Als Harvath zurück in den Raum rannte, spürte er, wie die Hitze ihm die Gesichtshaut zusammenzog. Es war unmöglich, etwas zu sehen, er musste seinen Weg aus dem Gedächtnis finden.

Nachdem er es an den riesigen Holzschreibtisch des Aga Khans geschafft hatte, beugte er sich unter den Rauch, wo er Pergamentstücke und die Seiten alter Manuskripte sehen konnte, die sich aufgrund der Hitze bereits zu kräuseln begannen. Er öffnete die oberen drei Knöpfe seines Nomex-Hemds und stopfte es mit allem voll, was er in die Finger bekam.

Als er die noch verbliebenen Papiere in sein Hemd schob, glommen die Seiten des Schreibtischs auf einmal in einem fluoreszierenden Orange, ehe sie in Flammen aufgingen. Harvath sprang zurück, als das Holz des brennenden Schreibtischs aufgrund der starken Hitze zu knacken begann und aufplatzte. Zumindest dachte Harvath das anfangs.

Als eine Kugel seine Schulter knapp verfehlte und ihn zurücktaumeln ließ, begriff er, dass das, was er da hörte, keineswegs das Feuer war. Er hob die MP7, die er von Schröder hatte, und beharkte den ganzen Raum, gleich darauf warf er sich zu Boden. Während Harvath das leere Magazin auswarf und ein neues einschob, schnappte er gierig nach Luft.

»Schlampige Arbeit, du Arschloch«, brüllte Rayburns erstickte Stimme irgendwo innerhalb der Wand aus Rauch und Flammen, die den Raum verschlang.

Harvath war versucht, ein weiteres Magazin leer zu feuern und den Raum erneut mit einem Bleihagel einzudecken, beherrschte sich jedoch. Er musste die Fassung bewahren. Harvath angelte den Fernzünder aus seiner Tasche, schaltete ihn ein und drückte die Senden-Taste, doch nichts geschah. Rayburn hatte den Sprengsatz irgendwie deaktiviert.

Die Hitze im Raum ließ Harvath beinahe ohnmächtig werden. Er zwang sich zum Nachdenken. Wenn er an Rayburns Stelle wäre, wo würde er sein? Er würde entweder in der Tür stehen, wo er zumindest ein bisschen passable Luft aus dem

Flur einatmen konnte, oder sich flach an den Boden pressen. Falls Rayburn in der Tür stand, würde er ein gutes Ziel abgeben, presste er sich jedoch an den Boden, konnten sich unzählige Möbelstücke zwischen ihnen befinden.

»Zeig dich, du Wichser«, brüllte der Ex-Secret-Service-Agent, »und ich verspreche dir, dass ich dich schnell umbringe.«

Als Harvath die Stimme hörte, stellte er fest, dass der Kerl nicht in der Tür stand. Er kroch über den Boden und näherte sich.

Harvath musste sich auf die Zunge beißen, um nicht zu antworten. Es gab so ungefähr 1000 Dinge, die er ihm sagen wollte, manche davon ziemlich klug. Aber solange sie alle nur dazu beitrugen, dass Rayburn seine Position eingrenzen konnte, hielt er doch lieber den Mund.

Es war ein in Rauch gehülltes mexikanisches Standoff. Keiner wusste genau, wo der andere sich befand, aber beide hatten sie eine ungefähre Vorstellung. Dieses Spiel könnten sie den ganzen Tag lang spielen, würde das Feuer nicht den letzten Rest Luft aus dem Raum saugen und stünden die Flammen nicht kurz davor, sie beide zu verschlingen. Die Hitze war so schlimm geworden, dass er sein Gesicht mit dem Arm schützen musste.

Unter dem Knistern und Tosen des Feuers vernahm er ein schabendes Geräusch. Rayburn schob einen der Ledersessel über den Boden und nutzte ihn als Deckung, während er versuchte, näher zu kommen. Das war alles, was Harvath an Informationen benötigte. Er kroch so nahe wie möglich an den brennenden Schreibtisch, richtete die Waffe auf den Kamin und ließ einen halben Meter über dem Boden einen Kugelhagel los, während er die Waffe hin und her schwenkte.

Er hörte Rayburn vor Schmerz aufschreien, als er ihn traf. Klappernd fiel Rayburns Waffe zu Boden, dann herrschte Stille. Harvath schob ein weiteres Magazin ein und leerte es in Rayburns Richtung. Der Griff seiner Waffe war vom Feuer so heiß geworden, dass er sie kaum noch zu halten vermochte.

Als Harvath das leere Magazin auswarf, beschloss er, es als Ablenkung zu benutzen, indem er es an die gegenüberliegende Wand warf, während er zur Tür rannte. Er zählte bis drei, schleuderte das Magazin quer durch den Raum und wartete auf eine Reaktion. Da hörte er über sich den Putz und das Holz ächzen. Einen Sekundenbruchteil darauf stürzte die Decke herab.

Harvath hechtete so weit weg, wie er konnte, und verhedderte sich dabei in einer Reihe brennender Vorhänge. Hätte er etwas anderes getragen als Nomex, hätte er augenblicklich in Flammen gestanden.

Da die eingestürzte Decke ihm den Ausweg aus den Gemächern des Aga Khans versperrte, benutzte er einen in der Nähe stehenden Stuhl, um die lodernden Vorhänge vom Fenster wegzuschlagen. Sobald sie frei waren, streifte er den Ärmel über die Hand, öffnete das Fenster und stieß es auf.

Die frische Luft, die hereinströmte, fachte das Feuer nur noch mehr an, und das tosende Inferno griff nach ihm, wollte Harvaths Körper zu fassen bekommen, als er sich aus dem Fenster rollte.

Sobald er auf dem rutschigen Ziegeldach war, entfernte er sich so weit wie möglich vom Brandherd. Als er nach oben blickte, sah er nicht nur die übrigen Motorsegler über sich kreisen, die wahrscheinlich auf Anweisungen warteten, wo sie sicher landen konnten, sondern auch Ozan Kalachkas Hubschrauber, der unaufhaltsam in die Höhe stieg. Leider war die MP7, die Harvath auf dem Rücken trug, eine

Nahkampfwaffe. Er hatte keine Chance, den Hubschrauber auf diese Entfernung zu treffen.

Auf der Terrasse unter sich sah Harvath einen großen Kunststoffkoffer, der aller Wahrscheinlichkeit nach die schultergestützte Rakete enthielt, die er bei seinem Überwachungsflug gesehen hatte. Aber auch sie nützte ihm nichts. Selbst wenn er sie rechtzeitig erreichen und herausziehen könnte, war der Himmel über ihm voller Flugzeuge, die zu seiner Seite gehörten. Der kleinste Fehler, und die Rakete könnte eine latente Wärmesignatur eines Motorseglers erfassen, und weitere unschuldige Menschen würden sterben. Und damit könnte Harvath nicht leben.

Sein einziger Trost, als er vom Dach hinabkletterte, war der Gedanke, dass er eine ziemlich gute Vorstellung davon hatte, wohin Kalachka wollte. Und falls Harvath schnell genug war, konnte er ihn vielleicht schnappen.

80

Was Rayburn zwischen seiner Flucht vor Schröder und der Auseinandersetzung in den Gemächern des Aga Khans auch getrieben haben mochte – als Harvath es endlich ins Erdgeschoss schaffte, stellte er fest, dass Rayburn seinen Männern nicht gesagt hatte, dass sie angegriffen wurden.

Da die Security-Leute des Aga Khans immer noch glaubten, Harvath und sein Team wären auf ihrer Seite, hatten sie Schröder ins Freie getragen. Einer der Männer mit einer militärischen Ausbildung als Sanitäter versorgte seine Wunden. Der Rest der Leute war damit beschäftigt, das sich rasch über den ganzen Komplex ausbreitende Feuer zu löschen.

Harvath nahm Schröders Funkgerät von der Stelle, an der der Sanitäter die Ausrüstung des Verwundeten fein säuberlich abgelegt hatte, ging ein Stück weit weg von den Security-Leuten und konnte den Rest des Teams kontaktieren. Den Männern im Dorf befahl er, die Kantonspolizisten zu überwältigen und mit der Seilbahn hochzufahren. Anschließend beorderte er die Motorsegler zurück zu Sion International, dem Flughafen Sitten, und bat Claudia, einen Rettungshubschrauber nach Aiglemont zu schicken, um Schröder schnellstmöglich ins Krankenhaus zu bringen.

Als der Pilot von Silo eins das Geplapper im Funkgerät hörte, ging er über die schmale Wiese zu Harvath. Stillschweigend nahm er Schröders Sig Sauer Kaliber 40 entgegen, nur für den Fall, dass die Männer des Aga Khans merkten, dass man sie hinters Licht geführt hatte und die Dinge unfreundlich wurden. Aber da Rayburn zerquetscht unter der brennenden Deckenkonstruktion im Obergeschoss des Klosters lag, machte Harvath sich keine allzu großen Sorgen, dass es so weit kommen könnte.

Als 20 Minuten später der Rettungshubschrauber eintraf, entstiegen die ersten Männer der Einheit Stern der Seilbahn. Nachdem sie Harvath und dem Piloten von Silo eins geholfen hatten, Schröder in den Hubschrauber zu verfrachten, dazu noch die Leichen Gössers und Emir Tokays, schlenderten die Kommando-Polizisten wie beiläufig an den das lodernde Inferno bekämpfenden Männern vorbei und fuhren mit der Seilbahn zurück ins Dorf.

An Bord des Hubschraubers stabilisierten die Sanitäter Schröder, behandelten Harvaths Verbrennungen, säuberten die Kopfwunde des Silo-eins-Piloten und legten ihm einen neuen Verband an. Harvath erfuhr, dass der Mann Wilhelm hieß. Wenn er nicht gerade als Reservist der Schweizer

Luftwaffe flog, waren neben Motorseglern sein eigentliches Fachgebiet private Businessjets.

Auf die Frage, ob er eine Berechtigung für eine Cessna Citation X habe, nickte Wilhelm nur lächelnd. Irgendwie wusste er genau, was in Harvaths Kopf vorging. »Die werden von uns verlangen, dass wir einen Flugplan einreichen, wissen Sie?«

Das war Harvath egal. Bei dem ganzen Aufruhr, den das Feuer im Château Aiglemont verursacht hatte, würde es Tage dauern, bis die Piloten des Aga Khans merkten, dass jemand die Maschine ihres Chefs gestohlen hatte.

Als die Cessna Citation X mit Mach 0,92, beinahe Schallgeschwindigkeit, auf Saudi-Arabien zuraste, fragte Harvath sich, hinter wie vielen Sanddünen er wohl nachsehen musste, bis er schließlich Ozan Kalachka fand. Ihm war klar, dass der Kerl irgendwo in dem Wüstenkönigreich steckte. Die Frage war nur, wo und ob Harvath ihn noch rechtzeitig erreichen konnte.

Jillian ihrerseits schien sich mehr Sorgen um Harvaths Zustand zu machen als um den Zustand der alten Dokumente. Wiederholt bat er um Entschuldigung, weil sie vom Feuer beschädigt worden waren.

Da sie vor dem Abflug gerade noch Zeit für den Preflight-Check hatten, kramte Jillian in der Bordküche zusammen, was sie nur konnte – ein paar Cracker, einen Laib Brie, zwei Gläser kaspischen Kaviar und eine Flasche San Pellegrino –, und brachte es ihm.

Harvath aß das wenige, was da war. Anschließend versuchte er, sich darauf zu konzentrieren, wie zum Teufel er es schaffen sollte, in Saudi-Arabien eine Landeerlaubnis zu bekommen und den Zoll zu umgehen. Er kannte niemanden im Königreich, der irgendwelchen Einfluss hatte. Ungeachtet möglicher Folgen war es an der Zeit, dass er Gary Lawlor direkt kontaktierte.

Während Jillian die im Château Aiglemont geretteten Seiten studierte, nahm Harvath über das Bordtelefon des Jets Kontakt mit D. C. auf. Er erreichte Lawlor auf seinem verschlüsselten Handy und berichtete ihm alles, was passiert war.

»Ihre Vorgesetzten werden Claudia Müller ganz schön die Hölle heißmachen«, meinte Lawlor.

»Das glaube ich nicht«, erwiderte Harvath. »Kalachka ist derjenige, der bei der Schweizer Regierung seine Beziehungen spielen ließ, um die Befreiungsaktion genehmigen zu lassen.«

»Egal, trotzdem haben sie einen Agenten und auch noch Tokay verloren.«

Harvath massierte sich den Nasenrücken mit Daumen und Zeigefinger. »Ich weiß.« Er wollte nicht darüber nachdenken, was im Château Aiglemont passiert war und wie Ozan Kalachka ihn reingelegt hatte. »Was ist mit den Whitcombs? Hatten sie schon Glück bei den Gewebeproben, die wir geschickt haben?«

»Eine DNA-Analyse dauert, und bei alter DNA dauert es noch länger. Aber wir stehen jetzt vor einem größeren Problem.«

»Was ist los?«

»Das Virus, die Krankheit – nenn es, wie du willst –, ist hier bei uns aufgetaucht.«

»In den Vereinigten Staaten?«, fragte Harvath. »Wie?«

»Wir sind noch dabei, das zu untersuchen. Anscheinend stammt es von einem Lebensmittelhändler in Michigan, der muslimische Nahrungsmittel für seinen Versandhandel importiert.«

»Wie viele Infizierte?«

»Bloß eine Handvoll, von denen wir wissen. Sie befinden sich natürlich unter Quarantäne. Aber diese Sache fliegt uns bald um die Ohren«, antwortete Lawlor. »Hör zu, Scot. Der Präsident hat das Campfire-Protokoll eingeleitet – uns läuft die Zeit davon.«

Harvath wollte nicht glauben, was er da hörte. Aber er hatte lange genug im Weißen Haus gearbeitet, um zu wissen, dass dem Präsidenten wahrscheinlich nichts anderes übrig blieb. Die Krankheit musste eingedämmt werden, und wenn sie feststellten, dass die einzige Möglichkeit dazu darin bestand, ganze Städte mit Atomwaffen auszulöschen, blieb Rutledge wohl keine andere Wahl. »Sind bereits Kampfflugzeuge in der Luft?«

»Ja. Falls diese Sache an Boden gewinnt und die Teams von USAMRIID und CDC sie nicht eingrenzen können, wird man sich für die ultimative Eindämmung entscheiden.«

»Wie viel Zeit haben wir noch?«

»Das lässt sich unmöglich sagen.«

»Nun, falls es mir gelingt, Kalachka aufzuspüren«, sagte Harvath, »können wir es vielleicht noch abwenden. Letztlich ist er der Einzige, der die Antworten hat.«

»Das sehe ich auch so. Aber du hast keine Ahnung, wo er ist.«

»Wir werden Hilfe brauchen. Wir müssen uns an jemand im Königreich wenden – an jemand, dem wir vertrauen können. Jemand, der uns ohne Zollabfertigung und ohne Fragen reinbringen und uns dann helfen kann, an die Informationen zu kommen, die wir benötigen.«

Lawlor überlegte einen Moment. »Ich glaube, ich kenne vielleicht die richtige Person. Gib mir ungefähr 20 Minuten, dann rufe ich dich zurück.«

Harvath legte auf und schenkte sich ein weiteres Glas Mineralwasser ein. Der Rauch und die Hitze des Feuers hatten ihn furchtbar durstig gemacht. Er wandte sich an Jillian, die immer noch die Dokumente durchsah, die man Tokay weggenommen hatte, als der Aga Khan ihn entführen ließ, und fragte: »Konnten Sie darin etwas Nützliches finden?«

»Vielleicht«, meinte sie, während sie eine Passage aus einem der Folianten ein zweites Mal las. »Worin auch immer dieser Impfstoff besteht, anscheinend wirkt er auch, nachdem die Symptome schon eingesetzt haben. Davon abgesehen bestätigt der Rest nur, was wir bereits wissen oder vermutet haben. Hannibal gelang es tatsächlich, sich ein Exemplar des *Arthashastra* zu beschaffen. Er war fasziniert von der *Azemiops feae*-Viper und der Wirksamkeit ihres Gifts. Die Karthager führten zahllose Experimente durch. Sie vermengten Derivate des Gifts mit anderen chemischen und biologischen Bestandteilen, bis sie sich schließlich für die Tollwut als tödlichste Komponente entschieden.«

»Das macht Sinn, aber wie konnten sie einen Impfstoff dagegen entwickeln?«

»Wahrscheinlich weil sie die wesentlichen Bestandteile der Waffe kannten.«

»Das Gift der *Azemiops feae* und Tollwut. Ja, und?«, erwiderte Harvath. »Die kennen wir auch. Trotzdem sind wir nicht näher an der Entdeckung eines Impfstoffs als damals, als das Ganze anfing.«

»Was die Karthager kannten, war die tatsächliche Art jeder Komponente. Sie wussten, wie das Gift gewonnen wurde und ob dabei noch etwas angestellt wurde, um es zu verfeinern. Außerdem hatten sie es mit einer Form der Tollwut zu tun, die zu ihrer Zeit verbreitet war.«

»Aber selbst wenn sie die Schlüsselkomponenten kannten: Wie gelang ihnen der Sprung zu einem echten Impfstoff?«

Alcott legte das Pergament beiseite, das sie studierte. »Der Mensch war schon immer fasziniert nicht nur von dem, was tötet, sondern auch von allem, was Heilung bringt. Plinius der Ältere, ein Römer, eine der tonangebenden wissenschaftlichen Autoritäten der Antike, behauptete, dass ein Harz aus Riesenfenchel und einer Lorbeerart namens Purpur-Wolfsmilch wirksam bei der Heilung von Wunden sei, die durch Giftpfeile verursacht wurden.«

Harvath erinnerte sich, dass er etwas Ähnliches in Vanessa Whitcombs Büro gelesen hatte. Er nickte und hörte Jillian weiter zu.

»In der Antike war allgemein bekannt, dass Menschen, die in Gegenden lebten, die von giftigen Kreaturen wie Schlangen und Skorpionen heimgesucht wurden, aufgrund der ständigen Exposition oftmals ein gewisses Maß an Immunität entwickelten. Manche glaubten, der Atem oder Speichel dieser Menschen könne bei jedem giftige Bisse heilen. Tatsächlich gab es in Nordafrika einen Stamm, die Psyller, der so immun gegen Schlangenbisse und Skorpionstiche war, dass sein Speichel als die Wunderdroge seiner Zeit galt. Im Wesentlichen handelt es sich dabei um die frühe Form eines Gegengifts.«

»Meinen Sie wirklich, dass menschlicher Speichel ein Bestandteil von Hannibals Impfstoff war?«

»Schon möglich, allerdings nicht sehr wahrscheinlich, wenn dieser Impfstoff zum Schutz seiner gesamten Armee in großen Mengen hergestellt werden musste. Höchstwahrscheinlich wurde der in dem Heilmittel enthaltene Anteil an Gegengift irgendwie in der Natur erzeugt.«

»Wie denn erzeugt?«

»Es würde mich nicht wundern, wenn die Karthager eine Möglichkeit gefunden hätten, ihr Vieh einer Form des Gifts auszusetzen, um ein Gegengift zu extrahieren – ähnlich wie wir es heute bei Schafen und Pferden machen.«

»Und die Tollwut-Komponente des Heilmittels?«

»Früher züchteten wir inaktive Tollwutviren in Enteneiern. Heutzutage züchten wir sie in menschlichen Zellen im Labor. Aber wenn man bedenkt, was die Skythen im 5. Jahrhundert vor Christus darüber wussten, wie man menschliches Blutplasma zur Verwendung in ihren Giftstoffen trennt, wer kann da schon sagen, ob die Karthager nicht eine ähnliche Methode entdeckten? Das Entscheidende ist, dass sie meisterhaft darin waren, Einfluss auf ihre Umwelt und die Welt um sich herum zu nehmen. Wir dürfen nicht unterschätzen, was für Entdeckungen sie womöglich machten.«

Es war nicht so, dass Harvath ihr nicht zustimmte, das tat er durchaus. Das änderte jedoch nichts an der Tatsache, dass sie einer Möglichkeit, diese Sache zu verhindern, keinen Schritt näher gekommen waren. Wenn sie nicht bald einen Durchbruch erzielten, würden viele Menschen sterben.

Zehn Minuten später klingelte das Bordtelefon, und Harvath nahm ab. Gary Lawlors Stimme meldete sich. »Ich habe jemanden erreicht, der eurem Flieger eine Landeerlaubnis verschafft.«

»Gut!«

»Außerdem hat er etwas, das du dir unbedingt ansehen solltest. Es kann sein, dass das der Durchbruch in dem Fall ist.«

81

Westin Embassy Row Hotel
Washington, D. C.

Falls der Ton seiner Nachricht Senatorin Carmichael nicht darauf aufmerksam machte, dass Brian Turner Neuigkeiten hatte, die es wert waren, gefeiert zu werden, dann doch die Tatsache, dass er für ihr nächstes Treffen ein Viersternehotel ausgesucht hatte. Als zusätzliche Extravaganz hatte er die Suite in der siebten Etage gebucht. Der ehemalige Vizepräsident Al Gore wuchs dort auf, als sein Vater im Senat war. Ein Cousin von ihnen war der Besitzer des Hotels. Brian hoffte, dass Helen die Bedeutung ihrer Umgebung nicht entging.

Turner traf früher ein, um einzuchecken und sicherzugehen, dass das Zimmer in Ordnung war. Anschließend ging er nach unten in die Fairfax Lounge des Hotels, um einen Cocktail zu trinken. Er hätte sich gern noch einen dritten Martini genehmigt, aber er hielt sich an sein Versprechen, nur zwei zu sich zu nehmen. Beim letzten Mal war die Senatorin nicht gerade erfreut gewesen über den Zustand, in dem sie ihn angetroffen hatte, auch wenn sie doch beträchtlich auftaute, als er ihr die Informationen präsentierte, die er ihr besorgt hatte. Er wusste, dass es heute nicht anders sein würde, vor allem wenn er die Bombe platzen ließ. Doch dazu wollte er einen einigermaßen klaren Kopf behalten. Wie er Helen kannte, hatte sie bestimmt Lust auf Champagner und wollte wahrscheinlich ein, zwei Stunden im Bett verbringen, ehe sie mit dem Dossier loszog, das er über das persönliche Black-Ops-Team des Präsidenten zusammengestellt hatte.

Als Carmichael eintraf, gab sie sich rein geschäftsmäßig. »Du musst ja etwas wirklich Großes haben, wenn du mich mitten am Tag aus dem Büro holst.« Damit hastete die Senatorin an dem jungen CIA-Mann vorbei in die luxuriös ausgestattete Suite.

»Es ist auch schön, dich zu sehen.« Er schloss die Tür hinter ihr und ging an die Minibar. »Wie wär's mit einem Drink?«

»In 45 Minuten muss ich zu einer Abstimmung im Senat, Brian. Warum kommen wir nicht zur Sache? Sag mir, weshalb ich hier bin.«

Sie konnte einem die Stimmung verderben, so viel stand fest. Aber sie war Turners Eintrittskarte an die Spitze, und das versuchte er im Hinterkopf zu behalten, als er sagte: »Meinst du nicht, du könntest etwas freundlicher zu dem Mann sein, der dir das Amt der Vizepräsidentin der Vereinigten Staaten auf einem Silbertablett präsentiert?«

»Wovon redest du da?«

»Auf dem Schreibtisch.« Mit einer Kopfbewegung deutete er auf ein in Geschenkpapier eingepacktes Päckchen.

Carmichael ging hinüber und nahm das Kästchen. Sie streifte die rote Satinschleife ab, öffnete den Deckel und fand darin eine schlichte Manila-Mappe. »Was ist das?«, fragte sie.

Turner griff nach der Speisekarte des Zimmerservice und blätterte zur Weinkarte. »Mach es auf und sieh nach«, sagte er über die Schulter.

Die Senatorin setzte sich an den Schreibtisch und fing an zu lesen. »Wie zum Teufel bist du denn da herangekommen?«

»Ich sagte dir doch, ich bin sehr gut in meinem Job.«

»Brian, du bist besser als gut. Das ist absolut unglaublich. Das hier wird Jack Rutledge so schnell aus dem Weißen Haus treiben, dass er die Latschen verliert.«

»Wie wär's mit Champagner? Soll ich beim Zimmerservice eine Flasche bestellen?«

»Du kannst dort bestellen, was immer du willst.«

»Cristal, nicht wahr?«, sagte Turner, während er zum Hörer griff, um die Bestellung aufzugeben.

Carmichael hörte nicht auf zu lesen. »Hier steht genug drin, um Anhörungen über einen Zeitraum von 20 Jahren einzuleiten.« Die Senatorin war so aufgeregt, dass sie sich kaum beherrschen konnte. »Es wird Tage dauern, bis ich mir überlegt habe, ob ich mit allem auf einmal an die Öffentlichkeit gehe oder nur Stück für Stück, bis alles eine so kritische Masse erreicht, dass Rutledge und seine Leute sich ein heißes Bad einlassen und anfangen, sich um die Rasierklingen zu streiten.«

In dem Moment, als er die Informationen aufdeckte, hatte Turner gewusst, dass seine Position in Carmichaels Kabinett so gut wie gesichert war. Als sie nun die Akte weglegte, zu ihm geschlendert kam und dabei die rote Schleife verführerisch von der Hand baumeln ließ, wusste er, dass er die Stelle auf jeden Fall hatte. »Wenn die Presse mich fragt, woher ich meine Informationen habe«, sagte sie, während sie seinen Gürtel öffnete, »wie soll ich dann einen solchen Zufallsfund erklären?«

»Sag ihnen, dass es aus einer Quelle stammt, die die Nase voll davon hat zuzusehen, wie Jack Rutledge dieses Land herunterwirtschaftet und dabei seine Missachtung der Verfassung und der Gesetze, die Amerika großartig machen, schamlos zur Schau stellt.«

»Oh, das ist aber ein ganz schöner Mundvoll«, sagte Carmichael, als sie sich auf die Knie niederließ und ihm den Reißverschluss öffnete.

Während sie das tat, meldete sich die Mitarbeiterin des Zimmerservice, und Turner sagte ihr, er werde zurückrufen.

Im Nebenzimmer nahm einer der FBI-Agenten, der bei der Observation neben Gary Lawlor saß, seine Kopfhörer herunter, stieß sich vom Videomonitor ab und meinte: »Jetzt hat dieser Skandal alles. Sogar ein eigenes Deep Throat.«

82

Riad, Saudi-Arabien

Anstatt auf dem King Khalid International Airport zu landen, wurde Harvath angewiesen, zum Luftwaffenstützpunkt Riad zu fliegen, wo er sich keine Sorgen über die Zollabfertigung zu machen brauchte.

Als das Flugzeug zum Endanflug ansetzte, blickte Harvath aus dem Fenster neben sich. Trotz allen Ärgers, den Saudi-Arabien ihm eingebracht hatte, staunte er über die Hauptstadt. Aus dem Arabischen übersetzt bedeutete Riad wörtlich »die Gärten«, und es war ein passender Name. Im Wadi Hanifa der Zentralprovinz gelegen war Riad nicht die Stadt aus Sand, die viele sich vorstellten. Stattdessen war es üppig und grün, durchbrochen von einer Fülle wunderschöner Parks. Riad wurde als befestigte Stadt an einer historischen Handelsroute zwischen dem Iran und der heiligen Stadt Mekka errichtet. Grund für den Standort war, wie bei den meisten großen Städten in Saudi-Arabien, die Nähe zu einer Süßwasserquelle, und Harvath konnte nicht umhin, sich zu fragen, ob dieses Wasser etwas mit dem zu tun hatte, wonach sie suchten.

Nachdem die Maschine gelandet war, rollten die Piloten zu einer großen Splitterschutzbox und stellten die Triebwerke ab. Zwar befanden sie sich im Schatten, doch als Harvath die vordere Tür öffnete und die Treppe hinunterstieg, schlug ihm die Hitze entgegen wie aus einem Hochofen. Es waren gut und gern über 40 Grad.

Sommer im Sandkasten, dachte Harvath bei sich, als er und Alcott die Treppe hinabstiegen und zu dem Toyota Land Cruiser gingen, der auf sie wartete. Wenn er an all die elenden Bedingungen dachte, die er als SEAL ertragen musste, vermisste er die Zeit, da er Einsätze in diesem Teil der Welt absolviert hatte, kein bisschen.

Als sie sich dem Wagen näherten, fiel Harvath als Erstes eine Ansammlung von Einschusslöchern entlang des hinteren Kotflügels auf. Er ließ seinen Finger darübergleiten und versuchte, das Kaliber einzuschätzen.

»Auf dem Weg hierher habe ich AK-47-Feuer abbekommen«, sagte der Fahrer, als er um den Wagen herumkam, um sie zu begrüßen. Er trug das traditionelle arabische Gewand, eine Dischdascha, die wie ein langes Nachthemd aussah. Als er die karierte Kufija von seinem Gesicht abwickelte, sahen sie, dass er Amerikaner war. »Chip Reynolds«, sagte er und streckte ihnen die Hand entgegen.

Harvath und Alcott stellten sich vor und sahen dann zu, wie er die Heckklappe öffnete und zwei Einkaufstüten herausholte. »Ich habe jedem von euch Kleidung zum Wechseln mitgebracht. Die Einheimischen werden ein bisschen unruhig, und je weniger ihr wie Ausländer ausseht, desto besser für uns.«

»Was ist *damit*?« Harvath schlug seine Jacke zurück und brachte seine H&K-Pistole Kaliber 40 zum Vorschein.

Er konnte sie unmöglich unter einer traditionellen Dischdascha verstecken. Und wenn, dann müsste er das gesamte Gewand hochziehen, um daran zu gelangen. Das funktionierte nicht.

Reynolds durchwühlte die Ausrüstung auf der Ladefläche seines Land Cruisers und holte ein kleines Täschchen mit arabischer Aufschrift heraus. Man nannte es *Juz,* und es war zum Aufbewahren von Koranabschnitten gedacht, eignete sich aber auch perfekt für Harvaths Waffe.

Das musste man Reynolds lassen, er hatte eindeutig etwas auf dem Kasten und anscheinend an alles gedacht.

Nachdem Harvath seine Dischdascha angezogen und Jillian ihre bis zum Boden reichende schwarze Abaya übergestreift hatte, komplett mit einem langen Nikab, der nur die Augen frei ließ, konnte es losgehen.

»Mann, sehen Sie toll aus«, scherzte Reynolds, als Jillian einstieg und auf dem Rücksitz Platz nahm. »Mit diesen Augen werden Sie hier jede Menge Herzen brechen.«

Harvath war nicht gerade begeistert von der lockeren Haltung des Mannes und brachte das Gespräch wieder auf die eigentliche Sache. »Wie kommt es, dass du Gary Lawlor kennst?«

Reynolds legte den Gang ein und strebte dem Haupttor der Air Base zu. »Ich war mit Gary zusammen bei der Army Intelligence. Ich kam ungefähr zu der Zeit zur CIA, als er zum FBI ging.«

»Und wie bist du hier gelandet?«

»Der Nahe Osten war mein Einsatzgebiet. Ich habe Arabisch und Farsi gelernt, und eigentlich gefiel es mir hier ganz gut. Saudi-Arabien hat schon was.«

»Gary meinte, du arbeitest beim Sicherheitsdienst der Aramco. Bei deinem Hintergrund hat die CIA dich bestimmt nicht gern ziehen lassen.«

»Bestimmt nicht, aber ich hatte mein Leben lang meinem Land gedient. Bei dem, was ich hier tue, geht es nur ums Geld, und das ist keine Schande. Warum sollte ich in den wenigen Jahren, die mir noch bleiben, nicht ein bisschen Geld verdienen?«

Der Mann hatte recht. Als sie durchs Haupttor der Air Base Riad fuhren, sagte Harvath: »Ich kann es dir nicht verdenken. Aber hast du es je vermisst?«

»Was? Bei der CIA zu arbeiten?«

Harvath nickte.

»Am Anfang, ja, da hat es mir schon gefehlt. Sehr sogar, aber ich wusste ja, was die Stunde geschlagen hat. Die Firma würde mich nicht ewig beschäftigen. Was sollte ich tun? Mir einen raketengetriebenen Rollstuhl zulegen, um die bösen Buben zu jagen? Wenn ich etwas gelernt habe in meinem Leben, dann dass sich alles um Veränderungen dreht, und Stress entsteht, wenn man Veränderungen aus dem Weg geht. Ich denke, das ist die größte Lektion, die ich aus dem Verlust meiner Frau gelernt habe. Sie hat meine Karriere sehr unterstützt, aber ich wusste, dass sie nicht begeistert davon war. Die Bezahlung war nicht gerade üppig und die Arbeitszeiten eine Katastrophe. Aber sie verstand, dass es mir um mehr als das ging. Weißt du, was ich meine?«

»Ja«, antwortete Harvath. »Ich weiß, was du meinst.«

»Bist du verheiratet?«, fragte Reynolds.

»Nein.«

»Eine Freundin?«

Harvath musste einen Moment überlegen. »Eigentlich nicht.«

»Nun, ich gebe dir einen Rat. Ich wünschte, mir hätte das jemand vor langer Zeit gesagt. Das Einzige, was ich je mehr geliebt habe als mein Land, war meine Frau. Ohne sie wäre ich nicht halb der Mann geworden, der ich heute bin. Ich sehe viele Leute in dieser Branche, die den Beruf über eine Familie stellen. Meiner Meinung nach ist das ein Haufen Mist. Das sind alles bloß Ausflüchte. Auch wenn man sich den Arsch aufreißt, um Leben und Freiheit zu schützen, heißt das nicht, dass man nicht das Recht auf ein bisschen Glück hat. Das Wesentliche dabei ist allerdings, dass man die Richtige findet.«

»Das ist die Untertreibung des Jahres.« Harvath fragte sich, ob Dr. Phil aus der Oprah Winfrey Show wusste, dass ihm jemand in Saudi-Arabien sein Material klaute.

»Wie alt bist du? Circa 35?«

»Ungefähr.«

»In dem Alter habe ich geheiratet. Aber um ein Haar hätte ich es bleiben lassen. Das wäre ein Riesenfehler gewesen. Ich schätze, was ich sagen will, ist: Lass dir von deiner Karriere nicht den Weg zu dem verbauen, was du vom Leben möchtest.«

»Ich werde es mir merken.« Dabei dachte Harvath, dass seine Karriere das Einzige war, was er sich jemals wirklich gewünscht hatte. Darüber hinaus konnte er sich nichts vorstellen, ja, er hatte es noch nicht einmal versucht. Erst als er damit konfrontiert wurde, seinen Job zu verlieren, hatte er angefangen, sich Gedanken darüber zu machen, wie sein Leben ohne seinen Beruf aussehen könnte. Reynolds war ein interessanter Mensch. Im Gegensatz zu Rayburn, der gezwungenermaßen aus dem Staatsdienst in den privaten Sektor wechselte, hatte Reynolds sich nach einem langen und allem Anschein nach befriedigenden Berufsleben entschlossen, aus dem Dienst auszuscheiden, und zwar zu seinen eigenen Bedingungen. Mehr noch, irgendwie war es Reynolds gelungen, eine bereichernde und erfüllende Beziehung zu führen – etwas, das Harvath noch nicht geschafft hatte. Während er dem Mann zuhörte, fragte er sich, ob es vielleicht nicht an den Frauen lag, mit denen er zusammen gewesen war, sondern an ihm. Vielleicht war er ja derjenige, der seine Beziehungen sabotiert hatte.

Nach einigen weiteren Augenblicken des Nachdenkens wurde Harvath klar, dass er sich schon wieder vom Thema abbringen ließ. Erneut versuchte er, das Gespräch auf die eigentliche Sache zu lenken. »Warum reden wir nicht darüber, worauf wir uns jetzt einlassen?«

Da Eile geboten war, vermied Reynolds alle umständlichen, über Nebenstraßen führenden Routen, bog auf die Haupteinfallstraße nach Riad ein und trat das Gaspedal durch. »Darüber, was in der Stadt los ist?«

»Ja.«

»Hast du die Luftlöcher gesehen hinten an meinem Truck?«

»So viele Löcher kann man schwer übersehen«, antwortete Harvath. »Du meintest, dass die Einheimischen unruhig werden?«

»Die Mullahs haben eine Menge Gläubige aufgepeitscht, vor allem die jungen Männer haben sie in Raserei versetzt.«

»Worüber?«, fragte Jillian vom Rücksitz her.

»Sie behaupten, dass die Herrscherfamilie als Reaktion auf den Druck Amerikas der Polizei befohlen habe, gegen alle Militanten vorzugehen, auch gegen die gemäßigten.«

»Hier wird eindeutig Druck ausgeübt«, sagte Harvath. »Allerdings nicht von Amerika.«

»Genau das ist es. Die königliche Familie scheint diesem Kerl Kalachka direkt in die Hände zu spielen. Sie lassen überall Militante verhaften.«

»Warum?«

»Anscheinend glaubt man, dass mit hoher Wahrscheinlichkeit ein Putsch bevorsteht.«

83

Während sie durch die Wohnkomplexe außerhalb Riads fuhren, erzählte Reynolds von den Fundamentalisten, die er überwacht hatte, warum er sich entschieden hatte, ihnen zu folgen, und was er in Erfahrung gebracht hatte. Danach war Harvath an der Reihe.

In den nächsten zehn Minuten lieferte Harvath eine kurze Zusammenfassung ihrer Nachforschungen und dessen, was sie alles durchgemacht hatten. Abschließend erklärte er, warum Reynolds Khalid Alomari nicht finden konnte und was der Mann während seiner langen Abwesenheit von Saudi-Arabien getan hatte.

Als Harvath den Punkt erreichte, an dem der Al-Qaida-Killer getötet wurde, blickte er in den Rückspiegel und sah Jillian den Blick abwenden. Sie sah aus dem Fenster.

»Sie haben das Richtige getan«, sagte Reynolds in einem Versuch, das Schweigen zu brechen, das sich über sie gelegt hatte.

»Ich weiß«, sagte Jillian. »Ich weiß.«

»Lass mich dich noch etwas fragen«, fuhr der Mann fort, »über diese Krankheit. Gary sagt, dass sie gerade in den USA aufgetaucht ist. Wie ist sie reingekommen und wo ist sie ausgebrochen?«

»Soweit die Teams von FBI, Homeland Security, CDC und USAMRIID herausfinden konnten, begann es mit einem muslimischen Lebensmittelimporteur, der ein Paket per UPS von Hamtramck, Michigan, nach Manhattan schickte«, sagte Harvath. »Anscheinend wurde jeder, der damit in Kontakt kam, infiziert, auch der Importeur selbst.«

Im Rückspiegel blickte Reynolds Jillian an. »Habt ihr eine Ahnung, wie die Krankheit sich ausbreitet?«, wollte er wissen.

»Nein. Wir wissen lediglich, dass dem Aga Khan zufolge die Immunität gegen die Krankheit irgendwie durch Wasser übertragen wird. Eine Art heiliges Wasser, zu dem ausschließlich Muslime Zugang haben.«

»Ausschließlich Sunniten«, ergänzte Harvath. »Deshalb dachte Gary, wir könnten uns gegenseitig helfen. Du sagst, eines der Dinge, die du in diesem Lagerhaus entdeckt hast, war Mineralwasser, oder?«

»Tonnenweise«, erwiderte Reynolds. »Das Lagerhaus war riesig, und das Zeug war von oben bis unten gestapelt. Es müssen gut und gern über eine Million Flaschen gewesen sein.«

»Was ist mit den Dokumenten, die du gefunden hast?«

»Das bringt uns zurück zu meiner Frage.« Erneut blickte er Jillian an. »Könnte die Krankheit durch den Kontakt mit Gegenständen verbreitet werden, die absichtlich kontaminiert wurden?«

»Natürlich«, antwortete Jillian. »Die Menschen der Antike waren ganz angetan davon, Felder, von denen sie wussten, dass ihre Feinde sie durchqueren mussten, mit Gift zu besprühen. Der Feind marschierte hindurch, und die Substanz gelangte entweder durch direkten Hautkontakt oder über die Atemwege in den Körper. Sie sollen sogar Lebensmittel, Wasservorräte oder Güter des täglichen Bedarfs kontaminiert und zurückgelassen haben, damit der Feind sie ›entdeckte‹. Und das war's dann. Warum fragen Sie?«

»Nach dem, was Gary mir erzählte, enthielt das kontaminierte Paket in den USA eine Art Gewürzpulver aus gemahlenen Kirschkernen. Es wurde an einen ehemaligen saudischen Staatsbürger verschickt, der eine Reihe äußerst interessanter Unternehmen besitzt.«

»Was für Unternehmen?«

»Tankstellen, Gemischtwarenläden, Wechselstuben, Kredit-unternehmen, Devisenumtausch, verteilt über den ganzen Nordosten.«

»Und?«

»Was haben alle diese Unternehmen gemeinsam?«

Nach einem Moment antwortete Harvath: »Bargeld. Ihre Geschäfte drehen sich alle sehr stark um Bargeld.«

»Bingo«, sagte Reynolds. »Und alle diese Unternehmen unterliegen kaum einer oder keiner Regulierung. Das sind regelrechte Geldwaschmaschinen.«

»Schmutziges Geld.«

»Der Liste zufolge, die ich gesehen habe, haben diese Kerle Unternehmen in den ganzen USA, sogar in Alaska. Abgesehen davon, jemanden ins Finanzministerium einzu-schleusen, kann ich mir keinen besseren Weg vorstellen, große Mengen amerikanischer Währung zu kompromittie-ren. Die Frage ist allerdings: Könnte man mit dem Gewürz-pulver Papiergeld kontaminieren?«

»Falls das, was ich beim Secret Service erfahren habe, etwas zu bedeuten hat«, antwortete Harvath, »dann auf jeden Fall.«

»Wie?«

»Unser Papier ist sehr faserig, und es braucht nicht viel, damit sich etwas in diese Fasern einbettet. Das beste Bei-spiel ist Kokain. Geht man nach der Statistik, kann man annehmen, dass an vier von fünf im Umlauf befindlichen Banknoten Kokainspuren haften.«

»Das ist unmöglich«, erwiderte Reynolds. »In Amerika gibt es doch kaum jemanden, der Drogen nimmt.«

»Drogenkonsumenten mögen zwar die Hauptquelle sein, aber sie stellen eine nahezu unerhebliche Minderheit dar, was das Verunreinigen von Geldscheinen betrifft. Wenn eine pulverförmige Substanz wie Kokain sehr fein gemahlen wird, gelangt sie leicht von einer Oberfläche zur anderen. Die Hauptschuldigen an der Kontamination sind Geldautomaten. Sind sie erst einmal infiziert, verteilen sie nachweislich Spuren von Kokain auf alle Geldscheine, die sie ausgeben. Genauso schlimm sind Zähl- und Sortiermaschinen, wie sie in Banken und Casinos zum Einsatz kommen. Sogar in mehreren Federal-Reserve-Banken erwiesen sich die getesteten Maschinen als kontaminiert.

Im Grunde kann ein einzelner Geldschein mit geringen Spuren einer Substanz wie Kokain eine ganze Kassenschublade infizieren, und wenn das Bargeld auf eine Zähl- oder Sortiermaschine trifft, die die Geldscheine auffächert, nimmt die Kontamination exponentiell zu. Es ist also durchaus möglich.«

Reynolds blickte wieder zu Jillian. »Sie sind die Wissenschaftlerin. Was meinen Sie?«

»Vom persönlichen Standpunkt aus finde ich es erschreckend. Aber aus rein wissenschaftlicher Sicht ist es absolut brillant.«

Harvath hatte es nicht gefallen, als nach den Anschlägen vom 11. September das strategische Genie von Al-Qaida gelobt wurde, und die jetzige Strategie der Terroristen in ebensolchen Worten beschrieben zu hören gefiel ihm ebenso wenig. Aber er verstand, was Jillian meinte. »Es wäre also ein gangbarer Weg, die Leute zu infizieren?«

»Es ist plausibel«, sagte Jillian. »Kontaminiertes Geld wäre ein perfekter, praktisch unaufhaltsamer Weg, es zu verbreiten. Außerdem hätte es eine abschreckende psychologische Wirkung auf die weltweiten Finanzmärkte. Der amerikanische Dollar wäre im wahrsten Sinne des Wortes nichts mehr wert. Damit würde es Al-Qaida nicht nur gelingen, zahlreiche

Ungläubige zu töten, sie würden auch die amerikanische Wirtschaft schwächen. Ein ziemlicher Doppelschlag.«

Harvath wandte sich an Reynolds. »Wie weit ist es noch bis zum Lagerhaus?«

»Noch ungefähr fünf Minuten.«

»Ist dein Handy abhörsicher?«

»Sicherer als die meisten anderen hier im Königreich. Warum?«

»Nur für den Fall, dass wir nicht mehr aus diesem Lagerhaus kommen, denn dann sollte Gary erfahren, was wir herausgefunden haben.«

Als Harvath sich das Handy ans Ohr hielt, fiel sein Blick auf den Seitenspiegel des Land Cruisers. Er sah einen blauen Mercedes, der hinter ihnen in eine kleine Seitenstraße abbog. Drei Wagenlängen hinter ihnen reihte sich ein anderer Wagen in den Verkehr ein. Es war derselbe Wagen, der sich hinter ihnen befunden hatte, als sie von der Riad Air Base in die Durchgangsstraße einbogen.

Harvath legte die Hand über das Mikrofon des Handys. »Ich glaube, wir haben Gesellschaft«, sagte er zu Reynolds.

84

Reynolds vertraute Harvaths Instinkten. Ohne auch nur eine Erklärung abzuwarten, rief er, sie sollten sich festhalten, und bog scharf rechts ab, gefolgt von einer schnellen Linkskurve.

Reynolds zog ein Walkie-Talkie unter dem Sitz hervor und bat Harvath, ihm den Wagen zu beschreiben, den er gesehen hatte. Sobald er wusste, wonach sie Ausschau halten mussten, hob er das Walkie-Talkie an den Mund. »Bluebird, hier Pelican. Hörst du mich? Over.«

»Wer ist Bluebird?«, fragte Harvath, während er einen Blick über die Schulter warf, um nachzusehen, ob sie immer noch verfolgt wurden.

»Einer meiner Männer. Er heißt Zafir.«

»Ein Saudi?«

»Nein, Pakistani. Ehemaliger Soldat, einer der wenigen Leute, die ich mit so was betrauen kann. Er befindet sich auf einem Dach, vom Lagerhaus aus die Straße entlang, und hält Ausschau nach uns. Noch ungefähr ein Block, dann hat er freie Sicht und wir wissen, ob uns jemand folgt.«

»Pelican, hier Bluebird. Ich höre dich. Over«, meldete sich eine Stimme über Reynolds' Funkgerät. »Wie ist dein Status? Over.«

»Pelican ankommend, womöglich in Gesellschaft. Prüfe bitte, ob uns ein beigefarbener Nissan Sentra folgt, neueres Modell. Over.«

»Neueres Modell beigefarbener Nissan Sentra. Roger«, sagte Zafir. »Biege an der Al Mus'ad rechts ab und dann noch einmal an der Khair al Din. Ich gebe dir Bescheid. Over.«

»Roger. Pelican out.« Reynolds reichte Harvath das Funkgerät und machte sich bereit zum Abbiegen.

Drei Minuten später meldete Zafir sich wieder und gab Entwarnung. Entweder hatte Harvath überreagiert und sie wurden gar nicht verfolgt oder sie hatten ihren Schatten abgehängt, wer immer es sein mochte. Etwas sagte Harvath, dass Letzteres der Fall war. Er hatte das ungute Gefühl, dass sie in etwas hineinspazierten, aus dem sie nur schwer wieder herausspazieren konnten.

Reynolds nahm Harvath das Funkgerät noch einmal aus der Hand und meldete sich ein letztes Mal bei Zafir. Dieser sagte ihm, dass im Lagerhaus den ganzen Tag lang alles ruhig gewesen sei. Obwohl der Parkplatz leer war, parkte Reynolds gut einen Block entfernt auf der Straße. Das Letzte, was er wollte, war, die Aufmerksamkeit darauf zu lenken, dass jemand dem Lagerhaus einen Besuch abstattete.

Täuschst du sie ein Mal, sollten sie sich schämen. Täuschst du sie ein zweites Mal, doppelte Schande über sie. Dieses Gefühl hatte Reynolds, als er den Gebetsteppich herausholte, in den, genau wie bei seinem letzten Besuch im Lagerhaus, seine taktische Remington-Schrotflinte Kaliber 12 eingeschlagen war. Das Gute an diesem Trip war, dass Reynolds, sofern die Eigentümer des Gebäudes nicht die Schlösser ausgetauscht hatten, über seinen eigenen Schlüsselbund verfügte.

Nachdem sie sich zum Büro im hinteren Teil des Gebäudes vorgearbeitet hatten, probierte Reynolds mehrere Schlüssel, bis er den richtigen fand. Während Harvath ihm mit seiner H&K Deckung gab, zog Reynolds seine Remington aus dem Gebetsteppich, und leise schlichen sie sich hinein, Jillian direkt hinter ihnen. Am Ende des Flurs hob Reynolds die Hand und zählte bis drei, dann stürmte er mit Harvath ins Büro, nur um festzustellen, dass es völlig leer war.

Alle Schreibtischschubladen standen offen und waren leer. Harvath sah in den Aktenschränken nach: das Gleiche. Das gesamte Büro war ausgeräumt worden. Jemand hatte beschlossen, dass er nicht abwarten wollte, ob der schrotflinten-schwingende Mann aus dem Westen noch einmal auftauchte.

Auf die gegenüberliegende Tür deutend machte Harvath sich auf den Weg ins Lagerhaus und gab Reynolds ein Zeichen, ihm zu folgen. Als sie den riesigen Raum betraten, sahen sie, dass auch dieser vollständig geräumt war. Alles, was übrig war, waren ein ramponierter Gabelstapler mit zwei platten Reifen, ein paar Stapel ausrangierter Paletten und allerlei sonstiger Plunder. So, wie sie aussah, hätte niemand geahnt, dass die Halle erst vor Kurzem noch genutzt wurde. Harvath beugte sich vor, um sich ein Stück Unrat genauer anzusehen, und hörte Jillian sagen: »Was auch immer Sie tun, fassen Sie nichts an.«

Augenblicklich zog er die Hand zurück. Mit einem Paar OP-Handschuhen aus dem Erste-Hilfe-Kasten des Flugzeugs und einigen Plastikmüllbeuteln, die sie aus der Bordküche mitgebracht hatte, durchkämmte Jillian das Lagerhaus und begann, Proben zu sammeln. Unterdessen setzte Harvath seine Untersuchung der Räumlichkeiten fort.

In der hinteren Ecke stieß er auf einen Stapel Paletten, der irgendwann umgekippt war. Wer auch immer das Lagerhaus ausgeräumt hatte, musste es verdammt eilig gehabt haben, denn er hatte nicht bemerkt, dass unter dem Stapel etwas festgeklemmt war. Harvath stieß die Paletten mit der Stiefelspitze aus dem Weg und legte einen großen Karton frei, in dem sich offenbar eine Art Militäruniform befand.

Eingedenk der Tatsache, dass die Briten den Indianern mit Pocken infizierte Decken zur Verfügung gestellt hatten, rief Harvath Jillian mit ihren Latexhandschuhen zu sich, damit sie ihm half, den Karton zu überprüfen.

Als sie kam, sah er an den Beuteln, die sie trug, dass sie schon einiges an Proben gesammelt hatte.

»Sehen Sie sich das an«, sagte sie aufgeregt und hielt zwei gleich aussehende Flaschen Wasser in die Höhe. »Islamisches Weihwasser aus einer heiligen Quelle bei Mekka.«

Harvath starrte die arabische Aufschrift vorn auf den Flaschen an. »Sie können Arabisch lesen?«

Jillian schüttelte den Kopf. »Hinten steht es auf Englisch und in gut elf anderen Sprachen. Wer auch immer diese Flaschen abgefüllt hat, plant einen größeren Export. Wir müssen das Wasser testen lassen, aber vielleicht sind wir gerade dahintergekommen, wie die Osmanen das Heilmittel zu den sunnitischen Gläubigen bringen wollten.«

»Jetzt müssten wir nur noch herausfinden, wo es herkommt«, erwiderte Harvath.

Jillian hielt einen weiteren Beutel hoch, den sie nicht zu öffnen wagte. »Außerdem habe ich mehrere Päckchen mit dem eingesammelt, was unser schwer fassbarer Infektionserreger sein könnte. Aber auch hier kann ich erst sicher sein, wenn wir es getestet haben.«

Er lobte ihre Arbeit, zeigte dann auf den Karton, den er entdeckt hatte, und bat sie, die Uniform für ihn herauszuholen.

»Was ist das?«, fragte sie, während sie die Uniform über eine der Paletten breitete.

»Die obere Hälfte einer SANG-Uniform«, sagte Reynolds, der zu ihnen getreten war.

Man sah Jillian an, dass sie den Ausdruck nicht kannte.

»Es handelt sich um ein Akronym«, erklärte Harvath. »Es steht für Saudi Arabian National Guard, die saudi-arabische Nationalgarde. Sie besteht aus Stammeskriegern, die der saudischen Königsfamilie treu ergeben sind, und hat die Aufgabe, sie vor den regulären Streitkräften des Landes zu schützen und auch vor sonst jedem, der versuchen könnte, sie von der Macht zu verdrängen.«

»Warum sollte eine dieser Uniformen hier sein?«

Harvath musste an das denken, was Kalachka zu ihm gesagt hatte: *Die prominentesten Mitglieder des saudischen Königshauses umzubringen würde nicht für Gewalt auf den Straßen sorgen. Genau genommen würden die Leute vor Freude tanzen. Stattdessen wird die königliche Familie die Spitzenmitglieder der wahhabitischen Führung töten.* Nun wusste Harvath, dass es passieren würde. »Wir müssen machen, dass wir hier rauskommen.«

»Ich habe alles, was ich brauche«, sagte Jillian, während sie den Nikab wieder vor ihrem Gesicht befestigte, die Beutel mit den Proben einsammelte und sich bereit machte, nach draußen zu gehen.

Reynolds drückte die Sendetaste seines Funkgeräts und versuchte, Zafir zu erreichen. Er wollte einen Lagebericht darüber, wie es draußen aussah, erhielt jedoch keine Reaktion. »Bluebird, hier Pelican. Hörst du mich? Over«, sagte er zum zweiten Mal.

Das ungute Gefühl in der Magengrube, das Harvath bei der Ankunft im Lagerhaus beschlichen hatte, meldete sich doppelt so stark zurück.

Obwohl er es besser wusste, überlegte Reynolds, ob die Betonblockkonstruktion des Lagerhauses das Funkgerät womöglich störte. Er beschloss, es mit dem Handy zu versuchen. Als das Telefon den vollen Signalstatus anzeigte, war ihm klar, dass sie in Schwierigkeiten steckten. Zafir war kein Mann, der seinen Posten verließ.

Reynolds aktivierte die Sprachwahlfunktion seines Telefons und sagte: »Zafir, Handy.«

Es klingelte mehrmals, bevor die Voicemail des Pakistanis ansprang. Als Reynolds zu Harvath und Alcott aufblickte, brauchte er nichts zu sagen – sie wussten alle, dass sie in Schwierigkeiten waren.

Da alle Fenster verdunkelt waren, konnten sie nicht sehen, was draußen vor sich ging. »Auf dem Weg wieder raus, den wir gekommen sind?«, fragte Harvath. »Oder versuchen wir eine andere Tür?«

Reynolds hatte keine Ahnung. Womöglich war das gesamte Lagerhaus bereits umstellt und jede der Türen Selbstmord.

Seiner Meinung nach sollten sie den Ausgang nehmen, der am nächsten zu seinem Land Cruiser lag.

Das hieß, entweder zurück durchs Büro oder durch die Tür knapp sechs Meter zu ihrer Rechten. Wie dem auch sein mochte, die Sniper-Unterstützung, die er sich von Zafir erhofft hatte für den Fall, dass etwas schiefging, stand nun nicht mehr zur Debatte. »Wir nehmen die hier«, sagte Reynolds. Die Tür, sechs Meter rechts von ihnen.

Als sie an die Tür kamen, sah Reynolds, dass sie abgeschlossen war und man zum Öffnen einen Schlüssel brauchte, auch von innen. Mit dem ganzen Bund in der Hand suchte er bereits nach dem richtigen Schlüssel, da packte Harvath ihn am Arm.

»He, was soll das?«, fragte er, bemüht, sich Harvaths Griff zu entwinden.

»Sieh dir das an!« Harvath deutete auf zwei kaum wahrnehmbare Drähte, die aus dem Türrahmen hervorlugten.

Reynolds blickte auf und sah sie nun ebenfalls. »Was zum Teufel …?«

Harvath folgte den Drähten und stellte fest, dass sie zu C4-Blöcken von beträchtlicher Größe führten, an denen wiederum Fernzünder angebracht waren. »Sieht so aus, als hätte uns jemand erwartet.«

Reynolds betrachtete die Sprengladungen. »Nicht uns. Mich! Ich denke, die wussten, dass ich wieder herkomme, und wollten mir eine Lektion erteilen.«

»Nun, das ist eine verdammt höllische Lektion.«

»Damit zahlen sie mir heim, dass ich einen ihrer Jungs ohne Genehmigung umgelegt habe.«

»*Uns* zahlen sie es heim«, korrigierte Harvath ihn.

Reynolds zwang sich zu einem Lächeln. »Kannst du das entschärfen? Von Sprengsätzen habe ich keine Ahnung.«

»Ich bin mir nicht sicher«, meinte Harvath, während er die Vorrichtung genauer unter die Lupe nahm. »Das kann nicht die einzige Tür sein. Die Chancen stehen sechs zu eins, dass sie uns damit erwischen.«

»Wir müssen die anderen Türen überprüfen.«

Harvath übernahm die Türen im hinteren Bereich, während Reynolds vorn und Jillian an den Fenstern nachsah. Als sie sich wieder trafen, sagte Jillian: »Die Fenster sind alle verdrahtet.«

Mit dem Ärmel seiner Dischdascha wischte Reynolds sich den Schweiß von der Stirn. »Bei den Türen vorn genau das Gleiche.«

»Hinten auch«, sagte Harvath, »aber mit einem kleinen Unterschied.«

»Welchem?«

»Als wir durch die Bürotür hereinkamen, haben wir wohl das System scharf geschaltet. Jetzt ist es offiziell aktiv.«

»Uns passiert also nichts, solange wir nicht versuchen, durch eine der Türen oder eins der Fenster rauszukommen«, sagte Jillian. »Richtig?«

»So sieht es aus«, erwiderte Reynolds. »Alle Ausgänge sind miteinander verbunden. Wenn wir einen öffnen, wird jede Sprengladung im Gebäude ausgelöst. Hier drin dürfte genug C4 sein, um den halben Block in die Luft zu jagen.«

Harvath blickte die beiden an. »Wir haben ein noch viel größeres Problem.«

Jillian und Reynolds sahen ihn an.

»In der Nähe des Büros befindet sich eine mit einem Vorhängeschloss gesicherte Schalttafel. Ich konnte sie weit genug aufhebeln, um einen Blick reinzuwerfen.«

»Und?«, fragte Reynolds.

»Ich habe den Auslöser für die ganze Anlage gefunden.«

»Dann holen wir ihn uns doch.«

»Nicht so schnell«, warnte Harvath. »Die Tür des Schaltkastens ist verdrahtet. Wenn man sie noch ein bisschen weiter öffnet, gehen alle Sprengsätze hoch.«

Jillian stellte ihre Beutel ab und schlug die Hände über dem Kopf zusammen. »Großartig! Was soll denn noch alles schiefgehen?«

»Eigentlich ist das nur ein Teil unseres Problems. Der andere Teil ist der Timer.«

85

Indem er sein Gesicht so fest wie möglich an die Wand drückte, war es Harvath gelungen, einen Blick in den Schaltkasten zu werfen und die Zahlen auf dem digitalen Timer abzulesen. Ihnen blieben weniger als zehn Minuten.

Mit seiner Betonblockkonstruktion war das Lagerhaus ein regelrechter Bunker. Das Dach zu durchstoßen wurde sofort verworfen, da sie keine Leitern hatten, um so weit nach oben zu gelangen. Und selbst wenn sie welche hätten, ließ sich nicht sagen, ob das Dach nicht wie der Rest des Gebäudes stahlbewehrt war. *Es musste eine andere Möglichkeit geben.*

Suchend betrachtete Harvath den kargen Inhalt des Lagerhauses. Sein Blick fiel auf den Gabelstapler, und ein Plan reifte in ihm heran. Mit den beiden platten Reifen konnten sie das Ding unmöglich irgendwohin fahren, geschweige denn geradewegs durch die Wand. Aber er könnte ihnen auf andere Art nützlich sein – als ihre ureigene hausgemachte Bombe.

Harvath behielt die Idee für sich, bis er sich das Gerät genauer angesehen hatte. Selbst von der anderen Seite der Halle sah man auf den ersten Blick, dass es sich um kein Elektromodell handelte. Laut der Beschriftung an der Tankanzeige handelte es sich um einen Diesel, und der Tank war mehr als halb voll. Harvath machte den Werkzeugkasten des Gefährts ausfindig und öffnete ihn, fand jedoch nur eine Rolle Klebeband und einen Zimmermannshammer.

Er rief Reynolds und Jillian zu sich und schaltete den Gabelstapler in den Leerlauf, während er ihnen erklärte, was sie tun mussten. Während Jillian von der Seite schob und zugleich lenkte, warfen Harvath und Reynolds ihr ganzes Gewicht dahinter und schoben, so fest sie konnten.

Mit der schweren Gabel und den beiden Platten war es nahezu unmöglich, das Ding in Bewegung zu setzen, doch nicht lange, und die drei merkten, dass das Vehikel Zentimeter um Zentimeter vorwärtsrollte. Allerdings nicht schnell genug, das war das Problem.

Nachdem sie den Stapler so nahe wie möglich ans Zentrum der Wand geschafft hatten, so weit wie möglich von den nächsten Türen und Fenstern entfernt, sagte Harvath Reynolds, er solle alle Patronen bis auf eine aus seiner Schrotflinte auswerfen. Unterdessen riss er mit dem Hammer die Fiberglasverkleidung rund um den Tank des Gabelstaplers ab.

Die Verkleidung zersplitterte und löste sich mit einem ohrenbetäubenden Krachen. Nachdem Harvath genug davon abgerissen hatte, zog er mehrere Streifen Klebeband ab, ordnete die Schrotpatronen so eng beieinander wie nur möglich an und klebte das Ganze außen an den Tank. Nach einem Blick auf die Uhr schätzte er, dass ihnen keine zwei Minuten mehr blieben. »Wie gut schießt du?«, fragte er Reynolds, während sie in Deckung rannten.

»Nicht gut genug«, antwortete Reynolds wahrheitsgemäß.

Auf kurze Distanz war Harvath am genauesten mit der Waffe. Kurze Distanz, das hieß unter zehn Metern. Sicherheitshalber mussten sie allerdings mindestens zwei- oder dreimal so weit weg sein, wenn sie den Tank des Gabelstaplers hochgehen ließen.

Nachdem Harvath hinter einem Stapel Paletten in Deckung gegangen war, ließ er sich von Reynolds die Schrotflinte geben und sagte, eher für Jillian: »Es wird eine Druckwelle geben, also stehen Sie nicht sofort auf. Zählen Sie bis drei, wenn Sie die Explosion gehört haben, und rennen Sie dann wie verrückt zu der Bresche, okay?«

Jillian und Reynolds nickten beide.

Harvath beugte sich hinter den Paletten vor, brachte die Schrotflinte in Anschlag, zielte und feuerte. Die Kugel traf ihr Ziel, ließ die mit Klebeband am Tank befestigten Schrotpatronen detonieren und erzeugte eine gewaltige Explosion.

Die Explosion riss nicht nur ein unfassbar großes Loch in die Betonsteinwand, sondern schleuderte auch das brennende Wrack des Gabelstaplers in hohem Bogen auf die Straße hinaus.

Ohne ausreichende Deckung wurde Harvath von ebender Druckwelle, vor der er Jillian gewarnt hatte, nach hinten geschleudert. Noch bevor er wusste, wie ihm geschah, zog Reynolds ihn auf die Füße und schleifte ihn regelrecht zu der Öffnung.

Als sie ins Freie auf den mit Trümmern übersäten Bürgersteig kamen, hatte Harvath sein Gleichgewicht so weit wiedererlangt, dass er aus eigener Kraft weitergehen konnte. Ohne sich umzudrehen, rannten sie, so schnell sie konnten, denn sie wussten, dass das Lagerhaus gleich in einer der größten Explosionen, die Riad je erlebt hatte, zusammenstürzen würde.

Sie rannten die ganze Strecke bis zu Reynolds' Land Cruiser. Er ließ den Wagen an und fuhr vom Straßenrand weg, noch bevor sie überhaupt die Türen geschlossen hatten.

Schlingernd raste das SUV los. Sie spürten den Boden unter den Reifen beben, als das Lagerhaus explodierte und einen wogenden Feuerball in den frühen Abendhimmel sandte. Trümmer regneten auf sie herab, beulten die Motorhaube ein und ließen die Windschutzscheibe an unzähligen Stellen bersten. Eine Hand am Lenkrad, beugte Reynolds sich über Harvath, öffnete das Handschuhfach und brachte eine Schachtel Schrotpatronen vom Kaliber 12 Gauge zum Vorschein. Er nahm die Remington von seinem Schoß und reichte sie Harvath. »Nachladen! Wir müssen Zafir finden.«

Harvath begriff.

86

Reynolds fuhr um den Block. Mit quietschenden Reifen brachte er den Land Cruiser vor dem verlassenen Gebäude zum Stehen, das Zafir als Beobachtungsposten nutzte. Harvath und Reynolds stürmten die Treppe hinauf aufs Dach. Zafir lag zusammengesunken über seinem Gewehr, das Walkie-Talkie lehnte immer noch neben ihm an der Mauer. Harvath rollte ihn herum und stellte fest, dass man ihm von Ohr zu Ohr die Kehle durchgeschnitten hatte.

Reynolds stand kurz vor dem Durchdrehen. »Diese verdammten Tiere«, fluchte er.

Harvath wechselte auf ein angrenzendes Dach, wo er eine Plastikplane fand, die er zurückbrachte, um Zafirs Leiche darin einzuschlagen.

Schweigend machten die beiden Männer sich an die Arbeit, und nachdem sie den gefallenen Pakistani nach unten getragen und auf die Ladefläche des Land Cruisers verfrachtet hatten, sagte Reynolds: »Egal was es kostet. Ich hole mir die Kerle, die dafür verantwortlich sind.«

»Das machen wir zu zweit«, erwiderte Harvath. »Das kannst du mir glauben.«

Die Menschenmenge, die sich versammelt hatte, um die schwelenden Trümmer des Lagerhauses zu begaffen, wuchs immer mehr an, und angesichts der jüngsten Unruhen, die überall in Riad aufflammten, schlug Harvath vor, wieder in den Truck zu steigen und irgendwohin zu fahren, wo es sicherer war.

Auf dem Weg zu Reynolds' Aramco-Büro mussten sie mehrere kleine, dafür jedoch gewalttätige Aufstände umfahren, die niederzuschlagen den saudischen Sicherheitskräften dennoch Mühe bereitete. »Die wollen nicht auf die eigenen Leute schießen. Das ist ihr Problem«, sagte Reynolds kühl, als sie an einem weiteren Aufruhr vorüberkamen. »Das Gleiche ist in den 70ern in Mekka passiert. Da mussten sie schließlich die französischen GIGN-Einheiten, Spezialeinheiten der Gendarmerie, hinzuziehen, um die Große Moschee zu befreien.«

Schon wieder ein Hinweis auf Mekka. Alles in Saudi-Arabien schien untrennbar mit den beiden größten Heiligtümern des Islam verbunden, Mekka und Medina.

»Kennst du dort eine geheime Quelle?«, fragte Harvath.

»Ich habe da eine haarsträubende Geschichte gehört, die unser kleiner Exporteur Prinz Hamal darüber verbreitet hat, aber wer weiß? Wenn ich eins gelernt habe, dann, dass Saudi-Arabien mehr Geheimnisse birgt als Sand. Der Schlüssel liegt darin, zu wissen, welche Geheimnisse man besser begraben lassen sollte.«

»Nun, das hier gehört definitiv nicht dazu«, sagte Harvath.

»Meint ihr, das ist das Zeug in diesen Flaschen?«

»Das werden wir herausfinden«, sagte Jillian.

»Hat die Aramco ein Labor, das sie benutzen kann?«, fragte Harvath.

Reynolds sah auf seine Uhr. »Um diese Zeit müsste es vollkommen leer sein.«

»Gut! Sie sollte sofort loslegen. Was kannst du mir in der Zwischenzeit sonst noch über den Prinzen erzählen, dem das Lagerhaus gehört, und über die Fundamentalisten, mit denen er zusammenarbeitet?«

»Eine ganze Menge. Ich habe Kopien meiner Dossiers über sie alle in meinem Büro.«

»Auch Fotos?«

»Auch Fotos. Warum?«

»Weil ich mir ziemlich sicher bin, dass ich weiß, was ihr nächster Schritt sein wird.«

Reynolds brachte Jillian mit ihren Proben in dem weitläufigen, hochmodernen Aramco-Labor unter und sorgte dafür, dass einer seiner Männer sich um Zafirs Leiche kümmerte. Danach führte er Harvath zum Aufzug und nach oben, wo sich die Sicherheitsbüros des Unternehmens befanden.

Da sein Vorrat an Gebetsteppichen aufgebraucht war, verzichtete Reynolds auf die Remington. Stattdessen hatte er sich für die Les Baer 1911 entschieden, eine Pistole, die er normalerweise unter dem Vordersitz seines Land Cruisers versteckte. Als er sah, dass die Tür zu seinem Büro weit offen stand, zog er die Waffe aus dem Knöchelholster und bedeutete Harvath, leise zu sein.

Harvath zog seine H&K aus dem Plastikmüllbeutel, den er jetzt benutzte, da er die Korantasche im Lagerhaus zurückgelassen hatte, und gab Reynolds Rückendeckung, während er mit ihm den Flur entlang zu seinem Büro schlich. Als sie eintraten, sahen sie, dass jemand alles durchwühlt hatte.

»Verflucht«, fauchte Reynolds, während er sein Telefon nahm und den Security-Schalter unten anrief. Nach einem knappen Gespräch auf Arabisch legte er auf. »Ich fasse es nicht. Die haben den stellvertretenden Geheimdienstminister, Faruq Al-Hafez, hier hochgelassen.«

»Den Kerl, den du bei dem Treffen mit den Fundamentalisten und den Angehörigen der unterschiedlichen Teilstreitkräfte gesehen hast?«

»Er sagte, er sei in offiziellem Auftrag hier.«

»Glaubst du, dass er das war?«

»O ja. Und ich wette, dass er hinter dem steckt, was gerade im Lagerhaus passiert ist.« Reynolds nahm eine Flasche Bushmills aus dem Buffet und schenkte sich ein Glas ein. »Als ich zum ersten Mal dorthin fuhr, zog ich einem Kerl den Kolben meiner Remington über. Er muss genug von meinem Gesicht gesehen haben, um mich Faruq zu beschreiben. Willst du auch einen?« Reynolds hielt ein frisches Glas hoch.

»Nein danke«, sagte Harvath. »Wie kannst du dir so sicher sein, dass er darin verwickelt ist?«

Reynolds trank einen großen Schluck von seinem irischen Whiskey. »Saudi-Arabien hat zwei Sorten Militär. Einmal die saudi-arabische Nationalgarde, die, wie du es im Lagerhaus so prägnant ausgedrückt hast, der saudischen Herrscherfamilie, den Al Sauds, treu ergeben ist. Zum andern die Saudi Royal Land Forces, angeblich gegründet, um das Königreich vor Bedrohungen von außen zu schützen. In Wirklichkeit dienen diese Landstreitkräfte jedoch als Gegengewicht zur SANG für den Fall, dass die königliche Familie beschließen

sollte, einen der den Al Sauds feindlich gesinnten Clans auszulöschen.«

»Lass mich raten«, sagte Harvath. »Faruq stammt aus einem
der königlichen Familie feindlich gesinnten Clan.«

»Bingo.«

»Wie zum Teufel ist er dann an seinen Job gekommen?«

»Ähnlich wie man eine Ehe zwischen zwei Kindern aus
verfeindeten Fraktionen stiftet, hat die Familie Saud viele
ihrer unbedeutenderen Feinde in moderate Machtpositionen
gebracht in der Hoffnung, sich ihre Loyalität zu sichern.«

Harvath schüttelte den Kopf. »In diesem Fall hat es ihnen
ja eine Menge gebracht.«

»Eigentlich«, sagte Reynolds, »war Faruq über einen sehr
langen Zeitraum extrem loyal. Er hat mehrere Verschwörun-
gen gegen die Monarchie aufgedeckt, selbst innerhalb seines
eigenen Clans, und die Missetäter ihrer gerechten Strafe zu-
geführt.«

»Weshalb dann der Sinneswandel?«

»Er fand zum Glauben.«

»Zum Wahhabismus.« Die Abscheu in Harvaths Stimme
war nicht zu überhören.

»Japp, und es gibt nichts Schlimmeres als einen wieder-
geborenen Muslim.«

»Aber weiß die königliche Familie nicht, dass er sich dem
Wahhabismus zugewandt hat?«

»Ich hoffe doch. Faruqs Chef ist einer der Saudi-Prinzen –
Prinz Nawaf bin Abdul Aziz. Wenn Aziz bei solchen Sachen
nicht auf dem Laufenden bleibt, kann er niemandem außer
sich selbst die Schuld geben, wenn etwas schiefläuft. Das
Problem besteht darin, dass die königliche Familie sich vor-
macht, dass sie immer noch die Kontrolle hat. Bis ein Mann
wie Faruq es vermasselt, glauben sie, alles sei in Ordnung.«

»Sollte Faruq ihnen in diesem Fall ins Handwerk pfuschen, dürfte es für die Saudis zu spät sein, noch etwas zu unternehmen.«

»Ganz recht!« Reynolds nahm einen weiteren Schluck. »Die ganzen Unruhen, die wir sehen? Faruq ist perfekt geeignet, Gerüchte unter der wahhabitischen Führung zu streuen. Er hätte ohne Weiteres Beweise fabrizieren können, um die Behauptungen zu untermauern, die Monarchie und die Polizei wollten, von den USA beeinflusst, hart gegen die Wahhabiten vorgehen. Tatsächlich ist er in der perfekten Position, Razzien der Polizei zu inszenieren, um den militanten Kräften Paradebeispiele zu geben, sich zu mobilisieren.«

»Das bringt mich zu dem nächsten Grund, aus dem ich hier bin. Kalachka sagte, die Unruhen würden so weit eskalieren, dass der saudischen Monarchie nichts anderes übrig bliebe, als sich mit der Führung der Wahhabiten an einen Tisch zu setzen. Dann will er die Führungsriege der Wahhabiten töten und es so aussehen lassen, als steckte die saudische Königsfamilie dahinter. So will er den Startschuss für eine umfassende Revolution geben.«

»Und wenn das Land an die Wahhabiten fällt, wird das muslimische Kalifat in der gesamten islamischen Welt wiederauferstehen. Über eine Milliarde Menschen.«

Harvath nickte. »Hör zu, Chip, oberste Priorität hat für mich, dieser Krankheit auf den Grund zu gehen und eine Möglichkeit zu finden, sie zu stoppen. Wenn wir dabei auch noch Kalachkas Pläne durchkreuzen können, umso besser.«

Reynolds stellte sein Glas ab. »Was soll ich tun?«

»Ich muss herausfinden, wo und wann dieses Treffen zwischen der saudischen Monarchie und der wahhabitischen Führung stattfinden wird. Dort werden Kalachkas Leute zuschlagen, und wenn ich richtigliege, wird Prinz Hamal sie dabei unterstützen. Er und Kalachka sind die Einzigen, die uns die Antworten liefern können, die wir brauchen.«

»Moment mal! Du glaubst, Hamal und diese Fundamentalisten wollen den Abzug drücken? Das sind doch alles Wahhabiten. Warum sollten sie dabei mitmachen, ihre eigenen religiösen Führer umzubringen?«

»Das Paradies«, sagte Harvath, ein versierter Student des militanten Islam, »ist der wahhabitischen Führung gewiss. Wenn sie also sterben müssen zum größeren Wohl des islamischen Volkes, dann werden die nicht zögern, sie umzubringen.«

87

Westliches Hedschas-Gebirge
Saudi-Arabien

Einige Anrufe bei den richtigen Stellen, und Reynolds stellte fest, dass es der Führungsebene der Wahhabiten, genau wie Kalachka vorhergesagt hatte, gelungen war, die saudische Königsfamilie an den Verhandlungstisch zu zwingen. Aber wegen der Unruhen hatte die Herrscherfamilie Angst, für das Gipfeltreffen nach Riad zurückzukehren. Stattdessen hatte sie darauf bestanden, dass die Wahhabiten sie in ihrer Sommerresidenz aufsuchten, ein Stück weit nördlich von Ta'if im Hedschas-Gebirge.

Seit Jahrzehnten zog es die königliche Familie in diese üppigen Berge, bekannt als Garten des saudischen Königreichs, um der Sommerhitze in Riad zu entgehen. Das Ergebnis war, dass jedes wichtige Mitglied der saudischen Königsfamilie sich in und um Ta'if einen Palast errichten ließ.

Keine 60 Kilometer von der heiligen Stadt Mekka entfernt, beherbergte Ta'if außerdem die King Fahd Air Base, Heimat der 5th Fighter Squadron, der 5. Jagdstaffel der Royal Saudi Air Force, und des Radarkomplexes der Western Approach Region Air Defense, deren Aufgabe der Schutz des Luftraums vor feindlichem Eindringen war.

Mit opulenten Sommerpalästen, die neben modernen Militärkomplexen standen, fehlte dem dysfunktionalen saudischen Traumort nur die Religion, und auch die hatte Ta'if zu bieten. Seit nahezu 100 Jahren war die Gegend um Ta'if die wichtigste Hochburg der ultrakonservativen Wahhabiten. Für die aus Riad angereisten wahhabitischen Religionsführer war es gewissermaßen eine Heimkehr.

Sie trafen mit einem Privatjet ein, der großzügigerweise für sie gechartert wurde, nachdem sie sich lautstark darüber beschwert hatten, dass die königliche Familie nicht bereit sei, sich in Riad zu treffen. Jeder wusste, dass die Beziehung zwischen der Monarchie und den Wahhabiten am Rande einer Katastrophe schwankte, und die Glaubwürdigkeit beider Seiten hing davon ab, dass sie bei allem, was sie taten, demonstrierten, dass sie nur in der besten Absicht handelten.

Da die königliche Familie sich nicht zu schade für subtile Machtspielchen, ja, sogar darauf angewiesen war, entschied sie sich dazu, das Gipfeltreffen in dem einschüchterndsten Palast abzuhalten, der ihr zur Verfügung stand, demjenigen von Kronprinz Abdullah bin Abdul Aziz, de facto Herrscher des Königreichs Saudi-Arabien. Neben Prinz Abdullah waren noch weitere Familienmitglieder anwesend: der saudische Verteidigungsminister Prinz Sultan bin Abdul Aziz sowie Prinz Nawaf bin Abdul Aziz, der Minister für die staatlichen Geheimdienste. Die Chancen standen nicht schlecht, dass es auf dem Gipfel heiß hergehen würde, und Abdullah wollte so wenige Zeugen wie möglich für die Feindseligkeiten haben. Seine Familie hatte einen Riesenfehler begangen. Es grenzte schon an Schutzgelderpressung, solche Summen für den Bau von Moscheen und Schulen zu zahlen und zu sonstigen Lieblingsprojekten der radikalen Wahhabiten beizutragen. Er hatte es satt, dass sie sein Land so rücksichtslos überrannten. Sie und nicht die königliche Familie hatten das Gespenst des modernen islamistischen Terrors auf die Welt losgelassen und damit nicht nur Saudi-Arabien, sondern auch der gesamten muslimischen Religion ein blaues Auge verpasst. Ein für alle Mal würden die Wahhabiten jetzt auf ihn hören und nicht umgekehrt.

Bei all den verschiedenen Soldaten, die bei der Landung auf der King Fahd Air Base Wache standen, musste Harvath an die Ankunft mit dem Präsidenten in der Air Force One auf der Andrews Air Force Base in Maryland denken.

Die Morgenluft war kühl und deutlich anders als in Riad, als sie die Treppe der Citation X hinabstiegen. Jillian hatte die ganze Nacht durchgearbeitet, ihre Proben analysiert und sich mit den Whitcombs und weiteren USAMRIID-Mitarbeitern in Fort Detrick beraten. Während sie sich besprachen, waren Teams von FBI- und Hazmat-Agenten Gerichtsbeschlüsse schwingend damit beschäftigt, Kaseem Najjars Lagerhaus sowie die bargeldintensiven Unternehmen zu durchsuchen, die den Leuten auf der Liste gehörten, die Chip Reynolds in Prinz Hamals Lagerhaus in Riad entdeckt hatte. Alles, was irgendwie verdächtig wirkte, wurde in luftdichte Behälter verpackt und zur weiteren Analyse nach Fort Detrick transportiert.

Anhand der Gehirngewebeproben von Hannibals Elitegarde konnten die Whitcombs bestätigen, was Alan vermutet hatte – die Tollwut war tatsächlich ein Hauptbestandteil der Krankheit, und die Elitegarde war dagegen geimpft. Aber die Tollwutimpfung allein erhöhte lediglich die Resistenz gegen die Krankheit – sie machte die Menschen nicht hundertprozentig immun. Diese Information erklärte, weshalb eines der in der Polizeiinspektion von Asalaam an die Decke gefesselten Opfer – ein ehemaliger Tierarzt – noch am Leben war, als das Stryker Brigade Combat Team eintraf. Aber ein Teil fehlte noch in dem Puzzle.

In der Hoffnung, Zeit zu gewinnen, hatten das USAMRIID und die CDC angeordnet, dass alle Ersthelfer mit einem Hochimmunserum gegen Tollwut behandelt werden sollten. Die Herkulesaufgabe, genügend Dosen zu sammeln und schnellstmöglich im ganzen Land zu verschicken, war nun im Gang.

In der Zwischenzeit hatte Harvath ein längeres Telefongespräch mit Gary Lawlor geführt. Überzeugt, dass die Standard-Tollwutimpfung ihnen lediglich mehr Zeit verschaffte, teilte Lawlor Harvaths Auftrag offiziell auf. Er sollte nicht nur alles tun, was in seiner Macht stand, um sowohl die Ursache der Krankheit als auch ein mögliches Heilmittel dazu zu entdecken, zusätzlich erhielt er die Anweisung, alles Notwendige zu tun, um die Ermordung der wahhabitischen Führungsriege zu verhindern. Denn alle politischen Köpfe in Washington waren sich einig: Deren Ermordung würde Saudi-Arabien in eine umfassende Revolution stürzen.

Schon seit Jahren bereiteten sich die Geheimdienststrategen und amerikanische Militärs auf einen Staatsstreich in Saudi-Arabien vor. Sollte die königliche Familie gestürzt werden, würde sofort eine umfassende Militäroperation mit dem Codenamen Sandstorm in Kraft treten. Der Plan sah vor, US-Streitkräfte zu mobilisieren, um die östliche

saudische Provinz Al-Hasa vom Rest des Landes abzu-
schneiden und unter amerikanische Kontrolle zu stellen.
Damit wollte man verhindern, dass die wahhabitischen Extremisten die nachweislich größten Ölreserven der Welt in
Besitz nahmen. Im Moment gab es jedoch ein Problem. Die
starke Sommerhitze machte es nahezu unmöglich, in voller
ABC-Schutzausrüstung zu kämpfen. Bis sie geimpft waren,
konnten weder die USA noch einer ihrer Verbündeten
genügend Truppen ins Feld führen, um die Operation
Sandstorm umzusetzen.

Außerdem gab es noch ein anderes Problem. Es wurde
zwar nie bewiesen und nach dem Fiasko mit den Massenvernichtungswaffen im Irak auch heftig diskutiert, aber
Washington war sich durchaus darüber im Klaren, dass
Saudi-Arabien über eine Milliarde Dollar in das pakista-
nische Atomprogramm gepumpt hatte. Trotz wiederholter
Dementis seitens der Saudis war so mancher bereit, alles
darauf zu verwetten, dass die Saudis im Gegenzug für ihre
großzügigen Beiträge zum wissenschaftlichen Fortschritt
Pakistans eine oder mehrere Atomwaffen erhalten hatten.

Obwohl Gary Lawlor Harvath nur ungern noch mehr auf-
bürdete, blieb ihm keine andere Wahl. Ebenso wichtig wie die
Eindämmung der Krankheit war es, zu verhindern, dass das
Haus Saud seine Macht verlor.

Da Lawlor keine Ahnung hatte, wer im Innern womöglich ein Komplott gegen das Königreich schmiedete, hatte er
Angst, sich wegen Harvath an irgendjemanden in der örtlichen diplomatischen oder geheimdienstlichen Nahrungs-
kette zu wenden. Es war allgemein bekannt, dass das Büro
des saudischen Kronprinzen schlimmer leckte als ein
Sieb. Damit kam ein direkter Anruf des Präsidenten nicht
infrage. Jemanden zu finden, dem sie vertrauen konnten

und der mit ihnen kooperierte, damit Harvath hinein-
kam, würde Zeit kosten, und die lief ihnen gerade davon.
Harvath hatte allerdings eine Idee. Er kannte jemanden,
der es vielleicht bewerkstelligen konnte, und zwar schnell –
Chip Reynolds.

Nachdem Harvath ihm eingetrichtert hatte, was er sagen
sollte, spielte Reynolds die beste Karte aus, die ihm zur Verfügung stand. Reynolds folgte Harvaths Skript Wort für Wort
und kontaktierte einen der wenigen ehrlichen Männer, die er
am Hof des Kronprinzen kannte – einen Mann, von dem er
hoffte, dass er nicht an irgendwelchen Versuchen, die Sauds
zu stürzen, beteiligt war –, und sagte ihm, dass er unverzüglich eine Audienz benötige.

Da das bedeutende Gipfeltreffen bevorstand, scheute der
Berater davor zurück, das Thema überhaupt beim Kronprinzen anzusprechen. Doch da Harvath ihm Zeichen gab
weiterzumachen, ließ Reynolds sich nicht abwimmeln.

Wenn es eines gab, wofür die Araber sich erkenntlich zeigten, dann war es Loyalität. Reynolds hatte nicht nur einem
Mitglied der königlichen Familie das Leben gerettet, er war
auch ein ausgezeichneter Sicherheitschef der Aramco. Falls
der ehemalige CIA-Mann tatsächlich Informationen über
eine Bedrohung für das Leben des Kronprinzen hatte, blieb
dem Berater nichts anderes übrig, als dafür zu sorgen, dass
man ihn anhörte.

Zwar hasste Reynolds es, sich mit einer Lüge Zugang zum
Prinzen zu verschaffen, aber ihm war klar, dass dies die ein-
zige Möglichkeit für sie war, einen Termin zu bekommen.
Reynolds legte den Hörer auf und wartete mit Harvath eine
Ewigkeit auf eine Antwort aus Ta'if. Zuvor hatte er dem
Berater das Versprechen abgenommen, die Verschwörung
niemandem gegenüber zu erwähnen, nur dem Kronprinzen

persönlich durfte er es sagen. Als der Anruf schließlich kam, wurde Reynolds mitgeteilt, dass der Kronprinz bereit sei, ihn und die beiden Zeugen zu empfangen, die er mitbringen wollte, damit sie aus erster Hand über die Verschwörung berichteten.

Als die drei nun in einen von Abdullahs schwer gepanzerten Suburbans verfrachtet und zu seinem Sommerpalast gefahren wurden, betete Harvath nicht nur, dass Abdullah ihnen Glauben schenkte, sondern auch, dass er einwilligen würde, ein in der Öffentlichkeit stehendes, äußerst leichtfertiges Mitglied der königlichen Familie auszuliefern.

88

»Shit«, murmelte Reynolds, als der Kronprinz und mehrere weitere Männer die Empfangshalle betraten.

Auf der Grundlage der Bilder, die Reynolds von dem versteckten USB-Stick in seinem Haus gezogen hatte, war Harvath damit beschäftigt, das Gesicht jedes SANG-Soldaten im Raum zu mustern. Die übrigen Männer, die hereinkamen, beachtete er kaum. »Was ist?«

»Der vorletzte Kerl. Das ist Prinz Aziz, Minister für den staatlichen Geheimdienst.«

»Faruqs Boss?«

Reynolds nickte und hielt den Mund, bis die Männer näher kamen. »Eure Hoheit«, sagte er mit einer leichten Verbeugung und streckte die Hand aus, um Abdullahs Hand zu schütteln, welche dieser ihm anbot. »Vielen Dank, dass Sie sich trotz Ihres sehr wichtigen Terminplans die Zeit nehmen, uns so kurzfristig zu empfangen.«

Auf dem Gesicht des Prinzen erschien ein höfliches Lächeln, freundlich neigte er den Kopf.

»Mit Ihrer Erlaubnis, Eure Hoheit«, fuhr Reynolds fort, »würde ich Ihnen gern Mr. Scot Harvath und Dr. Jillian Alcott vorstellen.«

Der Prinz nickte Jillian höflich zu und sagte, als er Harvath die Hand entgegenstreckte: »Sie kommen mir bekannt vor. Sind wir uns schon begegnet?«

»Eure Hoheit haben ein sehr gutes Gedächtnis. Ich gehörte zu den Personenschützern von Präsident Rutledge.«

Der Prinz lächelte; herzlich ergriff er Harvaths Hand. »Wusste ich's doch. Ich vergesse nie ein Gesicht. Nun«, wandte er sich an Reynolds, »worum geht es überhaupt?«

»Eure Hoheit«, unterbrach Harvath, »Sie werden mir verzeihen, aber ich denke, wir sollten dies in einem privaten Rahmen mit möglichst wenigen Leuten tun.«

»Verstehe!« Abdullah erteilte den Männern, die hinter ihm standen, eine Reihe von Befehlen. Lediglich in Begleitung seines Verteidigungsministers und des Geheimdienstministers führte der Kronprinz seine Besucher in ein holzgetäfeltes Arbeitszimmer. Wie es in der Wüste seit jeher Brauch war, fragte er sie, ob sie gern eine Erfrischung hätten, ehe sie zur Sache kamen. Alle drei lehnten höflich ab.

»In Ordnung!« Abdullah richtete seinen Blick auf Reynolds. »Reden wir über diese Verschwörung gegen mein Leben.«

Abermals unterbrach Harvath ihn. »Es gibt keine Verschwörung gegen Ihr Leben, Eure Hoheit, jedenfalls nicht direkt.«

»Aber Mr. Reynolds sagte doch …«

»… genau das, was ich ihm sagte.«

Der Verteidigungsminister griff nach seinem Funkgerät und sagte auf Arabisch: »Das ist doch absurd. Diese Besprechung ist vorbei.«

»Nicht so schnell«, erwiderte Harvath in perfektem Arabisch, ehe er wieder zu Englisch wechselte.

»Eure Hoheit, es gibt eine Verschwörung, Sie zu stürzen, darum sind wir hier. Mr. Reynolds kooperierte, weil er der Überzeugung ist, dass er in Ihrem Interesse handelt.«

Abdullah hob die Hand und bedeutete seinem Verteidigungsminister, sich zurückzuhalten. »Ich höre.«

Nachdem Harvath alles erklärt hatte, fragte der Kronprinz: »Haben Sie Beweise, die das untermauern?«

»Die haben wir, Eure Hoheit«, sagte Jillian, während sie Harvath einen Manila-Umschlag reichte, damit er ihn Abdullah gab. »Die Tests sind noch nicht abgeschlossen, aber dies ist eine Zusammenfassung dessen, was wir bisher zusammentragen konnten.«

»Nichts als bloße Vermutungen, soweit ich gehört habe«, erwiderte der für die Geheimdienste zuständige Minister. »Ich gebe zu, dass ich Faruq nicht sonderlich mag, aber er ist zweifellos eine Bereicherung für unsere Organisation.«

»Und das Treffen mit Soldaten der Royal Land Forces, der Nationalgarde und bekannten Fundamentalisten, dessen Zeuge ich wurde?«, entgegnete Reynolds.

»Soweit wir wissen«, sagte der Verteidigungsminister, »handelte es sich um Informanten. Wissen Sie, Amerika ist nicht das einzige Land, das für Informationen bezahlt.«

»Zugegeben«, räumte Reynolds ein. »Aber was ist mit den gefälschten Überwachungsberichten?«

Nun war es am Geheimdienstminister, in die Bresche zu springen. »Ehrlich gesagt mache ich mir größere Sorgen darüber, wie *Sie* an geheime Staatsinformationen gelangen konnten.«

»Wenn das Ihre größte Sorge ist, dann sollte ich mir vielleicht einen neuen Minister für unseren staatlichen Geheimdienst suchen«, warf Abdullah ein. »Wissen Sie über die Fundamentalisten, von denen Mr. Reynolds hier spricht, Bescheid oder nicht?«

»Selbstverständlich, Eure Hoheit.«

»Und ist etwas dran an dem, was er da sagt? Dass die Überwachungsberichte gefälscht wurden?«

»Das kann ich nicht sagen«, stammelte der Minister. »Ich überprüfe solche Angelegenheiten nicht persönlich.

»Das ist nicht die Antwort, die ich hören wollte, Nawaf.«

»Es tut mir leid, Eure Hoheit. Ich …«

Abdullah hob die Hand und gebot dem Mann Schweigen. »Wo befindet Faruq sich jetzt?«

»Eure Hoheit, ich halte es nicht für klug, Geheimdienstangelegenheiten zu erörtern, wenn Fremde …«

»Beantworten Sie meine Frage!«, befahl der Kronprinz.

»In Sa'da.«

»Im Jemen? Angesichts dessen, was in unserem Land vor sich geht, bei all dem Ärger in Riad, was macht Ihr stellvertretender Minister da in Sa'da?«

»Die Reise wurde schon vor einiger Zeit geplant, Eure Hoheit.«

»Dessen bin ich mir sicher.« Abdullah blickte seine Besucher an. »Haben Sie noch weitere Fragen an einen dieser Herren?«

»Nur eine«, antwortete Harvath. Er holte die Fotos hervor, die Reynolds zu Hause ausgedruckt hatte. »Wir haben Grund zu der Annahme, dass diese Männer versuchen werden, die Reihen Ihrer Nationalgarde hier im Palast zu infiltrieren, vielleicht haben sie es auch schon getan. Ihr Ziel ist, die Führung der Wahhabiten zu töten und es so aussehen zu lassen, als wäre die Herrscherfamilie dafür verantwortlich. Hat jemand von Ihnen diese Männer gesehen, seit er hier ist?«

Sowohl der Verteidigungs- als auch der für die Geheimdienste zuständige Minister betrachteten die Fotos und schüttelten den Kopf.

»Die hier würde ich gern herumgehen lassen, außerdem hätte ich gern, dass jeder Angehörige der Nationalgarde hier im Palast erfasst wird«, sagte Harvath.

»Aber das Treffen ist fast vorbei. Wenn die Dinge weiterhin so gut laufen, dürften wir innerhalb weniger Stunden einen Konsens erzielen und die wahhabitische Führung wird sich auf den Weg nach Hause machen.« Der Geheimdienstminister ließ es darauf ankommen. »Meinen Sie nicht, dass diese Männer es schon längst getan hätten, wenn sie etwas versuchen wollten?«

»Tun Sie, was er verlangt«, befahl Abdullah, während er seinen Ministern die Fotos reichte und sie aus dem Zimmer entließ.

Nachdem er sich eine Minute Zeit genommen hatte, um seine Gedanken zu sammeln, wandte der Kronprinz sich wieder an Harvath. »Jetzt, wo wir allein sind, müssen wir besprechen, wie Prinz Hamal in das Ganze verwickelt ist.«

»Uns ist klar, dass das schwierig ist, Eure Hoheit«, sagte Harvath.

»Schwieriger, als Sie sich vorstellen können«, erwiderte Abdullah müde. »Prinz Hamal ist mein Sohn.«

89

»Hamal ist Ihr Sohn?«, wiederholte Harvath.

»Das Resultat einer Indiskretion in meiner Jugend, auf die ich ganz gewiss nicht stolz bin.« Abdullah wandte den

Blick ab. »Zwar ist es mir gelungen, seine Abstammung weitgehend geheim zu halten, aber der Junge war für mich nichts weiter als ein Quell ständigen Kummers.«

»Vergeben Sie mir, wenn ich frage, Eure Hoheit. Aber warum haben Sie ihn hier wohnen lassen? Sie hätten ihn doch verbannen, nach Europa oder Amerika schicken können, überallhin, nur nicht ihn herholen, wo er Ihnen nur Ärger bereitet hat«, sagte Reynolds.

»Sie haben keine Kinder, nicht wahr, Mr. Reynolds?«, erwiderte der Kronprinz.

Reynolds schüttelte den Kopf.

Abdullah lächelte, nicht das Lächeln eines allmächtigen Herrschers, sondern das eines Vaters. »Hätten Sie Kinder, würden Sie verstehen, dass ich lieber meinen rechten Arm gäbe, als zuzusehen, wie mein Sohn aus dem Land seiner Geburt gejagt wird. Das heißt nicht, dass ich es nicht versucht habe. Ich dachte mir, wenn er jemanden hätte, mit dem er auf Reisen gehen kann, einen anderen weltgewandten jungen Mann arabischer Herkunft, wenn er konfrontiert wäre mit einem anderen kulturellen Einfluss, würde er sich vielleicht öffnen und zu dem Schluss kommen, dass ihm das Leben außerhalb dieses Königreichs eher gefällt.«

Harvath wusste nicht, warum, doch mit einem Mal machte es in einem entfernten Winkel seines Geistes klick, als eine Verbindung hergestellt wurde. »Wer war dieser Reisegefährte, den Sie für Ihren Sohn ausgewählt hatten, Eure Hoheit?«

»Seine Familie stammte aus Abha, einer kleinen Stadt im Süden in der Provinz Asir. Die Familie hieß ...«

»Alomari!« Harvath zählte zwei und zwei zusammen und beendete den Satz anstelle von Abdullah. »Sie haben Ihren Sohn der Begleitung von Khalid Scheich Alomari anvertraut.«

Es war das erste Mal, dass Harvath einen wichtigen Staatschef die Fassung verlieren sah. »Ich wusste nicht, wie schlecht dieser Mensch war. Woher denn auch?«

»Sie sind der Herrscher des Königreichs Saudi-Arabien«, erwiderte Harvath. »Ihnen stehen unglaubliche Ressourcen zur Verfügung. Warum haben Sie sie nicht genutzt?«

»Aber das habe ich doch!«, beteuerte er. »Es war mir zu peinlich, meine schmutzige Wäsche vor meinem Minister zu waschen. Darum bat ich seinen Stellvertreter, ihn für mich zu überprüfen.«

»Sie baten Faruq darum«, sagte Harvath.

Abdullah ließ den Kopf hängen. »Ja. Es war Faruq, und gemeinsam mit den Wahhabiten gelang es ihm, meinen Sohn gegen mich aufzuhetzen.«

Harvath fehlte immer noch ein Puzzleteil – ein Teil, das der Schlüssel dazu war, dass alle anderen, die in seinem Kopf umherschwirrten, sich zusammenfügten. »Ich weiß, es ist eine delikate Frage, und bitte vergeben Sie mir, Eure Hoheit. Aber es ist etwas, das ich fragen muss.«

»Wie lautet Ihre Frage?«

»Durch Sie kann Ihr Sohn geltend machen, dass er direkt vom Propheten Mohammed abstammt.«

»Das ist richtig.«

»Hamals Mutter. Sie sagten, sie sei Ausländerin. Aus welchem Land stammt sie?«

Einen Moment lang schien der Kronprinz Frieden zu finden, so als durchlebte er noch einmal glücklichere Erinnerungen aus längst vergangenen Zeiten. »Wir begegneten uns auf Zypern. Mein Bruder, König Fahd, kaufte Waffen für unsere Streitkräfte. Ein Mann, der am Verkauf beteiligt war, stellte mich ihr vor. Ich war ein junger Mann und hatte nur weltliche Dinge im Kopf und vergaß meine Verantwortung.

Sie war das schönste Wesen, das ich je gesehen hatte. Sie schlug mich vollständig in ihren Bann.«

»Ihre Nationalität, Eure Hoheit«, wiederholte Harvath. »Welche Nationalität hatte sie?«

»Sie war Türkin. Osmanischer Abstammung.«

»Und der Mann, der sie Ihnen vorstellte? Der Mann, der am Verkauf von Waffen an Ihren Bruder beteiligt war?«

»Ozan Kalachka.«

Damit war Harvath klar, wer der neue Kalif sein würde.

90

Kronprinz Abdullah stimmte Harvaths nächster Bitte unter zwei Bedingungen zu. Die erste war, dass er versprechen musste, seinen Sohn nicht umzubringen. Die zweite bestand darin, dass Harvath, Reynolds und Alcott erst zum Islam konvertieren mussten, ehe man ihnen gestattete, die heilige Stadt Mekka zu betreten.

Während die zweite Bedingung für Jillian überraschend kam, wussten sowohl Harvath als auch Reynolds, dass dies nicht das erste Mal war, dass die Herrscherfamilie so etwas verlangte. Als die französische Gendarmerie-Einheit GIGN in den 1970er-Jahren zur Befreiung der heiligen Stadt von radikalen Fundamentalisten beitrug, hatten die Franzosen dies nicht als Katholiken getan, sondern als frischgebackene Konvertiten zum Islam.

Nachdem die vorübergehende Konvertierung des Trios, die auf dem Rollfeld der King Fahd Air Base stattfand, abgeschlossen war, bestiegen sie zusammen mit einem Team von Special-Warfare-Soldaten der Nationalgarde einen UH60

Blackhawk-Hubschrauber der königlichen Luftwaffe. In urbanes Tarnmuster gekleidet, war das Special Warfare Team ein ernst zu nehmender Trupp, und Harvath kannte sich aus. Ausgestattet mit 5,56-Millimeter-M4-Automatikgewehren, 9-Millimeter-H&K-MP5-Maschinenpistolen und zwei M700-Scharfschützengewehren war offensichtlich, dass jetzt das handverlesene Team des Kronprinzen zum Tragen kam.

Gut einen Kilometer entfernt vergewisserte sich der Hubschrauberpilot per Funk, dass die örtlichen Sicherheitskräfte in Stellung waren, ehe er nach der Bestätigung im Sturzflug das Ziel anflog.

Als sie sich den Toren von Prinz Hamals weitläufigem Anwesen in einem Industrieviertel am staubigen Stadtrand Mekkas näherten, eröffneten die beiden AH64 Apache-Kampfhubschrauber, die sie eskortierten, das Feuer. Mit Hydra-70-Raketen und heftigem Beschuss aus ihren 30-Millimeter-Kanonen gaben sie Sperrfeuer.

Hamals Sicherheitskräfte wurden vollständig überrascht, aber binnen Kurzem formierten sie sich neu und starteten einen Gegenangriff. Die Männer waren schlachterprobte Mudschahedin, die in Afghanistan sowohl gegen die Sowjets als auch gegen die Amerikaner gekämpft hatten, und reagierten umgehend.

Bevor überhaupt irgendjemand im Blackhawk wusste, was los war, war der Himmel voller Kondensstreifen schultergestützter Raketen. Obwohl der Pilot sein Bestes gab, ihnen auszuweichen, fand eine ihr Ziel und riss dem Hubschrauber den Heckrotor ab. Der Pilot rief, alle sollten sich festhalten, während der Hubschrauber heftig ins Trudeln geriet.

Der Vogel wirbelte im Kreis, während er an Höhe verlor und die gestampfte Erde von Hamals Haupthof ihm entgegenraste. Harvath vernahm Schüsse, doch angesichts der ungeheuren Fliehkraft, die ihre Drehung erzeugte, konnte er gerade noch sein Frühstück drin behalten, aber unmöglich herausfinden, woher die Schüsse kamen.

Krachend schlug der Blackhawk auf dem Boden auf. Die gefederten Sicherheitssitze bremsten den Sturz kaum ab, in Reynolds' Fall überhaupt nicht, als ihm beim Aufprall das Bein brach.

Zur Ehre der Special-Warfare-Einheit muss gesagt werden, dass sie schon draußen waren und ihre Waffen abfeuerten, bevor Harvath überhaupt seinen Gurt gelöst hatte. Er hastete zu Reynolds, bemüht, die Verletzungen des Mannes einzuschätzen, doch Reynolds winkte ab.

Mit Jillians Hilfe zog er Reynolds so behutsam wie möglich aus dem Hubschrauberwrack und lehnte ihn an die Lehmwand einer großen Zisterne.

Harvath lud Reynolds' Schrotflinte durch, reichte sie Jillian und ermahnte sie, in Deckung zu bleiben, während er der Spezialeinheit folgte.

Drei Meter weiter vernahm er das Krachen der Remington und drehte sich um, gerade noch rechtzeitig, um mitzubekommen, wie einer von Hamals Security-Leuten mit dem Gesicht voran in den Dreck fiel. Hinter einer Wolke blauen Pulverdampfs hielt Alcott den Daumen hoch. Offensichtlich hatte sie bei der Hasenjagd in Cornwall ja doch etwas gelernt. Es war schon das zweite Mal, dass sie ihm das Leben rettete.

Harvath konzentrierte sich wieder auf das, was vor ihm lag, hob die MP5, mit der die Special-Warfare-Einheit ihn ausgestattet hatte, und schlüpfte ins Hauptgebäude. Bis er drinnen die Teammitglieder einholte, gingen drei Tangos auf sein Konto, und bei jedem Mann, den er umlegte, forschte er im Gesicht nach Ähnlichkeiten mit den beiden Fundamentalisten, nach denen sie immer noch suchten.

Harvath folgte der Einheit, während sie sich durch eine Welle bewaffneter Dschihadisten nach der anderen pflügte, die darauf versessen waren, alles und jeden zu verteidigen, der sich im Zentrum des Anwesens befand.

Als sie die Mitte des Gebäudes erreichten, sah das Team vor sich eine Treppe, die in den zweiten Stock hinaufführte, sowie eine Tür, die irgendwohin unter die Erde führte. Da Harvath wusste, dass arabische Terroristen eine Vorliebe für Tunnel hatten, insbesondere wenn sie belagert wurden, entschloss er sich, denjenigen Teil des Teams zu begleiten, der unter die Erde ging.

Als mehrere Schüsse ins Schloss und die Scharniere der Stahltür nichts nützten, brachte der Sprengstoffexperte des Trupps eine Hohlladung an der Tür an und scheuchte den Rest der Männer fort. Er drehte sich von der Detonation weg, drückte eine Taste und sprengte die Tür aus dem Rahmen. Ein weiteres Teammitglied warf zwei Blendgranaten die schmale Steintreppe hinab.

Die Granaten detonierten rasch hintereinander, und die Männer strömten durch die schmale Öffnung hinab. Der Sprengstoffexperte und Harvath bildeten die Nachhut.

Die Treppe war furchtbar schmal, so eng, dass die Männer sich stellenweise seitlich hindurchzwängen mussten.

Noch anderthalb Meter, und schon wieder hallten ohrenbetäubende Schüsse durch den engen Raum, dazu der strenge Geruch nach Kordit. Da Harvath nicht sehen konnte, was los war, blieb ihm nichts anderes übrig, als den Männern vor ihm zu folgen. Plötzlich setzte jedoch eine Gegenbewegung ein, die Männer machten kehrt und versuchten, die Stufen wieder emporzurennen. Ehe Harvath sich zu rühren vermochte, hörte er eine Vielzahl entsetzlicher Schreie, als etwas explodierte und ein sengender roter Feuerball durch den Treppenschacht wogte.

Harvath warf sich zu Boden, als die Flammen brüllend über ihn hinwegtosten, und versuchte, sein ohnehin bereits verbranntes Gesicht zu schützen.

Nachdem sich die Flammen verzogen hatten, überprüfte Harvath, ob er verletzt worden war. Nachdem er beschlossen hatte, dass alles okay war, stand er auf und stellte fest, dass der Rest des Teams kein solches Glück gehabt hatte. Dem Zustand des Sprengstoffexperten nach zu urteilen, waren sie alle von Splittern durchsiebt worden. Entweder hatte jemand eine Granate in den Treppenschacht geworfen oder die Spezialeinheit hatte so etwas wie eine Antipersonenmine ausgelöst. Wie dem auch sein mochte, hier war jemand erpicht darauf, dass ihm niemand folgte.

Nachdem er sich die Tasche des Sprengstoffexperten mit den Sprengsätzen und Blendgranaten geschnappt hatte, bahnte Harvath sich vorsichtig einen Weg über die Leichen den Rest der Stufen hinab. Unten angekommen fand er sich in einer engen unterirdischen Kammer wieder. Willkürlich platzierte Balken stützten die niedrige Decke, und eine Reihe nackter Glühbirnen beleuchtete einen langen Gang, der sich vor ihm erstreckte. Genau wie Harvath vermutet hatte, hatte Hamals Gebäudekomplex tatsächlich Anbindung an ein Tunnelsystem.

Da das Klingeln in seinen Ohren nachgelassen hatte, konnte Harvath das Geräusch einer oder mehrerer Personen ausmachen, die sich irgendwo vor ihm bewegten. Die MP5 im Anschlag schlich er vorsichtig vorwärts, stets darauf achtend, dass nicht noch irgendwo eine Sprengfalle angebracht war.

Die Höhe des Tunnels stieg und fiel über eine Distanz von anscheinend zwei oder drei Blocks. Schließlich endete er an einer Holzleiter, die nach oben zu einer Falltür führte. Falls jemand in diesem Gang gewesen war, war das der einzige Weg, den er genommen haben konnte. Die Waffe schussbereit hielt Harvath sich mit seiner freien Hand fest, während er die Leiter erklomm. Behutsam drückte er gegen die Falltür, doch sie rührte sich nicht. Er versuchte es noch einmal, fester diesmal, trotzdem bewegte sie sich nicht.

Er durchsuchte die Sprengtasche, die er mitgenommen hatte, und fand eine weitere Hohlladung. Er brachte sie unten an der Falltür an, befestigte die erforderliche Menge Sprengschnur daran, stieg zurück in den Tunnel und entfernte sich so weit wie möglich. Harvath hielt sich die Ohren zu und öffnete den Mund, um die bevorstehende Druckveränderung auszugleichen, zählte bis drei und sprengte ein riesiges Loch mitten in die Tür.

Er nahm zwei Blendgranaten aus der Tasche, kletterte die Leiter empor und warf sie nach oben in den Raum über sich.

Unmittelbar nachdem sie detoniert waren, sprang Harvath von der obersten Leitersprosse in einen Raum, den man wohl nur als Abfüllanlage bezeichnen konnte.

Entsetzt von der Explosion und dem schwer bewaffneten Mann, der gerade aus dem Boden hervorgekrochen kam, rannten die Arbeiter in alle Richtungen davon. Sie hasteten um und unter Reihen automatisierter Förderbänder herum, auf denen Flaschen standen, die genauso aussahen wie die, die Jillian aus dem Lagerhaus in Riad mitgenommen hatte.

Schwere Edelstahlmaschinen füllten die Plastikflaschen mit Wasser und einer weiteren Komponente, von der Harvath annahm, dass es sich um das Gegenmittel handelte. In geordneten Reihen wurden sie zum Verschließen weitergeleitet, etikettiert, in Folie eingeschweißt und auf riesigen Paletten gestapelt, die ein Gabelstaplerfahrer abholte und zu einer Ladezone transportierte.

Während Harvath den Betriebsablauf beobachtete, entlud sich um ihn herum plötzlich ein wahrer Kugelhagel. Als er sich zu Boden warf, sah er Ozan Kalachka und den Mann, der Kalif werden sollte – Prinz Hamal –, flankiert von zwei der gemeinsten, langbärtigsten Turbanträger, die Harvath je untergekommen waren. Mit ihren erdfarbenen Gewändern und den riesigen Maschinengewehren passten die Leibwächter eher in die Straßen Kabuls, nicht in eine heilige Stadt wie Mekka.

Harvath rollte sich unter einem der Förderbänder hindurch, feuerte seine MP5 ab und jagte einen Funkenregen die Metallplattform entlang, auf der die Männer standen. Umgehend erwiderten sie das Feuer, und Harvath spürte, wie das Wasser sich über ihn ergoss, als die Kugeln die Flaschen oben in zwei Hälften zersägten.

Harvath rollte sich wieder ins Freie und zog den Abzug seiner MP5 durch. Einer der beiden Taliban-Zwillinge, die Hamal und Kalachka in der Mitte hatten, ging zu Boden.

Der verbliebene Leibwächter erwiderte abermals das Feuer, diesmal setzte er jedoch noch etwas ganz Besonderes obendrauf – eine scharfe Granate. Als die Granate nur wenige Meter entfernt auf dem Betonboden aufschlug, hastete Harvath weiter unter die Abfüllanlage. Auf Händen und Knien kroch er in die andere Richtung, so schnell es ging. Und dann geschah das Unfassbare – er blieb stecken.

91

Harvath brauchte nur einen Sekundenbruchteil, um zu begreifen, was passiert war – die Sprengtasche, die ihm über der Schulter hing, hatte sich an einem Bolzen verfangen, der aus einer der Stützen ragte, die das darüberliegende

Förderband trugen. Sosehr er es auch versuchte, er konnte sich weder losreißen noch sich von der Tasche befreien. Die robuste Canvas-Tasche war dazu gedacht, jede Menge Strapazen auszuhalten, ohne jemals zu reißen oder nachzugeben.

Harvath wusste, dass die Granate in wenigen Sekunden explodieren würde. Darum tat er das Einzige, was ihm einfallen wollte. Er stemmte den Rücken gegen die Unterseite des Förderbands, suchte sich einen festen Stand und schob mit aller Macht. Er spürte, wie die Bolzen abplatzten, als sich das Förderband aus seiner Halterung löste, auf den Boden kippte und dabei einen ganzen Berg Wasserflaschen mitriss. Die Sprengtasche war endlich frei, doch ihm blieb nur noch übrig, sich zu Boden zu werfen.

Gerade in diesem Augenblick ging die Granate hoch. Das umgestürzte Förderband und der Stapel Wasserflaschen fingen den größten Teil der Druckwelle ab.

Harvath hob seine MP5, schüttelte die Wirkung der Granate ab, sprang vom Boden auf und rannte um sich schießend los. Der noch verbliebene Kerl, der aussah wie ein Taliban, versuchte, das Feuer zu erwidern, doch Harvath erwischte ihn direkt über den Augenbrauen. Der Mann war sofort tot. In einer Reflexbewegung richtete er seine Waffe auf die beiden übrigen Ziele und konzentrierte sich auf das dickere der beiden – Ozan Kalachka.

In einem Schachzug, der Harvath eigentlich nicht überraschen sollte, packte Kalachka Hamal, schwenkte ihn herum, um ihn als Schutzschild zu benutzen, und hielt dem Prinzen eine Waffe an den Kopf.

»Abkömmlinge des Propheten Mohammed, in deren Adern auch noch türkisches Blut fließt, muss es ja geben wie Sand am Meer«, brüllte Harvath, während er seine MP5 auf den Mann gerichtet hielt, der ihn genau wie Timothy Rayburn benutzt und hintergangen hatte. Das Verlangen, trotz der Konsequenzen den Schuss abzugeben, war übermächtig. Er könnte dem Kronprinzen jederzeit erzählen, jemand anders habe seinen Sohn erschossen, doch so arbeitete Harvath nicht. Er hatte sein Wort gegeben. Ohne Laservisier entschied Harvath sich dagegen, den Abzug zu drücken.

»Sieht so aus, als stünden wir an einem Scheideweg«, schrie er von der metallenen Überwachungsplattform über der Abfüllanlage. »Wozu auch immer es gut sein mag, mein Angebot steht. Könntest du an einem besseren Ort zum Islam konvertieren als in der heiligsten seiner Städte?«

»Danke, aber ich bin bereits konvertiert«, erwiderte Harvath, während er sich vorwärtsschob, um ein besseres Ziel zu haben. »Kronprinz Abdullah veranstaltete eine hübsche kleine Zeremonie. Aber ich glaube, das ist nichts für mich. Schlechte Klamotten und noch schlimmere Feiertage. Meine Antwort muss Nein bleiben.«

»Tut mir leid, das zu hören«, antwortete Kalachka, während auch er sich bewegte, damit Harvath kein freies Schussfeld bekam.

»Aber ich schlage dir einen Deal vor«, sagte Harvath. »Gib mir, was ich will, und ich lasse dich am Leben.«

Kalachka lachte. »Du lässt mich einfach hier rausspazieren?«

»Nein. Ich sagte, ich lasse dich am Leben.«

Der Skorpion tat, als dächte er nach. Schließlich antwortete er: »Ich glaube, ich werde trotzdem hier rausspazieren. Etwas sagt mir, dass noch nicht einmal du den Mumm hast, ein Mitglied der saudischen Königsfamilie zu töten.«

»Meinst du?« Harvath presste den Schaft der MP5 an die Wange. »Stell mich doch auf die Probe!«

Kalachka machte einen weiteren Schritt nach links, und Harvath ließ einen Feuerstoß los, der ganze Stücke aus der

Wand hinter Kalachka riss, nur Zentimeter von seiner Schulter entfernt. Auf Prinz Hamals Gesicht lag ein Ausdruck äußersten Entsetzens, und Kalachka schlurfte wieder an seine ursprüngliche Position zurück. »Vielleicht können wir ja eine Vereinbarung treffen«, rief er.

»Zum Beispiel?«, erwiderte Harvath.

»Die Anführer der Wahhabiten sind ohnehin bereits so gut wie tot. Selbst wenn ich dir gebe, wonach du suchst, bleibt nicht mehr genug Zeit, um das Haus Saud zu retten. Bald werden wir drei Atombomben haben, dann wird es niemand mehr wagen, etwas gegen uns zu unternehmen.«

»Wie kannst du dir so sicher sein, dass Saudi-Arabien über Atomwaffen verfügt?«

»Weil ich sie mit eigenen Augen gesehen habe. Es ist das bestgehütete Geheimnis in diesem Land. Noch nicht einmal Amerika ist sich sicher, ob sie überhaupt existieren. Das bedeutet, selbst wenn du sie unschädlich machen wolltest, hättest du keine Ahnung, wo du sie findest.«

»Und was für einen Deal schlägst du vor?«, kam Harvath zur Sache.

»Ich sage dir, was du über die Krankheit wissen musst. Aber erst nachdem du mich hast gehen lassen.«

»Du musst es mir *jetzt* sagen. In Amerika gibt es schon die ersten Fälle.«

»Das ist doch absurd«, rief er. »Diese Krankheit wurde noch gar nicht in die USA ausgeliefert. Noch nicht jedenfalls. Du willst bloß Zeit schinden. Gib mir eine Antwort. Haben wir einen Deal oder nicht?«

»Warum fragst du wegen Amerika nicht bei Hamal nach? Er ist der Mann mit dem Exportunternehmen. Anscheinend haben sich die Dinge ein bisschen schneller entwickelt, als du vorhergesehen hast.«

Kalachka rammte Hamal die Pistole ins Ohr. »Ist das wahr? Hast du dieses Gift nach Amerika geliefert?«

»Ja«, stammelte Hamal. »Aber zugleich haben wir auch das Wasser für die gläubigen Sunniten ausgeliefert.«

»Was meinst du mit *wir?*«

»Faruq. Er hat alles koordiniert. Er meinte, die einzige Chance, die wir gegen die Amerikaner hätten, bestehe darin, sie zu Hause anzugreifen, damit wir eine Garantie hätten, dass sie niemals etwas gegen uns unternehmen können.«

»Du Idiot, das ist nicht, was wir geplant hatten.«

»Aber Faruq sagte …«

»Faruq ist ein noch größerer Dummkopf als du.«

Harvath hatte es geschafft, sich einige Zentimeter weiter nach rechts zu schieben; fast hatte er ihn perfekt im Visier, da rief Kalachka: »Das ist weit genug. Keine Spielchen mehr.«

Harvath blieb stocksteif stehen.

»Jetzt weiß ich, weshalb Faruq so versessen darauf war, das Lagerhaus in Riad zu räumen«, sagte Kalachka.

»Aber es war zu spät.«

»Mag sein. Aber es ist nicht zu spät für diese Gebäude hier. Alles, was du brauchst, befindet sich unter diesem Dach – die Krankheit, das Gegenmittel, alles.«

»Dann nenne mir einen guten Grund, weshalb ich euch nicht beide töten sollte. Danach kann ich Prinz Abdullah ja eine Beileidskarte schicken.«

Kalachka zog einen Fernzünder aus der Tasche. »Als Agent mag Faruq ja mittelmäßig sein. Aber was Sprengstoff angeht, ist er ein wahres Genie. Er hat das ganze Gebäude verdrahtet, genauso wie das Lagerhaus in Riad, nur mit dreimal so viel C4. Entweder du lässt uns gehen oder wir kommen alle zusammen ins Paradies, und zwar auf der Stelle.«

Harvath sah ihn an und sagte kein Wort.

»Was soll es sein, Scot? Wir können jetzt aufhören, und jeder geht seiner Wege. Sei nicht dumm. Denk drüber nach.«

»Ich glaube, ich werde es versuchen«, erwiderte Harvath. Er hielt seine Waffe fünf Zentimeter tiefer und drückte ab.

Die Kugeln zerschmetterten Prinz Hamal die Kniescheiben und ließen ihn auf dem Rost, auf dem er stand, zusammensacken. Im Nu hatte Harvath die Waffe wieder oben. Als er erneut den Abzug drückte, sagte er: »Falls du Allah siehst, grüß ihn von Scot Harvath.«

92

Als Kalachkas lebloser Körper über das Geländer kippte, fiel ihm der Fernzünder aus der Hand und landete klappernd auf der Plattform neben Prinz Hamal, der sich, seine Beine umklammernd, vor Schmerzen krümmte. Der Tod war allemal besser als das, was ihn von der Hand seines Vaters erwartete. Er kannte den Kronprinzen gut genug, um zu wissen, dass es nur einen einzigen Grund gab, warum Harvath ihn nicht getötet hatte: Sein Vater wollte es selbst tun.

Hamal zwang sich, die Hände von seinen blutigen Kniescheiben zu nehmen, und langte nach dem Fernzünder, nur um sich von Harvath zwei Schüsse hinten ins Bein einzufangen. Während Harvath die Treppe zur Überwachungsplattform emporrannte, brüllte er: »Wenn du dich auch nur einen Millimeter rührst, geht der nächste Schuss in deine Hoden.«

Das war Hamal egal. Sein Leben war sowieso vorbei. Als er die Hand ausstreckte, um nach dem Fernzünder zu greifen, rechnete er jeden Augenblick damit, den grausamen Schmerz zu spüren, mit dem ihm die Kugeln des Amerikaners in den Unterleib drangen. Doch der Schuss wurde nicht abgegeben. Stattdessen spürte er ein schweres Gewicht auf seinem Rücken landen.

Harvath packte Hamals Handgelenk und schlug es wieder und wieder auf den Metallrost, bis Hamal den Zünder losließ. Er wälzte den Prinzen auf den Rücken und packte ihn an der Kehle. »Ich habe deinem Vater versprochen, dass ich dich nicht umbringen werde. Aber ansonsten ist das Feld weit offen. Wie willst du die Anführer der Wahhabiten töten?«

Hamal zwang sich zu einem Lachen und spie Harvath ins Gesicht.

Harvath wischte sich die Wange an der Schulter ab, hielt den Lauf der MP5 an Hamals linken Zeigefinger und fragte erneut: »Wie werden sie sterben?«

Abermals spuckte Hamal ihn an, und Harvath drückte den Abzug und blies dem Prinzen den Finger weg.

Als der Kerl schrie, bewegte Harvath die Waffe zum Zeigefinger seiner rechten Hand. »Ich habe mehr Kugeln als du Körperteile, Hamal. Wir könnten den ganzen Tag hierbleiben, und glaub mir, ich werde mein Wort, das ich deinem Vater gegeben habe, halten. Du wirst am Leben bleiben, aber du wirst dir wünschen, du wärst tot.«

Erneut spie Hamal ihn an, doch Harvath beherrschte sich. Anstatt zu schießen, sagte er: »Wir wissen, dass deine Männer sich als Nationalgardisten ausgeben. Es ist nur eine Frage der Zeit, bis wir sie kriegen. Jeder im Palast hält Ausschau nach ihnen. Sobald einer von ihnen auch nur in die Nähe der Wahhabitenführer kommt, ist alles vorbei.«

Hamal schaffte es, die Zähne vor Schmerz zusammengebissen zu lächeln. »Du hast keine Ahnung, was wir geplant haben. Wir müssen gar nicht in die Nähe der Anführer kommen.«

»Was redest du da?«, fragte Harvath. »Mach den Mund auf, sonst blase ich dir gleich noch einen Finger weg.«

»Es ist zu spät. Jetzt kann es niemand mehr aufhalten.«

Harvath war im Begriff abzudrücken, da hörte er Bewegung auf der Ebene der Abfüllanlage. Die örtlichen Sicherheitskräfte hatten den Tunnel entdeckt und kamen jetzt durch die Falltür. Anscheinend wusste Hamal, dass er gerettet war. Er blickte Harvath an und brachte trotz seiner Schmerzen ein weiteres Lachen zustande. Harvath holte mit der MP5 aus und ließ sie dem Kerl ins Gesicht krachen, dabei schlug er ihm mehrere Zähne aus. Der Kerl verlor das Bewusstsein, gerade als die ersten Sicherheitskräfte unter der Plattform auftauchten.

»Prinz Hamal ist hier oben«, rief Harvath auf Arabisch. »Er braucht medizinische Hilfe. Prinz Abdullah will, dass er anschließend in Haft genommen wird.«

Zwei Angehörige der Sicherheitskräfte rannten die Treppe hinauf, und mit einem ihrer Funkgeräte kontaktierte Harvath einen Beamten auf dem Gelände, damit er Jillian durch den Tunnel schickte.

Als sie eintraf, war sie erstaunt über das Ausmaß dessen, was sie vorfand. Hier hatte jemand zig Millionen Dollar ausgegeben, um ein hoch entwickeltes, sorgfältig versiegeltes Labor mit vollständigen Dekontaminationsstationen zu schaffen. Wer immer das hier errichtet hatte, wusste offensichtlich, dass er es mit etwas zu tun hatte, das extrem tödlich war.

Nachdem sie einen Schutzanzug des Labors angelegt und ihren Schlauch an die Sauerstoffzufuhr angeschlossen hatte, ging Jillian durch die Luftschleusen, bis sie sich im eigentlichen Labor befand. Harvath wartete auf der anderen Seite der Scheibe auf sie, und sie kommunizierten über die an ihrem Anzug angebrachte Gegensprechanlage.

Es dauerte nicht lange, bis sie fand, wonach sie suchte. Annähernd 100 schlicht gestaltete schwarze Fläschchen standen auf den Regalen eines Laborkühlschranks, fast zehnmal so viele in Lila auf den Regalen eines weiteren Kühlschranks. Sie bestanden aus einer Legierung, die sie noch nie gesehen hatte, und alle hätten sie perfekt in die aufwendig verzierte Truhe gepasst, die sie in den Tiefen des Col de la Traversette gefunden hatten.

Bei näherem Hinsehen stellte sie fest, dass auf den schwarzen Fläschchen der bedrohliche Kopf eines tollwütigen Hundes mit verschlungenen Vipern prangte, während auf den violetten Fläschchen eine seltsame Pflanze beziehungsweise ein Kraut eingeprägt war. Jillian nahm an, dass es wohl Teil der Impfstoff-Gegenmittel-Kombination sein musste.

Anhand der Diagramme, die an die Rückwand des Labors geheftet waren, schätzte Jillian, dass sowohl die Krankheit als auch der Impfstoff äußerst wirksam waren und nur jeweils geringe Mengen benötigt wurden. Darüber hinaus stammte das Wasser, das Hamal abfüllte und verkaufte, nicht aus einer geheimen Quelle, sondern aus dem städtischen Wasserwerk Mekkas.

Harvath war klar, dass es mindestens einen Tag, wenn nicht länger dauern würde, bis die USA ein Spezialistenteam vor Ort hatten, um bei der Sicherung der Anlage zu helfen, und prompt dachte er an Nick Kampos. Kampos konnte innerhalb weniger Stunden vor Ort sein. Dank seiner Erfahrung bei der Clandestine Laboratory Training Unit, der Geheimlaboreinheit der DEA, konnte er Jillian dabei helfen, das Gegenmittel zu bergen, bis die Kavallerie eintraf. Kampos ans Telefon zu bekommen, damit er ihnen aushalf, musste allerdings warten.

Harvath hastete durch den Tunnel zurück und erreichte Hamals von Kugeln durchsiebtes Anwesen gerade noch rechtzeitig, um Reynolds an Bord des CH-47D Chinook-Helikopters zu helfen, der die Verwundeten ins Al-Hada-Hospital neben der King Fahd Air Base bringen sollte.

Nachdem sie abgehoben hatten, setzte Harvath sich eines der Headsets auf, um Funkkontakt mit dem Palast aufzunehmen. Alle Soldaten der Nationalgarde hatten sich ausgewiesen. Nirgends eine Spur von den gesuchten Fundamentalisten, und der Gipfel ging gerade zu Ende. Nicht mehr lange, dann war alles vorüber. Obwohl niemand einen Anschlag auf die wahhabitische Führung verübt hatte, war Harvath nervöser als den ganzen Tag über. Er nahm das Headset ab, beugte sich zu Reynolds und teilte ihm seine Besorgnis mit.

»Meinst du, es ist sicher, sie hier zurückzulassen?«, rief er über das Dröhnen der Rotoren hinweg. Er meinte Jillian.

»Sie wird schon okay sein. Im Moment mache ich mir größere Sorgen über die Anführer der Wahhabiten. Wir wissen, dass Kalachkas Plan vorsah, sie während des Gipfels zu töten und es so aussehen zu lassen, als wäre die Herrscherfamilie dafür verantwortlich. Aber wenn ihre Männer nicht in der Nähe des Palasts sind, wie zum Teufel wollen sie es dann durchziehen?«

»Da ist noch die Fahrzeugkolonne«, entgegnete Reynolds. »Vielleicht planen sie ja einen Anschlag darauf.«

»Zwei Mann und der stellvertretende Geheimdienstminister? Es ist möglich, aber Abdullah hat außergewöhnliche Sicherheitsmaßnahmen. Ich glaube, sie haben die Uniformen gestohlen, um nahe an etwas heranzukommen, was immer sie vorhaben.«

»Vielleicht haben sie ja mehr als drei Mann. Wer weiß das schon? Sie könnten 100 Leute rekrutiert haben, und der

Karton mit der Uniform, auf den wir im Lagerhaus stießen, war nur einer von zehn Kartons voller Uniformen.«

Da war was dran. Etwas nagte in Harvaths Hinterkopf, so als läge die Antwort bereits vor ihm und müsste nur noch herausgekitzelt werden. *Wozu brauchten die Fundamentalisten Uniformen? Wenn sie ihren Angriff nicht im Palast starten wollten, wo dann? Welchem Zweck dienten die Uniformen? An welches Ziel wollten sie nahe herankommen?* Die offensichtliche Antwort war natürlich: an die Führungsriege der Wahhabiten. Aber gab es noch eine weitere Antwort?

Als sie sich der King Fahd Air Base näherten, sah Harvath eine lange Wagenkolonne vom Palast des Kronprinzen her über den Flugplatz jagen. Offenbar war das Treffen zu Ende und die Wagenkolonne brachte die Führung der Wahhabiten zurück zu ihrem Flugzeug. *Nicht mehr lange, dann ist alles vorbei,* dachte Harvath. Wenn die Fundamentalisten zuschlagen wollten, dann jetzt. *Nur wie?*

Als die Kolonne auf einen abseitsstehenden Dassault Falcon 50 Businessjet zuhielt, fielen Harvath die über die Air Base verstreuten Soldaten auf, manche in Habtachtstellung, andere völlig ungezwungen. Einmal mehr fühlte er sich an die Andrews Air Force Base und Air Force One erinnert. *Warum musste er ständig an Andrews und die Präsidentenmaschine denken?* Schließlich fiel es ihm wie Schuppen von den Augen. Air Force One war am verwundbarsten, wenn sie am Boden war.

Mit einem Mal wusste Harvath, wozu die Uniformen dienten. Es ging nicht darum, nahe an die Wahhabiten zu kommen, sondern darum, an das Flugzeug zu kommen. *Was Sprengstoff angeht, ist Faruq ein wahres Genie,* hatte Kalachka gesagt. Die saudische Königsfamilie hatte ein Treffen in Riad abgelehnt. Sie hatte darauf bestanden, dass die Führung der

Wahhabiten zu ihnen kam, und es war die Königsfamilie, die nicht allein das Flugzeug stellte, sondern auch für dessen Sicherheit verantwortlich war. Jetzt war das Bild klar. Was auch immer geschah, die Anführer der Wahhabiten durften nicht an Bord der Maschine gehen und auch nicht in deren Nähe kommen.

Harvath schnappte sich das Headset und rief dem Piloten zu: »Wir müssen die Wagenkolonne stoppen.«

»Wovon reden Sie da?«, erwiderte der Pilot.

»In der Maschine, zu der sie fährt, befindet sich eine Bombe.«

»Aber ich habe Verwundete an Bord, die ins Krankenhaus müssen.«

»Die können warten«, sagte Harvath gebieterisch.

»Ich habe meine Befehle.«

»Deine Befehle haben sich gerade geändert«, sagte Reynolds, während er sich unter Schmerzen ins Cockpit beugte und dem Piloten seine 1911 an den Kopf hielt. »Tu, was der Mann sagt.«

Während Harvath dem Piloten und dem Co-Piloten die Pistolen abnahm, erwiderte der Pilot: »Okay, Sie haben das Sagen. Was soll ich tun?«

Harvath war klar, dass ihnen nicht genügend Zeit blieb, den Tower anzufunken, damit man von dort aus Kontakt zur Fahrzeugkolonne aufnahm. Darum befahl er: »Bringen Sie uns vor der Wagenkolonne runter, jetzt.«

»Direkt vor ihnen? Sind Sie verrückt?«

»Na los schon«, befahl Harvath.

Der Pilot schwenkte den riesigen Chinook herum, gab Vollgas und jagte im Tiefflug erstaunlich schnell über die rasende Wagenkolonne hinweg. Nach etwa 100 Metern zog der Pilot hoch und setzte den Chinook auf dem Rollfeld ab. Damit versperrte er der Kolonne die Zufahrt zu dem Flugzeug, das die wahhabitische Führung nach Riad zurückbringen sollte.

Da von der Wagenkolonne keinerlei Reaktion erfolgte, hätte man meinen können, dass niemand den riesigen, 30 Meter langen Hubschrauber mit den Tandemrotoren von über 15 Metern Spannweite sah. Doch Harvath wusste genau, was sie machten. Jeder Security-Mitarbeiter in der Wagenkolonne hatte die Warnung erhalten, dass ein Anschlag auf die Führungsspitze der Wahhabiten geplant war. Sie hatten nicht die Absicht, langsamer zu werden. Tatsächlich luden die Insassen wohl gerade ihre Waffen durch und machten sich auf einen Showdown gefasst.

»Rufen Sie den Tower«, befahl Harvath dem Piloten. »Sagen Sie ihnen, in dem Flugzeug ist eine Bombe und die Wagenkolonne soll kehrtmachen und zusehen, dass sie von hier verschwindet, als wäre der Teufel hinter ihr her.«

Über sein Headset hörte Harvath, wie der Pilot seine Anweisungen per Funk an den Tower weitergab. Unterdessen kam die Wagenkolonne immer näher. Sie waren keine 50 Meter mehr entfernt. Harvath überlegte, welche Möglichkeiten er hatte, und begriff, dass ihm nichts anderes übrig blieb.

Er packte die Spatengriffe des an der Tür montierten luftgekühlten M60D 7,62-Millimeter-Maschinengewehrs des Chinook, vergewisserte sich, dass der Munitionsgurt einsatzbereit war, legte den Sicherungshebel um und fing an zu schießen.

Die schweren Geschosse rissen große Stücke aus dem Asphalt des Rollfelds vor der Kolonne. Obwohl Harvath weiterfeuerte, musste er erst den Kühler des vordersten Suburbans außer Gefecht setzen, damit die gepanzerte Kolonne zum Stehen kam. Im selben Moment flogen die Türen auf, und die Security-Leute gingen in Stellung, um zu schießen.

Mit 550 Schuss pro Minute war Harvaths Maschinengewehr allem überlegen, was die Security-Leute dabeihatten. Während Harvath sie weiter mit Blei eindeckte, allerdings ohne jemanden zu gefährden, über ihre Köpfe hinweg, brüllte er in sein Headset: »Was ist mit dem Tower?«

»Die versuchen immer noch, die Kolonne zu erreichen«, antwortete der Pilot.

»Sagen Sie ihnen, sie sollen sich beeilen!«, befahl er, während er die Luft über der Wagenkolonne beharkte. »Diese Kerle glauben, wir wollen sie umlegen.«

Harvath führte seinen Gedanken gerade zu Ende, da sah er das Sonnendach eines zweiten Suburbans zurückgleiten. Sekunden später wurde das unverkennbare Gehäuse einer FIM-92A Stinger aus dem Dach geschoben, gefolgt von einem entschlossen aussehenden Mann, der das Ganze auf seiner Schulter balancierte. Den Blick fest auf den Hubschrauber gerichtet hatte er offensichtlich nicht die Absicht, jemanden aus seinem Schutztrupp zu verlieren, nicht heute.

Harvath hatte ebenfalls nicht die Absicht zu verlieren. »Starten Sie Ihre Täuschkörper«, brüllte er, »sofort!«

»Was?«, erwiderte der Pilot. »Warum?«

»Tu es!«, schrie der Co-Pilot, der sehen konnte, was seinem Kollegen entging. »Sofort!«

Der Pilot startete die Täuschkörper. Grelle Leuchtraketen und flirrende Radartäuschkörper schossen in alle Richtungen, ließen heiße Rückstände auf die Wagenkolonne regnen und zwangen die Security-Leute nicht nur, wieder in ihren Fahrzeugen Deckung zu suchen, sondern auch den Rückwärtsgang einzulegen und so weit wie möglich von dem Chinook zurückzusetzen.

Während Harvath sich für einen zweiten Durchgang bereit machte, erscholl in seinem Headset die Stimme des Piloten. »Der Tower hat die Wagenkolonne erreicht. Sie ziehen sich zurück. Ich wiederhole, sie ziehen sich zurück. Bombentechniker sind unterwegs, um das Flugzeug zu untersuchen.«

Harvath ließ die Griffe des M60 los, ließ sich auf einen der Sitze zurücksinken und fragte sich, wo zum Teufel man in diesem Land ein Bier bekommen konnte.

93

Zentrale des Democratic National Committee
Washington, D. C.

Um zu beweisen, dass sie das Spiel mitspielen konnte, hatte Helen Carmichael ihren Hosenanzug gegen einen grauen Flanellrock von Armani eingetauscht, der knapp bis zur Mitte des Oberschenkels reichte. Dazu trug sie eine weiße Bluse mit Umschlagmanschetten, schwarze High Heels aus Alligatorleder von Jimmy Choo und einen passenden schwarzen Gürtel, ebenfalls aus Alligatorleder. Sie schwebte wie auf Wolken. Da ihr aber auch danach war, etwas gewagt zu sein, hatte sie die obersten drei Knöpfe ihrer Bluse offen gelassen und ihr Nabelpiercing gründlich poliert, ehe sie es heute Morgen anlegte. Heute war einer der wichtigsten Tage ihres Lebens.

Sie hatte Neal Monroe persönlich mit einer Art Friedensangebot in Russ Mercers Büro geschickt. In der vertraulichen Akte, die ihr Assistent nur dem DNC-Vorsitzenden persönlich übergeben sollte, befand sich lediglich ein Bruchteil der

Beweise, die sie dank Brian Turner aufgedeckt hatte, dass Präsident Jack Rutledge seine eigene, ganz persönliche Black-Ops-Einheit unterhielt. Die aufrüttelnde Akte war ihre Eintrittskarte nach ganz oben, an die Spitze. Die Partei konnte jetzt unmöglich Nein dazu sagen, dass sie auf der Liste stand, nicht angesichts dieser Enthüllung.

Neben der Manipulation angeblich »freier« und »demokratischer« Wahlen in mehreren Ländern hatte Rutledge auch die Ermordung von mindestens einem halben Dutzend ausländischer Amtsträger genehmigt, die der US-Außenpolitik ablehnend gegenüberstanden – und das war nur die Spitze des Eisbergs. Rutledge stand für alles, was in den Augen der Welt in Amerika schieflief, und Helen Carmichael würde eine besondere Freude daran haben, ihn auf dem Scheiterhaufen zu sehen.

Außerdem hatte er einem seiner privaten verdeckten Agenten, Scot Harvath, dabei geholfen, der Zustellung der von ihr vorbereiteten Vorladung zu entgehen, die ihn aufforderte, vor ihrem Ausschuss zu erscheinen. Als ob es nicht ausreichte, in der amerikanischen Außenpolitik herumzupfuschen, um die Wähler auf die Palme zu bringen, würde die Tatsache, dass Rutledge die Verfassung untergrub und eklatant gegen mehrere Bundesgesetze verstieß, die breite Öffentlichkeit in Aufruhr versetzen.

Sie saß im Fond ihrer Limousine auf dem Weg zur Zentrale des Democratic National Committee und überlegte, wo sie anfangen sollte, um die Rutledge-Administration auseinanderzunehmen. Natürlich würde sie es mit Russ Mercer besprechen, um zu zeigen, dass sie eine Teamplayerin war, aber in Wirklichkeit stand ihr Entschluss bereits fest. Die Welt war noch immer außer sich, weil ein gesichtsloser amerikanischer GI einen irakischen Obsthändler zusammengeschlagen hatte. Das war der logischste Ausgangspunkt. Sie würde Harvath vor die Kameras zerren, mit Beschuldigungen überhäufen und wegen allem belangen, was sie kriegen konnte. Es würde wesentlich dazu beitragen, Amerikas Image im Ausland zu verbessern, und man würde sie als die Frau feiern, die den Fall gelöst und all das möglich gemacht hatte.

Sobald sie Harvath das Rückgrat gebrochen hatte, wollte sie sich Rutledge zuwenden und mit Freuden zusehen, wie seine Karriere den Bach runterging und seine Präsidentschaft scheiterte. Ihre Pläne, die Informationen, die sie gesammelt hatte, langsam an die Medien durchsickern zu lassen, gehörten der Vergangenheit an. Es genügte nicht, ihn nur zu schwächen und bei der Wahl in die Pfanne zu hauen. Sie mussten Rutledge zum Rücktritt zwingen oder, besser noch, ihn noch vor der Wahl wegen seiner Amtsvergehen anklagen, damit die Republikaner gezwungen waren, in letzter Minute einen neuen Kandidaten aufzustellen. Es spielte keine Rolle, wen sie aus dem Ärmel zogen, mittlerweile hätte das amerikanische Volk die Nase so voll von den Republikanern und das Misstrauen gegenüber dieser Partei würde so groß sein, dass die Demokraten direkt ins Weiße Haus einziehen konnten. Es war so nahe, dass sie es schon riechen konnte.

Als Helen Carmichael nun im Vorzimmer von Russ Mercers Büro saß, achtete sie besonders darauf, wie er den Raum eingerichtet hatte und was dies über das DNC und dessen Vorsitzenden aussagte. Zwar zierten ihr eigenes Büro im Hart Senate Office Building Erinnerungsstücke aus Pennsylvania, um den Eindruck zu erwecken, dass sie den Staat mochte, den sie vertrat. Aber sobald sie im Weißen Haus war, konnte sie endlich tun, was sie wollte. Ja, da sie wusste, was für einen furchtbaren Geschmack sowohl ihr zukünftiger Vizepräsident, Governor Farnsworth aus Minnesota, als auch seine Frau hatten, freute sie sich bereits darauf, was sie nicht nur in ihrem Büro im Weißen Haus tun könnte, sondern auch in allen anderen Räumlichkeiten.

Sie sinnierte gerade über einige Möbelstücke, die zurzeit im Smithsonian untergebracht waren. Ihrer Meinung nach würden sie perfekt in die Residenz des Vizepräsidenten im Naval Observatory passen. Da legte Russ Mercers Sekretärin den Hörer auf und sagte: »Der Vorsitzende wird Sie jetzt empfangen, Senatorin.«

»Los geht's«, sagte Carmichael sich, als sie aufstand und ihren Rock glatt strich. Während sie auf die schwere Mahagonitür zuging, fragte sie sich, auf welche Weise Mercer ihr die Position der Vizepräsidentin anbieten wollte. Hoffentlich besaß er die Klasse, sie zuerst für seine mangelnde Unterstützung um Entschuldigung zu bitten. Dann war da noch sein Treffen mit dem Stabschef des Präsidenten, Chuck Anderson, und was er da alles gesagt hatte. Zum jetzigen Zeitpunkt war sie allerdings bereit, ihm zu vergeben und alles zu vergessen. Alles, was sie hören wollte, waren die Worte: *Die Partei braucht Sie auf der Liste.*

Als sie sich der Tür näherte, war sie mit einem Mal befangen und wünschte, sie hätte sich einen Moment gegönnt, um auf der Toilette noch ein letztes Mal ihre Frisur und ihr Make-up zu überprüfen. Als sie die Nachricht erhalten hatte, dass Mercer sich mit ihr treffen wollte, um etwas äußerst Wichtiges zu besprechen, hatte sie den ganzen Abend damit verbracht, sich zu überlegen, was sie anziehen sollte. Heute Morgen hatte sie sogar eine ihrer Mitarbeiterinnen, die hübsche junge Asiatin, deren Namen sie immer vergaß, vorbeikommen lassen, damit sie ihr bei ihrer Frisur und ihrem Make-up half, damit sie weicher wirkte und nicht, wie es der DNC-Vorsitzende ausgedrückt hatte, wie eine wild gewordene

Kampflesbe. Als sie an die schwere Tür klopfte, hoffte sie, dass ihre Bemühungen nicht verfehlt waren.

»Guten Morgen, Helen«, sagte Mercer, als sie hocherhobenen Hauptes mit gestrafften Schultern in den Raum stolziert kam. »Danke, dass Sie gekommen sind.«

Sie war im Begriff, seinen Gruß zu erwidern, als sie aus dem Augenwinkel Charles Anderson am Fenster stehen sah. Wie angewurzelt blieb sie stehen. »Was zur Hölle tut *er* denn hier?«

»Warum nehmen Sie nicht einfach Platz?«, erwiderte Mercer.

»Erst wenn Sie mir sagen, was hier los ist«, fuhr sie ihn an.

»Ich habe Sie gewarnt, dass Ihnen das Ganze um die Ohren fliegen könnte«, sagte der Stabschef des Präsidenten.

Carmichael beachtete ihn gar nicht. »Russ, ich verlange eine Erklärung. Was tut Chuck Anderson in diesem Büro?«

»Er ist hier, um Ihnen bei der Vorbereitung Ihrer Pressekonferenz zu helfen«, antwortete der Vorsitzende des DNC.

Ein Teil Carmichaels wollte glauben, dass sie das Nonplusultra an seltsamen Verbündeten vor sich sah, dass Anderson hier war, um sie beim Verfassen einer Erklärung zu unterstützen, in der sie gemeinsam mit dem Gouverneur von Minnesota, Bob Farnsworth, ihre Kandidatur für das Weiße Haus ankündigte. Tief im Innern jedoch war ihr klar, dass dies nicht der Fall war. Allmählich dämmerte ihr, dass Russ Mercer sie heute Morgen nicht hergebeten hatte, um ihr die Chance anzubieten, die Vizepräsidentin zu werden. Sie wusste zwar nicht, was genau los war, aber sie fühlte sich in die Enge getrieben, und das gefiel ihr ganz und gar nicht. Ihr blieb nichts anderes übrig, als mitzuspielen, bis sie wusste, worum es hier überhaupt ging. »Ich habe für heute Vormittag keine Pressekonferenz angesetzt.«

»Sie tun es jetzt«, erwiderte Anderson. »In einer halben Stunde auf der Treppe zum Senat.«

Sie nahm vor Mercers Schreibtisch Platz. »Das ist ja interessant. Und was genau werde ich da bekannt geben?«

»Ihren Rücktritt«, antwortete der DNC-Vorsitzende.

»Meinen was?«

»Sie haben mich gehört. Ihren Rücktritt.«

»Ich werde nichts dergleichen tun«, sagte Carmichael.

»Und ob«, erwiderte Mercer. »Sonst wandern Sie für sehr lange Zeit ins Gefängnis.«

»Ins *Gefängnis?* Das ist doch lächerlich. Wofür denn?«

Anderson sah sie an. »Spielen sie nicht die Unschuld vom Lande. Das passt nicht zu Ihnen. Ich habe Sie gewarnt, dass Sie aufhören sollen, sonst könnte Ihnen das Ganze um die Ohren fliegen. Und das passiert jetzt.«

»Was ist das? Eine Einschüchterungstaktik?«, fragte Helen Carmichael. Sie wandte sich Mercer zu. »Welche Rolle spielen Sie bei alledem, Russ? Machen Sie sich zum Handlanger einer republikanischen Administration? Sie sollten sich schämen. Sie lassen die Partei wirklich im Stich. Sie sind eine Schande.«

Russ Mercer war durch mit den Höflichkeiten. »Nein, Helen, Sie sind diejenige, die die Partei enttäuscht. Und um ehrlich zu sein, ich werde froh sein, wenn ich Sie endlich los bin.«

Carmichael war geschockt, hatte aber nicht vor nachzugeben. »Da müssen Sie sich aber mehr anstrengen, wenn Sie mich loswerden wollen.«

Der DNC-Vorsitzende schüttelte lediglich den Kopf, nahm die Fernbedienung, die in der Ecke seines Schreibtischs lag, richtete sie auf das Entertainment Center an der gegenüberliegenden Wand und drückte auf Play.

Zuerst hörte Carmichael ihre eigene Stimme, und dann, als der Fernsehbildschirm allmählich warm wurde, sah sie sich selbst zusammen mit Brian Turner in der Suite in der siebten Etage des Westin Embassy Row Hotels. Sofort hatte sie das Gefühl, sie müsste sich übergeben. Sie saß da wie erstarrt, unfähig, sich abzuwenden. Zum Glück schaltete Mercer den Fernseher aus, bevor es zum peinlichsten Teil kam.

»Sie werden schon seit einiger Zeit überwacht«, sagte Anderson.

Die Gedanken der Senatorin überschlugen sich. Es musste doch einen Ausweg geben. Eine Möglichkeit, ihre Karriere zu retten und es am Ende doch noch an die Spitze zu schaffen. »Mir ist klar, wie das alles aussehen muss«, stammelte sie, »aber eigentlich habe ich nichts Falsches getan. Der Mann in dem Video lieferte mir Informationen, und er betrachtete es als seine patriotische Pflicht, sie ans Licht der Öffentlichkeit zu bringen.«

»Ich glaube ja nicht, dass das jetzt als großer Schock für Sie kommt, aber mit dem Beschaffen dieser Informationen hat Ihr patriotischer Liebhaber gleich eine ganze Reihe nationaler Sicherheitsgesetze gebrochen.«

»Das ändert nichts an der Tatsache, dass der Präsident Dreck am Stecken hat, und Sie können mich nicht davon abhalten, es überall zu erzählen. So, dieses Treffen ist vorbei. Ich gehe jetzt.« Carmichael erhob sich von ihrem Stuhl.

»Setzen Sie sich, Helen«, befahl Mercer, »und halten Sie den Mund. Sie haben keine Ahnung, wie einfach Sie hier davonkommen.«

Anderson sah ihren aufrichtig verwirrten Gesichtsausdruck. »Die Informationen, die Brian Turner Ihnen lieferte, wurden von CIA-Direktor Vaile platziert. Die CIA vermutete, dass sie einen Maulwurf in ihren Reihen hatte, und stellte ihm eine Falle. Wie erwartet erwies sich der Köder als zu verlockend, um ihn sich entgehen zu lassen.«

»Ich glaube Ihnen kein Wort«, erwiderte die Senatorin. »Ich habe keine Ahnung, wie Sie Russ da hineingezogen haben. Aber aus irgendeinem Grund hilft er Ihnen dabei, Rutledges kriminelle Aktivitäten zu vertuschen.«

»Sie sollten etwas nachsichtiger sein, wenn es um Jack Rutledge geht. Wäre es nach mir gegangen, hätte man Sie vor Gericht gestellt und geteert und gefedert für das, was Sie getan haben. Aber der Präsident war anderer Meinung. Er beschloss, umgänglich zu sein und Sie zurücktreten zu lassen. Seiner Meinung nach gab es genug Verbitterung zwischen unseren Parteien. Zwar wird niemand außerhalb dieses Raums je davon erfahren, aber er wollte dazu beitragen, diese Kluft zu überwinden.«

Carmichael schwieg einige Augenblicke, ehe sie fragte: »Was wird mit Brian Turner geschehen?«

»Offen gesagt bin ich überrascht, dass Sie das interessiert«, meinte Anderson. »Aber weil Sie fragen, werde ich es Ihnen sagen. Gegen ihn werden wir alle Anschuldigungen vorbringen. Brian Turner wird für sehr, sehr lange Zeit ins Gefängnis wandern. Ich glaube nicht, dass er je wieder etwas mit Geheimdiensten oder Politik zu tun haben will, wenn er rauskommt.«

Das war es dann. Helen Carmichael hatte versucht, das Spiel nach ihren eigenen Regeln zu spielen, und verloren. Vorerst blieb ihr nichts anderes übrig, als sich geschlagen zu geben. »Wenn ich Ihrer Bitte entspreche, habe ich dann die Garantie, dass keine Strafanzeige gegen mich erstattet wird?«

Charles Anderson nickte. »Sie haben meine persönliche Garantie und darüber hinaus auch die des Präsidenten.«

»Und das Band?«

»Ist Teil der FBI-Ermittlungen. Aber da Brian Turner ein volles Geständnis ablegte, sehe ich keinen Grund, warum man es als Beweismittel in sein Verfahren einbringen sollte.«

»Wird es vernichtet?«, fragte sie.

»Nein, wir werden es behalten als Teil Ihrer persönlichen Garantie.«

»Und die wäre?«

»Dass Sie sich freundlicherweise aus der Politik zurückziehen und nie mehr etwas von alledem erwähnen, auch nicht den Namen Scot Harvath oder das, was der Präsident Ihrer Meinung nach womöglich getan hat oder auch nicht.«

»Ist das alles?«, fragte Carmichael spöttisch.

»Werden Sie nicht niedlich, Helen«, erwiderte Mercer. »Das ist ein verdammt guter Deal, den man Ihnen da anbietet.«

»Machen Sie sich keine Sorgen, Russ. Niedlich zu sein ist etwas, das man mir noch nie vorgeworfen hat.« Dann wandte sie sich an Anderson. »Was soll's denn sein? Gesundheitliche Probleme oder der allseits beliebte Ausstieg aus der Politik, damit ich mehr Zeit mit meiner Familie verbringen kann?«

94

Hotel Catalina
Zihuatanejo, Mexiko
Eine Woche später

Nachdem Harvath lange genug in D. C. geblieben war, um sicher zu sein, dass sich die Krankheit nicht ausgebreitet hatte, fuhr er weg. Der Präsident hatte ihn gebeten, ins Weiße Haus zu kommen, damit er ihm persönlich seinen Dank aussprechen konnte, doch Harvath hatte höflich abgelehnt. Es würde eine Weile dauern, bevor er wieder etwas mit dieser Stadt zu tun haben wollte. Bis dahin hatte er noch jede Menge ungenutzter Urlaubstage und war der Meinung, dass ihm eine schöne, lange Auszeit mehr als zustand.

Harvath lag in der Hängematte auf seiner Veranda, und während unten die Brandung gegen den Strand schlug, las er seine tagealte Ausgabe der *International Herald Tribune* zu Ende und legte sie neben den Eiskübel, der mit kalten Flaschen Negra-Modelo-Bier gefüllt war.

Wie so oft in seiner Branche stand nur sehr wenig von dem, womit er in den letzten paar Wochen zu tun gehabt hatte, in der Zeitung. Allerdings war da der Bericht über Senatorin Helen Carmichaels Rücktritt, den Harvath mit besonderer Befriedigung las. Nachdem Carmichael die Medien wochenlang damit geködert hatte, dass etwas Großes aus ihrem Büro kommen würde, stürzten diese sich sofort auf ihre Geschichte.

Die Tatsache, dass sie als Grund für ihren Rücktritt den Wunsch anführte, mehr Zeit mit ihrem Ehemann zu verbringen, der sie betrog, während sie ihn ebenfalls betrog, und auch mehr Zeit mit ihrer Tochter, die keinen ihrer Elternteile ausstehen konnte, machte die Ankündigung nur umso amüsanter. Für Harvath war das Endergebnis jedoch, dass in Bezug auf Senatorin Carmichael Gerechtigkeit geübt wurde.

Bevor er in Urlaub fuhr, hatte Gary Lawlor ihn noch über alles Weitere informiert.

Carmichaels Mitarbeiter waren völlig überrascht von der Nachricht ihres Rücktritts und überschlugen sich fast, um andere Stellen zu finden. Aufgrund einer äußerst überzeugenden Empfehlung aus dem Oval Office wurde Neal Monroe als persönlicher Assistent des Vorsitzenden Russ Mercer beim DNC eingestellt.

Der »andere Mann« im Leben der Senatorin, Brian Turner, versuchte, einen Deal mit der CIA auszuhandeln. Aber die Entscheider in Langley hatten nicht vor, Nachsicht walten zu lassen. Er befand sich derzeit und bis zu seinem Prozess in Einzelhaft in einem Bundesgefängnis.

Gary erläuterte, wie FBI, CDC, USAMRIID und DHS einen größeren Ausbruch der Krankheit in den USA verhindern konnten, indem sie frühzeitig eingriffen und die Mahleb-Gewürzlieferungen beschlagnahmten, die Kaseem Najjar aus Hamtramck an alle bargeldintensiven Unternehmen in muslimischem Besitz geschickt hatte, die auf der Liste standen, die Chip Reynolds in jenem Lagerhaus in Riad gefunden hatte. Mit dem in der Abfüllanlage in Mekka sichergestellten Gegenmittel konnten alle Infizierten schnell genug behandelt werden, um ihr Leben zu retten.

Bezüglich des Dschihad teilte Lawlor ihm mit, dass das Islamische Institut für Wissenschaft und Technologie aufgelöst war und alle seine Mitglieder verhört wurden. Darüber hinaus hatte der saudische Kronprinz Abdullah erhebliche Fortschritte beim Aufspüren der Verschwörer gemacht, die an dem Umsturzversuch in seinem Land beteiligt waren. Als sie entdeckt wurden, stellte man sie vor Gericht und brachte sie zum Chop-Chop-Platz, dem Parkplatz der Hauptmoschee Riads, wo jeden Freitag öffentlich saudische Gerechtigkeit geübt wurde.

Die Ersten, die dran glauben mussten, waren der stellvertretende Geheimdienstminister des Königreichs und die beiden wahhabitischen Fundamentalisten, mit denen er so tatkräftig zusammengearbeitet hatte.

Es gab keinerlei Informationen zum Zustand oder Verbleib von Abdullahs Sohn Hamal. Es wurde angenommen, dass der Kronprinz ihn irgendwo unter strengster Bewachung hielt, während er sich den Kopf darüber zerbrach, was er mit ihm anstellen sollte.

Was Chip Reynolds betraf, rechnete man mit seiner vollständigen Genesung. Wenn es so weit war, wollte er seinen Job bei Aramco aufgeben und wieder nach Montana ziehen, um dort den ganzen Tag zu jagen, zu angeln und zu überlegen, wie sein nächster Lebensabschnitt aussehen sollte. Die CIA versuchte, ihn dazu zu überreden, zurück in die Firma zu kommen, um ihnen dabei zu helfen zu ermitteln, wie Ozan Kalachka an geheime Videos des Verteidigungsministeriums gelangen konnte, und der Behauptung nachzugehen, die Saudis verfügten über Atomwaffen. Doch Reynolds lehnte ab. Er hatte genug internationale Intrigen erlebt, dass es für zwei Leben reichte.

Sowohl die Whitcombs als auch Jillian erhielten bei einer privaten Zeremonie im Weißen Haus besondere Auszeichnungen für ihre Unterstützung bei der Erforschung der Krankheit. Basierend auf Harvaths Bericht erhielt Jillian außerdem einen Scheck über zehn Millionen Dollar aus dem »Rewards for Justice«-Programm für ihre Rolle bei der Tötung Khalid Scheich Alomaris. Das Letzte, was man hörte, war, dass sie vorhatte, mit dem Geld eine vollständige Ausgrabung von Hannibals Elitegarde zu finanzieren, um sie aus ihrem eisigen Grab direkt unterhalb des Col de la Traversette zu befreien.

Bei der letzten Zählung hatte Kevin McCauliff drei Nachrichten auf Harvaths Anrufbeantworter hinterlassen. Er wollte sich mit ihm treffen, um über die Strategie für den D. C.-Marathon zu sprechen. Nick Kampos hingegen hatte mehrere Walmart-Bewerbungsformulare an Harvaths Büro gefaxt, »nur für alle Fälle«.

Er war zwar weit entfernt davon, auf Parkplätzen die Kunden zu begrüßen, dennoch fragte Harvath sich, wie bald er bereit sein würde, zu seinem alten Lebensstil zurückzukehren. Flüchtig musste er an Chip Reynolds' Worte denken, und ihm war klar, dass es kein Zufall war, dass seine berufliche Zielstrebigkeit ihn zu einem Dasein als Single verbannte. Bald wurde Harvath 36. Damit war er immer noch ein junger Mann, aber er musste einige Entscheidungen darüber treffen, was er für seine Zukunft wollte. Im Moment allerdings wollte er nichts weiter, als ein weiteres Bier aufmachen und mit dem Roman von Jay MacLarty beginnen, den er aus der Bibliothek in der Hotellobby ausgeliehen hatte. Danach konnte er anfangen, sich Gedanken über seine Zukunft zu machen. Na ja, eigentlich wollte er danach angeln gehen, aber es spielte keine Rolle. Er hatte jede Menge Zeit und konnte auch morgen noch nachdenken. Zum ersten Mal seit wer weiß wie lange würde Scot Harvath sich entspannen.

Er schlug das Buch auf und hatte die erste Seite zur Hälfte gelesen, da trat jemand von der Rezeption auf seine Veranda. »Señor Harvath?«

»Ja?« Er legte das Buch auf seiner Brust ab.

»Tut mir leid, wenn ich Sie störe. Wir haben versucht, auf Ihrem Zimmer anzurufen, aber es nahm niemand ab.«

»Ich weiß. Ich habe das Telefon ausgestöpselt.« Er hatte keine Ahnung, weshalb es ihn interessierte. Außer Claudia Müller wusste niemand, wo er war, und die hatte er bereits am Morgen angerufen, um sich nach Horst Schröders Genesung zu erkundigen.

»Sie haben einen wichtigen Anruf«, sagte der Empfangsmitarbeiter. »Ein Gentleman, der sehr bestimmt war. Er sagt, er ruft von Ihrem Büro aus an. Soll ich Ihnen das Telefon herbringen?«

Harvath machte Anstalten, seine Beine aus der Hängematte zu schwingen, überlegte es sich jedoch anders. »Sagen Sie ihm, Sie konnten mich nicht finden!«

»Wie bitte, Señor?«

»Sagen Sie ihm, ich sei am Strand oder in die Stadt gegangen. Sagen Sie ihm, was Sie wollen. Es ist mir egal.«

»Ja, Señor«, antwortete der Mann vom Empfang, während
er die Veranda verließ und zurück in die Lobby ging.

Was es auch ist, sie müssen ohne mich auskommen, dachte
Harvath. *Zumindest für die nächsten zwei Wochen.*

Anmerkung des Verfassers

Falls Sie mehr über Hannibals Alpenüberquerung und den Einsatz chemischer und biologischer Waffen in der Antike erfahren möchten, lege ich Ihnen *Hannibal Crosses the Alps* von John Prevas ans Herz sowie *Greek Fire, Poison Arrows & Scorpion Bombs – Biological and Chemical Warfare in the Ancient World* von Adrienne Mayor.

Sowohl John als auch Adrienne waren äußerst hilfreich bei den Recherchen zu diesem Roman, und ich danke ihnen für ihre Großzügigkeit.

Danksagung

Meine Faszination für Hannibal nahm ihren Anfang vor vielen Jahren, als ich in der Bibliothek meiner Grundschule – der Hardey Prep School for Boys in Chicago – zufällig auf ein Buch über ihn stieß. Ich erinnere mich nicht mehr an den Titel dieses Buches, aber ich weiß noch sehr genau, dass ich es nicht aus der Hand legen konnte. Zwar ermunterten die Lehrer der Hardey Prep School uns immer zum Lesen, aber sie sahen es nicht so gern, während sie versuchten, ihren Unterricht abzuhalten. Ich nehme an, es gibt Schlimmeres, als beim Lesen erwischt zu werden. Aber als ich erwischt wurde, brachte mir mein Argument, dass Hannibals Reise wesentlich interessanter sei als das, was wir gerade durchnahmen, einen sofortigen Besuch im Büro von Schwester Mary McMahon, Ordensfrau vom heiligsten Herzen Jesu, ein.

Auf die intelligente und mitfühlende Art und Weise, die das Markenzeichen der Nonnen des heiligen Herzens ist, vermittelte mir Schwester McMahon eine der wertvollsten Weisheiten, die sich ein Schriftsteller jemals aneignen kann: *Es kommt nicht unbedingt darauf an, was man sagt, sondern darauf, wie man es sagt.*

In diesem Sinne hoffe ich, dass meine Worte den Bemühungen der Menschen gerecht werden, die mich beim Schreiben dieses Romans unterstützten. Vor allem zwei wichtige Menschen arbeiteten unermüdlich daran, dass dieses Buch Wirklichkeit wurde. Der erste ist meine wunderschöne Frau Trish. Sie fand nicht nur Wege, mich ständig herauszufordern, *Blowback* so gut wie nur möglich zu machen, sie hat auch unser zweites Kind zur Welt gebracht. Schatz, du bist mehr als unglaublich. Vielen Dank für deine Unterstützung und für unser wunderschönes Baby. Ich liebe dich mehr, als du dir vorstellen kannst.

Der zweite Mensch ist jemand, der zu jeder Tages- und Nachtzeit zum Gedankenaustausch bereitstand und mir immer Feedback gab, wenn mich die Inspiration übermannte. Er brachte auch selbst viele großartige Ideen mit ein. Bei solch einem wunderbar hinterhältigen Verstand bin ich froh, dass mein guter Freund Scott F. Hill, Ph. D., auf unserer Seite steht.

Da ich die folgenden Gentlemen kenne, weiß ich, dass sie ihre Beiträge zu diesem Roman zweifellos herunterspielen werden. Aber ich bin ihnen dankbar, nicht nur für ihre Hilfe, sondern auch für den Dienst, den sie unserem Land geleistet haben und weiterhin leisten: der echte »Bullet Bob«, Chuck Fretwell, Rudy Guerin (wir gehen hier alphabetisch vor), Steve Hoffa und Chad Norberg.

Wie stets versorgt mich die Sun-Valley-Crew weiterhin mit den neuesten und besten Geheimdienstkontakten. Mein tiefer Dank gilt Gary Penrith, Frank Gallagher, Tom Baker und Darrell Mills (wir gehen hier nach Golfergebnissen vor – in welcher Richtung, verrate ich nicht).

Tom Whowell gab mir meinen ersten Ferienjob, und jetzt habe ich ihn damit beauftragt, meine Fahnen zu lesen. Tom, dein Blick fürs Detail ist erstaunlich. Vielen Dank, dass du als mein neuester Scharfschütze dem Team beigetreten bist und alles so gründlich liest.

Von der höchsten bis zur untersten Ebene war die Zusammenarbeit mit den Leuten der Drug Enforcement Administration, der Drogenvollzugsbehörde, einfach wunderbar. Mein Dank gilt allen dort, insbesondere den Leuten in Quantico und der Firearms Training Unit.

Vielen Dank meinen beiden Insidern aus Washington, David Vennett und Patrick Doak. Ihr findet doch immer eine Möglichkeit, dafür zu sorgen, dass meine Besuche in D. C. aufregend, faszinierend und geradezu unvergesslich werden.

Wenn es Deutsch spricht, Sushi isst oder fliegt, schreibe ich nie darüber, ohne es mit meinem guten Freund Richard Levy von American Airlines zu besprechen. Servus, Richard und Anne.

Vielen Dank an Bart Berry von Aquarius Training and Development für die Unterstützung, was das Bergsteigen betrifft. Wir sehen uns, wenn die Thunfischwanderung beginnt.

Jane Buikstra war so freundlich, mich Dr. Mary Lucas Powell vorzustellen, die mir die Welt der Paläopathologie eröffnete und meinen Horizont faszinierend erweiterte.

Captain J. Philip Ludvigson, Captain Armando Riveron und Tammy Reed waren so liebenswürdig und erklärten mir alles über die tollen Stryker Brigade Combat Teams der US Army.

Wenn man zwei Menschen hat, die für den Berufsweg so gleichermaßen wichtig sind wie meine fantastische Agentin und meine einmalige Lektorin, steckt man immer in einer Zwickmühle, wem man zuerst danken soll. Ich habe einen Kompromiss gefunden: Da ich mich beim letzten Mal zuerst bei meiner Lektorin bedankte, ist nun meine Agentin an der Reihe. Heide Lange, es entbehrt nicht einer gewissen Ironie, dass ich als Schriftsteller nicht die Worte finde, dir zu sagen, wie viel du mir bedeutest. Dank deiner Freundschaft und der Orientierung, die du mir bietest, hat sich die harte Arbeit gelohnt. Das Klügste in meinem Leben, nach der Heirat mit Trish, war, dich zu bitten, meine Agentin zu werden. Danke für alles, was du für mich tust.

Ich komme dazu, Emily Bestler zu danken, meiner fantastischen Lektorin. Du bist einer der talentiertesten Menschen, mit denen ich je zusammenarbeiten durfte. Dich gibt es kein zweites Mal. Ich freue mich auf viele, viele weitere erfolgreiche gemeinsame Jahre.

Als Schriftsteller ist es ein Segen, wenn man zwei Verlegerinnen wie Louise Burke und Judith Curr hat, die man beruflich mag und bewundert. Aber sie persönlich noch mehr zu mögen und zu bewundern ist ein Geschenk. Nochmals vielen Dank für alles.

Es gibt nur ungefähr 100 weitere Leute bei Pocket Books und Atria Books, denen ich danken möchte – vom Vertriebsteam bis hin zum Art Department, den Marketing-, Produktions- und PR-Abteilungen, und auch wenn ich nicht alle namentlich nennen kann, so möchte ich doch, dass jeder von euch weiß, wie sehr ich alles schätze, was ihr tut.

Esther Sung, Sarah Branham und Jodi Lipper, vielen Dank für all eure Beiträge und für alles, was ihr Tag für Tag tut. Nichts davon bleibt unbemerkt oder unbeachtet.

Scott Schwimer, mein lieber Freund und Gigant des Medienrechts, du machst Hollywood zu einem Vergnügen. Vielen Dank für alles, und ein Hoch auf Airbags und Knautschzonen!

Und zu guter Letzt möchte ich euch, den Lesern, danken. Euch gilt mein tiefster Dank nicht nur dafür, dass ihr meine Bücher kauft, sondern auch dafür, dass ihr so vielen Leuten erzählt, wie sehr sie euch gefallen. Letzten Endes ist es die Mundpropaganda, die einen Autor wirklich ausmacht.

Von ganzem Herzen
Brad Thor

Brad Thors SCOT HARVATH-Serie bei FESTA:

Die Löwen von Luzern
Der Pfad des Mörders
Verschwörung gegen die Nation
Blowback – Die Wendung
Der Verräter

Infos, eBooks & Leseproben:
www.Festa-Verlag.de

Zuletzt erschienen in der Reihe FESTA ACTION:

Wenn Lesen zur Mutprobe wird ...
www.Festa-Verlag.de

Festa: If you don't mind sex and violence and lots of action

Niemand veröffentlicht härtere Thriller als Festa. Werke, die keine Chance haben, in großen Verlagen veröffentlicht zu werden, weil sie zu gewagt sind, zu neuartig, zu extrem.

Statt der üblichen Matt- oder Glanzfolie haben die Bücher von Festa eine raue, lederartige Kaschierung. Sie symbolisiert die Härte und sexuelle Gewagtheit unseres Programms. Diese »Bücher im Ledermantel« sind auch sehr widerstandsfähig – die Bücher wirken nach dem Lesen noch wie neu.

Unsere erfolgreichsten Buchreihen:

HORROR & THRILLER – Moderne Meister des Genres

FESTA ACTION – Blockbuster zum Lesen

MUST READ – Große Erzähler. Muss man gelesen haben

FESTA EXTREM – Wenn Lesen zur Mutprobe wird ...

Wegen der brutalen und pornografischen Inhalte erscheinen die Titel ohne ISBN und werden nur ab 18 Jahre verkauft. Sie können nur direkt beim Verlag bestellt werden.

Festa steht beim Thema harte Spannung für viele Jahre bewährte Qualität. Darauf geben wir sogar eine Zufriedenheitsgarantie. Dieser Service ist für einen Buchverlag einzigartig.

Warum tun wir das?

Frank Festa: »Wir wollen, dass die Leser unsere Bücher lieben. Das geht nur mit Qualität. Und als Spezialist für Horror und Thriller aus Amerika können wir in dem Bereich diese Qualität garantieren – so einfach ist das.«